Dangereux serment

Une disparition troublante

La proie du mensonge

R. BARRI FLOWERS

Dangereux serment

Traduction française de
FABRICE CANEPA

BLACK ROSE

HARLEQUIN

Collection : BLACK ROSE

Titre original :
CHASING THE VIOLET KILLER

HARPERCOLLINS FRANCE
83-85, boulevard Vincent-Auriol, 75646 PARIS CEDEX 13
Service Lectrices — Tél. : 01 45 82 47 47 - www.harlequin.fr
ISBN 978-2-2804-7592-1 — ISSN 1950-2753

Composé et édité par HarperCollins France.
Imprimé en juillet 2022 par CPI Black Print (Barcelone)
en utilisant 100% d'électricité renouvelable.
Dépôt légal : août 2022.

FSC
www.fsc.org
MIXTE
Papier issu de sources responsables
FSC® C159065

Pour limiter l'empreinte environnementale de ses livres, HarperCollins France s'engage à n'utiliser que du papier fabriqué à partir de bois provenant de forêts gérées durablement et de manière responsable.

Prologue

Ses cibles devenaient de plus en plus prévisibles, hélas. Ces femmes ne semblaient pas se rendre compte que le monde n'avait aucune pitié. Elles allaient courir ou bien se promenaient seules à la nuit tombée en toute insouciance, comme si rien de grave ne pouvait leur arriver.

Certaines s'aventuraient dans des garages souterrains non surveillés, oubliaient de fermer les portières de leurs voitures ou laissaient leurs fenêtres ouvertes. Comment pouvaient-elles s'étonner ensuite qu'il vienne cueillir les fruits qui lui étaient si librement offerts ?

Pour quelqu'un comme lui qui aimait les défis, cela devenait presque trop facile. Quant à la police, elle paraissait tout aussi dépassée par les événements. Il commençait à penser qu'il pourrait continuer à tuer indéfiniment sans jamais avoir à se soucier des conséquences de ses actes. Et il était désolé de ne pas avoir cédé plus tôt au besoin qu'il avait de le faire.

S'arrachant à sa sombre rêverie, il se concentra sur l'instant présent, pressentant que l'imminence du moment qu'il attendait. Et il ne se trompait pas. Elle surgit soudain au détour de l'allée, fendant l'air nocturne de ses longues foulées.

Ses cheveux d'un noir de jais étaient attachés en queue-de-cheval. Sa silhouette longiligne était parfaitement mise en valeur par le jogging moulant qu'elle portait. Elle courait sans se soucier de rien, se laissant guider par le rythme de la musique que diffusait son lecteur MP3.

Elle se sentait parfaitement en sécurité, comptait probablement sur les réverbères qui illuminaient cette section du parc, sur les autres joggeurs dont elle croisait régulièrement la route. Elle ignorait à quel point ce sentiment pouvait être trompeur, combien il lui serait facile de l'entraîner dans l'ombre des arbres, hors de la vue des promeneurs occasionnels.

À quoi pensait-elle, en cet instant ? Au mari ou au petit ami qu'elle comptait retrouver en rentrant du parc ? Au dîner qu'ils partageraient ? Ou simplement à la douche qu'elle avait l'intention de prendre ? À moins bien sûr qu'elle ne repense à la journée de travail qui l'attendait, le lendemain…

Comment aurait-elle pu deviner que pour elle, il n'y aurait plus jamais de lendemain ? Que ce jour, cette heure, étaient les derniers de son existence ?

Tel était l'ordre des choses. Il était le prédateur, et elle était la proie. Leur rencontre serait aussi brève que déterminante. Et déjà, il répétait intérieurement chacun de ses gestes. Tout était question de rythme…

Il régla son souffle sur les foulées de la jeune femme, fléchissant légèrement les jambes et se préparant à bondir. Son cœur se mit à battre plus vite, plus fort, tandis qu'elle se rapprochait inexorablement de l'endroit où il se tenait embusqué.

— Trois, deux, un…, murmura-t-il avant de s'élancer vers l'avant.

Tout se déroula exactement comme il l'avait anticipé. Il émergea juste derrière elle, un instant seulement après son passage. La percutant par l'arrière, il la ceintura et l'entraîna sous le couvert des arbres, de l'autre côté du sentier. Avant qu'elle ait eu le temps de revenir de sa stupeur et de se mettre à crier, il noua l'écharpe de soie qu'il tenait à la main autour de son cou gracile.

Son hurlement se mua en un gargouillis tandis que ses doigts se crispaient sur le tissu glissant, s'efforçant vainement de s'en débarrasser. Il sourit et raffermit sa prise, accentuant la pression qui s'exerçait sur sa trachée. Sa proie se débattait toujours mais, déjà, il la sentait faiblir. C'était le moment qu'il préférait – la mise à mort.

Sa victime rendit son dernier souffle et s'affaissa brusquement. Haletant, il demeura quelques instants immobile, les paupières closes, s'abandonnant pleinement à la sensation d'extase qui le submergeait.

Rouvrant les yeux, il vérifia que personne n'avait surpris ce qui venait de se produire. Rassuré sur ce point, il sortit de sa poche une pochette en plastique qui renfermait une violette. S'agenouillant auprès de la jeune femme qui gisait sur le sol, fixant le ciel d'un regard à jamais vide, il écarta délicatement ses mâchoires de ses mains gantées puis glissa la fleur entre ses lèvres.

1

— Alerte à toutes les patrouilles, on signale un coup de feu dans un immeuble de bureau à l'angle de la dix-septième et de Bedford. La victime a été identifiée comme étant Roger Lincoln, détective privé.

À ces mots, Dylan Hester ne put réprimer un frisson glacé qui dévala entre ses omoplates. Avant de devenir détective privé, Roger Lincoln avait appartenu durant de longues années à la police de Pebble Creek.

C'était lui qui avait formé Dylan lorsqu'il était sorti de l'académie de police. Il était rapidement devenu, bien plus qu'un simple coéquipier, un véritable mentor qui lui avait enseigné toutes les ficelles du métier.

À l'âge de cinquante-huit ans, après trente ans passés au sein des forces de l'ordre, il s'était résigné à prendre une retraite anticipée à cause d'un problème de dos. Il avait en effet préféré se mettre à son compte plutôt que de passer le reste de sa carrière à effectuer des tâches administratives sans intérêt.

Il s'était forgé une réputation de sérieux et d'efficacité, et son agence de détective avait rapidement prospéré. Il lui arrivait même régulièrement de collaborer avec la police en tant que consultant externe. Dylan travaillait notamment avec lui sur le dossier épineux du tueur aux violettes, le psychopathe qui sévissait dans la région depuis des mois.

C'était de loin l'enquête la plus importante que Dylan s'était jamais vu confier. Il le devait au CV déjà bien rempli qu'il s'était constitué à l'âge de trente-trois ans. Après s'être engagé dans l'armée et avoir été décoré lors de séjours en Afghanistan et en Irak, il avait suivi une formation de droit pénal et s'était spécialisé en criminologie avant de rejoindre l'académie de police.

Malheureusement, en dépit de ce brillant cursus et de la confiance qu'avaient placée en lui ses supérieurs, Dylan n'avait toujours pas réussi à identifier le tueur en série qui avait déjà fait sept victimes…

Écartant ces sombres préoccupations, il s'empara du combiné de la radio de sa voiture.

— Lily, ici Dylan, dit-il. Je serai sur place d'ici quelques minutes.

— Bien reçu Dylan. Une patrouille est déjà sur les lieux apparemment, et ton coéquipier est en route, lui aussi.

Dylan quitta le parking du restaurant de Lesley où il avait prévu de s'accorder une généreuse part de tarte maison en guise de déjeuner. La nouvelle lui avait définitivement coupé l'appétit.

Tout en s'engageant dans Crone Street en direction du centre-ville, il s'interrogea sur ce qui venait de se passer. S'agissait-il d'un crime, d'un accident ou bien encore d'un suicide ? La première éventualité paraissait peu probable. Roger avait une connaissance approfondie des armes à feu, et c'était un homme prudent et méticuleux.

Dylan n'avait pas non plus de raison de penser qu'il ait pu vouloir attenter à sa vie. Il n'avait laissé transparaître aucune détresse particulière, ces derniers temps. Quant à l'idée qu'il ait pu être victime d'une agression après une vie entière passée au service des autres, elle rendait Dylan malade.

Il existait bien sûr une autre hypothèse, plus inquiétante encore que les précédentes. Se pouvait-il que Roger ait appris quelque chose au sujet du tueur aux violettes ? Ce dernier l'avait-il découvert ? Avait-il alors tenté de se débarrasser du détective privé ?

— Lily, est-ce qu'on sait qui a signalé le coup de feu ? demanda-t-il.

— Laisse-moi vérifier…, répondit l'opératrice.

Il l'entendit pianoter quelques instants sur le clavier de son ordinateur.

— Apparemment, l'appel que les urgences ont reçu émanait de Naomi Lincoln, la nièce de Roger. Elle était en vidéoconférence avec lui lorsque c'est arrivé.

À ces mots, Dylan tressaillit de nouveau, manquant presque perdre le contrôle de son véhicule. Il ne s'était pas du tout attendu à entendre le nom de son ex-petite amie en de telles circonstances. Après tout, cela faisait plus de deux ans qu'elle avait quitté Pebble Creek – et Dylan – pour s'engager dans les services secrets.

Elle vivait désormais à Miami, et si elle avait rendu visite à Roger depuis son départ, ce dernier s'était bien gardé de lui en parler. Dylan savait pourtant que son mentor et ami n'avait pas complètement renoncé à l'idée de les voir se réconcilier.

Lui-même doutait fortement qu'une telle chose fût possible. Alors même qu'il était sur le point de la demander en mariage, Naomi lui avait clairement fait comprendre qu'à ses yeux sa carrière était prioritaire. Elle avait disparu de sa vie du jour au lendemain sans un regard en arrière, et il était resté là à ramasser les morceaux de son cœur brisé.

Depuis, il s'était efforcé de tourner la page. Et il en allait probablement de même pour Naomi. Cela ne l'empêchait pourtant pas de se sentir désolé à l'idée qu'elle ait pu être témoin de ce qui était arrivé à son oncle.

En débouchant sur Bedford Avenue, Dylan aperçut une voiture de patrouille qui stationnait devant l'immeuble qu'occupait l'agence de Roger. Au loin, il pouvait entendre la sirène d'une ambulance qui se rapprochait à vive allure.

Dylan se gara sur le parking et pénétra dans l'immeuble. Empruntant les escaliers, il grimpa les marches quatre à quatre pour gagner le premier étage. Au bout du couloir, devant la porte de l'agence, un policier en uniforme se trouvait en faction.

Dylan reconnut Jeffrey Covington avec lequel il avait déjà travaillé.

— L'un de vos collègues vient tout juste d'arriver, lui signala Covington. L'inspecteur Hwang.

Gregory Hwang était le coéquipier de Dylan, et il le considérait comme un ami. La scène de crime se trouvait entre de bonnes mains.

— Dans quel état se trouve Roger Lincoln ? demanda-t-il à l'agent en uniforme.

— Le détective privé ? s'enquit ce dernier. Il est mort, inspecteur.

Dylan sentit une douloureuse émotion lui étreindre la gorge. Jusqu'à cet instant, il avait espéré que Roger n'était que blessé.

— Que s'est-il passé ? s'enquit-il, la mort dans l'âme.

— La victime a pris une balle en pleine tête, répondit l'agent qui ne paraissait pas avoir remarqué sa détresse. J'ignore s'il s'agit d'un crime ou d'un suicide. L'inspecteur Hwang est arrivé quelques minutes après que j'ai constaté le décès et il pourra certainement vous en dire plus.

— Est-ce que quelqu'un se trouvait sur place, lorsque vous êtes arrivé ?

— Non. La porte était ouverte, et les bureaux étaient déserts.

Cela n'avait rien d'étonnant, songea Dylan. La secrétaire que Roger employait ne travaillait que trois jours par semaine.

— Pourriez-vous faire le tour de l'immeuble et vérifier si quelqu'un aurait pu voir ou entendre quelque chose ?

— Je m'en occupe tout de suite, inspecteur.

Dylan le remercia d'un signe de la tête et franchit la porte de l'agence. La grande pièce dans laquelle il pénétra tenait lieu à la fois de salle d'accueil et de salle des archives. Le bureau de la secrétaire se dressait sur la gauche, près de la large baie vitrée qui donnait sur la rue.

Les autres murs étaient tapissés d'armoires métalliques fermées à clé qui contenaient les dossiers de l'agence. Sur la droite, autour d'une petite table basse, étaient disposés un canapé de cuir et deux confortables fauteuils Chesterfield.

Au fond s'ouvraient deux portes. L'une était close. Dylan savait qu'elle donnait sur une petite salle de réunion. L'autre donnait sur le bureau de Roger. Hwang qui se trouvait à l'intérieur se tourna vers Dylan et le considéra avec gravité.

— Je suis vraiment désolé, lui dit-il.

Dylan s'avança dans la pièce et découvrit le corps de Roger. Il était assis sur son fauteuil en cuir, mais son corps avait basculé en avant et sa tête reposait sur sa table de travail, dans une mare de sang. La moitié de son visage n'était plus qu'une plaie sanglante, causée par une balle de gros calibre, tirée à bout portant.

Dylan prit une profonde inspiration, s'efforçant de surmonter l'horreur et le désarroi que lui inspirait la vue de son vieil ami. La seule chose qu'il pouvait faire pour lui, à présent, c'était se comporter en professionnel et retrouver celui qui avait fait cela.

— Est-ce que tu as retrouvé l'arme du crime ?

— Qu'est-ce qui te fait dire qu'il ne s'agit pas d'un suicide ?

— Roger a été tué d'une balle de .45. L'arme qu'il utilisait était un Colt Detective Special de calibre .38.

Hwang hocha la tête.

— Bien vu, acquiesça-t-il. Et effectivement, il n'y a pas trace de l'arme, ce qui exclut la thèse de suicide.

En dépit des circonstances tragiques, Dylan éprouvait une pointe de soulagement à l'idée que Roger n'avait pas cherché à attenter à sa propre vie, a fortiori alors qu'il était apparemment en pleine discussion avec sa nièce.

Roger Lincoln avait toujours été un modèle, pour elle comme pour Dylan. C'était un flic d'exception, un enquêteur de premier ordre et un homme droit et courageux qui avait su leur transmettre les idéaux pour lesquels il s'était toujours battu.

— Est-ce que tu crois qu'il s'agit d'un cambriolage qui a mal tourné ? s'enquit Hwang en considérant la pièce dans laquelle ils se trouvaient.

— J'en doute, répondit Dylan. Il n'y a généralement pas grand-chose à voler dans une agence de détective. Et cela n'explique pas le tir à bout portant. Ça ressemblerait plutôt à une exécution.

— Cela pourrait avoir un rapport avec l'une des affaires sur lesquelles Roger travaillait, remarqua Hwang.

— Possible, acquiesça Dylan. En attendant de pouvoir consulter ses dossiers, nous devrions appeler l'équipe de la police scientifique.

— Je l'ai fait. Ils ne devraient plus tarder.

Hwang se tourna vers Dylan et le regarda droit dans les yeux.

— Roger était l'un des nôtres, lui dit-il gravement. Et il n'a pas mérité de finir de cette façon. Nous ferons tout ce qui est en notre pouvoir pour retrouver celui qui a fait ça.

— Merci, répondit gravement Dylan.

Il connaissait suffisamment Hwang pour savoir qu'il ne s'exprimait pas à la légère. Âgé de quarante ans, originaire de Corée du Sud et père de deux adorables jumelles de huit ans, Hwang était comme Roger, un homme d'honneur et de convictions. C'était d'ailleurs la raison pour laquelle Dylan lui avait demandé de rejoindre l'équipe qu'il avait formée pour enquêter sur le tueur aux violettes.

Les deux hommes reprirent l'inspection de la scène de crime. Sous un meuble, Dylan finit par retrouver la douille de la balle qui avait abattu Roger.

— Tu avais raison, remarqua Hwang. C'est bien un .45 ACP. Pas le genre de munitions qu'utilisent les cambrioleurs.

Dylan hocha la tête.

— Avec un peu de chance, nous trouverons une empreinte dessus, déclara-t-il en glissant la douille dans un sachet en plastique qu'il numérota.

— Il se peut aussi que nous ayons une photo du tueur, pousuivit Hwang. J'ai vu une caméra de surveillance à l'extérieur du bâtiment.

— Espérons que le tueur ne l'a pas remarquée, lui. J'ai aussi demandé à Covington de faire le tour de l'immeuble pour recueillir d'éventuels témoignages. Quelqu'un a sûrement entendu la détonation. Un .45 automatique, ce n'est pas vraiment très discret comme arme.

— Sauf s'il était équipé d'un silencieux, répliqua Hwang.

Dylan hocha la tête. S'il s'agissait bien d'une exécution, comme il le pensait, il était effectivement possible que le tueur ait pensé à se munir d'un modérateur de son.

Bien sûr, il était impossible d'étouffer complètement le bruit avec une arme de ce calibre. Mais le coup de feu serait suffisamment atténué et modifié pour que la plupart des gens soient incapables de l'identifier comme tel.

— D'après ce que j'ai compris, Roger était en visioconférence lorsque c'est arrivé, reprit Dylan. Je ne vois pourtant pas trace de son ordinateur.

— Je l'ai remarqué aussi, acquiesça Hwang. Et je n'ai pas non plus trouvé de téléphone portable. Est-ce que tu sais avec qui Roger était en contact, au moment de sa mort ?

— Avec sa nièce Naomi.

Hwang le considéra d'un air atterré. Comme bon nombre de ses collègues, il savait que Dylan et elle avaient été en couple et que leur rupture avait été un moment très difficile pour lui.

— Je suis vraiment désolé, murmura-t-il. Est-ce que tu lui as parlé ?

— Pas encore, répondit Dylan en détournant les yeux. Je préférais avoir tous les éléments en main avant de le faire.

Hwang paraissait considérer que c'était à lui de contacter Naomi. Et il devait bien reconnaître qu'étant donné leur histoire et ses relations avec Roger, il était sans doute le mieux placé pour le faire. Mais l'idée de passer cet appel le rendait malade.

Il se devait pourtant de l'interroger au sujet de ce qui s'était passé. Roger lui avait-il fait part de craintes particulières ? Avait-elle aperçu le tueur qui l'avait abattu ? Ce dernier l'avait-il vue ? Si tel était le cas, elle était peut-être en danger. L'assassin de son oncle n'hésiterait probablement pas à se débarrasser d'un témoin gênant.

Dylan essaya de se rassurer en se disant que Naomi se trouvait à des kilomètres de là. Mais il savait que cela n'arrêterait pas forcément le tueur. De plus, elle viendrait certainement à Pebble Creek pour organiser les funérailles de son oncle.

— Tu devrais l'appeler, lui suggéra Hwang. Je peux superviser l'équipe de la Scientifique et les hommes du coroner.

— Tu as raison, soupira Dylan.

Il s'approcha de Roger pour lui faire un dernier adieu et contempla tristement son visage défiguré par le coup de feu. Ses lèvres avaient pris une couleur violacée. Entrouvertes, elles laissaient s'écouler un filet de sang poisseux. Alors qu'il était sur le point de se détourner, Dylan crut apercevoir quelque chose à l'intérieur de la bouche de son mentor.

S'agenouillant à ses côtés, il écarta doucement sa mâchoire et ne put réprimer un frisson en découvrant une violette imbibée de sang et de salive.

— Je crois que j'ai enfin découvert qui est le tueur aux violettes…

Tels étaient les derniers mots qu'avait prononcés Roger Lincoln avant d'être interrompu par un claquement sec. Naomi n'avait pas immédiatement reconnu le bruit d'un coup de feu étouffé par un silencieux. Mais elle avait vu son oncle s'écrouler brusquement sous ses yeux. Derrière lui, dans la pénombre, elle avait brièvement aperçu une silhouette indistincte. Puis l'image avait brusquement été coupée.

S'efforçant de réprimer l'horreur et l'angoisse qui l'assaillaient, elle s'était précipitée sur son téléphone pour appeler les secours. Depuis lors, elle était demeurée prostrée sur son canapé, les yeux fixés sur son portable, attendant que quelqu'un se décide enfin à l'appeler pour lui donner des nouvelles de Roger.

Elle était d'autant plus attachée à son oncle paternel que c'était lui qui l'avait éduquée depuis l'âge de dix ans. Il l'avait recueillie lorsque les parents de Naomi, Milton et Paula Lincoln, étaient morts dans un accident de voiture. Il était aujourd'hui sa seule famille, et si elle venait à le perdre, elle se retrouverait seule au monde.

Si sa colocataire et amie Sophia Menendez s'était trouvée là, elle aurait peut-être trouvé les mots pour la réconforter. Malheureusement, elle avait été envoyée en mission pour le compte de la CIA et ne rentrerait probablement pas avant plusieurs jours.

Refusant de rester plus longtemps à se morfondre, Naomi alla chercher son ordinateur portable et se connecta au site du journal local de Pebble Creek pour voir s'il était fait mention de ce qui était arrivé à son oncle.

Elle consulta successivement les nouvelles qui s'affichaient sur la page d'accueil et le forum où les internautes pouvaient discuter des actualités de la ville. Mais elle ne trouva aucune allusion à ce qu'il était advenu de son oncle.

L'essentiel des conversations se concentrait sur la vague de meurtres qui terrorisaient la petite ville. La police semblait impuissante à arrêter le mystérieux tueur aux violettes qui continuait d'assassiner des jeunes femmes en toute impunité.

Naomi avait collaboré régulièrement avec la police de Pebble Creek du temps où elle travaillait pour l'agence de détective de son oncle. Elle se doutait donc que les enquêteurs disposaient de plus de bien plus d'éléments qu'ils ne le laissaient paraître. Dans ce genre d'affaires, la discrétion était de mise.

Malheureusement, ces indices ne leur avaient pas suffi à interpeller le coupable. Naomi ne put s'empêcher de repenser à ce que lui avait dit Roger. Avait-il réellement réussi à identifier le tueur aux violettes ? Était-ce la raison pour laquelle on l'avait tué ? La silhouette qu'elle avait brièvement entrevue à l'écran était-elle celle de ce sociopathe ?

Ses réflexions furent brusquement interrompues par la sonnerie de son téléphone portable. Le cœur battant à tout rompre, elle constata que celui qui cherchait à la contacter en visio n'était autre Dylan Hester, son ex-petit ami qui se trouvait également être l'inspecteur en charge de l'affaire du tueur aux violettes.

Tous deux ne s'étaient pas reparlé depuis qu'elle avait accepté son poste au sein de la CIA, deux ans auparavant, et qu'elle avait quitté Pebble Creek pour Miami. C'était elle qui avait pris l'initiative de leur séparation, estimant qu'il serait moins douloureux de rompre plutôt que de laisser l'éloignement géographique miner une relation qui se trouvait déjà dans une impasse.

Elle n'aurait su dire comment Dylan et elle en étaient arrivés là. Lorsque son oncle lui avait présenté son nouveau coéquipier, tous deux avaient eu le coup de foudre. Ils étaient rapidement sortis ensemble, et les premiers mois de leur relation avaient indéniablement été les plus heureux de toute son existence.

Mais au fil du temps, le doute avait commencé à s'insinuer en elle. Car au bout de deux années, ils n'avaient toujours pas évoqué la possibilité de s'installer ensemble – sans parler de l'éventualité plus lointaine de se marier ou de fonder un jour une famille.

Chaque fois qu'elle faisait mine d'évoquer l'un de ces sujets, Dylan se montrait délibérément évasif, arguant qu'ils étaient jeunes et qu'ils avaient tout le temps devant eux. Lorsqu'un ami de son oncle qui travaillait pour la CIA lui avait parlé d'un poste qui s'était libéré à Miami, elle avait commencé par décliner.

Mais en y réfléchissant, elle avait pris conscience de l'opportunité exceptionnelle que cela représentait pour elle. Elle en avait alors parlé à Dylan, lui expliquant la situation. Elle s'attendait alors à ce qu'il cherche à la dissuader de partir mais, au lieu de cela, il l'avait encouragée à accepter le poste.

Elle avait compris alors qu'en dépit des sentiments qu'ils éprouvaient l'un pour l'autre, leur relation était sans avenir. Et elle était partie pour Miami. Rétrospectivement, elle ne regrettait pas sa décision. Son travail au sein de la CIA avait dépassé ses attentes.

Elle avait l'impression de jouer un rôle important dans la lutte contre les trafics humains, les grands cartels de la drogue ou les crimes financiers qui enrichissaient les puissants aux dépens des plus pauvres.

Elle était fière de ce qu'elle avait accompli en l'espace de deux ans et était bien décidée à poursuivre ce combat. Mais cela ne l'empêchait pas de regretter régulièrement l'époque où elle vivait avec Dylan.

C'était d'ailleurs la raison pour laquelle elle avait préféré rompre tout contact avec lui. Mais il était probablement le mieux informé au sujet de ce qui était arrivé à Roger. Elle répondit donc à son appel vidéo et vit son visage s'afficher à l'écran.

Ses cheveux noirs étaient peut-être coupés un peu plus court qu'autrefois, mais le visage qu'ils encadraient n'avait quasiment pas changé au cours de ces deux dernières années. Ses traits parfaitement dessinés et ses yeux gris aux reflets dorés reflétaient un mélange de désarroi et de compassion qui lui transperça le cœur.

— Naomi…, lui dit-il d'une voix très douce. Je suis désolé…

— Est-ce que Roger est… ?

Elle n'eut pas la force de conclure sa question.

— Il est mort, lui répondit Dylan. Je suis vraiment navré…

Naomi s'était attendue à l'entendre prononcer ces mots. Ils n'en étaient pas moins insupportables à entendre, et elle dut se faire violence pour réprimer les sanglots qui montaient en elle. Mais fondre en larmes ne résoudrait rien. Elle se devait d'être forte pour son oncle.

— Que s'est-il passé ? parvint-elle à articuler.

— Roger a été abattu dans son bureau. Pour le moment, nous ignorons l'identité du meurtrier.

— Est-ce que vous savez qui pouvait vouloir sa mort ? demanda-t-elle.

Les dernières paroles de son oncle semblaient désigner un suspect. Mais Naomi préférait entendre d'abord les hypothèses de Dylan et de la police.

— À vrai dire, j'espérais que tu aurais une idée à ce sujet.

Il hésita un instant avant de reprendre :

— Je sais que le moment est mal choisi, que tu préférerais sans doute que je te laisse tranquille… Mais j'ai cru comprendre que tu avais été témoin de la scène, et tout ce que tu pourras nous dire nous aidera à identifier et à arrêter le coupable au plus vite.

— Je comprends, répondit-elle d'une voix légèrement tremblante. Et oui, tu as raison. Nous étions en train de discuter lorsque c'est arrivé. Pourtant, je n'ai rien vu de précis… Il y a eu un coup de feu, et Roger a basculé en avant, tombant hors du champ de la caméra. Ensuite, j'ai aperçu une silhouette derrière lui, dans la pénombre. Mais il faisait si sombre que je ne pourrais même pas te dire s'il s'agissait d'un homme ou d'une femme. La silhouette a disparu presque aussitôt, et, quelques instants plus tard, la communication a été coupée.

— Est-ce que Roger t'a dit quoi que ce soit d'inhabituel ? Paraissait-il inquiet ?

Elle hocha la tête.

— Nous avons surtout parlé de moi. Il me contactait régulièrement pour prendre de mes nouvelles. Mais à la fin de notre conversation, il a évoqué le fait qu'il enquêtait sur le tueur aux violettes. Il m'a même dit qu'il tenait un suspect.

— J'imagine qu'il n'a pas précisé de qui il s'agissait.

— C'est à ce moment que… que c'est arrivé. Mais connaissant mon oncle, il ne m'aurait rien dit avant d'avoir de véritables certitudes. Et d'en avoir parlé à la police de Pebble Creek.

Rétrospectivement, Naomi regrettait de ne pas l'avoir interrogé auparavant sur ses activités. Cela lui aurait peut-être permis d'aider les enquêteurs. Mais il ne servait à rien de se faire de tels reproches.

— Est-ce qu'il t'avait déjà parlé de cette enquête ?

— Non, c'était la première fois. Mais il évitait généralement de me mêler à ses affaires professionnelles.

— Je vois, répondit Dylan.

— De toute façon, lui dit-elle, vous n'aurez qu'à étudier ses dossiers. Roger avait pour habitude de documenter soigneusement chacune de ses enquêtes. Il ne vous sera pas difficile de trouver qui il soupçonnait…

— Le problème, c'est que l'assassin a pris soin d'emporter son ordinateur et son téléphone portable. Et je n'ai rien trouvé dans les dossiers papier. J'imagine que s'il y en avait un, il l'a pris aussi.

— Si tel est le cas, cela prouve que c'est bien le tueur aux violettes qui l'a tué.

— Possible, acquiesça Dylan. Mais à ce stade, je préfère n'écarter aucune hypothèse.

Naomi le connaissait suffisamment pour sentir qu'il lui cachait quelque chose. Et cela ne fit que renforcer sa propre conviction concernant la culpabilité du tueur en série.

— Je suppose que tu comptes venir pour l'enterrement, lui dit alors Dylan.

— La question ne se pose même pas, rétorqua-t-elle, choquée qu'il puisse même envisager le contraire. Roger était la seule famille qui me restait.

— Je sais, soupira Dylan. Je me disais juste que ton travail ne te permettrait peut-être pas d'être là…

Elle le considéra avec une pointe de stupeur, se demandant s'il s'agissait d'une façon déguisée de lui reprocher d'avoir choisi son métier au détriment de sa vie personnelle. Mais rien dans l'expression de Dylan ne le laissait deviner. Croyait-il réellement que les directeurs de la CIA étaient dénués de toute humanité ?

— Je suis certaine que l'on m'accordera quelques jours de congé en de telles circonstances, répondit-elle.

— Très bien, acquiesça Dylan. Dans ce cas, envoie-moi les références de ton vol dès que tu l'auras réservé. Je passerai te chercher à l'aéroport.

— Tu n'es vraiment pas obligé, objecta-t-elle. Je peux très bien prendre un taxi.

— Si tu veux, dit-il aussitôt.

Naomi ne put réprimer un léger pincement au cœur. Il paraissait évident que Dylan ne tenait pas particulièrement à la revoir. Bien sûr, elle ne pouvait réellement le lui reprocher. Après tout, c'était elle qui avait pris l'initiative de leur rupture.

D'ailleurs, elle n'était pas certaine non plus de se sentir tout à fait prête à se retrouver en tête à tête avec lui. Il y avait encore entre eux bien trop de non-dits. Évidemment, elle n'aurait sans doute pas le choix : si Dylan était l'inspecteur en charge de l'enquête, ils seraient bien forcés de se retrouver pour en discuter.

— Je t'appelle dès que je serai à Pebble Creek, lui dit-elle. En attendant, n'hésite pas à me laisser un message si tu apprends quoi que ce soit. Au revoir, Dylan.

Sur ce, elle raccrocha. Elle se sentait un peu coupable de s'être montrée aussi sèche envers lui. Mais elle ne tenait vraiment pas à ce que cette conversation s'éternise. Elle avait besoin de se retrouver seule, besoin de temps pour prendre réellement la mesure de ce qui venait de se passer.

Les larmes lui montèrent de nouveau aux yeux, et, cette fois-ci, elle ne chercha pas à les retenir. Durant de longues minutes, elle laissa libre cours à son chagrin, laissant remonter à la surface de son esprit tous les moments heureux qu'elle avait passés auprès de son oncle.

Le flot de larmes se tarit enfin, et elle prit conscience du fait que, par-delà le chagrin, une colère glacée l'habitait. Elle se promit alors qu'elle n'aurait de cesse tant que le meurtrier de Roger n'aurait pas été identifié, traîné devant la justice et condamné.

Et si elle devait pour cela marcher sur les plates-bandes de la police de Pebble Creek, elle n'hésiterait pas un instant à le faire.

2

Assise à l'arrière du taxi qui la conduisait du petit aéroport de Pebble Creek à la maison de son oncle, Naomi contemplait pensivement le paysage qui défilait sous ses yeux. Les rues bordées de beaux peupliers de Virginie n'avaient quasiment pas changé depuis sa dernière visite.

C'était précisément cette immuabilité qui l'avait poussée à fuir cette ville qui l'avait vue grandir. Dès l'instant où elle était revenue de Portland où elle avait fait ses études et jusqu'au jour où elle était partie pour Miami, Pebble Creek lui avait donné l'impression d'être un piège qui se refermait inexorablement sur elle. L'idée d'y passer le restant de sa vie la rendait alors malade.

Mais ce jour-là, curieusement, cette vision familière éveillait en elle une profonde nostalgie. Elle se rappelait l'enfance heureuse qu'elle avait vécue auprès de son oncle, après le violent traumatisme qu'avait représenté la mort de ses parents.

La ville lui avait alors fait l'effet d'un cocon rassurant. Elle avait d'ailleurs brièvement retrouvé cette sensation aux premiers temps de sa liaison avec Dylan. Et elle ne pouvait s'empêcher de se demander à quoi aurait bien pu ressembler sa vie si elle avait décidé de demeurer ici, à ses côtés.

Comme le taxi longeait le lac qui s'étendait au sud-est de la ville, de nouveaux souvenirs remontèrent en elle. C'était là que Dylan et elle avaient fait l'amour pour la première fois, dans la cabine du bateau que leur avait prêté l'un de ses amis. Cela avait été la soirée la plus romantique de sa vie, et elle avait alors pris conscience du fait qu'elle était éperdument amoureuse de Dylan.

A posteriori, elle n'était pas sûre de s'en être remise. Aucun des hommes avec lesquels elle était sortie au cours des deux dernières années ne lui avait semblé être à la hauteur de son ex-petit ami. Mais elle avait suffisamment réfléchi à la question pour savoir que cela ne changeait pas grand-chose à la décision qu'elle avait prise.

Contrairement à ce qu'elle avait longtemps cru, l'amour était une condition nécessaire mais pas suffisante pour qu'un couple puisse réellement s'épanouir. Il y en avait d'autres, tout aussi importantes : la tendresse et la confiance, bien sûr, mais aussi l'envie de se projeter ensemble dans l'avenir.

Comme elle se faisait cette triste réflexion, le taxi s'engagea sur Maple Lane, et elle aperçut la maison de Roger qu'elle considérait toujours comme son véritable foyer. Construite dans le plus pur style Craftsman, elle possédait une façade qui mêlait élégamment pierre et bois et que perçaient de jolies fenêtres à bardeaux.

— Nous y sommes, lui indiqua le chauffeur en arrêtant son véhicule devant le portail du petit jardin.

Elle régla la course avant de descendre de la voiture. En cet après-midi de la mi-août, le soleil flamboyait dans le ciel couleur d'azur, réchauffant doucement son visage. L'air était dénué de cette humidité parfois étouffante qui caractérisait le climat de la Floride.

Le chauffeur vint lui ouvrir le coffre, et elle récupéra son sac à dos tactique, sa housse à tailleur et la sacoche de son ordinateur portable. Après lui avoir souhaité un agréable séjour à Pebble Creek et avoir pris congé d'elle, le chauffeur remonta à bord de son véhicule qui ne tarda pas à s'éloigner.

Prenant une profonde inspiration, Naomi s'avança jusqu'à la grille en fer forgé. Elle sentit son cœur se serrer dans sa poitrine, s'attendant presque à voir son oncle sortir de la maison pour venir à sa rencontre.

Il lui sembla alors entrevoir un mouvement à l'une des fenêtres du premier étage. Surprise, elle la scruta attentivement et s'aperçut que les voilages bougeaient légèrement, comme si quelqu'un venait de les effleurer. Sa première pensée fut que l'assassin de son oncle la guettait depuis l'intérieur de la maison.

C'était absurde, bien sûr. Il s'agissait probablement d'un simple courant d'air. S'efforçant de réprimer cet accès d'angoisse irrationnelle, elle sortit son trousseau de clés de la poche extérieure de son sac à dos. Le portail était bien verrouillé, mais cela ne voulait pas dire grand-chose : il ne serait pas très difficile de passer par-dessus.

Elle traversa l'allée qui conduisait à la porte d'entrée et l'ouvrit. Tendant l'oreille, elle ne perçut aucun bruit à l'intérieur. Elle déposa donc ses sacs dans le vestibule. S'avançant dans le salon, elle considéra la pièce qui n'avait quasiment pas changé depuis qu'elle avait quitté la maison.

Elle ne put s'empêcher d'examiner les photos encadrées qui étaient posées sur la cheminée. Plusieurs d'entre elles la représentaient à des âges différents. Il y avait un très beau portrait de ses parents. Il y en avait qui montraient son oncle en uniforme, à sa sortie de l'académie, ou en civil, en compagnie des différents coéquipiers avec lesquels il avait travaillé.

Naomi se figea en apercevant une photo sur laquelle elle était blottie dans les bras de Dylan. Elle se rappelait parfaitement le jour où elle avait été prise. C'était à l'occasion d'une foire agricole, dans un petit village proche de Pebble Creek.

Le fait que Roger ait décidé de conserver ce cliché ne l'étonnait pas outre mesure. Il avait toujours été très proche de Dylan, qu'il considérait un peu comme le fils qu'il n'avait jamais eu. Naomi était d'ailleurs convaincue que, jusqu'au bout, son oncle avait secrètement espéré les voir se réconcilier un jour.

S'arrachant à la contemplation de ces clichés qui faisaient remonter trop de souvenirs douloureux, Naomi entreprit de faire le tour de la maison. Elle commença par la cuisine où elle trouva une assiette sale, des couverts et un verre dans l'évier.

Cette vision ajouta encore un peu à son désarroi. Comment Roger aurait-il pu deviner alors que ce serait son ultime repas ? Après avoir rangé le tout dans la machine à laver, Naomi explora la grande salle à manger qui se trouvait au rez-de-chaussée avant de gagner le premier étage.

La fenêtre derrière le rideau qu'elle avait vu bouger d'en bas était effectivement entrouverte, et elle prit soin de la refermer avant de visiter successivement sa chambre, celle de son oncle et celle qui était réservée aux amis de passage.

La maison était bel et bien déserte, ce qui acheva de la rassurer. Elle alla chercher ses affaires qu'elle rapporta dans sa chambre et entreprit de déballer. Lorsqu'elle eut rangé ses vêtements dans l'armoire et posé son ordinateur sur le bureau, elle observa pensivement la pièce dans laquelle elle se trouvait.

Lorsqu'elle avait quitté Pebble Creek, elle avait suggéré à son oncle de la transformer en salle de sport ou en bureau, mais il avait catégoriquement exclu cette éventualité, lui expliquant que cette chambre resterait indéfiniment la sienne et qu'elle y serait la bienvenue chaque fois qu'elle le voudrait.

Après avoir pris une longue douche brûlante, Naomi enfila des vêtements propres et attacha ses cheveux en queue-de-cheval. Elle consulta alors ses messages. Malgré elle, elle se sentit un peu déçue en constatant que Dylan ne lui en avait pas envoyé pour s'assurer qu'elle était bien arrivée.

Mais à quoi s'était-elle donc attendue ? Il lui avait clairement fait comprendre qu'il préférait garder ses distances. D'ailleurs, c'était sans doute préférable. En gardant leurs distances l'un vis-à-vis de l'autre, ils éviteraient toute forme d'ambiguïté.

Elle trouva en revanche un message de Jared Falcony, son supérieur à la CIA. Il lui réitérait ses condoléances et l'encourageait à prendre tout le temps dont elle aurait besoin pour enterrer son oncle et régler toutes les formalités d'usage. Elle répondit à ce SMS en remerciant son supérieur.

Sophia, sa colocataire qui travaillait également pour la CIA et était spécialisée dans les technologies de l'information. Elle assurait Naomi de tout son soutien en ces moments difficiles et l'incitait à faire appel à elle si elle avait besoin de quoi que ce soit.

Naomi était sur le point de reposer son téléphone lorsqu'un nouveau texto arriva sur sa messagerie. Il émanait d'un numéro qu'elle ne connaissait pas.

Je te vois, Naomi.

Signé : la Violette bleue.

Un frisson glacé dévala entre ses omoplates. S'agissait-il seulement d'une mauvaise plaisanterie ? Ou d'une menace envoyée par le tueur en série qui avait assassiné son oncle ? Dans le doute, elle ne pouvait se permettre de courir le moindre risque inutile.

Sans hésiter, elle alla récupérer le Glock 17 qui se trouvait dans son sac à dos et y glissa un chargeur. Le contact de la crosse et le poids de l'arme la rassurèrent quelque peu. S'approchant de la fenêtre, elle jeta un coup d'œil à travers les persiennes.

Elle ne repéra aucune présence suspecte. Mais cela ne signifiait pas grand-chose. Il y avait aux alentours de la maison des tas d'endroits qui auraient pu servir de cachette. Elle repensa alors au mouvement qu'elle avait cru percevoir à la fenêtre lorsqu'elle était arrivée. Se pouvait-il qu'en explorant les lieux elle ait manqué quelque chose ? Que le tueur ne se trouve pas à l'extérieur mais *à l'intérieur* ?

Réprimant un frisson, elle décida de fouiller de nouveau la maison. Cette fois, elle ne laissa rien au hasard, ouvrant chaque placard et allant même jusqu'à regarder sous les lits. Comme elle redescendait au rez-de-chaussée après avoir fait le tour de l'étage, elle crut entendre un léger craquement derrière la porte d'entrée.

Le cœur battant, elle s'en approcha sur la pointe des pieds et perçut un nouveau bruit. Elle déverrouilla silencieusement le loquet puis posa la main sur la poignée. Après avoir pris une profonde inspiration, elle ouvrit la porte à la volée et braqua son arme sur l'homme qui se trouvait de l'autre côté.

— Pas un geste ou je tire ! s'exclama-t-elle.

Elle prit alors conscience du fait qu'elle se trouvait face à Dylan. Ce dernier écarta les mains et la considéra d'un air passablement interloqué.

— Tu as vraiment une drôle de façon d'accueillir tes visiteurs, remarqua-t-il enfin avec un sourire amusé.

Dylan ne s'était pas attendu à ce que Naomi lui tombe dans les bras, ni même à ce qu'elle se montre particulièrement cordiale à son égard. Mais il n'avait pas non plus imaginé qu'elle braquerait sur lui un pistolet automatique.

— Est-ce que je peux baisser les mains ? lui demanda-t-il. Et est-ce que tu peux écarter cette arme ? Je t'avoue que ça me rend toujours un peu nerveux de me trouver de ce côté-ci du canon.

Naomi abaissa son pistolet et le considéra d'un air suspicieux. Il ne put s'empêcher de remarquer qu'elle était toujours aussi ravissante. Ses cheveux d'un noir de jais étaient plus longs que lorsqu'ils sortaient ensemble. Il se rappelait distinctement leur douceur satinée.

Il avait toujours été fasciné par la couleur de ses yeux. Des notes émeraude et des reflets d'or se mêlaient au brun clair. En cet instant, ils semblaient le transpercer de part en part, trahissant un mélange de méfiance et de suspicion.

— Désolée, lui dit-elle enfin. Je t'ai pris pour quelqu'un d'autre.

— Eh bien, je n'aimerais pas être à la place de ce pauvre type, déclara Dylan avec un sourire ironique. Puis-je savoir de qui il s'agit ?

— Comment as-tu su que j'étais là ? lui demanda-t-elle sans répondre à sa question.

Dylan haussa les épaules.

— Tu m'as envoyé les références de ton vol, lui rappela-t-il. Je me suis dit que tu viendrais directement ici pour déposer tes bagages. Si j'avais su que tu m'accueillerais de cette façon, j'aurais évité de débarquer à l'improviste…

Naomi s'abstint de tout commentaire et s'effaça pour le laisser entrer.

— Qui t'attendais-tu à trouver derrière la porte ? lui demanda Dylan en pénétrant dans le vestibule.

— Je ne sais pas, exactement, répondit-elle.

Elle alla poser son arme sur la table basse du salon et sortit son téléphone portable de la poche de son jean.

— J'ai reçu un SMS, il y a quelques minutes.

Elle lui tendit l'appareil, et il lut le texto qui s'affichait à l'écran. Son étonnement disparut rapidement, cédant place à l'inquiétude. La Violette bleue était un surnom que le tueur en série utilisait systématiquement dans les messages qu'il adressait parfois à la police.

Il s'agissait cependant d'un détail que Dylan et son équipe avaient sciemment dissimulé aux médias. Cela leur permettait d'authentifier plus facilement les communications du tueur et d'écarter les fausses revendications.

Ce n'était pas la première fois que le tueur aux violettes envoyait ce genre de SMS. Malheureusement, il avait toujours pris soin pour ce faire d'utiliser des cartes SIM jetables, et la police n'avait jamais pu s'en servir pour remonter jusqu'à lui.

Mais s'il s'agissait bien du véritable tueur, pourquoi avait-il jugé bon d'adresser un tel message à Naomi ?

— Je ne sais pas s'il s'agit d'une mauvaise blague ou d'une communication authentique, remarqua-t-elle alors. Mais lorsque j'ai entendu du bruit derrière la porte d'entrée, j'ai préféré ne courir aucun risque.

— Si tel était ton objectif, tu aurais dû t'enfermer à double tour et appeler la police.

Naomi secoua la tête.

— S'il s'était agi du tueur, je ne pense pas qu'il se serait laissé décourager aussi facilement, déclara-t-elle. Il n'aurait eu qu'à casser l'une des vitres pour pouvoir entrer. J'ai préféré prendre l'initiative et bénéficier de l'effet de surprise.

Dylan la considéra avec curiosité. L'instinct protecteur que Naomi avait toujours éveillé en lui avait tendance à lui faire oublier qu'elle appartenait à la CIA. Elle avait sans doute été formée à réagir à ce genre de situations. Et son oncle lui avait appris dès son plus jeune âge à se servir d'une arme à feu.

Malgré tout, l'idée que le tueur puisse la prendre pour cible le mettait très mal à l'aise, et il regrettait qu'elle soit revenue à Pebble Creek. Il ne se faisait cependant aucune illusion sur ses chances de la convaincre de rentrer à Miami avant l'enterrement de son oncle.

— Je comprends, répondit-il sobrement. Mais pourquoi le tueur aux violettes s'en prendrait-il à toi ?

— Il pense peut-être que mon oncle m'a parlé de ses soupçons, suggéra-t-elle.

Cela paraissait malheureusement assez probable. Si le tueur avait surpris Roger en pleine conversation avec sa nièce à son sujet, il soupçonnait peut-être celle-ci d'en savoir beaucoup trop. Si tel était le cas, elle se trouvait bel et bien en danger et le resterait tant qu'elle n'aurait pas quitté la ville.

Qu'il le veuille ou non, il allait donc devoir veiller sur elle pendant tout le reste de son séjour à Pebble Creek. Et si le tueur s'intéressait réellement à elle de trop près, cela donnerait peut-être à Dylan l'occasion de le capturer…

3

Naomi n'avait pas réellement réfléchi à ce qu'elle ressentirait en se retrouvant en tête à tête avec Dylan. Certes, elle s'était bien dit que l'expérience serait un peu embarrassante pour elle comme pour lui. Mais elle n'avait pas du tout anticipé le trouble qu'elle éprouvait en cet instant.

Malgré l'éloignement et l'absence de toute communication au cours des deux dernières années, elle avait l'impression que pas un jour ne s'était écoulé depuis leur dernière rencontre. Le simple fait de le regarder ravivait des émotions qu'elle avait cru disparues.

Était-ce parce que Dylan semblait n'avoir pas changé ? Parce que leur rupture avait été très subite et que leur relation n'avait pas eu le temps de se déliter ? Une chose était sûre : elle avait beaucoup de mal à faire abstraction de cette troublante sensation de familiarité.

Elle se demanda s'il en allait de même pour lui. Mais peut-être n'était-il pas du tout dans la même disposition d'esprit qu'elle. Après tout, rien ne lui permettait d'affirmer qu'il n'avait pas définitivement tourné la page et refait sa vie avec une autre.

Elle avait toujours évité d'interroger son oncle à son sujet, et ce dernier avait respecté ce choix. Mais rétrospectivement, elle regrettait de ne pas s'être tenue un peu plus au courant. Elle saurait aujourd'hui à quoi s'en tenir.

S'efforçant d'écarter ces considérations qui paraissaient un peu déplacées, étant donné les circonstances, elle se concentra sur ce qui venait de se produire. Si le tueur aux violettes la soupçonnait bel et bien de connaître les conclusions de Roger, il la considérait peut-être comme une cible à abattre.

— Crois-tu que le tueur ait pu s'introduire dans la maison ? demanda-t-elle à Dylan.

— Qu'est-ce qui te fait dire cela ?

Elle hésita à lui parler du rideau qu'elle avait vu bouger et décida de n'en rien faire de peur de paraître ridicule.

— Il aurait pu venir ici pour chercher les preuves que Roger aurait pu avoir concernant son identité.

— S'il en avait, elles se trouvaient certainement sur l'ordinateur et sur le téléphone portable que le tueur a dérobés. Est-ce que tu as constaté le moindre signe d'effraction en arrivant ici ?

— Non, reconnut-elle, bien consciente que cela ne prouvait pas grand-chose.

— Est-ce que ton oncle avait un autre ordinateur, ici ? s'enquit alors Dylan.

— Non. Il rapportait généralement celui qu'il utilisait à l'agence.

— As-tu vu dans la maison des dossiers qui pourraient se rapporter à cette affaire ?

— Je n'ai pas regardé, admit-elle.

— Ça t'ennuie si je jette un coup d'œil ?

Elle secoua la tête, et ils firent de nouveau le tour de la maison, prenant soin cette fois de fouiller tous les meubles. De retour au salon après plus de quarante minutes d'inspection approfondie, ils durent bien se rendre à l'évidence : soit Roger n'avait rapporté aucun dossier chez lui, soit ils avaient effectivement été dérobés après sa mort.

— Est-ce que la maison est équipée d'un système d'alarme ? demanda Dylan.

— Non. Oncle Roger parlait régulièrement d'en faire installer un, mais il ne l'a jamais fait. Il devait penser que le quartier était suffisamment sûr.

— Et en temps normal, je ne lui aurais pas donné tort, acquiesça Dylan. Mais depuis que ce tueur terrorise Pebble Creek, plus aucun quartier n'est à l'abri. Très franchement, je doute qu'il ait eu l'audace de s'introduire chez Roger après l'avoir assassiné et alors qu'il sait que la police est à sa poursuite. Mais dans le doute, j'enverrai tout de même une équipe de la police scientifique pour inspecter les lieux.

— Merci, répondit Naomi.

— Tu n'as pas à me remercier, répliqua Dylan. Je ne fais que mon travail.

Une fois encore, Naomi ne put réprimer un léger pincement au cœur. Le ton détaché que Dylan venait d'employer indiquait clairement le fait qu'il comptait garder ses distances vis-à-vis d'elle. Elle tenta de se convaincre que c'était sans doute mieux ainsi mais n'y parvint pas totalement.

— En attendant, reprit-il, tu ferais peut-être mieux de t'installer autre part par acquit de conscience, suggéra-t-il.

Naomi se rembrunit. L'idée de se laisser chasser par ce tueur hors de la maison de son oncle la révoltait.

— Ne t'en fais pas pour moi, répondit-elle. Je suis sûre que tout se passera bien. Je suis d'accord avec toi : ce serait du suicide pour le tueur de revenir ici. Et même s'il s'avisait de le faire, il trouvera à qui parler.

Dylan fronça légèrement les sourcils.

— Je ne mets pas en doute ton aptitude à te défendre, lui dit-il. Mais ce type a déjà tué sept personnes. Huit si l'on compte Roger qui n'était pas une cible facile. S'il s'introduit ici pendant ton sommeil, tu ne pourras pas faire grand-chose.

— Voilà qui est rassurant, murmura Naomi, troublée.

— Disons simplement qu'en de telles circonstances,

je préfère pécher par excès de prudence que par excès d'optimisme.

— Que me recommandes-tu, alors ?

— Tu pourrais aller t'installer à l'hôtel ou bien t'installer à la maison.

Naomi le considéra avec stupeur.

— Tu me proposes de venir m'installer chez toi ? lui demanda-t-elle.

Jusqu'à présent, il s'était comporté à son égard avec un mélange de politesse sourcilleuse et de froideur, s'efforçant de maintenir une certaine distance entre eux. Elle essaya de s'imaginer à quoi pourrait bien ressembler une telle cohabitation. Retrouveraient-ils leurs habitudes d'autrefois ? Et pourrait-elle résister très longtemps à l'attirance qu'il exerçait sur elle ?

— Ne te méprends pas sur mes intentions, précisa alors Dylan, visiblement embarrassé. Cela fait deux ans que nous avons rompus, et je sais que l'eau a coulé sous les ponts. Je ne cherche pas à compliquer les choses entre nous. Tout ce qui m'importe, c'est d'assurer ta sécurité.

Naomi ne sut si elle devait se sentir déçue ou soulagée par ces précisions.

— J'ai une chambre d'amis que je peux mettre à ta disposition, poursuivit-il. Et je dispose d'un système d'alarme très perfectionné. Alors je peux parfaitement t'accueillir, le temps que durera ton séjour à Pebble Creek. Je dois bien ça à Roger.

Elle ne put s'empêcher de tiquer. La proposition de Dylan avait quelque chose d'affreusement condescendant.

— Ce ne sera pas nécessaire, répondit-elle un peu sèchement. Je fais partie des services secrets et je suis parfaitement capable d'assurer ma propre sécurité. Je suis armée et formée à la pratique du krav maga. Si le tueur s'en prend à moi, il risque de se retrouver en prison plus rapidement que prévu.

— Espérons-le, murmura Dylan qui ne semblait pas particulièrement convaincu.

Naomi ne pouvait le lui reprocher : elle se sentait nettement moins sûre d'elle qu'elle ne voulait le laisser paraître. Mais elle était bien décidée à lui prouver qu'elle était parfaitement capable de prendre soin d'elle-même.

— Puisque tu sembles si sûre de toi, je ne chercherai pas à te dissuader. Je te connais suffisamment pour savoir que je n'aurais aucune chance d'y parvenir…

Il y avait de l'amertume dans sa voix et même une pointe de ressentiment. Naomi fut tentée de lui demander ce qu'il entendait par-là, mais elle s'abstint prudemment de le faire. À quoi servirait-il d'ouvrir une telle boîte de Pandore ? Elle n'était là que pour quelques jours, avant de repartir pour Miami, à l'autre bout du continent.

— Tâche quand même de faire attention à toi, ajouta Dylan d'un ton plus conciliant.

— C'est promis, répondit-elle.

Il était évident qu'en dépit des tensions et des non-dits il tenait toujours à elle.

— Et si tu as besoin d'aide pour organiser l'enterrement de Roger, surtout n'hésite pas, lui dit-il gravement.

En réalité, Naomi avait toujours du mal à accepter le fait que Roger puisse être mort. Et elle n'avait strictement aucune idée de la façon dont on organisait un enterrement. Mais elle était bien décidée à s'acquitter de cette ultime responsabilité vis-à-vis de son oncle.

— Je devrais pouvoir me débrouiller, répondit-elle. Je sais qu'oncle Roger avait acheté une concession à côté de celle de mes parents. Il tenait à être enterré auprès de son frère. Tous deux ont toujours été très proches.

— Parfait, approuva Dylan. Il va falloir que j'y aille.

Si tu as besoin de quoi que ce soit, n'hésite surtout pas à m'appeler.

— D'accord, acquiesça-t-elle. Je m'en souviendrai. Merci, Dylan…

Dylan haussa les épaules, visiblement embarrassé.

— Il n'y a pas de quoi.

— De ton côté, ajouta-t-elle, tiens-moi au courant des avancées de l'enquête.

— Je le ferai. À ce propos, la police scientifique ne devrait pas tarder à terminer ses analyses sur le SUV de Roger. Je leur dirai de te le ramener dès que possible. Cela t'évitera d'avoir à louer un véhicule pour la durée de ton séjour.

Naomi hocha la tête. Elle savait déjà combien il lui semblerait étrange de se retrouver au volant du SUV massif qu'affectionnait tant son oncle. À sa connaissance, il n'avait jamais laissé personne le conduire.

— Tu vas aussi hériter de sa collection de pistolets, remarqua Dylan.

Il jeta un coup d'œil au sac à main dans lequel elle avait rangé sa propre arme.

— J'imagine que tu as dû finir première de ta promotion en tir, reprit-t-il.

— Deuxième, en fait, répondit Naomi. Mais je reconnais que la formation de mon oncle m'a été très utile.

Elle n'aurait su dire combien d'heures elle avait passées en compagnie de Roger au stand de tir que fréquentait ce dernier. Dès l'âge de seize ans, il l'avait initiée au maniement des armes à feu et il demeurait à ce jour le meilleur professeur qu'elle ait jamais eu.

— Si cela peut te rassurer, poursuivit-elle avec un sourire, sache que tu ne courais aucun risque, tout à l'heure, lorsque j'ai ouvert la porte.

— Je suis heureux d'apprendre qu'au moins tu ne me

considères pas comme un ennemi, rétorqua-t-il avec un sourire ironique.

— Je ne t'ai jamais considéré comme un ennemi, Dylan, protesta-t-elle.

— Si tu le dis, répondit-il avec un haussement d'épaules.

— Je t'assure que c'est la vérité, insista-t-elle. Je ne suis pas partie à cause de toi, tu sais.

— Ce n'est pas l'impression que cela m'a fait, objecta Dylan.

Naomi ne pouvait le lui reprocher. À l'époque où elle l'avait quitté, elle éprouvait un vif ressentiment à son égard. Mais il s'était estompé au fil du temps. Il lui semblait aujourd'hui que les torts qui avaient abouti à leur rupture étaient partagés. Tous deux ne s'étaient tout simplement pas investis de la même façon dans leur relation. Dans un monde parfait, ils auraient décidé de s'engager au même moment et seraient sans doute toujours ensemble, à cette heure. Mais la vie en avait décidé autrement.

— Je crois que nous aurions dû en discuter plus longtemps, à l'époque, déclara alors Dylan.

Naomi ne put réprimer un soupir. À quoi cela aurait-il servi ? Il n'était pas prêt à s'engager, et elle s'était refusée à l'exiger de lui, sachant que s'il acceptait de le faire uniquement pour elle, il finirait tôt ou tard par le regretter.

— Il est trop tard, de toute façon. Nous ne pouvons pas revenir en arrière, et je ne vois pas l'intérêt de retourner le couteau dans la plaie.

Dylan la considéra longuement avant de hocher la tête.

— Tu as sans doute raison, murmura-t-il.

— Nous avons tous deux tourné la page, insista-t-elle.

Alors même qu'elle prononçait ces mots, elle prit conscience du fait qu'elle espérait presque l'entendre la contredire. Mais il n'en fit rien, se contentant de la regarder en silence.

Une fois de plus, elle se demanda s'il avait une nouvelle

petite amie et si c'était quelqu'un qu'elle avait connu lorsqu'elle vivait encore à Pebble Creek. Elle écarta ces questions, sachant qu'aucune réponse ne la satisferait réellement.

Dissimulé par un bouquet de hautes fougères qui poussait au sommet de la colline, le tueur observait la maison de Roger Lincoln à l'aide d'une paire de puissantes jumelles. Il vit la porte d'entrée s'ouvrir et Dylan Hester, l'inspecteur de police en charge de l'enquête sortit sur le perron, suivi de près par la nièce de Lincoln.

Elle était encore plus séduisante que dans son souvenir. Plus séduisante aussi en personne que sur les photos qu'il avait découvertes sur l'ordinateur portable de son oncle, le détective privé. Il les avait passées en revue avec la même attention que les éléments de preuve de sa culpabilité que Roger Lincoln avait patiemment accumulés au fil de son enquête.

S'il n'était pas intervenu à temps, le détective aurait probablement transmis ces informations à Dylan Hester, son jeune protégé, ce qui aurait rendu sa situation particulièrement délicate.

Il ne lui restait plus qu'à espérer que Lincoln n'avait pas communiqué ces éléments à sa nièce.

Le fait que la police n'ait pas déjà fait irruption chez lui ou à la boutique tendait à indiquer que tel n'était pas le cas. Il aurait donc pu la laisser tranquille. Mais, ce faisant, il aurait eu l'impression de trahir le destin qui les avait de nouveau réunis.

De plus, en se renseignant à son sujet, il avait découvert que Naomi était sortie autrefois avec Dylan. En faisant d'elle l'une de ses victimes, il donnerait un tour beaucoup plus personnel au petit jeu du chat et de la souris qu'il disputait avec l'inspecteur chargé de le capturer.

Évidemment, il ne comptait pas passer à l'action immédiatement. Il avait su faire preuve de beaucoup de patience au cours de ces deux dernières années.

Cela n'avait pas toujours été facile. Il était parfois très difficile de réprimer l'envie qui le prenait de passer à l'acte. Difficile mais pas totalement impossible. Et cela lui avait permis de demeurer le maître du jeu, de garder constamment une longueur d'avance sur la police.

Il avait même pu se permettre de narguer un peu Dylan Hester, lui faisant parvenir de temps à autre des encouragements moqueurs.

Il attendrait donc, cette fois encore, jusqu'à ce que l'inspecteur commette une erreur, jusqu'à ce qu'il baisse la garde. Et il frapperait alors avec sa précision habituelle, ajoutant une nouvelle violette à sa collection. Lorsque Hester se rendrait compte de ce qui s'était passé, il serait déjà trop tard.

Dans l'intervalle, il se permettrait peut-être quelques à-côtés. Après tout, il fallait bien entretenir sa légende et la terreur sourde qu'il avait réussi à faire naître dans l'esprit des habitants de la ville.

Il pouvait la sentir autour de lui, lorsqu'il se promenait dans les rues. Il entendait les clients de la boutique prononcer son nom à mi-voix, comme s'ils craignaient qu'il n'apparaisse brusquement devant eux. S'ils avaient su…

Un sourire se dessina sur ses lèvres, et il abaissa ses jumelles qu'il rangea dans son sac à dos. Sortant du bosquet de fougères géantes, il regagna le sentier qui traversait le parc et permettait de rejoindre l'entrée principale.

4

Devant le domicile de Roger Lincoln, Dylan resta assis dans sa voiture un bon moment avant de démarrer. Il réfléchissait à la façon dont s'était déroulée son entrevue avec Naomi et se sentait légèrement coupable. Il s'était promis de ne pas laisser transparaître l'amertume que lui avait inspirée son départ. Mais cela avait été plus fort que lui.

Elle ne paraissait pas avoir conscience de la souffrance qu'elle lui avait causée en le quittant de cette façon. À un moment, il avait presque été tenté de lui parler de la demande en mariage qu'il s'apprêtait à lui faire lorsqu'elle lui avait annoncé sa volonté de partir pour Miami.

Mais cela aurait été mesquin. Dylan n'était pas quelqu'un de cruel et il ne tenait pas à faire du mal à Naomi. Au fond, elle avait raison : après deux ans de séparation, il était grand temps pour eux de tourner définitivement la page et de commencer à écrire un nouveau chapitre.

En attendant, cependant, il allait devoir trouver un moyen de la protéger. Et le meilleur moyen d'y parvenir était sans aucun doute d'arrêter le tueur une fois pour toutes. Si Roger était vraiment parvenu à découvrir son identité, cela signifiait que Dylan et ses hommes avaient raté quelque chose. Il allait donc devoir reprendre tous les éléments dont ils disposaient et les reconsidérer sous un nouveau jour.

Dylan démarra enfin et prit la direction du commissariat. En route, il enclencha la fonction mains libres de son téléphone et contacta l'unité de la police scientifique pour leur demander de procéder à une inspection approfondie du domicile de Roger. Il leur conseilla de se concentrer sur les différents points d'accès et de chercher l'éventuelle présence d'appareils de surveillance.

Il appela ensuite Gregory Hwang, qui décrocha à la première sonnerie.

— Salut, Dylan, lui dit-il. Alors ? Est-ce qu'elle est arrivée ? Est-ce que tu l'as vue ?

— Oui. Je sors tout juste de chez Roger.

— Comment est-ce qu'elle se sent ?

— Aussi bien que possible pour quelqu'un qui voit le dernier membre de sa famille se faire abattre sous ses yeux.

— Je compatis, acquiesça Hwang. Transmets-lui mes condoléances, à l'occasion.

— Ce sera fait. Est-ce que les caméras de sécurité aux alentours des bureaux de Roger ont donné quelque chose ?

— Rien de vraiment exploitable, j'en ai peur. L'une des caméras était hors-service, à ce moment-là. L'autre montre bien une silhouette qui pénètre dans l'immeuble peu de temps avant l'heure du meurtre et en sort un quart d'heure plus tard. Malheureusement, elle est située beaucoup trop loin pour que nous ayons la moindre chance d'identifier l'individu en question. Nous avons étendu nos recherches pour tenter de trouver d'autres caméras dans le quartier.

— Ça vaut le coup d'essayer, approuva Dylan.

Il ne se faisait pourtant pas beaucoup d'illusions : jusqu'à présent, le tueur aux violettes avait su habilement éviter de se faire filmer par les caméras de sécurité de la ville.

— Naomi a reçu un SMS signé la Violette bleue. Celui qui l'a écrit prétend la surveiller. J'imagine que c'est une façon de lui mettre la pression. Il doit savoir qu'elle était en communication avec son oncle, au moment où il l'a tué.

— Est-ce que tu penses qu'il pourrait s'en prendre à elle ? demanda Hwang d'une voix mal assurée.

— À ce stade, je n'exclus aucune hypothèse. Ce type est aussi insaisissable qu'imprévisible. Il est suffisamment sûr de lui pour tenter un coup pareil. Après tout, ce serait un camouflet pour la police. Il nous prouverait que nous sommes incapables de défendre même nos proches.

— Tu devrais peut-être proposer à Naomi de loger chez toi pour la durée de son séjour à Pebble Creek, suggéra Hwang.

Dylan n'était pas dupe : son coéquipier savait parfaitement qu'il avait toujours des sentiments pour Naomi et il devait savoir qu'une telle cohabitation risquait de les raviver.

— Je l'ai fait, répondit-il sobrement. Mais elle a décliné mon invitation. Elle pense qu'elle est de taille à faire face au tueur s'il décidait de se manifester. Je pense que je vais tout de même demander que l'on renforce les patrouilles dans le quartier.

— Étant donné les circonstances, cela ne devrait pas être un problème, opina Hwang.

Dylan n'en était pas aussi convaincu, hélas. La traque du tueur aux violettes monopolisait un grand nombre de leurs collègues. Et il fallait compter avec le maintien de l'ordre habituel. Jamais les forces de police de Pebble Creek ne s'étaient trouvées à ce point sollicitées. Or le budget de la ville ne permettait malheureusement pas d'accroître les effectifs.

En arrivant au commissariat central, Dylan prit congé de son coéquipier. Sans attendre, il se rendit au laboratoire pour obtenir le résultat des analyses de la balle qui avait tué Roger et de la douille qu'il avait retrouvée dans le bureau du détective.

Il était en effet convaincu que ce meurtre pouvait leur apprendre plus sur le tueur aux violettes que ceux qu'il avait commis précédemment. Contrairement aux autres, il ne s'agissait pas d'un crime ritualisé. Le mode opératoire était totalement différent et il avait pu pousser leur homme à commettre enfin une erreur.

En pénétrant dans le laboratoire, Dylan fut accueilli par George Suina, leur spécialiste en balistique. Sa peau mate, ses cheveux couleur de jais et ses hautes pommettes trahissaient ses origines indiennes Pueblo. Il devait avoir une cinquantaine d'années et travaillait pour la police de Pebble Creek depuis près de dix ans.

— Salut Dylan, lui dit-il. J'imagine que tu es venu prendre des nouvelles de notre psychopathe préféré.

— Gagné. Est-ce que tu as du nouveau ?

— J'ai pas mal de choses pour toi, acquiesça George. Suis-moi.

Ils gagnèrent le bureau du balisticien qui était équipé d'un ordinateur dernier cri muni de deux écrans.

— Je peux déjà te confirmer que l'étui que tu as trouvé, je devrais dire la douille, pour vous autres, béotiens, correspond bien à la balle qui a tué Roger.

— Ce qui signifie que notre tueur possède un pistolet de calibre .45 et peut-être aussi l'arme de Roger, un Colt Detective Special de calibre .38 que l'on n'a pas retrouvé sur les lieux. Est-ce que par hasard tu as retrouvé des empreintes sur la douille… pardon, sur l'étui ?

— Malheureusement non. Mais avec un peu de chance, cette arme a déjà été utilisée auparavant. Si tel est le cas, nous parviendrons peut-être à retrouver sa signature balistique dans la base de données du Bureau de l'alcool, du tabac, des armes à feu. Cela pourrait te fournir de nouveaux éléments sur le tueur…

— Espérons-le, acquiesça Dylan. Parce qu'à ce stade nous manquons cruellement d'éléments. Ce type est un véritable fantôme.

Dylan avait déjà eu l'occasion de travailler à maintes reprises avec le BATF et il savait que leurs bases de données étaient particulièrement riches. Si l'arme avait déjà servi, son empreinte se trouverait certainement référencée. Mais cela ne signifiait pas forcément qu'elle avait été utilisée par le tueur aux violettes. Les armes à feu avaient une fâcheuse tendance à passer de mains en mains.

Mais dans une affaire aussi sensible, toute piste, si maigre soit-elle, demeurait bonne à prendre. Et Dylan était plus décidé que jamais à suivre chacune d'entre elles jusqu'au bout.

Après le départ de Dylan, Naomi, restée seule, se demanda si elle n'avait pas commis une erreur en refusant l'hospitalité de son ex. N'avait-elle pas laissé sa fierté l'emporter sur le bon sens ?

Certes, elle se sentait capable de se défendre contre une attaque du tueur. Mais Dylan avait raison : à un moment ou à un autre, il faudrait bien qu'elle dorme. Et la maison de Roger était dépourvue du moindre système de sécurité susceptible de prévenir une éventuelle effraction.

Se refusant à céder à la paranoïa, elle passa une bonne partie de l'après-midi à surfer sur Internet à la recherche de tous les éléments qu'elle put découvrir concernant le tueur aux violettes et les meurtres qu'il avait commis. Elle commença par les sites d'information avant de se tourner vers les forums de passionnés de criminologie.

Lisant entre les lignes, elle ne tarda pas à comprendre que la police semblait dépassée. Depuis deux ans, le tueur frappait en toute impunité, s'offrant même le luxe d'envoyer régulièrement des messages provocants aux forces de l'ordre et aux médias.

Parmi les détectives amateurs qui semblaient peupler le Net, les théories allaient bon train, des plus sérieuses aux plus délirantes. Mais ce qui paraissait évident, c'était le fait que cette vague de crimes affectait profondément l'atmosphère de la petite ville. Pebble Creek était en proie à une angoisse sourde, s'attendant à tout moment à ce que le tueur aux violettes frappe de nouveau.

Comme Naomi passait en revue le contenu du réfrigérateur de son oncle pour y trouver de quoi préparer un dîner, la sonnette de la porte d'entrée retentit. Sans hésiter, elle alla chercher son arme et la glissa dans sa ceinture avant d'aller jeter un coup d'œil à travers le judas.

Avec soulagement, elle reconnut l'une des trois personnes qui se trouvaient sur le perron. Tabitha McKinnon appartenait à la police scientifique et Naomi avait eu l'occasion de collaborer avec elle à plusieurs reprises, du temps où elle travaillait pour son oncle.

Elle ouvrit la porte pour accueillir la petite équipe.

— Bonsoir Naomi, lui dit Tabitha avec un pâle sourire. Je suis désolée de ce qui est arrivé à ton oncle.

— Merci, répondit-elle.

— Dylan nous a envoyés pour inspecter la maison, expliqua Tabitha. Je te présente Raymond Cruz, ajouta-t-elle en désignant un homme de très haute taille au physique hispano-américain arborant une coiffure à la Pompadour. Et voici Vince Iverson, reprit-elle en se tournant vers un jeune afro-américain à la carrure athlétique et coiffé en brosse.

— Enchantée, dit Naomi en s'écartant pour les laisser entrer. Je vous attendais, en effet. Merci d'être venus aussi vite.

— Nous essayerons d'être aussi rapides que possible, déclara Raymond Cruz en enfilant une paire de gants en latex.

— Prenez tout le temps qu'il faudra. Je ne suis pas pressée. Je vais vous laisser travailler, ajouta-t-elle en allant récupérer son téléphone portable et une canette de bière. Je serai sur le porche si vous avez besoin de quoi que ce soit.

Elle alla s'installer sur la balancelle qui se trouvait derrière la maison et permettait de contempler le petit jardin. Depuis sa plus tendre enfance, cet endroit avait toujours été son préféré. Elle se rappelait les après-midi que Roger et elle avaient passés là. Il lui lisait des histoires ou lui apprenait à tailler des morceaux de bois pour en faire de petites figurines.

Elle se rappelait aussi toutes les fois où Dylan et elle s'étaient enlacés sur cette balancelle. Elle pouvait presque sentir le contact de ses lèvres sur les siennes, et un frisson la parcourut. Apparemment, le fait de revoir Dylan avait réveillé sa libido. Et force était de reconnaître que leur rupture ne l'avait pas rendue insensible à son charme – bien au contraire.

Un bruissement de feuilles la fit brusquement sursauter, et elle porta instinctivement la main à la crosse de son arme qui se trouvait toujours au creux de ses reins. Un petit rire lui échappa lorsqu'elle constata que le responsable n'était autre qu'un petit écureuil brun qui traversait le jardin.

Elle le vit bondir sur un arbre et remonter à vive allure le long de son tronc avant de disparaître dans les branches. Cette vision lui rappela à quel point cette proximité avec la nature lui manquait, à Miami. Comme elle se faisait cette réflexion, la porte de la maison s'ouvrit derrière elle, laissant apparaître Tabitha.

— Nous avons terminé, lui annonça la jeune femme.

— Est-ce que vous avez trouvé quelque chose d'intéressant ?

— Nous devrions en discuter à l'intérieur.

L'expression de Tabitha n'augurait rien de bon, et Naomi lui emboîta le pas. Elles rejoignirent ses deux collègues dans le salon. Ils arboraient une mine tout aussi sombre. Baissant les yeux, elle avisa une série d'appareils électroniques disposés sur la table basse.

— Qu'est-ce que c'est ? s'enquit-elle en les désignant.

— Un équipement de surveillance, répondit Cruz. Nous avons trouvé ces micros et ces minicaméras un peu partout dans la maison. Apparemment, quelqu'un avait décidé d'espionner Roger Lincoln et n'avait rien laissé au hasard.

Naomi considéra les trois policiers d'un air sidéré. L'idée

que son oncle ait pu être systématiquement écouté et observé lui paraissait assez terrifiante. Et le fait d'avoir elle-même été filmée à son insu la rendait malade.

— Est-ce que vous pensez que c'est le tueur aux violettes qui a fait ça ? demanda-t-elle enfin.

— À ce stade, il est impossible de l'affirmer, répondit prudemment Cruz. Roger était détective privé et des tas de gens avaient des raisons de s'intéresser à ses faits et gestes.

— Est-ce que vous pensez avoir trouvé tous les mouchards ? demanda-t-elle.

— A priori, oui, répondit Iverson. Mais nous allons faire un deuxième balayage pour nous en assurer.

— Nous allons également analyser chacun de ces appareils pour y trouver d'éventuelles empreintes ou échantillons d'ADN, ajouta Tabitha. Avec un peu de chance, nous saurons rapidement qui a installé tout cet attirail.

— En attendant, mademoiselle Lincoln, je vous conseillerais de séjourner ailleurs, le temps que cette affaire soit résolue, lui recommanda Cruz. De toute évidence, quelqu'un est parvenu à s'introduire ici sans difficulté, et probablement à plusieurs reprises.

— Qu'est-ce qui vous fait dire cela ?

— La plupart de ces appareils sont équipés de piles qu'il faut changer régulièrement…

Dylan était sur le point de rentrer chez lui après une longue journée de travail lorsque son téléphone portable se mit à sonner. Avisant le numéro de Naomi qui s'affichait à l'écran, il décrocha aussitôt.

— Salut, lui dit-il. Est-ce que Tabitha et son équipe ont eu le temps de passer chez ton oncle ?

— C'est à ce sujet que je t'appelle, répondit Naomi.

Il perçut immédiatement la tension qui perçait dans sa voix et sentit les battements de son cœur s'accélérer. Elle n'avait pas pour habitude de trahir ses moments de faiblesse.

— Je t'écoute, lui dit-il.

— Est-ce que ta proposition tient toujours ?

— De venir loger à la maison ?

— Oui.

En dépit du plaisir que lui inspirait ce brusque revirement, il ne contribuait guère à le rassurer.

— Bien sûr. Qu'est-ce qui t'a poussée à changer d'avis ?

— Apparemment, la maison de Roger était remplie de micros et de caméras. Quelqu'un l'espionnait depuis Dieu sait combien de temps.

Dylan ne put réprimer un juron. Si l'espion en question était bien le tueur aux violettes, cela prouvait qu'ils l'avaient sous-estimé, une fois de plus. L'homme n'était pas un simple psychopathe mû par ses pulsions irrépressibles. S'il était capable de planifier et d'exécuter une telle opération, le danger que courait Naomi était bien plus grand qu'ils ne le pensaient.

— J'imagine que tes collègues te transmettront tous les détails, reprit Naomi. Ils espèrent pouvoir récolter des indices en étudiant le matériel de surveillance qu'ils ont récupéré.

Dylan fronça les sourcils. Il était presque prêt à parier qu'ils ne trouveraient pas plus d'empreintes sur les micros que le tueur n'en avait laissées sur les différentes scènes de crime.

— Refais tes bagages, lui dit-il. Je passe te chercher.

Il jeta un coup d'œil à sa montre.

— Je serai là d'ici un quart d'heure, vingt minutes au maximum.

— Je ne resterai sans doute que quelques jours, lui assura-t-elle. Dès demain, je ferai installer un système de sécurité. Je ne veux surtout pas m'imposer…

— Tu ne t'imposes pas : c'est moi qui t'ai proposé de t'installer chez moi. Reste autant que tu le voudras. D'autant que le tueur hésitera probablement à s'en prendre à toi s'il sait chez qui tu habites. Et puis, la maison est largement assez grande pour deux…

De fait, il l'avait achetée très peu de temps avant qu'ils rompent parce qu'il s'était dit que c'était l'endroit idéal pour fonder une famille, à terme. Mais Naomi était partie pour Miami, et il s'était installé seul dans cette maison trop grande pour lui. Il y était cependant très attaché et ne s'en serait séparé pour rien au monde.

— Merci, Dylan, lui dit-elle, apparemment touchée par sa prévenance.

Ils raccrochèrent, et Dylan quitta son bureau pour gagner le parking sur lequel était garée sa voiture. Il venait à peine de s'installer au volant lorsque son téléphone sonna de nouveau. Enclenchant le mode mains libres, il se mit en route vers chez Roger.

— Dylan ? C'est Tabitha.

— Salut, Tab, je viens tout juste d'avoir Naomi. Elle m'a dit ce que vous aviez trouvé. Je pense vraiment que vous devriez effectuer une fouille approfondie des bureaux de Roger. Il y a fort à parier qu'ils ont été mis sur écoute, eux aussi.

— Nous allons essayer de faire ça dans la foulée, répondit Tabitha.

— Merci. N'hésitez pas à m'appeler si vous découvrez quoi que ce soit d'intéressant.

— Tu peux compter sur moi.

En raccrochant, Dylan s'interrogea sur la surveillance dont Roger faisait l'objet. Si c'était bien le tueur aux violettes qui l'avait mise en place, comment avait-il su initialement que cela pourrait s'avérer utile ? Roger n'avait pas pour habitude de parler à tort et à travers des enquêtes qu'il effectuait en collaboration avec la police.

Se pouvait-il que le tueur ait surveillé Dylan lui-même et qu'il ait ainsi découvert qu'il travaillait main dans la main avec son ancien coéquipier ? Cette idée inquiétante lui arracha un frisson. Plus que jamais, il avait la désagréable sensation d'avoir un coup de retard sur son adversaire…

Naomi était très curieuse de découvrir l'endroit où vivait Dylan. Lorsqu'ils étaient en couple, il habitait un appartement situé en centre-ville qui était de taille plutôt modeste mais très bien équipé. Lorsque son oncle avait mentionné le fait qu'il s'était installé dans une grande maison sur le lac, peu de temps après leur rupture, elle avait été un peu étonnée.

Mais en découvrant l'endroit qu'il avait choisi, elle ne put réprimer une exclamation de surprise et d'admiration mêlées. La maison était située dans un quartier tranquille et très vert, entourée par un grand jardin arboré qui lui garantissait une parfaite intimité.

S'élevant sur deux niveaux, elle était entièrement construite en bois, avec de grandes baies vitrées qui laissaient entrer un maximum de lumière. Partiellement bâtie sur pilotis, elle possédait ainsi une immense terrasse qui s'avançait au-dessus de l'eau.

— C'est vraiment magnifique, murmura-t-elle, impressionnée.

— Je m'y plais beaucoup, acquiesça Dylan qui était galamment allé récupérer ses bagages dans le coffre.

Elle le suivit à l'intérieur, et son admiration ne fit que croître lorsqu'elle découvrit la façon dont les lieux étaient aménagés. Le sol était recouvert d'un dallage d'ardoise multicolore qui conférait à l'immense salon une atmosphère particulièrement chaleureuse.

Les meubles que Dylan avait choisis mêlaient habilement des styles très différents mais complémentaires. Il avait privilégié le confort et la simplicité, ce qui rendait la maison particulièrement accueillante.

— Est-ce que tu veux que je te fasse visiter ? lui demanda

Dylan qui avait posé ses bagages pour désamorcer le système de sécurité.

— Avec plaisir, répondit-elle sans hésiter.

Elle contempla avec attention les détails qui lui avaient échappé : l'immense bibliothèque chargée de livres, le grand canapé et les confortables fauteuils club installés devant la grande cheminée, les poutres apparentes au plafond… Naomi n'avait aucun mal à comprendre pourquoi Dylan se disait si attaché à cet endroit.

Il lui montra successivement la salle à manger, au centre de laquelle trônait une grande table de bois qui pouvait accueillir au moins huit convives. Elle s'ouvrait directement sur une cuisine américaine parfaitement équipée que n'aurait pas reniée un chef cuisinier.

— Je suis vraiment très impressionnée, reconnut-elle.

— Tu vois que nous ne serons pas à l'étroit.

— C'est le moins qu'on puisse dire.

— Je venais très souvent me promener au bord du lac, lui dit-il. J'ai toujours admiré cette maison et je rêvais de vivre dans un endroit du même genre. Et puis, un jour, j'ai appris qu'elle était à vendre. C'était un peu au-dessus de mes moyens, mais je n'ai pas hésité. Et je peux te dire que je ne regrette pas, malgré le crédit que je dois rembourser chaque mois.

— J'imagine, murmura-t-elle, se laissant aller à rêver de la vie qu'ils auraient pu avoir ensemble dans un tel endroit.

— En été, je commence chaque journée par un plongeon dans le lac, reprit-il. Je me suis même acheté une petite barque pour aller pêcher.

Ils empruntèrent le large escalier en colimaçon qui permettait d'accéder à l'étage où se trouvaient les chambres. Il y en avait quatre dont deux donnaient sur le lac et deux sur la forêt. L'une d'elles avait été aménagée en bureau. Les trois autres étaient toutes aussi confortables, mais celle de Dylan possédait un lit légèrement plus large, et Naomi ne put s'empêcher de se demander s'il le partageait avec quelqu'un, ces temps-ci.

Cette idée éveilla en elle un accès de jalousie aussi intense qu'inattendu. Elle se força à le réprimer, se répétant qu'elle n'avait absolument aucun droit de se mêler de sa vie privée. Elle avait fait son choix en quittant Pebble Creek et elle se devait de l'assumer.

— Choisis la chambre que tu préfères, lui dit-il. Je vais te sortir des draps. La salle de bains est au fond du couloir.

— Merci encore, Dylan, lui dit-elle. J'espère vraiment que ma présence ici ne te dérangera pas.

— Ne t'inquiète pas pour ça.

— Je ne voudrais pas que l'on se méprenne au sujet de ma présence ici…

Il lui jeta un regard étonné.

— Ta petite amie ne sera peut-être pas ravie d'apprendre que tu héberges ton ex, précisa-t-elle, embarrassée.

— Je n'ai pas de petite amie, répondit-il sobrement.

À ces mots, Naomi sentit monter en elle un mélange de soulagement et d'espoir. Prenant conscience de sa propre réaction, elle se demanda si elle n'était pas en train de commettre une énorme erreur en venant s'installer ici. Ne courait-elle pas le risque de s'enamourer de nouveau de Dylan ? Et si tel était le cas, ne s'exposait-elle pas au même déchirement que celui qu'elle avait éprouvé lorsqu'elle était partie la première fois ?

— Je vais aller nous préparer quelque chose à manger, déclara alors Dylan. Je ne sais pas pour toi, mais je suis affamé.

Sur ce, il se détourna et redescendit l'escalier, la laissant seule. Elle prit alors conscience du fait qu'il ne lui avait pas retourné sa question concernant sa petite amie. Cela signifiait-il que Dylan, contrairement à elle, était parvenu à tirer définitivement un trait sur leur relation ?

5

Dylan prépara une salade composée avant de faire cuire à la plancha des filets de poulet qu'il avait fait mariner dans de l'huile d'olive et du citron vert. Pendant que la viande cuisait, il fit une pâte de brownie au chocolat et la disposa au four dans des moules prévus à cet effet.

Tout en s'activant de la sorte, il ne pouvait s'empêcher de ressasser l'ironie de la situation. Il se trouvait dans la maison de ses rêves, en compagnie de la femme avec laquelle il avait voulu la partager. D'une certaine façon, son vœu le plus cher se trouvait accompli.

Mais il ne s'agissait là que d'une illusion. Et il allait devoir prendre garde à ne pas se laisser aveugler. Naomi n'était là que parce qu'elle était en danger et qu'il était le mieux placé pour la protéger. La seule chose sur laquelle il devait se concentrer, c'était sa protection.

— Ça sent divinement bon, déclara Naomi en descendant l'escalier.

Elle avait dû prendre une douche. Ses cheveux étaient encore humides, et elle s'était changée.

— Est-ce que je peux faire quelque chose ? lui demanda-t-elle.

— Tu peux déboucher une bouteille de vin, répondit-il en désignant la cave réfrigérée qui se trouvait dans un coin de la cuisine. Je crois que tu préfères le rouge, mais je dois aussi avoir du blanc au frais…

— Du rouge, ce sera parfait, répondit-elle.

Elle alla choisir une bouteille et la posa sur l'îlot central de la cuisine.

— Le tire-bouchon est dans le tiroir qui se trouve juste sur ta droite, et les verres sont accrochés au-dessus de toi.

Elle décrocha deux verres, déboucha la bouteille et les servit. Dylan ne pouvait s'empêcher de l'observer à la dérobée. Il la connaissait suffisamment pour sentir qu'elle n'était pas dans son état normal. La tristesse qu'il discernait dans son regard rappelait le deuil qu'elle venait de subir. Et cela ne faisait que renforcer l'instinct protecteur qu'elle lui avait toujours inspiré.

— Vous finirez par attraper ce type, n'est-ce pas ? lui demanda-t-elle en avisant la façon dont il la regardait.

— Oui, lui répondit-il avec assurance. Ce n'est qu'une question de temps.

Il le croyait vraiment : l'immense majorité des tueurs en série finissaient par commettre une erreur et par se faire arrêter. Une partie d'eux aspirait même à un tel dénouement qui était pour eux une garantie de notoriété et de reconnaissance.

— Toute la question est de savoir combien de personnes mourront entre-temps, murmura Naomi, formulant à voix haute la réflexion qu'elle s'était faite intérieurement.

— Le moins possible, je l'espère, soupira-t-il.

Il accepta le verre qu'elle lui tendait, et tous deux trinquèrent.

— En mémoire de Roger, dit-il.

Naomi hocha tristement la tête, et ils avalèrent chacun une gorgée de vin.

— Il y a tout de même une nouvelle encourageante, déclara Dylan. Nous sommes à présent en mesure d'identifier précisément l'arme dont s'est servi le tueur. Cela pourrait nous conduire jusqu'à lui en remontant la piste des gens qui ont eu ce pistolet en leur possession.

— Il l'a probablement volé, objecta Naomi qui ne semblait pas partager son optimisme.

— Peut-être, concéda-t-il. Mais je ne le pense pas. Le meurtre de Roger me paraît avoir été improvisé plus que planifié. Et si tel est le cas, le tueur n'a peut-être pas eu le temps de voler une arme. Il a pris celle qu'il avait sous la main. Je suis d'ailleurs convaincu qu'il ne s'en est pas débarrassé. Cet homme est arrogant et croit pouvoir se sortir de n'importe quelle situation.

— Espérons que cela le perdra, soupira Naomi avant d'avaler une nouvelle gorgée de vin. Dis-moi, comment va ta mère ?

— Très bien, répondit-il.

Il avait parfaitement conscience du fait qu'elle cherchait un sujet de conversation moins brûlant. Mais le fait qu'elle ait choisi de parler de sa mère ne manquait pas d'ironie. Abigail avait quitté son mari lorsque Dylan n'avait que six ans.

Elle ne lui avait jamais vraiment expliqué les raisons de cette décision, mais il soupçonnait que c'était à cause de l'alcoolisme dont souffrait son père. Ce dernier avait beaucoup de mal à garder un travail et il pouvait se montrer assez violent envers elle. Cette séparation n'en avait pas moins affecté Dylan qui s'était alors convaincu qu'il en était en partie responsable.

— Elle en est à son troisième mari, ajouta-t-il. Et figure-toi que le dernier en date n'est autre que l'avocat qui l'a aidée à divorcer de son époux précédent. Ils vivent dans le Vermont, à présent.

— Est-ce que tu vas souvent leur rendre visite ? s'enquit Naomi.

— Pas beaucoup, admit-il. Mais à ma décharge, il faut bien reconnaître que je suis très occupé, ces derniers temps.

Tout en parlant, ils avaient mis la table. Ils s'installèrent face à face et commencèrent à manger avec appétit.

— Et ta sœur ? lui demanda encore Naomi.

Dylan sourit. C'était un sujet qui lui paraissait déjà nettement plus plaisant.

— Stefany va très bien.

Sa sœur avait quatre ans de plus que lui. Elle travaillait comme anesthésiste pour Médecins sans frontières et c'était dans ce cadre qu'elle avait rencontré son mari, Theodore Gonzales, un chirurgien originaire d'Argentine. Contrairement à lui, Stefany avait depuis longtemps accepté la séparation de ses parents.

— Theo et elle sont en Afrique du Sud, en ce moment, précisa-t-il.

— Tu dois être fier d'elle.

— Très, acquiesça-t-il. Chaque jour, elle sauve des vies. Mais je t'avoue que je préférerais parfois qu'elle soit un peu moins loin. Nous essayons de nous croiser chaque fois qu'elle rentre aux États-Unis.

Ils continuèrent à deviser en mangeant, et la gêne initiale qu'ils avaient éprouvée finit par s'estomper à mesure qu'ils refaisaient connaissance et retrouvaient leurs marques. Lorsqu'ils eurent fini de dîner et qu'ils eurent débarrassé la table, Naomi étouffa un bâillement.

— Je suis exténuée, avoua-t-elle. Je crois que je vais aller me coucher.

— Je peux l'imaginer, acquiesça-t-il. Bonne nuit, Naomi.

— Bonne nuit, Dylan, répondit-elle. Et merci encore pour ton accueil.

— Il n'y a pas de quoi.

Elle se détourna et se dirigea vers les escaliers.

— Au fait, lui dit-elle avant de s'y engager, est-ce que tu pourrais me recommander une entreprise qui puisse installer un bon système d'alarme dans la maison de mon oncle ?

— Bien sûr, répondit-il.

Elle hocha la tête, et il la suivit des yeux tandis qu'elle gravissait les marches. Il n'était pas sûr de voir l'intérêt d'investir dans un tel système d'alarme si elle devait repartir pour Miami et mettre la maison de Roger en vente. Mais peut-être comptait-elle la louer.

Après s'être servi un verre de whisky, Dylan alla s'installer sur la terrasse et consulta les messages que lui avaient envoyés les membres de son équipe. Il répondit aux plus urgents et prit notes de toutes les avancées de l'enquête. Moins d'une heure plus tard, il activa l'alarme, éteignit les lumières et monta se coucher.

Mais en dépit de la fatigue qu'il éprouvait, il fut incapable de trouver le sommeil. Cela tenait en partie à l'idée que le tueur aux violettes était encore en liberté et qu'il s'apprêtait peut-être à tuer de nouveau, cette nuit même. Cela tenait aussi à la mort de Roger qui l'avait profondément affecté.

Mais il y avait une autre raison, nouvelle celle-là. Il ne pouvait s'empêcher de penser à Naomi qui était allongée à quelques mètres seulement de lui. Et il ne pouvait s'empêcher de penser qu'en d'autres temps ils auraient certainement fait l'amour avec passion avant de s'endormir dans les bras l'un de l'autre.

Une bouffée de nostalgie mêlée de désir monta soudain en lui, menaçant de le submerger. Fermant les yeux, il se concentra sur sa propre respiration, s'efforçant de faire le vide dans son esprit.

Lorsqu'il parvint enfin à sombrer dans le sommeil, ses rêves furent hantés par l'image de Naomi et par celle d'un homme sans visage qui la poursuivait pour la tuer.

La silhouette qui se découpait derrière Roger leva un bras et Naomi remarqua qu'elle tenait un pistolet. Elle voulut crier à son oncle de faire attention, mais aucun son ne s'échappa de ses lèvres. Elle entendit alors résonner un coup de feu, et Roger s'effondra brutalement vers l'avant, tombant à la renverse sur son bureau.

Un éclat de rire obscène se fait alors entendre. Il trahissait l'esprit dérangé du tueur. Ce dernier s'approcha d'elle, menaçant, et elle vit que son visage n'était qu'une ombre vertigineuse. Il tendit de nouveau la main, vers elle, cette fois, et elle constata que son arme avait disparu. À la place, il tenait une violette fanée.

Naomi se redressa brusquement sur son lit, le corps couvert d'une sueur glacée, et le cri qu'elle n'était pas parvenue à articuler dans son rêve lui échappa, résonnant étrangement dans la pièce.

Il lui fallut quelques instants pour reconnaître celle-ci et comprendre qu'elle se trouvait chez Dylan. Elle s'attendait à voir ce dernier surgir pour s'assurer qu'elle n'avait rien. Elle ne tenait pas particulièrement à ce qu'il sache qu'elle était victime de cauchemars. Il était déjà bien assez protecteur comme cela.

Curieusement, Dylan ne fit pas son apparition. S'emparant de son téléphone qu'elle avait posé sur la table de nuit, elle constata qu'il était 7 heures du matin. Peut-être était-il déjà parti travailler.

S'arrachant à son lit, Naomi s'assit et s'efforça de remettre de l'ordre dans ses pensées. Elle allait passer une partie de la journée à organiser les obsèques de son oncle, ce qui n'avait rien de réjouissant. Mais plus vite elle en aurait terminé, plus vite elle pourrait retourner à Miami et tenter de renouer le fil de sa nouvelle existence.

Curieusement, cette perspective lui paraissait nettement moins réconfortante qu'elle ne l'aurait dû. Une fois de plus, elle se demanda si, en revenant à Pebble Creek, elle n'avait pas commis une erreur.

Il avait été terriblement difficile pour elle de tirer un trait sur cette partie de sa vie – et sur Dylan, tout particulièrement. Et voilà qu'elle était venue se réfugier sous son toit…

Réprimant un soupir, elle se leva et récupéra des habits avant d'aller prendre une douche. En descendant au rez-de-chaussée, elle constata que Dylan ne s'y trouvait pas non plus. En revanche, il lui avait laissé un message qu'elle trouva posé sur la table de la cuisine, à côté d'un trousseau de clés de la maison.

Bonjour Naomi,

J'espère que tu as bien dormi. J'ai préparé du café. Sers-toi dans le réfrigérateur et dans les placards. Tu y trouveras de quoi te préparer un bon petit déjeuner. J'ai demandé à un agent de ramener le SUV de Roger. Tu risques d'en avoir besoin. Il est garé devant la maison et les clés sont à l'intérieur, dans la boîte à gants. Si tu as besoin de quoi que ce soit, n'hésite surtout pas à m'appeler.

Bonne journée,

Dylan

En post-scriptum, il avait inscrit le code du système d'alarme. Naomi ne put s'empêcher de sourire. Dylan avait pensé à tout, et il était plaisant, pour une fois, de pouvoir s'en remettre entièrement à quelqu'un d'autre – quelqu'un en qui elle avait une confiance totale.

Elle se prépara un solide petit déjeuner et avala deux tasses de café avant de faire la vaisselle et de quitter la maison. Le SUV rouge de son oncle était effectivement garé là, et elle se hissa à bord. Dans l'habitacle flottait encore une odeur terriblement familière, celle de l'after-shave préféré de Roger.

Sentant sa gorge se serrer, elle lutta contre l'insoutenable sensation de vide que sa disparition avait creusé en elle. Elle ne pouvait se permettre d'y succomber. Elle se devait d'être forte et de faire face aux responsabilités qui étaient les siennes.

Lorsque l'homme qui l'avait lâchement assassiné serait enfin arrêté et jeté en prison, elle laisserait libre cours à son chagrin et s'abandonnerait aux larmes qu'elle refoulait impitoyablement.

Après avoir récupéré les clés dans la boîte à gants, elle démarra et quitta la propriété de Dylan. Comme elle s'engageait sur la route qui passait devant chez lui, elle aperçut dans son rétroviseur un SUV de couleur sombre qui déboîtait à quelques mètres derrière elle. Le véhicule la suivit, semblant régler sa vitesse sur la sienne.

Naomi ne pouvait distinguer le conducteur à travers le pare-brise teinté. Elle accéléra légèrement pour distancer le SUV, mais ce dernier l'imita, maintenant la distance qui les séparait. Puis, lentement, il se mit à augmenter ses foulées. Elle crut qu'il allait la dépasser mais, au lieu de cela, il continuait à se rapprocher dangereusement.

Cherchait-il délibérément à la faire sortir de la route ? Un violent frisson la parcourut tandis qu'elle accélérait à son tour. Pouvait-il s'agir du tueur ? Et si tel était le cas, comment l'avait-il retrouvée ? L'avait-il suivie depuis chez son oncle, la veille ? Avait-il passé la nuit à attendre qu'une opportunité se présente ?

Naomi roulait à présent bien au-dessus de la vitesse autorisée, mais son poursuivant ne paraissait pas décidé à abandonner. Elle aperçut alors devant elle un supermarché et choisit de s'engager sur le parking. Si elle s'arrêtait au beau milieu d'un lieu fréquenté, le tueur n'oserait peut-être pas s'en prendre à elle.

Mais comme elle était sur le point de mettre son plan à exécution, le SUV noir ralentit soudain et tourna sur la gauche, ne tardant pas à disparaître dans une rue contiguë. Naomi décéléra à son tour sans cesser de surveiller son rétroviseur. Elle s'attendait à tout moment à voir resurgir la voiture juste derrière elle.

Il n'en fut rien, cependant, et, au bout de quelques minutes, elle se demanda si elle n'avait pas momentanément succombé à un accès de paranoïa. Troublée, elle finit par se garer sur un parking. Là, elle sortit son téléphone.

Elle était tentée d'appeler Dylan, mais craignait de l'inquiéter inutilement. Elle opta donc pour sa colocataire, Sophia Menendez, qu'elle appela en visio.

— Naomi ! s'exclama son amie en décrochant. Qu'est-ce qui se passe ? On dirait que tu as vu un fantôme.

— Un tueur en série, plutôt, répondit-elle. À moins que ce ne soit qu'un effet de mon imagination…

— Qu'est-ce que tu racontes ?

— Je viens de me faire poursuivre par un SUV dont le conducteur paraissait décidé à me faire sortir de la route.

— Pourquoi quelqu'un ferait-il une chose pareille ?

— Il se pourrait que ce soit l'homme qui a tué mon oncle. Il m'a envoyé un SMS, hier, pour me dire qu'il me surveillait.

— Tu parles du tueur aux violettes ? lui demanda Sophia en fronçant les sourcils.

— En personne.

— Mais comment est-ce qu'il aurait eu ton numéro ?

— Il a volé le téléphone portable et l'ordinateur de mon oncle. Et il croit peut-être que Roger m'a parlé de l'enquête qu'il menait sur son compte.

— Voilà qui est inquiétant, concéda Sophia.

— Et ce n'est pas tout, renchérit Naomi. La police scientifique a découvert que la maison de mon oncle était sur écoute et sous surveillance vidéo.

— C'est carrément malsain.

— Je ne te le fais pas dire. Je ne sais pas jusqu'où ce type est prêt à aller.

— Dis-moi au moins que tu as pris une chambre d'hôtel.

— Non, répondit Naomi. Mais Dylan m'a proposé de venir m'installer chez lui pour le reste de mon séjour ici.

— Dylan ? répéta son amie. Tu veux parler de Dylan Hester, ton ex-petit ami ? Celui que tu as plaqué, il y a deux ans ?

— Celui-là même, répondit Naomi, embarrassée.

Sophia demeura quelques instants silencieuse, la contemplant avec une évidente curiosité. Elle était bien placée pour savoir combien cette rupture avait été douloureuse pour Naomi et devait être très surprise qu'elle ait pu accepter un tel arrangement. Et au fond, Naomi l'était tout autant qu'elle.

— Écoute, déclara alors Sophia, le plus important, c'est que tu sois en sécurité, le temps que tu puisses enterrer ton oncle et rentrer à la maison, à Miami.

— C'est l'idée, acquiesça Naomi.

Mais curieusement, alors même qu'elle prononçait ces mots, elle ne pouvait s'empêcher de se demander si elle n'avait pas fait fausse route, si sa véritable maison n'était pas ici, à Pebble Creek.

C'était un peu absurde, si l'on considérait les efforts qu'elle avait dû déployer pour quitter cette ville. Mais la mort de son oncle et ses retrouvailles avec Dylan semblaient avoir relativisé toutes ses anciennes certitudes.

— Évidemment, ajouta Sophia, personne ne te reprochera un moment de faiblesse en de telles circonstances.

— Qu'est-ce que tu veux dire ? lui demanda Naomi, surprise.

— Que rien ne t'empêche d'avoir une aventure avec Dylan, en souvenir du bon vieux temps.

Naomi ne put se retenir de rougir.

— Je tâcherai de m'en souvenir, répondit-elle d'un ton faussement léger. Mais pour le moment, je t'avoue que ce qui me préoccupe le plus, ce sont ces funérailles. Et j'aimerais pouvoir les organiser sans avoir à redouter de voir surgir un tueur en série potentiellement sorti de mon imagination…

— Potentiellement, répéta Sophia. C'est peut-être un effet de ton imagination, comme tu dis, mais c'est peut-être bel et bien réel. Fais très attention à toi, Naomi. Les psychopathes comme le tueur aux violettes aiment jouer au chat et à la souris avec leurs victimes.

— Je sais, soupira Naomi. Je te promets d'être prudente, Sophia.

— Bien. Tiens-moi informée si tu as du nouveau, d'accord ?

— Tu peux compter sur moi.

— Et si tu as besoin d'une épaule secourable, n'hésite pas à me faire signe. Je saurai bien convaincre Jared de m'accorder quelques jours de congé pour aller soutenir ma colocataire…

— Très franchement, je doute qu'il accepte de se passer de son informaticienne préférée pendant plus de vingt-quatre heures. Il serait complètement perdu sans toi.

— Si tu as besoin de moi, je ne lui laisserai pas le choix, décréta Sophia.

— Ne t'en fais pas, lui assura Naomi, touchée par son soutien. Je devrais pouvoir m'en sortir toute seule comme une grande.

Après avoir pris congé de son amie, Naomi quitta le parking sur lequel elle s'était garée. Elle jeta nerveusement un coup d'œil dans son rétroviseur, s'attendant presque à voir resurgir le SUV noir. Fort heureusement, il n'en fut rien.

Une fois de plus, elle se demanda si elle ne ferait pas mieux d'appeler Dylan. Mais elle jugea qu'il devait être déjà suffisamment occupé par son enquête sans avoir à se soucier de ses angoisses qui avaient de fortes chances d'être totalement infondées.

Elle prit donc la direction du funérarium.

6

Une fois de plus, la force opérationnelle chargée de l'enquête sur le tueur aux violettes s'était réunie dans l'une des salles de conférences du commissariat. La tension était presque palpable. Chacun des policiers présents avait cruellement conscience du fait que le tueur se jouait d'eux depuis près de deux ans.

Tous craignaient l'apparition d'une nouvelle victime. Et la plupart d'entre eux se sentaient coupables de n'avoir pas su prévenir la mort des précédentes. Dylan lui-même partageait cette désagréable sensation, de façon peut-être plus aiguë encore parce qu'il était à la tête de l'équipe.

En dépit de cette ambiance générale, ou peut-être à cause d'elle, tous étaient très concentrés sur le rapport qu'avait entrepris de leur présenter Patricia Stabler, agente spéciale du FBI. Cette profileuse talentueuse travaillait pour le Centre national d'analyse des crimes violents.

Avec ses cheveux roux coupés au carré, ses yeux verts pétillants d'intelligence et son sens de l'humour acéré, elle ne manquait pas d'un certain charme auquel nombre de ses collègues n'étaient pas insensibles.

Mais ceux qui la connaissaient bien savaient qu'elle était dévouée corps et âme à son métier. S'il fallait en croire les bruits de couloir qui couraient sur son compte, ce dévouement avait eu raison de son mariage.

Dylan n'aurait su dire s'il l'admirait ou s'il la plaignait. Lui-même avait toujours accordé une place prépondérante à son travail. Mais au fond de lui, il estimait qu'une vie de couple réussie était bien plus importante et que rien ne justifiait un tel sacrifice.

Évidemment, cette conviction était encore renforcée par sa propre expérience. Car c'était précisément le choix qu'avait fait Naomi, deux ans auparavant. Pour s'accomplir professionnellement, elle avait mis fin à leur couple et à leurs projets communs.

Il s'était souvent demandé ce qu'il aurait fait à sa place, dans des circonstances similaires. Et il s'était convaincu qu'il n'aurait pas baissé les bras aussi facilement, qu'il aurait au moins essayé de préserver sa relation, fût-ce à distance.

Il péchait peut-être par naïveté en pensant qu'il était possible de concilier ainsi vie professionnelle et personnelle. Mais il estimait qu'un tel objectif valait au moins que l'on se batte pour lui. Et il avait suffisamment d'estime pour Naomi pour penser que quelqu'un comme elle était parfaitement capable de mener les deux de front.

Il en revenait toujours à la même conclusion : elle n'avait tout simplement pas eu l'envie de se donner cette peine parce qu'au fond elle n'accordait pas la même importance que lui à leur couple. Et dans ce cas, elle avait sans doute bien fait de partir.

C'était à ce constat aussi triste que sans appel qu'il se heurtait depuis des mois. Et il avait presque fini par l'admettre… jusqu'à ce qu'elle revienne à Pebble Creek. En se retrouvant de nouveau face à elle, il avait compris que, quelles que puissent être ses raisons, elles ne changeaient rien aux sentiments que lui-même éprouvait pour elle.

Tout ce qu'il pouvait espérer, c'était de parvenir à garder ses distances pour ne pas courir le risque de revivre la souffrance que lui avait causée leur séparation.

Estimant que le moment était mal choisi pour s'appesantir sur ces considérations d'ordre personnel, il se concentra sur le portrait psychologique que l'agente spéciale Stabler était en train d'établir.

— L'homme auquel nous avons affaire est très certainement en proie à un profond narcissisme. Il a un sens démesuré de sa propre importance qui masque en réalité un déficit d'estime de soi. Il s'agit d'un phénomène de surcompensation classique. Dans sa vie de tous les jours, notre tueur n'a pas l'impression d'être reconnu à sa juste valeur. Mais lorsqu'il passe à l'acte, il peut se prendre pour Dieu. Le fait qu'il n'abuse pas sexuellement de ses victimes peut indiquer deux choses : soit il est impuissant, soit il éprouve du dégoût à l'égard des femmes. Un dernier élément me semble capital : il ne se contente pas de céder à des pulsions irrépressibles. Il cherche à être parfaitement en contrôle de la situation, il prévoit et il calcule. Et cela le rend infiniment plus dangereux que la plupart de ses homologues.

Patricia marqua une pause, parcourant des yeux la petite assemblée suspendue à ses lèvres.

— Il y a fort à parier que notre homme sélectionne ses victimes avec soin. Il les observe sans doute très attentivement avant de passer à l'acte. Tout chez lui est délibéré. Et il cherche à garder le contrôle de la situation en toutes circonstances. Ce pourrait être son point faible : personne n'est infaillible, mais lui ne l'admettra jamais.

Patricia se pencha légèrement vers l'avant, et sa voix se fit plus froide et plus déterminée que jamais.

— Notre homme ne va pas s'arrêter de tuer. Il en serait parfaitement incapable, même s'il le voulait. Car il a sans doute l'impression d'accomplir une mission en attaquant les femmes de cette ville. Il voit certainement cela comme une forme de purification. Et il ne renoncera pas à cette tâche. C'est à nous et à nous seuls de le stopper.

C'est sur ce constat que Patricia Stabler conclut son exposé qui fut salué par des murmures approbateurs. Dylan et Gregory Hwang se levèrent alors pour aller lui succéder sur l'estrade.

— Est-ce que tu te sens prêt ? lui souffla son coéquipier.

Dylan savait parfaitement à quoi il faisait allusion : son ancien coéquipier s'était fait assassiner et son ex-petite amie avait été directement menacée par le tueur. Qu'il le veuille ou non, cette affaire était devenue personnelle, et il devrait désormais prendre garde de distinguer son rôle de policier de ses sentiments personnels.

— Je suis prêt, répondit-il d'un ton plus assuré qu'il ne l'était réellement.

Sur ce, il s'avança face au podium et adressa un petit salut de la tête à Patricia Stabler et à Vernon Frazier, le chef de la police de Pebble Creek.

— Je tiens à remercier l'agente spéciale Stabler pour le profil psychologique particulièrement éloquent qu'elle a dressé de notre tueur. Je vais à présent m'efforcer de résumer la situation, à ce stade.

Il désigna l'écran géant qui se trouvait derrière lui et sur lequel venaient d'apparaître les photos de sept femmes et d'un homme.

— Voici les victimes connues du tueur aux violettes, déclara-t-il.

Il entreprit de nommer chacune d'entre elles, dans l'ordre dans lequel elles avaient été assassinées.

— Conchita Kaplan, âgée de vingt-quatre ans, institutrice de son état. Linda Allen, trente et un ans, avocate. Nancy Herrera, vingt-six ans, coiffeuse. Odette Wolfe, vingt-neuf ans, serveuse. Rosa Vasquez, trente-trois ans, danseuse. Madison Cherish, trente ans, écrivaine. Et Véra Bartlett, vingt-deux ans, étudiante à l'université de Pebble Creek, qui s'est fait tuer il y a seulement quatre jours. Chacune d'entre elles a été étranglée à l'aide d'un lacet. Et chacun de ces meurtres a été signé d'une violette glissée entre les lèvres. Les lieux dans lesquels ils ont été commis, en revanche, ne présentent aucune unité. Il peut aussi bien s'agir du domicile des victimes, d'un garage souterrain, d'un parc ou d'un sentier forestier.

Dylan se tourna de nouveau vers l'écran et contempla le visage souriant de l'homme qui avait été son coéquipier et qui lui avait enseigné toutes les ficelles du métier. Il regretta encore une fois de ne pas avoir su l'en remercier comme il le méritait.

— Il y a deux jours de cela, Roger Lincoln, un ancien inspecteur de ce commissariat devenu détective privé, a été abattu d'une balle en pleine tête dans ses propres bureaux. Roger collaborait à notre enquête sur le tueur aux violettes, et nous avons de bonnes raisons de penser que c'est ce dernier qui l'a tué.

Dylan marqua une pause.

— Il semble que Roger ait réussi à identifier un suspect dans cette affaire. Il était sur le point de nous transmettre cette information, et le tueur l'a réduit au silence. Mais un témoin a assisté à cette exécution, la nièce de la victime, Naomi Lincoln.

La photo de celle-ci envahit à son tour l'écran.

— Naomi travaille pour la CIA et elle est basée à Miami. Certains d'entre vous se souviennent peut-être qu'avant de partir pour la Floride, il y a deux ans, elle travaillait dans l'agence de détective de son oncle. Nous avons eu à plusieurs reprises l'occasion de collaborer avec elle. Elle a confirmé que Roger s'apprêtait à révéler l'identité du tueur. Mais il a été abattu juste sous ses yeux, alors que tous deux étaient en communication vidéo. Elle ignore qui est le tueur, mais ce dernier pourrait penser le contraire. Et Naomi se trouve justement à Pebble Creek pour enterrer son oncle, ce qui fait d'elle une cible potentielle. C'est la raison pour laquelle je lui ai proposé de séjourner chez moi, ce qu'elle a accepté.

Quelques murmures se firent entendre, émanant probablement de ceux qui savaient que Naomi et lui avaient été en couple.

— Le tueur s'est emparé de l'ordinateur et du téléphone portable de Roger, ce qui signifie qu'il a eu accès aux coordonnées de Naomi, poursuivit-il sans se démonter. De plus, nous avons découvert que le domicile et le bureau de Roger étaient truffés de micros et de caméras. Nous ne pouvons pas affirmer qu'ils ont été posés par le tueur, mais c'est une forte possibilité. Naomi Lincoln se trouve donc directement menacée, et je ferai tout ce qui est en mon pouvoir pour la protéger tant que nous n'aurons pas identifié et arrêté le tueur.

— Je n'en attends pas moins de vous, déclara posément le chef de la police.

Afro-Américain âgé de soixante-deux ans, Vernon Frazier était un vétéran de la police. Il avait travaillé durant vingt-cinq ans pour celle de Portland avant d'être recruté par la ville de Pebble Creek.

— Roger Lincoln était l'un des nôtres, reprit-il gravement. Et c'était l'un des meilleurs inspecteurs qu'il m'ait été donné de connaître. Je sais que tous ceux qui l'ont fréquenté avaient un grand respect pour lui. Après tout ce qu'il a fait pour ce commissariat, la moindre des choses est que nous prenions soin de sa nièce.

Dylan lui adressa un petit signe de reconnaissance. Il avait toujours eu une immense considération pour cet homme qui savait mener son équipe tout en n'interférant qu'un minimum avec leurs enquêtes. Frazier lui fit signe de poursuivre.

— Pour le moment, nous n'avons retrouvé aucune empreinte digitale, aucun échantillon d'ADN qui serait susceptible de nous mener jusqu'au tueur. Et le pire, c'est qu'il en a parfaitement conscience. Il se permet même de nous provoquer régulièrement. Nous nous sommes intéressés aux violettes qu'il utilise, mais cette variété semble être l'une des plus vendues dans l'Oregon. On la trouve chez la plupart des pépiniéristes et fleuristes des environs.

Dylan avait parfaitement conscience de la frustration qui perçait dans sa voix. Mais c'était plus fort que lui.

— En dépit de ces déconvenues, reprit-il, nous sommes parvenus à identifier un certain nombre de suspects au fil de l'enquête, et certains d'entre eux le sont toujours. Neil Murray, trente-quatre ans, professeur à l'université de Pebble Creek, a été aperçu s'éloignant précipitamment de l'une des scènes de meurtre. Trent Oliver, vingt-six ans, et un mécanicien au chômage qui a fait preuve à de multiples reprises d'hostilité et de violence envers des femmes. Blade Canfield, vingt-neuf ans, riche héritier et enfant gâté. Il a eu une liaison avec l'une des victimes qui s'est très mal terminée. Alfonso Mendoza, quarante-deux ans, a fait de la prison et a déjà été arrêté à plusieurs reprises pour avoir harcelé des femmes. Et enfin Zachary Jamieson, trente-cinq ans, fleuriste passionné de violettes que l'on a identifié à proximité de l'une des scènes de crime.

Dylan marqua une pause, le temps d'avaler une gorgée d'eau minérale.

— Murray et Canfield semblent avoir de solides alibis. En revanche, Oliver, Mendoza et Jamieson demeurent suspects à ce jour. Malheureusement, nous n'avons pu établir la présence d'aucun d'entre eux aux alentours des bureaux de Roger Lincoln, le jour où il a été tué. Mais cela ne signifie pas pour autant que l'un d'eux ne se trouvait pas là.

Dylan fit apparaître une nouvelle image à l'écran. Il s'agissait du rapport de balistique de George Suina.

— Nous pourrions identifier avec précision le pistolet qui a servi à assassiner Roger, indiqua-t-il. Il s'agit d'un calibre .45 Automatic Colt Pistol. Si nous le retrouvons chez l'un de nos suspects, nous aurons démontré sa culpabilité. Hélas, nous ne disposons pas encore de suffisamment d'éléments pour obtenir des mandats de perquisition en bonne et due forme.

Dylan termina son intervention avant de laisser de nouveau la parole au chef de la police qui aborda la dimension politique et médiatique qu'avait prise l'affaire. Il conclut en encourageant chacun à redoubler d'efforts.

— Nous devons retrouver ce salopard au plus vite, déclara-t-il avec emphase. Il y va de la sécurité de nos concitoyens et de la stabilité de la ville tout entière.

Sur ce, la réunion prit fin. Alors que Dylan venait tout juste de sortir de la salle, il fut rejoint par Vernon Frazier.

— Dylan, est-ce que vous auriez une minute, je vous prie ?

— Bien sûr, répondit-il.

Le chef de la police lui fit signe de le suivre dans son bureau, qui était situé au dernier étage du bâtiment et possédait une large baie vitrée permettant d'apercevoir le centre-ville. Frazier prit place derrière son bureau sur lequel était disposée une belle photo en noir et blanc d'Evelyn Frazier, son épouse depuis plus de quarante ans.

Un demi-sourire se dessina sur les lèvres de Dylan tandis qu'il s'installait face à son supérieur. Ce dernier était la preuve vivante du fait qu'il était possible pour deux personnes de s'aimer sans renoncer à leurs ambitions.

— Comment va Naomi ? lui demanda alors Frazier.

— Elle tient le coup, répondit-il. Et comme nous tous, elle aimerait savoir qui a tué son oncle et toutes ces pauvres femmes.

Frazier hocha la tête.

— Comme je la comprends, soupira-t-il. Son oncle aussi était bien décidé à nous aider, dans cette affaire. Je ne sais pas si vous êtes au courant, mais Roger était un ami de longue date.

— Il me l'avait dit, acquiesça Dylan.

— Je ne serais pas étonné qu'il ait effectivement réussi à identifier le coupable. C'était l'un des meilleurs flics que j'aie jamais eu sous mes ordres. Mais je sais qu'il vous avait choisi pour être son successeur, son héritier spirituel en quelque sorte. Et je suis certain que s'il a résolu ce mystère, vous en êtes également capable.

Dylan se sentit touché par ce vote de confiance. Mais il avait aussi conscience de la pression qu'il faisait peser sur lui.

— J'imagine que Naomi vous a décrit en détail ce qui s'était passé lors de son ultime conversation avec Roger.

— Elle m'a dit qu'elle avait vu son oncle se faire abattre, mais qu'elle n'avait pas vu distinctement le tueur, affirma Dylan.

— Peut-être se souvient-elle de plus de détails qu'elle ne le pense, suggéra Frazier en croisant les doigts devant lui.

— Je ne suis pas sûr de vous suivre, avoua Dylan, surpris.

— Lorsque les gens sont soumis à un profond traumatisme, il arrive très souvent qu'ils occultent involontairement une partie de leurs souvenirs. Ce n'est peut-être pas le cas, cette fois-ci. Mais puisque Naomi séjourne chez vous, vous devriez en rediscuter avec elle. Il se peut que certains détails resurgissent avec le temps.

— Je ferai mon possible, répondit prudemment Dylan.

Il ne tenait pas à braquer Naomi en la pressant de questions trop douloureuses. Le plus important à ses yeux était de la protéger. Et le meilleur moyen d'y parvenir était de la convaincre de rester chez lui pendant toute la durée de son séjour.

— Bien, acquiesça Frazier. À ce stade, nous devons explorer la moindre piste disponible.

— Je suis d'accord avec vous, remarqua Dylan. D'autant que si Roger a bel et bien pu identifier le coupable, c'est que nous avons en main les éléments pour y parvenir aussi.

Nous avons dû rater quelque chose, et je suis bien décidé à reprendre tout le dossier pour découvrir ce dont il s'agit.

Frazier s'apprêtait à lui répondre lorsque son téléphone se mit à sonner. Il s'excusa d'un geste et décrocha.

— Frazier, j'écoute…

Dylan ne pouvait entendre ce que lui disait son correspondant, mais il vit le visage de son supérieur se décomposer.

— Très bien, conclut-il. Il est justement devant moi. Je lui transmets l'information.

— Que se passe-t-il ? s'enquit Dylan lorsque Frazier eut raccroché.

— Une jeune femme vient d'être portée disparue et, vu son profil, il y a de fortes chances pour qu'elle soit la dernière victime du tueur aux violettes…

De retour chez lui, en fin d'après-midi, Dylan retrouva Naomi qui était revenue de sa journée consacrée à l'organisation des funérailles de son oncle. Il lui fit part de la nouvelle qui venait de tomber.

— La jeune femme disparue s'appelle Sandra Neville. Elle est âgée de vingt-neuf ans et travaille comme orthodontiste. Hier soir, elle était sortie de chez elle et devait rentrer pour dîner avec ses parents. Elle n'est jamais revenue et elle ne les a pas appelés. Lorsqu'ils ont tenté de la joindre, ils sont tombés sur son répondeur. Ils ont donc signalé sa disparition, ce matin même.

— Je croyais que les signalements de disparition d'adultes ne pouvaient être enregistrés qu'au bout de quarante-huit heures, remarqua Naomi.

— Au vu de la situation actuelle, nous avons décidé que toute disparition de jeune femme correspondant au profil des victimes du tueur devait être considérée comme inquiétante et prioritaire.

— C'est sans doute une bonne idée, reconnut-elle. Est-ce que vous avez des pistes pour la retrouver ?

— Malheureusement, non. Et je t'avoue que ce n'est pas rassurant. Le tueur aux violettes n'a jamais enlevé l'une de ses victimes : il les tue dans leur environnement quotidien. Il se voit probablement comme une sorte de chasseur.

Naomi ne put réprimer un frisson.

— À ce sujet, lui dit-elle d'une voix légèrement hésitante, il s'est passé quelque chose aujourd'hui… Cela n'a peut-être aucun rapport avec cette affaire…

— Je t'écoute, l'encouragea Dylan, inquiet.

Naomi n'avait pas pour habitude de se montrer aussi hésitante.

— Quelqu'un m'a suivie en voiture, ce matin, et a essayé de me faire sortir de la route… ou tout au moins de me faire peur.

— Que s'est-il passé, exactement ? lui demanda-t-il, de plus en plus anxieux.

— Eh bien, c'est arrivé lorsque je suis sortie de chez toi, ce matin. Un gros SUV noir a déboîté juste derrière moi et s'est mis à me suivre. J'ai ralenti pour voir s'il allait me dépasser, mais il se calait sur ma vitesse. Puis il s'est mis à accélérer jusqu'à me talonner. J'ai accéléré aussi et je commençais un peu à paniquer lorsqu'il a brusquement tourné dans une rue adjacente et a disparu.

— Est-ce que tu pourrais identifier le modèle du SUV ?

— Non, reconnut-elle. Je t'avoue qu'ils se ressemblent tous à mes yeux.

— Est-ce que tu as aperçu le conducteur ?

Elle secoua la tête.

— Son pare-brise était teinté. Mais, comme je te le disais, il se peut que cela n'ait strictement aucun rapport avec le tueur aux violettes.

— C'est un risque que nous ne pouvons pas nous permettre de courir, déclara Dylan. D'autant que le tueur aux violettes t'a déjà menacée par SMS. Est-ce que tu as reçu d'autres messages, depuis la dernière fois ?

— Non, heureusement, répondit-elle.

Ce détail intriguait Dylan. Il se demanda où le tueur voulait en venir. Cherchait-il à effrayer Naomi pour l'empêcher de révéler ce qu'elle pouvait savoir ? Cela ne paraissait pas correspondre à son profil. Le tueur aux violettes ne s'encombrait pas d'états d'âme : s'il avait pensé qu'elle connaissait son identité, il l'aurait abattue sans hésiter, comme il l'avait fait avec son oncle.

Il était bien plus probable qu'à travers elle, il cherche à atteindre Dylan, à faire de leur affrontement une affaire réellement personnelle. Après tout, il avait eu accès à l'ordinateur portable de Roger et devait savoir que Naomi et lui avaient été en couple.

— Je vais demander à mes hommes de vérifier si l'un de nos suspects possède un SUV de couleur sombre qui pourrait correspondre. En attendant d'avoir la réponse, je veux que tu redoubles de prudence. Et si quelque chose de ce genre se reproduit, appelle-moi immédiatement.

— Je le ferai, acquiesça-t-elle.

La gravité qui perçait dans son regard le rassura sur le fait qu'elle prenait la situation très au sérieux. Le fait qu'elle soit une professionnelle du renseignement s'avérerait très précieux. Elle avait certainement été formée à faire face à ce genre de situations stressantes et avait moins de chance de paniquer que la plupart des gens qui se seraient retrouvés en de telles circonstances.

Malheureusement, dans le jeu dangereux qui les opposait au tueur aux violettes, survivre ne suffisait pas. D'une façon ou d'une autre, Dylan devait reprendre l'initiative.

7

Le ciel d'un gris plombé semblait s'être mis au diapason de l'humeur de Naomi tandis qu'elle se tenait aux côtés de Dylan, dans le cimetière central de Pebble Creek où son oncle était enterré ce jour-là.

Elle repensa aux funérailles de ses parents, près de vingt ans auparavant. Cela avait indéniablement été l'un des moments les plus difficiles de toute son existence, mais il lui semblait que ce n'était rien, comparé à ce qu'elle éprouvait.

C'était peut-être parce qu'elle était plus âgée et donc mieux à même de prendre la mesure de cette perte. C'était peut-être aussi parce que son oncle l'avait élevée depuis l'âge de huit ans, parce qu'il avait toujours été là pour elle, même lorsqu'elle avait fini par quitter le foyer qu'ils avaient su fonder ensemble.

Elle avait aujourd'hui l'impression de se retrouver véritablement seule au monde. Et curieusement, la présence de Dylan à ses côtés ne faisait que renforcer cette sensation. Elle aurait tout donné pour qu'ils retrouvent leur complicité d'autrefois, ne serait-ce que le temps de cette journée. Elle aurait voulu avoir ses bras autour d'elle pour la réconforter.

Lui jetant un regard à la dérobée, elle sentit son cœur se serrer dans sa poitrine. La profonde tristesse qui se lisait sur son visage lui rappela à quel point Roger avait été important pour lui aussi.

Il avait été bien plus qu'un coéquipier, plus qu'un mentor et un ami. Naomi avait eu parfois l'impression qu'en lui Dylan avait trouvé une figure paternelle qui lui avait cruellement fait défaut, étant enfant.

Elle remarqua aussi les cernes qui creusaient son regard. Faisait-il des cauchemars, lui aussi ? Naomi avait de nouveau rêvé de la mort de son oncle, cette nuit-là. À plusieurs reprises, elle s'était réveillée en sursaut, l'esprit envahi d'images plus terrifiantes les unes que les autres.

Elle se doutait déjà que ces mauvais rêves ne s'estomperaient réellement que lorsque l'homme qui avait assassiné Roger aurait été arrêté. Tant qu'il serait en liberté, elle serait hantée par le souvenir de ce qui s'était passé ce jour-là.

Naomi observa la petite assemblée qui s'était réunie pour accompagner Roger Lincoln jusque dans sa dernière demeure. Il y avait beaucoup plus de gens qu'elle ne l'avait imaginé, preuve s'il en était besoin de l'impact que son oncle avait eu sur tous ceux qui le connaissaient.

Parmi les visages familiers, elle distinguait un certain nombre de policiers avec lesquels il avait travaillé et d'autres qui semblaient trop jeunes pour l'avoir connu, mais avaient tout de même tenu à lui rendre un dernier hommage.

Il y avait aussi des amis, et certains des clients qui avaient eu recours à ses services en tant que détective. Et puis, il y avait de nombreux inconnus. Avec un frisson, elle se demanda si le tueur se trouvait parmi eux. Était-il venu se repaître des conséquences de son œuvre ?

Naomi savait que certains tueurs en série étaient coutumiers du fait. C'était une façon pour eux de revivre le sentiment de toute-puissance que leur avait inspiré leur acte. C'était aussi une façon de narguer la police. Dylan devait en avoir parfaitement conscience, car elle l'avait vu à plusieurs reprises scruter la foule avec attention.

Écartant ces pensées, Naomi se concentra sur l'hommage

funèbre qu'était en train de prononcer Krista Gilliam, la pasteure en charge des obsèques. Elle fit l'apologie de la vie qu'avait menée Roger Lincoln, vantant ses actions en tant que policier de la ville, en tant que citoyen engagé et en tant qu'ami. Elle parla également avec beaucoup d'admiration de la façon dont il avait recueilli et élevé la fille de son frère.

Malgré elle, Naomi ne put retenir les larmes qui lui montaient aux yeux. Elle sentit alors Dylan se rapprocher et passer doucement un bras autour de ses épaules. Ce simple contact lui fit un bien immense.

— Est-ce que ça va ? lui souffla-t-il.

— Je tiendrai le coup, acquiesça-t-elle.

Après la mise en terre, Naomi reçut les témoignages de condoléances et de sympathie de nombreuses personnes. Parmi elles se trouvait Vernon Frazier, le chef de la police.

— Je suis vraiment désolé, lui dit-il. Roger était un homme exceptionnel et il vous tenait en très haute estime. Si vous avez besoin de quoi que ce soit, n'hésitez pas à faire appel à moi.

— C'est promis, répondit-elle.

Tandis qu'il s'éloignait, Naomi ne put s'empêcher de remarquer la ravissante jeune femme aux cheveux roux coupés au carré qui était en train de s'entretenir avec Dylan, un peu à l'écart de la foule. Tous deux ne tardèrent pas à la rejoindre.

— Naomi, je te présente l'agente spéciale Patricia Stabler, lui dit Dylan. Elle est profileuse au FBI et travaille en étroite collaboration avec nous sur l'affaire du tueur aux violettes.

La jolie rousse s'avança et lui serra la main.

— Je n'ai jamais eu la chance de rencontrer votre oncle, avoua-t-elle. Mais je sais que tous ceux qui m'ont parlé de lui n'ont pas tari d'éloges sur son compte. Je suis vraiment désolée qu'il vous ait été arraché de cette façon. J'imagine que cette expérience a dû être particulièrement éprouvante pour vous. Si vous voulez en parler avec moi, en tant que psychologue, n'hésitez surtout pas à me contacter.

Naomi prit la carte de visite qu'elle lui tendait.

— Je vous remercie.

Dylan et la psychologue s'éloignèrent pour laisser la place aux autres personnes venues présenter leurs condoléances. Naomi les suivit quelques instants des yeux, remarquant la façon dont Patricia Stabler tenait son compagnon par le bras.

Elle ne put s'empêcher de se demander s'il y avait quelque chose entre eux. Certes, Dylan lui avait dit ne pas avoir de petite amie régulière, en ce moment. Mais cela ne signifiait pas pour autant qu'il s'astreignait à une abstinence monastique. Et Patricia était incontestablement une femme très séduisante.

Elle tenta de se convaincre que la jalousie qu'elle éprouvait en cet instant était parfaitement déplacée. Elle n'avait plus aucun droit sur Dylan, et il était libre de faire ce qu'il voulait avec qui il voulait. Malheureusement, cet argumentaire parfaitement rationnel ne changeait strictement rien à ce qu'elle ressentait.

Naomi se tourna vers la femme qui s'avançait vers elle. Elle devait être âgée d'une cinquantaine d'années et était vêtue de façon à la fois simple et élégante.

— Bonjour, lui dit-elle avec un sourire empli tout à la fois de douceur et de tristesse. Je suis Brenda Quinlan. Nous ne nous connaissons pas, mais votre oncle et moi sortions ensemble depuis quelques mois lorsqu'il est décédé...

La voix de Brenda se brisa, et elle porta son mouchoir à son visage.

— Je ne savais pas, répondit Naomi, surprise.

Ce n'était pourtant pas si étonnant que cela. Son oncle s'était toujours montré très discret sur ce sujet. Elle savait qu'il avait eu plusieurs petites amies au fil des années, mais il ne les lui avait jamais présentées, préférant dissocier sa vie amoureuse de leur vie de famille.

— Il m'a beaucoup parlé de vous, ajouta Brenda. Et je sais qu'il tenait à vous comme à la prunelle de ses yeux. Je suis vraiment désolée pour vous.

— Et moi, pour vous, répondit gravement Naomi.

Elle regretta brusquement que son oncle ne lui ait pas présenté Brenda avant de mourir. Elle regretta qu'il n'ait jamais trouvé quelqu'un de spécial, quelqu'un avec qui il aurait pu partager sa vie. Et elle se demanda brusquement avec une pointe d'angoisse si elle n'était pas en train de suivre le même chemin que lui.

En quittant Dylan Hester, n'avait-elle pas sciemment renoncé au seul homme qu'elle ait jamais aimé ?

— Est-ce que tu savais que mon oncle avait une petite amie ? s'enquit Naomi lorsque tous deux se retrouvèrent seuls dans la voiture.

Ils roulaient en direction du centre-ville où ils avaient rendez-vous avec le notaire de Roger. Dylan jeta un coup d'œil à Naomi avant de se concentrer de nouveau sur la route.

— Tu veux parler de Brenda, j'imagine ?

Elle hocha la tête.

— Il m'avait parlé d'elle, acquiesça-t-il. Mais il ne me l'avait pas présentée. Je ne sais pas vraiment à quel point les choses étaient sérieuses, entre eux.

— Elle m'a fait l'effet d'être quelqu'un de bien, murmura Naomi.

Dylan percevait son trouble et croyait le comprendre. Elle devait trouver déstabilisant que son ex en sache plus long qu'elle au sujet de son oncle. Il aurait pu lui dire qu'en allant s'installer à l'autre bout du pays elle n'avait rien fait pour encourager ce genre de confidences.

Mais c'eût été assez mesquin de sa part, et il ne tenait

pas à la blesser inutilement. Elle avait déjà suffisamment souffert au cours de ces derniers jours.

— Je suis certain que si Roger avait décidé d'aller plus loin avec Brenda, il t'en aurait parlé, déclara-t-il.

Naomi demeura longuement silencieuse, plongée dans ses pensées.

— Est-ce que tu crois que le tueur était là ? lui demanda-t-elle alors. À l'enterrement, je veux dire…

— J'y ai pensé, reconnut-il à contrecœur.

En réalité, il était persuadé que le tueur s'était trouvé là. Pas forcément au milieu de la foule – cela aurait pu s'avérer très risqué, notamment si le tueur était bien l'un des hommes qu'ils considéraient comme suspects.

Mais il s'était certainement positionné aux abords du cimetière pour observer la cérémonie. La tentation avait dû être bien trop grande pour qu'il puisse rater ce qu'il considérait certainement comme un moment de triomphe.

— Est-ce que vous avez des nouvelles de la jeune femme qui a disparu avant-hier soir ? s'enquit Naomi.

— Hélas, non. Nous la recherchons toujours.

Cela faisait désormais trente-six heures que Sandra Neville avait disparu, et tous les interrogatoires qu'ils avaient menés indiquaient très clairement que cela ne lui ressemblait pas.

— J'ai même mis en place des équipes chargées de fouiller les environs de son domicile, ajouta-t-il. Nous poursuivrons ces recherches tant que nous ne l'aurons pas retrouvée.

Il s'abstint cependant de préciser qu'à ce stade il craignait que l'on ne retrouve que son corps, le moment venu.

— Je n'ose imaginer l'enfer que doit traverser sa famille, en ce moment, murmura Naomi.

Dylan lui lança un regard étonné. Elle venait tout juste d'enterrer son oncle, ce qui avait dû être l'un des moments les plus difficiles de son existence. Et pourtant, même en cet instant, cela ne l'empêchait pas de compatir avec ces gens qui étaient pour elle de parfaits inconnus.

Mais peut-être n'aurait-il pas dû s'en étonner. Cette extraordinaire empathie ne faisait-elle pas partie des nombreuses qualités qui l'avaient séduit chez elle ? Qui faisaient qu'encore aujourd'hui, malgré leur rupture, il la considérait comme l'une des personnes les plus extraordinaires qu'il ait jamais eu la chance de rencontrer ?

Lorsque Naomi et Dylan arrivèrent chez le notaire de Roger, ils furent accueillis par Benjamin Gardner en personne. Ce dernier devait être âgé d'environ soixante-dix ans, mais faisait toujours preuve d'un dynamisme et d'une énergie peu communs. Ses yeux bleus pétillaient de malice et d'intelligence, et il les reçut avec effusion.

— Je suis heureux de vous rencontrer, tous les deux, leur dit-il. Roger m'a beaucoup parlé de vous. Je déplore juste que nous n'ayons pu faire connaissance en d'autres circonstances. Roger n'était pas seulement un client, c'était aussi un ami et il me manquera beaucoup…

Naomi s'étonna une fois de plus de découvrir à quel point son oncle avait su se faire apprécier par tous ceux qui l'avaient connu. Rétrospectivement, cela lui mettait un peu de baume au cœur : il était en effet évident qu'en dépit de sa mort précoce il avait mené une existence aussi riche que fertile.

Ils s'installèrent dans le confortable bureau du notaire, et ce dernier décacheta l'enveloppe qui contenait le testament de Roger.

— Voulez-vous que je vous donne une lecture complète de l'acte ou préférez-vous que je vous fasse un résumé ? leur demanda-t-il. De toute façon, je vous remettrai le testament dans son intégralité.

Naomi interrogea Dylan du regard, et il haussa les épaules, lui indiquant que cette décision lui revenait.

— Un résumé suffira, répondit-elle.

— Bien, acquiesça le notaire. De toute façon, les dernières volontés de votre oncle sont relativement simples. Il vous a légué la quasi-totalité de ses biens, à commencer par sa maison, sa voiture, l'argent qu'il détenait que ce soit sur son compte en banque, en actions ou sous forme d'une assurance-vie.

Le notaire se tourna alors vers Dylan.

— Quant à vous, monsieur Hester, Roger vous a légué une somme qui devrait vous permettre d'acquérir le bateau à moteur que vous rêviez d'acheter. Mais il a insisté pour que cet argent soit affecté uniquement à cet usage.

Dylan ne put s'empêcher de sourire. Il était évident qu'il ne s'était pas attendu à cela.

— Roger vous a également fait don d'une photo qu'il a prise de vous et de sa nièce, et qu'il considérait comme sa favorite. Je crois qu'elle est posée sur le manteau de la cheminée de sa maison... ou plutôt de votre maison, devrais-je dire, ajouta le notaire en se tournant vers Naomi.

— Je vois très bien de laquelle il s'agit, acquiesça-t-elle. Et je veillerai à la remettre à Dylan.

— Enfin, conclut Benjamin Gardner à l'intention de Dylan, Roger tenait à ce que vous gardiez un œil sur sa nièce, quoi qu'elle décide de faire de sa vie.

Dylan le considéra avec étonnement. Il hésita longuement avant de répondre, mais lorsqu'il parla enfin, ce fut d'une voix franche et décidée :

— Je m'y engage, déclara-t-il.

Naomi sentit son cœur se serrer dans sa poitrine. Elle avait du mal à croire qu'il puisse accepter une telle responsabilité, tout particulièrement après la façon dont elle l'avait quitté, deux ans plus tôt. Un doute s'insinua alors en elle. Se pouvait-il qu'elle ait mal jaugé la profondeur des sentiments qu'il éprouvait à son égard ? Ou bien se considérait-il simplement lié par la promesse qu'il avait faite à son oncle ?

Et qu'avait exactement cherché ce dernier en incluant dans son testament une demande telle que celle-ci ? Comptait-il les réunir par-delà la mort ?

— Bien, conclut le notaire en leur tendant à chacun un exemplaire du testament. Il ne vous reste plus qu'à signer pour accepter l'héritage, et nous en aurons terminé.

Moins de vingt minutes plus tard, Naomi et Dylan se retrouvèrent chez Lesley pour déjeuner. C'était un restaurant situé non loin du commissariat central de Pebble Creek, et bon nombre de policiers le fréquentaient régulièrement. L'endroit était spécialisé dans les plats de fruits de mer mais s'était également rendu célèbre par la qualité de ses tartes salées et sucrées.

C'était également là que Naomi et Dylan étaient sortis ensemble pour la première fois, et elle conservait un souvenir ému de cette soirée magique.

— Si je me rappelle bien, remarqua-t-il lorsque la serveuse leur eut apporté les menus, lorsque nous sommes venus ici ensemble pour la première fois, tu avais choisi des beignets de crevettes en entrée et des pâtes aux langoustines.

Naomi le considéra avec étonnement.

— C'est vrai, reconnut-elle. J'avais complètement oublié.

Elle était passablement sidérée que ce ne soit pas également son cas.

— Nous pourrions reprendre la même chose, en souvenir des jours heureux…

La pointe de nostalgie qui perçait dans sa voix lui transperça le cœur, et elle hocha la tête.

— Je suis partante.

Dylan fit signe à la serveuse et passa la commande, à laquelle il ajouta une demi-bouteille de vin blanc. Quelques minutes plus tard, on leur apporta leurs beignets, qui se révélèrent être aussi délicieux que dans son souvenir.

— Ce repas est dans la continuité du testament de ton oncle, remarqua alors Dylan. Il tenait apparemment à ce que nous n'oubliions pas ce que nous avons été l'un pour l'autre.

— Apparemment, répondit-elle sobrement.

Elle n'était pas certaine de vouloir s'aventurer sur ce terrain miné.

— Je ne savais pas que tu rêvais d'avoir un bateau, remarqua-t-elle.

— La côte n'est qu'à soixante-quinze kilomètres d'ici, expliqua-t-il. C'est à moins d'une heure en voiture. En prenant un anneau à Newport, je pourrais aller naviguer au moins une fois par mois. Mais cela devra attendre la fin de cette enquête. Et toi ? Que comptes-tu faire de ton héritage ? Est-ce que tu vas vendre la maison ?

Naomi haussa les épaules.

— Je n'y ai pas encore vraiment réfléchi, avoua-t-elle. Je suppose que oui. Je ne peux pas me permettre d'entretenir une maison de cette taille à l'autre bout du pays pour n'y passer que quelques jours de vacances par an.

— Tu pourrais la mettre en location, suggéra Dylan.

— Gérer une location à longue distance ne serait pas très pratique, objecta-t-elle.

— Tu as sans doute raison, concéda-t-il. En tout cas, vu le cours de l'immobilier, à l'heure actuelle, je suis certain que tu en tireras un bon prix…

Ils continuèrent à manger en silence pendant quelques instants.

— J'imagine que tu comptes rentrer à Miami, maintenant que l'enterrement a eu lieu, reprit enfin Dylan.

— Est-ce que tu essayerais de te débarrasser de moi ? lui demanda-t-elle avec un pâle sourire.

— Absolument pas, lui assura-t-il.

Il paraissait sincère.

— Je pense juste qu'il vaudrait mieux que tu restes loin d'ici tant que le tueur aux violettes est en liberté. Évidemment, si tu veux revenir après que nous l'aurons bouclé, tu seras la bienvenue.

Naomi se demanda ce qu'elle devait comprendre par là. La sommait-il de quitter la ville en tant que policier soucieux de la protéger ? Lui suggérait-il au contraire de revenir lorsque le calme serait revenu ? Devait-elle comprendre qu'il l'accueillerait alors de nouveau chez lui ? Ou bien était-elle en train de se méprendre totalement sur ses véritables intentions ?

— En fait, répondit-elle enfin, je crois que j'aimerais rester ici un peu plus longtemps.

— Pourquoi ? lui demanda Dylan en la regardant droit dans les yeux.

— J'aimerais vous aider à identifier l'homme qui a assassiné mon oncle, déclara-t-elle.

— De quelle façon ? s'enquit Dylan d'un ton toujours aussi indéchiffrable.

— Je ne sais pas… Je pourrais commencer par participer aux recherches que vous avez organisées pour retrouver Sandra Neville.

Dylan contempla longuement le contenu de son verre de vin avant de lui répondre :

— Crois-tu que ce soit une bonne idée ?

— Oui, répliqua-t-elle avec plus de conviction qu'elle n'en éprouvait en son for intérieur. Tu sais mieux que moi que, dans ce genre de situations, chaque seconde compte. Si ce n'est pas le tueur aux violettes qui l'a assassinée, elle a peut-être eu un accident. Ou alors, elle s'est fait enlever. Et même si ce que nous craignons s'est produit, ses proches méritent de le savoir, d'être délivrés de cette incertitude qui doit les mettre à la torture…

— Je comprends, acquiesça Dylan. Mais n'as-tu pas des choses à faire, à Miami ? La CIA ne va sans doute pas se passer indéfiniment de tes services.

— Mon supérieur a insisté pour que je prenne tout le temps qu'il me faudrait. Et il ne s'est encore écoulé que quelques jours depuis que je suis arrivée à Pebble Creek. Je suis certaine qu'il ne m'en voudra pas si je reste un peu plus longtemps.

Dylan ne put réprimer un soupir.

— Nous n'avons jamais trop de volontaires, dans ce genre de situations, reconnut-il. Et ta formation de détective nous sera d'une grande utilité. Pendant ce temps, je pense que tu devrais rester à la maison. Cela m'évitera d'avoir à m'inquiéter à ton sujet chaque soir. Accessoirement, cela me permettra aussi de tenir la promesse que j'ai faite à Roger.

Naomi hocha la tête. Elle n'avait jamais estimé avoir besoin d'un protecteur ou d'un chevalier servant. Au contraire, même, elle aspirait à être autonome et libre. Mais, curieusement, loin de lui paraître condescendante, la proposition de Dylan la touchait, lui donnant l'impression d'être spéciale à ses yeux.

— Je suis d'accord, répondit-elle. Je collaborerai avec la police dans la mesure de mes moyens, comme mon oncle le faisait avant moi. Et pendant ce temps, nous ferons en sorte de nous protéger mutuellement.

— Marché conclu, déclara Dylan en souriant.

Tandis qu'ils se remettaient à manger, Naomi se fit la réflexion que, pour la première fois depuis l'enterrement de son oncle, son propre cœur lui semblait un tout petit peu moins lourd à porter.

8

Cet après-midi-là, après être repassée par chez Dylan pour enfiler une tenue plus adaptée, Naomi alla se joindre à l'équipe qui avait été chargée de quadriller les alentours du domicile de Sandra Neville.

Les recherches se concentraient sur un petit bois à proximité de chez elle. Il avait apparemment déjà été exploré une première fois sans que l'on y trouve rien de spécial. Mais la police savait d'expérience qu'il fallait parfois ratisser une zone à deux ou trois reprises pour obtenir des résultats. Et c'était particulièrement vrai en milieu naturel.

Naomi fut affectée à un groupe qui était constitué d'une autre femme et de deux hommes de milieux sociaux très différents et dont les âges s'étalaient entre vingt-deux et soixante-cinq ans. Mais en dépit de cette diversité, un esprit de franche camaraderie ne tarda pas à s'instaurer entre eux.

Naomi n'était pas décidée pour autant à baisser la garde. Elle avait bien conscience du fait que, sous couvert d'anonymat, le tueur aurait parfaitement pu se joindre à l'un des groupes. Tout en fouillant le sous-bois, elle gardait donc un œil attentif sur ses compagnons.

Ils avaient formé une ligne, ménageant entre eux un espace de quelques mètres, de façon à couvrir une surface maximale. Naomi se trouvait complètement sur la gauche, en bordure de la zone de recherche que la police avait délimitée.

À cet endroit, la végétation était plus dense, et Naomi devait zigzaguer entre d'épais taillis qui lui faisaient parfois perdre de vue le reste de l'équipe. Au bout d'un moment, elle se retrouva engagée dans un véritable hallier qui formait une véritable grotte de verdure.

Elle était sur le point d'opérer un demi-tour pour chercher un passage plus facile lorsqu'une vision d'horreur la figea sur place. Un bras de femme se dressait vers le ciel, parfaitement immobile, surgissant de l'épais tapis de ronces et de mousse qui recouvrait le sol.

Le cœur battant à tout rompre, Naomi comprit avec accablement que la recherche de Sandra Neville était sur le point de parvenir à sa macabre conclusion.

Dylan n'avait pas été surpris d'apprendre ce que l'équipe de recherche avait découvert dans les bois. Mais cela ne l'empêchait pas de se sentir passablement déprimé par ce qu'il considérait comme un nouvel échec. Une fois de plus, le tueur s'était joué d'eux, frappant en un lieu où il serait particulièrement délicat, voire impossible, de découvrir des indices exploitables.

Il n'osait imaginer ce que Naomi avait pu ressentir en tombant sur le cadavre de la jeune femme, elle qui espérait contre toute attente pouvoir ramener de bonnes nouvelles aux parents de celle-ci.

En arrivant sur les lieux, il aperçut de loin la jeune femme qui se trouvait en compagnie des autres membres de l'équipe de recherche. Elle était très pâle, et son regard paraissait hanté. Dylan dut se faire violence pour réprimer le besoin qu'il avait de la rejoindre et de la serrer dans ses bras.

Mais c'était quelque chose qu'il ne pouvait se permettre en tant qu'inspecteur en charge. De plus, il n'était pas sûr que ce fût ce que Naomi attendait de lui. Comme tous ceux qui se trouvaient là, elle espérait sans doute une avancée de l'enquête, l'identification d'un suspect crédible, une preuve de culpabilité.

Or c'était quelque chose qu'il ne pouvait encore leur offrir. Enfilant une paire de gants en latex, il franchit le ruban jaune qui délimitait les environs de la scène de crime et rejoignit Hwang et Patricia Stabler qui se tenaient auprès du corps de la victime.

— Est-ce que c'est bien elle ? leur demanda-t-il. Avons-nous une identification formelle ?

— J'en ai bien peur, acquiesça son coéquipier.

— Elle avait même une pièce d'identité sur elle, précisa Patricia en la lui tendant.

— Sandra Adrienne Neville, lut-il.

Dylan se tourna enfin vers le corps et constata que le visage correspondait parfaitement à la photographie : une jeune Afro-Américaine d'une trentaine d'années dont les cheveux étaient longs sur le dessus et rasés sur le côté. Dans la pénombre du hallier, on aurait presque pu la croire endormie.

— Avons-nous affaire au même mode opératoire ? demanda-t-il.

— Il y a des traces de strangulation à l'aide d'une cordelette, acquiesça Patricia. Et la fameuse violette entre les lèvres. En revanche, la victime a tenté de se défendre, cette fois-ci. Avec un peu de chance, elle sera parvenue à griffer son agresseur, ce qui pourrait nous fournir un résidu de peau.

Dylan se mordilla la lèvre. C'était la première victime afro-américaine qu'avait faite le tueur depuis qu'il avait commencé sa moisson macabre. Mais il ne s'était pas non plus concentré sur un type physique particulier. Tout ce qui lui importait, apparemment, c'était de trouver des femmes jeunes et plutôt attirantes.

— On ne peut pas dire que le corps ait été laissé en

évidence, cette fois-ci, remarqua Dylan en étudiant la configuration des lieux.

— C'est vrai, acquiesça Hwang. Si Naomi ne s'était pas aventurée un peu à l'écart de la zone, nous ne l'aurions probablement jamais retrouvée.

— Comment se sent-elle ? demanda Dylan en se tournant vers Patricia. C'est le deuxième choc émotionnel qu'elle subit en l'espace de quelques jours.

— C'est quelqu'un de très solide psychologiquement, déclara la psychologue du FBI. Non seulement elle possède une très forte volonté mais, de plus, elle a été recrutée et formée par la CIA. Je pense qu'elle est de taille à encaisser. Mais tu devrais peut-être aller lui parler. Cela lui fera du bien.

— Je le ferai, acquiesça-t-il.

En réalité, il commençait déjà à regretter de ne pas avoir insisté plus lourdement pour qu'elle rentre chez elle, à Miami. Mais ce nouvel incident la pousserait peut-être à le faire de son propre chef. L'idée de la voir repartir alors que tous deux venaient de renouer le contact l'attristait mais, à ses yeux, la sécurité de Naomi passait avant tout le reste.

Avant qu'il ait pu aller la trouver, cependant, ils furent rejoints par Martha Donahue, la médecin légiste qui suivait de près cette affaire. Âgée d'une quarantaine d'années, elle était de petite taille, avec un visage aux pommettes très marquées et aux grands yeux bleus. Ses cheveux courts et bouclés avaient la couleur du caramel fondu.

— Je suis venue aussi vite que j'ai pu, leur dit-elle en chaussant une paire de lunettes à larges montures blanches qui lui donnaient de faux airs d'institutrice.

Hwang et Patricia répétèrent en substance ce qu'ils venaient de dire à Dylan, et Martha hocha la tête.

— Voyons voir ça, murmura-t-elle en enfilant ses gants.

Elle s'agenouilla aux côtés de la victime et entreprit d'établir une description méticuleuse de celle-ci en se servant d'un enregistreur vocal. Cet aspect de leur métier avait toujours mis Dylan légèrement mal à l'aise parce que les victimes ainsi inspectées lui semblaient être rabaissées à la condition de simples objets.

Il se força cependant à observer avec attention la procédure, sachant que la moindre découverte apparemment anodine pouvait se révéler cruciale pour la suite de leur enquête.

— À en juger par les marques infligées au cou de la victime, je peux confirmer que la mort a été causée par étranglement à l'aide d'une fine cordelette, ce qui correspond bien au mode opératoire du tueur. La violette qui se trouve dans la bouche de la victime tendrait à confirmer ce constat. Je constate également la présence de sang séché sous les ongles de la victime, ce qui pourrait correspondre à des blessures défensives infligées à son agresseur. Une étude de l'ADN correspondant est nécessaire pour confirmer qu'il ne s'agit pas du sang de la victime elle-même.

Martha coupa son enregistreur.

— À combien de temps estimez-vous que remonte la mort, doc ? s'enquit Hwang.

— Si je devais donner une approximation au jugé, je dirais que cela fait moins de quarante-huit heures. Cela dit, j'aurai une estimation nettement plus précise dès que la victime sera sur ma table d'opération.

S'il fallait en croire l'estimation de Martha, et elle se trompait rarement, la victime avait donc été tuée le soir même où elle avait disparu. Elle était probablement allée se promener dans les bois en attendant l'heure du dîner, mais elle y avait croisé le tueur aux violettes.

Ce dernier avait dû repérer les lieux à l'avance et il l'attendait probablement, embusqué à proximité du sentier. Il avait dû l'entraîner à l'écart pour s'assurer qu'ils ne risquaient pas d'être surpris par un autre promeneur. C'était sans doute à ce moment-là que Sandra s'était débattue. Malheureusement, elle n'avait pas réussi à lui échapper…

Après avoir remercié Martha, Dylan se dirigea vers le groupe de volontaires avec lequel se trouvait Naomi. L'entraînant un peu à l'écart, de façon qu'ils puissent parler discrètement, il commença par lui demander comment elle se sentait.

— Pas très bien, reconnut-elle. Ce séjour à Pebble Creek est en train de se transformer en un véritable cauchemar.

— Je suis vraiment désolé que ce soit toi qui sois tombée sur le corps.

Naomi haussa les épaules.

— Ce n'est pas cela qui me déprime, lui dit-elle. J'espérais vraiment que nous avions une chance de la retrouver vivante.

Dylan grimaça.

— Malheureusement, elle a été tuée le soir même de sa disparition. Et c'est bien le tueur aux violettes qui l'a assassinée.

— Je sais, répondit-elle.

L'assurance qui perçait dans sa voix étonna un peu Dylan : jusqu'à présent, ils s'étaient bien gardés de confirmer officiellement les circonstances de la mort.

— C'est lui qui me l'a dit, ajouta-t-elle en lui tendant son téléphone portable.

Un frisson glacé dévala entre les omoplates de Dylan tandis qu'il avisait le SMS qui figurait à l'écran :

J'aurais préféré que ce soit toi, mais tu n'étais pas disponible, hélas. Ce n'est que partie remise, évidemment.

Signé : La Violette bleue.

— Cette fois, cela ne fait plus aucun doute, déclara-t-elle d'une voix qu'il trouva étrangement calme. Il tient vraiment à m'ajouter à la liste de ses victimes.

— Quand as-tu reçu ce message ? s'enquit Dylan en s'efforçant de dominer son angoisse.

— Quelques minutes après que j'ai trouvé le corps de Sandra.

— Il savait donc pertinemment où tu te trouvais et ce que tu étais en train de faire. Pire, il a su à quel moment tu as retrouvé la victime. Cela signifie probablement qu'il te surveillait.

— C'est ce que j'en ai déduit, acquiesça-t-elle. Et je me suis même demandé s'il ne pouvait pas se trouver parmi les volontaires qui fouillaient les bois.

— Excellente remarque, murmura Dylan. Je vais aller les interroger un par un. En attendant, tu devrais rejoindre Hwang. Et quoi qu'il arrive, ne t'éloigne pas dans les bois !

— Ne t'en fais pas pour cela, le calma-t-elle. Je n'ai vraiment pas l'intention de faciliter les choses au tueur. S'il compte me tuer, ce sera à lui de prendre des risques.

Dylan hocha la tête, rassuré de voir que Naomi avait retrouvé son ardeur habituelle. Patricia ne s'était pas trompée : elle possédait une force indomptable. C'était d'ailleurs l'une des raisons pour lesquelles il était tombé amoureux d'elle, des années auparavant.

L'une des raisons pour lesquelles il n'avait jamais vraiment cessé de l'aimer…

Les interrogatoires approfondis que Dylan avait menés au cours de l'après-midi l'avaient finalement convaincu qu'aucun des membres de l'équipe de recherche n'était le tueur aux violettes. Mais cela ne les avait pas particulièrement rassurés : cela signifiait en effet que ce dernier avait surveillé les agissements des volontaires de suffisamment près pour savoir que Naomi y avait participé et que le corps de Sandra avait été retrouvé.

Naomi avait désormais la désagréable impression que le tueur ne la quittait pas des yeux, qu'il guettait chacun de ses faits et gestes et était susceptible de surgir à tout moment. Elle s'était gardée de le dire à Dylan, bien sûr, sachant que cela aurait risqué de le rendre plus protecteur qu'il ne l'était déjà.

Le fait de s'être retrouvée confrontée personnellement à l'une des victimes du tueur avait cependant renforcé sa motivation à seconder la police par tous les moyens. Elle sentait confusément qu'elle avait un rôle crucial à jouer dans cette affaire.

Contrairement aux autres victimes, elle avait reçu une formation approfondie dispensée par la CIA. Elle était capable de se défendre, l'arme au poing comme au corps à corps. Elle connaissait les techniques d'espionnage et de contre-espionnage. Et s'il décidait de s'en prendre directement à elle, ce serait à elle de profiter de l'effet de surprise.

Il n'était pas question pour elle de retourner se terrer à Miami. Elle ne se pardonnerait jamais un tel acte de lâcheté. Elle trouverait un moyen de venger la mort de son oncle et celle de toutes ces victimes innocentes. Toute la question, désormais, était de savoir comment…

Forte de cette bonne résolution, Naomi rejoignit Dylan qui devait toujours être en train de prendre son petit déjeuner s'il fallait en croire la délicieuse odeur de café qui flottait dans la maison ce matin-là.

Un bruit de pas dans l'escalier lui fit lever les yeux du journal qu'il était en train de parcourir comme chaque matin. Il vit alors apparaître Naomi. Pieds nus, vêtue d'une simple chemise de nuit qui dévoilait ses longues jambes, les cheveux lâchés et encore emmêlés, elle était tout simplement irrésistible de naturel et de sensualité inconsciente.

Dylan avala difficilement sa salive, s'efforçant de maîtriser le lancinant accès de désir qui montait en lui. Il ne savait pas combien de temps encore il parviendrait à résister au véritable supplice de Tantale que représentait la présence chez lui de la jeune femme.

Il était bien plus simple de se convaincre qu'il la détestait lorsqu'elle se trouvait à l'autre bout des États-Unis et qu'il l'imaginait avec un autre…

— Bonjour, lui dit-elle d'une voix encore ensommeillée.

— Salut, répondit-il. Tu as bien dormi ?

— Ça va, éluda-t-elle.

Il l'avait entendue crier dans son sommeil, cette nuit-là. Mais après tout ce qu'elle venait de traverser, il n'était pas étonnant qu'elle soit en proie à des cauchemars.

— Tu veux manger quelque chose ?

Elle hocha la tête.

— Je suis affamée.

Cela non plus ne le surprit pas outre mesure, étant donné qu'elle n'avait quasiment rien avalé, la veille au soir, en dépit des exhortations de Dylan.

— J'ai préparé de quoi te faire des pancakes aux myrtilles, lui dit-il. Assieds-toi et ne bouge pas.

— Quel accueil royal, lui dit-elle avec un large sourire. Fais attention, je pourrais facilement m'habituer à vivre de cette façon…

Le regard que lui lança Dylan dut être éloquent car elle prit soudain conscience de ce qu'elle venait de dire et détourna les yeux en rougissant. S'il n'avait tenu qu'à lui, tous deux vivraient toujours de cette façon. Il jugea cependant préférable de ne pas insister, sachant que cela risquait de gâcher les bons rapports qu'ils étaient parvenus à établir au cours de ces derniers jours.

— Est-ce que tu as du nouveau sur l'enquête ? lui demanda-t-elle pour faire diversion.

Après qu'elle était allée se coucher, la veille, Dylan avait passé sa soirée à relire la quasi-totalité du dossier d'enquête, cherchant désespérément ce que Roger Lincoln avait pu y trouver qui leur avait échappé.

— Pas grand-chose, hélas. Hwang vient de m'envoyer un message pour me dire qu'il comptait récupérer les enregistrements vidéo des caméras de sécurité se trouvant à proximité de la forêt où Sandra a été assassinée. D'une façon ou d'une autre, nous finirons bien par capturer ce monstre. La plupart des tueurs en série finissent par commettre une erreur, tôt ou tard.

— Certains n'ont jamais été capturés. Jack l'éventreur, le tueur du zodiac, le monstre de Florence, le tueur de Long Island, Bible John…

— Mais c'est parce qu'ils ont arrêté de sévir.

Évidemment, l'idée que le tueur aux violettes puisse disparaître à son tour sans laisser de traces lui répugnait profondément. Mais cela signifierait au moins que les femmes de Pebble Creek seraient de nouveau en sécurité.

— Je suis certain que nous l'aurons, déclara-t-il sans trop savoir qui de Naomi ou de lui-même il cherchait à convaincre.

Elle hocha la tête, lui laissant le bénéfice du doute.

— Qui s'est chargé de prévenir les parents de Sandra Neville ? s'enquit-elle alors.

— Patricia, répondit Dylan. Elle est vraiment très douée pour ce genre de choses.

Naomi le considéra pensivement tandis qu'il remplissait son verre de jus d'orange fraîchement pressé.

— Elle a l'air d'être quelqu'un de bien, remarqua-t-elle.

— C'est vrai, acquiesça-t-il. C'est une excellente psychologue et elle connaît parfaitement notre métier de flic, ce qui facilite grandement la coopération entre nos services. Elle est assez brillante et ne manque pas d'humour, ce qui, en de telles circonstances, est un atout non négligeable…

— Sans compter qu'elle est plutôt mignonne, remarqua Naomi.

Son ton faussement détaché aurait sans doute pu tromper quelqu'un qui ne la connaissait pas aussi bien que Dylan.

— J'imagine, répondit-il en haussant les épaules.

— Ne me dis pas que tu ne l'as pas remarqué.

Il la considéra d'un œil amusé.

— Serais-tu jalouse, par hasard ?

Naomi s'empourpra de nouveau, ce qui la lui rendit plus irrésistible encore. L'idée qu'elle puisse effectivement être jalouse de ses relations avec Patricia le troublait malgré lui. Cela signifiait-il qu'elle éprouvait toujours des sentiments pour lui ? Se prenait-elle à regretter d'être partie, deux ans auparavant ?

Dylan se détourna pour aller préparer les pancakes qu'il lui avait promis. Il ne pouvait se permettre de céder à l'espoir que faisait naître en lui ce genre de spéculation. Elle lui avait déjà brisé le cœur une fois, et il n'avait aucune envie de revivre cette douloureuse expérience.

— De toute façon, Patricia n'est pas mon type, conclut-il en déposant deux pancakes sur l'assiette de Naomi.

Elle ouvrit la bouche et la referma aussitôt. Elle paraissait embarrassée d'avoir abordé le sujet. Mais Dylan décida que, puisqu'elle l'avait fait, il avait bien le droit lui aussi de satisfaire sa curiosité.

— Et toi ? lui demanda-t-il. Est-ce que tu t'es trouvé un séduisant agent de la CIA, à Miami ?

Elle le regarda droit dans les yeux comme si elle cherchait à lire dans ses pensées. Dylan s'efforça d'adopter l'expression la plus neutre possible.

— Si c'est une façon de me demander si je sors avec quelqu'un, la réponse est non, répondit-elle enfin. J'ai accepté deux invitations à dîner depuis que je suis arrivée en Floride, et chacune s'est soldée par une fin de non-recevoir de ma part. J'imagine qu'il n'est pas aussi facile de tourner la page que je ne le pensais en quittant Pebble Creek…

— Tu croyais vraiment que ce serait facile ? lui demanda Dylan, ne sachant pas s'il se sentait plus surpris ou blessé par cette remarque.

— Je ne savais pas ce que je pensais, avoua-t-elle en détournant les yeux. J'avais l'impression d'être dans une impasse, que ma vie n'allait nulle part… J'avais besoin de changer d'air.

Un sourire ironique se dessina sur ses lèvres.

— Mais je me suis rendu compte que, pour être libre, il ne suffisait pas à un poisson rouge de changer de bocal.

Dylan laissa échapper un rire sans joie.

— J'avais remarqué, en effet, déclara-t-il en englobant d'un geste la maison dans laquelle ils se trouvaient.

Il se demanda soudain si sa proposition de mariage aurait pu changer quelque chose, à l'époque. Aurait-elle ouvert à Naomi de nouvelles perspectives ? Ou lui aurait-elle au contraire donné l'impression que la vie se refermait un peu plus sur elle comme un piège ?

Dylan n'était pas sûr de vouloir connaître la réponse à cette question.

Ils se contentèrent donc de manger en silence pendant quelques minutes, perdus dans leurs réflexions respectives.

— Je crois que je vais aller voir l'agente Stabler, dit-elle enfin.

Dylan la considéra avec une pointe d'étonnement. Jamais il n'aurait imaginé que Naomi accepterait de consulter une psychologue.

— J'ai vu le tueur, reprit-t-elle gravement. Lorsqu'il a abattu oncle Roger, j'ai brièvement aperçu sa silhouette. Mais j'étais en état de choc et je ne me rappelle rien de précis. Avec un peu de chance, Patricia pourra m'aider à me souvenir de quelque chose, n'importe quoi qui puisse vous aider à l'identifier. Et qui sait ? En en discutant avec elle, un détail de ma conversation avec mon oncle m'apparaîtra peut-être sous un jour nouveau. Il a pu mentionner quelque chose qui m'a échappé sur le moment…

Dylan se doutait que Naomi ne renoncerait pas si facilement. Il se demanda pourtant si raviver le souvenir de la mort de son oncle était vraiment une bonne idée. Cela ne risquait-il pas de compromettre le nécessaire travail de deuil qu'elle devait effectuer ? De rouvrir la blessure au lieu de la refermer ?

Il savait cependant que la décision de Naomi était prise et qu'elle ne se laisserait pas décourager par ce genre de mises en garde. Il ne pouvait qu'espérer que Patricia saurait anticiper le problème et l'aider à le surmonter…

9

Patricia Stabler avait accédé sans la moindre hésitation à la demande de Naomi et lui avait fixé un rendez-vous dans l'après-midi. Elles se retrouvèrent au Java & Tea, un café situé sur Willow Road.

Naomi était arrivée un peu en avance et attendit avec une pointe de nervosité la psychologue. Elle s'en voulait terriblement d'avoir laissé transparaître la jalousie que lui inspirait cette dernière.

Mais cela avait été plus fort qu'elle : plus elle passait de temps en compagnie de Dylan, et plus elle avait du mal à accepter qu'il puisse fréquenter une autre femme. Si elle avait eu besoin de se prouver l'ambiguïté de ses sentiments à l'égard de son ex, cette crise de jalousie absurde aurait dissipé ses derniers doutes.

La porte du café ouvrit, laissant apparaître la jolie rousse qui lui adressa un petit signe de la main amical et se fraya un chemin jusqu'à elle.

— Bonjour, lui dit-elle en prenant place sur la chaise qui lui faisait face. Je suis ravie que vous m'ayez appelée, mademoiselle Lincoln.

— Appelez-moi Naomi.

— Seulement si vous m'appelez Patricia, répondit celle-ci avec un sourire engageant.

Naomi approuva d'un hochement de la tête. Elles

commandèrent deux grandes tasses de café et des scones aux noix de pécan.

— Comment vous sentez-vous, Naomi ? lui demanda Patricia lorsque la serveuse leur eut apporté leurs boissons et leurs pâtisseries.

Naomi fut tentée de répondre automatiquement qu'elle allait bien, mais elle estima que, face à une psychologue que Dylan jugeait être très douée, elle se devait peut-être d'être un peu plus précise – et un peu plus honnête.

— Je vous avoue que je ne vis pas très bien le fait d'avoir une cible accrochée sur le dos…

— J'ai cru comprendre en effet que le tueur vous avait envoyé des messages.

Naomi hocha la tête. Tirant son téléphone de sa poche, elle accéda à sa messagerie et tendit l'appareil à Patricia, qui lut les mots que le tueur lui avait fait parvenir.

— Je crois que ça a commencé comme une simple menace, parce qu'il pensait que mon oncle m'avait peut-être parlé de ses découvertes. Mais j'ai l'impression que cela a pris une dimension plus personnelle.

Patricia ne répondit pas, mais le simple fait qu'elle ne cherche pas à la rassurer sur ce point convainquit Naomi qu'elle ne se trompait pas.

— Je suis bien décidée à ne pas attendre de me faire tuer sans réagir, poursuivit-elle. J'aimerais reprendre l'initiative et, pour cela, je vais avoir besoin de votre aide.

— Que puis-je faire pour vous ?

— J'aimerais raviver les souvenirs de ce que j'ai vu, le jour où mon oncle est mort.

Patricia fronça légèrement les sourcils.

— Je croyais que vous n'aviez pas vu le tueur.

— J'ai entrevu sa silhouette, précisa Naomi.

Elle noua ses doigts autour de sa tasse de café brûlante.

— Si j'avais réagi plus vite, si je l'avais prévenu de la

présence de quelqu'un derrière lui, il ne serait peut-être pas mort, soupira-t-elle.

— Cela n'aurait rien changé, lui assura Patricia avec emphase. Le tueur avait une arme à la main, et votre oncle n'aurait jamais eu le temps de s'emparer de la sienne.

Le fait que Patricia ne lui ait pas menti pour la rassurer, quelques instants auparavant, convainquit Naomi qu'elle pensait réellement ce qu'elle lui disait. Et cela la réconforta un peu.

— Les messages du tueur me laissent penser qu'il vous perçoit comme une menace, reprit la psychologue. Il ne chercherait probablement pas à vous intimider de cette façon si vous n'étiez qu'une proie, à ses yeux. Un lion n'a pas à se justifier face aux gazelles qu'il s'apprête à dévorer, si vous voyez ce que je veux dire.

— Il doit pourtant savoir que si je savais quelque chose, j'en aurais déjà parlé à la police.

— Je ne pense pas que ce soit aussi rationnel que cela, objecta Patricia. Le tueur vous voit certainement comme un prolongement de la menace que représentait pour lui votre oncle. Et malheureusement, il a eu accès à l'ordinateur et au téléphone portable de ce dernier. Il est donc bien renseigné à votre sujet. Il doit notamment savoir que vous travaillez pour la CIA et que vous êtes sortie avec l'enquêteur en charge de l'enquête. Cela fait de vous quelqu'un à abattre.

Naomi acquiesça, se félicitant d'avoir fait appel à Patricia. Celle-ci lui permettrait peut-être de comprendre le fonctionnement de leur adversaire et donc de mieux anticiper ses faits et gestes.

— Que pouvez-vous me dire d'autre au sujet du tueur aux violettes ? demanda-t-elle. Qu'est-ce qui le pousse à tuer ?

— C'est une bonne question, répondit pensivement Patricia. Mais la réponse est loin d'être simple. La plupart des tueurs en série sont motivés par le sexe, fût-ce sous des formes totalement perverties. C'est la raison pour laquelle leurs crimes s'accompagnent généralement de viols, de torture, de mutilations ou même de cannibalisme ante ou post mortem. Fred West, Jeffrey Dahmer, Richard Ramirez ou Dean Corll, pour n'en citer que quelques-uns, se rangent tous dans cette catégorie. Mais pas notre tueur aux violettes. Il se contente d'étrangler ses victimes. Ses passages à l'acte ne sont pas compulsifs mais soigneusement préparés à l'avance. Bien sûr, cela ne signifie pas qu'il n'éprouve pas une forme de jouissance lorsqu'il tue. Mais, dans son cas, elle est probablement plus intellectuelle que physique. Je pense que ce qui le motive, c'est l'instinct du chasseur, le besoin de dominer ses proies, d'exercer sur elles un pouvoir de vie et de mort. Il se voit comme un prédateur. Et le fait qu'il sélectionne des femmes jeunes et jolies est plus une question de choix esthétique que de désir sexuel. Ce sont des trophées. S'il le pouvait, je suis sûre qu'il les ferait empailler par un taxidermiste…

Naomi ne put réprimer un frisson de dégoût.

— En quelque sorte, il se prend pour le comte Zaroff, répondit-elle.

— C'est exactement cela, approuva Patricia.

— Et que pensez-vous de la violette qu'il place entre les lèvres de ses victimes ? Faut-il y voir une signification particulière ?

Patricia se mordilla pensivement la lèvre avant de lui répondre.

— Ce genre de cartes de visite que laissent les tueurs en série est parfois lié à un trauma personnel, quelque chose qui les a poussés à tuer. Ce peut être explicite ou symbolique. Mais parfois, il s'agit juste d'une signature, une façon de revendiquer ses crimes. Cette dimension est forcément présente chez notre tueur. Il est trop fier pour ne pas signer ses exploits. De là à savoir si cette fleur revêt pour lui une autre signification, nous ne le découvrirons sans doute qu'après l'avoir arrêté ou, tout au moins, identifié. Tout ce que je peux vous dire, c'est que dans le langage des fleurs, la violette symbolise souvent un amour secret ou caché, parfois empreint de timidité. Le tueur cherche peut-être à prouver quelque chose à quelqu'un qu'il aime secrètement. Ou bien encore à se prouver qu'il est digne de cette personne. Mais je ne vous garantis pas la validité de cette explication.

Naomi n'avait pas perdu un mot de tout ce que Patricia venait de lui dire. Elle était fascinée par la façon dont celle-ci paraissait capable d'éclairer les méandres obscurs de ces esprits malades. Et les explications qu'elle en donnait lui semblaient leur conférer une forme de logique, si perverse soit-elle.

Patricia reposa sa tasse après avoir avalé une longue gorgée de café.

— J'ai entendu dire beaucoup de bien de vous, remarqua-t-elle.

— Par Dylan ? lui demanda Naomi.

Patricia secoua la tête.

— Il n'a pas l'habitude de parler de ses petites amies passées ou présentes avec ses collègues, répondit-elle. Mais j'ai plusieurs amis qui travaillent pour la CIA. Et votre nom est venu naturellement dans la conversation lorsque nous avons commencé à discuter de l'affaire du tueur aux violettes.

— Je vois, acquiesça Naomi.

Et de fait, l'affaire avait été largement médiatisée, bien au-delà de la région de Pebble Creek. Les gens bien informés avaient dû apprendre que Naomi était la nièce du détective privé qui avait été assassiné par le tueur.

— D'après eux, vous êtes un agent remarquable.

Naomi haussa modestement les épaules.

— Je ne fais que mon travail, répondit-elle.

— À ce propos, j'imagine que vous allez devoir rentrer à Miami d'ici peu ?

Naomi se demanda où Patricia voulait en venir. Cherchait-elle à savoir si elle aurait le champ libre avec Dylan ?

— Je compte rester encore un peu, dit-elle enfin. J'ai des congés à prendre depuis longtemps et je crois que j'ai besoin d'un peu de temps avant de reprendre le travail.

— C'est compréhensible, répondit Patricia en l'observant avec une attention soutenue. Et j'imagine que vous comptez participer d'une façon ou d'une autre à la traque de l'homme qui a tué votre oncle ?

— Si c'est possible, acquiesça Naomi.

Elle était convaincue que son implication l'aiderait à accepter la mort de Roger et à retrouver un semblant de sérénité. Malheureusement, l'enquête s'était déjà étendue sur près de deux ans sans que la police paraisse être sur le point de procéder à une interpellation. Et Naomi ne pourrait pas demeurer indéfiniment à Pebble Creek.

— J'essaye tout de même de ne pas me faire trop d'illusions à ce sujet, tempéra-t-elle. Je sais bien que cette investigation peut prendre encore beaucoup de temps.

— Quitte à prendre part à l'enquête, que diriez-vous d'officialiser votre participation ?

Naomi la considéra avec étonnement, se demandant où elle voulait en venir.

— En tant qu'agent de liaison du FBI en charge de ce dossier, j'aimerais vous proposer de rejoindre l'équipe en tant que consultante externe, tout comme votre oncle avant vous. Je pourrais même sans doute obtenir un détachement officiel de la CIA au FBI pour la durée de l'enquête. Ce n'est peut-être pas tout à fait académique, mais vous êtes un témoin capital dans cette affaire. De plus, vous disposez d'un canal de communication avec le tueur.

— C'est vrai, concéda Naomi qui n'avait jamais considéré les choses sous cet angle.

Le canal était peut-être à sens unique, pour le moment, mais elle parviendrait peut-être à trouver un moyen d'engager un dialogue avec le tueur.

Jusqu'alors, elle n'avait pas envisagé la possibilité de participer à l'enquête de manière officielle, mais la solution proposée par Patricia méritait d'être explorée. Bien sûr, il lui faudrait obtenir l'autorisation de son supérieur hiérarchique.

Elle se demanda alors ce qu'en penserait Dylan. Il était évident qu'il ne voyait pas d'un très bon œil son implication croissante dans cette enquête. Mais était-ce simplement parce qu'il voulait la protéger ou bien parce qu'il espérait la voir repartir pour Miami au plus vite ?

— Je suis partante, déclara-t-elle enfin.

Après tout, elle n'avait pas besoin de l'autorisation de Dylan. Et elle se sentait parfaitement capable d'accomplir ce travail. Elle avait déjà collaboré avec la police à maintes reprises, du temps où elle travaillait pour son oncle.

— Vous pouvez faire la demande auprès de mon supérieur, Jared Falcony, du bureau de Miami, ajouta-t-elle. De mon côté, je l'appellerai pour le mettre au courant et obtenir sa bénédiction. Je ne pense pas qu'il s'y opposera.

— Parfait, approuva Patricia. Avec un peu de chance, ce ne sera l'affaire que de quelques semaines.

À ces mots, Naomi prit conscience de ce que cela signifiait : durant tout ce temps, elle travaillerait au coude à coude avec Dylan. Et s'il insistait pour qu'elle continue à séjourner chez lui, ils vivraient presque vingt-quatre heures sur vingt-quatre ensemble.

Une telle perspective aurait probablement dû l'inquiéter. Après tout, leurs relations étaient encore relativement fragiles, et ni l'un ni l'autre n'avaient oublié la douleur que leur avait infligée leur rupture, deux ans auparavant. Mais curieusement, l'idée lui paraissait plutôt excitante.

Elle n'aurait su dire ce qu'elle attendait précisément de cette cohabitation. Que Dylan et elle puissent devenir des amis, à défaut d'être des amants ? Qu'ils aient une dernière aventure, en souvenir du passé ? Ou bien encore qu'ils renouent le fil de leur relation ?

Elle préférait ne pas trop s'interroger à ce sujet, sachant que la réponse à ces questions était en grande partie conditionnée par les sentiments de Dylan à son égard. Et c'était quelque chose sur lequel elle n'avait strictement aucune prise…

10

À la demande de Naomi, Dylan avait pris place sur l'un des fauteuils club du salon. Avec une indéniable curiosité, il la regardait faire les cent pas à travers la pièce tandis qu'elle cherchait ses mots.

— Voilà, commença-t-elle enfin en se tournant vers lui. L'agente spéciale Stabler et moi avons pensé… Enfin, se reprit-elle, c'était son idée, initialement. Disons qu'elle m'a proposé de rejoindre l'équipe opérationnelle chargée de l'enquête sur le tueur aux violettes en tant que consultante du FBI.

Dylan la contempla longuement, s'amusant de la voir si nerveuse, elle qui était toujours si sûre d'elle.

— Cela me paraît être une idée judicieuse, déclara-t-il.

— Vraiment ? s'exclama-t-elle en ouvrant de grands yeux.

Il ne put s'empêcher de rire.

— Ça a l'air de te surprendre, remarqua-t-il d'un ton faussement innocent. Tu ne penses pas que ce soit une bonne idée, toi ?

— Si, si, bien sûr… C'est juste que… je pensais que tu verrais peut-être la chose d'un mauvais œil. Après tout, tu as toujours laissé entendre que ta priorité était de me protéger.

— C'est vrai, acquiesça-t-il. Mais je te connais suffisamment bien pour savoir qu'il serait vain de te demander de rester sur la touche. Je comprends aussi que tu veuilles venger la mort de ton oncle. À ta place, je serais certainement dans le même état d'esprit. Et puis, soyons honnêtes : la meilleure façon de te protéger de ce tueur est de le placer au plus vite derrière les barreaux. Or ton aide pourrait nous être très précieuse pour y parvenir. Il est évident qu'il s'intéresse à toi, et cette relation pourrait nous servir de porte d'entrée pour parvenir jusqu'à lui. De plus, tu es la seule personne à avoir vu le tueur et à avoir survécu. Pour le moment, tu n'en gardes qu'un souvenir flou, mais il se pourrait qu'il se précise au fil du temps.

— Je suis d'accord, déclara Naomi avec un large sourire.

— Il y a une dernière raison, ajouta Dylan en se levant de son fauteuil. Quitte à ce que tu enquêtes sur cette affaire, je préfère que tu le fasses au sein de notre équipe. De cette façon, nous pourrons tous te protéger, en cas de besoin. Mais j'imagine que pour pouvoir nous rejoindre, tu vas devoir obtenir l'autorisation de ton patron au sein de la CIA.

— Je ne lui en ai pas encore parlé, reconnut Naomi. Mais étant donné que Patricia… que l'agente Stabler va déposer une demande officielle, j'imagine que cela ne devrait pas poser de problème.

— Dans ce cas, ce n'en sera pas un non plus pour moi, déclara Dylan.

À vrai dire, il se réjouissait même de pouvoir retravailler avec Naomi. Leurs collaborations avaient toujours été très fructueuses, du temps où elle travaillait pour son oncle. Et l'idée qu'elle reste plus longtemps que prévu à Pebble Creek n'était pas pour lui déplaire non plus.

— Je te promets de faire très attention à moi, lui assura-t-elle solennellement. Je ne tiens pas à ce qu'en me mettant en danger je fragilise l'ensemble de votre équipe. Mais je t'assure que je serais capable de me défendre, en cas de besoin.

— Je n'en ai jamais douté, déclara Dylan.

Après tout, ce tempérament de feu était précisément ce

qui l'avait attiré chez elle – une fois qu'il était parvenu à faire abstraction de l'attirance physique incontestable qu'elle exerçait sur lui. Et de sa personnalité fascinante.

Il soupira intérieurement, se demandant une fois encore s'il n'était pas en train de commettre une énorme erreur. Mais Naomi, aux anges, couvrit alors la distance qui les séparait pour venir planter sur ses lèvres un petit baiser qui faillit le faire tomber à la renverse.

— Merci, Dylan ! s'exclama-t-elle joyeusement.

Il ne répondit pas, se contentant de la regarder fixement, et elle prit soudain conscience de ce qu'elle venait de faire tout aussi naturellement que s'ils avaient toujours été en couple.

— Merci, Dylan, répéta-t-elle en se penchant de nouveau vers lui.

Cette fois, elle lui laissa tout le temps qu'il fallait pour se reculer ou pour la repousser. Il ne pouvait plus plaider la surprise. Mais il ne bougea pas d'un pouce, attendant le contact de ses lèvres comme une délivrance après deux ans de privation.

Et cette fois, il ne se contenta pas d'un petit baiser rapide. Passant ses bras autour de la taille de Naomi, il l'attira tout contre lui et l'embrassa avec toute la ferveur et la passion qu'il s'efforçait de contenir depuis l'instant où elle avait resurgi dans sa vie.

Naomi ne chercha pas à résister à cet ardent déferlement, s'y abandonnant au contraire sans la moindre retenue et lui rendant son baiser avec une fougue semblable à la sienne.

Dylan vacilla légèrement sous l'effet du désir qui l'avait envahi. Il bouillonnait en lui, changeant son sang en lave et se répandant dans chacun de ses membres. Au bout d'un moment, il comprit que s'il ne mettait pas très rapidement un terme à cette étreinte, il serait tout bonnement incapable d'y résister.

Au prix d'un effort surhumain, il recula d'un pas, s'arrachant à contrecœur aux lèvres de la jeune femme.

— Naomi, si c'est juste un baiser en souvenir du bon vieux temps, il vaudrait mieux que tu me le dises tout de suite, lui dit-il d'une voix légèrement haletante.

Elle rougit mais ne détourna pas les yeux.

— Et si c'était un aperçu de ce que l'avenir nous réserve plutôt ? l'interrogea-t-elle d'une voix légèrement rauque.

Il la considéra longuement, se demandant s'il n'était pas victime d'une hallucination. Depuis que la porte de son appartement s'était refermée derrière elle, deux ans plus tôt, il avait rêvé de la voir revenir, de l'entendre prononcer ces mots.

Se pouvait-il réellement qu'ils aient une seconde chance ? Il aurait tant voulu y croire. Malheureusement, la partie la plus rationnelle de son esprit avait parfaitement conscience que rien n'avait changé depuis leur rupture. Naomi travaillait toujours à l'autre bout du pays et, de son propre aveu, elle ne croyait pas aux relations à longue distance.

— Avant toute chose, je crois qu'il y a quelque chose que je devrais te dire…, lui dit-il d'une voix légèrement hésitante.

Il savait que s'il ne le faisait pas maintenant, il leur serait très difficile de repartir sur des bases saines.

— Ne me dis pas qu'en fait il y a quelqu'un dans ta vie, murmura Naomi, soudain très pâle.

Il ne put s'empêcher de sourire.

— Non. Ce n'est pas ça, je t'assure.

Il hésita de nouveau.

— Tu commences à me faire peur, Dylan, lui dit-elle sur un ton faussement léger.

— C'est juste que… Eh bien, il y a deux ans, lorsque tu es partie, j'étais sur le point de te demander en mariage…

Naomi le regarda avec stupeur. Ses yeux étaient écarquillés et sa bouche ouverte en un O parfait, ce qui aurait presque pu sembler comique si le sujet n'avait pas été si important aux yeux de Dylan.

— Pourquoi ne l'as-tu pas fait ? s'enquit-elle enfin.

Ce fut à son tour de la considérer avec étonnement.

— Cela paraît évident, non ? répondit-il enfin. Tu étais décidée à accepter ce nouveau travail et à partir pour Miami. En te demandant en mariage, j'aurais eu l'air de vouloir faire pression sur toi. Je ne voulais pas t'obliger à choisir entre le poste de tes rêves et moi…

Naomi ouvrit la bouche et la referma aussitôt avant de secouer la tête d'un air incrédule.

— Au moins, j'aurais eu le choix. Mais au lieu de cela, tu t'es défilé et tu m'as laissé prendre la responsabilité de notre rupture…

La stupeur de Dylan redoubla : il avait sacrifié ses rêves de vie commune par respect pour elle, et voilà qu'elle le lui reprochait !

— Je suis partie parce que j'avais l'impression que notre relation était dans l'impasse et que tu ne voulais pas t'engager. Et tu me dis maintenant que tu étais prêt à te marier ? Que suis-je censée en penser, Dylan ? Que tu n'as pas eu le courage d'assumer tes propres sentiments et que tu as préféré me laisser partir ? Ou que tu inventes cette histoire aujourd'hui pour me culpabiliser encore un peu plus ?

— Comment peux-tu penser une chose pareille ? protesta-t-il, sentant à son tour la colère l'envahir.

Il prit une profonde inspiration, s'efforçant de la juguler.

— Si tu te méprends à ce point sur mon compte, il ne sert vraiment à rien d'aller plus loin.

— Tu as sans doute raison, répliqua-t-elle avec humeur. Ce baiser était une erreur. Nous avons eu notre chance, autrefois, et nous n'avons pas su la saisir. Cela, je le savais déjà. Ce que j'ignorais, c'est à quel point nous avions tout gâché…

— En es-tu si sûre ? Serais-tu vraiment restée, si je t'avais demandé de m'épouser ?

Elle le regarda droit dans les yeux, et il avisa le mélange poignant de tristesse, de frustration et de rage qui brillait dans les siens.

— J'imagine que nous ne le saurons jamais, répondit-elle durement.

Dylan ne put s'empêcher de se demander comment ils étaient passés aussi rapidement d'un baiser torride à la colère et au dépit. Au fond, Naomi avait peut-être raison : ils avaient raté leur chance. Simplement, Dylan avait mis deux ans à s'en apercevoir…

— Je vais prendre une douche, déclara Naomi. Et non, ce n'est pas une invitation à me rejoindre, Dylan. Mais j'imagine que je ne risquais pas grand-chose de ce côté-là. Visiblement, tu n'es pas du genre à prendre des risques lorsqu'il s'agit de ta vie amoureuse…

Sur ces mots, elle le planta là et s'éloigna à grands pas en direction de l'escalier. Dylan demeura parfaitement immobile, sentant confusément que, pour la deuxième fois de sa vie, il avait laissé échapper la seule femme qu'il ait jamais aimée. Et le pire, c'était qu'il n'était toujours pas certain de comprendre pourquoi…

La longue douche glacée que venait de prendre Naomi ne lui avait pas complètement permis de chasser le mélange de désir frustré, de colère bouillonnante et de désespoir que lui avait insufflé sa conversation avec Dylan.

Le seul avantage, c'était qu'elle avait ensuite mis si longtemps à trouver le sommeil qu'elle n'avait pas fait de cauchemars, cette nuit-là. Mais elle s'était réveillée avec un goût amer dans la bouche et une irrépressible sensation de gâchis dans le cœur.

Elle ne parvenait toujours pas à croire qu'ils aient pu l'un et l'autre se méprendre à ce point. Comment Dylan avait-il pu ne pas voir qu'elle attendait plus de lui ? Comment avait-elle pu ne pas sentir que, de son côté, il était prêt à la demander en mariage ?

L'absurdité de la situation avait presque quelque chose de vertigineux. Elle ne pouvait s'empêcher de se demander si son oncle avait été au courant des projets de Dylan. Elle essaya de se rappeler la moindre allusion qu'il aurait pu laisser échapper à ce sujet.

Mais ce qui la hantait le plus, au fond, c'était la question que lui avait posée Dylan : serais-tu vraiment restée, si je t'avais demandé de m'épouser ?

Au fond, elle devait bien reconnaître qu'elle n'avait pas la réponse à cette question. N'aurait-elle pas pris cette demande en mariage comme une façon que Dylan avait trouvée pour la retenir à Pebble Creek ?

Après tout, le travail qu'on lui avait proposé à Miami ne lui avait jamais fait l'effet d'un pis-aller. Elle ne l'avait pas uniquement accepté faute de mieux mais bien parce que c'était ce dont elle rêvait.

Si Dylan s'était déclaré, elle aurait effectivement dû choisir entre ces deux rêves : devenir l'épouse de l'homme qu'elle aimait ou s'accomplir en tant qu'individu. Quelles qu'aient pu être ses raisons, Dylan lui avait bel et bien épargné un dilemme presque insoluble.

Évidemment, ce raisonnement la menait irrémédiablement à la conclusion qu'il l'avait peut-être aimée bien plus encore qu'elle ne l'avait cru à l'époque – qu'il l'avait aimée suffisamment pour accepter de la perdre si c'était ce qui pouvait la rendre heureuse.

Et comment pouvait-elle seulement songer à refuser un amour aussi inconditionnel ?

Ne supportant plus de se retrouver prise au piège de ses

propres contradictions, elle décida qu'une séance de natation dans le lac lui rafraîchirait peut-être les idées. Après avoir enfilé un maillot de bain, elle sortit donc sur la terrasse qui dominait le plan d'eau.

Le temps était doux, et le soleil brillait dans un ciel d'azur, totalement indifférent au tumulte intérieur qui l'habitait. Naomi se mouilla la nuque et le ventre avant de plonger dans l'eau.

Crevant la surface, elle se mit aussitôt à nager vigoureusement. La sensation était très différente de celle qu'elle éprouvait lorsqu'elle se baignait en mer, près de Miami. L'eau était plus fraîche, lui fouettant le sang. La plus faible portance de l'eau douce la poussait à redoubler d'énergie.

Cet exercice produisit exactement l'effet escompté : elle se sentait revigorée, et les angoisses qui la rongeaient refluaient pour laisser place à une vacuité salutaire. Elle se laissa aller à ce plaisir simple, à ces gestes automatiques qui semblaient la ressourcer à chaque impulsion.

Lorsqu'elle s'arrêta enfin pour reprendre son souffle, elle constata qu'elle s'était beaucoup plus éloignée de la maison qu'elle n'en avait eu l'intention. Elle laissa son regard glisser le long de la rive, admirant les maisons qui se dressaient au bord du lac.

L'endroit était réellement magnifique, et elle comprenait parfaitement pourquoi Dylan en était tombé amoureux. Mais tandis qu'elle observait ainsi les alentours, une sensation de malaise se fit jour en elle. Sans savoir pourquoi, il lui semblait que quelqu'un l'épiait.

Elle se retourna et aperçut un petit zodiac qui se trouvait à quelques encablures d'elle. À son bord, elle avisa la silhouette d'un homme qui semblait regarder dans sa direction. Elle se demanda si elle n'était pas en train de devenir paranoïaque.

Faisant demi-tour, elle se remit en route en direction de la maison. Et c'est alors qu'elle l'aperçut. Entièrement vêtu de noir, une casquette vissée sur la tête, il se tenait sur le rivage, braquant dans sa direction une paire de jumelles dont les lentilles accrochaient les rayons du soleil.

Cette fois, aucun doute n'était possible : c'était bien elle qu'il regardait. S'agissait-il seulement d'un touriste qui admirait le paysage et l'avait repérée par hasard ? Ou bien de quelqu'un qui l'observait délibérément ?

Je te vois, Naomi.

Comme les mots du tueur lui revenaient, un frisson glacé la parcourut de part en part. Avant même d'en avoir pris consciemment la décision, elle se remit à nager aussi vite qu'elle le pouvait vers la maison.

Elle s'attendait presque à voir l'homme abandonner ses jumelles pour plonger dans l'eau et venir vers elle. Le cœur battant à tout rompre, elle redoubla d'efforts, se propulsant à toute allure en direction du ponton.

Il n'était pas question qu'elle laisse au tueur la moindre chance de la rejoindre et de tenter de la noyer. Comme elle approchait de la maison, elle risqua un coup d'œil en direction du rivage, là où elle avait aperçu l'homme aux jumelles.

Avec effroi, elle constata qu'il avait disparu, comme s'il s'était brusquement évaporé. Avait-elle rêvé ? S'était-elle laissé illusionner par sa propre angoisse ?

Troublée, elle se hissa le long de l'échelle métallique qui permettait de rejoindre le ponton. Haletante, elle demeura quelques instants immobile, l'œil et l'oreille aux aguets. Le tueur avait-il profité de sa baignade pour s'introduire sur la propriété ? Cette idée suffit à la propulser en direction de la porte-fenêtre qui donnait sur le salon.

Elle la referma derrière elle et, sans attendre, se rua vers la porte d'entrée pour la verrouiller et réactiver le système d'alarme. Jetant un coup d'œil par l'une des fenêtres qui donnaient sur le jardin, elle tenta de repérer le moindre mouvement suspect aux abords de la maison.

Mais de l'endroit où elle se trouvait, elle ne pouvait apercevoir qu'une fraction de la propriété. De plus, le tueur pouvait parfaitement décider de briser un carreau pour s'introduire à l'intérieur. Tant qu'elle demeurerait au rez-de-chaussée, elle serait une proie facile.

Forte de cette conviction, elle s'élança vers l'escalier et gravit les marches quatre à quatre. Parvenue à l'étage, elle se rua dans le bureau de Dylan. Haletante, elle activa le moniteur qui permettait de visualiser le flux des différentes caméras de sécurité disposées autour de la maison.

Elle ne discerna toujours aucun signe d'activité suspecte. Mais cela pouvait parfaitement signifier que l'homme se trouvait déjà à l'intérieur du bâtiment. Ne voulant courir aucun risque, elle quitta le bureau pour gagner sa propre chambre où elle récupéra son pistolet.

Faisant sauter le cran de sécurité, elle se prépara à faire face à un éventuel agresseur. Une profonde inspiration l'aida à chasser l'angoisse qui l'habitait. Elle était en contrôle, à présent, et les instructions de ses professeurs à Camp Peary, la base de formation de la CIA, lui revenaient en mémoire.

Ne soyez pas passifs.

Ne laissez jamais l'ennemi vous dicter son rythme.

Prenez l'initiative. La meilleure défense, c'est l'attaque.

Tenant son arme fermement à deux mains, elle ressortit de sa chambre et s'avança jusqu'en haut des escaliers. Plaquée contre le mur, elle guetta le moindre bruit suspect en contrebas. Lorsqu'elle fut certaine que la voie était libre, elle dévala les marches.

De retour au rez-de-chaussée, elle entreprit de passer en revue chacune des pièces, prenant soin de fouiller tous les endroits où un ennemi aurait pu se dissimuler. Par acquit de conscience, elle inspecta également l'étage. Ne trouvant personne, elle commença enfin à se détendre.

C'est alors que son téléphone émit une série de bips lui

signalant l'arrivée d'un SMS. Était-ce un message du tueur, destiné une fois de plus à éroder sa confiance en elle ? De nouveau sur ses gardes, elle gagna la cuisine où elle avait laissé son portable.

Lorsqu'elle activa sa messagerie, elle constata avec soulagement que le texto qu'elle venait de recevoir n'émanait pas du tueur aux violettes mais de son patron au sein de la CIA. Jared Falcony lui indiquait qu'il avait approuvé l'affectation temporaire de Naomi au sein du groupe opérationnel.

Il concluait son message en lui souhaitant bonne chasse.

11

— Messieurs, j'ai enfin de bonnes nouvelles pour vous, déclara avec emphase George Suina.

Ils avaient reçu un message leur indiquant que les résultats des tests de la scène de crime de Sandra Neville étaient arrivés et s'étaient rendus directement au laboratoire de la police scientifique pour en prendre connaissance.

— Franchement, ce ne serait pas du luxe, déclara Dylan. Pour le moment, nous n'avons quasiment plus aucune piste à nous mettre sous la dent.

— Et celles que nous avons ne sont guère prometteuses, renchérit Hwang. Savez-vous seulement combien il y a de SUV de couleur noire à Pebble Creek et dans les environs ?

— À en juger par ton expression, je dirais : beaucoup, ironisa Suina. Ce que je peux vous dire avec un peu plus de précision, en revanche, c'est ce que nous avons retrouvé sous les ongles de Sandra Neville. Le combat qu'a livré cette pauvre jeune femme ne lui a pas permis de survivre, hélas. En revanche, il nous a fourni des traces de sang qui appartient très probablement à son agresseur. Nous avons effectué un séquençage ADN et nous sommes actuellement en train de le comparer aux différentes bases de données de la police et du FBI. Si le tueur figure dans l'une d'entre elles, nous finirons forcément par l'identifier.

— C'est effectivement une excellente nouvelle ! s'exclama

Dylan qui avait presque du mal à croire à la réalité de ce qu'il venait d'entendre.

Après tous ces mois de malchance, de culs-de-sac et de fausses pistes, ils tenaient enfin un indice prometteur. Car même si le tueur ne figurait dans aucune des bases de données, ils disposeraient dès lors d'un élément permettant de l'identifier avec certitude, le moment venu. Désormais, en cas de procès, il ne risquait plus d'être libéré au bénéfice du doute.

— À ton avis, dans combien de temps pourrons-nous avoir une réponse ? s'enquit Hwang.

— C'est assez difficile à dire, reconnut Suina. Cela peut se faire en l'espace de quelques minutes comme de plusieurs jours, selon que la réponse en question est positive ou négative. Mais la bonne nouvelle, c'est que les affaires de tueurs en série sont prioritaires sur quasiment toutes les autres. Nous sommes donc sûrs que notre requête sera traitée sans délai.

— C'est parfait, déclara Dylan. Espérons que cela ira vite. Mais nous n'allons pas rester les bras croisés en attendant. Avez-vous obtenu un quelconque autre élément qui pourrait nous être utile ?

Le sourire de Suina s'élargit encore.

— À vrai dire, oui, répondit-il en frappant sur la barre espace de son clavier d'ordinateur.

Il fit pivoter son moniteur dans leur direction et désigna l'image qui s'affichait à l'écran.

— Ceci est une empreinte de pas qui a été trouvée sous le corps de Sandra Neville. Nous pensons qu'elle a été laissée par le tueur lorsqu'il a tiré sa victime jusqu'au hallier dans lequel elle était cachée. Il ne l'aura pas remarquée par la suite puisqu'elle se trouvait dissimulée par le cadavre. Il s'agit d'une trace de chaussure de taille 44.

— De quel genre de chaussures s'agit-il ?

— À ce stade, c'est toujours à l'étude, affirma Suina

d'un air désolé. Mais le sol était meuble, et l'empreinte excellente. Nous espérons pouvoir vous communiquer la marque, le modèle et toute marque d'usure qui pourrait s'avérer révélatrice.

— N'hésite pas à nous appeler dès l'instant où vous obtiendrez ces informations, lui demanda Dylan.

— Tu peux compter sur moi.

— Merci, George. Ton équipe a vraiment fait du bon boulot, une fois de plus.

Tandis que Hwang et lui se dirigeaient vers la sortie, le téléphone de Dylan émit une série de bips. Y jetant un coup d'œil, il constata que le message émanait de Naomi. Elle lui signalait qu'un homme l'avait observée à l'aide de jumelles tandis qu'elle nageait dans le lac, près de la maison. Et selon elle, il y avait de fortes chances pour qu'il s'agisse du tueur aux violettes.

Après avoir envoyé un SMS à Dylan pour lui faire part de la situation et un autre à son supérieur pour le remercier, Naomi était remontée dans sa chambre pour troquer son maillot de bain contre un jean et un chemisier.

Elle sécha ses cheveux avant de les attacher en queue-de-cheval puis, après avoir glissé son arme à sa ceinture, elle redescendit à la cuisine pour se préparer une tasse de café. Tout en la buvant à petites gorgées, elle attendit le retour de Dylan, qui lui avait promis de rentrer au plus vite.

Elle avait beaucoup de mal à maîtriser la tension nerveuse qui l'habitait. Quand Dylan arriva enfin, elle se sentit si soulagée de le revoir qu'elle faillit se précipiter dans ses bras. Elle s'abstint pourtant prudemment de le faire, estimant que la situation entre eux était déjà suffisamment ambiguë comme cela.

— Est-ce que ça va ? lui demanda-t-il en l'observant des pieds à la tête d'un œil inquiet.

— Je vais bien, le rassura-t-elle aussitôt.

— Bien, acquiesça-t-il. Dis-moi ce que tu as vu, exactement, pendant que tu nageais.

— Je me suis pas mal éloignée de la maison, répondit-elle. Et je me suis alors rendu compte que j'avais dérivé légèrement vers le sud. J'ai eu alors l'impression d'être observée. J'ai regardé autour de moi et c'est là que j'ai vu cet homme vêtu de noir qui se tenait sur le rivage et me regardait fixement avec des jumelles.

— Tu es sûre qu'il te regardait toi ?

— Je ne peux pas en être complètement certaine, reconnut-elle à contrecœur. J'étais relativement loin de lui. Mais j'ai vraiment eu l'impression qu'il se concentrait sur moi. D'ailleurs, en dehors de moi, il n'y avait pas grand-chose à regarder aux jumelles, sur le lac.

Elle haussa les épaules.

— Quoi qu'il en soit, je n'ai pas voulu m'éterniser. Je suis rentrée jusqu'à la maison à la nage aussi vite que possible et je me suis enfermée à l'intérieur.

— Tu as bien fait, déclara Dylan. Est-ce que tu peux me dire à quoi ressemblait l'homme que tu as aperçu sur la berge ?

— Il était grand et entièrement vêtu de noir. Il portait une casquette de la même couleur. J'étais trop loin pour distinguer les traits de son visage, en revanche.

— Et tu es certaine qu'il avait des jumelles ?

— Oui, parce que les lentilles reflétaient la lumière du soleil.

— Qu'a-t-il fait lorsque tu t'es enfuie ?

— Quelques minutes plus tard, je me suis retournée vers l'endroit où je l'avais vu, mais il avait disparu. C'est la raison pour laquelle j'ai pensé qu'il allait peut-être chercher à rejoindre la maison. Mais tel n'était pas le cas, apparemment.

— Est-ce que tu crois que tu pourrais me conduire jusqu'à l'endroit où tu as vu ce type ?

— Oui, répondit-elle sans hésiter.

— Dans ce cas, allons-y.

Ils réactivèrent le système d'alarme et sortirent de la maison. Longeant la rive du lac, ils marchèrent pendant quelques minutes jusqu'au petit tertre herbeux sur lequel s'était tenu le mystérieux voyeur.

— Tu sais, lui dit-il d'un ton embarrassé, au sujet de ce qui s'est passé hier soir, je crois que je te dois des excuses. Je n'aurais pas dû te parler de cette demande en mariage. Il ne servait à rien d'exhumer des choses du passé sur lesquelles ni toi ni moi n'avons plus la moindre prise. Je voulais juste me montrer parfaitement honnête envers toi mais, rétrospectivement, je conçois que c'était assez égoïste de ma part.

— C'est moi qui te dois des excuses, objecta-t-elle. Tu avais le droit de me dire ce que tu avais sur le cœur, et je n'aurais pas dû mettre en doute ta sincérité. J'ai réagi aussi durement parce que ça m'a blessée…

— Telle n'était pas mon intention, lui assura-t-il.

— Je sais, soupira-t-elle. Et je regrette juste que tu n'aies pas joué cartes sur table, il y a deux ans de cela. J'aurais eu tous les éléments en main pour faire mon choix, quel qu'il eût pu être. Comme tu le dis toi-même, cela ne sert plus à grand-chose, aujourd'hui…

Dylan secoua la tête.

— Je ne voulais pas te mettre au pied du mur, il y a deux ans, ni te donner l'impression qu'il s'agissait d'un chantage. Et je persiste à penser que j'ai eu raison. D'ailleurs, si tu ne voyais plus d'avenir à notre relation, une demande en mariage n'y aurait rien changé. Je n'ai apparemment pas su te faire comprendre que je voulais passer le reste de ma vie avec toi. Et dans ce genre de situations, les actes comptent bien plus que les mots.

— Je ne sais pas, soupira-t-elle. Peut-être que tu n'as pas été assez explicite. Peut-être aussi que je n'ai pas su ou voulu le voir… Cela signifie peut-être aussi que, malgré les sentiments que nous avions l'un pour l'autre, nous n'étions pas tout à fait prêts à aller de l'avant. Nous n'étions disposés ni l'un ni l'autre à nous battre pour notre couple, à le faire passer avant tout le reste…

Naomi n'avait pas prévu de lui tenir un tel discours. Mais à mesure que les mots lui venaient, elle prenait conscience qu'ils reflétaient parfaitement le fond de sa pensée.

— Peut-être devions-nous nous éloigner l'un de l'autre pour prendre conscience de ce que nous avions à perdre…

— Je t'assure que j'ai eu tout le loisir d'apprendre cette leçon au cours de ces deux dernières années, soupira Dylan. Il ne se passe pas un jour sans que je regrette ce que nous avions…

— Peut-être devrions-nous essayer de repartir à zéro, suggéra-t-elle.

Elle n'aurait su dire ce qu'elle entendait exactement par là, ni même ce qu'elle espérait. Il lui semblait juste que tous deux méritaient une seconde chance.

— Cela me plairait beaucoup, déclara gravement Dylan.

— À moi aussi, répondit-elle en souriant.

Elle s'arrêta brusquement et considéra les environs.

— C'était ici, affirma-t-elle.

Elle désigna un buisson qui se trouvait juste sur leur droite.

— Il se tenait debout à cet endroit, ajouta-t-elle. Et il regardait en direction du lac.

Se tournant dans cette direction, elle constata effectivement que l'endroit offrait une vue imprenable sur la maison de Dylan et les eaux avoisinantes.

Dylan, quant à lui, s'était approché du buisson. Il s'agenouilla alors, et elle s'avança pour voir ce qu'il observait avec tant d'attention. Il s'agissait d'une empreinte de pas imprimée dans la terre meuble de la berge.

— Tu crois que c'est lui qui a laissé cette trace ? demanda-t-elle.

— Peut-être, répondit-il. C'est une grande pointure, en tout cas. À vue de nez, il pourrait effectivement s'agir d'un 44…

— Je ne savais pas que vous connaissiez la pointure du tueur, s'étonna-t-elle.

— Cela date de ce matin même, répondit Dylan. On a retrouvé une empreinte sur la scène de crime de Sandra Neville. Évidemment, la pointure seule n'est pas suffisante. Mais si nous parvenons à établir qu'il s'agit aussi du même type de chaussures, nous aurons de bonnes raisons de penser que l'homme que tu as vu était bien le tueur aux violettes.

Dylan sortit un billet de 1 dollar de son portefeuille et le posa juste à côté de l'empreinte.

— Cela donnera une référence aux gars du labo, expliqua-t-il en réponse au regard interrogatif que lui lança Naomi.

À l'aide de son téléphone portable, il entreprit de prendre des photos de l'empreinte sous plusieurs angles différents. Puis il passa un coup de téléphone.

— George, dit-il à son correspondant, je t'envoie des photos d'une empreinte que nous avons retrouvée près du lac, non loin de chez moi, et dont nous pensons qu'elle appartient peut-être au tueur. J'aimerais que vous la compariez à celle que vous avez découverte près du corps de Sandra Neville. Tâchez de déterminer s'il s'agit bien de la même chaussure. Et envoie-moi un technicien pour prendre un relevé en bonne et due forme au cas où nous en aurions besoin lors du procès.

Tandis que Dylan transmettait ses instructions, Naomi l'observait, songeuse. Elle se rappelait distinctement que la première chose qu'elle avait remarquée, chez lui, c'était le professionnalisme dont il faisait preuve en toutes circonstances. Avant même de le connaître réellement, elle avait admiré son intelligence et sa lucidité.

Cette admiration s'était rapidement transformée en quelque chose de bien plus profond, mais elle n'avait jamais disparu. Et aujourd'hui encore, en avisant son calme et son assurance tranquille, elle était convaincue qu'ils finiraient par capturer le tueur aux violettes.

Elle espérait seulement qu'ils y parviendraient avant que d'autres femmes perdent la vie…

Dylan venait de raccompagner jusqu'au portail le technicien que George Suina lui avait envoyé et revenait vers la maison, se demandant avec un mélange d'angoisse et d'exaltation ce qu'il adviendrait de ses relations avec Naomi, à présent que tous deux avaient décidé de repartir à zéro.

En réalité, il n'était pas sûr de savoir ce qu'elle avait voulu dire par là. Mais tout valait mieux que la colère, la rancœur et la frustration que tous deux avaient éprouvées après leur dispute de la veille.

Il en était là de ses réflexions lorsque son téléphone se mit à sonner.

— Hwang ! s'exclama-t-il en décrochant. Quoi de neuf ?

— Une bonne nouvelle n'arrive jamais seule, répondit son coéquipier. On a peut-être retrouvé le téléphone et l'ordinateur portable de Roger Lincoln.

— Comment est-ce arrivé ? s'étonna Dylan.

— C'est un SDF qui est tombé dessus en fouillant une poubelle. Carol Newton, une agente de police qui patrouillait le secteur, a aperçu le type avec ce matériel sous le bras et elle a trouvé ça suspect. Les marques correspondent à celles que nous a données la secrétaire de Lincoln.

— Est-ce que les données ont été effacées ?

— Il faudrait poser la question aux gars du labo. Ce sont eux qui ont récupéré le tout. J'y serais bien allé, mais je dois finir de visionner les enregistrements des caméras de sécurité situées aux alentours de chez les Neville.

— Je m'en charge, lui assura Dylan.

Tous deux prirent congé, et Dylan rejoignit Naomi dans la cuisine. Elle finissait de laver la vaisselle du déjeuner qu'ils avaient partagé juste avant l'arrivée du technicien. Il lui fit part de ce que Hwang venait de lui dire.

— Je vais devoir me rendre au labo pour voir si nos informaticiens ont trouvé quelque chose.

— J'aimerais venir avec toi si cela ne t'ennuie pas, déclara Naomi.

— Bien sûr. Tu fais partie de l'équipe, désormais.

— Ce n'est pas encore officiel, mais ça ne devrait plus tarder, acquiesça-t-elle. Mon supérieur a donné son accord.

— Parfait, alors allons-y.

Moins d'un quart d'heure plus tard, ils arrivèrent au laboratoire de la police scientifique et furent reçus par Tabitha McKinnon. Lorsque celle-ci les conduisit jusqu'à son bureau, ils constatèrent que Patricia Stabler se trouvait déjà là.

— Salut, vous deux, leur dit-elle avec un sourire complice.

Dylan se demanda si Patricia ne se méprenait pas sur la nature de ses relations avec Naomi. Elle paraissait penser que tous deux étaient de nouveau en couple. Il ne pouvait qu'espérer que l'avenir lui donnerait raison mais était encore loin d'en être convaincu.

— J'imagine que nous sommes tous ici pour la même raison, reprit Patricia. Tabitha était sur le point de me parler du téléphone et de l'ordinateur de Roger Lincoln.

— Si ce sont bien les siens, tempéra prudemment Dylan.

— Nous pouvons désormais affirmer que tel est le cas, déclara Tabitha. Non seulement les marques correspondent aux objets qui ont été volés mais, de plus, on a relevé plusieurs empreintes qui sont celles de Roger.

— Comment se fait-il que le tueur n'ait même pas pris la peine de les effacer ? s'étonna Dylan.

— C'est une marque de plus de son arrogance, répondit Patricia. Il se croit intouchable. Peut-être espérait-il même que nous retrouvions ces objets. J'imagine qu'il les a mis hors d'usage ?

— Il s'est acharné dessus à coups de masse ou de marteau, acquiesça Tabitha. De toute évidence, il ne tenait pas à ce que nous puissions récupérer les informations qui se trouvaient à l'intérieur.

— A-t-il réussi son coup ? s'enquit Dylan.

— Oui et non. Nous n'avons rien pu récupérer sur l'ordinateur portable. En revanche, nous sommes parvenus à accéder à la mémoire du téléphone. Nous sommes encore en train d'analyser les données, mais je peux déjà vous donner la liste de tous les appels que Roger Lincoln a passés dans les jours qui ont précédé sa mort.

Elle fit apparaître sur son moniteur la liste en question.

— Est-ce que certains de ces numéros te disent quelque chose, Naomi ? lui demanda Dylan.

Elle les parcourut du regard avant de lui répondre.

— Il y a mon numéro, bien sûr, dit-elle en le désignant. L'autre qui revient assez régulièrement est très probablement celui de Brenda Quinlan, la femme avec laquelle sortait mon oncle. Les autres numéros ne me sont pas familiers, malheureusement, ajouta Naomi.

— Nous les vérifierons tous, de toute façon, lui assura Dylan.

Il ne comptait laisser strictement aucune piste inexplorée dans cette affaire. Ils ne pouvaient tout simplement pas se le permettre.

— Et pour l'ordinateur ? demanda-t-il encore. Il n'y

a vraiment aucune chance de récupérer les données qu'il contenait ?

— Aucune, malheureusement. Ce n'est pas seulement un problème matériel : avant de fracasser l'appareil, on a pris soin de nettoyer le disque dur et de broyer tous les fichiers. Il est parfois possible de les récupérer malgré tout, mais cela risque de prendre beaucoup de temps.

— Puis-je faire une suggestion ? intervint alors Naomi.

Tous trois se tournèrent vers elle, l'encourageant du regard.

— J'ai une collègue et amie au sein de la CIA qui se trouve être une spécialiste en matière de sécurité informatique. Je l'ai vu récupérer des données d'ordinateurs qui avaient été passés au lance-flammes. De plus, elle dispose de programmes particulièrement performants qui ne sont pas accessibles aux civils. Vu l'urgence de la situation, je pense que nous devrions solliciter son aide.

— C'est une bonne idée, approuva Patricia. Si le supérieur de votre amie est d'accord, cela va sans dire.

— Nous avons le même. Étant donné qu'il vient d'approuver mon transfert temporaire, je doute qu'il s'oppose à ce que Sophia nous aide.

— Je n'ai aucune objection de mon côté, déclara à son tour Tabitha. Très franchement, je me moque de savoir qui de nous ou de la CIA parviendra à récupérer ces fichiers en premier. Tout ce qui compte, c'est de faire au plus vite pour éviter d'autres victimes.

— Nous sommes tous d'accord là-dessus, je crois, conclut Dylan. Pour la forme, je dois solliciter l'autorisation du chef Frazier. Mais je peux déjà vous dire qu'il me dira exactement la même chose que Tabitha vient de le faire. Tu devrais directement contacter ton amie afin de gagner du temps, ajouta-t-il à l'intention de Naomi.

— C'est d'accord, répondit-elle. Je l'appelle tout de suite.

12

Naomi quitta le laboratoire, laissant les trois policiers continuer à discuter entre eux. Elle s'accorda quelques instants pour souffler et recouvrer un semblant de sérénité. Car pendant la conversation qu'ils venaient d'avoir avec Tabitha, elle avait remarqué les deux sachets en plastique posés sur une table, au fond de la pièce.

Ils contenaient le téléphone et l'ordinateur de son oncle. Or ce dernier appareil était recouvert d'épaisses taches brunes dont la nature ne laissait hélas aucune place au doute. Elle ne s'était pas préparée au choc qu'elle avait éprouvé, ni aux images que cette vision avait fait resurgir.

Plus que jamais elle était décidée à venger son oncle de l'homme qui l'avait froidement abattu. Et s'il fallait pour cela faire parler l'ordinateur ensanglanté sur lequel elle l'avait vu s'effondrer, Sophia était la mieux placée pour le faire.

Dès qu'elle se sentit un peu remise de ses émotions, Naomi appela donc son amie en visio. Lorsque celle-ci apparut à l'écran, elle affichait un large sourire.

— Salut, coloc ! s'exclama-t-elle joyeusement. Quoi de neuf de l'autre côté du continent ?

— Il faut que je te parle, lui dit Naomi. Est-ce que tu as une minute ?

— Pour toi, toujours. D'autant que je viens tout juste de rentrer à Miami et que je m'y ennuie déjà à mourir. Ne le dis surtout pas à Jared, en revanche. Il serait capable de me renvoyer directement à Tombouctou.

— À propos de Jared et de nouvelles missions, il a autorisé mon détachement temporaire auprès de l'équipe qui est chargée de retrouver le tueur aux violettes, indiqua Naomi.

— Tu es plus courageuse que moi, déclara son amie. Ce type me file vraiment les jetons.

— Venant de quelqu'un qui lutte régulièrement contre les terroristes et les trafiquants de drogue les plus sanguinaires, ça me semble peu crédible.

— Sauf que les terroristes et les trafiquants obéissent à des motivations rationnelles, lui rappela Sophia. Je ne suis pas d'accord avec ce qu'ils font, mais je peux au moins les comprendre.

— Tu devrais en discuter avec la profileuse du FBI qui m'a recrutée, remarqua Naomi.

— À vrai dire, je ne suis pas sûre non plus de *vouloir* les comprendre.

— Ne t'en fais pas : le service que j'ai à te demander ne concerne pas directement le tueur.

— Je t'écoute…

— La police a retrouvé l'ordinateur portable de mon oncle. Nous espérions tous avoir accès aux dossiers qu'il a dû constituer. Cela nous permettrait probablement d'identifier le tueur. Mais ce dernier a broyé les fichiers et fracassé l'ordinateur. J'espérais que tu pourrais y jeter un coup d'œil et nous dire s'il y a quelque chose à en tirer. À condition que Jared soit d'accord, cela va sans dire.

— Sans problème, répondit Sophia. Vous n'avez qu'à me l'envoyer en express. Jared ne s'y opposera pas. Je sais qu'il tient à ce que justice soit faite dans cette affaire. Évidemment, je ne peux rien vous promettre, mais je ferai tout mon possible pour retrouver ces fichiers.

— Merci beaucoup, Sophia. Je te revaudrai ça !

— Dis-moi, reprit son amie en la considérant avec curiosité. Comment les choses se passent-elles avec le séduisant inspecteur Hester ?

— Ça a été un peu difficile, au début, reconnut Naomi. Il nous a fallu mettre certaines choses au point.

— Et depuis ? Est-ce que vous vous contentez de cohabiter pacifiquement ou est-ce que vous faites sauvagement l'amour tous les soirs ?

Naomi ne put s'empêcher de rire.

— Disons que nous naviguons quelque part entre ces deux extrêmes, répondit-elle.

— Est-ce que cela signifie que tu es en train de retomber amoureuse de lui ?

— Je crois que les sentiments que j'avais pour Dylan n'ont jamais vraiment disparu, répondit-elle pensivement. Simplement, je ne sais pas très bien ce que je compte en faire, pour le moment… Et je ne sais pas non plus où en est Dylan.

— Fais bien attention à toi, Naomi. Tâche surtout de ne pas le laisser te briser le cœur.

— Ne t'en fais pas pour moi, Soph. Je serai prudente.

Tout en faisant cette promesse, Naomi savait pertinemment que les choses n'étaient pas si simples. Si elle décidait d'accorder une seconde chance à leur histoire, elle prendrait forcément un risque. C'était la nature même d'une relation amoureuse. Mais pour le moment, elle ignorait si elle était vraiment prête à se jeter à l'eau…

Elles échangèrent encore quelques mots puis Naomi raccrocha. Elle sursauta alors en avisant Dylan qui se trouvait non loin de là. Elle lui décocha un sourire un peu nerveux, n'ayant aucun moyen de savoir ce qu'il avait entendu de leur conversation.

— Alors ? lui demanda-t-il. Qu'a dit ton amie ?

— Qu'elle était partante, répondit-elle. Si nous lui

envoyons l'ordinateur en livraison express, elle pourra s'y attaquer dès demain. Elle ne promet rien mais, comme je vous l'ai dit, si quelqu'un est capable de récupérer ces fichiers, c'est bien elle.

— Tant mieux. Frazier est partant, lui aussi. Il ne nous reste plus qu'à espérer que la magie de ton amie va opérer…

Le lendemain, en début d'après-midi, alors que Dylan venait de rentrer au commissariat après avoir pris un rapide déjeuner en compagnie de Naomi, il apprit que le FBI était parvenu à identifier l'homme qui avait posé les micros et les caméras de surveillance dans le bureau et au domicile de Roger Lincoln.

Pour cela, les agents fédéraux avaient suivi la piste des composants électroniques dont ils étaient constitués. De grossistes en revendeurs, ils avaient fini par reconstituer le cheminement de ces mouchards et par retrouver le client final qui en avait l'acquisition.

Toute la question, désormais, était de savoir si cet homme était également le tueur aux violettes. Dylan savait que le seul moyen de le découvrir était de faire passer au suspect un interrogatoire particulièrement serré.

L'avantage, c'était qu'ils bénéficiaient déjà de plusieurs chefs d'accusation qui leur permettraient d'arrêter cet homme et de le questionner tout à loisir. Il s'était en effet rendu coupable d'effraction, d'atteinte à la vie privée sur les personnes de Roger et de Naomi et, enfin, d'espionnage économique.

Dylan commença par appeler Naomi pour lui faire part de la nouvelle et lui promit de la tenir au courant des résultats de l'interrogatoire. Il se garda cependant de lui proposer de le rejoindre. Car si l'homme qui était en garde à vue était bien celui qui avait tué son oncle, il valait sans doute mieux qu'elle demeure à l'écart.

Une telle confrontation aurait non seulement été douloureuse pour elle mais, de plus, sa simple présence aurait pu mettre en cause l'objectivité de l'interrogatoire. Or Dylan ne tenait pas à ce que le tueur aux violettes soit libéré sous prétexte d'un vice de procédure.

En revanche, il proposa à Patricia Stabler de se joindre à lui, estimant que son expertise en matière de psychologie lui permettrait sans doute de déjouer les mensonges et les faux-semblants que leur opposerait certainement le suspect.

Ce dernier avait été conduit au commissariat et placé en salle d'interrogatoire où on l'avait laissé mariner. C'était une tactique éprouvée qui contribuait à désarçonner même les criminels les plus endurcis.

En apparence, Tony Ketchum ne semblait pas vraiment appartenir à cette catégorie. Âgé de quarante-quatre ans, il avait récemment été licencié par l'entreprise spécialisée dans la sécurité pour laquelle il travaillait pour avoir secrètement installé des caméras cachées dans les vestiaires d'une boutique de lingerie féminine.

Cet incident avait donné lieu à une enquête de police, mais le magasin avait préféré ne pas porter plainte pour ne pas porter atteinte à sa réputation.

— Qu'est-ce que tu en penses ? s'enquit Patricia. Est-ce que tu crois que ça pourrait être lui ?

Tous deux se trouvaient dans la pièce attenante, séparés du suspect par un miroir sans tain. Dylan considéra pensivement l'homme aux cheveux poivre et sel. Son allure paraissait parfaitement quelconque, mais il savait que cela ne signifiait pas grand-chose.

Contrairement à ce que laissaient supposer les films de Hollywood, la plupart des tueurs en série étaient en apparence des gens parfaitement anodins. Et la plupart des personnes qui les connaissaient tombaient des nues en découvrant leur véritable nature.

— Je ne sais pas, reconnut-il. Mais je suis bien décidé à le découvrir.

Conformément à ce qu'ils avaient prévu, Dylan mènerait seul l'interrogatoire tandis que Patricia et Frazier y assisteraient à travers le miroir. Cela permettrait à la psychologue d'intervenir dans un deuxième temps si ses tentatives se révélaient infructueuses.

— Bonne chance, lui souhaita le chef de la police.

Il hocha la tête et quitta la pièce pour rejoindre la salle d'interrogatoire. Là, il prit place sur la chaise métallique qui faisait face à celle de Ketchum. Ce dernier avait été informé de ses droits mais n'avait pas encore jugé bon de se pourvoir d'un avocat.

Dylan posa les avant-bras sur la table qui les séparait et croisa les doigts.

— Je suis l'inspecteur Hester, se présenta-t-il. Savez-vous pourquoi vous êtes ici, monsieur Ketchum ?

— On m'a dit que c'était à propos de l'utilisation illégale de matériel de surveillance, répondit-il. Je croyais que cette affaire était close.

— Si vous voulez parler de la boutique de lingerie, c'est bien le cas, annonça Dylan. Il ne s'agit pas de cela.

Ketchum leva un sourcil étonné.

— Dans ce cas, vous devriez peut-être me mettre au parfum, suggéra-t-il.

— Certainement, acquiesça Dylan. Nous avons retrouvé récemment plusieurs mouchards dans le bureau et au domicile d'un détective privé nommé Roger Lincoln. Est-ce que cela vous dit quelque chose ?

Ketchum ne put s'empêcher de tiquer.

— Ça devrait être le cas ? demanda-t-il.

— Oui, si l'on considère que c'est vous qui avez installé ce matériel, répondit posément Dylan.

— Je ne vois pas du tout de quoi vous parlez, protesta Ketchum.

— Je n'en crois pas un mot, rétorqua sèchement Dylan.

Il était évident que la méthode douce ne donnerait rien avec ce suspect. Il était donc temps d'accentuer la pression.

— Nous avons pu remonter la piste de tous ces appareils, reprit-il. Et il apparaît que c'est vous qui les avez achetés. Nous avons également trouvé des traces d'ADN, et je suis prêt à parier qu'un test prouvera qu'il s'agit bien de la vôtre. Vous pouvez continuer à nier mais vous perdriez votre temps. Je vous suggère donc plutôt de m'expliquer quelles étaient vos motivations.

Ketchum ne répondit pas. Son visage se ferma et Dylan comprit qu'il risquait de demander à parler à un avocat.

— Est-ce que vous avez entendu parler du tueur aux violettes ? interrogea-t-il alors de but en blanc.

— Le tueur en série qui a assassiné toutes ces filles ? s'enquit Ketchum. Tout le monde en a entendu parler.

— Eh bien, figurez-vous qu'il est également soupçonné d'avoir assassiné Roger Lincoln, le détective privé que vous avez mis sur écoute. Est-ce que vous voyez où je veux en venir, à présent ? Il ne s'agit pas seulement de surveillance illicite. Nous allons vous mettre en examen pour le meurtre de Roger Lincoln et de huit jeunes femmes.

— C'est une blague ? s'exclama Ketchum en le considérant avec effroi. Je n'ai jamais tué personne ! Ni ce détective ni ces filles…

Dylan le considéra attentivement. Soit Ketchum était un excellent comédien, soit il tombait réellement des nues. Il laissa le silence s'éterniser afin de faire monter encore un peu la pression.

— Écoutez, plaida Ketchum, j'ai bien installé ces micros. Mais ça n'avait aucun rapport avec ce tueur en série… Et je n'ai jamais eu l'intention d'assassiner Lincoln… Mais mon ex-femme l'a engagé pour monter un dossier à charge contre moi. Elle veut obtenir la garde exclusive de nos enfants. J'ai placé les micros pour découvrir ce qu'il avait appris sur mon compte et pouvoir anticiper ma défense au tribunal des affaires familiales…

Dylan n'était qu'à demi convaincu. Il pressa donc Ketchum de question, cherchant notamment à découvrir s'il avait des alibis pour les derniers meurtres commis par le tueur aux violettes. À une exception près, Ketchum parvint à lui en fournir.

— Seriez-vous prêt à passer au détecteur de mensonges ? lui demanda alors Dylan.

Le procédé n'était pas recevable devant un tribunal, bien sûr, mais il permettait aux policiers de se faire une idée généralement correcte de la culpabilité ou de l'innocence d'un suspect. Cela leur évitait parfois de perdre un temps précieux.

— Si vous voulez, répondit Ketchum sans la moindre hésitation.

Dylan se leva et se dirigea vers la porte.

— Je reviens tout de suite, dit-il.

En réalité, il fallut une demi-heure à leur spécialiste Gail Takamura pour préparer le polygraphe. Elle posa à Ketchum la batterie de questions qu'avait rédigées Dylan tandis que ce dernier observait la scène depuis la pièce attenante en compagnie de Patricia Stabler et Vernon Frazier.

— Il a passé le test haut la main, leur indiqua Gail lorsqu'elle les rejoignit enfin. Il n'y a quasiment aucune chance pour qu'il nous ait menti. Ce n'est pas le tueur aux violettes.

Dylan en était déjà à peu près convaincu, mais cela ne l'empêcha pas de se sentir dépité par ce nouveau revers.

— Je dois bien reconnaître que Tony Ketchum n'a pas le profil de l'emploi, admit Patricia qui paraissait tout aussi déçue que lui. Déjà, il ne serait pas assez athlétique pour pourchasser ses victimes si elles parvenaient à lui échapper. Sans compter le fait que Naomi a décrit un homme de haute taille, ce qui correspond d'ailleurs à sa pointure.

— Nous voilà donc de retour à la case départ, soupira Frazier, abattu.

— Pas tout à fait, objecta Dylan. Nous venons de découvrir que le tueur n'avait pas placé Roger sous surveillance, ce qui est rassurant. Nous savons aussi que Ketchum l'a fait, en revanche, ce qui est illégal.

— Malheureusement, intervint le chef de la police, ce n'est pas ce qui empêchera le tueur aux violettes de frapper de nouveau…

13

— Figure-toi que ce n'est pas le tueur aux violettes qui a installé des micros chez Roger et dans son bureau.

Naomi considéra Dylan avec stupeur. Elle avait attendu son retour avec impatience, se réjouissant d'avance à l'idée que la police était enfin parvenue à arrêter le tueur en série qui sévissait depuis deux longues années.

— Tu plaisantes ? rétorqua-t-elle d'une voix blanche.

— J'aimerais bien, soupira Dylan. Mais figure-toi que celui qui espionnait ton oncle était le mari d'une de ses clientes. Il voulait savoir quelles informations compromettantes Roger avait dénichées sur lui. Mais il ne l'a pas tué. Et il n'a pas tué toutes ces femmes.

Naomi s'efforça de dissimuler sa déception.

— Je suppose qu'il était improbable qu'un homme qui a réussi à échapper à la police pendant deux ans sans jamais cesser de tuer ait commis une erreur aussi grossière, remarqua-t-elle.

— Je t'avoue que j'y ai vraiment cru, sur le moment. Mais tu as raison : le tueur aux violettes est extrêmement prudent et précautionneux. Il se serait probablement débrouillé pour que l'on ne puisse pas remonter jusqu'à lui en suivant la trace de ce matériel d'espionnage.

— Quelles pistes nous reste-t-il à explorer, à ce stade ? demanda-t-elle.

— Nous en avons plusieurs : le pistolet qu'il a utilisé pour abattre Roger et dont nous connaissons la signature balistique, tout d'abord, et les empreintes de chaussures que nous avons relevées près du corps de Sandra Neville et au bord du lac.

Ce n'était peut-être pas aussi prometteur que ne l'avait semblé la piste qui les avait menés jusqu'à Ketchum. Mais au moins, ils avaient tout lieu de croire que ces deux indices se rapportaient directement au tueur.

— Nous finirons par l'avoir, déclara-t-elle avec une conviction qu'elle souhaitait performative.

Elle observa Dylan et constata qu'il se tenait près du manteau de la cheminée sur lequel était posée la photographie que lui avait léguée Roger. En voyant les sourires réjouis que tous deux arboraient sur ce cliché, elle sentit une bouffée de nostalgie monter en elle.

— Ça te dirait de danser ? proposa-t-elle impulsivement.

Dylan la considéra d'un air intrigué.

— Il n'y a pas de musique, objecta-t-il.

— Ne bouge pas, je vais en chercher, lui dit-elle.

Elle alla récupérer son téléphone portable qu'elle avait laissé sur la table basse. Elle ouvrit l'application qui gérait sa musique et choisit un slow sur lequel ils avaient souvent dansé, à l'époque où ils sortaient ensemble. Elle alla poser l'appareil sur le manteau de la cheminée et se tourna vers Dylan.

— Tu n'as plus d'excuse, à présent, lui dit-elle en souriant.

Il s'avança vers elle et la prit par la taille. Naomi posa ses mains sur ses épaules, et tous deux commencèrent à évoluer au rythme de la musique. Naomi se laissa emporter, oubliant soudain ces mois interminables qui s'étaient écoulés depuis que Dylan l'avait tenue dans les bras pour la dernière fois.

Curieusement, en dépit de cette longue séparation, il n'y avait aucune gêne, aucune gaucherie entre eux. Au contraire, même, elle avait brusquement l'impression de se trouver parfaitement à sa place.

Tout lui semblait familier chez Dylan : le contact de ses paumes sur ses hanches, son souffle qui venait caresser doucement sa joue, l'odeur affolante de sa peau que rehaussaient l'iode et le citrus de son eau de toilette préférée.

Ce moment lui paraissait comme suspendu hors du temps, à mi-chemin entre présent et réminiscence. Et dans cet étrange entre-deux, il devenait plus difficile de résister à la tentation que représentait Dylan.

Levant les yeux vers lui, elle croisa son regard et y lut un désir qui devait refléter le sien. Presque malgré elle, elle entrouvrit les lèvres. Lentement, comme dans un rêve, il se pencha vers elle, lui laissant tout le temps de s'écarter si tel était son désir.

Mais comment aurait-elle pu résister à l'évidence de ce baiser ? Cela faisait bien trop longtemps qu'elle en avait été privée, et lorsque les lèvres de Dylan se posèrent sur les siennes, elle eut brusquement l'impression que son cœur desséché se gorgeait d'une étrange rosée.

Une douce chaleur se répandit en elle, se propageant à chacun de ses membres. Au creux de son ventre, des braises qu'elle avait crues éteintes se ravivèrent soudain. Lorsque la langue de Dylan se mêla à la sienne, son désir se mit à enfler, embrasant son corps tout entier.

Le contact des mains de Dylan sur son corps qui lui avait paru si innocent, quelques instants seulement auparavant, éveillait à présent un besoin lancinant qui pulsait doucement entre ses cuisses. Elle les frotta l'une contre l'autre dans l'espoir d'atténuer cette troublante sensation, mais cela ne vit qu'aviver cette impression de langueur.

La sentant s'abandonner contre lui, Dylan se fit plus audacieux, et ses mains remontèrent de ses hanches à ses flancs avant de venir se poser très doucement sur sa poitrine.

Elle ne put réprimer un petit gémissement qui fit frissonner violemment son compagnon.

Il s'écarta très légèrement d'elle et leurs regards fiévreux se croisèrent.

— Naomi, j'ai très envie de faire l'amour avec toi, lui dit Dylan.

Elle comprit qu'elle ne pouvait plus faire semblant à présent. Dylan ne lui forcerait jamais la main : quelle que soit sa décision, il la respecterait scrupuleusement.

Une partie d'elle savait que ce n'était probablement pas une bonne idée, qu'il y avait bien trop de non-dits entre eux, trop de sentiments non digérés, de pages qu'ils auraient dû commencer à tourner.

Mais elle n'avait pas la force de s'opposer à son propre désir. Tout son corps n'aspirait qu'à rendre les armes et à s'offrir sans partage. C'était une sensation exaltante et terrifiante à la fois. Mais ce n'était pas la première fois qu'elle l'éprouvait.

Elle se rappelait parfaitement la première nuit qu'ils avaient passée ensemble. Elle avait ressenti ce même emportement, alors. Ce même besoin que seul Dylan savait faire naître en elle et que lui seul pouvait combler.

Sans dire un mot, elle lui prit la main et l'entraîna en direction de l'escalier qui conduisait à l'étage. Sans dire un mot, ils gravirent les marches. Sans se concerter, ils suivirent le long couloir qui menait à la chambre à coucher de Dylan.

Là, dans la pénombre, ils s'enlacèrent de nouveau et échangèrent un baiser immensément doux, un baiser qui semblait ne jamais vouloir en finir. Et à mesure qu'il se prolongeait, la douceur cédait la place à une passion.

Les mains de Dylan coururent sur son corps, l'effleurant çà et là par petites touches comme s'il voulait le redécouvrir après tous ces mois d'éloignement. Elle se cambra pour mieux s'offrir à ses caresses qui faisaient naître sur sa peau des tressaillements qui se réverbéraient ensuite en elle, attisant l'envie impérieuse qui enflait encore et toujours.

Le contact de l'air plus frais sur sa chair frissonnante lui fit comprendre que Dylan était en train de la déshabiller. Le désir eut raison de sa pudeur, et elle se laissa faire. Les lèvres brûlantes de son amant se posèrent au creux de son cou, à l'endroit exact qu'il avait découvert et qui avait le don de la rendre folle.

Un gémissement rauque lui échappa de nouveau, bien plus primal que le précédent. Elle était nue devant lui, à présent, offerte à ses regards. Mais elle y voyait briller un tel mélange d'admiration, de dévotion et d'ardeur que loin de se sentir exposée elle avait l'enivrante impression d'être parfaitement maîtresse de la situation.

S'enhardissant, elle posa les mains sur les épaules de Dylan et le repoussa doucement mais fermement jusqu'à son lit sur lequel elle l'allongea. Sans la quitter un seul instant des yeux, il la laissa faire, s'abandonnant à son tour.

Très lentement, elle entreprit de le déshabiller, couvrant chaque centimètre carré de chair qu'elle dévoilait d'une pluie de petits baisers. Le goût de sa peau sur ses lèvres faisait office d'aphrodisiaque et ses caresses ne tardèrent pas à se faire plus hardies.

À mesure qu'elle redécouvrait le corps de Dylan, son propre désir enflait en elle, menaçant à chaque instant de lui faire perdre tout contrôle. Elle se faisait l'impression d'être un papillon de nuit incapable de résister à l'attrait de la flamme qui finirait par le consumer entièrement.

Ils roulèrent sur le lit, se rendant baiser pour baiser, caresse pour caresse. Finalement, n'y tenant plus, Dylan fouilla fiévreusement le tiroir de sa table de nuit à la recherche d'un préservatif. Elle lui prit le paquet des mains, l'ouvrit et lui enfila la protection.

Lorsqu'il la reprit dans les bras, elle était prête à l'accueillir, et il entra en elle d'un mouvement très lent, presque comme s'il avait peur de lui faire du mal. Mais elle le désirait bien trop pour lui opposer la moindre résistance. Le sentant plonger au plus profond de sa chair, elle ne put retenir un cri qu'il captura de ses lèvres.

Leurs bouches et leurs langues se livraient un duel fiévreux tandis que Dylan allait et venait en elle, ravivant des sensations qu'elle avait cru ne plus jamais éprouver. Elle s'y abandonna totalement, retrouvant ce rythme qui n'appartenait qu'à eux.

Et chaque impulsion l'emportait plus loin encore, l'arrachant à l'inertie du présent pour l'entraîner dans un monde où tout n'était que plaisir et où ils ne faisaient qu'un. Soudain, alors même que le désir sans cesse croissant qui hurlait en elle menaçait de la rendre folle, elle atteignit le point culminant de son propre plaisir.

L'espace de quelques instants, elle demeura en équilibre au sommet de cette vague immense, comme figée au-dessus d'un abysse insondable. Puis Dylan la rejoignit. Il fut là, avec elle, suspendu lui aussi à l'extrême limite de sa résistance. Elle le lisait dans ses yeux tandis qu'il la dévorait du regard.

Alors, il plongea une dernière fois en elle, renonçant à tout contrôle, s'abandonnant totalement à cette ultime lame de fond qui les emporta comme deux fétus de paille dansant dans la tempête…

Après coup, ils demeurèrent longuement enlacés en silence, laissant refluer lentement le plaisir qui les avait tous deux submergés.

— Est-ce que c'était aussi bien que dans ton souvenir ? demanda enfin Naomi avant de déposer un petit baiser sur son épaule.

— Je ne pensais pas que ce soit possible, mais c'était encore mieux, répondit-il en souriant. Et pour toi ?

— Pour moi aussi, avoua-t-elle. Il faut croire que la privation a du bon, parfois…

— J'espère tout de même que nous n'attendrons pas deux ans avant de recommencer, cette fois-ci, s'exclama Dylan en riant.

Naomi demeura quelques instants silencieuse. Lorsqu'il se tourna vers elle, il vit qu'elle l'observait pensivement.

— Qu'y a-t-il ? lui demanda-t-il.

— Où crois-tu que cela va nous mener ? Est-ce que ce sera juste une passade en souvenir du bon vieux temps ?

— Est-ce ce que tu veux ?

Elle secoua doucement la tête.

— Moi non plus, déclara-t-il gravement.

Dylan hésita avant d'ajouter ce qu'il avait sur le cœur :

— Mais les relations à longue distance ne fonctionnent que rarement.

— Il y a quand même des gens qui y arrivent, protesta-t-elle faiblement.

— C'est vrai, concéda Dylan.

Au fond, songea-t-il, ils étaient en progrès : deux ans auparavant, Naomi n'avait pas même envisagé une telle éventualité. Elle fit mine de reprendre la parole mais fut interrompue par une série de bips émis par son téléphone portable.

— Je ferais mieux de décrocher, déclara-t-elle en se redressant. Si ça se trouve, c'est Sophia qui a découvert quelque chose.

Dylan la suivit des yeux tandis qu'elle allait récupérer l'appareil dans la poche de son jean. Il ne pouvait se rassasier de cette vision qui éveillait en lui un incoercible mélange de désir et de tendresse.

Mais il vit le visage de Naomi se décomposer brusquement et il se redressa à son tour sur le lit.

— Que se passe-t-il ? s'enquit-il, inquiet.

— C'est lui, murmura-t-elle d'une voix blanche.

Dylan la rejoignit et elle lui tendit le téléphone. À l'écran s'affichait un SMS :

Une si jolie violette. Dommage qu'elle ait dû mourir. Et tu es la suivante sur ma liste…

Dylan ne put réprimer un juron. Il attira Naomi contre lui et la serra dans ses bras, s'efforçant de la réconforter. Mais lui-même était sous le choc. Car le message qu'elle venait de recevoir semblait indiquer que le tueur avait de nouveau sévi.

— Tâche de ne pas le prendre personnellement, lui dit-il. Il cherche juste à te provoquer.

— Je sais mais comment pourrais-je ne pas en faire une affaire personnelle ? objecta-t-elle d'une voix tendue. Non seulement il me menace de mort mais, en plus, il me prend à témoin de ses exploits…

Avant que Dylan ait eu le temps de lui répondre, son propre portable se mit à sonner. À contrecœur, il s'écarta de Naomi et alla chercher l'appareil. La personne qui essayait de le joindre n'était autre que Patricia Stabler.

— Salut, lui dit-il en décrochant. Quoi de neuf ?

— Un nouveau meurtre, j'en ai peur, répondit-elle. Le tueur aux violettes vient de frapper une fois encore…

Naomi avait insisté pour accompagner Dylan sur la scène de crime. Il aurait préféré lui épargner cette épreuve, mais elle refusait de bénéficier d'un traitement de faveur. Elle faisait partie de son équipe, à présent, et elle était bien décidée à assumer ses responsabilités.

Ils se garèrent devant un bel immeuble de deux étages

situé sur Camden Lane, pas très loin du quartier du lac où vivait Dylan. Par acquit de conscience, Naomi vérifia le holster dans lequel elle avait glissé son pistolet Glock qu'elle était bien décidée à ne plus quitter tant que le tueur aux violettes ne serait pas sous les verrous.

— Est-ce que tu te sens prête ? lui demanda Dylan lorsqu'ils furent descendus de voiture.

Naomi ne put réprimer un frisson qui ne tenait pas uniquement à la fraîcheur de l'air en ce début de soirée.

— Ce n'est pas la première fois que je verrai un cadavre, tu sais. Même sans compter celui que j'ai trouvé dans les bois.

Cela faisait malheureusement partie des choses auxquelles elle avait dû s'habituer depuis qu'elle était devenue membre des services secrets. Mais ce qu'elle omettait de préciser, c'est qu'elle s'était rarement sentie aussi impliquée personnellement.

Tous deux traversèrent la rue et Dylan présenta son badge au policier qui était chargé de surveiller des entrées et sorties de l'immeuble.

— C'est au premier étage, précisa ce dernier.

Ils empruntèrent les escaliers pour rejoindre Hwang qui se trouvait dans le couloir, près de l'entrée de l'un des appartements.

— Le coroner est arrivé, leur signala-t-il. Et l'équipe de la police scientifique est en train de passer les lieux au peigne fin.

— Que sait-on de la victime ? s'enquit Dylan.

— Elle s'appelle Sylvie Maguire. C'est une femme caucasienne âgée de vingt-six ans qui était étudiante à l'université de Pebble Creek et travaillait à temps partiel pour le Owl Club, un bar situé à l'angle de Bogue et de la 10e Rue. Elle a été retrouvée morte à son domicile par sa colocataire, Julia Bridges. Elle a été étranglée, et on a laissé une violette entre ses lèvres.

— Avait-elle un petit ami ? s'enquit Dylan.

L'immense majorité des femmes victimes d'homicides étaient assassinées par leur conjoint. Naomi comprit que Dylan tenait avant tout à éliminer l'éventualité d'un tel meurtre que le coupable aurait ensuite déguisé pour détourner l'attention de la police. Ce ne serait malheureusement pas la première fois qu'une telle chose se produirait.

— Mlle Maguire était célibataire depuis un moment, d'après sa colocataire, répondit Hwang. Nous vérifierons tout de même, au cas où. J'ai aussi demandé aux agents en uniforme de faire le tour de l'immeuble pour déterminer si quelqu'un aurait pu voir ou entendre quelque chose d'anormal.

Ils pénétrèrent dans l'appartement dans lequel s'activaient plusieurs membres de la police scientifique. Patricia Stabler était là, elle aussi, agenouillée auprès de la victime qui gisait sur le sol de sa chambre à coucher, les yeux grands ouverts tournés vers le plafond.

Naomi ne put s'empêcher de remarquer une certaine ressemblance entre elle et l'agente spéciale du FBI qui la considérait pensivement. Elles auraient presque pu être sœurs. En les voyant pénétrer dans la pièce, Patricia se redressa et leur décocha un petit sourire empreint de tristesse.

— Quel gâchis, murmura-t-elle. Elle avait toute la vie devant elle…

Elle se tourna alors vers Naomi.

— J'ai cru comprendre que vous aviez reçu un nouveau message de la part du tueur.

Naomi s'arracha à la contemplation de la victime et hocha la tête.

— C'est exact, répondit-elle en sortant son téléphone portable qu'elle tendit à Patricia après avoir pris le temps d'afficher le SMS en question. Il est arrivé quelques instants seulement avant que l'on appelle Dylan pour lui signaler ce meurtre.

Patricia hocha la tête et lut le texto en question avant de faire passer l'appareil à Hwang.

— Intéressant, murmura-t-elle pensivement. Le tueur semble bel et bien avoir développé une fixation sur vous. Il semble penser à vous après chacun de ses meurtres.

— Charmant…, murmura Hwang en fronçant les sourcils.

— Ce pourrait être un avantage pour nous, remarqua Naomi. S'il essaye de s'en prendre à moi, nous aurons une chance de le capturer.

— Il n'est pas question que nous nous servions de toi comme appât, objecta vivement Dylan.

— Si j'en crois ce que dit Patricia, que nous le voulions ou non, le tueur est déjà obsédé par moi. Autant en profiter. Il a déjà pris le risque de se dévoiler auprès du lac.

— Naomi a raison, approuva la profileuse. Et je doute que le tueur renonce à cette nouvelle cible. Nous savons déjà qu'il planifie scrupuleusement chacune de ses attaques et nous devons partir du principe qu'il en va de même cette fois-ci.

À mesure qu'elle parlait, l'expression de Dylan s'était faite plus sombre. Il s'abstint cependant de soulever la moindre objection.

— Dorénavant, vous allez devoir demeurer constamment sur vos gardes, Naomi, reprit Patricia. Ne courez aucun risque inutile. Ne vous séparez jamais de votre arme de service. Et si jamais le tueur se manifeste, surtout n'hésitez pas à en faire usage.

À ces mots, Naomi ne put réprimer un léger frisson. Elle avait la désagréable sensation que l'on venait de lui peindre une cible dans le dos.

14

Le lendemain, tandis que Dylan se rendait à l'institut médico-légal pour entendre les conclusions de Martha Donahue, la légiste qui avait procédé à l'autopsie de Sylvie Maguire, Naomi se plongea dans l'épais dossier que la police avait constitué sur le tueur aux violettes depuis qu'il avait frappé pour la première fois, deux ans auparavant.

Elle était bien décidée à passer en revue le moindre détail qui aurait pu attirer l'attention de son oncle et le conduire à identifier le tueur. Elle était totalement absorbée par cette lecture lorsque l'on frappa à la porte du bureau de Dylan dans lequel elle s'était installée.

— Entrez, appela-t-elle.

Patricia pénétra dans la pièce.

— Dylan est toujours avec le coroner, lui dit Naomi.

— À vrai dire, c'est vous que je venais voir. Je ne vous dérange pas ?

— Pas du tout. Asseyez-vous. Que puis-je faire pour vous ?

Patricia prit place sur l'une des chaises qui faisaient face au bureau.

— J'ai beaucoup réfléchi à la fascination que vous semblez exercer sur le tueur, déclara-t-elle gravement. Et j'en suis venue à la conclusion que quelque chose nous échappait.

— Que voulez-vous dire ? s'enquit Naomi, curieuse.

— Jusqu'à présent, nous sommes plus ou moins partis

du principe que le tueur s'était intéressé à vous simplement parce que vous étiez la nièce de Roger Lincoln.

Naomi hocha la tête, attendant qu'elle poursuive.

— Je ne crois pas que ce soit le cas, déclara alors Patricia.

— Je ne comprends pas, objecta Naomi, étonnée.

— Je pense qu'il y a un lien plus profond entre le tueur et vous.

— Quel genre de lien ?

— Je l'ignore. Mais je pense qu'il vous connaît personnellement.

— Je n'ai pas rencontré grand monde depuis que je suis revenue à Pebble Creek, objecta Naomi.

Patricia secoua la tête.

— À mon avis, cette connexion est plus ancienne. Elle date probablement d'avant votre départ pour Miami. Mais lorsque le tueur a eu accès aux fichiers du téléphone et de l'ordinateur de votre oncle, il vous a reconnue. Et cela a pu réactiver une ancienne obsession à votre égard ou même en susciter une si le tueur s'est convaincu qu'il s'agissait d'un signe.

— Alors, selon vous, c'est quelqu'un que j'aurais connu du temps où je vivais ici ?

— Ce peut être un ancien camarade de classe qui avait un faible pour vous. Quelqu'un qui fréquentait le même club de sport. Ou que vous croisiez régulièrement en faisant vos courses. Ce n'est pas forcément quelqu'un qui était proche de vous, probablement pas, même. Mais il s'est convaincu qu'il existait une sorte de lien entre vous. Il pense peut-être que vous pouvez le comprendre. Ou au contraire, il veut vous punir pour l'indifférence dont vous avez fait preuve à son égard. Une chose est sûre : vous êtes la seule à qui il ait écrit des messages, la seule avec laquelle il ait essayé de nouer un contact personnel.

Naomi lutta contre la sensation nauséeuse qui montait

en elle. Si Patricia disait vrai, le tueur faisait partie de sa vie depuis très longtemps. Elle l'avait déjà vu, lui avait peut-être même parlé sans se douter qu'elle avait affaire à un monstre qui s'apprêtait à tuer – qui avait peut-être déjà tué – des femmes innocentes…

Elle s'efforça cependant de dominer sa répulsion. Elle ne pouvait en effet se permettre de céder au dégoût que lui inspirait le tueur. Au contraire, pour lutter efficacement contre lui, elle devait essayer de le comprendre.

— Comment cette obsession s'articule-t-elle avec ses pulsions de meurtre ? demanda-t-elle enfin.

— Je pense que le tueur souffre d'un profond dysfonctionnement émotionnel, lui expliqua Patricia. Le meurtre est la seule façon qu'il connaisse d'exprimer son désir ou son admiration. À ses yeux, les messages qu'il vous envoie s'apparentent à de véritables déclarations d'amour.

— Croyez-vous que j'aie pu l'encourager d'une façon ou d'une autre ?

— Très franchement, j'en doute. Ce que le tueur ressent est purement à sens unique. Il projette sur les femmes qu'il rencontre quelque chose qui provient de lui, de cette fêlure qui l'empêche d'exprimer ses émotions comme le ferait n'importe quel être humain.

— Est-ce que vous pensez que je devrais essayer d'entrer en contact avec lui, dans ce cas ? De répondre à ses messages pour tenter d'établir une connexion avec lui.

Patricia secoua la tête.

— Il est trop tard pour cela, déclara-t-elle. Je pense qu'à partir du moment où il a commencé à tuer, il s'est engagé sur une voie sans retour. L'accélération récente du rythme des meurtres tendrait d'ailleurs à indiquer qu'il est en phase d'escalade.

— Je vois, acquiesça Naomi.

— Je vais transmettre ma nouvelle analyse psychologique au reste de l'équipe, annonça Patricia en se levant. Mais je tenais à vous en informer d'abord. Et puis, sait-on jamais ? Si vous reconnaissez quelqu'un dont le visage vous est vaguement familier et qui semble vous suivre ou vous espionner, il pourrait s'agir de notre homme…

Tandis que Patricia se dirigeait vers la sortie, Naomi se prit à songer qu'il existait peut-être une façon plus proactive de mettre à profit les informations qu'elle venait de lui communiquer.

Dylan venait tout juste de rentrer de l'institut médico-légal lorsqu'il se fit aborder dans le couloir par son coéquipier qui paraissait étrangement réjoui.

— Cette fois, ça y est ! s'exclama Hwang. Nos recherches concernant l'arme qui a été utilisée pour abattre Roger Lincoln ont enfin porté leurs fruits !

— Je suis tout ouïe, lui assura Dylan sentant renaître un début d'espoir.

Son rendez-vous avec Martha Donahue n'avait malheureusement permis d'établir aucune nouvelle piste et, à ce stade, le pistolet du tueur demeurait l'un des rares indices sur lesquels ils puissent s'appuyer pour avancer.

— D'après la base de données du réseau national intégré d'information balistique, les marques caractéristiques laissées par l'arme sur la balle correspondent à celles d'un pistolet de calibre .45 qui a été utilisé lors d'une attaque à main armée. Cela s'est produit dans une boutique de Stafford Heights, il y a quelques mois de cela. Un homme a été tué et une femme grièvement blessée. Le braqueur, un certain Aiden Powell, âgé de quarante-sept ans, s'est tué en voiture sur la Route 18 trois semaines après cette attaque à main armée. Mais son arme n'a jamais été retrouvée.

— Ou plutôt elle a été retrouvée par notre tueur, murmura Dylan pensivement.

— Il l'a peut-être rachetée au marché noir, suggéra Hwang.

— Possible, concéda Dylan. Si tel est le cas, il nous faut retrouver celui qui a servi d'intermédiaire.

— Je vais me pencher sur le dossier de Powell. Il travaillait peut-être avec un receleur en particulier. Je vais aussi tenter de contacter ses anciens complices.

— Bonne idée. Si nous parvenons à identifier l'homme qui a revendu cette arme, il nous conduira peut-être tout droit à notre tueur.

— À propos du tueur, justement, il y a une autre nouvelle à la fois prometteuse et inquiétante. Les types du labo viennent de confirmer que les deux empreintes relevées près du corps de Neville et près de chez toi correspondent parfaitement. Il s'agit non seulement de la même pointure mais aussi de la même paire de chaussures. Les marques laissées par la semelle sont identiques.

Naomi ne s'était donc pas trompée, songea Dylan avec inquiétude. Le tueur ne se contentait pas de lui envoyer des messages : il l'espionnait bel et bien. Or connaissant le mode opératoire qui était le sien, Dylan était convaincu qu'il était en train d'effectuer des repérages avant de passer à l'action. Il était cependant plus décidé que jamais à ne lui laisser aucune chance de parvenir à ses fins.

— Si le tueur surveille Naomi, c'est probablement lui qui l'a poursuivie en voiture, l'autre jour.

— Malheureusement, sans connaître la plaque d'immatriculation ni même la marque du SUV, nous avons peu de chances de retrouver ce véhicule, remarqua Hwang.

— Tu as raison, soupira Dylan. Tâche de voir ce que tu peux faire pour l'arme. Et appelle-moi dès que tu auras du nouveau.

Les deux hommes se séparèrent, et Dylan regagna son

bureau où il trouva Naomi plongée dans l'étude du dossier du tueur.

— Tu tombes bien, lui dit-elle. J'avais justement une question à te poser : est-ce que par hasard vous auriez des photos de tous les suspects que vous avez identifiés dans cette affaire ?

— Bien sûr, répondit-il. Pourquoi cette question ?

— Parce que Patricia a une nouvelle théorie au sujet du tueur. Et si elle a raison, cela signifie que je l'ai déjà vu…

Dylan avait soigneusement disposé les photographies des cinq hommes que la police avait tour à tour soupçonnés d'être le tueur aux violettes. Naomi prit une profonde inspiration, s'efforçant de chasser la nervosité qui l'habitait et de se concentrer sur ce qu'elle avait à faire.

Elle examina chacun des clichés, prenant tout son temps pour laisser remonter d'éventuels souvenirs à la surface de son esprit. Mais aucun des hommes dont les visages s'étalaient devant elle ne lui évoquait la moindre réminiscence.

Elle les considéra tous de nouveau un par un, fouillant désespérément sa mémoire. En vain.

— Je suis désolée, soupira-t-elle. J'avais vraiment espéré que cela pourrait nous aider, mais je ne reconnais aucune de ces personnes…

— Ça n'est pas grave, tenta de la rassurer Dylan. Ça valait tout de même la peine d'essayer, au cas où.

— Le pire, c'est que le fait que je ne les reconnaisse pas ne nous donne aucune indication, remarqua Naomi, frustrée. Il se peut que le tueur ne soit pas l'un de ces hommes. Il se peut aussi que ce soit l'un d'eux mais que j'aie oublié son visage.

— Et il se peut aussi que tu n'aies jamais vraiment fait attention à lui, même à l'époque où vous vous êtes croisés, renchérit Dylan. Si j'ai bien compris, Patricia pense que cette rencontre n'a sans doute pris de l'importance qu'a posteriori, lorsque le tueur t'a reconnue sur les photos de ton oncle.

— C'est vrai, concéda-t-elle.

— Ne t'inquiète pas. Nous avons d'autres pistes à explorer, à commencer par le pistolet dont je t'ai parlé.

— D'accord, soupira Naomi, touchée par la douceur et la gentillesse dont Dylan faisait preuve à son égard. Et si ces pistes ne donnent rien, il vous restera toujours la possibilité de l'intercepter au moment où il essayera de me tuer.

Dylan se rembrunit.

— Je t'ai déjà dit que l'idée de se servir de toi comme appât ne me plaît pas du tout.

— Nous n'aurons peut-être pas le choix, lui rappela-t-elle. Tôt ou tard, il passera à l'action, que nous le voulions ou non. Mais j'ai confiance en toi, Dylan. Je sais que tu seras là pour me protéger, le moment venu.

Cet après-midi-là, Naomi avait invité Brenda Quinlan à prendre le thé avec elle. C'était en partie parce qu'elle était curieuse de découvrir la femme avec laquelle son oncle était sorti, bien sûr. Mais elle espérait également glaner des informations concernant l'emploi du temps de Roger au cours des jours qui avaient précédé sa mort, alors qu'il enquêtait sur le tueur aux violettes.

Après réflexion, Naomi avait renoncé à retrouver Brenda au Java & Tea, le café où elle s'était entretenue avec Patricia Stabler. La maison de Dylan était nettement mieux protégée, et elle avait également le mérite d'être plus discrète. Or Naomi ne tenait pas à exposer Brenda aux foudres du tueur.

Les deux femmes s'installèrent sur la terrasse qui dominait le lac, et Naomi leur servit deux tasses de thé vert qu'elle venait de préparer ainsi que de délicieux petits gâteaux qu'elle avait achetés le matin même dans une pâtisserie située près du commissariat.

— Je suis très heureuse que nous ayons l'occasion de faire un peu mieux connaissance, lui dit Brenda.

— Moi aussi, répondit Naomi en lui décochant un chaleureux sourire.

— Roger serait certainement ravi. Il comptait nous présenter l'une à l'autre dès que vous viendriez le voir.

— Si seulement j'étais revenue plus tôt, je l'aurais revu une dernière fois. Mais chaque fois que j'ai voulu venir rendre visite à oncle Roger, ces derniers temps, j'ai eu des empêchements…

— C'est bien normal, à votre âge, lui assura Brenda en lui tapotant affectueusement l'avant-bras. Roger savait que vous étiez très prise par votre travail. Mais il ne vous le reprochait pas du tout, bien au contraire. Il était très fier de vous, vous savez.

Naomi sentit des larmes lui picoter les yeux et elle se força à les ravaler.

— Savez-vous que nous étions censés assister au festival de jazz de Seattle, cet automne ? soupira tristement Brenda. Votre oncle se faisait une joie d'y aller.

— Cela ne m'étonne pas, acquiesça Naomi.

Son oncle avait toujours été un très grand fan de jazz, avec une préférence marquée pour le jazz vocal et les chanteuses comme Ella Fitzgerald ou Sarah Vaughan. Elle savait quant à elle qu'elle n'écouterait jamais plus ces artistes de la même façon, maintenant que Roger n'était plus là.

— Je voulais vous poser une question, Brenda.

— Je vous écoute, l'encouragea celle-ci.

— Est-ce que par hasard mon oncle vous aurait parlé des affaires sur lesquelles il travaillait, ces derniers temps ?

Brenda réfléchit quelques instants à la question.

— Je ne crois pas, lui dit-elle. Mais votre oncle ne parlait jamais beaucoup de son travail, vous savez. Je ne sais pas si c'était parce qu'il était tenu à la confidentialité, parce qu'il craignait de m'ennuyer ou parce qu'il redoutait que je ne trouve ça sordide.

— Il y avait sans doute un peu de tout cela à la fois, concéda Naomi.

— Je sais en revanche qu'il collaborait avec la police dans le cadre de cette affaire de tueur en série, remarqua Brenda. Est-ce que vous aussi, vous travaillez sur cette enquête ?

— Oui, à la fois en tant que témoin et que consultante externe, répondit Naomi. Malheureusement, l'homme qui l'a assassiné a emporté l'ordinateur et le téléphone portable de mon oncle. Nous ignorons donc ce qu'il avait pu découvrir au sujet de ce tueur en série…

Brenda hocha la tête.

— Comme je vous le disais, il n'en parlait pas beaucoup. La seule chose qu'il m'ait dite, la dernière fois que nous avons discuté, tous les deux, c'est qu'il était sur le point de résoudre un mystère qui le turlupinait depuis pas mal de temps. Malheureusement, il n'a pas été plus précis que cela. Je suis désolée, Naomi.

— Il n'y a pas de quoi, répondit-elle en s'efforçant de ravaler sa déception. Mon oncle était quelqu'un de discret. À moi non plus il ne parlait pas souvent de son travail.

— Tout ce que je peux vous dire, c'est qu'il passait beaucoup de temps sur son ordinateur. Savez-vous s'il sauvegardait une copie de ses fichiers en ligne ?

— Malheureusement, non, répondit Naomi. Il considérait que c'était trop risqué, que ses données auraient été à la merci de n'importe quel pirate informatique.

En réalité, il ne leur restait plus aujourd'hui qu'une seule chance de comprendre ce que Roger Lincoln avait découvert, et elle se trouvait à présent entre les mains de Sophia Menendez.

Naomi n'avait plus qu'à espérer que son amie se montrerait à la hauteur de sa réputation et qu'elle parviendrait à découvrir l'identité du tueur aux violettes avant que ce dernier décide de s'en prendre à elle…

15

Le lendemain matin, Dylan se leva aux aurores. Naomi dormait encore profondément et il s'accorda quelques instants de répit pour contempler son beau visage. L'expression sereine qu'elle arborait dans son sommeil contrastait avec la tension presque palpable qui avait présidé à leur dîner de la veille.

Fort heureusement, cette inquiétude n'avait pas résisté à l'étreinte passionnée qui les avait réunis dès qu'ils s'étaient mis au lit. S'il n'avait tenu qu'à lui, Dylan aurait attendu que Naomi se réveille pour renouveler cette délicieuse expérience. Malheureusement, il avait douloureusement conscience du fait que chaque minute qui s'écoulait augmentait la probabilité que le tueur ne s'attaque à la jeune femme.

Or l'idée qu'il puisse la perdre juste de nouveau lui était insupportable. En son for intérieur, il avait toujours su que son amour pour elle n'avait jamais vraiment disparu. Mais la déception et l'éloignement avaient fini par atténuer un peu l'intensité de ses sentiments.

Aujourd'hui, il reprenait conscience d'une évidence qu'il avait fini par perdre de vue : Naomi était la femme de sa vie, la seule qu'il aimerait jamais de cette façon. Il n'imaginait pas son avenir sans elle. Et il était prêt à tout pour la protéger.

Par mesure de précaution, il avait fait poster un agent de police devant la maison. Des voitures de patrouille effectuaient également des rondes régulières qui s'avéreraient peut-être dissuasives.

Mais Dylan ne se faisait aucune illusion : ces mesures n'étaient que dilatoires. La seule façon d'assurer réellement la sécurité de Naomi était de placer le tueur sous les verrous au plus vite.

Fort de cette conviction, il alla prendre une douche rapide et s'habiller avant de descendre se préparer un solide petit déjeuner. Il alla ensuite porter une tasse de café chaud à Ed Palmer, l'agent en faction devant chez lui. Âgé de trente-trois ans, ce dernier était un ancien membre des commandos marine reconverti dans la police.

Il fit une excellente impression à Dylan à qui il promit de veiller sur Naomi comme s'il s'était agi de sa propre sœur. C'est donc le cœur un peu plus tranquille qu'il se mit en route pour le commissariat.

Il venait à peine de quitter la propriété quand il reçut un coup de téléphone de sa sœur Stefany.

— Salut petit frère ! s'exclama-t-elle joyeusement lorsqu'il connecta son portable au kit mains libres de la voiture.

— Salut, Stef, qu'est-ce qui me vaut le plaisir de cet appel si matinal ?

— Je ne te réveille pas, j'espère ?

— Non, ne t'en fais pas pour ça. Je suis beaucoup trop occupé pour pouvoir me permettre de faire la grasse matinée, ces temps-ci.

— À qui le dis-tu ? s'exclama sa sœur. Theodore et moi sommes débordés. Le camp dans lequel nous travaillons ne cesse d'accueillir de nouveaux réfugiés, et les gens s'entassent au mépris des règles d'hygiène les plus élémentaires…

— Est-ce que vous tenez le coup, tous les deux ?

— Nous survivrons, répondit-elle d'un ton léger. Mais je t'avoue que je suis heureuse que nous puissions nous reposer l'un sur l'autre. Je ne suis pas certaine que j'y arriverais toute seule.

— Je suis sûr que si, répondit Dylan.

Il ne pouvait s'empêcher d'envier le couple soudé que formaient sa sœur et son beau-frère. Tous deux avaient traversé des expériences vraiment très difficiles, mais elles n'avaient fait que renforcer l'amour et le respect mutuel qu'ils se vouaient.

À une époque, Dylan avait espéré qu'il en irait de même pour Naomi et lui. Puis elle était partie, et il s'était efforcé de faire le deuil de ce rêve. Pouvait-il aujourd'hui se remettre à espérer ? Pouvait-il croire en cet avenir qu'il avait cru à jamais anéanti ?

— Et comment vont les choses, de ton côté ? lui demanda alors sa sœur. Est-ce que vous avez réussi à coincer ce tueur en série ?

— Pas encore, reconnut Dylan. Nous faisons tout ce que nous pouvons pour y parvenir, mais ce type est aussi malin que retors et, pour l'instant, il continue à nous échapper.

— Je sais que tu finiras par l'avoir, déclara Stefany avec conviction.

Il aurait bien aimé pouvoir partager son optimisme.

— Tu es né pour ça, Dylan, ajouta sa sœur qui avait dû sentir la fatigue et l'inquiétude qui transparaissaient dans sa voix. Protéger et servir. La devise des policiers pourrait être la tienne. Je sais que tu ne lâcheras rien tant que ce type ne sera pas derrière les barreaux et que les habitants de Pebble Creek ne seront pas en sécurité.

— Merci pour ce vote de confiance, sœurette, répondit-il, touché par son soutien inconditionnel.

— Quoi de neuf à part ça ? l'interrogea-t-elle alors.

Il hésita un instant avant de répondre à sa question, se demandant s'il n'était pas encore un peu tôt pour lui parler de ce qui s'était passé avec Naomi. Mais sa sœur et elle avaient été très proches, autrefois, et il estima finalement qu'il lui devait la vérité à ce sujet.

— Tu ne devineras jamais qui est de retour à Pebble Creek, lui dit-il.

— Dans ce cas, tu ferais mieux de me le dire, rétorqua-t-elle malicieusement.

— Naomi.

Un long silence ponctua cette révélation. Stefany était bien placée pour savoir à quel point de telles retrouvailles avaient dû être difficiles pour lui.

— Elle est revenue définitivement ? s'enquit-elle.

— Non. Roger Lincoln, son oncle, a été assassiné, et elle est venue pour organiser ses funérailles.

— Je suis vraiment désolée, murmura Stefany. Je sais que, toi aussi, tu étais très proche de lui.

— Ça n'a été facile pour aucun de nous, reconnut Dylan. D'autant que l'homme qui a tué Roger est très probablement le tueur en série dont nous parlions.

Il entreprit d'expliquer la situation à sa sœur et lui indiqua que Naomi avait obtenu son détachement auprès de l'équipe chargée d'identifier le tueur.

— Alors, cela signifie que tu dois travailler avec elle au quotidien ? lui demanda Stefany. Ça n'est pas trop dur ?

— Eh bien…, hésita-t-il. À vrai dire, elle est venue habiter à la maison. Au départ, c'était uniquement une façon de la protéger, mais une chose en entraînant une autre…

— Vous êtes de nouveau ensemble ? s'exclama Stefany que cette perspective paraissait réjouir au plus haut point.

— Disons que nous y travaillons, répondit-il prudemment. Nous avons encore beaucoup de chemin à parcourir mais, au moins, nous voulons tous les deux avancer dans la même direction, et ensemble, si possible.

— J'en suis ravie pour vous, déclara Stefany. Vous formiez un couple merveilleux, Naomi et toi. Et vous méritez d'être heureux tous les deux. J'espère vraiment que vous parviendrez à aplanir les difficultés entre vous. Et qui sait ? Tu vas peut-être pouvoir lui passer la bague au doigt, cette fois-ci. Est-ce que tu as toujours l'alliance que tu lui avais achetée ?

— Tout doux, Stef, protesta-t-il en riant.

— Tu as raison, répondit-elle en pouffant à son tour. Il ne faut pas mettre la charrue avant les bœufs. Mais tâche quand même de ne pas laisser la charrette partir sans toi, cette fois-ci.

Dylan ne put s'empêcher de grimacer.

— Touché, lui dit-il.

— En tout cas, je suis vraiment heureuse pour vous deux, lui assura de nouveau sa sœur. Mais je vais devoir te quitter, à présent. Mes patients m'attendent.

— Prends bien soin d'eux. Et merci d'avoir appelé, Stef. Ça m'a fait du bien de te parler. J'espère que vous repasserez bientôt par Pebble Creek.

— Pas avant Noël, à mon avis. Mais avec un peu de chance, nous pourrons le fêter tous les quatre, Naomi, Theodore, toi et moi.

— Je l'espère de tout mon cœur, répondit Dylan. Et je te promets que je ferai tout pour.

Ils continuèrent à discuter encore un peu et raccrochèrent à peu près au moment où Dylan arrivait en vue du commissariat. Cette conversation lui avait fait beaucoup de bien.

Stefany était l'une des rares personnes à qui il pouvait se confier sans retenue ou états d'âme. Et il se promit de veiller à l'appeler plus souvent qu'il ne le faisait ces derniers temps. D'autant que pour reconquérir Naomi, les conseils avisés de sa grande sœur s'avéreraient certainement très précieux.

— Je crois que nous tenons vraiment une piste, cette fois-ci, déclara Vince Iverson, le spécialiste incontesté des empreintes digitales.

La quasi-totalité de l'équipe était réunie dans la salle de conférences et tous étaient suspendus à ses lèvres. Iverson qui n'avait pas l'habitude de parler en public s'éclaircit un peu nerveusement la gorge.

— Il s'agit de l'empreinte partielle d'une paume que nous avons relevée sur le bracelet de Sylvie Maguire, la dernière victime en date du tueur aux violettes. Nous avons interrogé la base de données du FBI et, contre toute attente, nous avons trouvé une correspondance. Il s'agit d'un relevé d'empreinte effectué sur Zachary Jamieson, l'un de nos suspects, à la suite d'une arrestation pour conduite en état d'ivresse.

Zachary Jamieson était l'un des hommes qu'ils avaient suspecté d'être le tueur aux violettes. Il s'agissait d'un fleuriste de trente-cinq ans qui se trouvait être un spécialiste de ce type de fleurs.

Il avait été aperçu à proximité de l'endroit où l'on avait retrouvé Conchita Kaplan, la première des victimes. Malheureusement, aucune preuve matérielle ni aucun témoignage ne permettait de le mettre en examen.

Jusqu'à aujourd'hui.

— Très bien, s'exclama Frazier en se frottant les mains d'un air réjoui. Je veux qu'il soit arrêté immédiatement. Si c'est bien lui le coupable, nous ne devons surtout pas lui laisser une chance de s'enfuir.

— C'est comme si c'était fait, chef, répondit Hwang.

— Il va nous falloir des mandats de perquisition pour l'appartement, la boutique et la voiture du suspect, signala Dylan. La priorité sera de rechercher d'éventuels colifichets pris aux victimes par le tueur ainsi que l'arme qui a tué Roger Lincoln. Plus nous aurons de chefs d'accusation différents, et plus il aura du mal à s'en tirer à bon compte.

— Je me charge d'appeler le juge Ballard, déclara Frazier. Vous aurez tout ce dont vous aurez besoin. Tâchez de trouver un maximum de preuves, et envoyons ce type à l'ombre une bonne fois pour toutes.

Dylan sentait monter en lui une incoercible excitation, la conclusion de cette affaire se rapprochait enfin. Cette fois, il ne pouvait pas s'agir d'une simple coïncidence : la présence de cette empreinte ne laissait quasiment aucune place au doute.

L'espace de quelques instants, il fut tenté d'appeler Naomi pour lui faire part de l'excellente nouvelle. Mais il jugea préférable d'attendre l'arrestation de Jamieson pour lui éviter une nouvelle déception.

Hwang, Patricia et Dylan prirent immédiatement une voiture pour se rendre sur Ashford Street où se trouvait le domicile de Jamieson. Ils étaient accompagnés par deux véhicules dans lesquels avaient pris place des membres de la police et du FBI.

Comme ils se déployaient pour encercler la maison du suspect, Dylan remarqua que la voiture de ce dernier, une jeep Renegade de couleur rouge, ne se trouvait pas dans l'allée. Il ordonna néanmoins à ses hommes de procéder avec la plus grande prudence et de considérer Jamieson comme armé et dangereux.

L'objectif était de le prendre vivant, dans la mesure du possible. Les tueurs en série étaient en effet de précieux sujets d'étude pour les profileurs comme Patricia. Mais nombre d'entre eux résistaient farouchement à leur capture et finissaient par se faire abattre.

Dylan, arme au poing et portant un gilet pare-balles, se trouvait à la tête du premier groupe d'intervention. Il s'approcha de la porte et frappa contre le battant.

— Police ! cria-t-il. Ouvrez cette porte ! Nous avons un mandat !

N'obtenant aucune réponse, il répéta son ordre. Il n'attendit qu'une poignée de secondes avant de faire signe aux deux policiers qui se trouvaient juste derrière lui et portaient un lourd bélier métallique. Il leur suffit de deux coups puissants pour défoncer la porte d'entrée.

Aussitôt, Dylan se rua à l'intérieur, suivi par le reste de son escouade. La première chose qu'il remarqua en entrant, ce fut l'odeur qui flottait dans toute la maison, une odeur de violette qui ne lui était désormais que trop familière.

— Je crois que ce type va réussir à me dégoûter des fleurs à tout jamais, ironisa Patricia.

Ils s'avancèrent dans l'entrée et purent rapidement constater que la demeure de Zachary Jamieson était assez luxueuse.

Le sol de l'entrée formait une mosaïque représentant des fleurs tandis que les autres pièces étaient ornées de beaux parquets. Le choix des meubles et de la décoration trahissait un goût très sûr. L'ensemble était d'une propreté méticuleuse et parfaitement rangé.

L'équipe d'intervention se déploya pour couvrir le plus de pièces possible en un minimum de temps. Il ne leur fallut que quelques minutes pour constater ce que Dylan soupçonnait déjà : Jamieson s'était envolé. Et s'il fallait en croire le petit déjeuner à demi consommé qui était demeuré sur la table de la cuisine, il avait quitté les lieux de façon plutôt précipitée.

Les policiers rengainèrent leurs armes et enfilèrent des gants pour amorcer une fouille systématique de la maison. Dylan et Hwang se chargèrent de la chambre de Jamieson. Dans la commode, sous une pile de sous-vêtements soigneusement pliés et repassés, Dylan découvrit un sachet en plastique qui contenait un demi-kilo de cocaïne. Au moins, s'ils ne trouvaient aucune preuve de sa culpabilité, ils pourraient toujours l'arrêter pour détention de stupéfiants.

Dans le tiroir suivant, il avisa une boîte à chaussures. Jetant un coup d'œil à l'intérieur, il y trouva un pistolet de calibre .45 ACP, le même que celui de la balle qui avait abattu Roger Lincoln.

— Bingo ! s'exclama Patricia en apercevant l'arme.

— Bien joué, renchérit Hwang avec un large sourire. Si c'est bien le pistolet que je pense, Jamieson est cuit. Entre ça et l'empreinte retrouvée sur le bracelet de Sylvie Maguire, son avocat va avoir beaucoup de mal à le faire passer pour innocent.

La fouille du reste de la maison ne leur permit pas de trouver d'autres éléments à charge. Mais une heure plus tard, alors qu'ils se retrouvaient de nouveau réunis en salle de conférences pour organiser la traque de Zachary Jamieson, George Suina pénétra à grands pas dans la pièce, un large sourire aux lèvres.

— Ça y est ! s'exclama-t-il d'un ton presque exalté. Cette fois, nous tenons une preuve incontestable de culpabilité. Cette arme est bien celle qui a servi à tuer Roger Lincoln.

— Est-ce que vous en êtes sûr ? lui demanda gravement le chef de la police.

— Absolument certain, acquiesça Suina. Les marques balistiques sont parfaitement identiques. Il n'y a strictement aucun doute possible. C'est forcément cette arme qui a tué Lincoln.

— Si l'on ajoute l'empreinte digitale sur le bracelet, je dirais que nous tenons un dossier d'accusation plus que solide, opina Frazier.

— Il ne nous reste donc plus qu'à coincer Jamieson avant qu'il décide de tuer une dernière fois ou qu'il disparaisse dans la nature, déclara Dylan.

— J'ai déjà lancé un mandat d'amener mais, au vu des éléments dont nous disposons, je pense que le juge ne verra aucune difficulté à le convertir en mandat d'arrêt.

Au cours des heures qui suivirent, Dylan ne chôma pas. Il commença par superviser le déploiement des barrages aux alentours de la ville et veilla à ce que la surveillance soit renforcée aussi bien à l'aéroport qu'à la gare.

Pendant ce temps, la police scientifique effectua une nouvelle fouille de la maison, bien plus approfondie encore que la première. On retrouva deux nouveaux sachets de cocaïne ainsi qu'un long rouleau de cordelette qui avait pu servir à la fabrication des garrots dont le tueur s'était servi. En revanche, on ne retrouva aucune trace du Colt Detective Special de calibre. 38 de Roger.

16

Avant même que Dylan revienne à la maison, Naomi avait confusément le sentiment que quelque chose d'important s'était produit. C'était peut-être une question d'intuition féminine. Ou bien encore à cause du fait que Dylan ne l'avait pas contactée de la journée.

Elle avait failli le rejoindre au commissariat mais avait finalement renoncé à le faire, préférant demeurer tranquillement chez lui pour achever la lecture du dossier d'enquête qu'elle avait commencée la veille.

Cela lui avait pris toute la matinée et une bonne partie de l'après-midi, et elle s'apprêtait à appeler Dylan lorsqu'elle entendit la clé de ce dernier tourner dans la serrure.

Elle se porta donc à sa rencontre et, dès l'instant où elle l'aperçut, elle comprit qu'elle ne s'était pas trompée : il s'était bien passé quelque chose. Et s'il fallait en croire l'expression réjouie qu'il arborait, il devait s'agir d'une bonne nouvelle.

— Nous le tenons ! s'exclama-t-il après avoir pris le temps de déposer un petit baiser sur les lèvres de Naomi.

— C'est vrai ? s'écria-t-elle, presque incrédule. Qui est-ce ?

— Zachary Jamieson…

— Le fleuriste ? demanda-t-elle, se rappelant ce qu'elle avait lu à son sujet.

— Le fleuriste, confirma Dylan. Il a laissé une empreinte sur l'un des bijoux de Sylvie Maguire. Et lorsque nous avons fouillé son domicile, nous avons mis la main sur l'arme qui a tué ton oncle.

— Est-ce que vous l'avez arrêté ?

— Ça n'a pas été simple, répondit Dylan. Il a dû comprendre que nous étions sur sa piste, car il s'était déjà éclipsé lorsque nous sommes arrivés chez lui. Mais nous avons déployé une opération de très grande envergure pour le localiser. Autant il lui était facile de disparaître lorsque personne n'avait de raison de le soupçonner, autant c'est nettement plus difficile depuis qu'il est devenu l'ennemi public numéro un.

Dylan se fendit d'un sourire carnassier.

— Il n'a pas fallu longtemps pour que l'une des patrouilles remarque son véhicule. Les agents l'ont pris en chasse et après une courte course-poursuite, il a fini par s'arrêter sur un parking de supermarché et s'est rendu sans opposer de résistance.

— Alors, c'est bel et bien terminé ? lui demanda-t-elle.

— À vrai dire, cela ne fait que commencer, objecta Dylan. Dès demain, nous allons interroger Jamieson. Nous verrons bien alors s'il nie tout en bloc, s'il reconnaît sa culpabilité ou s'il s'abrite derrière un avocat. Mais quelle que soit sa stratégie, je demeure assez confiant. Les preuves que nous avons réunies contre lui sont assez éloquentes.

— Tant mieux, déclara Naomi, éperdue de soulagement.

Bientôt, justice serait faite, et son oncle pourrait reposer en paix, de même que toutes les autres victimes que Jamieson avait assassinées au fil des derniers mois. Bien sûr, il faudrait encore du temps pour que les blessures de leurs familles et de leurs proches se referment. Mais le véritable travail de deuil allait enfin pouvoir commencer pour eux tous.

— Est-ce que je pourrais assister à l'interrogatoire, demain ? s'enquit-elle.

Dylan la considéra avec étonnement.

— Tu es sûre ? lui demanda-t-il. Je serai conduit à

l'interroger sur l'assassinat de ton oncle, et cela pourrait être assez difficile à supporter.

— Je sais, acquiesça-t-elle. Mais je crois que j'ai besoin de me confronter à la réalité de ce qui s'est passé ce jour-là. Je veux l'entendre de sa bouche. Je pense que cela m'aidera à aller de l'avant.

— D'accord, répondit gravement Dylan. Si tu penses que cela peut t'être utile, tu pourras regarder l'interrogatoire en compagnie de Patricia. De cette façon, si cela devient trop éprouvant, tu auras quelqu'un avec qui en parler.

Le lendemain matin, à 10 heures précises, Patricia, Naomi et Dylan se retrouvèrent dans la petite pièce attenante à la salle d'interrogatoire, derrière le verre sans tain qui permettait d'observer le prisonnier.

Zachary Jamieson était un homme de taille moyenne, vêtu de façon décontractée quoique élégante. Il émanait de lui une impression de raffinement à la fois maniéré et décadent qui lui conférait des airs de dandy du XXIe siècle.

À vrai dire, Dylan avait un peu de mal à l'imaginer en train d'étrangler une femme de ses propres mains. Mais il savait que les tueurs en série défiaient bien souvent les tentatives de catégorisation trop simplistes.

Zachary pouvait parfaitement souffrir d'une forme de dédoublement de la personnalité capable de transformer cet homme apparemment calme et posé en véritable monstre. Après tout, c'était bien chez lui que l'on avait trouvé l'arme ayant servi à abattre Roger Lincoln.

Pour le moment, cependant, aucun chef d'accusation n'avait officiellement été porté contre lui. Dès qu'il serait officiellement inculpé, il risquait en effet de se refermer sur lui-même et de faire appel à un avocat.

— Est-ce qu'il te semble familier ? demanda Dylan à Naomi.

Elle lui avait parlé de la théorie de Patricia, et il était curieux de savoir si celle-ci avait vu juste. Naomi étudia très attentivement le suspect avant de secouer la tête.

— Franchement, je ne vois pas, reconnut-elle. Il ne me rappelle rien. Cela dit, je suppose que j'aurais très bien pu le croiser quelque part sans faire particulièrement attention à lui…

— Nous pourrions nous arranger pour que Jamieson aperçoive Naomi au détour d'un couloir, par exemple, suggéra alors Patricia. Sa réaction pourrait éventuellement être intéressante.

Dylan interrogea Naomi du regard. Il ne tenait pas à lui imposer quelque chose qui la mettrait mal à l'aise.

— Pourquoi pas ? répondit-elle. Mais dans ce cas, je vous suggère que nous tentions l'expérience dès maintenant. Très franchement, je crois que j'ai vu ce que je voulais voir. Au fond, rien de ce que Jamieson pourra dire ou faire ne me permettra de comprendre pourquoi il a tué mon oncle. Et je crois que j'aimerais autant y aller si cela ne vous ennuie pas…

— Rien ne vous oblige à rester ici et à supporter ça, dit Patricia en lui décochant un sourire rassurant. N'est-ce pas, Dylan ?

— Bien sûr, acquiesça-t-il. De toute façon, cette affaire est quasiment déjà close. Que Jamieson reconnaisse ou non les faits, nous le tenons.

— Dans ce cas, je crois que je vais aller faire un tour chez mon oncle. Je ne peux pas éviter indéfiniment de retourner là-bas. Et maintenant que cette enquête est bouclée, il va falloir que je commence à faire le tri de ce que je veux garder, vendre et donner avant de mettre la maison sur le marché.

Dylan ne put s'empêcher de tiquer en entendant ces mots. De toute évidence, Naomi avait toujours l'intention de vendre et de rentrer à Miami. Cela n'aurait peut-être pas dû l'étonner outre mesure – après tout, elle n'avait jamais explicitement évoqué la possibilité de demeurer à Pebble Creek.

Mais il ne pouvait s'empêcher de se sentir un peu déçu qu'elle n'ait même pas abordé le sujet avec lui, fût-ce pour lui expliquer les raisons qu'elle avait de retourner en Floride. Comptait-elle poursuivre leur relation à distance ou y mettre un terme ? Il n'aurait su le dire.

— Je comprends, dit-il en se forçant à sourire. Si tu veux, je passerai te donner un coup de main dès que j'en aurai terminé ici…

— D'accord, répondit-elle. Bonne chance à vous deux, ajouta-t-elle à l'intention de Patricia et lui.

— Vu le dossier d'accusation dont nous disposons, je dirais que la chance a déjà tourné, répondit la profileuse.

— Voilà comment nous allons procéder, déclara alors Dylan. Je vais aller rejoindre Jamieson, mais je laisserai la porte de la salle d'interrogatoire ouverte. Il se tournera alors dans ma direction et tu n'auras qu'à passer tranquillement derrière moi dans le couloir. Nous verrons bien comment il réagit.

— Tu peux compter sur moi, lui assura-t-elle.

Elle jeta un nouveau coup d'œil en direction de Jamieson.

— C'est bizarre, murmura-t-elle. Il m'a quand même paru plus grand, lorsque je l'ai aperçu au bord du lac.

Dylan savait que les témoins se méprenaient très souvent sur ce genre de détails – particulièrement lorsqu'ils étaient en proie au stress.

— Tu es prête ?

Elle hocha la tête, et il quitta la pièce pour aller ouvrir la porte de la salle d'interrogatoire.

— Enfin ! s'exclama Jamieson en se tournant vers lui. J'ai bien cru que vous alliez me laisser mourir de vieillesse.

Du coin de l'œil, Dylan vit Naomi s'avancer dans le

couloir. Avec une lenteur délibérée, elle passa à son niveau, laissant à Jamieson tout le temps de la regarder. Ce dernier se garda de trahir le moindre étonnement, paraissant à peine remarquer sa présence.

Cette absence de réaction intrigua Dylan. L'homme était-il un comédien consommé ? Ou bien souffrait-il d'un dédoublement de la personnalité ?

Un sombre pressentiment s'insinua en lui. Il ne pouvait s'empêcher de trouver étrange le fait que Jamieson ait commis successivement tant d'erreurs au cours des dernières vingt-quatre heures alors qu'il avait passé deux ans à se jouer de la police avec une facilité déconcertante.

Et puis, il y avait cette remarque de Naomi concernant sa taille. Certes, elle avait pu se tromper. Pourtant, il connaissait le sang-froid impressionnant dont elle était dotée. De plus, les membres des services secrets recevaient des formations qui visaient à développer leur sens de l'observation et leur attention aux détails.

L'espace d'un instant, il fut tenté de ressortir pour demander à la jeune femme de rester dans les parages. Mais il savait que, ce faisant, il aurait perdu tout l'ascendant psychologique que l'attente forcée lui avait conféré sur leur suspect.

— Zachary Jamieson, s'exclama-t-il en refermant la porte derrière lui. Je suis l'inspecteur Hester.

Il alla prendre place sur la chaise métallique qui faisait face à Jamieson et posa sur la table qui les séparait deux sachets en plastique. L'un d'eux contenait le pistolet qui avait servi à tuer Roger Lincoln, l'autre le bracelet que portait Sylvie Maguire, le soir où elle avait été assassinée.

Il ne put s'empêcher de remarquer le coup d'œil nerveux que Jamieson lança en direction du bijou et sentit son assurance lui revenir.

— On peut dire que vous avez été un homme très occupé, au cours de ces deux dernières années, monsieur Jamieson, remarqua Dylan d'un ton faussement appréciatif. Mais vous préférez peut-être que je vous appelle la Violette bleue ?

Il ne laissa pas à Jamieson le temps de lui répondre et pressa son avantage.

— Tout est fini, à présent. Et la seule chose que vous puissiez faire pour éviter une condamnation à mort, c'est de collaborer avec nous.

Il s'agissait d'un coup de bluff, bien sûr. Seules deux personnes avaient été condamnées à la peine capitale depuis qu'elle avait été réinstaurée en 1978. Et de toute façon, la plupart des tueurs en série échappaient à une telle condamnation parce que leurs avocats se débrouillaient pour qu'ils soient reconnus irresponsables de leurs actes.

Mais Jamieson ignorait peut-être ce genre de détails, et Dylan était bien décidé à lui mettre une pression maximale.

— Je ne sais pas de quoi vous parlez, protesta alors Jamieson. Je n'ai tué personne, surtout pas Sylvie Maguire, ajouta-t-il en lançant un nouveau regard au bracelet.

— Vous reconnaissez ce bijou, n'est-ce pas ? lui demanda Dylan. Il appartenait à Sylvie, et vos empreintes se trouvent dessus. J'imagine que vous avez une explication…

— Oui, j'en ai une, répondit Jamieson sans hésiter.

— Voilà qui devrait être intéressant, commenta Dylan d'un ton sarcastique. Allez-y, je vous écoute.

Jamieson se tortilla nerveusement sur sa chaise.

— Mes empreintes sont sur le bracelet parce que c'est moi qui l'ai offert à Sylvie, déclara-t-il.

— Vous prétendez que c'était un cadeau ?

— C'était un cadeau, insista Jamieson. Je savais que Sylvie avait eu un coup de cœur pour ce bracelet alors je le lui ai acheté.

— Peut-on savoir où ?

— Chez un bijoutier qui se trouve juste à côté de ma

boutique. Vous n'aurez aucun mal à le vérifier : je l'ai payé avec ma carte bleue.

Dylan hocha la tête : il ne serait pas difficile de vérifier cette assertion. Mais elle ne prouvait pas pour autant l'innocence de Jamieson. Ce cadeau avait très bien pu faire partie du travail de repérage qu'il effectuait sur chacune de ses victimes.

— Où avez-vous fait la connaissance de Mlle Maguire ? s'enquit Dylan.

— Au Owl Club, le bar dans lequel elle travaillait, répondit Jamieson.

Dylan hocha la tête.

— Si vous êtes effectivement innocent du meurtre de Sylvie Maguire, peut-on savoir pourquoi vous avez pris la fuite ?

— J'ai paniqué, déclara Jamieson en baissant la tête. Lorsque j'ai appris que Sylvie s'était fait tuer et que la police me cherchait, je me suis dit qu'on allait m'accuser de sa mort et, visiblement, je n'avais pas tort.

Dylan avait toujours autant de mal à déterminer si Jamieson lui disait la vérité ou s'il s'agissait d'un excellent comédien. Mais il savait que les tueurs en série étaient souvent intelligents, retors et manipulateurs. Il était donc bien décidé à aller jusqu'au bout de l'accusation.

Il poussa donc le second sachet en direction de Jamieson.

— Est-ce que vous reconnaissez cette arme ?

Jamieson observa attentivement le pistolet avant de secouer la tête.

— Je ne l'ai jamais vue auparavant, déclara-t-il. D'où provient-elle ?

— C'est vraiment ce que vous comptez dire devant un tribunal ? lui demanda Dylan d'un ton moqueur.

— C'est la vérité, insista Jamieson.

— Cette arme se trouvait dans l'un des tiroirs de la commode de votre chambre.

Jamieson pâlit brusquement.

— Ce n'est pas possible, protesta-t-il. Quelqu'un essaye forcément de me piéger…

Dylan considéra cette éventualité, si improbable qu'elle puisse paraître. Il aurait bien aimé savoir ce que Patricia Stabler pensait de la défense de leur suspect. Lui-même n'aurait su dire à ce stade s'il s'agissait d'un tissu de mensonges ou si elle contenait la moindre once de vérité.

— Quelle pointure faites-vous ? demanda-t-il alors.

— Du 42, répondit Jamieson sans hésiter. Pourquoi cette question ?

Dylan soupira intérieurement. Le dossier d'accusation semblait soudain prendre l'eau de toutes parts. Bien sûr, Jamieson aurait pu avoir un complice. Il n'était pas courant pour un tueur en série d'agir en tandem, mais cela s'était déjà produit.

De mémoire, Dylan se rappelait ainsi le cas des étrangleurs des collines, Kenneth Bianchi et Angelo Buono, de Leonard Lake et Charles Ng, ou bien encore de Charlene et Gerald Gallego.

Se pouvait-il que ce soit le cas ici ? Ou bien Dylan était-il en train de s'acharner contre quelqu'un que le véritable tueur avait choisi comme bouc émissaire ?

Naomi décida de faire un crochet par la maison de Dylan pour récupérer son ordinateur portable. Elle en aurait besoin pour cataloguer le contenu de la maison de son oncle et trier ce qu'elle comptait garder, vendre ou donner.

Au passage, elle faillit déposer son pistolet, estimant qu'elle n'en avait plus vraiment besoin, à présent que le tueur avait été arrêté. Mais elle changea d'avis au dernier moment, estimant qu'elle n'avait rien à perdre en le gardant à portée de main.

En ressortant, elle s'aperçut que le policier en faction devant le portail avait été remplacé. Sans doute s'était-il vu confier une autre mission entre-temps. Le nouvel agent lui adressa un petit signe de la main qu'elle lui retourna.

Il ne lui fallut pas plus d'un quart d'heure pour rejoindre la maison dans laquelle elle avait grandi. Curieusement, lorsqu'elle y entra, elle eut l'impression qu'une éternité s'était écoulée depuis la dernière fois qu'elle y était venue. Cela ne faisait pourtant que quelques jours.

Mais ce qui s'était passé dans ce laps de temps l'avait profondément transformée. Et elle soupçonnait que sa relation avec Dylan aurait des conséquences bien plus durables encore.

Elle contempla tristement le salon si familier dans lequel elle se trouvait. Vendre cet endroit qui faisait presque partie d'elle serait sans doute une expérience éprouvante. Mais elle n'avait pas les moyens d'entretenir une maison dont elle n'avait pas l'usage.

Restait évidemment à savoir où elle allait vivre, exactement. Pour le moment, elle ne se sentait pas encore prête à répondre à cette question…

La sonnerie de son téléphone la tira brusquement de ses pensées, et elle constata que l'appel vidéo émanait de Sophia. Peut-être avait-elle du nouveau au sujet des fichiers qui se trouvaient sur le disque dur de son oncle. Le sujet paraissait moins pressant, maintenant qu'ils avaient identifié et arrêté le tueur, mais cela permettrait peut-être de renforcer encore un peu l'acte d'accusation.

— Salut Sophia, s'exclama-t-elle après avoir accepté l'appel. Quoi de neuf ?

— Je suis désolée de ne pas t'avoir rappelée avant, s'excusa son amie. Mais récupérer ces fichiers n'a vraiment pas été une sinécure, tu peux me croire ! Mais je viens de finir de les transférer sur le *cloud*.

— Est-ce que tu en as trouvé qui avaient un rapport avec le tueur ?

— Plusieurs, acquiesça son amie. Ton oncle s'était concentré sur chacun des suspects que la police avait identifiés et il avait enquêté sur leur compte, se concentrant notamment sur les alibis qu'ils avaient fournis. Et il a découvert que l'un d'eux avait fabriqué le sien de toutes pièces…

— Je suppose que tu veux parler de Zachary Jamieson ? La police vient tout juste de l'arrêter pour le meurtre de mon oncle et celui des neuf victimes du tueur aux violettes.

— Bizarre, commenta Sophia, visiblement stupéfaite. D'après ton oncle, le seul suspect qui pouvait avoir commis ces meurtres était un certain Blade Canfield.

Naomi fronça les sourcils, passablement sidérée par cette conclusion. Elle pensa tout d'abord que son oncle avait commis une erreur. Mais dans ce cas, pourquoi Zachary Jamieson aurait-il couru le risque de venir le tuer dans son bureau ? Il aurait dû se réjouir au contraire que le détective lui fournisse une fausse piste.

Sauf si le tueur n'était pas Zachary Jamieson, bien sûr…

— J'aurais peut-être mieux fait de détruire cet ordinateur pour de bon, fit alors une voix juste derrière elle.

Elle sursauta violemment et se retourna pour se retrouver presque nez à nez avec un homme d'une vingtaine d'années vêtu entièrement de noir. Il portait un sweat à capuche, un jean et une paire de baskets.

Nettement plus grand que Naomi, il la contemplait de haut avec une expression aussi étrange que dérangeante qui trahissait un mélange incandescent de fascination, de désir et de haine.

— Je suis vraiment heureux que nous nous retrouvions de nouveau en tête à tête, après tout ce temps, déclara-t-il en sortant de la poche de son sweat un revolver compact qu'il braqua droit sur elle.

— Dylan, il faut que je vous parle, déclara Frazier qui venait d'entrouvrir la porte de la salle d'interrogatoire. C'est urgent.

Dylan acquiesça, surpris. Cette interruption allait à l'encontre de toutes les procédures en vigueur au commissariat. Or Frazier n'avait pas pour habitude d'enfreindre le règlement à la légère. Passablement inquiet, Dylan se leva et lança un regard menaçant en direction de Jamieson.

— Je reviens tout de suite, lui dit-il.

À ce stade, il n'avait toujours pas décidé si le fleuriste avait commis les meurtres dont on l'accusait. Son instinct lui soufflait que tel n'était pas le cas, mais l'affaire était bien trop grave pour s'en remettre uniquement à son intime conviction.

Dans le couloir, Dylan eut la surprise de trouver rassemblés Frazier, Hwang, Stabler et même George Suina. Tous paraissaient être très tendus, ce qui ne contribua guère à le rassurer.

— Que se passe-t-il ? s'enquit-il.

— Il y a du nouveau, répondit Frazier avant de se mordiller nerveusement la lèvre inférieure. Les services secrets nous ont transmis de nouvelles informations au sujet de l'enquête.

— Elles ont été découvertes par Sophia Menendez, l'amie que Naomi avait chargée d'exploiter l'ordinateur portable de Roger Lincoln.

— Je vous écoute, acquiesça Dylan qui se demandait avec une inquiétude croissante où ils voulaient en venir.

— Sophia nous a envoyé toute une série de fichiers qu'elle a réussi à reconstituer à partir du disque dur de Roger Lincoln, expliqua Patricia. Ceux qui traitent de l'affaire indiquent que ce n'est pas Jamieson qu'il soupçonnait mais Blade Canfield, le jeune rentier. Roger avait réussi à démonter la quasi-totalité de ses alibis. Il apparaît en effet que les témoins sur lesquels reposent ces alibis ont tous été subornés. Roger les a contactés les uns après les autres pour tenter de les convaincre de venir nous parler. L'un d'eux a fini par accepter, la veille du jour où Roger est mort. Il a mystérieusement disparu depuis et l'on peut supposer qu'il s'est fait tuer, lui aussi.

— Et ce n'est pas tout, renchérit Hwang. Figure-toi que Canfield a récemment racheté un SUV qui correspond à la description que Naomi a donnée du véhicule qui a tenté de l'intimider, l'autre jour.

— Vous pensez que Canfield s'est servi de Jamieson ? s'enquit Dylan. Qu'il l'a piégé de façon à nous lancer sur une fausse piste ?

Hwang hocha la tête.

— Il espérait peut-être qu'en le faisant condamner il pourrait repartir à zéro en toute impunité.

— Le problème, remarqua Dylan, c'est qu'en l'absence de témoins la seule preuve que nous avons, ce sont les informations bancaires obtenues par Roger, probablement de façon pas très légale.

— Pas tout à fait, objecta George Suina avec un sourire réjoui. Lorsque Patricia m'a transmis ces informations, je suis allé revérifier s'il n'y avait pas quelque part un prélèvement ADN appartenant à Blade Canfield. Et figurez-vous que j'ai fini par en trouver un. Apparemment, Canfield a été impliqué dans une bagarre de bar qui a très mal tourné. Il a brisé la mâchoire de l'un de ses adversaires et a cassé le bras d'un autre à l'aide d'une queue de billard. Il aurait dû être condamné pour coups et blessures mais les deux hommes ont retiré leurs plaintes, probablement après que Canfield les a payés.

— Sauf que le tueur n'a pas laissé d'empreintes génétiques sur les scènes de crime, objecta Frazier.

— Si, une seule fois, sous les ongles de Sandra Adrienne Neville, lui rappela Dylan. Mais nous n'avions pas trouvé de correspondance, sur le coup. Est-ce que c'est le cas avec Canfield ?

— Oui, répondit Suina. La peau et le sang relevés sous les ongles sont bien les siens.

— Ça n'est pas une preuve irréfutable de sa culpabilité, mais cela nous donne au moins une bonne raison de l'interpeller et de l'interroger, remarqua Patricia. Charge à nous de le faire parler une fois qu'il sera ici…

Revenu de sa surprise initiale, Dylan prit soudain conscience de ce que signifiait cette nouvelle révélation.

— Naomi est partie pour la maison de son oncle, s'exclama-t-il. Et elle est persuadée que Jamieson est le coupable. Si Canfield apprend qu'elle est là-bas, il pourrait être tenté de mettre sa menace à exécution.

— Je doute qu'il commette une telle erreur, objecta Frazier. Comme le disait Hwang, il va certainement faire profil bas pour laisser Jamieson porter le chapeau.

— Je n'en suis malheureusement pas certaine du tout, rétorqua Patricia. C'est ce que ferait une personne rationnelle, certes, mais Canfield est tout sauf rationnel. Et l'obsession qu'il a développée envers Naomi est puissante.

Tandis qu'elle parlait, Dylan avait déjà décroché son téléphone et composé le numéro de Naomi. Il attendit avec une impatience croissante tandis que les sonneries se succédaient.

Mais la jeune femme ne décrocha pas, ce qui ne fit qu'accentuer son angoisse. Il lui laissa néanmoins un message qui lui résumait la situation et lui enjoignait de la plus grande prudence.

— Je vais avoir besoin d'une équipe d'intervention, déclara-t-il en raccrochant. Si Canfield est sur place et qu'il se sent acculé, il n'hésitera probablement pas à prendre Naomi en otage.

— Je viens avec toi, annonça Patricia d'un ton qui n'admettait pas de réplique.

Dylan ne s'y serait jamais opposé : s'ils avaient affaire à Canfield, sa connaissance de la psychologie des tueurs en série se révélerait certainement très précieuse.

— Et Jamieson ? s'enquit Hwang. Qu'est-ce qu'on en fait, pendant ce temps ?

— Laisse-le mariner et tâche de vérifier en détail ses différents alibis. Je suis d'avis qu'il n'est qu'un bouc émissaire, dans cette histoire. Mais nous ne pouvons pas courir le risque de le laisser partir s'il s'avère que Canfield et lui sont en réalité des complices…

— Ne t'en fais pas pour ça, répondit son coéquipier. Dès que j'aurai appelé la force d'intervention pour les envoyer vous rejoindre chez Roger Lincoln, je vais avoir une petite conversation avec l'ami Jamieson. Vu la quantité de drogue que l'on a retrouvée chez lui, il ne risque pas de sortir de prison avant un petit moment, qu'il soit ou non complice de Blade Canfield. Je serais même prêt à parier que ce n'est pas sa boutique de fleurs qui lui a permis d'acheter une maison aussi luxueuse…

17

Le premier réflexe de Naomi fut de porter la main à son arme. Mais elle le maîtrisa aussitôt ce geste. Canfield se trouvait beaucoup trop près d'elle et, si elle avait de grandes chances de l'abattre, il aurait lui aussi le temps de presser la gâchette, et tous deux risqueraient de s'entre-tuer.

Or Naomi n'avait aucunement l'intention de mourir ce jour-là : elle comptait vivre suffisamment longtemps pour avouer à Dylan ce qu'elle ressentait pour lui et pour lui dire qu'elle espérait bien passer le reste de sa vie à ses côtés s'il était toujours d'accord pour tenter l'aventure.

Mais pour parvenir à ses fins, elle allait devoir jouer très serré. Elle estimait cependant disposer d'un atout dans cette situation apparemment désespérée : si Canfield avait voulu la tuer directement, il l'aurait sans doute déjà fait. De toute évidence, il comptait discuter avec elle, et elle était bien décidée à en tirer avantage.

— Je vais te prendre ceci, déclara alors le tueur en lui ôtant son téléphone portable.

Quasiment au même moment, celui-ci se mit à sonner.

— Figure-toi que c'est ton ex-petit ami, lui annonça-t-il avec un sourire mauvais.

Il attendit que les sonneries se taisent enfin avant de propulser de toutes ses forces l'appareil contre le mur le plus proche. Naomi espéra que Dylan se douterait que quelque chose d'anormal était en train de se produire. Avec un peu de chance, Sophia l'avait déjà contacté pour lui signaler que leur appel s'était terminé de façon un peu trop précipitée.

Mais même si tel était le cas, il lui faudrait un certain temps pour venir du commissariat. En attendant, elle allait devoir improviser.

— Est-ce qu'on ne se connaîtrait pas, tous les deux ? demanda-t-elle alors à Canfield.

Si Patricia avait vu juste, ce sujet de conversation paraissait tout indiqué.

— Votre visage me semble familier, mentit-elle avec plus d'aplomb qu'elle ne s'en serait crue capable.

— Je suis surpris que tu te souviennes de moi, remarqua Canfield. Il y a deux ans de cela, j'ai essayé d'engager la conversation avec toi dans un bar, et tu m'as éconduit sans ménagement.

Elle l'observa avec attention, s'efforçant de remettre son visage, sans succès. Le fait qu'elle ne se rappelait pas leur rencontre signifiait qu'elle avait dû être très brève. Se pouvait-il vraiment que cet homme ait développé une véritable obsession à son égard simplement parce qu'ils avaient échangé trois mots ?

Elle se rappela alors ce que lui avait expliqué Patricia et comprit que ce n'était pas une question de temps – que ce n'était même pas vraiment elle qui intéressait Blade Canfield mais juste ce qu'elle représentait à ses yeux.

— Je suis désolée, répondit-elle en s'efforçant de paraître sincère.

— Je n'en crois pas un mot, rétorqua-t-il. D'ailleurs, tu ne devrais pas l'être. Figure-toi que, si je t'ai abordée, c'était pour faire de toi ma toute première victime. Mais tu as quitté la ville avant que je puisse mettre mon projet à exécution, et je n'ai eu d'autre choix que de me rabattre sur une autre violette.

Un sourire malsain se dessina sur ses lèvres.

— Puis il y en a eu une autre, et une autre, et une autre encore… J'aurais pu continuer comme cela indéfiniment, d'autant que la police ne comprenait rien à ce qui se passait. Mais imagine ma surprise, le jour où j'ai ouvert les dossiers de ce pauvre Roger Lincoln. J'ai alors découvert que la nièce de ce détective trop curieux n'était autre que ma première violette, celle qui m'avait échappé deux ans plus tôt. L'occasion m'était enfin donnée de boucler la boucle.

Son sourire s'élargit encore. Il lui faisait irrésistiblement penser au rictus d'un loup guettant sa proie.

— Il me suffisait d'attendre mon heure, reprit-il. Et voilà que ma patience a payé et que nous sommes de nouveau réunis.

Naomi se sentit prise d'une sensation de vertige. Elle avait du mal à croire qu'elle ait pu être pour lui une cible pendant deux longues années sans même en avoir la moindre idée. Mais surtout, elle ne pouvait s'empêcher de se demander ce qui se serait passé si elle était restée à Pebble Creek au lieu de partir pour Miami.

Se serait-elle fait tuer ? Aurait-elle été capable de se défendre ? Et dans ce cas, aurait-elle pu prévenir la mort de toutes les femmes que Canfield avait tuées depuis lors ? Aurait-elle sauvé son oncle Roger ?

Elle savait qu'il était vain de spéculer de la sorte. Rien ne pourrait changer les choix qu'elle avait faits à l'époque. Mais c'était plus fort qu'elle.

— J'imagine que ça doit te faire un choc, poursuivit Canfield. Remarque, comme cela, nous sommes deux. Je ne m'attendais vraiment pas à ce que la police puisse mettre la main sur les fichiers de Lincoln. C'en est fini de mon anonymat, j'en ai peur. Je vais devoir me créer une nouvelle identité, peut-être même déménager à l'étranger…

— Si tel est votre objectif, vous ne devriez pas perdre

de temps avec moi, lui conseilla Naomi. Pour le moment, la police est convaincue que Zachary Jamieson est le coupable. Vous devriez filer avant qu'ils comprennent que vous êtes parvenu à les berner, une fois de plus.

— Je comprends ton point de vue, acquiesça Canfield avec un petit rire entendu. Malheureusement, ne pas te tuer maintenant serait faire insulte à la parfaite symétrie que m'offre l'univers. Tu seras la première et la dernière. Enfin, à Pebble Creek, en tout cas…

Il leva l'arme qu'il tenait à la main pour la lui faire admirer.

— Ceci est une autre symétrie magique, déclara-t-il avec une pointe de révérence dans la voix. L'arme avec laquelle je vais te tuer se trouve être le Colt Detective Special de calibre .38 qui appartenait à ton oncle. Évidemment, ajouta-t-il en sortant de sous son sweat-shirt un foulard en soie blanche, nous pourrions aussi faire les choses de façon beaucoup plus traditionnelle. Il va falloir que je me décide… Allez, approche.

Naomi ne fit pas mine de bouger, ce qui fit naître chez Canfield une bouffée de rage aussi soudaine qu'incontrôlable.

— Ne me fais pas perdre mon temps ! hurla-t-il.

Naomi esquissa un pas dans sa direction, se demandant quelle était la meilleure façon de procéder. N'était-ce pas le moment de dégainer son pistolet en misant sur l'effet de surprise ?

— Je suppose que tu es armée, remarqua alors Canfield comme s'il avait lu dans ses pensées. Je le serais, à ta place. Alors tourne-toi et ne tente rien de stupide si tu tiens un tant soit peu à la vie.

Naomi s'exécuta à contrecœur. Elle espérait que ce moment était suffisamment symbolique aux yeux de Canfield pour qu'il ne se contente pas de l'abattre d'une balle dans la nuque, comme son oncle. Pourtant, elle ne put s'empêcher de fermer les yeux et, durant quelques instants, il lui sembla que sa vie tout entière défilait sur l'écran noir de ses paupières.

Derrière elle, Canfield s'approcha et posa le canon glacé de l'arme de son oncle contre sa joue. Il tâta alors son corps à la recherche de l'étui qu'il trouva au creux de ses reins. Il dégaina le pistolet automatique qui s'y était et le glissa dans la poche de son sweat.

— Bien, lui dit-il. Maintenant, avance.

Le canon quitta sa joue pour se poser entre ses omoplates, et il lui imprima un petit mouvement vers l'avant. Elle se laissa ainsi guider jusqu'à la porte d'entrée.

— Où allons-nous ? lui demanda-t-elle tandis que Canfield se décalait légèrement pour l'ouvrir.

— Pas très loin, lui assura-t-il. Nous allons juste faire un petit tour dans le parc, toi et moi.

Naomi était partagée entre l'espoir que cela lui ferait gagner un peu de temps et la crainte que Dylan ne puisse la retrouver s'ils s'éloignaient trop de la maison.

— Vous ne vous en tirerez pas aussi facilement, lui dit-elle.

— Si tu savais combien de fois j'ai entendu ça, au cours de ma vie, s'exclama-t-il avec un petit rire moqueur. Ne t'en fais pas pour moi, je suis plein de ressources, dans tous les sens du terme. Ce n'est pas aujourd'hui que les flics auront ma peau.

Il la poussa de nouveau en avant, un peu plus durement, et elle se remit en marche aussi lentement qu'elle l'osait.

— Il y a une chose que j'aimerais vous demander, lui dit-elle.

— Vas-y, l'encouragea-t-il.

— Pourquoi des violettes ? C'est une question que je me pose depuis le début, et même les profileurs du FBI n'ont pu y répondre de façon convaincante.

— Je risque de te décevoir si tu espères une histoire de jeunesse tragique ou je ne sais quel fantasme non assouvi, lui dit-il. C'est juste que j'aime beaucoup ces fleurs. J'aime leur parfum. J'aime leur couleur. Et elles ont ce mélange de résistance et de fragilité que je trouve typiquement féminin. Alors j'ai décidé d'en offrir à chacune de mes victimes en guise de cadeau d'adieu.

— Je ne comprends pas, objecta-t-elle. S'il ne s'agit pas de satisfaire un fantasme, pourquoi est-ce que vous avez tué toutes ces femmes ?

— Mais parce que je le peux, tout simplement, répondit Canfield d'un ton presque surpris. J'imagine que vous n'avez jamais tué personne ?

— Non, reconnut Naomi.

C'était une épreuve qui lui avait été épargnée pour le moment, dans le cadre de son travail.

— Alors vous ne pouvez pas comprendre. Il n'y a rien de plus exaltant que de prendre la vie de quelqu'un. C'est un instant très spécial, l'un des deux seuls moments lors desquels un être humain peut prétendre s'approcher du divin…

— Et quel est l'autre ? demanda-t-elle, intriguée presque malgré elle.

— Le moment où une femme met un enfant au monde, bien sûr, s'exclama Canfield. Mais celui-là ne nous est pas accessible, évidemment…

En percevant la conviction inébranlable qui l'habitait, elle prit pleinement la mesure de sa folie. Et elle sut qu'elle n'avait rien à attendre de lui. Il allait la tuer parce qu'il voyait ce meurtre comme un acte sacré, parce qu'il était persuadé qu'elle était une victime prédestinée.

Et si elle ne prenait pas l'initiative, si elle ne passait pas à l'action rapidement, elle finirait comme les autres violettes. Et le vœu qu'elle avait fait de passer le reste de sa vie aux côtés de Dylan serait à jamais inaccompli…

Alors que, sirène hurlante, Dylan traversait la ville à toute allure, il ne cessait de se morigéner intérieurement. Il était tombé tout droit dans le piège que leur avait tendu Blade Canfield.

Il aurait pourtant dû comprendre que quelque chose clochait, qu'un tueur qui était parvenu à se jouer aussi facilement de la police n'aurait jamais commis d'erreurs aussi évidentes que de cacher l'arme du crime parmi ses sous-vêtements ou encore de prendre la fuite au volant de son propre véhicule – un quatre-quatre rouge vif !

Il aurait dû prêter plus attention à la remarque de Naomi concernant la taille du suspect. Et il n'aurait jamais dû laisser partir celle-ci sans escorte sans être absolument certain qu'il tenait le véritable coupable.

Au lieu de cela, il avait péché par vanité, convaincu à tort d'être plus malin que son adversaire. Et par sa faute, Naomi se trouvait peut-être en danger de mort.

— Ne t'accable pas de reproches, lui dit alors Patricia qui paraissait avoir deviné le cours de ses pensées. Les sociopathes comme Blade Canfield sont des pervers narcissiques qui prennent un malin plaisir à manipuler les autres. Ils exploitent nos faiblesses et se repaissent de nos échecs. Tu ne dois pas lui conférer un tel pouvoir. Nous avons fait ce que nous devions faire. Nous avons suivi les indices qui nous ont menés jusqu'à Jamieson. Et au vu des preuves dont nous disposions, nous n'avions d'autre choix que de l'arrêter et de l'interroger. Mais cela n'a pas suffi à nous berner très longtemps. Tu as rapidement compris que Jamieson n'était pas notre homme. Sophia a réussi à récupérer les fichiers. George a pu mettre la main sur cet échantillon d'ADN. Nous n'avons pas démérité, Dylan.

— Je sais, soupira-t-il. Mais cela ne me sera d'aucune consolation si Blade Canfield assassine la femme que j'aime.

Patricia ne put s'empêcher de tiquer. Il n'y avait effectivement pas grand-chose à répondre à cela.

— Est-ce que tu peux essayer de la rappeler ? lui demanda-t-il.

Elle hocha la tête et composa une fois de plus le numéro de Naomi. Comme les fois précédentes, elle tomba directement sur son répondeur.

Dylan laissa échapper un juron. Ils longeaient à présent le grand parc à proximité duquel se dressait la maison de Roger Lincoln. D'ici quelques minutes, ils arriveraient à destination. Pourtant, en dépit de l'impatience qui le tenaillait, Dylan ralentit brusquement.

— Que se passe-t-il ? lui demanda Patricia, surprise.

Il désigna la luxueuse BMW décapotable qui était garée sur le bord de la route, au beau milieu de nulle part. Patricia l'interrogea du regard, mais il ne prit pas le temps de répondre à sa question muette.

— Lily, fit-il en décrochant le combiné de sa radio. J'ai besoin que tu me trouves de toute urgence à qui appartient un véhicule.

Il dicta à l'opératrice le numéro qui figurait sur la plaque d'immatriculation. Quelques instants plus tard, Lily le recontacta avec la réponse à sa question.

— La voiture appartient à un certain Blade Nicholas Canfield.

— Comment l'as-tu deviné ? lui demanda Patricia, sidérée.

— Je connais ce parc. Le sentier qui part d'ici et qui s'enfonce à travers les bois débouche à peu près au niveau de la maison de Roger.

— Canfield a laissé sa voiture là pour disposer d'un point de repli, s'exclama Patricia. Bien vu, Dylan !

Il tourna vers elle un regard hanté.

— Mais s'il a prévu de passer par le bois…, murmura-t-il.

Il fut incapable de finir sa phrase. Mais c'était inutile. Patricia dégaina son arme de service.

— Nous avons peut-être encore le temps de les intercepter avant que cela arrive, déclara-t-elle.

Dylan dégaina à son tour, et tous deux descendirent de voiture. Sans hésiter un seul instant, ils s'engagèrent en courant sur le sentier dont Dylan venait de parler. Ils couraient aussi vite qu'ils le pouvaient, douloureusement conscients que chaque seconde comptait.

Soudain, Dylan aperçut deux silhouettes à travers le rideau d'arbres. Il ne s'était pas trompé : il s'agissait bien de Naomi et Canfield. Ce dernier faisait avancer la jeune femme en lui pointant un pistolet dans le dos.

— Nous devrions nous séparer pour le prendre en sandwich, souffla Patricia qui les avait également remarqués.

— Je suis d'accord, acquiesça-t-il. Prenons à travers bois, chacun d'un côté du sentier. Avec un peu de chance, Canfield ne remarquera que l'un de nous deux, et l'autre bénéficiera d'un angle de tir.

— Bonne chance, lui souhaita Patricia avant de disparaître dans la forêt sur la droite.

Dylan prit donc par la gauche, s'efforçant de trouver un juste équilibre entre vitesse et discrétion.

Il était bien décidé à faire tout ce qui serait en son pouvoir pour sauver la femme qu'il aimait plus que tout au monde et qu'il comptait bien convaincre de passer le reste de ses jours en sa compagnie. Peu importait ce qu'il devrait sacrifier pour cela. Elle était bien plus importante que tout le reste.

Estimant qu'il devait être parvenu à peu près au niveau de Canfield et Naomi, il entreprit de se rapprocher à pas de loup du sentier sur lequel ils se trouvaient, passant furtivement d'un arbre à l'autre.

Il s'arrêta à quelques mètres seulement d'eux, embusqué derrière le tronc d'un gros peuplier. Canfield s'était immobilisé, lui aussi, et il fit disparaître son pistolet sous son sweat-shirt avant d'en sortir une écharpe de soie blanche.

— C'est ici que nous allons boucler la boucle, tous les deux, déclara-t-il. Ici que nos chemins vont se séparer à jamais, j'en ai peur…

— Vous ne pensez tout de même pas que je vais me laisser faire ? répliqua Naomi.

Dylan la vit se mettre en garde. Comme il s'apprêtait à intervenir, elle bondit en avant et asséna à Canfield un redoutable coup de pied fouetté qui le fit vaciller légèrement sur lui-même. Comprenant sans doute que sa proie paraissait bien décidée à vendre chèrement sa peau, il ressortit son pistolet.

Il n'eut même pas le temps de le braquer dans la direction de Naomi. Celle-ci avait déjà pivoté sur elle-même avec une grâce féroce. Elle abattit le tranchant de sa main sur le poignet de son adversaire, lui arrachant un cri de douleur et le forçant à lâcher son arme.

Il recula précipitamment pour éviter un redoutable coup de genou et sortit une deuxième arme à feu, probablement celle qu'il avait prise à Naomi. Tout cela s'était déroulé en l'espace de quelques secondes. Mais les deux adversaires étaient si absorbés par leur combat qu'ils ne virent même pas surgir des bois Dylan et Patricia.

Alors que celle-ci était sur le point de se jeter sur Canfield par-derrière, il dut percevoir une ombre ou un craquement de branche et se retourna, arme au poing. Dylan n'hésita pas un seul instant et fit feu, touchant Canfield à l'avant-bras. Ce dernier laissa échapper son pistolet et poussa un hurlement de douleur.

Déjà, Naomi et Patricia étaient sur lui. Avec une étonnante coordination, elles le maîtrisèrent et le menottèrent avant de se tourner vers Dylan.

— Vous en avez mis du temps, lui dit Naomi.

Le courageux sourire qu'elle arborait en cet instant ne parvenait pas totalement à effacer la terreur qu'elle avait éprouvée et qui se lisait toujours dans ses yeux. Trop ému pour trouver ses mots, il couvrit la distance qui les séparait et la prit dans ses bras, la serrant très fort contre lui.

— Nous sommes venus aussi vite que nous avons pu, répondit malicieusement Patricia. Mais si nous avions su que vous vous en tiriez aussi bien, nous serions restés tranquillement au commissariat à attendre que vous nous rameniez cette ordure. À ce propos, l'ordure, ajouta-t-elle en se tournant vers leur prisonnier, vous êtes en état d'arrestation. Vous avez le droit de garder le silence. Si vous renoncez à ce droit, tout ce que vous direz pourra être et sera utilisé contre vous devant une cour de justice…

Tandis qu'elle lui lisait ses droits, Dylan en profita pour voler à Naomi un baiser passionné.

Les heures qui suivirent ne leur laissèrent aucun répit. De retour au commissariat, ils commencèrent par transférer Blade Canfield dans une cellule et faire venir un médecin pour s'occuper de son bras.

Pendant que leur suspect se faisait panser, ils firent chacun une longue déposition, détaillant de façon aussi précise que possible ce qui s'était passé au cours des dernières heures. Lorsqu'ils eurent enfin terminé, ils eurent droit aux félicitations de l'ensemble de l'équipe et même à un discours particulièrement laudatif de Vernon Frazier, trop heureux d'être enfin débarrassé du tueur en série qui avait terrorisé la ville pendant deux interminables années.

Théoriquement, Dylan aurait dû ensuite procéder à l'interrogatoire de Blade Canfield. Mais il préféra déléguer ce douteux privilège à Hwang et Patricia, estimant que sa propre objectivité vis-à-vis du suspect était fortement compromise par les sentiments qu'il éprouvait envers Naomi.

De plus, il n'avait plus qu'une envie, à ce stade : se retrouver en tête à tête avec elle…

Lorsqu'ils arrivèrent enfin chez Dylan, ce soir-là, Naomi se sentait à la fois totalement épuisée et en proie à une irrépressible exaltation. Sa confrontation avec Blade Canfield lui avait fait l'effet d'une véritable révélation. Lorsqu'elle s'était crue condamnée, elle avait pris conscience avec une clarté nouvelle de ce qui comptait réellement à ses yeux. Au fond, cela pouvait se résumer à un mot : Dylan.

Et elle était bien décidée à lui faire part de cette révélation auprès de laquelle leurs griefs, leurs incompréhensions et leurs rancœurs passés lui semblaient désormais parfaitement négligeables.

— J'ai quelque chose à te dire, Dylan, lui dit-elle de but en blanc dès qu'ils se retrouvèrent dans le salon.

— Moi aussi, répondit-il gravement. Et je pense que je devrais commencer.

— Ah, fit-elle, un peu surprise. D'accord, si tu veux…

Il prit une profonde inspiration, comme pour rassembler son courage avant de se lancer.

— Il y a deux ans, je t'ai laissée partir, en partie parce que je voulais respecter ta décision, en partie parce que j'étais trop fier pour te supplier de rester et surtout parce que je n'imaginais pas ce que serait ma vie sans toi. Maintenant que je le sais, je suis bien décidé à faire tout ce qui sera en mon pouvoir pour être avec toi. Peu m'importe où, peu m'importe ce que je ferai, ce que tu feras. Tout ce qui compte, c'est que nous soyons ensemble.

Naomi demeura figée, bien trop stupéfaite et trop émue pour articuler la moindre réponse cohérente. Elle avait tout à la fois envie de rire et de pleurer. Mais Dylan ne paraissait pas décidé à en rester là. Plongeant la main dans sa poche, il en sortit une petite boîte à bijoux qu'il ouvrit, lui présentant une bague d'or rose dans laquelle était serti un très beau diamant en forme de larme.

— Cela fait deux ans que je garde cette alliance. Aujourd'hui, j'ai compris pourquoi je l'avais fait. Une partie de moi a toujours espéré que tu reviendrais un jour et que j'aurais une deuxième chance de te l'offrir.

S'avançant vers elle, il mit un genou à terre.

— Naomi, lui dit-il en levant les yeux vers elle, est-ce que tu veux bien m'épouser et faire de moi l'homme le plus heureux du monde ?

Avant qu'elle ait pu parler, il l'interrompit d'un geste.

— Avant que tu me donnes une réponse, je tiens à ce que tu saches que je suis prêt à partir vivre à Miami avec toi, si c'est ce que tu souhaites. J'adore mon travail, mais j'y renoncerai sans hésiter si j'ai une chance de passer le reste de ma vie à tes côtés.

Il marqua une pause avant de lui décocher un sourire empreint de malice et de nervosité.

— Tu peux répondre si tu veux, maintenant, lui dit-il avec un pâle sourire.

Naomi en aurait été bien incapable. De même qu'elle était parfaitement incapable de retenir les larmes qui roulaient le long de ses joues. Ce que lui proposait Dylan dépassait ses rêves les plus fous. Par amour pour elle, il était prêt à tout sacrifier. Et cela ne faisait que renforcer la décision qu'elle-même avait déjà arrêtée avant même d'entendre cette magnifique déclaration.

— Je ne veux pas retourner à Miami, lui dit-elle d'une voix vibrante d'émotion à peine contenue. Moi aussi, j'aime beaucoup mon travail. Et j'ai longtemps cru que c'était ce qu'il y avait de plus important pour moi. Mais je me mentais à moi-même. Je ne me suis jamais sentie aussi heureuse que lorsque nous étions ensemble, Dylan…

— Tu sais que je suis toujours à genoux, et que tu n'as toujours pas répondu à ma question, lui dit-il en riant.

— Oui, assura-t-elle. Oui, mille fois oui. Je t'aime, Dylan Hester. Je veux me marier avec toi, je veux avoir des enfants avec toi et vieillir avec toi. Et peu m'importe où nous déciderons de vivre.

— Tu ne dis pas ça juste pour me faire plaisir ? lui demanda-t-il malicieusement.

— Est-ce que tu vas te taire et me passer la bague au doigt ? Cela fait déjà deux ans qu'elle devrait y être.

— Je suis bien d'accord, répondit-il en lui prenant la main.

Délicatement, il lui enfila l'anneau avant de se redresser pour la prendre dans ses bras. Le baiser qu'ils échangèrent était riche de mille promesses d'avenir, et ils s'y abandonnèrent corps et âme pendant ce qui leur semble durer une éternité.

— Au fait, lui dit Dylan lorsqu'ils se séparèrent enfin à regret, tu voulais me dire quelque chose, tout à l'heure, et je t'ai interrompue.

— Cela valait le coup, opina-t-elle en riant. Mais tu as raison : j'avais quelque chose à te dire. Il m'est venu une idée, lorsque j'étais à la maison de Roger, juste avant que ce psychopathe me tombe dessus.

Dylan la considéra avec curiosité, attendant qu'elle poursuive.

— Je me disais que je pourrais démissionner de mon poste à la CIA pour venir m'installer à Pebble Creek…

— Je croyais que tu détestais cette ville, remarqua Dylan.

— Je la détestais parce que je n'y voyais aucun avenir. Mais tel n'est plus le cas, aujourd'hui. Il y a toi, il y a notre famille et puis, il y a l'agence de mon oncle…

— Tu voudrais la reprendre ? s'exclama Dylan sidéré. Je n'y avais même pas pensé. Mais c'est une excellente idée.

Il hésita un instant avant d'ajouter :

— Et si jamais tu cherches un partenaire, je connais un

inspecteur qui serait ravi de prendre sa retraite anticipée pour venir travailler avec toi.

Naomi ouvrit de grands yeux, complètement prise de court par cette idée qui ne lui avait pas effleuré l'esprit.

— Tu serais vraiment prêt à faire ça ?

Il secoua la tête.

— J'ai *envie* de faire ça, la reprit-il. Ce serait un honneur pour moi de marcher dans les pas de Roger et de faire prospérer l'agence qu'il a créée.

— Tu es sûr que tu ne regretteras pas ton badge d'inspecteur ? lui demanda-t-elle.

Dylan haussa les épaules.

— Très franchement, dans une ville comme celle-ci, je ne crois pas qu'on me confiera de sitôt une enquête aussi palpitante que celle qui vient de s'achever. Autant partir quand on est au sommet.

— Alors, c'est d'accord, déclara joyeusement Naomi. Tu es engagé. Nous serons bientôt partenaires dans tous les sens du terme. J'espère que tu ne le regretteras pas lorsque tu seras obligée de me supporter vingt-quatre heures sur vingt-quatre, ajouta-t-elle malicieusement.

— Tout ce que je regretterai, à mon avis, rétorqua-t-il du tac au tac, c'est le fait que nos journées ne feront *que* vingt-quatre heures.

— Voilà qui est joliment tourné, approuva-t-elle en riant.

Se hissant sur la pointe des pieds, elle approcha sa bouche de la sienne.

— Maintenant, lui dit-elle, voyons un peu ce que monsieur le beau parleur sait faire d'autres de ses lèvres…

CINDI MYERS

Une disparition troublante

Traduction française de
CATHERINE VALLEROY

BLACK ROSE

HARLEQUIN

Titre original :
DISAPPEARANCE AT DAKOTA RIDGE

1

Courtney doit se plaire ici, pensa Lauren Baker en traversant Eagle Mountain, dans le Colorado. Avec sa passion pour les vieilles choses, sa belle-sœur avait dû se sentir chez elle parmi les anciennes bâtisses victoriennes et les jardins soigneusement entretenus. Elle avait dû aussi s'émerveiller des sommets enneigés surplombant la petite ville.

Elle roulait lentement, examinant les passants sur les trottoirs, cherchant un éclair de cheveux blonds. Mais elle ne vit personne qui ressemble à Courtney. Elle savait bien qu'il ne serait pas facile de la retrouver.

La voix féminine sortant de son téléphone lui indiqua de tourner à gauche, et quelques minutes plus tard, elle arrêta sa Prius devant le commissariat du comté de Rayford. L'estomac noué, elle vérifia son reflet dans le rétroviseur et lissa d'une main ses cheveux châtains. Puis elle descendit de voiture et remonta l'allée menant au bâtiment.

Une clochette tinta lorsqu'elle pénétra dans le hall.

— Bonjour, fit une voix de femme. Que puis-je faire pour vous ?

Ôtant ses lunettes de soleil, Lauren contempla la femme aux cheveux gris qui se tenait à l'accueil et s'approcha du comptoir.

— Je voudrais signaler une disparition, dit-elle.

Les sourcils soigneusement épilés de la femme se haussèrent. Elle prit le téléphone à sa droite et déclara :

— Je t'envoie une dame, Shane.

Reposant le receveur, elle désigna le couloir à gauche.

— Prenez ce couloir et tournez à droite. Le shérif adjoint est un beau blond en uniforme.

Le shérif adjoint l'attendait à la porte de son bureau.

— Je m'appelle Shane Ellis, se présenta-t-il.

Sa poignée de main était ferme et son regard fauve direct. Il était grand et musclé – plus d'un mètre quatre-vingt – et d'épais cheveux blonds retombaient sur son front.

— Asseyez-vous et dites-moi en quoi je peux vous aider.

Il l'introduisit dans la petite pièce et l'invita à s'asseoir devant un bureau usé. Au lieu de prendre place de l'autre côté, cependant, il s'assit à côté d'elle.

— Comment vous appelez-vous ?

— Lauren Baker.

— Qu'est-ce qui vous amène à Eagle Mountain ? Je ne pense pas vous avoir déjà vue ici.

En d'autres circonstances, Lauren aurait trouvé cette réplique un peu flirteuse, mais il n'y avait rien de tel dans son attitude. Peut-être essayait-il de la mettre à l'aise.

— Je viens de Denver, répondit-elle. Je cherche ma belle-sœur, Courtney Baker. Elle a disparu.

Ellis fronça les sourcils.

— Pourquoi ne pas commencer par le début ?

Il se pencha pour mettre en route un petit magnétophone.

— Ça ne vous dérange pas ? Cela m'aidera à ne pas faire d'erreurs plus tard.

— Non, bien sûr. Courtney est la veuve de mon frère, commença-t-elle. Ils n'étaient mariés que depuis deux ans lorsqu'il a été tué en Afghanistan.

— Toutes mes condoléances, dit Ellis.

Elle hocha la tête.

— Courtney était anéantie. Nous l'étions tous, mais elle était très jeune, vingt et un ans à l'époque, et elle était enceinte d'Ashlyn. Comme elle n'avait pas de famille dans la région, j'ai essayé de l'aider. Elle et moi sommes devenues très proches.

Elle fixa ses mains nouées, essayant de surmonter son chagrin. La perte de son frère, et maintenant la perte de la femme qu'elle en était venue à considérer comme sa sœur.

— Quand Courtney a-t-elle disparu ? demanda Ellis.

— D'abord, je dois vous dire qu'il y a environ trois mois un homme du nom de Trey Allerton est venu la voir. Il a dit qu'il était dans l'armée avec Mike, qu'il était son meilleur ami. Il avait des photos de Courtney appartenant à Mike, qu'il s'était senti obligé de lui remettre, nous a-t-il dit. Il nous a également expliqué que Mike parlait beaucoup de Courtney et qu'il lui avait demandé de veiller sur elle si quelque chose lui arrivait.

— Il ne vous a pas plu, devina Ellis.

Lauren leva la tête et vit ses yeux dorés fixés sur elle. Des yeux pénétrants mais pas dénués de compassion.

— Non, il ne m'a pas plu, rétorqua-t-elle. Je n'ai pas cru à son histoire. J'ai encore les e-mails et les textos de Mike, et il ne m'a jamais parlé d'Allerton. Et je ne comprends pas comment il s'est retrouvé en possession des photos de Courtney. L'armée nous a rendu toutes les affaires de Mike.

— Que voulait Allerton ?

— Veiller sur Courtney, selon lui. À sa place, je lui aurais dit d'aller au diable, mais Courtney n'est pas comme ça. Elle…

Comment la décrire ? *Malheureuse* n'était pas le bon mot. *Faible* n'était pas exact non plus. Elle avait fait de gros efforts pour se reprendre et s'occuper de sa fille après la mort de Mike, faisant preuve d'une force admirable.

— Courtney est très confiante. Elle voit le bien chez tout

le monde. Elle est fille unique, et ses parents l'ont surprotégée. Ensuite elle a rencontré mon frère, qui l'a également protégée. Et comme Allerton lui a promis de la protéger, je pense que cela lui a plu.

— La protéger de quoi ?

— Je ne sais pas. De la vie, j'imagine.

Elle soupira.

— En tout cas, il a commencé à s'incruster, et en l'espace d'une semaine il parlait d'acheter un terrain dans les montagnes pour construire un centre de vacances pour les gosses défavorisés. Il en a peint un tableau formidable. Selon lui, Mike et lui avaient prévu de diriger cet endroit ensemble. Mais mon frère n'a jamais fait allusion à quoi que ce soit de ce genre. Courtney a cependant cru tout ce qu'Allerton lui disait, et avant que je comprenne ce qui se passait, il l'a convaincue de s'installer avec lui à Eagle Mountain.

Ellis hocha la tête, réfléchissant. Il avait une énergie et un charisme inhabituels chez un flic, se dit Lauren.

— Allerton a-t-il demandé à votre belle-sœur de financer ce prétendu ranch pour la jeunesse ? questionna-t-il.

Lauren eut une bouffée d'euphorie : il avait saisi la situation.

— Oh oui !

— Combien ? Est-ce qu'il a donné un chiffre ?

— Je ne sais pas. Mais il doit savoir que Courtney a de l'argent. Beaucoup d'argent. Mes parents sont morts après le mariage de Mike et Courtney. Avant son départ, Mike a créé un fonds fiduciaire destiné à garantir un train de vie confortable à sa veuve et sa fille pour le restant de leurs jours s'il lui arrivait quelque chose. Ce n'est pas le genre de choses dont il aurait parlé à n'importe qui, mais Allerton semble l'avoir découvert d'une façon ou d'une autre.

— D'accord. Donc votre belle-sœur et Trey Allerton se sont installés à Eagle Mountain ? Quand était-ce ?

— Il y a deux semaines, dit-elle. J'ai reçu quelques textos

de Courtney disant qu'ils étaient bien arrivés, qu'elle adorait la ville et qu'ils visitaient des terrains. La dernière fois que je lui ai parlé, elle était bizarre. Elle m'a dit que je ne devais pas m'inquiéter, mais ça sonnait faux, comme si elle répétait ce qu'on lui ordonnait de dire. Et depuis… plus rien.

Elle leva les mains en l'air.

— Elle ne répond pas à mes appels et elle ne poste plus rien sur les réseaux sociaux.

— Et c'est inhabituel ?

— Oui. Courtney avait l'habitude de poster sur Facebook et Instagram plusieurs fois par jour, et elle et moi échangions sans cesse des textos.

Elle se pencha vers lui avec un regard intense, essayant de lui communiquer la gravité de la situation.

— Quelque chose ne va pas, je le sais. Je veux découvrir ce qu'il se passe et j'ai besoin de votre aide.

— Quelqu'un d'autre a-t-il eu des nouvelles de Courtney ? Des parents ou des amis ?

— Autant que je sache, elle n'a plus de parents proches. Ses parents sont morts peu de temps après sa rencontre avec Mike. Elle n'a jamais mentionné de tantes, d'oncles ou de cousins avec qui elle aurait été en contact.

— Des amis ? Des voisins ?

Lauren secoua la tête.

— Personne n'a eu de ses nouvelles.

Il l'observa un long moment. Elle sentait le poids de son regard et se força à le soutenir.

— Si votre belle-sœur vous a dit qu'elle allait bien, cela ne nous donne pas de raisons de la chercher, dit-il enfin.

— Je connais Courtney. Je sais que ce n'est pas le cas.

Elle se pencha vers lui.

— Il n'existe pas quelque chose comme une enquête de bien-être ? Vous ne pouvez pas faire ça ? D'autant plus qu'il y a une enfant en jeu.

— Peut-être.

Il prit un bloc sur le bureau.

— Donnez-moi quelques détails. Nom complet, description physique…

Lauren ouvrit son sac et y prit une photo de Courtney, sa fille de deux ans sur les genoux. C'était un portrait réalisé en studio quelques mois auparavant.

Ellis étudia la jeune femme et la petite fille. Elles avaient toutes les deux des boucles blondes et de grands yeux bleus. Ashlyn riait bouche ouverte et mains levées. Courtney esquissait un sourire, mais ses yeux exprimaient une tristesse intense.

Pour quelqu'un de si jeune, elle avait beaucoup perdu. Lauren était résolue à empêcher Trey Allerton de lui prendre davantage. Elle tendit une petite fiche à Ellis, sur laquelle elle avait noté tout ce qu'elle savait de Courtney. Ses propres coordonnées figuraient en dessous.

Ellis étudia cette liste, puis croisa à nouveau son regard.

— Vous connaissez son numéro de sécurité sociale ?

— Je l'ai aidée à déclarer ses impôts l'année dernière. Je vous l'ai dit, nous sommes proches.

Il hocha la tête et posa la photo et la fiche sur le bureau.

— Vous avez une photo de Trey Allerton ?

— Naturellement. J'aurais dû y penser.

Elle sortit son téléphone et chercha jusqu'à ce qu'elle en trouve une de Courtney et Trey. Elle tendit le téléphone à Ellis.

— J'ai pris celle-ci le mois dernier.

Il n'y avait rien de sinistre dans cette image, mais le simple fait de la regarder mettait Lauren mal à l'aise.

— Savez-vous où Courtney et Allerton séjournaient à Eagle Mountain ? questionna-t-il.

— Elle m'a dit qu'ils étaient au Ranch Inn.

— Est-ce là que vous logez aussi ?

— Non, j'ai pris une location saisonnière. Je suis en

congé et j'ai l'intention de rester aussi longtemps qu'il le faudra pour retrouver Courtney.

— Quel est votre métier ?

— Je suis infirmière praticienne spécialisée.

Il se leva, et elle l'imita.

— Que pensez-vous qu'il soit arrivé à votre belle-sœur ? demanda-t-il.

Elle réprima les images affreuses qui hantaient ses nuits. Elle voulait que cet homme la prenne au sérieux, pas qu'il l'accuse de regarder trop de thrillers.

— Je pense qu'Allerton l'a persuadée de couper les liens avec moi afin de la dépouiller de son argent. Il a déjà profité de sa confiance et son innocence.

— J'essayerai de vous aider, répondit Ellis. Mais si votre belle-sœur est partie de son plein gré, nous ne pourrons pas faire grand-chose. Aucune loi n'interdit de ne pas parler à ses proches.

— Non, mais je ne peux pas l'abandonner. Je dois m'assurer qu'elle est en sécurité.

Elle lui adressa un regard féroce.

— Quoi qu'en dise Allerton, c'est à moi que Mike a demandé de veiller sur Courtney et Ashlyn, et c'est une promesse que je dois tenir.

Il hocha la tête.

— Je vous recontacterai.

Elle quitta le bureau avec une sensation de vide. Elle avait dit tout ce qu'elle savait. Maintenant, elle devait attendre et se convaincre qu'Ellis était assez compétent pour retrouver Courtney. Il lui avait fait l'effet d'un homme intelligent.

Avant de monter en voiture, elle fit halte pour contempler les montagnes. Courtney aimait sûrement Eagle Mountain, mais Eagle Mountain l'aimait-elle ?

— Que lui as-tu dit ? Elle avait l'air bouleversée quand elle est partie.

La porte s'était à peine refermée qu'Adelaide, commère en chef d'Eagle Mountain, apparut aux côtés de Shane, le fixant d'un œil critique.

— Sa belle-sœur a cessé de l'appeler, dit-il. C'est pour ça qu'elle est bouleversée. Pas à cause de ce que je lui ai dit.

Adelaide serra les lèvres. Bien qu'elle ait près de soixante-dix ans, elle s'habillait comme si elle en avait trente. Mais curieusement, cela lui allait bien.

— Sait-elle qui tu es ? C'est une fan ?

— Je suis policier, Addie. C'est tout ce qui l'intéressait.

— Plein de gens se souviennent encore de toi, dit Adelaide. Tu peux l'utiliser à ton avantage.

Shane ne voyait aucun avantage à être un *ex*-joueur de base-ball, surtout lorsqu'il s'agissait de faire respecter la loi. Les fans qui l'abordaient voulaient revivre de grands matchs ou, pis, parler de la blessure qui avait mis fin à sa carrière. À les entendre, on aurait dit que ses meilleures années étaient derrière lui.

— Mlle Baker s'inquiète pour sa belle-sœur, dit-il. C'est tout ce qui compte.

— Elle est très séduisante, déclara Adelaide. Et de ton âge.

Shane se rembrunit.

— Je n'ai pas besoin que tu me trouves une femme, Addie.

Au cours de sa carrière sportive, il avait fréquenté des mannequins et des actrices. Depuis son retour à Eagle Mountain, il n'avait pas manqué de femmes célibataires prêtes à sortir avec lui. En général, elles étaient plus amusantes que les célébrités. Il aimait les femmes et il n'était pas pressé de s'engager.

Adelaide souffla par le nez.

— Je n'essayerai jamais de caser une pauvre femme avec un type dans ton genre.

Bien sûr que non. Ils se retournèrent tous deux en entendant des pas. Le shérif Travis Walker venait d'entrer. Presque aussi grand que Shane, Travis était plus élancé et beaucoup plus réservé.

— Il se passe quelque chose ? demanda-t-il en s'arrêtant devant eux.

— Une jeune femme est venue signaler la disparition de sa belle-sœur, répondit Adelaide avant que Shane puisse ouvrir la bouche.

Travis regarda Shane, attendant ses explications. Il alla prendre la photo sur son bureau et la lui tendit.

— Son nom est Courtney Baker. Elle semble être venue à Eagle Mountain avec un homme du nom de Trey Allerton, puis elle a disparu des radars. Elle a cessé de poster sur les réseaux sociaux et ne retourne pas les appels. Sa belle-sœur, Lauren Baker, dit que ça ne lui ressemble pas et elle craint que quelque chose ne lui soit arrivé.

Travis étudia la photo.

— Qui est l'enfant ?

— Ashlyn, la fille de Courtney. Elle a deux ans et vit normalement avec sa mère.

— Où est le père ?

Adelaide se pencha pour regarder la photo.

— Mort en Afghanistan il y a deux ans, dit Shane. Mlle Baker est sa sœur.

Travis rendit la photo à Shane.

— Comment Mlle Baker sait-elle qu'ils sont à Eagle Mountain ?

— Sa dernière communication avec Courtney remonte à deux semaines environ. Celle-ci lui aurait dit qu'ils logeaient au Ranch Inn. Elle aurait également dit qu'elle allait bien et qu'il ne fallait pas que Lauren s'inquiète. Mais Mlle Baker affirme que quelque chose sonnait faux dans cette conversation. Elle nous demande d'enquêter sur le bien-être de sa belle-sœur, même s'il faut d'abord la retrouver. Je pensais commencer par enquêter au motel.

Travis acquiesça.

— Vous avez entendu parler de Trey Allerton ? demanda Shane, incluant Travis et Adelaide dans la question.

— Non, mais je demanderai autour de moi, répondit Adelaide. Il y a des femmes en ville qui mettent un point d'honneur à remarquer tout nouvel arrivant masculin.

— Shane va s'en occuper, dit Travis.

Il les quitta et s'en fut à son bureau.

— Si quelqu'un les a vus au motel, il te le dira, reprit Adelaide. Tu es doué pour faire parler les gens.

Le téléphone se mit à sonner, et elle s'éloigna.

Shane fit halte devant son bureau, la photo de Courtney Baker à la main. Contrairement à sa fille, elle avait l'air triste et un peu perdue. Un ex-joueur de base-ball devenu shérif adjoint pouvait-il aider quelqu'un comme elle ? Après tout, les gens prenaient parfois délibérément un mauvais tournant dans la vie, et tout ce qu'on pouvait faire, c'était prendre du recul et attendre l'accident.

À moins que vous ne soyez une Lauren Baker. Ces gens-là n'attendaient pas l'accident, ils se précipitaient pour le prévenir et, si tout le reste échouait, enrôlaient le flic le plus proche.

Il était donc dûment enrôlé. Il retourna à son bureau, mit la photo et la carte dans une enveloppe et coiffa le stetson à large bord qui complétait son uniforme. Il était temps de se mettre au travail et de voir s'il pouvait encore remporter la victoire.

2

Lauren avait choisi l'appartement parce qu'il était central et d'un prix raisonnable. Elle l'avait réservé pour une semaine, espérant que sa quête ne durerait pas davantage. Mais elle avait un mois de congé et était disposée à le consacrer tout entier à rechercher Courtney. Elle le devait à Mike.

— Vous devriez avoir tout ce qu'il vous faut, mais faites-moi savoir s'il vous manque quelque chose.

Brenda Prentice, une jolie blonde, ouvrit la porte du deux pièces situé près de sa demeure, non loin du commissariat.

— La femme de ménage vient le mercredi et sort les poubelles.

Elle tendit la clé à Lauren.

— Il y a un plan de la ville et quelques brochures touristiques, si ça vous intéresse.

— Je suis sûre que je serai très bien.

Lauren posa son sac et survola du regard l'appartement, propre et bien décoré. C'était une amélioration par rapport au motel, mais elle n'était pas difficile.

— Qu'est-ce qui vous amène chez nous ? demanda Brenda.

Le premier réflexe de Lauren fut de s'inventer un besoin de se mettre au vert. Mais si elle voulait trouver Courtney, il fallait qu'elle en parle. Dans une ville aussi petite, tout le monde pouvait avoir vu ou entendu parler d'elle.

— Je suis ici pour chercher ma belle-sœur, dit-elle. Nous

avons perdu le contact, et la dernière fois que j'ai eu de ses nouvelles, elle était ici.

Brenda avait un visage expressif, et son air d'inquiétude semblait authentique.

— Comment s'appelle votre belle-sœur ?

— Courtney Baker. Elle est accompagnée de sa fille, Ashlyn, qui a deux ans.

Lauren afficha leur photo sur son téléphone.

— Les voici, dit-elle. Elle a été prise il y a quelques mois.

Brenda étudia la photo.

— Je suis désolée, je ne les connais pas.

Lauren réprima sa déception.

— Elle voyage avec un homme du nom de Trey Allerton.

Elle montra sa photo à Brenda.

— Il vous dit quelque chose ?

Celle-ci secoua la tête.

— Mais je peux demander à mon mari. Il est shérif adjoint.

— Je me suis arrêtée au commissariat en chemin, et j'ai parlé au shérif adjoint Ellis, dit-elle.

Brenda sourit.

— Oh ! Shane…

Son ton était celui de l'amusement, voire de l'admiration.

— Que voulez-vous dire par « Oh ! Shane » ? demanda Lauren.

— Rien, répondit Brenda. C'est un bon adjoint. Et c'est la coqueluche de la ville.

Elle sourit.

— Il a fait sensation chez les femmes quand il s'est engagé dans la police il y a six mois.

— Il a promis d'essayer d'en savoir plus sur Courtney et Allerton, dit Lauren. Mais j'ai l'impression qu'à moins de pouvoir prouver qu'un crime a été commis, le gros des recherches m'incombe.

— Vous pensez qu'un crime a été commis ? questionna

Brenda. Allerton a-t-il amené votre belle-sœur ici contre son gré ?

— Je n'en sais rien.

Lauren réprima un soupir.

— Je sais seulement que je n'ai pas eu de ses nouvelles de toute une semaine, et que cela ne lui ressemble pas. Et je n'ai pas confiance en Allerton. Je suis résolue à rester à Eagle Mountain jusqu'à ce que je les retrouve.

— Je vous ai réservé l'appartement pour une semaine, dit Brenda.

— Oui, il faudra peut-être que je reste plus longtemps.

Brenda secoua la tête.

— J'aimerais vous arranger, mais l'appartement est réservé pour le reste de l'été. Je peux vous donner le nom d'un agent immobilier qui vous aidera à trouver une autre location. Et je demanderai autour de moi s'il y en a de libres.

— Merci. Avec un peu de chance, je n'en aurai peut-être pas besoin.

— Je poserai aussi la question au sujet de votre belle-sœur, ajouta Brenda. C'est difficile d'arriver dans une si petite ville sans qu'on vous remarque.

— J'imagine que c'est une bonne chose, dit Lauren. Je n'avais pas compris, avant de venir, qu'Eagle Mountain était si petite.

— On dirait que ça vous inquiète, remarqua Brenda.

Cette femme était incontestablement observatrice.

— Sans offense pour M. Ellis ou votre mari, répondit Lauren, le commissariat a-t-il les moyens de s'occuper de cela, s'il s'avère qu'il s'agit d'un enlèvement ?

— Je pense qu'ils sont mieux équipés pour traiter une affaire comme celle-ci que beaucoup d'autres services, déclara Brenda. Comme nous n'avons pas beaucoup de crimes aux alentours, les policiers ont plus de temps. Et puis ils connaissent presque tout le monde dans ce comté.

Un étranger ou quelqu'un qui se comporte bizarrement se remarque, ici.

— J'imagine que vous avez raison, dit Lauren, bien que ses doutes persistent.

— Je vais vous laisser. Mon numéro est dans ce carnet.

Brenda indiquait un carnet sur la table.

— Appelez-moi si vous avez besoin de quoi que ce soit. Et je vous tiendrai au courant si j'entends parler de votre belle-sœur.

— Merci.

Lorsqu'elle fut seule, Lauren transporta son sac dans la chambre, dans l'intention de ranger ses affaires. Mais elle s'assit au bord du lit et sortit son téléphone. Elle afficha le numéro de Courtney et tenta de l'appeler pour la énième fois. Une voix mécanique l'informa que son correspondant était indisponible et que sa messagerie était pleine.

Elle fit défiler les derniers textos de Courtney.

Dîner avec Trey ce soir. Il dit qu'il a une grande nouvelle au sujet du ranch. Te tiendrai au courant.

Puis, deux jours plus tard, après d'innombrables textos, un nouveau message.

Désolée. Suis super occupée. Allons visiter un terrain pour le ranch.

Allerton avait peint un lumineux tableau du ranch que Mike et lui avaient rêvé d'ouvrir – un endroit dans les montagnes où des jeunes défavorisés pourraient venir prendre le bon air. Courtney, qui adorait les enfants et avait pitié de tous ceux qui étaient dans le besoin, s'était convaincue que c'était la seule manière de faire fructifier l'héritage de son mari.

Sauf que Mike n'avait jamais parlé de ce ranch, ni à Courtney ni à sa sœur. Lorsque Lauren avait souligné cela, de même que le fait qu'Allerton n'avait aucune qualification pour diriger ce type de programme, Courtney avait écarté ses inquiétudes. Mike n'avait sans doute pas voulu lui en parler jusqu'à ce que Trey et lui aient précisé les détails, avait-elle argumenté. Et ils pourraient toujours engager des thérapeutes professionnels pour s'occuper des enfants. L'important était de trouver un endroit où bâtir le ranch et faire de ce rêve une réalité.

Bien sûr. Et tout ce que cela demandait, c'était de l'argent. Beaucoup d'argent. Dont Allerton ne semblait pas disposer, mais que Courtney, grâce au généreux fonds de Mike, possédait.

Tout ce qui concernait Allerton donnait la chair de poule à Lauren. Son sourire était trop large, ses paroles trop mielleuses, son charme trop superficiel. Mais Courtney ne voyait rien de tout cela. Il l'avait conquise en parlant de Mike, en lui racontant des histoires sur l'Afghanistan que Courtney était avide d'entendre.

Courtney croyait chaque mot qu'il lui disait, mais Lauren n'était pas aussi crédule. Peut-être était-ce dû à sa formation médicale, au fait de savoir que les gens mentaient bien souvent à propos des choses les plus simples, leur poids, leur consommation d'alcool ou la gravité de leurs symptômes. Peu de choses que disait Allerton lui paraissaient vraies. Il avait évidemment connu Mike. Il connaissait des détails personnels qui avaient convaincu Courtney, mais Lauren ne pouvait s'imaginer son frère devenant l'ami d'un homme comme Allerton. Mike méprisait les postures. Ayant grandi dans l'opulence, il avait l'œil pour les gens qui ne s'intéressaient qu'à son argent, un trait que Lauren et lui partageaient.

Mais Courtney faisait confiance à tout le monde. Fille unique d'un pasteur, ayant passé la majeure partie de sa vie dans une petite ville du Midwest, elle voyait le bien chez tout le monde. Mike l'aimait pour cela, mais il reconnaissait aussi qu'elle était vulnérable.

« Veille sur Courtney quand je serai parti, avait-il dit à Lauren. Ne laisse personne profiter d'elle. »

Lauren le lui avait solennellement promis. Mais elle avait manqué à sa promesse.

Elle fit défiler les textos de la semaine précédente, des messages laconiques dans lesquels Courtney se plaignait d'être trop occupée.

Ne t'inquiète pas, je vais bien. Nous sommes dans un endroit magnifique, appelé Eagle Mountain. Imagine-toi que le motel où nous séjournons s'appelle le Ranch Inn. Je pense que c'est un signe, non ?

Que faites-vous là-bas ? avait répondu Lauren.

Trey dit que je ne dois pas en parler. Ne t'inquiète pas. Tout ira bien.

Ces derniers mots firent frissonner Lauren. Tout n'allait pas bien, et le simple fait que Courtney soutienne le contraire poussait Lauren à croire que sa belle-sœur était consciente d'avoir des ennuis sans être prête à l'admettre.

— Taylor, tu es justement la personne à qui je veux parler.

Shane se pencha par-dessus le comptoir du Ranch Inn et sourit à la jeune femme qui se trouvait derrière.

Taylor Redmond rosit.

— Pourquoi voudrais-tu me parler, Shane ? Tu penses que je suis coupable de quelque chose ?

— Nous sommes tous coupables, rétorqua-t-il d'un ton plaisant.

Elle gloussa.

— C'est toujours un plaisir de te voir, Shane. Que puis-je pour toi ?

— Je cherche une femme qui a récemment séjourné chez

vous. Courtney Baker. Elle a une petite fille de deux ans. Et elle voyage avec un homme du nom de Trey Allerton.

— Ces noms ne me disent rien, mais laisse-moi regarder dans le registre.

Elle s'approcha de l'ordinateur et se mit à taper. Quelques secondes plus tard, elle secoua la tête.

— Il n'y a aucun de ces noms. Tu es sûr qu'elle a séjourné ici ?

— Voici sa photo.

Il lui tendit le portrait que lui avait donné Lauren.

Le visage de Taylor s'éclaira.

— Oh oui, je me souviens d'elle. Sa petite fille était si mignonne. Mais elle a dit s'appeler Allen. Son mari, leur fille et elle ont séjourné ici en début de mois.

Elle se tourna à nouveau vers l'ordinateur.

— Ils sont partis il y a huit jours.

— Quel était son prénom à lui ?

— Troy. Troy Allen. M. et Mme. Pas de prénom pour elle. Mais je l'ai entendue appeler la petite Ashlyn, je crois.

— Ashlyn ?

— Quelque chose comme ça. Pourquoi ? Ils ont fait quelque chose de mal ?

— Pas que je sache.

Il rangea la photo dans l'enveloppe.

— Avaient-ils l'air d'aller bien ? Je veux dire semblaient-ils bien s'entendre ?

Taylor fronça les sourcils.

— Je suppose que oui. Ils avaient l'air normal, mais je ne les ai vus que quelques minutes. Que se passe-t-il ?

— J'essaye seulement d'entrer en contact avec eux. Ont-ils dit où ils allaient ?

— Je ne les ai pas vus. Ils ont laissé la clé dans la chambre le dernier jour. Ils avaient déjà payé.

— Merci, Taylor. Tu m'as été très utile.

Elle se pencha par-dessus le comptoir.

— Avant que tu t'en ailles… je me demandais si tu as prévu d'aller au bal des pompiers du 4 juillet.

— Ils font toujours ça ?

Shane se souvenait d'être allé à ce bal avant d'être recruté par un grand club.

— Bien sûr !

Les yeux de Taylor brillaient.

— C'est l'événement de l'année. La ville fourmille de touristes. Et c'est le bal qui sonne le début des réjouissances.

— Je ne le manquerai pour rien au monde, assura-t-il.

— Alors je t'y verrai peut-être, répondit-elle en battant des cils.

— Peut-être, dit-il en prenant congé.

Ce n'était pas qu'il n'aimait pas Taylor, mais elle ne pouvait pas avoir plus de dix-neuf ans. Un homme dans sa position se devait d'être prudent. Jusque-là, il s'en était tenu à des femmes de son âge, sans jamais s'engager. Il n'était pas prêt à se ranger, mais il ne voulait pas non plus avoir la réputation d'un homme à femmes. Il s'efforçait de rester en bons termes avec toutes les femmes avec lesquelles il était sorti et jusque-là y avait réussi.

De retour dans la voiture, il prit note des informations données par Taylor. Courtney ne se comportait pas comme une femme accompagnant un homme contre son gré. Lauren Baker n'approuvait peut-être pas l'homme avec lequel la veuve de son frère s'était associée, mais jusqu'ici Shane n'avait pas trouvé de preuve de crime.

Sauf que… Pourquoi un homme qui n'avait rien à cacher s'inscrivait-il dans un motel sous un faux nom ? Au lieu de s'intéresser à Courtney, Shane devait peut-être creuser un peu plus du côté d'Allerton.

3

— Voici la photo de ma belle-sœur Courtney et de sa fille Ashlyn. Elles se trouvaient à Eagle Mountain il y a deux semaines. Vous vous souvenez de les avoir vues ?

Après être entrée dans six magasins le long de la rue principale, Lauren connaissait par cœur son petit discours. Elle tendit la photo de Courtney et Ashlyn à la propriétaire du magasin de jouets. Les poupées prenant le thé dans la vitrine étaient le genre de choses qui aurait attiré l'attention d'Ashlyn.

Âgée de la soixantaine, avec des cheveux blancs coupés court, la femme ajusta ses lunettes cerclées de métal et observa la photo avant de la rendre à Lauren.

— Je suis désolée, je ne me souviens pas d'elles. La petite fille est très mignonne. Et la femme très jolie aussi. Je pense que je me souviendrais d'elles si je les avais servies.

— Merci d'avoir pris le temps de regarder.

Lauren rangea la photo dans son sac.

— Il y a quelque chose qui ne va pas ? demanda la femme. Pourquoi les cherchez-vous ?

— Je pense qu'elles ont disparu, répondit Lauren. Je fais tout ce que je peux pour essayer de les retrouver.

— Vous avez contacté le commissariat ? Ils pourront peut-être vous aider.

— Oui, ils s'en occupent aussi, répondit Lauren.

— J'espère que vous les retrouverez, dit la femme, puis elle se détourna pour servir un client.

Lauren quitta le magasin et observa le suivant : une boutique spécialisée dans les cigares et les tabacs d'importation. Ce n'était pas le genre de choses qui aurait attiré l'attention de Courtney et, autant qu'elle sache, Allerton ne fumait pas. Le suivant était un café. Quelques personnes y faisaient la queue, car c'était l'heure du déjeuner. L'une d'elles se rappellerait-elle avoir vu Courtney et Ashlyn ?

— Je n'ai jamais mangé quelque chose qui ne soit pas bon, ici.

En jetant un regard par-dessus son épaule, elle découvrit le shérif adjoint Ellis. Il effleura le bord de son stetson dans un geste un peu démodé.

— J'allais justement déjeuner, dit-il. Voulez-vous vous joindre à moi ?

Son premier réflexe fut de refuser. Elle n'avait pas envie de la compagnie de cet homme ni de quiconque. Mais cela lui donnerait l'occasion de découvrir ce qu'il avait fait jusqu'ici pour localiser Courtney et, peut-être, lui faire comprendre que sa belle-sœur ne se comportait pas normalement. Lauren était convaincue que Courtney avait des ennuis et elle avait besoin que le shérif adjoint la croie.

— Merci, dit-elle en se forçant à sourire. Volontiers.

Il lui tint la porte et lui effleura le dos pour la faire entrer. Une fois encore, c'était un geste poli. Cela lui donna l'impression d'être vulnérable. Elle s'assit à une table libre et tira sa chaise avant qu'il puisse le faire. Il prit le siège en face d'elle et lui dit d'un air amusé :

— Détendez-vous, je ne mords pas.

— Je ne suis pas habituée à ce genre de situations, dit-elle.

— Déjeuner avec un homme, vous voulez dire ?

Il haussa un sourcil.

— Ou avec un policier ?

— Je ne suis pas habituée à être dans un endroit inconnu, recherchant une proche.

— Ça alors, Shane !

La serveuse, jeune et blonde, sourit à Ellis.

— C'est toujours un plaisir de voir ta figure par ici.

— Bonjour Dee, répondit-il. Comment va la vie ?

— Ça pourrait aller mieux. Qu'est-ce que je te sers ?

Shane s'adressa à Lauren.

— Vous avez besoin de plus de temps ?

Lauren se retourna pour étudier le menu du jour.

— Je vais prendre une soupe et une salade maison.

— Un hamburger au piment vert, dit-il pour sa part.

— C'est noté.

Dee s'éloigna, et Shane se tourna vers Lauren.

— J'ai entendu dire que vous posiez des questions en ville.

L'avait-il suivie ?

— Je ne suis pas venue ici pour rester assise en attendant que d'autres fassent le travail, dit-elle. Si je peux trouver quelqu'un qui a vu Courtney et Ashlyn, cela m'aiderait à retracer leurs mouvements.

— Vous êtes libre de parler à qui vous voulez. Vous avez rencontré quelqu'un qui se souvient de votre belle-sœur ou de sa fille ?

— Personne, et en soi, cela me frappe comme une anomalie. Courtney adore faire des achats. Et elle adore les jolies boutiques. Elle ne pourrait pas passer devant sans s'arrêter. Et pourtant, personne ne se souvient qu'elle soit entrée dans l'une d'elles.

— Allerton et elle ont quitté le Ranch Inn il y a huit jours, reprit-il. Ce n'est pas inhabituel que les gens ne se rappellent pas quelqu'un qu'ils n'ont vu que quelques minutes.

— Quelqu'un aurait dû se souvenir de Courtney, répliqua Lauren. Vous avez vu sa photo. Elle est d'une beauté frappante. Et Ashlyn est adorable. Quelqu'un se souviendrait d'elles si elles étaient entrées dans l'un de ces magasins.

La serveuse revint avec leurs boissons.

— Merci Dee, dit Shane, qui fut récompensé par un sourire étincelant.

Peut-être n'avait-il pas vu la déception dans les yeux de la serveuse, mais Lauren oui. Brenda Prentice ne plaisantait pas en disant que Shane était la coqueluche locale.

— Comment savez-vous qu'ils sont partis il y a huit jours ? demanda-t-elle.

— J'ai demandé à la réceptionniste de regarder le registre. Ils n'étaient pas inscrits sous leurs vrais noms.

Il l'observa par-dessus le bord de son verre.

— Sous quels noms, alors ? dit-elle, irritée qu'il l'oblige à poser la question.

— Vous n'allez pas aimer la réponse.

— Je n'aime rien de tout ça, mais je veux quand même savoir.

— M. et Mme Troy Allen.

Lauren prit une grande inspiration.

— C'est pire que ce je pensais, s'il l'a persuadée de l'épouser, dit-elle.

— Vous pensez qu'elle aurait fait ça ?

— Non !

Elle voulait protester que Courtney était encore trop amoureuse de Mike pour épouser quelqu'un d'autre, mais son frère était mort depuis plus de deux ans. Courtney avait tous les droits de se remarier. Ce n'était pas parce que cette idée la blessait que cela ne pouvait pas arriver.

— Je ne pense pas qu'elle soit amoureuse de Trey, dit-elle finalement. Elle n'a jamais parlé de l'épouser, mais peut-être savait-elle que je désapprouverais. Elle se dit peut-être qu'il lui offre le genre de sécurité qu'elle n'a pas eue depuis la mort de Mike. Mais j'ai du mal à y croire.

— Peut-être ne sont-ils pas mariés, dit-il. Les gens mentent sur ce genre de choses pour avoir l'air plus respectables.

Il prit une longue gorgée de thé et reposa son verre.

— Pour ce que ça vaut, je n'ai pas trouvé trace de leur mariage dans l'État du Colorado, bien qu'il faille parfois plusieurs semaines avant d'obtenir l'information des différents comtés.

Il avait donc fait des recherches.

— Je suis impressionnée par ce que vous avez déjà découvert, monsieur Ellis, dit-elle.

— S'il vous plaît, appelez-moi Shane. Et puis-je vous appeler Lauren ?

— Bien sûr.

Dee revint et déposa une assiette fumante devant lui.

— Un hamburger au piment vert pour l'homme le plus sexy de la ville, dit-elle.

Elle déposa la salade et la soupe de Lauren sans commentaire.

— Merci.

Shane prit son hamburger à deux mains. Dee s'attarda un moment puis, constatant qu'il ne disait rien, s'éloigna. Il prit une bouchée, et Lauren goûta sa soupe. Après un instant, Shane déclara :

— J'ai cherché si Allerton avait un casier mais non. J'ai d'autres recherches en cours, toutefois.

— Et moi, j'ai demandé à un ami de regarder son dossier militaire, dit Lauren. Il a bien servi dans la même unité que Mike et il a accompli son devoir.

— Vous m'avez économisé une étape, alors.

Un éclat de rire sonore les fit se retourner tous deux. Une jeune femme coiffée de jolies boucles auburn et vêtue d'une robe d'été orange fit son entrée, suivie de deux femmes tout aussi voyantes, toutes chargées d'emplettes. Elles riaient bruyamment, attirant l'attention de tous ceux qui se trouvaient dans la salle.

— Dee, donne-nous la meilleure table ! cria la rouquine, avant de se joindre au concert de gloussements.

Dee leur fit grise mine.

— Nous n'avons qu'une table, Talia, dit-elle. Prenez-la ou allez-vous-en.

— Eh bien, je suppose que, si on la prend, ça en fera automatiquement la meilleure table, répliqua Talia.

D'autres rires s'élevèrent lorsque le trio suivit une Dee renfrognée jusqu'à une table du fond.

Lauren croisa le regard de Shane.

— Qui est-ce ?

— Talia Larrivee.

Il reprit son hamburger.

— Je crois que c'est ce que l'on appelle une mondaine.

— Qu'est-ce qui fait d'elle une mondaine ? demanda Lauren.

— C'est la fille d'Evan Larrivee.

— Evan Larrivee de Larrivee Software ?

— Lui-même. Il a une maison secondaire tout près de la ville. Je n'y suis jamais allé, mais j'ai entendu dire que c'est une sacrée demeure.

— Je suis sûre qu'en lui faisant du charme vous pourriez visiter l'endroit, dit Lauren. La plupart des femmes de cette ville semblent vous manger dans la main.

— Pas Mlle Larrivee.

Il fourra une frite dans sa bouche, l'air pensif.

— Je ne suis pas assez tordu pour elle. Un peu trop droit.

— Vous semblez bien la connaître.

Lauren essayait de prendre un air anodin. Pourquoi aurait-elle dû s'inquiéter de la relation de Shane avec l'adorable Talia Larrivee ?

— Nous nous sommes rencontrés quelques fois.

Il croisa son regard.

— Pour des raisons officielles.

— Vous voulez dire qu'elle a commis des délits ?

— Rien de majeur. Et son père peut se permettre les meilleurs avocats pour tirer sa petite fille d'affaire. Mais c'est pour une autre raison qu'elle ne m'aime pas.

— Quelle déception pour vous. Elle est très jolie. Et riche.

— Mais pas mon type.

Il croisa à nouveau son regard avec ses yeux couleur de whiskey. Son cœur battit un peu plus fort, et elle se surprit à lâcher la première chose qui lui venait à l'esprit.

— Et quel est votre type ?

— J'aime les femmes loyales. Calmes sous la pression. Intelligentes.

— Vous ne mentionnez pas la beauté.

Il haussa les épaules.

— La plupart des femmes ont de la séduction. Mais oui, je suis assez superficiel pour admettre que l'apparence compte.

— Bonne chance pour trouver ce parangon, dit-elle.

— Oh ! je ne sais pas. Vous semblez avoir beaucoup de ces qualités.

Il repoussa sa chaise et se leva.

— Je vais payer, dit-il. Et je vous tiendrai au courant s'il y a du nouveau pour votre belle-sœur.

Il toucha à nouveau son chapeau, puis tourna les talons et s'éloigna. Les yeux de Lauren ne furent pas les seuls à le suivre, mais elle était certainement la seule dont la bouche béait de surprise.

Dee s'arrêta à sa table.

— Je vous apporte autre chose ? Encore du thé glacé ?

Lauren détacha les yeux du dos de Shane.

— Non, merci.

— Alors, comment le connaissez-vous ? demanda Dee. C'est un vieil ami ?

— Non. Ma belle-sœur a disparu, et il la recherche.

— Oh !

Le visage de Dee s'éclaira.

— Alors c'était seulement un déjeuner d'affaires ?

— Oui.

— Encore que si on doit avoir un déjeuner d'affaires, autant l'avoir avec un type comme Shane…

L'attitude de Dee s'était faite amicale.

— Il pourrait écraser tous les gars de la ville, mais il n'est pas suffisant comme on pourrait le croire.

Elle commença à rassembler les assiettes et les couverts.

— Je n'en croyais pas mes oreilles quand j'ai entendu dire qu'il était revenu. Il aurait pu aller n'importe où, pourquoi ici ? Et pour être shérif adjoint, en plus…

Elle secoua la tête.

— Pourquoi cela vous surprend-il ?

— Je me serais attendue à ce qu'il travaille comme animateur radio ou peut-être coach.

Dee ajouta un verre sur le plateau et équilibra celui-ci contre sa hanche.

— Je veux dire, n'est-ce pas ce que font les joueurs de base-ball quand ils prennent leur retraite ?

— Attendez une minute… C'était un base-balleur ?

— Vous n'étiez pas au courant ? Il était chez les Colorado Rockies. Leur lanceur vedette, jusqu'à ce qu'il soit blessé au bras.

Elle secoua à nouveau la tête.

— Quel dommage. Si vous trouvez qu'il a bonne allure en uniforme, vous auriez dû le voir dans son maillot rayé. Vous êtes sûre que vous ne voulez rien d'autre ?

— Non, merci.

Lauren se leva et traversa le café bondé, consciente que des yeux la suivaient, bien que la plupart soient fixés sur Talia et ses amies.

Elle songea qu'elle devrait continuer à montrer la photo

de Courtney et d'Ashlyn, mais elle avait perdu courage. Elle retourna donc à l'appartement et alluma son ordinateur.

Une recherche au nom de Shane Ellis lui fournit pléthore d'articles sur le lanceur des Colorado Rockies. Des dizaines de photos le montraient en tenue de joueur, d'autres à des fêtes ou des événements de charité, avec une femme séduisante à son bras. L'homme qu'elle connaissait était un peu plus vieux, moins… *glamour*, le meilleur terme auquel elle put songer. Elle avait rencontré Shane le shérif adjoint. Ces photos montraient Shane la célébrité.

Elle cliqua sur le premier article. Il comprenait un résumé de sa carrière : sélectionné à l'université parmi les meilleurs, ascension fulgurante en ligue mineure, nomination pour un Cy Young Award, avait mené son équipe dans un match décisif lors de sa seconde année, pour finir par une blessure mettant fin à sa carrière. Chirurgie. Tentative de reprise. Puis annonce qu'il quittait le base-ball.

Elle s'adossa à sa chaise, essayait de digérer ce qu'elle venait de lire. Elle devait tomber d'accord avec Dee : il semblait étrange que Shane ait décidé de devenir policier dans une petite ville. Il avait connu la célébrité et la richesse, il était beau et charmant et il aurait probablement pu faire ce qu'il voulait de sa vie. Au lieu de cela, il s'était terré dans une petite ville isolée. Pourquoi ? Quel rapport y avait-il entre les exploits sportifs et la résolution de crimes ?

4

Après le déjeuner, Shane se faufila au commissariat par la porte de service, espérant régler un peu de paperasse avant qu'Adelaide s'aperçoive de sa présence. Mais celle-ci avait l'ouïe fine, et il s'était à peine assis qu'elle se rua dans son bureau.

— Le 4 juillet, un match de base-ball est organisé entre le commissariat et la caserne des pompiers pour lever des fonds pour les petites ligues, dit-elle.

Bien qu'il garde une expression neutre, il se recroquevilla intérieurement.

— Je n'étais pas au courant.

— Il vaudrait mieux commencer à t'échauffer, déclara Adelaide.

— Le commissariat n'a pas une équipe officielle ? Ils ne voudront peut-être pas de moi.

Le rire d'Adelaide ressembla à un ululement.

— Bien sûr qu'ils vont te vouloir. Et ils voudront que tu gagnes. Les pompiers ont de sacrés batteurs chez eux.

— Je ne suis plus lanceur de ligue majeure, lui rappela-t-il.

— Tu es mille fois meilleur que n'importe qui d'autre ici.

— Meilleur à quoi ?

Le sergent Gage Walker venait d'entrer dans la salle, suivi du shérif Travis Walker. Plus grand, plus blond et incontestablement plus extraverti que son frère, Gage avait un grand sens de l'humour et beaucoup de vivacité.

— Je viens de parler à Shane du match de base-ball du 4 juillet, dit Adelaide.

— Ces pauvres pompiers ne sauront plus où se mettre quand ils verront ton jeu enflammé, affirma Gage.

— Ça fait un bout de temps que je n'ai pas lancé, répondit Shane.

Gage lui donna une claque sur l'épaule.

— Alors mieux vaut commencer à t'entraîner.

La clochette de la porte d'entrée retentit.

— Je ferais mieux d'aller voir, déclara Adelaide.

— Je vais avec toi, dit Gage.

— Tu es d'accord pour lancer au match ? demanda Travis. Ton bras ne te gêne plus ?

— Pas vraiment. Mais je n'ai plus la même vitesse et la même puissance qu'autrefois.

— Ce n'est pas un match de ligue majeure, répondit Travis. Les pompiers ont quelques bons batteurs, mais ce sont des amateurs.

L'intérêt du shérif surprit Shane. Travis se concentrait sur son travail et sa famille. Il s'engageait rarement dans des conversations sur le sport, bien que Shane ait entendu dire qu'il était assez bon athlète au lycée.

— Qu'est-ce qu'il y a en jeu ? demanda-t-il.

— Le droit de fanfaronner, pour l'essentiel. Mais les pompiers nous ont battus les quatre dernières années. Ce serait sympa de récupérer le titre.

— Je ferai ce que je peux, dit Shane.

— Tu es susceptible d'attirer des foules, quand la rumeur se répandra. Ça te dérange ?

Un peu. Surtout parce que les gens s'attendraient à voir le champion qu'il avait été.

— Non, ça va, mentit-il.

— Du nouveau sur la femme disparue ?

Shane lui fit part des informations glanées au motel et de ce qu'il avait appris de Lauren au déjeuner.

— La belle-sœur pense que Trey Allerton convoite l'argent de Courtney Baker. Elle affirme qu'il se passe quelque chose de louche.

— Vois si tu peux trouver ce que c'est, dit Travis. Mais ne néglige pas les autres affaires. Il pourrait seulement s'agir d'une femme qui veut échapper à la famille de son défunt mari et tout recommencer. Ça arrive.

— Je ne l'oublierai pas.

À nouveau seul, Shane essaya de se concentrer sur un rapport d'accident de la circulation, mais son esprit ne cessait de revenir au chagrin de Lauren lorsqu'elle avait parlé de son frère mort et de sa femme disparue. Lauren ne le frappait pas comme étant une parente autoritaire. Elle trouvait probablement qu'il avait dépassé les limites en lui disant qu'elle était son type de femmes, mais il espérait que cet aveu – véridique – la remuerait assez pour qu'elle lui fasse davantage confiance. Ils étaient du même côté, mais il subodorait que Lauren n'était pas convaincue par son efficacité.

D'autres partageaient probablement ses doutes. Il n'était pas aveugle au fait que tous le voyaient comme un joueur, et ensuite seulement comme un policier. Il avait été un bon joueur, très doué – il le fallait pour intégrer les ligues majeures.

Mais avait-il le talent nécessaire pour être un bon policier ? Pourrait-il retrouver Courtney Baker ? Cela ne lui aurait pas déplu que Lauren le regarde comme ses fans féminines le regardaient quand il portait son maillot.

— Les locations à la semaine sont difficiles à trouver en été. C'est la saison haute. Mais j'ai peut-être un ou deux appartements qui pourraient vous convenir, dit Mallory Workman, lorsque Lauren s'arrêta à Workman Realty le mercredi suivant.

Mallory avait le teint bronzé de quelqu'un qui passe son temps à l'extérieur. Elle portait une chemise western à boutons de nacre, un jean étroit, des bottes de cow-boy roses et une boucle de ceinture dorée.

— J'ai été championne de *barrel racing* de l'État en 1996, dit-elle en notant le regard de Lauren. C'était il y a un bail, mais je monte toujours et j'entraîne des débutantes.

— Je vous suis très reconnaissante de m'aider à trouver une location après mon séjour chez Mme Prentice.

— Brenda est une personne adorable, affirma Mallory.

Elle s'assit à son bureau et afficha un formulaire sur son ordinateur.

— Laissez-moi prendre quelques renseignements. Je sais que vous voulez louer à la semaine, mais combien de temps pensez-vous rester ?

— J'aimerais bien le savoir, répondit Lauren. Cela dépend du fait que j'arrive à entrer en contact avec ma belle-sœur.

— Vous avez une photo d'elle ? demanda Mallory. Je connais presque tout le monde ici. Entre mon métier et le rodéo, je rencontre beaucoup de gens.

Lauren lui tendit la photo de Courtney et Ashlyn. Mallory l'étudia un long moment.

— Elle a le genre de beauté qui attire les regards, dit-elle au bout d'un instant. Et cette petite fille est adorable.

— Voici la photo de l'homme avec qui elles sont censées être, dit Lauren en lui montrant la photo de Trey. Il mesure environ un mètre quatre-vingt et il est très charmeur.

— Et je suppose qu'il n'est pas gentil, d'après votre ton, ajouta Mallory.

— Je ne le connais pas bien, avoua-t-elle. Mais ça m'inquiète que Courtney ait coupé toute communication depuis qu'elle est ici avec lui. Je n'ai plus eu de ses nouvelles, pas plus que tous ceux qui la connaissent.

— Je n'ai pas entendu parler d'eux, dit Mallory. Mais je tendrai l'oreille et je vous tiendrai au courant si j'apprends quelque chose. Que faisaient-ils à Eagle Mountain ?

— Allerton dit qu'il cherche un terrain dans les montagnes pour ouvrir un ranch pour les jeunes défavorisés. Une sorte de camp d'été, j'imagine.

— Personne ne m'a contactée pour quelque chose de ce genre, mais je demanderai autour de moi. Tous les agents immobiliers s'entendent bien, et, malgré la concurrence, nous partageons nos informations.

— Merci. Je vous en serais très reconnaissante.

— Maintenant, voyons vos renseignements.

Elles avaient presque fini lorsque la porte du bureau s'ouvrit. Shane entra d'un pas tranquille.

— Bonjour, mesdames, dit-il en touchant le rebord de son chapeau.

Son regard était fixé sur Lauren.

— On dirait que nous nous suivons partout.

— Lauren était justement en train de me parler de sa belle-sœur, dit Mallory. Je vais en parler à d'autres agents, pour savoir s'ils ont été contactés par cet Allerton.

— Vous avez une longueur d'avance sur moi, remarqua Shane. Je m'arrêtais pour vous demander si vous aviez rencontré Allerton à propos de son projet de ranch.

— Vous savez auprès de qui vous pourriez l'apprendre ? lança Mallory. Vous devriez aller voir les ventes récentes au tribunal. Peut-être qu'il a déjà acheté un terrain.

— Il en aurait eu le temps ? questionna Lauren.

— Vous seriez surprise de voir à quelle vitesse certaines affaires se concluent, surtout si l'acheteur a du liquide.

— Je ne pense pas que ce soit le cas d'Allerton, dit Lauren.

— Et Courtney ?

Lauren se mordit la lèvre, réfléchissant.

— Je ne crois pas. Les conditions du fonds limitent ce qu'elle peut retirer, mais peut-être faudrait-il vérifier.

— Faites donc ça, et je vais aller au tribunal, dit Shane. Mallory, vous nous tiendrez au courant si vous en entendez parler par vos concurrents ?

— Bien sûr.

Le sourire de Mallory s'élargit.

— Mais vous me devrez une faveur.

Il se redressa.

— Laquelle ?

— Une danse au bal des pompiers, dit Mallory. Vous y allez, n'est-ce pas ?

— Je ne le manquerai pour rien au monde.

Mallory se tourna vers Lauren.

— Si vous êtes là le 4 juillet, vous devriez venir aussi. Il y a une parade et un feu d'artifice. Oh ! et un match de base-ball !

Elle sourit à Shane.

— Le match habituel entre les hommes du shérif et les pompiers. Ce devrait être intéressant cette année. Je présume que vous allez lancer pour l'équipe du shérif ?

Shane bascula son poids d'un pied sur l'autre.

— J'imagine.

— Je suis allée à un match des Rockies, lorsque Shane en faisait partie, dit Mallory à Lauren. C'était palpitant. Ils ont gagné. Ça m'a rendue fière de voir un garçon de notre ville jouer si bien.

— Oui, eh bien, je ferais mieux d'aller au tribunal avant qu'ils ferment pour le déjeuner, déclara Shane.

Lauren se leva.

— Je vais avec vous.

Aucun d'eux ne dit un mot jusqu'à ce qu'ils soient sur le trottoir.

— Vous n'aimez pas parler de votre carrière sportive, n'est-ce pas ? questionna-t-elle.

Il haussa les épaules.

— Je ne suis pas du genre à vivre dans le passé.

Le tribunal du comté de Rayford était un bâtiment de trois étages de pierre rouge, avec un toit d'ardoises grises et des rangées de hautes fenêtres. À l'intérieur, leurs pas résonnèrent sur un parquet en bois. Ils passèrent par un détecteur de métaux, et un gardien inspecta le sac à main de Lauren. Puis Shane les conduisit par un long couloir à une porte marquée « Clerc du Comté ».

— Bonjour Frieda.

Shane salua la femme replète assise derrière le comptoir, dont les nattes blondes tombaient jusqu'à la taille. Elle portait un épais rouge à lèvres rose.

— Eh bien, Shane Ellis, que puis-je faire pour vous ?

Elle parlait avec un suave accent du Sud.

— Je vous présente Lauren Baker, dit Shane. Lauren, voici Frieda Patterson, notre clerc. Elle connaît tout et tout le monde dans le comté.

— Tout le monde finit par passer par ce bureau à un moment ou un autre, déclara Frieda. Que ce soit pour acheter un terrain, mettre des plaques sur sa voiture ou acheter un nouveau camping-car, on doit venir me voir, alors oui, je connais tout le monde.

Elle plissa les yeux.

— Alors, qui cherchez-vous ?

— Un homme du nom de Trey Allerton. Il est arrivé en ville il y a environ trois semaines et il cherche à acheter un terrain pour construire un ranch. Vous vous souvenez d'une transaction comme celle-là ?

Les brillantes lèvres de Frieda esquissèrent une moue.

— Je n'ai pas enregistré de vente de terrain ou de ranch le mois dernier, dit-elle. À quoi ressemble cet homme ?

Shane regarda Lauren.

— Trey mesure environ un mètre quatre-vingt, il est mince, blond, aux yeux bruns, dit-elle. Il peut se montrer très charmant. Il avait peut-être une femme avec lui.

Elle montra la photo de Courtney et Trey. Frieda la considéra et secoua la tête.

— Elle, je ne l'ai pas vue, assura-t-elle en rendant le téléphone à Lauren. Mais l'homme me dit quelque chose. Sauf que ce n'était pas une vente mais une location.

— Dites-nous-en plus, demanda Shane.

Mais Frieda fit un geste de dénégation.

— Pas sans l'autorisation du propriétaire.

— Vous pouvez la lui demander ? Ou bien donnez-moi son nom, et je le contacterai moi-même.

— Laissez-moi l'appeler pour savoir, dit-elle. Je vous recontacterai.

— Vous pourriez le faire tout de suite ?

Shane lui adressa son sourire le plus charmeur.

— D'accord, dit-elle en lui rendant son sourire. Donnez-moi une minute.

Elle se retira dans une autre pièce et revint quelques instants plus tard.

— M. Russell est toujours heureux de coopérer avec les services du shérif, annonça-t-elle.

Elle s'approcha d'un ordinateur et se mit à taper.

— L'homme que vous cherchez ne se fait pas appeler Allerton mais Allen, expliqua-t-elle au bout d'un instant. Troy Allen.

— C'est le nom qu'il a utilisé au motel, remarqua Shane.

— Vous auriez dû le dire, minauda Frieda. Je me serais souvenue de lui plus vite.

Elle tapa quelque chose, et l'imprimante émit un vrombissement derrière elle. Elle recueillit la page imprimée et la posa sur le comptoir.

Lauren et Shane se penchèrent pour la lire.

— Cette énumération de bornes et de limites ne me dit pas grand-chose, remarqua Shane. Vous pouvez nous traduire ça en bon anglais ?

— C'est une section du ranch Russell, expliqua Frieda. Samuel Russell a accepté de louer vingt-cinq hectares de terrain à Allen Entertainment Inc. pour cinq ans. Ils sont venus signer ensemble, et Sam n'avait pas du tout l'air contrarié.

— Merci, Frieda.

— À votre service, chéri.

Elle glissa le papier vers lui.

— J'ai hâte de vous voir lancer le 4 juillet, dit-elle. Je n'ai jamais assisté à vos matchs en vrai, mais je vous ai vu à la télévision.

— Ce ne sera pas aussi excitant, objecta-t-il.

— Pour nous si, répliqua-t-elle. Vous êtes ce qui se rapproche le plus d'une célébrité ici.

Il se força à sourire, puis Lauren et lui quittèrent le tribunal.

— Je vais aller voir ce terrain et je vous dirai ce que j'ai trouvé, dit-il quand ils furent dehors.

— J'ai une meilleure idée, répliqua Lauren. Emmenez-moi avec vous.

— Je ne peux pas mêler une civile aux affaires du shérif.

— Des civils accompagnent souvent les policiers, dit-elle. En outre, nous nous croisons dans toute la ville, parce que nous enquêtons aux mêmes endroits. Ce ne serait pas plus facile de travailler ensemble ?

— Quand vous le formulez ainsi, ça paraît logique.

— Je suis quelqu'un de rationnel.

— Oui, j'aime ça chez vous.

Ses yeux croisèrent les siens, et elle sentit quelque chose remuer en elle. Quelque chose qu'elle ne comprenait pas, mais qu'elle ne voulait pas non plus fuir.

5

Le ranch Russell s'étendait sur deux cent quarante-cinq hectares de pinèdes parsemées de buissons de sauge et de vallées ombragées. Shane engagea le SUV sur le chemin plein d'ornières menant à l'entrée du ranch. Sur le siège passager, Lauren leva les yeux sur le massif portail en fer forgé, frappé d'un double R au milieu.

— À qui appartient le ranch ? demanda-t-elle. Et pourquoi en louent-ils une partie à Allerton ?

— Le propriétaire est Samuel Russell, répondit Shane. Il est de la troisième ou quatrième génération de ranchers. Il avait un fils, Brock, mais celui-ci a été tué dans un accident de voiture juste après que j'ai fini le lycée. Et une fille, Willow, qui était quelques classes en dessous de moi à l'école.

— Il n'y a pas de Mme Russell ?

— Elle est morte quand les enfants étaient petits. Sam ne s'est jamais remarié, que je sache. Quant à ses raisons de louer ses terres, je vais les lui demander.

Il baissa la vitre côté conducteur et pressa le bouton d'appel sur l'Interphone placé au bord du chemin.

— Oui ? fit une voix bourrue.

— Monsieur Russell ? C'est le shérif adjoint Ellis. Nous nous sommes parlé au téléphone.

— Le portail est ouvert. Entrez.

Shane remonta sa vitre et redémarra. Il leur fallut

parcourir encore quatre cents mètres avant d'apercevoir le ranch lui-même – un bâtiment de briques rouges avec des volets et des pignons verts, et un toit d'ardoise très pentu. Il gara le SUV dans l'allée, et un homme sortit de la maison pour les accueillir.

Samuel Russell avait les rides et le bronzage prononcés de quelqu'un qui est dehors en toutes saisons, d'épais cheveux blancs et la démarche d'un homme qui a passé sa vie à cheval. Il serra la main de Shane et hocha la tête en direction de Lauren.

— Vous m'avez dit au téléphone que vous vouliez parler de Trey Allerton, mais je ne sais pas grand-chose de lui.

— Tout ce que vous pourrez nous dire nous sera utile, répondit Shane.

Il plissa les yeux dans le soleil.

— Pourrions-nous parler à l'intérieur ?

— Bien sûr.

Russell gravit les marches menant à un grand hall carrelé de dalles mexicaines. Il parcourut un bref couloir recouvert de moquette et ouvrit la porte d'un bureau meublé d'un ordinateur, une imprimante et deux vieux fauteuils rembourrés. Il se laissa tomber dans l'un d'eux.

— C'est ici que j'ai reçu Allen quand il est venu me parler de ce bout de terrain. C'est comme ça qu'il s'est présenté, Troy Allen, même si le nom sur les papiers était Trey Allerton.

— Ça ne vous a pas paru bizarre ?

— Si. Mais les gens font beaucoup de choses bizarres. Le nom de mon frère est Robert, mais personne ne l'appelle ainsi. La société de cet Allerton s'appelait Allen Entertainment. Mon avocat a tout vérifié et m'a dit que le bail était parfaitement régulier, alors je suppose que je me fiche de savoir comment un homme choisit de s'appeler.

Lauren s'assit dans le fauteuil face à lui, et Shane s'appuya de la hanche contre le bureau.

— Comment a-t-il trouvé le terrain ? demanda Shane. Comment savait-il qu'il était à louer ?

— J'en ai parlé à quelques personnes, dit Russell. Rien de formel, mais les rumeurs vont vite. Il en a sans doute entendu parler par l'un des agents immobiliers en ville. Ils sont toujours à l'affût d'une affaire. Ou dans un bar.

— Mais c'est lui qui vous a contacté, n'est-ce pas ?

— Oui. Il m'a appelé et m'a dit qu'il cherchait un terrain pour monter un ranch pour des gosses défavorisés. Une sorte de camp d'été. Je lui ai dit que la terre ne valait pas grand-chose pour l'élevage et qu'elle conviendrait probablement à ce type d'activités. Alors nous avons pris rendez-vous pour qu'il vienne la voir avec son associé.

— Son associé ? Qui était-ce ? demanda Lauren en se penchant en avant.

— Il n'a pas donné son nom, dit Russell. Il était un peu plus vieux qu'Allen, brun, petit et trapu. Une allure plutôt grossière.

— Que voulez-vous dire ? s'enquit Shane.

— Il portait une chemise à manches longues, mais la manche a glissé, et j'ai vu des tatouages sur son poignet. Je ne suis pas expert, mais ils avaient l'air faits maison, comme ceux que les types se font en prison.

Il croisa le regard de Shane.

— J'ai engagé plusieurs ex-taulards dans le temps. Je crois au repêchage. Parfois ça marche, parfois non.

— Allen était-il accompagné d'une femme ? demanda Lauren. Une jeune femme et une petite fille blondes ?

Elle lui montra la photo de Courtney et Ashlyn.

— Oui, la femme était avec lui. Difficile de la manquer. Mais pas de petite fille. Il y avait une autre femme, plus grande, avec de longs cheveux roux et un comportement un peu bizarre. Elle se cramponnait au type tatoué.

— Vous pensez qu'elle était droguée ?

— Je ne sais pas. On aurait dit qu'elle planait.

— On vous a dit comment elles s'appelaient ?

— Non.

— Que s'est-il passé quand ils sont venus vous voir ?

— Je les ai emmenés voir le terrain. C'est Allen qui a parlé tout le temps. Il m'a offert 10 000 dollars en liquide, plus 10 000 dans deux semaines.

— Pourquoi pas 20 000 tout de suite ?

— Il a dit qu'il attendait un chèque de rémunération.

— Et vous avez accepté ? demanda Lauren.

— Je n'avais aucune raison de ne pas accepter, dit Russell. Le terrain est toujours à moi, et s'il viole les termes du bail, je pourrai le jeter dehors.

— Vous a-t-il payé ce qu'il vous devait ? questionna Shane.

— Il a versé l'acompte de 10 000 dollars. Le reste n'est dû que dans une semaine.

Il plissa les yeux.

— Vous êtes en train de me dire que je n'aurai pas cet argent ?

— Allerton vous a-t-il dit ce qu'il avait l'intention de faire du terrain ? demanda Shane au lieu de répondre.

— Il m'a dit qu'il ferait sans doute venir un camping-car pour s'y installer et il voulait construire des bungalows. Je lui ai rappelé que tous ces bâtiments seront ma propriété à terme, et il a été d'accord, il n'a même pas cillé. J'ai pensé que ce n'est pas l'homme d'affaires le plus futé du monde, mais qu'est-ce que ça peut me faire ? Pour finir, je me retrouverai avec un tas de jolis bungalows. Je pourrais peut-être en faire un ranch de tourisme ou quelque chose du genre.

— Vous ne pensez pas que le ranch pour la jeunesse d'Allerton va tourner comme prévu ?

— Peut-être que oui, peut-être que non. C'est un beau parleur, et j'ai pensé que c'était peut-être du vent. Mais comme je l'ai dit, je n'ai pas vu en quoi j'y perdrais.

— L'une des femmes a-t-elle pris la parole ? questionna Lauren.

Russell secoua la tête.

— Pas un mot. Et l'autre homme non plus. Allen parlait pour quatre.

— Combien de fois l'avez-vous rencontré ?

— Deux fois, la première quand il est venu voir le terrain, et la seconde quand nous avons conclu l'affaire. Cette fois, il est venu seul, avec un chèque de banque. Il a juste rempli les papiers, m'a remis le chèque et m'a remercié. Quelques jours après, j'ai vu des véhicules, un pick-up et une berline bleue, se diriger vers le terrain.

— Quand les avez-vous vus pour la dernière fois ? demanda Shane.

Russell se frotta le menton.

— Je pense que c'était il y a une semaine à peu près.

Il haussa les épaules.

— Ses amis et lui n'ont pas provoqué de troubles, alors je n'avais aucune raison de le garder en mémoire.

— J'aimerais voir le terrain qu'il a loué, dit Shane. Ensuite, j'aurais peut-être d'autres questions à vous poser.

Russell se leva.

— Vous pouvez y aller. Prenez à gauche en sortant de chez moi, montez sur la colline, puis dépassez le grand tournant. Vous tomberez sur un passage canadien, c'est la limite ouest du terrain. Il y a une vieille caravane par là. J'ai dit à Allen que s'il voulait s'en débarrasser, il faudrait qu'il la fasse remorquer lui-même. Ça ne lui a pas posé de problème.

— Merci, monsieur Russell.

Shane tendit une carte de visite au rancher.

— Tenez-moi au courant si vous avez des nouvelles d'Allen ou si vous pensez à autre chose.

— Qu'est-ce qu'il a fait pour que vous vous intéressiez autant à lui ?

— La femme qui est avec lui est ma belle-sœur, dit Lauren. Je n'ai plus de nouvelles depuis plus d'une semaine. Je veux m'assurer qu'elle va bien.

— Elle avait l'air d'aller bien quand je l'ai vue, si ça peut vous rassurer, avança Russell.

Shane posa une main dans le dos de Lauren et l'orienta vers la porte.

— Le couple dont Russell a parlé ressemble-t-il à des gens que vous connaissez ? demanda-t-il quand ils furent dans la voiture.

— Non. Mike n'amenait jamais d'amis quand Courtney et lui venaient chez moi, et je n'ai jamais vu quiconque quand j'étais chez eux.

Elle s'adossa à son siège, bras croisés.

— Je ne peux pas croire que Russell loue ses terres à quelqu'un qu'il ne connaît pas.

— Il s'est dit que c'était une manière de rentabiliser le terrain inutilisé, répondit Shane. Et peut-être qu'Allerton l'a impressionné avec ses projets.

— Je ne crois pas qu'Allerton ait la moindre intention d'aider des enfants, répliqua-t-elle. Je pense qu'il ne dit ça que pour se mettre Courtney dans la poche. Tout chez lui me paraît faux, mais elle refuse de le voir.

Elle avait les yeux fixés droit devant elle.

— Qu'a-t-elle dit quand vous lui avez fait part de votre opinion d'Allerton ?

— Que j'étais furieuse parce que Trey a survécu et pas Mike, et que je ne voulais pas qu'elle soit avec un autre homme que Mike.

— Y a-t-il une chance qu'elle ait mis le doigt sur quelque chose ?

Elle se redressa, et il sentit un frisson le parcourir devant la froideur de son regard.

— Ça n'a rien à voir avec Mike. Je suis bonne juge des caractères et je reconnais un serpent quand j'en vois un.

— Donc, si Courtney avait décidé de partir avec un autre homme, vous ne seriez pas en train de la chercher, dit-il.

— Si elle avait cessé toute communication avec moi et ses amis, oui, bien sûr que je la chercherais. Le fait que je n'aime pas Allerton me fait encore plus peur pour elle.

— Je voulais juste m'en assurer. Je vous crois, mais je dois pouvoir justifier le fait de consacrer mon temps à ces recherches. Nous avons établi qu'aucun crime n'a été commis.

— Nous aurons peut-être des réponses au ranch, dit-elle.

Ils se turent tous deux, et le crépitement du gravier sous les roues remplit le silence. Cette partie du ranch avait l'air plus utilisée. D'épais buissons de sauge argentée et des figuiers de Barbarie indiquaient un surpâturage. Shane baissa la vitre, laissant entrer le parfum de la sauge et le piaillement rauque des geais des pinèdes. Lauren sortit son téléphone.

— Aucun réseau, dit-elle.

— C'est peut-être pour ça que vous n'avez pas de nouvelles de Courtney, répondit Shane.

— Mais elle doit bien quitter le ranch de temps en temps. Vivre ici avec Ashlyn et Allerton pour seule compagnie la rendrait folle. Courtney n'est pas une fille de la campagne. Elle aime les cafés aromatisés, les manucures professionnelles et se faire coiffer une fois par mois.

Elle avait de bons arguments, mais n'était-ce pas parce qu'elle ne pouvait accepter que la veuve de son frère ait trouvé chaussure à son pied ? S'ils découvraient Courtney et Ashlyn confortablement installées dans un joli bungalow, pourrait-elle l'accepter et passer à autre chose ?

Le SUV cahota sur le passage canadien. Les branches d'un pin mort marquaient l'entrée d'un chemin qui serpentait dans un massif de sauge et s'arrêta brusquement devant une caravane penchée. Le revêtement de la caravane, taché de rouille, était enfoncé par endroits comme si un véhicule était rentré dedans. La porte-moustiquaire déchirée était ouverte, et les fenêtres, sales et sans rideau, donnaient sur une clairière parsemée de rochers.

— Restez ici, pendant que je jette un coup d'œil, dit Shane.

Mais dès qu'il descendit de voiture, Lauren le suivit.

— Courtney ne vous connaît pas, dit-elle. Elle ne vous ouvrira pas.

Il avait le sentiment que personne n'allait ouvrir, de toute façon. Il gravit les marches en bois, qui vibrèrent sous son poids, frappa fermement et attendit. Lauren était plantée sur la marche du dessous, effleurant son bras.

— Je n'entends rien, murmura-t-elle.

Il frappa encore et, comme aucune réponse ne venait, essaya la poignée. Elle tourna facilement, et la porte s'ouvrit.

La moquette du salon avait été autrefois vert avocat, une couleur discernable uniquement là où on avait retiré les meubles. Les seuls objets présents étaient désormais une chaise de jardin en plastique et un carton renversé qui avait contenu des rouleaux de papier absorbant.

— Hello ! cria Shane. Il y a quelqu'un ?

Seul le silence leur répondit. Il avança, une main à proximité de son arme. Ils inspectèrent la cuisine à gauche, qu'un évier rouillé et des étagères jaunies identifiaient comme telle. Plus loin se trouvait la chambre, dépourvue de lit, où s'empilaient des journaux. Celui du dessus était daté de cinq ans auparavant.

— Je pense que personne n'est venu ici depuis longtemps, dit Shane en laissant retomber le journal sur la pile.

Lauren le dépassa pour entrer dans la salle de bains,

équipée d'une baignoire en plastique, d'une douche et de toilettes.

— Il n'y a rien d'autre que de la poussière là-dedans, commenta Shane.

— Attendez une minute.

Se baissant, elle ramassa quelque chose dans la baignoire.

Shane fixa la poupée, haute d'une quinzaine de centimètres. Coiffée de longs cheveux violets, elle était vêtue d'une robe rose avec des marguerites jaunes. La main de Lauren tremblait, et quand il croisa son regard, il fut choqué de voir que ses yeux s'étaient remplis de larmes.

— Ashlyn est venue ici, dit-elle. Cette poupée est à elle. Pourquoi l'a-t-elle laissée ici ?

Shane eut un réflexe non de policier mais d'homme : il passa un bras autour de ses épaules.

— C'est bon de savoir qu'elle est venue, dit-il. Ça signifie que nous sommes sur la bonne piste. Et les enfants oublient parfois des choses. Ils sont distraits. La trouver ici ne veut pas dire qu'il lui est arrivé quelque chose.

Elle hocha la tête, les yeux toujours fixés sur la poupée.

— Vous avez raison.

Elle prit une profonde inspiration.

— Ils sont venus ici. Alors où sont-ils allés ?

Elle le regarda dans les yeux. Ses larmes avaient séché, remplacées par la détermination qu'il admirait tant.

— Et comment allons-nous les retrouver ?

6

Lauren fixait la poupée, revoyant Ashlyn jouer avec.

— Ashlyn n'est pas négligente, dit-elle. Elle n'aurait pas oublié sa poupée.

— Peut-être qu'elle a été distraite et qu'elle l'a posée en se disant qu'elle reviendrait la chercher, suggéra Shane.

— Alors pourquoi n'est-elle pas revenue ?

Son imagination lui représentait une dizaine de raisons différentes pour lesquelles Ashlyn et Courtney n'auraient pas pu revenir chercher la poupée, et aucune d'elles n'était rassurante.

— Je ne sais pas, dit Shane.

Elle lissa les cheveux de la poupée et la lui tendit.

— Vous devriez la garder.

— Mais vous ne voulez pas la classer dans les indices ?

— Les indices de quoi ? questionna Shane.

— Ça prouve qu'Ashlyn est venue ici, dit Lauren. Et si elle est venue, Courtney devait être avec elle.

— Oui, c'est une preuve de leur venue, répondit Shane. Mais M. Russell nous a dit qu'Allerton a un bail en bonne et due forme, alors venir ici n'est pas un crime.

Il regarda autour de lui.

— Il n'y a aucun signe de lutte ou d'activité illégale. Je n'ai aucune raison de traiter cela comme une scène de crime.

Elle aurait voulu argumenter, soutenir que le fait que

Courtney ne soit pas là et qu'Ashlyn ait laissé derrière elle sa poupée bien-aimée était la preuve que quelque chose n'allait pas. Mais c'était seulement une intuition de sa part.

— Qu'allez-vous faire ? demanda-t-elle.

— Je vais essayer d'en apprendre plus sur le couple qui était en compagnie d'Allerton et de Courtney lorsqu'ils ont rendu visite à Russell.

Une vague de soulagement envahit Lauren.

— Alors vous n'allez pas renoncer ?

— Non, mais je ne peux pas me consacrer à cela en continu.

— Je comprends.

C'était dit à contrecœur. Le sort de sa belle-sœur et de sa nièce lui paraissait plus important que tout.

— Je vous serai reconnaissante de tout ce que vous pourrez faire, dit-elle.

— Vous êtes prête à y aller ?

Elle acquiesça.

Ils quittèrent la caravane et retournèrent en ville sans parler. Lauren avait le regard fixé sur le paysage à travers le pare-brise : de vastes étendues de montagnes boisées et de vallées tapissées de fleurs, dépourvues de toute présence humaine. Et si Courtney et Ashlyn étaient perdues dans cette immensité ? Et si elles étaient séquestrées par Allerton et le mystérieux couple mentionné par Russell ?

— Je suis désolé de ne pas pouvoir faire plus pour vous aider.

Shane interrompit ses pensées alors qu'ils approchaient du commissariat.

— Au cinéma, on a l'impression que la police mobilise toutes ses forces pour une disparition, mais ce n'est pas le cas dans la vraie vie.

Il parlait gentiment pour ne pas la bouleverser. Elle se tourna vers lui avec un faible sourire.

— Je sais. Je comprends. Je vais continuer de faire tout ce que je peux pour les retrouver.

Il se gara devant le commissariat et coupa le moteur. Mais lorsqu'elle voulut ouvrir sa portière, il posa une main sur son bras.

— Ne faites rien de téméraire, dit-il. Si vous découvrez quelque chose, parlez-m'en. Ne vous précipitez pas dans une situation qui pourrait être dangereuse.

— Non, mais…

— Pas de mais, dit-il. Je ne peux pas en faire une priorité, mais ne pensez pas que vous devez agir uniquement par vous-même. Je suis à votre écoute, ne l'oubliez pas.

Sa main sur son bras était chaude et ferme, presque une caresse. Elle lut de l'affection dans son regard.

— Merci, dit-elle en ouvrant la portière.

Il retira sa main.

— Je vous recontacterai très vite, dit-il.

Elle hocha la tête.

— Merci.

Elle avait hâte de le revoir. Et pas seulement à cause de l'enquête. Cet homme, si respectueux de ses sentiments et si sincère dans son désir de l'aider, avait quelque chose de spécial. Il ne correspondait pas à l'image qu'elle se faisait d'un célèbre sportif ou d'un policier obscur.

Elle retourna à l'appartement, dans l'intention d'appeler la liste de locations que Mallory Workman lui avait envoyée par mail. Elle se surprit cependant à repasser mentalement la conversation avec Samuel Russell. Il avait dit que Troy Allen/Trey Allerton lui avait réglé un acompte et promis 10 000 dollars dans deux semaines. Rien chez Allerton n'indiquait qu'il avait autant d'argent. Il conduisait un pick-up bien entretenu mais sans rien de luxueux. Il s'habillait avec élégance mais pas de manière extravagante. Et il n'avait jamais fait état d'une fortune personnelle. Cela ne voulait pas dire qu'il ne disposait pas d'économies ou d'un héritage, mais il avait toujours suggéré à Courtney d'« investir » dans le ranch, en lui disant que c'était ce que Mike aurait voulu.

Elle prit son téléphone et composa un numéro.

— Addison, Simmons et Clark, fit la voix nette d'une femme.

— Mindy ? C'est Lauren.

— Lauren ! Quel plaisir de t'entendre. Comment vas-tu ?

Mindy Archelata, secrétaire au cabinet d'avocats qui administrait les fonds de la famille Baker, avait répondu avec une chaleur sincère. Depuis la mort des parents de Lauren, les deux femmes étaient devenues amies, allant de temps en temps déjeuner ou prendre un café, et se tenant mutuellement au courant de leurs vies.

— Je vais bien, dit Lauren. Et toi ?

— Suroccupée, comme toujours. Jax joue dans une ligue mineure, cette année, tu peux le croire ? Ce n'est que du *tee-ball*, mais il est si mignon en maillot. Darrell seconde l'entraîneur, et voir mes deux hommes sur le terrain, ça me fait littéralement fondre.

— Envoie des photos, dit Lauren. Je suis sûre que le petit Jax est adorable.

— Darrell aussi est très beau, déclara Mindy. Mais je garderai ces photos-là pour moi.

Lauren rit.

— Que puis-je faire pour toi ? reprit Mindy.

— Je voulais me rafraîchir la mémoire sur les termes de notre fonds. Je suis autorisée à retirer de l'argent pour acheter une maison, n'est-ce pas ?

— Oui. Tu penses t'acheter une maison ?

Lauren croisa les doigts. C'était là que les choses se compliquaient.

— Je joue un peu avec cette idée, répondit-elle. J'ai

vu un terrain auquel s'intéresse Courtney, et la région est vraiment très belle. J'aimerais habiter près d'elle et Ashlyn.

— Quelque part dans les montagnes, c'est ça ?

— C'est ça. Eagle Mountain. J'y suis en ce moment. C'est un endroit magnifique.

— Alors j'imagine que cette requête était légitime, après tout, déclara Mindy.

— Que veux-tu dire ?

— Oh ! un homme a appelé la semaine dernière et demandé comment faire pour retirer de l'argent du fonds de Courtney pour acheter un ranch. Il a dit qu'il était le représentant de Courtney. Je lui ai répondu que j'avais besoin que Courtney nous contacte directement, et que nous n'autorisions pas de retrait par téléphone de toute façon. Ça vaut pour toi aussi. Il faudra que tu viennes au bureau signer des papiers. Je devrais les authentifier et tout ça.

— C'est bon à savoir, répondit Lauren. Qui était ce type ?

— Il ne m'a pas donné son nom, ce qui est l'une des raisons pour lesquelles j'ai pensé que c'était une combine. Tu n'imagines pas les escroqueries que certains tentent.

— C'était probablement son agent immobilier, qui mettait la charrue avant les bœufs.

— Probablement. Quand tu verras Courtney, dis-lui que nous serons heureux de l'aider, mais qu'elle doit venir au bureau.

— Je le ferai. Et merci pour l'information, Mindy.

— À ton service. Quand tu seras de retour, appelle-moi, on ira déjeuner. Je t'ennuierai avec mes efforts en salle de sport. C'est censé me doter d'un corps de rêve, mais jusqu'ici, ça me donne surtout l'impression d'être empotée.

— On se verra bientôt, lui assura Lauren, avant de raccrocher.

Se levant, elle commença à faire les cent pas, trop agitée pour rester en place. Elle avait eu raison de penser qu'Allerton voulait l'argent de Courtney. Ce devait être lui, le mystérieux « représentant » qui avait appelé Mindy. Elle voulait néanmoins creuser avant d'en parler à Shane. Il fallait qu'elle prépare ses arguments. Elle pouvait faire beaucoup de son côté, mais elle avait besoin de son aide.

Le jeudi matin, Shane se rendit au travail, l'esprit embrouillé. Il avait passé une nuit agitée à se tourmenter pour Lauren. Jusque-là, sa belle-sœur n'avait rien fait d'autre que fréquenter de son plein gré un homme peut-être pas très convenable. Elle avait coupé le contact pour ses propres raisons, et bien que cela puisse être le signe de violences psychologiques, cela pouvait aussi indiquer qu'elle essayait de se détacher de son ancienne vie et d'en commencer une nouvelle, dans un autre lieu et avec un autre homme.

Mais Lauren était convaincue que quelque chose n'allait pas, et Shane voulait l'aider. En partie pour faire ses preuves en tant que policier et en partie parce qu'il commençait à s'attacher à cette femme forte mais vulnérable. Poursuivre l'enquête, devait-il admettre, était un moyen aisé de continuer à voir Lauren, quelque chose dont il avait très envie.

Il entra au moment de l'appel matinal et trouva la plupart de ses collègues déjà présents.

— Bien joué, champion ! dit Gage, et plusieurs hommes applaudirent.

Shane les ignora et prit un siège.

— Quelque chose me dit que notre joueur vedette n'a pas vu les affiches du match, lança Dwight Prentice.

Il pivota sur sa chaise et désigna le tableau en liège au fond de la pièce. Shane contempla l'affiche, qui comprenait une photo de lui en maillot, souriant à l'objectif. Il se pencha et réprima un grognement. La photo était celle de sa carte de base-ball, prise quelques mois avant qu'il se blesse.

— Addie dit que les tickets se vendent plus vite qu'on ne les imprime, dit Gage. À la caserne, les gars se plaignent déjà que ce n'est pas juste que nous ayons un pro chez nous.

— Je ne suis plus un pro, déclara Shane. Juste un flic.

Cela souleva des vagues de rire. Travis, qui avait observé le chahut depuis sa chaise, s'éclaircit la gorge et se leva. Tout le monde se rassit, l'air attentif.

— Nous devons examiner plusieurs choses ce matin, dit le shérif en consultant un bloc devant lui. Le magasin Mountain Aire a déposé plainte pour vol contre Talia Larrivee. La propriétaire du magasin a appelé ce matin pour dire que Talia et ses amies la volent quand elle a le dos tourné, et que nous devons y mettre fin.

— Elle les a prises sur le fait ? demanda Dwight.

— Non. Mais elle dit que, chaque fois qu'elles viennent, il manque quelque chose, répondit Travis.

— Elle a des caméras de sécurité ? questionna Gage.

— Il n'y a pas de caméra dans les cabines d'essayage, ses clientes y verraient une objection.

— Donc pas de preuve, juste des soupçons, conclut Gage. Que lui as-tu dit ?

— Que nous ne pouvions pas agir sur la base de soupçons. Elle a le droit d'interdire l'entrée de son magasin à Talia et ses amies, mais elle a répondu qu'elle ne pouvait pas faire ça car elles dépensent beaucoup d'argent chez elle.

Personne ne demanda pourquoi une femme qui avait assez d'argent pour se permettre d'acheter n'importe quoi prenait la peine de voler. Pour la plupart des voleurs et des voleuses, il s'agissait davantage d'excitation que d'appât du gain.

— Ce n'est pas la première fois que quelqu'un se plaint des chapardages de Talia, déclara Dwight. Mais personne n'a réussi à la prendre sur le fait.

— On l'a attrapée une fois au magasin de bricolage,

dit Gage. Fred Wilkins était furieux, mais papa a payé ce qu'elle avait volé et lissé les plumes de Fred.

— Ou graissé la patte, ajouta Dwight.

— En tout cas, si vous voyez Talia faire des courses, gardez-les à l'œil, elle et ses copines, dit Travis. Mais soyez discrets, on ne veut pas de plainte pour harcèlement.

Il consulta à nouveau son bloc.

— Shane, où en es-tu avec l'enquête sur Courtney Baker ?

— J'ai retracé ses mouvements, répondit Shane. Avec son compagnon, ils ont séjourné au Ranch Inn sous le nom de M. et Mme Allen. Allerton et un homme qu'il a présenté comme son associé ont signé un bail avec Samuel Russell pour une large section de son ranch. Russell dit que Courtney était présente, ainsi que l'associé et une femme que je n'ai pas pu identifier. J'ai visité le terrain avec Lauren Baker, et dans une caravane abandonnée nous avons trouvé une poupée que Lauren a reconnue comme appartenant à sa nièce, Ashlyn. Je n'ai rien appris de plus.

— Tu as trouvé des indices d'activité illégale ou criminelle ? demanda Travis.

— Non, monsieur. S'inscrire à l'hôtel sous un faux nom est suspect, mais ce n'est pas contre la loi.

— On reste vigilants, mais je n'ai rien entendu dans ce que tu nous as dit qui ressemble à un crime.

— Non, monsieur. Lauren pense que sa belle-sœur ne se comporte pas normalement, mais M. Russell nous a dit qu'elle ne semblait pas en détresse, et la réceptionniste du motel m'a assuré la même chose.

— Brenda a loué son appartement à Lauren, dit Dwight. Elle pense que son inquiétude est légitime, pour ce que ça vaut.

— Une inquiétude n'est pas suffisante pour nous lancer dans une enquête, dit Travis.

— J'aimerais continuer à faire le suivi sur mon temps

libre, déclara Shane. Je voudrais en savoir plus sur le couple qui était avec eux au ranch Russell.

— Parfait, accepta Travis. Mais n'en fais pas une priorité.

Il consulta sa liste.

— Troisièmement…

Shane se força à prêter attention aux détails des affaires en cours. Lorsque la réunion prit fin, il avait largement oublié Courtney Baker. Mais en revenant à son bureau, il fut stupéfait – et ravi – de trouver Lauren en train de l'attendre. Elle se leva en le voyant.

— Adelaide m'a dit que je pouvais vous attendre ici.

— Je vois que vous vous appelez déjà par vos prénoms, remarqua Shane.

— Elle a insisté, dit Lauren.

Il s'installa derrière son bureau.

— C'est toujours agréable de vous voir.

Elle s'assit d'un air agité.

— Quelque chose ne va pas ? demanda-t-il.

— J'ai découvert quelque chose. Trey a essayé de retirer de l'argent du fonds de Courtney.

Shane prit un bloc-notes.

— Comment avez-vous découvert ça ?

Elle lui expliqua qu'elle avait appelé le cabinet d'avocats qui gérait le fonds et bavardé avec Mindy.

— J'ai aussi vérifié les comptes de Courtney. Son compte courant a été vidé il y a trois semaines. Son compte d'épargne a encore un peu d'argent, et on n'y a pas touché.

— Ces informations doivent être confidentielles, dit-il. Comment avez-vous pu les avoir ?

Elle rougit.

— Je vous ai dit que j'ai aidé Courtney à déclarer ses impôts, n'est-ce pas ? Elle m'a donné tous ses mots de passe. Je lui ai dit de les changer, mais elle ne l'a jamais fait.

— Elle a donc pris tout l'argent sur son compte courant, dit-il. Combien y avait-il ?

— Moins de 1 000 dollars.

— Et combien y a-t-il sur le compte épargne ?

— Environ 5 000 dollars. Il y a d'autres comptes, pour les études d'Ashlyn, les dépenses médicales, la retraite. Ils sont dans une banque différente, alors je n'ai pas pu les consulter.

— Vous n'aviez pas les mots de passe ?

— Il en faut un nouveau tous les trois mois.

Il réprima un sourire. Lauren avait visiblement fait une tentative. Il admirait sa détermination, sinon la pleine légalité de son approche.

— C'est intéressant, dit-il. Mais ça ne prouve pas que quelque chose cloche.

Elle se percha au bord de la chaise.

— Pourquoi Allerton a-t-il appelé le cabinet et pas Courtney elle-même ? demanda-t-elle. Est-ce parce qu'elle a refusé de le faire ? Ou parce qu'elle ne le pouvait pas ?

7

Shane n'avait pas de réponse à cette question. Il lui avait demandé de lui faire part de ses découvertes et lui avait promis de continuer les recherches. Mais elle avait perçu une réticence derrière cette promesse. Il ne croyait pas vraiment que Courtney avait des ennuis.

Lauren n'allait cependant pas renoncer. Le jeudi après-midi, elle pénétra dans la clinique d'Eagle Mountain. À l'accueil, une femme brune la salua.

— Bonjour. Vous avez rendez-vous ?

— Je m'appelle Lauren Baker, dit-elle. Je suis infirmière et je me demandais si je pourrais parler à la directrice.

Elle tendit sa carte de visite à la réceptionniste. Celle-ci – qu'un badge identifiait comme Rebecca – se leva.

— Je vais voir si Mme Cox est disponible.

Lauren alla s'asseoir dans la salle d'attente. Face à elle, un couple âgé feuilletait des magazines. La salle était meublée de chaises et de tables usées, mais tout était propre. Une clinique typique, qui consacrait plus de fonds au service des patients qu'à la décoration.

— Mademoiselle Baker ?

Une femme d'âge moyen, vêtue d'un tailleur-pantalon bleu marine, s'approcha d'elle. Lauren se leva.

— C'est moi.

— Linda Cox. Allons dans mon bureau.

Mme Cox la précéda dans une petite pièce meublée d'un bureau, d'une chaise pour les visiteurs et de classeurs.

— Que puis-je faire pour vous, mademoiselle Baker ?

— Je cherche cette femme et sa petite fille.

Elle tendit la photo de Courtney et Ashlyn.

— Il s'agit de la veuve de mon frère, Courtney Baker, et de sa fille Ashlyn. Elles ont disparu depuis plusieurs semaines. La dernière fois que nous avons eu de leurs nouvelles, elles se trouvaient à Eagle Mountain. Je me demandais si elles étaient passées à la clinique.

Mme Cox étudia la photo un instant puis la posa sur le bureau.

— En tant qu'infirmière, vous savez que les dossiers des patients sont confidentiels.

— Je ne vous demande pas de divulguer des détails médicaux. Je veux seulement savoir si elles sont venues à la clinique. J'essaye de les localiser.

— Avez-vous consulté le commissariat à ce sujet ? questionna Mme Cox.

— Oui. Ils m'ont dit qu'ils ne peuvent consacrer tout leur temps à ces recherches. Mais je connais Courtney. Elle n'aurait pas coupé les ponts avec moi et tous ceux qu'elle connaît s'il ne se passait rien de grave.

Mme Cox se leva et reprit la photo.

— Donnez-moi un instant, je vous prie.

Lauren serra les poings et essaya de respirer lentement. Elle se rappela que si Ashlyn et Courtney n'avaient pas été vues à la clinique, cela voudrait dire qu'elles allaient bien. Mais si elles avaient été reçues en consultation, c'était un indice quant à ce qu'elles faisaient à Eagle Mountain.

Mme Cox revint avec une jeune femme afro-américaine.

— Voici Tina, l'infirmière du Dr Folsom. Elle a reçu votre nièce lorsqu'elle est venue il y a deux semaines. Elle ne peut vous donner d'information médicale, mais vous avez peut-être d'autres questions à lui poser.

Lauren se leva, le cœur battant.

— Ashlyn est venue ici ? Avec sa mère, Courtney ?

Tina acquiesça.

— Sa mère était avec elle, ainsi qu'un homme. J'ignore quelle était leur relation, et il ne l'a pas dit.

— À quoi ressemblait-il ?

Tina fronça les sourcils.

— C'était un blanc, aux cheveux bruns. Plutôt grand.

Elle haussa les épaules.

— Ça fait déjà un moment.

Lauren avait envie de demander ce qui n'allait pas chez Ashlyn. Mais les règles de confidentialité interdisaient à la clinique de fournir ces détails.

— De quoi avaient-elles l'air ? demanda-t-elle. Je veux dire étaient-elles nerveuses ou détendues ? Semblaient-elles avoir peur de l'homme ou être à l'aise avec lui ?

— La femme était inquiète pour sa fille, mais pas de manière exagérée. Et elle ne paraissait pas avoir peur, non.

Elle jeta un coup d'œil à Mme Cox.

— Y a-t-il des violences que j'aurais manquées ?

— Est-ce le cas ? demanda Mme Cox.

— Non, dit Lauren. Mais vous n'avez pas remarqué qu'elle essayait de le fuir ou quelque chose de ce genre ?

Tina secoua la tête.

— Elle et moi étions seules dans la salle d'examen avec la petite fille. L'homme est resté dans la salle d'attente. Si elle avait voulu parler, à moi ou au Dr Folsom, elle l'aurait pu.

— A-t-elle dit où ils allaient après avoir quitté la clinique ? demanda encore Lauren.

— Pas que je me souvienne.

— Ashlyn allait-elle guérir ?

Tina regarda à nouveau Mme Cox, qui hocha la tête.

— Bien sûr. Ce n'était rien de grave.

— Merci, dit Lauren.

— Vous pouvez retourner travailler, Tina, dit Mme Cox.

Quand elles furent à nouveau seules, elle demanda à Lauren :

— Cela vous a-t-il été utile ?

— Cela indique au moins qu'elles étaient toujours en ville à l'époque. Et qu'elles allaient bien.

Tout cela était bel et bon, mais cela ne lui disait pas pourquoi Courtney ne répondait pas aux appels et aux textos. Mme Cox ferma la porte donnant sur le couloir.

— Maintenant, j'ai une question pour vous, dit-elle.

— Je vous en prie.

— Cela vous intéresserait-il de travailler pour nous ?

Lauren cilla, un peu abasourdie.

— Ça ne m'est jamais passé par la tête.

— Réfléchissez-y, dit Mme Cox. Lorsque vous avez donné votre carte à Rebecca, j'ai pensé que vous aviez entendu dire que nous cherchons à recruter une infirmière. J'espérais que vous étiez venue poser votre candidature.

— Je suis très flattée, répondit Lauren. Mais je suis bien là où je suis.

— Si cela change, appelez-moi.

Mme Cox lui tendit sa propre carte de visite.

— Nous avons une bonne clientèle et une bonne équipe. Et Eagle Mountain est un endroit merveilleux où vivre. Je serais heureuse de vous fournir plus de détails.

— Merci.

Lauren se leva.

— Et merci de m'avoir parlé de Courtney.

— J'espère que vous retrouverez votre belle-sœur et votre nièce, dit Mme Cox. Si j'entends parler d'elles, je vous le ferai savoir.

— Merci beaucoup.

Lauren quitta la clinique. Elle se dirigeait vers son appartement, lorsqu'une voix familière la héla. Shane arrêta sa voiture de patrouille le long du trottoir.

— On dirait que vous venez de perdre votre meilleure amie, remarqua-t-il.

— Je suis passée à la clinique, répondit-elle. Ashlyn y est venue il y a deux semaines.

Son expression de souci sincère la toucha.

— Que s'est-il passé ?

— La déontologie leur interdit de me donner des détails, mais elles m'ont assuré qu'elle n'avait rien de grave.

— Alors pourquoi êtes-vous si démoralisée ?

— L'infirmière qui s'est occupée d'Ashlyn m'a dit que Trey était avec elles. Il est resté dans la salle d'attente, pendant que Courtney et Ashlyn étaient en consultation. C'était l'occasion parfaite pour demander de l'aide, mais l'infirmière a dit que Courtney semblait aller très bien.

— C'est positif, dit-il. Non ?

— Oui, mais si tout va bien, pourquoi a-t-elle cessé de répondre à mes appels ? Et pourquoi a-t-elle cessé de poster sur les réseaux sociaux ?

— Je ne sais pas, répliqua Shane. Vous voulez prendre un café ? J'aimerais vous parler, mais je ralentis la circulation.

Elle se rendit compte que deux véhicules patientaient derrière le SUV.

— Bien sûr, répondit-elle en montant dans la voiture.

— Qu'avez-vous appris d'autre à la clinique ? demanda-t-il en se réengageant dans la circulation.

— Pas grand-chose. Mais on m'a offert un emploi. Ils ont apparemment besoin d'une infirmière de pratiques avancées.

— Vous allez accepter ?

— Non. Je suis heureuse là où je suis.

Elle travaillait dans une clinique de Denver depuis cinq ans. Comme tout emploi, il avait ses défauts, mais dans l'ensemble, c'était un bon poste. Elle n'avait aucune raison de vouloir changer.

— Ça vous ennuie si je vous pose une question indiscrète ?

— N'est-ce pas le propre des policiers ?

Il rit doucement.

— C'est vrai. Vous n'avez pas à répondre si vous n'en avez pas envie, mais si vous avez ce gros fonds fiduciaire dans la famille, pourquoi travaillez-vous comme infirmière ?

— Parce que j'aime mon travail. Je ne serais pas à l'aise si je vivais sur l'argent de mes parents. Et vous ?

— Quoi, moi ?

— Je vous ai cherché sur Internet. Vous avez gagné beaucoup d'argent quand vous étiez joueur professionnel.

— Mais j'ai payé beaucoup d'impôts et beaucoup dépensé en vacances et en cadeaux.

— Alors vous avez tout perdu ?

— Pas tout. Des gens intelligents m'ont recommandé d'en investir une partie. Et je possède une maison.

— Une maison à Eagle Mountain ?

— Oui. Vous aimeriez la voir ?

— Oui, dit-elle, surprise de sa propre réaction. Oui, j'aimerais bien.

Shane avait acheté sa maison en se disant qu'il y vivrait hors saison et que ce serait pratique pour rendre visite à sa famille. Et il s'y était retiré en effet, mais seulement lorsqu'on lui avait officiellement retiré le seul métier qu'il connaissait.

Il s'arrêta dans l'allée, coupa le moteur et attendit que Lauren dise quelque chose. Le bungalow en rondins, avec ses lucarnes jumelles et son vaste porche, était construit à l'ombre de grands sapins. Il était grand, mais ni élaboré ni même très neuf.

— Ce n'est pas ce à quoi je m'attendais, dit-elle.

— Vous pensiez que je possédais un manoir ou une chouette garçonnière ?

Elle rougit.

— J'imagine.

— Venez, je vais vous faire visiter.

Il la précéda dans l'allée en pierre et gravit les marches du porche. Elle fit halte pour caresser le bras d'un rocking-chair.

— Il est magnifique.

— Je l'ai acheté à un ébéniste local.

La porte d'entrée donnait directement dans une salle qui occupait la plus grande partie du rez-de-chaussée. La lumière se déversait de tous côtés par de grandes fenêtres. Il avait meublé la pièce d'un salon en cuir, d'une grande chaîne hi-fi et d'étagères à livres. Une table et des chaises du même ébéniste occupaient l'espace devant un îlot de cuisine.

— La chambre principale est par là, dit-il en désignant le couloir. Et il y a trois autres chambres et deux salles de bains à l'étage.

Elle posa sur lui un regard si doux qu'il en frémit intérieurement.

— Quoi ? demanda-t-il.

— Vous n'avez pas acheté une maison. Vous avez acheté une maison familiale.

Il haussa les épaules.

— J'aimerais avoir une famille, un jour.

Il la précéda dans le salon.

— Si j'ai bien compris, vous êtes né à Eagle Mountain ?

— Oui, j'y ai grandi. Mes parents vivent à l'autre bout de la ville.

— Vous avez des frères et sœurs ?

Il s'installa sur le sofa, tandis qu'elle prenait un fauteuil d'angle.

— J'ai une sœur, qui vit à Minneapolis.

— Pourquoi êtes-vous revenu vivre ici au lieu de rester

à Denver ? s'enquit-elle. Je suppose que c'est là où vous viviez quand vous étiez chez les Rockies.

— J'avais un appartement à Denver, c'est vrai, mais je ne suis pas vraiment un gars de la ville. J'aime les montagnes et les bois. Et je détestais la circulation à Denver.

— Personne ne l'aime, dit-elle.

— Et vous ? Vous êtes de Denver à l'origine ?

Elle secoua la tête.

— Non, de Lincoln, au Nebraska. Mais je vis à Denver depuis cinq ans.

— Vous aimez ça ?

— Oui. Pas la circulation, mais j'ai un joli appartement, proche de mon travail, et j'aime mon métier.

— C'est bon d'avoir un métier qu'on aime.

— Et vous, vous aimez votre métier ? Shérif adjoint est très différent de joueur de base-ball professionnel.

Il posa la tête contre le sofa et contempla le plafond.

— Quand le club a décidé de ne pas renouveler mon contrat, mon monde a basculé.

Il n'avait pas beaucoup parlé de cette époque, mais il avait envie de lui raconter à elle.

— Je n'avais jamais rêvé d'autre chose que d'être joueur de base-ball. J'imagine que c'était manquer de vision à long terme, mais quand on est au sommet, on ne pense pas qu'on pourrait chuter.

— Ça a dû être très dur.

Il haussa les épaules.

— J'étais assez contrarié, mais je n'avais que vingt-huit ans. Il fallait que je choisisse ce que j'allais faire du reste de ma vie. J'ai vu que le commissariat embauchait, alors j'ai fait une tentative.

— Qu'est-ce qui vous a attiré là-dedans ?

Il avait souvent entendu cette question, généralement formulée comme : « Mais pourquoi vouloir être flic ? ! »

— Ça ne ressemble en rien à ce qu'on voit à la télé, le danger, l'excitation… Je veux dire qu'on s'entraîne pour ce type de situations, mais la plupart du temps, il s'agit d'interagir avec la population et de surveiller les troubles publics possibles. J'aime ça. Je voulais faire partie de cette communauté, faire quelque chose qui améliore vraiment la vie des gens. Je sais qu'une partie de la police a mauvaise réputation, mais nous sommes une bonne équipe, ici. Ça me convient, même si j'en suis encore à prendre mes marques.

— Les gens vous aiment, dit-elle. Et ils sont fiers de vous. Tous ceux à qui j'ai parlé n'avaient que des choses positives à dire de vous.

Un regret familier lui pinça le cœur.

— Ils sont fiers de ce que j'étais.

— Je ne sais pas… Toutes les femmes pensent que vous êtes super sexy.

Il éclata de rire.

— Ça vous va bien de dire ça ! Trois hommes m'ont déjà posé des questions sur vous.

— Vous plaisantez !

— Pas du tout. Vous devez vous souvenir que les hommes sont en surnombre dans beaucoup de petites villes. Une nouvelle personne attire toujours l'intérêt.

Il se leva.

— Il faut que j'enlève cet uniforme. Ensuite, que diriez-vous si je nous préparais à dîner ? J'ai sauté le déjeuner et je suis affamé.

— D'accord.

— N'hésitez pas à visiter si vous en avez envie.

Enlever son ceinturon, son arme et son gilet l'allégea de cinq kilos. C'était toujours un soulagement. Il songea à prendre une douche rapide, mais se contenta de s'éponger et de passer un jean et un T-shirt. Quand il revint au salon, Lauren était plantée devant la bibliothèque.

— Vous aimez les romans policiers, dit-elle.

— Les crimes dans la vraie vie sont moins faciles à résoudre, mais j'ai toujours aimé les énigmes.

Il alla dans la cuisine.

— Du poulet grillé, ça vous tente ?

— Volontiers.

Elle se posta de l'autre côté de l'îlot et le regarda déballer des cuisses de poulet et préparer une marinade. Lorsqu'il sortit de la salade, elle commenta :

— Vous mangez toujours comme un athlète.

— Je dois être en forme, répondit-il.

— Vous avez déjà poursuivi un criminel ?

— J'ai pourchassé un voleur à l'étalage il y a quelques semaines. Un adolescent. Je crois qu'il a été surpris qu'un vieux type comme moi réussisse à le rattraper.

Elle se mit à rire.

— J'ai vu une affiche pour le match de base-ball du 4 juillet. L'équipe du shérif contre celle des pompiers. Il y avait une photo de vous en maillot des Rockies.

— On m'a convaincu de jouer dans l'équipe.

Il déchira des feuilles de laitue et les déposa dans un saladier.

— Apparemment, les hommes du shérif ont perdu les quatre dernières années. Je suis censé stopper la chute.

— Pas de pression, hein ?

Il lui adressa un coup d'œil reconnaissant.

— Tout le monde pense que je suis un champion, mais si je l'étais, je serais encore sur le terrain, pas assis dans une voiture de patrouille.

Elle posa les yeux sur son bras et la cicatrice qui enveloppait son coude, blanche contre son bronzage.

— Ça vous fait mal de lancer ?

— Ça fait mal de lancer la balle aussi fort que je devais le faire dans les ligues majeures.

Il se mit en devoir de couper un poivron.

— Mais je peux lancer contre des amateurs. C'est juste que ce ne sera pas le spectacle auquel les gens s'attendent.

— Je ne verrai pas la différence et je parie que les autres non plus.

Elle se hissa sur un tabouret de bar.

— Je vous offrirais bien mon aide pour le dîner, mais vous avez l'air de maîtriser.

— C'est le cas.

Il sortit une tomate et la coupa en tranches, puis décida qu'il était temps de parler d'autre chose que de lui.

— En dehors d'aller à la clinique, qu'avez-vous fait d'autre aujourd'hui ?

— J'ai visité des locations qu'on m'avait recommandées et j'ai trouvé un endroit qui a accepté de me louer à la semaine, aussi longtemps que je voudrai. Je déménage demain, dit-elle. Normalement, je n'ai pas besoin de partir avant lundi matin, mais Brenda pourra louer l'appartement pour le week-end. Il y a une grosse demande, apparemment.

— Comment avez-vous fait pour tomber sur le bon appartement en si peu de temps ?

— Ce n'est pas une location classique. C'est un cottage dans lequel vivait la mère de la propriétaire, jusqu'à ce qu'elle doive entrer en maison de retraite le mois dernier. La propriétaire veut le rénover, mais elle n'en a pas encore eu le temps. Mallory l'a persuadée de me le louer.

— On dirait que c'est gagnant pour tout le monde.

Il prit le plat de poulet.

— Venez dehors.

Tandis que le poulet grillait, elle l'aida à mettre la table. Ils mangèrent le poulet grillé avec la salade et burent du thé glacé dans le patio. La conversation étant détendue, ils décidèrent d'un commun accord de se tutoyer. Quand ils eurent fini le repas, Lauren s'approcha de la rambarde et contempla la vue sur la vallée boisée.

— C'est magnifique, ici, dit-elle.

— Oui, j'aime cet endroit.

Il la rejoignit et se tint près d'elle, sans la toucher. Il saisit l'odeur de son parfum, quelque chose de fleuri avec une touche d'agrume. Féminin et remuant.

— Je ne parle pas seulement de la maison, mais de la région.

— Des milliers de touristes ne peuvent pas avoir tous tort.

Elle se tourna vers lui.

— Mais un beau paysage suffit-il ? C'est super pour les vacances, mais y vivre toute sa vie ?

— Je suppose que ça dépend de ce qui est important pour toi, de ce qui t'épanouit. Ce n'est pas la même chose pour tous. Ni toute la vie. Mais pour moi, en ce moment, ça me suffit.

— Tu ne penses pas que certaines choses te manquent ?

Devait-il mentir ou être honnête ? Il choisit l'honnêteté.

— Quelqu'un avec qui partager tout ça, peut-être. Si j'avais ça, je pense que ce serait absolument parfait.

— Je pense que ça rend n'importe quoi parfait, dit-elle. Quand on trouve la bonne personne.

Leurs regards se croisèrent, et il sentit un pincement dans la région du cœur. Cette femme avait quelque chose qui l'attirait. Le sentait-elle aussi ? Il s'approcha et posa une main sur son épaule. Elle continua de le regarder dans les yeux, comme pour le défier de s'approcher encore.

Aussi fut-ce ce qu'il fit. Elle renversa la tête, et les lèvres de Shane se posèrent sur les siennes, dans un baiser lent qui propagea le désir dans tout son corps.

Lauren agrippa son épaule, une pression douce et insistante, et il passa les bras autour d'elle, leurs corps plaqués l'un contre l'autre. Puis elle se dégagea, le visage rouge et la respiration un peu courte.

— C'était agréable, dit-il.

— Oui.

Elle regarda autour d'elle, évitant ses yeux.

— Mais il vaudrait mieux que j'y aille.

Son premier réflexe fut de lui dire qu'elle n'avait pas besoin de partir, mais il se ravisa.

— Je vais chercher mes clés.

Ils firent le trajet de retour en silence. Lorsqu'il se gara devant son appartement et défit sa ceinture, Lauren lui dit :

— Tu n'as pas besoin de sortir.

— Je t'accompagne à ta porte, dit-il d'un ton sans réplique.

Il attendit qu'elle trouve ses clés.

— Merci pour le dîner, dit-elle.

— Merci à toi. Ta compagnie est très agréable.

— La tienne aussi.

— À propos de ce baiser… commença-t-il.

— Tu n'as pas besoin de t'excuser.

— Je n'allais pas m'excuser. J'ai aimé t'embrasser. Ça ne me dérangerait pas de recommencer. Mais je ne veux pas que ça plane entre nous si cela t'a embarrassée…

Elle le regarda enfin.

— C'était agréable, dit-elle. Mais je préfère ne rien entamer, sachant que je ne resterai pas ici. Je suis venue retrouver Courtney et Ashlyn, et ensuite je retournerai à Denver.

— Denver n'est pas si loin, remarqua-t-il.

— Je sais.

Elle se mordit la lèvre.

— J'ai une mauvaise habitude.

Il attendit puis, voyant qu'elle se taisait, la pressa :

— Qu'est-ce que c'est ? Tu te ronges les ongles ? Tu fumes en cachette ?

— J'ai la mauvaise habitude de m'amouracher, dit-elle en souriant à demi. De m'attacher trop tôt et trop vite. C'est… embarrassant quand ça ne marche pas.

Était-elle en train de dire qu'elle s'était attachée à lui ? Cette idée lui donna un peu le tournis. Il lui caressa le bras.

— C'était un baiser. Je n'attends rien d'autre.

Elle hocha la tête.

— Mais je pense qu'on devrait s'en tenir aux recherches de Courtney.

— D'accord.

C'était une raison de la revoir. Quant au reste – il n'avait pas d'attente, mais il pouvait espérer. C'était une différence subtile mais qui comptait. Et puis, pourquoi ne pas s'amouracher mutuellement ?

8

Le jour suivant, Lauren déménagea dans son nouvel appartement. Elle fit la lessive et paya quelques factures pour ne pas trop penser à Shane et à leur baiser.

Cela avait été très agréable. Le genre de baiser qu'elle aurait aimé reproduire. Les heures qu'elle avait passées chez lui – le dîner, la conversation – étaient parmi les meilleures qu'elle ait passées depuis la mort de Mike. Elle aimait beaucoup Shane, mais cela l'inquiétait. Elle était déjà tombée amoureuse trop vite, et la rupture l'avait terriblement fait souffrir. Elle ne voulait pas endurer à nouveau ce genre de chagrin.

Elle était toujours en train de cogiter lorsque son téléphone sonna en fin d'après-midi. Elle ne reconnut pas le numéro.

— Allô ? dit-elle, prête à raccrocher s'il s'agissait d'un appel commercial.

— Lauren ? C'est Mindy.

— Mindy ! Qu'est-ce que je peux faire pour toi ?

— Je ne suis pas au travail, alors ce n'est pas un appel officiel, dit son amie. Je ne devrais probablement même pas te parler de ça, mais je suis inquiète.

Lauren se percha sur le bras du sofa fleuri.

— Que se passe-t-il ? De quoi t'inquiètes-tu ?

— Courtney a appelé au bureau ce matin.

Lauren se releva, trop agitée pour rester assise.

— Est-ce qu'elle va bien ? Elle a dit d'où elle appelait ?

— Tu ne sais donc pas où elle est ? s'écria Mindy.

Lauren se remémora alors qu'elle ne lui avait pas dit que Courtney avait disparu.

— Je ne l'ai pas vue depuis plusieurs semaines, avoua-t-elle, et elle ne répond pas à mes appels et mes textos. Je suis malade d'inquiétude pour elle.

— Alors je suis encore plus préoccupée, repartit Mindy.

— Pourquoi a-t-elle appelé ?

— Elle voulait de l'argent du fonds. Mais pas pour acheter une maison. Elle a dit qu'elle en avait besoin pour les soins d'Ashlyn. Et elle s'est mise à pleurer.

Lauren sentit son estomac se nouer.

— A-t-elle dit ce qu'a Ashlyn ?

— Non. Du moins pas à moi. J'espérais que tu saurais.

— C'est la première fois que j'entends dire qu'Ashlyn est malade. Elle allait très bien quand je l'ai vue la dernière fois.

Elle inspira fortement, essayant de maîtriser son émotion.

— Combien a-t-elle demandé ?

— Dix mille dollars. M. Simmons lui a parlé et lui a dit qu'il ferait en sorte de rendre les fonds disponibles. Tu ne sais rien de tout ça ?

— Non.

La clinique avait dit que la consultation d'Ashlyn n'avait pas un motif sérieux. Cela s'était-il révélé plus grave, finalement ?

— Tu pourrais te renseigner pour savoir où elle voulait qu'on envoie l'argent ?

— C'est censé être confidentiel, dit Mindy. Tu le sais.

— Ça pourrait être important, insista Lauren. Je ne fais pas confiance à l'homme qu'elle fréquente. Je dois la trouver et m'assurer qu'elle va bien.

— Je ne suis pas censée fureter, mais je dois avouer

que je l'ai fait, dit Mindy. Moi aussi, j'étais inquiète. Tu ne diras à personne où tu as eu cette information, n'est-ce pas ?

— Pas à âme qui vive, promit Lauren.

— D'accord. Bon, j'ai regardé sur l'ordinateur, et l'argent va être viré dans une banque de Telluride.

Telluride était à environ une heure de voiture. Courtney était donc toujours dans la région.

— A-t-elle laissé une adresse ou des instructions pour entrer en contact avec elle ?

— Si elle l'a fait, ce n'est pas dans le dossier. Et je ne peux aller voir sur le bureau de M. Simmons, au risque de perdre mon travail.

— Merci de m'avoir fait savoir ça, dit Lauren. Je te suis vraiment reconnaissante.

— Tiens-moi au courant de ce que tu apprends, dit Mindy. J'espère qu'Ashlyn va bien.

— Moi aussi.

Elles se dirent au revoir. Lauren se laissa tomber sur le sofa, prise de faiblesse. Mindy avait dit que Courtney pleurait. Sa belle-sœur n'était pas du genre à feindre. Elle n'avait pas l'habitude de mentir pour arriver à ses fins.

Elle sortit son téléphone et l'étudia une minute. Elle s'était dit que ce serait une bonne idée de rester quelques jours à distance de Shane pour lui donner le temps de se calmer, mais elle avait besoin de son aide. Elle composa son numéro et écouta la sonnerie. Au bout de cinq sonneries, une voix mécanique la transféra sur la messagerie vocale.

— Courtney a contacté l'administrateur du fonds fiduciaire et demandé qu'il vire 10 000 dollars dans une banque de Telluride, dit Lauren. Elle aurait besoin de cet argent pour soigner Ashlyn. Comment pouvons-nous les trouver et savoir si ma nièce va bien ?

Elle raccrocha, luttant contre la panique. La peur lui collait à la peau, pour Ashlyn et pour Courtney. Elle avait promis à Mike qu'elle veillerait sur sa veuve et sa petite fille, mais elle échouait misérablement.

— Allez, Shane, montre-leur à ces mangeurs de fumée !

— Waouh, Shane ! Fume-les !

Shane esquissa un sourire et se dirigea vers la plaque. Un grand nombre de gens s'étaient rassemblés en ce vendredi soir pour le premier entraînement. Le base-ball n'étant guère pratiqué par les habitants, le terrain n'était pas en très bon état. Une famille de spermophiles l'avait colonisé, et les lignes blanches zigzaguaient entre les touffes d'herbe.

Mais les joueurs, âgés de dix-neuf à cinquante ans, n'étaient pas non plus de niveau professionnel. La dernière recrue était un adjoint de réserve, qui s'était vanté d'être un bon joueur à l'université.

Au bout d'une heure de jeu, durant laquelle il avait alternativement joué et observé, Shane détacha les yeux du match pour le poser sur les gradins.

— Hé, Shane ! cria Taylor Redmond en agitant la main.

Il hocha la tête et avisa un autre groupe de femmes derrière elle. Talia Larrivee et sa clique. Et un homme moustachu, que Shane ne reconnut pas.

Adelaide se posta à ses côtés et suivit son regard en direction des gradins.

— Qui cherches-tu ?

— Personne, mentit-il.

Il avait espéré que Lauren vienne au match, mais pourquoi l'aurait-elle fait ? Le base-ball ne l'intéressait pas. Et il se demandait ce qu'elle ressentait depuis ce baiser. Elle avait dit qu'elle avait aimé cela, mais elle avait été déstabilisée. Soit parce qu'elle ne l'aimait pas tant que ça, soit parce qu'elle l'aimait trop, il n'en savait rien.

— Qui est-ce avec Talia Larrivee ? demanda-t-il.

Adelaide plissa les yeux.

— Je ne sais pas, mais je vais le découvrir.

— Adelaide, non !

L'ignorant, elle se dirigea droit vers les gradins. Une minute plus tard, elle était devant le couple. Le regard de l'homme passa d'Adelaide à Shane. Tout en étant trop loin pour distinguer son expression, Shane eut l'impression qu'il n'était pas content qu'un shérif adjoint pose des questions.

Adelaide revint vers Shane.

— Il m'a dit que son nom n'était pas mon affaire, mais avant de les rejoindre, j'ai entendu Talia l'appeler Tom.

— La prochaine fois, sois plus subtile.

— Pourquoi ? L'approche directe donne parfois de meilleurs résultats.

— Shane ! À toi !

Il se dirigea vers la plaque, repoussant la pensée du mystérieux Tom, de Lauren et des autres.

Deux heures plus tard, l'entraînement prit fin, et il reprit le chemin de chez lui pour se doucher et manger. Il avait refusé de sortir avec ses coéquipiers, peu désireux d'avoir affaire à une foule prête à le féliciter. Ils voulaient parler de sa carrière, et ce n'était pas une histoire qu'il avait envie de revivre.

Il commença par se déshabiller et, en sortant son téléphone de sa poche, s'aperçut qu'il avait manqué un appel de Lauren. Surpris et content, il tapa le code de sa messagerie.

— Courtney a contacté l'administrateur du fonds fiduciaire.

La tension s'entendait dans la voix de Lauren, et il sentit son cœur se serrer en écoutant la suite du message.

— Comment pouvons-nous les retrouver et savoir si ma nièce va bien ?

Il composa le numéro de Lauren.

— J'ai eu ton message, dit-il quand elle répondit. Je serai là dans quelques minutes, on pourra en parler.

9

Vingt minutes plus tard, Shane sonnait à la porte de Lauren. Ses cheveux étaient humides, et il sentait le savon.

— Je t'ai tiré de la douche ?

— Je venais de finir l'entraînement.

— Comment ça a marché ?

Il lui serra la main, un contact à la fois doux et rassurant.

— Très bien, mais tu ne m'as pas appelé pour parler base-ball. Que se passe-t-il du côté de Courtney ?

— Mon amie au cabinet d'avocats m'a appelée pour me dire que Courtney est entrée en contact avec eux. Mais s'il te plaît, ne le dis à personne. Elle pourrait avoir de gros ennuis pour m'avoir donné des informations confidentielles.

— Je ne vois pas l'utilité de la mêler à tout ça, dit Shane. Du moins, pas pour l'instant.

Il la conduisit au sofa, un meuble capitonné comme aurait pu en posséder sa grand-mère.

— Asseyons-nous et raconte-moi tout. Quelque chose dans cet appel a suffisamment inquiété ton amie pour qu'elle te téléphone à son tour.

Lauren acquiesça et s'assit, les mains nouées.

— Courtney avait besoin immédiatement de 10 000 dollars pour payer des soins médicaux à Ashlyn. Mais l'infirmière de la clinique m'a assuré que ce qu'avait Ashlyn n'était pas grave. Et elle a toujours été en bonne santé. Mais si elle avait eu un accident, ou un cancer ?

Elle ravala ses larmes. Maintenant que Shane était là, elle était prête à s'abandonner à ses pires craintes.

— Ashlyn n'est pas couverte par une assurance santé ?

Cette question dissipa soudain le brouillard dans sa tête.

— Si. Courtney et elle sont toutes deux couvertes par l'assurance de l'armée, Courtney jusqu'à ce qu'elle se remarie, et Ashlyn jusqu'à ses vingt et un ans.

Elle secoua la tête.

— Je ne sais pas pourquoi je n'y ai pas pensé.

— J'ai du mal à imaginer une clinique demandant 10 000 dollars pour s'occuper d'Ashlyn, reprit-il. Donc Courtney ne disait pas la vérité à propos de cet argent.

Le soulagement fit presque vaciller Lauren.

— Alors Ashlyn n'est sans doute pas malade.

— Je ne crois pas, dit-il. Je pense que Courtney a inventé cette histoire, ou bien c'est Allerton. Il l'a persuadée d'appeler après que sa première tentative a échoué.

— J'ignore combien a demandé l'homme qui a appelé, répondit Lauren. Mais il a dit que c'était pour acheter une maison et que ça coûterait des centaines de milliers de dollars. Pourquoi demander seulement 10 000 cette fois ?

— C'est la somme que doit Allerton à Russell pour le bail. Ton amie t'a indiqué si l'avocat était d'accord pour envoyer l'argent ?

— Je ne sais pas, dit Lauren. J'étais tellement bouleversée que je n'ai pas pensé à poser la question. Mais les coordonnées de la banque de Telluride, où Courtney voulait qu'on vire l'argent, étaient dans le dossier, alors ça peut vouloir dire qu'ils vont le transférer. Et je parierais que l'avocat a aussi ses coordonnées personnelles, un numéro de téléphone et peut-être une adresse.

— Ce serait utile si ton amie pouvait nous transmettre ces informations.

Lauren secoua la tête.

— Elle dit que ce n'est pas dans le dossier et elle a trop peur de perdre son travail si on la surprend en train de fouiner dans le bureau de l'associé principal. Mais tu pourrais le découvrir.

Il fronça les sourcils.

— Et comment ?

— Si tu appelles en disant que tu cherches Courtney, ils ne te donneront pas les renseignements qu'ils ont ?

L'expression de Shane – un mélange de pitié et de frustration – lui montra qu'elle avait tort. Il fourragea dans ses cheveux.

— Écoute, aucun avocat ne va donner des informations sur une cliente sans mandat. Et aucun juge n'accordera un mandat sans une preuve qu'un crime a été commis.

— Quel genre de preuve ?

— Une menace. Un appel au secours. Un indice quelconque que Courtney est en danger.

— Rien ne va dans cette situation, dit-elle. Courtney et moi sommes amies. Elle est plus proche de moi que de tout autre parent. Elle ne disparaîtrait pas, à moins d'avoir de gros ennuis.

— Je te crois, déclara Shane. Mais ce n'est pas assez pour un juge.

— Courtney ne mentirait pas, insista-t-elle. C'est la fille d'un pasteur, la personne la plus honnête que je connaisse. Donc soit quelqu'un l'a forcée à dire ces choses à l'avocat, soit Ashlyn est vraiment malade.

— Je ne pense pas qu'Ashlyn soit malade. Tu crois qu'Allerton aurait pu la persuader de mentir pour lui ?

— Je ne sais pas. Je ne veux pas y croire, mais s'il l'a menacée, elle ou Ashlyn…

Elle secoua la tête, sans vouloir achever sa phrase.

— Parfois les gens font des choses inattendues quand ils croient être amoureux, dit-il.

— Courtney n'est pas amoureuse d'Allerton.

— Elle croit peut-être l'être.

La gentillesse de son ton n'atténua pas le coup.

— C'est une jeune femme. Elle est probablement solitaire. Tu dis qu'Allerton est charmant. Elle ne serait pas la première à succomber dans ces circonstances.

— Je n'y crois pas. Courtney est peut-être naïve et confiante, mais elle n'est pas stupide.

Mais refusait-elle de croire que Courtney avait des sentiments pour Allerton parce qu'admettre cette possibilité équivalait à trahir son frère ?

— Si tu ne peux pas obtenir un mandat pour les coordonnées de Courtney, que peux-tu faire ?

Il resta silencieux un long moment, puis dit :

— J'aimerais reparler à Samuel Russell. S'il a reçu les 10 000 dollars d'Allerton, ce n'est pas la preuve que l'argent venait de Courtney mais c'est suspect. Et je devrais parler aux voisins. L'un d'eux a peut-être vu ou entendu quelque chose qui nous donnera un indice sur la nature de leur relation. J'aimerais aussi en savoir plus sur l'autre couple.

Le moral de Lauren remonta légèrement.

— Ce sont de bonnes idées, dit-elle. Que puis-je faire ?

— Vois si Courtney a contacté ses amis la semaine dernière. Je te tiendrai au courant, mais n'attends pas de résultats immédiats. Je dois faire ces recherches sur mon temps libre. Ce n'est pas une enquête officielle.

— Parce que nous ne savons pas si un crime a été commis, dit-elle. J'ai compris.

Elle enfouit son visage dans ses mains, accablée.

— Je me sens tellement impuissante. Et ce qui m'inquiète,

c'est que si on prend trop de temps à les retrouver, Courtney et Ashlyn pourraient être réellement en danger.

— Tu penses qu'Allerton est violent ? demanda Shane.

— Peut-être. Je n'en sais rien, vraiment.

À son grand désarroi, elle se mit à pleurer. Elle sauta sur ses pieds, essayant de ravaler ses larmes, mais Shane se leva aussi et la prit dans ses bras.

— Tout va bien, dit-il. Nous allons les retrouver.

Elle s'abandonna alors aux sanglots. Elle n'avait pas pleuré comme ça depuis la mort de Mike. Au milieu de cette tornade d'émotion, elle était consciente des bras musclés de Shane. Elle sentait l'odeur propre de son T-shirt, qu'elle trempait de larmes, et le doux contact de ses lèvres sur ses cheveux. Elle aurait voulu se cramponner à lui, se délecter de son étreinte. Depuis combien de temps ne s'était-elle pas sentie ainsi prise en compte ? Mais était-ce une véritable affection qui la guidait ou seulement le besoin de réconfort ? Elle recula et s'essuya les yeux avec ses doigts.

— Ça va aller, dit-elle. Tu devrais rentrer. Tu dois être fatigué après l'entraînement.

— Je vais bien, affirma-t-il. Je peux rester un moment.

Elle renifla et se força à sourire.

— Vraiment, ça va.

Il eut l'air de vouloir argumenter mais changea d'avis.

— Appelle-moi si tu as besoin de quoi que ce soit. N'importe quand, c'est entendu ?

Elle acquiesça et, cette fois, son sourire fut authentique.

— Merci d'être venu. Te parler, et savoir que tu vas m'aider, ça signifie beaucoup pour moi.

Se penchant, elle l'embrassa sur la joue. Son regard croisa le sien et, un bref instant, elle vit combien il la désirait. Elle retint son souffle, mais il se détourna.

— On se parle demain, dit-il avant de partir.

Elle resta longtemps figée sur place, stupéfaite par la force de son attirance envers elle et par son propre désir de lui.

Samuel Russell accueillit Shane le matin suivant. Le rancher ne fit pas de commentaire sur l'heure – il était à peine 8 heures – mais sans doute était-il debout depuis longtemps.

— Un café, ça vous dit ? demanda-t-il en pénétrant dans une cuisine datant au moins des années 1970.

— Volontiers.

Shane était en jean et T-shirt. Il ne prenait son travail qu'à 15 heures et espérait en apprendre autant que possible sur Russell et ses voisins d'ici là.

Russell apporta deux mugs de café à la table en bois et s'assit, l'invitant à faire de même.

— Que puis-je faire pour vous ?

Shane goûta prudemment le café. Il était chaud et fort, exactement ce dont il avait besoin.

— Vous avez eu des nouvelles d'Allerton ou de son associé ? demanda-t-il.

— Oui.

Russell souffla sur son café et en prit une gorgée.

— Hier, j'ai reçu un chèque de 10 000 dollars.

Il reposa son mug.

— Pour tout dire, ça m'a surpris. Je ne les avais pas vus depuis quelques jours, alors je me disais qu'ils étaient partis.

— Vous les avez vus depuis le chèque ?

Russell secoua la tête.

— Pas trace d'eux.

— Y a-t-il quelqu'un d'autre qui vit dans les environs et qui aurait pu les voir ?

— Vous devriez en parler à Robby et Becca Olsen. Ils possèdent le terrain adjacent. Ils ont emménagé il y a un an environ. Ils comptaient vivre de la terre. J'ai cru qu'ils allaient tenir à peine quelques mois, mais ils sont toujours là. Je peux dire une chose en leur faveur, ils n'ont pas peur du travail. Ils ont construit une yourte et monté une grande serre, ils ont des poules, des chèvres, des porcs et Dieu sait quoi d'autre. Je les trouve un peu dingues, mais ils sont plutôt gentils malgré leurs idées bizarres.

Shane finit son café et se mit en quête des Olsen. Il les trouva en train de planter des piquets autour d'un trio de ruches, à quelques centaines de mètres d'une yourte cernée d'une terrasse en bois. Robby Olsen fit signe à Shane lorsqu'il descendit de son pick-up.

— Passez par-derrière ! cria-t-il avant de se remettre à taper sur les piquets.

Shane contourna un poulailler avec cour, une porcherie où grognaient deux énormes cochons, et une serre recouverte de plastique trois fois plus grande que la yourte. De couleur vive, les ruches ressortaient sur l'herbe jaunie par le soleil. En s'approchant, Shane entendit le vrombissement des abeilles et les vit voler autour d'eux.

Torse nu, le jeune homme s'avança et lui tendit la main.

— Je m'appelle Robby Olsen. M. Russell nous a appelés pour nous dire que vous veniez nous voir.

— Et moi je suis Becca, se présenta la jeune femme en souriant.

Grande, mince et bronzée, elle arborait deux longues nattes noires. Elle portait un short et un débardeur, et son nez était parsemé de taches de rousseur.

— Je suis le shérif adjoint Shane Ellis, leur dit-il. Je cherche le couple qui loue une partie du ranch Russell. Je me demandais si vous les aviez vus.

Robby retira ses gants de cuir et les fit claquer sur sa cuisse, soulevant un petit nuage de poussière.

— Il y avait deux couples, là-bas. Ils sont passés ici un jour.

— Quand était-ce ? demanda Shane.

Robby jeta un coup d'œil à sa femme.

— Mardi dernier, répondit-elle. Je m'en souviens parce que c'est le jour où je livre des œufs et des légumes en ville.

— Que pouvez-vous me dire d'eux ? reprit Shane.

— Ce sont les deux hommes qui ont parlé tout le temps, répondit Becca. Les femmes et la petite fille n'ont pas dit grand-chose. J'ai demandé à l'une d'elles si elle voulait des cardes ou des oignons, et elle s'est contentée de secouer la tête. J'ai essayé de communiquer un peu plus en lui demandant d'où elle était, mais elle parlait à peine. La rouquine avait les yeux rivés sur l'homme brun et m'a ignorée.

Shane sortit son carnet et son téléphone pour montrer la photo de Courtney et Ashlyn.

— C'étaient elles l'une des femmes et la petite fille ?

Le mari et la femme rapprochèrent leurs têtes pour regarder et hochèrent la tête.

— Ce sont elles, dit Becca. Jolie petite fille, mais vraiment timide. Sa mère l'a portée tout le temps. J'ai proposé d'aller voir les poules, mais maman a refusé.

— Ils vous ont dit comment ils s'appelaient ?

— Le plus grand a dit qu'il s'appelait Troy, expliqua Robby, et le plus vieux Tom. Mais ils n'ont pas présenté les femmes.

— J'ai pensé qu'ils appartenaient à une secte, reprit Becca. Mais ils étaient habillés normalement.

— Que voulaient-ils ?

— Ils nous ont dit qu'ils allaient construire un ranch à côté de chez nous et qu'ils venaient se présenter, révéla Robby. Mais quand j'ai essayé d'en savoir plus, les animaux qu'ils comptaient élever, des choses comme ça, ils ont changé de sujet.

— À leur manière dont ils jetaient des regards partout, on a pensé qu'ils voulaient nous voler, ajouta Becca.

Elle croisa les bras.

— Toute la bande m'a fait mauvaise impression. Je n'ai pas bien dormi pendant plusieurs jours. Je me demandais s'ils n'allaient pas nous causer des ennuis.

— Qu'est-ce qui vous a fait penser ça ? questionna Shane.

— Ils n'étaient pas vraiment amicaux, répondit Robby. Et certaines personnes vous donnent juste cette impression, vous voyez ?

— De quoi avaient-ils l'air ?

— Troy était plutôt grand, avec des cheveux blonds, dit Robby. Ses yeux, je n'en sais rien, parce qu'il a gardé ses lunettes de soleil tout le temps. Il a probablement une trentaine d'années. L'autre type avait environ quarante ans, dix bons centimètres de moins et des cheveux noirs. L'autre femme avait de longs cheveux roux, des pommettes hautes et de longues jambes.

— Elle avait l'air d'un mannequin, dit Becca. Un mannequin riche. Ses vêtements étaient visiblement chers, et elle portait beaucoup de bijoux en or.

— Ont-ils parlé de leurs projets ? demanda Shane. Du ranch ou du fait qu'ils ont l'intention d'y vivre ?

Robby secoua la tête.

— Troy a bien aimé notre yourte, il a dit que ça avait l'air plus confortable que leur caravane.

— Je passe devant leur entrée plusieurs fois par semaine quand je descends à Eagle Mountain, ajouta Becca. Je n'ai jamais vu personne par là. Je voulais apporter des légumes et des œufs à M. Russell et lui poser la question, mais nous avons été tellement occupés que je n'en ai pas eu l'occasion.

— Nous sommes en train de poser une clôture pour écarter les animaux de nos ruches, reprit Robby. Une grosse laie est venue fureter par ici la semaine dernière. Elle a reçu une bonne décharge et elle s'est carapatée.

— J'espère que ça l'a effrayée pour de bon, dit Becca. Mais nous savons qu'il y a des ours par ici.

Shane contempla la serre, la yourte avec sa terrasse parsemée de pots de fleurs et de chaises de couleur. Derrière la yourte, il distingua une installation photovoltaïque.

— Vous êtes bien installés, dit-il. Vous êtes autosuffisants en électricité ?

— Oui, dit Robby. Nous avons un générateur de secours, mais nous nous servons surtout du solaire. Et nous aimerions installer une éolienne un jour.

Shane sortit une carte de visite et la leur tendit.

— Tenez-moi au courant si Troy, Tom et les femmes s'arrêtent à nouveau chez vous.

— Ils ont commis un crime ? demanda Becca. Est-ce qu'on doit s'inquiéter ?

— La famille de la blonde s'inquiète pour elle, dit Shane. J'ai accepté de la rechercher pour m'assurer qu'elle va bien.

— Elle en avait l'air quand nous l'avons vue, répondit Becca. Je veux dire qu'elle était propre et bien nourrie et qu'elle n'avait pas du tout l'air en détresse.

Elle haussa les épaules.

— Certaines personnes ne disent pas grand-chose. Aucune loi contre ça.

Ils lui dirent au revoir et se remirent à planter les piquets. Shane retourna à son pick-up. Perdait-il son temps à essayer de retrouver Allerton et Courtney ? Certains l'auraient sans doute vu ainsi, mais cela en valait la peine s'il pouvait redonner la paix de l'esprit à Lauren. Même une vérité difficile valait mieux que l'incertitude.

10

Le dimanche après-midi, le texto de Shane à Lauren fut laconique :

Viens me voir vers 18 h 30 pour qu'on fasse le point.

Pas exactement un rendez-vous romantique. Elle aurait dû être soulagée qu'il respecte sa requête. Mais elle se sentait un peu irritée. Était-il vraiment attiré par elle s'il lui était si facile de revenir à un comportement dicté uniquement par leur collaboration ?

Dès qu'elle répondit qu'elle serait là, il lui écrivit :

J'irai chercher à dîner.

Devait-elle apporter du vin ? Ou le dessert ?

Elle finit par s'arrêter à la boulangerie et acheta une dizaine de cookies. Elle se posait beaucoup trop de questions.

Shane l'attendait en jean et T-shirt, sentant le savon et l'après-rasage, une combinaison qui la rendit hyper consciente de son sex-appeal. Elle ne pouvait détacher les yeux de sa clavicule, visible au-dessus du T-shirt.

— Lauren ? Est-ce que ça va ?

Elle cilla et croisa son regard perplexe.

— Oui, ça va.

Elle recula d'un pas et posa les yeux sur la table de cuisine, où reposait un sac de sandwichs.

— Qu'as-tu pris pour le dîner ?

— Des sandwichs sous-marins et des chips. Il y a de l'eau ou de la bière, comme tu préfères.

— De l'eau, c'est parfait.

Elle tira une chaise et s'assit. Elle le faisait à nouveau, s'emballer pour un homme qu'elle venait de rencontrer. Bien sûr, il disait être aussi intéressé par elle, mais ce genre de sentiment ne durait pas. Les vraies relations prenaient du temps pour se développer, et elle n'en avait pas autant à passer à Eagle Mountain. Elle était là pour retrouver Courtney et elle devait se concentrer sur cette mission.

— Qu'as-tu découvert ? demanda-t-elle quand il revint avec deux verres d'eau.

— Je suis passé au ranch Russell, mercredi.

Il s'installa sur une chaise face à elle.

— M. Russell n'avait pas vu Courtney, pas plus que Trey. Mais il a reçu un chèque de 10 000 dollars il y a deux jours, c'était la date limite pour le second versement. Donc je pense que c'est ainsi qu'a été dépensé l'argent de Courtney.

Lauren sentit ses entrailles se nouer.

— Je suis soulagée qu'Ashlyn ne soit pas malade, même si je le savais plus ou moins. Mais ça fait mal de savoir que Courtney a menti. Ça ne lui ressemble pas du tout.

— Tu as peut-être une image idéalisée de ta belle-sœur, dit-il. Elle ne t'a probablement montré que ses meilleurs côtés, mais ça ne veut pas dire qu'un autre aspect d'elle n'était pas là tout du long.

— Peut-être.

Lauren mit une chips dans sa bouche et la croqua. Shane était flic, et son métier le poussait sans doute au cynisme. Mais elle savait que Courtney n'était pas malhonnête.

— Je pense que c'est Allerton qui l'a forcée à débiter ces mensonges, dit-elle. Soit il a joué sur sa sympathie et lui a fait croire qu'il avait désespérément besoin de son aide, soit il l'a harcelée et menacée pour qu'elle fasse ce qu'il voulait.

Elle croisa le regard de Shane, désireuse de lui laisser voir combien elle était préoccupée.

— Nous ne le saurons pas avant de l'avoir retrouvée, et s'il la menace, il faut la retrouver très vite.

Il acquiesça et prit son sandwich.

— J'ai rendu visite aux voisins qui vivent de l'autre côté. Becca et Robby Olsen. Ils vivent dans une yourte et ils m'ont dit qu'Allerton, Courtney et un autre couple sont passés chez eux mardi dernier.

Lauren s'étouffa avec son sandwich. Shane se précipita pour lui taper dans le dos. Elle prit une gorgée d'eau et attendit que sa toux se calme pour dire :

— Ils vivent au ranch ? Tu y es allé ?

— Je m'y suis arrêté au retour, mais il n'y a toujours aucune trace d'eux dans la caravane.

Il retourna s'asseoir.

— L'autre couple ressemble à ceux qu'a décrits M. Russell, un homme brun et trapu et une grande rouquine. Ils ont identifié Courtney et Ashlyn sur la photo. Becca a dit que la rouquine portait des vêtements et des bijoux onéreux et ressemblait à un mannequin.

— On dirait Talia. C'est ainsi que je la décrirais.

Shane, qui allait porter le sandwich à sa bouche, se figea.

— Je n'avais pas pensé à ça. Et cet homme, dans la quarantaine, trapu, avec des cheveux noirs, pourrait être l'homme avec qui elle était à l'entraînement. Elle l'a appelé Tom. C'est le nom qu'utilisait l'associé d'Allerton. Je suis idiot de ne pas avoir fait le rapprochement avant.

— Tu as vu cet homme ? demanda Lauren en se penchant vers lui. Tu penses que Trey était avec lui à ce moment-là ?

— Il était avec Talia, répondit Shane. Je ne l'ai pas vu parler ou interagir avec quelqu'un d'autre.

— Mais tu étais concentré sur le match, dit-elle. Peut-être

que Trey et Courtney étaient là aussi, et que tu ne les as pas remarqués.

Elle se leva.

— Il faut que nous interrogions d'autres gens qui y assistaient. Peut-être que quelqu'un les a remarqués. Ils pourront au moins nous dire si Courtney et Ashlyn vont bien.

— Elles n'étaient pas là, insista Shane. Et mardi dernier au moins, elles allaient bien. Becca Olsen a dit qu'elles étaient propres et bien nourries.

— J'imagine qu'on pourrait aussi décrire des prisonniers ainsi, riposta Lauren.

Elle se rassit. Elle détestait son impuissance à convaincre Shane de ses soupçons.

— Comment Courtney et Trey ont-ils fait la connaissance de Talia et de Tom ? demanda-t-elle.

— Je suis presque sûr que le père de Talia a une maison à Denver. Peut-être qu'elle et Courtney s'y sont rencontrées. Elles ont presque le même âge.

— Et rien en commun. Courtney est une mère, une femme d'intérieur. Elle se fiche des jolis vêtements et des bijoux.

— Les contraires s'attirent aussi bien dans l'amitié que l'amour, dit Shane. Ou peut-être qu'Allerton et Tom se connaissaient et qu'Allerton l'a amené parce qu'il avait besoin d'un associé pour le ranch.

— Il a dit à Courtney que Mike et lui avaient prévu de s'associer pour construire le ranch. Il voulait que Courtney fasse partie du projet à la place de Mike. Je pense vraiment que c'est la seule raison pour laquelle elle a accepté, parce qu'elle pensait que c'était ce que Mike aurait voulu.

Il lui jetait à nouveau ce regard – en partie sympathique, en partie sceptique.

— Tu penses que je ne vois que ce que je veux voir, lui dit-elle, mais Courtney n'est pas amoureuse de Trey. Peut-être est-elle physiquement attirée par lui et prend-elle plaisir à son admiration. Mais j'ai vu comment elle regardait mon frère, avant et après leur mariage, et elle n'a jamais regardé Allerton de cette façon. Loin de là.

— Même si elle n'est pas amoureuse de lui, elle a pu accepter de s'associer avec lui parce qu'elle voulait aider des jeunes, dit Shane. Ou parce qu'elle s'est dit que cela lui donnerait un nouveau départ dans la vie.

— Mais il faudrait lui parler pour le savoir, dit Lauren.

Elle croqua une autre chips.

— Alors qu'est-ce qu'on fait maintenant ?

— Je dois voir ce que je peux trouver d'autre sur Tom.

— Que puis-je faire ?

— Vois avec les amis de Courtney s'ils l'ont jamais entendue mentionner Tom ou Talia. Et appelle ton amie au cabinet d'avocats. Demande-lui de t'appeler si Courtney retire encore de l'argent du fonds.

— Dois-je lui dire que nous soupçonnons Courtney d'avoir menti sur l'usage de cet argent ?

— Je te laisse en décider.

Il lui semblait que ce serait trahir Courtney. Ce qu'elle avait fait pouvait même être illégal.

— Je n'en dirai pas plus que nécessaire, dit-elle.

Un jour – bientôt, espérait-elle – Courtney voudrait rentrer chez elle et reprendre son ancienne vie. Lauren voulait que cette transition se passe le mieux possible.

— Nous ne pouvons rien faire d'autre ce soir, déclara Shane. Profitons juste du repas et parlons d'autre chose.

— D'accord. Parle-moi de la fête du 4 juillet. J'ai vu des affiches en ville. En plus du match, qu'y a-t-il d'autre ? Un feu d'artifice ?

Il hocha la tête en finissant de mâcher.

— Il y a un grand feu d'artifice après la tombée de la nuit, avec le Dakota Ridge en toile de fond. Et le matin, une parade.

— Une parade ? Avec des chars et un orchestre ?

— Oui, l'orchestre du lycée. Les chars sont surtout des pick-up avec des remorques d'où les gens jettent des bonbons. Mais il y a des gens à cheval, des gosses à vélo et des gens qui agitent des drapeaux.

— Ça a l'air charmant, dit-elle. Je vais veiller à ne pas manquer ça.

— Les employés du musée d'histoire sont habillés à l'ancienne mode et servent de la limonade, dit-il. La fraternité des Elks fait un barbecue dans le parc. Et les gosses du club 4-H ont organisé un carnaval avec maquillage et farces et attrapes.

— À quelle heure est le match ? demanda-t-elle. Et où ?

— Le seul terrain est au lycée, répondit-il. C'est à 15 heures, dimanche.

— Y aura-t-il beaucoup de gens ?

— Adelaide dit qu'ils vendent les tickets aussi vite qu'ils les impriment. Elle cherche des bénévoles pour vendre des billets à tarif réduit. Si tu t'inscris, tu pourrais rentrer gratuitement.

— Je vais peut-être faire ça.

Ce serait mieux que d'y assister seule sur les gradins.

Le téléphone de Shane se mit à vibrer sur la table. Il le prit et fronça les sourcils.

— C'est le shérif.

Lauren alla remplir leurs verres d'eau pendant qu'il prenait l'appel. Quand elle revint, il tenait encore le téléphone, l'air perturbé.

— Que voulait le shérif ? dit-elle.

— Il a demandé que tout le monde vienne au bureau. Evan Larrivee a appelé. Talia lui a téléphoné et elle avait très peur. Il ignore où elle est.

11

Le shérif Travis Walker rassembla ses hommes dans la salle de réunion du commissariat. Comme d'ordinaire, son air solennel ne trahissait rien.

— Evan Larrivee m'a appelé sur mon portable peu après 18 heures pour me signaler qu'il a eu un appel très préoccupant de Talia. Elle lui a dit qu'elle avait peur et l'a supplié de venir la chercher, mais avant qu'elle puisse lui dire où elle se trouvait, la communication a été coupée. Il n'a pas pu la joindre depuis.

— Il t'a appelé sur ton portable ? questionna Gage. Pas au standard ?

— Il ne voulait pas alarmer tout le monde, dit Travis. Mais après lui avoir parlé, je pense qu'il y a des motifs d'inquiétude.

Plusieurs adjoints échangèrent des regards.

— Que s'est-il passé ? demanda Jamie Douglas.

— La dernière fois qu'Evan a vu Talia, c'était il y a deux jours. Elle lui a dit qu'elle partait explorer les montagnes avec des amis, mais quand Evan lui a demandé qui étaient ces amis, sa réponse a été : « Tu ne les connais pas. » Il n'a eu aucune nouvelle d'elle jusqu'à l'appel frénétique de ce soir. Selon lui, elle était vraiment terrifiée, mais avant qu'il puisse en apprendre davantage, l'appel a été coupé.

— Où allaient Talia et ces amis ? questionna Dwight.

— Elle ne l'a pas dit. C'est inhabituel, selon Evan. Talia essaye toujours de le choquer avec le récit de ses aventures, même si on sait qu'elle les embellit parfois. Il a eu le sentiment qu'elle dissimulait quelque chose.

— Elle était à l'entraînement vendredi soir, dit Gage. Avec un homme que je n'avais jamais vu.

— Adelaide dit qu'elle a entendu Talia l'appeler Tom, intervint Shane. Et je suis presque sûr que tous deux étaient chez Robby et Becca Olsen, mercredi dernier, avec Courtney Baker et Trey Allerton.

Tous les yeux se braquèrent sur lui.

— Courtney Baker est la belle-sœur de Lauren Baker, expliqua Travis. Lauren nous a demandé notre aide pour la retrouver, mais nous n'avons trouvé aucun indice de crime, ni même du fait que Courtney suive Allerton contre son gré.

— J'aide Lauren à chercher Courtney sur mon temps libre, ajouta Shane. Hier matin, j'ai parlé aux Olsen, et ils m'ont dit qu'ils avaient vu Allerton et Courtney avec un homme et une femme aux cheveux roux et aux vêtements chers, qui avait l'air d'un mannequin.

— Ça ressemble à Talia, dit Gage.

— Je l'ai pensé aussi, approuva Shane.

— Talia a eu beaucoup de petits amis, commenta Dwight. On a une raison de s'inquiéter particulièrement de celui-là ?

— Evan lui a demandé pourquoi elle ne lui disait pas avec qui elle était et, selon lui, elle aurait répondu : « Mon petit ami n'aimerait pas ça. » Après ce dernier coup de fil, il est allé en ville et a trouvé sa voiture sur le parking du lycée. Quelqu'un lui a dit qu'elle était là depuis vendredi après-midi.

— Est-ce que Talia pourrait jouer un tour à son père ? demanda Jamie. Pour attirer son attention ?

— Il dit que non et il est convaincu qu'elle était effrayée, répondit Travis. Je veux que tout le monde guette sa réapparition. Parlez aux gens qui auraient pu la voir et suivez toutes les pistes. Si elle ne fait que se rebeller contre l'autorité de son père, on le saura très vite. Mais si elle a de vrais ennuis, il faut être en position de l'aider.

Il se tourna vers Shane.

— Que faisaient Courtney et ses amis chez les Olsen ?

— Trey Allerton a loué une portion du ranch Russell en bordure de la propriété des Olsen. Il dit qu'il veut en faire un centre de vacances pour jeunes défavorisés. Il a convaincu Courtney Baker de contribuer financièrement au projet et il a présenté Tom comme son associé.

— Une raison de soupçonner que ce centre est une couverture pour autre chose ? demanda Gage.

Shane secoua la tête.

— Il n'y a aucun signe de travaux, mais peut-être attendent-ils d'avoir des fonds. La seule chose suspecte est que Courtney Baker a menti pour obtenir l'argent du second versement. Elle a dit à l'avocat qui gère son fonds fiduciaire qu'elle avait besoin de 10 000 dollars pour payer les soins médicaux de sa fille. C'est exactement le montant du versement qu'Allerton a fait à Russell le lendemain.

— Tu en as parlé à Sam Russell ?

— Oui. Selon lui, Tom ne disait pas grand-chose, c'était Allerton qui parlait. Mais Tom a des tatouages de prisonnier, paraît-il. Samuel les reconnaît parce qu'il a engagé d'anciens taulards sur son ranch.

— Ça me surprend un peu, remarqua Gage. Non que Tom ait des tatouages, mais que Russell engage d'anciens taulards.

— Il dit qu'il croit au fait de donner une deuxième chance aux gens.

— Voyons si on peut trouver le nom de famille de Tom et s'il a ou non un casier judiciaire, dit Travis. Shane, viens avec moi, on va rendre visite à Larrivee. On va lui demander s'il connaît ce Tom et les nouveaux amis de Talia.

Evan Larrivee avait la tête rasée, un petit bouc poivre et sel et les traits tirés d'un homme qui ne dort plus.

— Je sais que Talia est impétueuse, dit-il lorsque Travis et Shane arrivèrent chez lui. Elle fait parfois des choses qui m'inquiètent beaucoup, mais cette fois, c'est différent.

— Votre fille a vingt-deux ans, dit Travis. Elle a déjà fait des fugues ?

— Je sais à quoi vous pensez, répondit Larrivee. Mais c'est une adulte. Elle n'a pas besoin de me rendre des comptes. Cependant, aussi longtemps qu'elle vit sous mon toit et que je l'entretiens, elle le fait.

Il tentait visiblement de maîtriser son émotion.

— Ça peut vous paraître conflictuel, mais ça ne l'est pas. Talia et moi avons de bonnes relations. Elle m'a demandé de l'aider, parce qu'elle sait que je laisserais tout tomber pour elle. Si seulement je savais où elle est !

Sa voix se fêla, et il détourna le regard.

— Qui sont les amis avec lesquels elle sort ? demanda Travis.

Larrivee reprit contenance.

— Des filles pour la plupart. Elle a deux ou trois copines. Mais je leur ai déjà parlé, et elles n'ont eu aucune nouvelle.

— Nous aurons besoin de leurs noms, déclara Travis.

— Bien sûr, mais elles ne savent rien. Il faut retrouver les gens avec qui elle est.

— Et qui est-ce ? questionna Shane.

— Si je le savais, je ne vous ennuierais pas, riposta Larrivee.

— Mais vous pensez que Talia n'est pas seule ? reprit Travis. Qu'elle est avec des gens ?

Larrivee secoua la tête.

— Je ne les ai jamais rencontrés. Elle m'a parlé d'un petit ami, mais elle n'a pas voulu me dire son nom. J'ai fini par faire avouer à l'une de ses amies qu'il s'appelle Tom, mais elle m'a juré que c'était tout ce qu'elle savait.

Travis sortit son téléphone.

— Quel est le nom de cette amie ?

— Anne-Marie Winstead Jones, répondit Larrivee. Elle m'a dit qu'elle l'a vu une fois avec Talia et qu'il avait l'air plutôt dur.

— Dur comment ? interrogea Shane.

Larrivee haussa les épaules.

— Juste… dur. Et plus vieux. Fin de la trentaine ou début de la quarantaine, a-t-elle dit.

Il serra les lèvres.

— Votre fille est-elle sortie avec des hommes plus âgés avant ? questionna Shane.

— Non. Et d'après ce que m'a dit Anne-Marie, ce type n'avait rien d'un canon. Talia aime s'amuser. Ce qui est une autre raison pour laquelle je ne comprends pas son association avec cet homme. Il n'est pas son type habituel.

— Et quel est son type ? s'enquit Travis.

— Vous savez… Jeune, comme elle. Avec suffisamment d'argent pour la sortir. Et beau. Elle sort avec des grimpeurs, des skieurs, ce genre de choses. Elle aime les casse-cou et les amateurs de sensations fortes, mais ce type a l'air différent.

— Est-il possible que ce soit ce Tom qui ait séduit votre fille ? demanda Shane. Il l'a peut-être charmée parce qu'il s'intéresse à son argent.

— Ma fille sait comment traiter les coureurs de dot. Je lui ai enseigné ça toute jeune. Elle sort avec beaucoup d'hommes, mais s'ils manifestent le moindre intérêt pour son argent, elle les jette comme ça, dit Larrivee en claquant des doigts.

— Vous avez dit que votre fille est partie avec plus d'une personne, dit Travis. Qui sont les autres ?

— Je l'ignore. Avant son départ, elle a dit qu'elle partait quelques jours avec des amis. Lorsque je lui ai demandé qui c'était, elle m'a répondu qu'elle ne pouvait pas me le dire. Ça a éveillé toutes sortes de craintes chez moi, je peux vous l'assurer. Mais lorsque je l'ai questionnée, elle m'a répliqué qu'elle m'appellerait plus tard, et elle a raccroché. Depuis, tous mes appels ont abouti à sa messagerie, et elle n'a pas répondu non plus aux textos.

Il perdit un peu son ton autoritaire.

— Je suis très inquiet.

Travis prit quelques notes sur son smartphone.

— Nous aimerions voir la chambre de votre fille, dit-il.

— Par ici.

Larrivee les précéda dans un escalier courbe.

— Je l'ai déjà fouillée. Je n'ai rien trouvé d'autres qu'un peu d'herbe. Je n'approuve pas ça, et Talia le sait. Mais ce n'est pas illégal dans cet État, alors je ne peux pas faire grand-chose sauf lui demander de ne pas en consommer en ma présence.

La chambre, ou plutôt la suite, de Talia Larrivee occupait la plus grande partie du premier étage, avec un grand salon, un petit dressing et une salle de bains luxueuse.

— Est-ce qu'elle a un agenda ou tient un journal ? questionna Travis.

— Tout est sur son téléphone, et elle l'a sur elle, dit Larrivee. Bien que l'application de traçage ait été désactivée.

Il se mit à rire de l'air stupéfait de Shane.

— J'ai *conçu* cette application, shérif adjoint. Bien sûr que je l'ai installée sur le téléphone de ma fille. Mais quelqu'un l'a désactivée ou désinstallée.

— Talia saurait-elle faire ça ? demanda Travis.

— Bien sûr. Elle passe pour une idiote, mais ma fille est très intelligente.

— Nous aimerions jeter un coup d'œil, si ça ne vous ennuie pas, dit Travis.

— Vous n'avez pas besoin d'un mandat pour faire ça ?

— Je peux en obtenir un, si ça vous met plus à l'aise, répondit Travis, de son habituel air impassible.

— Rien ne me mettra plus à l'aise que de retrouver ma petite fille, déclara Larrivee.

Il recula.

— Allez-y. J'ai déjà tout fouillé, de toute façon. Je serai en bas, si vous avez besoin de moi.

Lorsqu'il fut parti, Travis enfila une paire de gants et s'approcha du bureau.

— Qu'est-ce que tu en penses ? demanda-t-il à Shane.

Shane qui s'équipait aussi de gants répondit :

— Une fille de vingt-deux ans, dont le père tient les cordons de la bourse, édicte les règles et ne se gêne pas pour fouiller dans ses affaires personnelles… Je crois que la plupart des gens se rebelleraient.

— Elle a pu vouloir affirmer son indépendance en partant quelques jours avec un homme dont elle sait que papa ne l'approuverait pas.

Travis feuilleta les livres sur la table de chevet.

— Mais ça n'explique pas ce coup de fil frénétique. Et elle semble avoir croisé le chemin d'une autre femme qui suit un homme que ses proches désapprouvent et qui refuse aussi de répondre aux appels téléphoniques.

Il secoua la tête.

— Je n'aime pas les coïncidences de ce genre.

— Nous ignorons si l'un d'eux a transgressé la loi.

Shane passa la main sous l'étagère, en quête de quelque chose qui aurait pu y être scotché.

— Non, mais ils peuvent être en marge de la légalité, dit Travis. J'aimerais bien en être sûr.

— Le bail est légal, remarqua Shane. Bien qu'il n'y ait aucun signe de travaux. Cette idée de ranch pour les jeunes est peut-être simplement une couverture pour d'autres activités ?

— Tu disais que Courtney Baker a de l'argent ?

— Plusieurs millions, selon Lauren. Mais la plus grande partie de l'argent est immobilisée dans un fonds fiduciaire.

— Peut-être qu'Allerton pense qu'il peut prendre le contrôle du fonds.

Travis ouvrit un tiroir de la commode.

— Et où se place Tom ? questionna Shane. Selon Russell, Allerton l'a présenté comme son associé.

— Sais pas, répondit Travis.

Il ôta le tiroir et le souleva pour regarder en dessous.

— Il y a quelque chose, là.

Shane le rejoignit et Travis lui tendit le tiroir pour prendre son téléphone et en photographier le fond. Puis il rempocha son appareil, prit son couteau de poche et l'utilisa pour détacher une petite enveloppe brune scotchée au fond du tiroir. Il la posa sur le dessus de la commode et, les mains gantées, souleva le rabat.

La photo à l'intérieur était celle d'une femme, nue en dehors d'un soutien-gorge rose, un bâillon noir dans la bouche, les mains et le corps entièrement ligotés avec une corde. Elle était allongée sur un lit, les cheveux répandus sur l'oreiller, la peau très blanche contre les draps foncés. Elle fixait l'appareil, les yeux écarquillés par la terreur.

— Ce n'est ni Courtney ni Talia, dit Shane.

— Non.

Travis rangea la photo dans l'enveloppe.

— Mais il faut trouver qui c'est. Larrivee a raison : sa fille pourrait être mêlée à quelque chose de louche.

Le lundi matin, Lauren progressait lentement sur la route gravillonnée escaladant la montagne. Avait-elle manqué le tournant menant à la petite caravane ? Cela lui avait peu si facile lorsqu'elle était venue avec Shane, mais aujourd'hui tout semblait différent.

Elle n'avait pas dit à Shane qu'elle avait l'intention de remonter au terrain. Si Courtney et Trey louaient cet endroit, elle avait le droit de s'y rendre, non ? Peut-être aurait-elle de la chance et y trouverait-elle Courtney. Dans ce cas, elle essayerait de la persuader de revenir en ville avec elle. Peut-être pourrait-elle les inviter, elle et Ashlyn, à déjeuner et, une fois en tête à tête avec sa belle-sœur, la convaincre de retourner à Denver avec elle. À tout le moins, elle pourrait entendre de la bouche même de Courtney ce qu'il se passait.

Si Courtney et Trey n'étaient pas à la caravane ou à proximité, Lauren fouillerait à nouveau, en espérant trouver un indice concernant l'endroit où ils se trouvaient. Si elle découvrait quelque chose, elle en parlerait à Shane, sinon il serait inutile qu'il sache qu'elle était venue là.

La Prius cahota sur le passage canadien et, voyant le chemin sur la droite, elle tourna. Après une brève montée, la caravane apparut, laide et abandonnée. Aucun véhicule ne stationnait sur le chemin, et les fenêtres aveugles fixaient le terrain aride. Lauren arrêta la voiture à l'ombre d'un genévrier et en sortit. L'écho de la portière claquée la fit sursauter. Si Courtney et Allerton étaient à portée d'oreille, ils viendraient voir, espéra-t-elle.

Les nerfs tendus, elle s'approcha des marches et les gravit. La porte tourna facilement sur ses gonds, et elle se glissa à l'intérieur. À première vue, rien n'avait changé depuis sa dernière visite. Des ordures jonchaient la moquette couleur de boue, et la chaise cassée était toujours couchée dans un coin. Lauren plissa le nez de dégoût. Si Courtney avait l'intention de vivre ici, elle aurait commencé tout de suite à nettoyer, jeter les meubles cassés et remplir les pièces de mobilier solide, confortable et agréable à l'œil. Courtney n'était pas dépensière, mais elle avait le chic pour faire de n'importe quel endroit un foyer. Mike disait souvent que s'il décidait de faire carrière dans l'armée, Courtney saurait toujours rendre leur logement accueillant.

Lauren passa dans la chambre et la salle de bains où elle avait trouvé la poupée d'Ashlyn. La première fois qu'elle avait rencontré Courtney, elle avait été impressionnée par le mélange de beauté et de modestie de la jeune femme. Et par le fait que Mike semblait follement épris de sa petite amie. Beau et sociable, il était sorti avec de nombreuses femmes, pour la plupart très gentilles. Mais Lauren avait compris lors de cette première rencontre qu'il y avait autre chose entre Courtney et lui. Il ne pouvait détacher les yeux d'elle, et quand il parlait d'elle, sa voix prenait un ton de fierté et de respect.

— Je crois que c'est la femme avait qui je veux passer le reste de ma vie, avait-il confié à Lauren quelques semaines plus tard. Je n'ai jamais rencontré quelqu'un comme elle, et je crois qu'elle ressent la même chose pour moi.

Courtney était en effet dévouée à Mike. Cette dévotion avait-elle obscurci son jugement après sa mort ?

— Mike t'a-t-il jamais parlé d'Allerton et de son ranch pour les jeunes ? avait demandé Lauren, la dernière fois qu'elles s'étaient entretenues.

— Non, avait avoué Courtney.

— Tu ne penses pas que si ce projet lui était aussi cher qu'Allerton essaye de te le faire croire, Mike t'en aurait parlé ? Il ne te cachait rien, n'est-ce pas ?

— Pas que je sache, mais peut-être voulait-il m'en parler à son retour. Tu sais combien Mike était généreux et combien il aimait les enfants. C'est exactement le genre de projets qui l'auraient enthousiasmé.

Courtney avait raison. Mike aurait adoré l'idée d'un ranch dans les montagnes, où des enfants pourraient venir séjourner. Mais Lauren ne pouvait croire que son frère se soit fié à quelqu'un comme Allerton.

— Ça m'inquiète que tu fasses confiance à Trey, avait-elle dit à Courtney. Je pense qu'il s'intéresse à ton argent.

— L'argent n'est même pas à moi, avait répondu Courtney. C'est l'argent de Mike, et je veux en faire quelque chose dont il serait fier. Je sais que tu penses que je suis naïve, mais je ne suis pas stupide.

Lauren avait compris qu'elle était blessée.

— Je sais que tu n'es pas stupide, avait-elle dit gentiment.

— Merci. Mais parfois, tes sentiments se lisent dans ton regard. Tout ira bien, tu verras. Même si ce n'était pas le rêve de Mike, tant pis. Je sais qu'il aurait approuvé ce projet, alors je vais faire de mon mieux pour le réaliser.

— Mais comment fais-tu pour le réaliser ? demanda Lauren à voix haute.

Elle contempla la chambre déserte.

— En mentant pour avoir l'argent ? En refusant de répondre aux appels et aux textos de ceux qui t'aiment ?

Un bruit derrière elle la fit sursauter. Un homme en jean et chemise à carreaux se tenait sur le seuil de la chambre.

— Qui êtes-vous ? demanda-t-il.

Il tira un pistolet d'un holster dans son dos et le braqua sur elle.

— Ici, on abat les intrus.

12

Lauren se figea, le cœur battant.

— Que faites-vous ici ? demanda-t-elle, furieuse de sentir sa voix trembler mais incapable de l'en empêcher.

— Je l'ai demandé le premier. Alors ?

L'homme agita l'arme dans sa direction. Elle tressaillit.

— Je cherche ma belle-sœur, Courtney.

— Et qu'est-ce qui vous fait penser qu'elle est là ? Y a personne ici. Vous êtes sur une propriété privée.

Sans détacher les yeux de l'arme, Lauren se redressa.

— C'est vous qui êtes sur une propriété privée. Ma belle-sœur et son… associé ont loué ce terrain à M. Russell.

— Vous savez ça, hein ?

— Qui êtes-vous et que faites-vous ici ?

— Mon nom est King, Von King. M. Allen m'a engagé pour faire des travaux et surveiller quand il est pas là.

— Où est-il ? s'enquit-elle. Je dois lui parler.

Elle n'avait rien à dire à Allerton, mais elle voulait désespérément parler à Courtney. King fourra le pistolet dans sa ceinture.

— C'est au-dessus de mes gages de tenir le compte de ses allées et venues. Et si vous êtes tellement amie avec lui, comment ça se fait que vous ne savez pas ?

— Je n'ai jamais dit que nous étions amis, avec Troy. Mais je suis une bonne amie de Courtney.

— Qui est Courtney ?

— La femme qui accompagne Allerton. Petite, blonde, aux yeux bleus. Elle a une petite fille.

Un reflet mauvais dans les yeux de King la fit reculer.

— Alors c'est son nom, dit-il.

— Vous l'avez vue ?

Il la lorgna avec ironie.

— Difficile d'oublier une femme comme elle.

— Je dois lui parler. Donnez-moi le numéro d'Allerton et je l'appellerai.

— Vous n'arrêtez pas de l'appeler Allerton, mais il m'a dit qu'il s'appelle Allen.

Elle ne dit rien et se contenta de lui jeter un regard noir. King sourit, révélant quelques dents manquantes.

— C'est bon, dit-il. Mon vrai nom n'est pas King non plus.

Il repartit vers son pick-up, laissant son rire flotter derrière lui. Il en claqua la portière, le moteur rugit, et il s'élança dans un panache de poussière. Lauren s'appuya contre la paroi de la chambre et regarda par la fenêtre. Intérieurement, elle tremblait de peur et de colère.

Shane ne pouvait effacer de sa mémoire l'image de cette femme ligotée, même après avoir pris la direction de la propriété des Olsen. La photo était assez perturbante en soi, mais comment se faisait-il que Talia l'avait en sa possession ? Et pourquoi l'avait-elle dissimulée sous un tiroir de sa commode ? Lorsqu'ils l'avaient montrée à Evan Larrivee, il s'était recroquevillé sur lui-même, visiblement secoué.

— Je n'ai jamais vu ça avant. Ce n'est pas quelqu'un que nous connaissons, j'en suis sûr. Pourquoi Talia avait-elle ça ?

Mais le temps que Travis et Shane quittent sa demeure, il avait déjà rationalisé cette découverte.

— Elle a pu rester scotchée au tiroir des années. Je suis sûr que ça n'a rien à voir avec Talia.

Shane était au contraire certain que la photo n'était pas là depuis longtemps. Le scotch avait l'air neuf, et la photo n'était ni jaunie ni fanée par le temps.

Il dépassa l'entrée du ranch Russell. Il voulait reparler à Russell, mais d'abord interroger les Olsen. Ils avaient vu Tom et les autres très récemment. Il avait une bonne photo de Talia à leur montrer et espérait qu'ils se souviendraient de quelque chose indiquant où les deux couples séjournaient.

En sortant d'un virage, il dut freiner à fond à cause d'une voiture qui fonçait vers lui, occupant le milieu de l'étroite voie gravillonnée. Il actionna la sirène pour l'avertir, et le véhicule dérapa sur le côté, s'arrêtant sur le talus. Il se rangea à côté de lui et fut stupéfait de voir Lauren.

Le temps qu'il défasse sa ceinture et ouvre sa portière, elle était debout à ses côtés.

— Dieu merci, je suis tombée sur toi !

Les mots se bousculaient dans sa bouche, et elle était hors d'haleine. Il sauta de son véhicule et la prit par les épaules.

— Qu'est-ce qui ne va pas ? Que s'est-il passé ?

Elle regarda un coup d'œil derrière lui et se détendit un peu, comme si elle avait craint qu'on ne la suive.

— Est-ce que tu as croisé une autre voiture ? Ou un pick-up ? Oui, je suis sûre que c'était un pick-up.

— Ta voiture est la première que je croise, dit-il. Viens.

Il l'escorta du côté passager et lui ouvrit la portière.

— Monte et dis-moi de quoi il s'agit.

Elle se laissa tomber sur le siège. Il alla chercher une bouteille d'eau dans la glacière et la lui donna. Sans l'ouvrir, elle se tourna vers lui.

— Je suis allée voir le terrain de Trey, dit-elle. Je voulais revoir la caravane, peut-être trouver un indice que Courtney y est venue récemment. En vérité, j'espérais que Trey et elle seraient là et que je pourrais leur parler.

— Lauren..., commença-t-il, mais elle le coupa.

— Si tu vas me dire que je ne devrais pas aller là-bas seule, économise ta salive. Je ne pouvais plus rester assise une minute de plus dans cet appartement et je vais bien.

Elle n'allait pas bien quand elle l'avait hélé, mais il décida qu'il valait mieux se taire.

— La caravane était ouverte, alors je suis entrée. Honnêtement, cet endroit est un bouge. Je ne vois pas Courtney y vivre... Sa maison était tellement jolie, et elle serait malheureuse aussi loin de la ville.

— On ne sait pas s'ils ont l'intention d'y vivre, coupa-t-il.

— Tu as raison.

Elle soupira.

— Et je n'ai vu aucun signe d'occupation récente. J'étais prête à partir quand un homme a surgi derrière moi et a pointé son arme sur moi.

Le choc et la colère ébranlèrent Shane.

— Ça va ? Qui était ce type ?

— Je vais bien.

Elle noua ses doigts sur ses genoux.

— Il m'a fait peur, mais quand je lui ai parlé, il a baissé son arme. Il m'a dit qu'il s'appelait Von King, et que Trey, ou plutôt Troy comme il l'appelle, l'a embauché comme gardien. Ensuite, avant de partir, il m'a révélé que Von King n'était pas son vrai nom.

— De quoi avait-il l'air ?

Shane sortit son téléphone et se mit à prendre des notes.

— Il était de taille moyenne, mince et sec, avec des cheveux blond foncé un peu clairsemés.

— Quel âge ? demanda Shane.

— Je ne sais pas. La quarantaine, peut-être ? Il avait bien besoin de se raser et avait des poils gris dans sa barbe. Mais il avait l'air d'un homme qui passe son temps dehors : une peau parcheminée, avec beaucoup de rides.

— Qu'est-ce qu'il t'a dit ?

— Il connaissait Courtney.

Elle fronça les sourcils.

— Il a fait une remarque sur sa beauté. J'ai essayé de lui faire dire comment entrer en contact avec elle ou avec Trey, mais il n'a pas répondu. Il s'est contenté de baisser son arme et de partir. C'est ce que j'ai fait aussi. Je craignais qu'il me suive, mais je ne sais pas où il a disparu.

Elle ouvrit la bouteille d'eau et prit une longue gorgée, puis s'adossa à son siège.

— Que fais-tu par ici ?

— J'allais parler aux Olsen, dit-il.

— Laisse-moi venir avec toi. Je veux savoir s'ils se rappellent autre chose sur Courtney et Ashlyn.

Il aurait voulu lui dire de rentrer chez elle, mais la description qu'elle lui avait faite de Von King le perturbait.

— D'accord. Tu veux me suivre ou tu montes avec moi ?

— Ma voiture ne devrait courir aucun danger, ici, si ?

Elle sourit.

— Je me sentirai mieux avec toi.

Cette idée le réjouit, bien qu'elle fasse sans doute allusion à son métier. Ils ne virent pas d'autre véhicule en chemin et s'arrêtèrent à la yourte quelques instants plus tard.

— Hello ! appela Shane en descendant de voiture.

— Je ne vois personne, remarqua Lauren.

Quelque part sur leur gauche, une poule caqueta mais, en dehors de cela, tout était silencieux.

— Ils sont peut-être dans la yourte.

Shane alla jusqu'à la porte d'entrée et frappa. Personne ne répondit.

— Et maintenant ? s'enquit Lauren quand il revint à la voiture.

— Voyons si on peut trouver un autre voisin. Peut-être qu'Allerton et compagnie lui ont aussi rendu visite.

Il tourna à gauche en sortant de chez les Olsen et continua sur la même route, beaucoup plus cahoteuse. La pente devint plus raide, grimpant dans les montagnes jusqu'à la limite des arbres. Ils dépassèrent les bois et les câbles rouillés d'une vieille mine, et un amas de débris qui devait avoir été un ancien bungalow.

— Je ne peux pas envisager de vivre dans une région aussi rude, s'exclama Lauren. C'est magnifique à cette époque de l'année, mais j'imagine comment ce doit être en hiver.

— Il y a beaucoup de neige à cette altitude, reconnut Shane. Et je suis presque sûr que le comté ne déneige pas au-delà du chemin de Russell.

— Comment les gens se déplacent-ils, alors ?

— En motoneige, ou alors ils déneigent eux-mêmes. Il faut une forte personnalité pour vivre là-haut toute l'année. Mais c'est le genre de ceux qui viennent habiter par ici. Ils sont prêts à échanger ces inconvénients contre une terre bon marché et l'absence de règles.

Il ralentit en approchant d'un panneau peint à la main au bout d'un chemin à peine visible sur le terrain pierreux.

MINE DE LA PLEINE LUNE. PROPRIÉTÉ PRIVÉE.
PROPRIÉTAIRE ARMÉ !

— Pas exactement accueillant, commenta Lauren.

— Non, mais quelqu'un avec cette attitude est susceptible de se souvenir de quiconque est passé.

Shane engagea la voiture sur le chemin. Il conduisit lentement sept cents mètres sur un terrain de plus en plus accidenté, dépassant deux panneaux « Propriété privée », dont l'un portait un crâne de mort.

Au sommet de la colline, Shane arrêta le véhicule devant une cabane de rondins surmontée d'un toit en tôle très pentu et percée d'une porte en bois. Il manœuvra en sorte de pointer la voiture dans la direction d'où ils venaient et laissa le moteur en marche.

— Reste ici jusqu'à ce que j'aie jeté un coup d'œil, ordonna-t-il.

— Tu me rends nerveuse, dit-elle, consciente de la tension qui émanait de lui.

— Ce n'est qu'une précaution.

Tandis qu'il descendait de voiture, la porte de la baraque s'ouvrit et un homme en pantalon et chemise de toile grise sortit, un long fusil au creux du bras.

— Vous êtes sur une propriété privée, annonça-t-il d'une voix forte. Vous avez trente secondes pour remonter dans cette voiture et filer.

— Vous êtes Martin Kramer ? s'enquit Shane.

Sa voix semblait détendue, mais il avait le dos raide et une main à proximité de son arme.

— Qui le demande ?

— Le shérif adjoint Shane Ellis. Je vais vous prier de baisser ce fusil, monsieur.

— Et qu'est-ce que vous allez me faire ? M'abattre ?

— S'il vous plaît, écartez ce fusil, monsieur, répondit Shane. Je cherche des gens qui sont peut-être passés par ici.

Les rides du visage de Kramer se creusèrent, mais il posa son fusil en l'appuyant contre le mur de la cabane.

— Il y a toutes sortes de gens qui passent par ici, dit-il. Vous feriez mieux de faire votre job et de les arrêter pour empiétement sur une propriété privée.

— Vous êtes Martin Kramer ? répéta Shane. J'aimerais savoir à qui je parle.

— Lui-même, rétorqua Kramer. Qu'est-ce qu'ils ont ces gens que vous cherchez ?

— J'ai seulement besoin de leur parler, dit Shane. Vous

avez eu des visiteurs ces dernières semaines ? Deux hommes avec deux femmes ? Il y avait peut-être aussi une petite fille.

— C'est qui dans la voiture avec vous ? demanda Kramer avec un mouvement de tête. Dites-lui de sortir que je la voie.

— Viens, Lauren, l'appela Shane, le regard toujours fixé sur Kramer.

Lauren descendit du SUV.

— Bonjour, dit-elle en s'approchant. Je m'appelle Lauren. L'une des femmes que nous cherchons est la veuve de mon frère. La petite est ma nièce. Je suis très inquiète pour elles.

— C'est la blonde ou la rouquine ? questionna Kramer.

Le cœur de Lauren fit un bond.

— Vous les avez vues ? Elles sont venues ici ?

Kramer leva les yeux au ciel.

— Comment ça se fait que vous, les gens, vous répondiez jamais aux questions ?

— Courtney est blonde, affirma Lauren.

Elle jeta un coup d'œil à Shane. Il n'avait pas bougé, les yeux rivés sur Kramer.

— Quand sont-ils venus ? demanda Shane.

— Il y a trois ou quatre jours. Deux hommes, un grand type qui faisait toute la parlotte et un plus petit, plus brun, et deux belles femmes et une petite fille. Je leur ai dit de filer, mais le grand était comme vous, il m'a pas écouté. Il a posé des questions sur ma concession, des trucs qui le regardaient pas. J'ai dû faire un tir de sommation pour qu'il s'en aille.

— Votre concession ? répéta Shane.

— Ma mine d'or. Je suis pas un fichu ermite qui pense que c'est marrant de vivre dans une cabane. Je travaille. Et ça suffit pas que je me casse le dos dans la mine, il faut que je me tape en plus les intrus et les voleurs ?

— Qui vous a volé et qu'est-ce qu'on vous a volé ? s'enquit Shane.

— Ce type avec toutes ses questions était un voleur de

concession ou je m'appelle Shirley Temple, riposta Kramer. Les gens pensent que ce genre de trucs existait seulement eu temps du Far West, mais la cupidité n'a jamais disparu.

— Comment pourraient-ils vous voler votre concession ? questionna Lauren. Ils vous ont menacé ?

— Ils avaient pas intérêt, répondit-il. J'avais une arme et pas eux ou, en tout cas, ils en avaient pas une que je puisse voir. Mais de nos jours, les voleurs n'ont pas besoin d'arme pour prendre ce qui n'est pas à eux. Ils se renseignent sur vous, après ils enregistrent des papiers et tout ça, et avant que vous vous en aperceviez, ils vous ont dépouillé de votre bien. C'est arrivé à d'autres, mais je vous jure que je me laisserai pas faire.

— L'homme vous a-t-il dit comment il s'appelait ? demanda Shane.

— Non. Il s'est juste lancé dans un discours comme quoi ils cherchaient à acheter un terrain dans la région, et si j'avais entendu parler d'un terrain à vendre, et est-ce que je pensais que ces vieilles concessions minières valaient la peine et comment je me débrouillais avec la mienne ? Plus il parlait, plus ça m'énervait. Et pendant qu'il déblatérait, l'autre type furetait partout. Une bande de voleurs, prêts à me dévaliser quand j'aurai le dos tourné !

Lauren ne voyait rien qui vaille d'être volé, mais ce n'était pas le sujet.

— Que faisaient les deux femmes ? interrogea-t-elle.

— La rouquine tournait autour du gars aux cheveux noirs, l'air nerveux. Et la blonde s'occupait de la petite fille, qui pleurnichait qu'elle voulait rentrer à la maison. Cette petite avait plus de bon sens que le reste d'entre eux.

— C'était jeudi ou vendredi ? demanda Shane.

— L'un ou l'autre. Je l'ai pas marqué sur le calendrier.

— L'homme a-t-il dit d'où ils venaient ou où ils allaient ?

— S'ils l'ont dit, j'ai pas fait attention, répondit Kramer.

Je voulais seulement qu'ils s'en aillent. Le grand type ne s'est arrêté de parler que quand j'ai tiré en l'air.

— Que s'est-il passé alors ? demanda Lauren, essayant d'imaginer la scène.

— La rouquine a hurlé et s'est cramponnée au brun. La petite fille a commencé à pleurer, et la blonde l'a prise dans ses bras. Le grand a juré, mais il a tourné les talons pour remonter en voiture et les autres l'ont suivi.

— Qu'est-ce qu'il conduisait ?

— Un SUV noir. Un gros. L'air neuf, avec des plaques du Colorado. J'ai pas relevé le numéro.

— Vous les avez revus ou entendus depuis ? demanda Shane.

— Non. Et j'ai surveillé. S'ils s'approchent de la mine, ils vont le regretter.

— Que voulez-vous dire ? questionna Shane.

— Peu importe. Si vous les trouvez, je les accuserai de violation de propriété privée.

— Ce sont eux qui pourraient vous accuser de les avoir menacés avec une arme.

— Un homme a le droit de protéger son bien. Maintenant j'ai dit tout ce que j'avais à dire, déclara Kramer en croisant les bras. Vous pouvez partir.

— D'accord.

Shane prit une carte dans sa poche de chemise.

— Si vous les voyez encore, appelez-moi.

Il tendit la carte à Kramer.

— J'ai pas le téléphone, dit celui-ci. Y a pas de réseau ici.

— Je vous la laisse quand même, annonça Shane en posant la carte sur un rocher.

Il attendit que Lauren monte en voiture avant de se glisser lui-même au volant, sans jamais tourner le dos à Kramer.

Lauren jeta un coup d'œil en arrière quand ils reprirent la route en sens inverse. Kramer tenait toujours sa carabine.

Elle ne pouvait voir son visage, mais elle imagina qu'il était toujours aussi sombre. Shane laissa échapper un long soupir.

— Ça aurait pu mal tourner, reconnut-il.

— La carabine m'a fait peur, avoua Lauren.

— C'était son intention. Mais je pense que Trey et les autres l'ont effrayé.

— Pourquoi dis-tu ça ? questionna-t-elle, surprise.

— Il est vieux et seul, expliqua Shane. Il y avait de la peur derrière sa manière de tempêter.

— Tu penses que Trey voudrait lui voler quelque chose ?

— Tu le connais mieux que moi, répondit Shane. Qu'est-ce que tu en penses ?

Elle médita la question quelques instants, tandis qu'ils parcouraient les dernières centaines de mètres.

— Je pense qu'il a besoin d'argent, reprit-elle enfin. Je continue de penser que c'est pour ça qu'il s'intéresse à Courtney. Peut-être qu'il a vu une opportunité dans cette mine d'or, bien que ce ne soit pas une source d'argent rapide.

— J'essaye de comprendre le rôle de Tom là-dedans, dit Shane.

Il rétrograda en attaquant une pente plus raide.

— Trey l'a présenté comme son associé, lui rappela Lauren. Donc peut-être qu'il apporte une part de l'argent dont a besoin Trey.

— Et pourquoi Trey a-t-il besoin d'argent ?

— Pour le ranch ?

Bien qu'elle n'ait jamais vraiment cru à ce projet ; c'était juste une manière de jouer sur les sentiments de Courtney.

— Tu penses qu'il pourrait être impliqué dans des activités criminelles ?

— Je n'en sais rien. Mais il ne se comporte pas comme quelqu'un qui n'a rien à cacher.

— Courtney ne resterait pas avec lui si elle croyait qu'il transgresse la loi, annonça Lauren. Pas de son plein gré.

C'était ce qu'elle craignait le plus, que sa belle-sœur et sa nièce soient retenues en otage par cet homme.

Ils se turent en redescendant la montagne. Lorsqu'ils passèrent devant la yourte des Olsen, la porte s'ouvrit et Becca courut vers eux en agitant les bras.

Shane s'arrêta abruptement, en dérapant un peu. Lauren et lui descendirent de voiture en hâte.

— Que se passe-t-il ? demanda Shane.

Le visage de Becca était pâle et ses yeux bordés de rouge comme si elle avait pleuré.

— Nous allions vous appeler, dit-elle. Il s'est produit une chose terrible.

Robby les rejoignit et passa un bras autour des épaules de sa femme. Lui aussi était pâle, les traits tirés.

— Becca et moi, nous randonnions au bout du chemin, raconta-t-il, en pointant la direction dont venaient Shane et Lauren. Nous étions en train d'explorer les ruines de la mine Sanford.

Il déglutit, et sa pomme d'Adam fit un aller-retour.

— Nous avons trouvé un cadavre. Une femme. Et je ne pense pas qu'elle soit morte depuis longtemps.

13

Après avoir appelé des renforts, Shane laissa Lauren avec Becca, et Robby et lui retournèrent en voiture au bout de la route. Ils se garèrent sur le chemin, puis marchèrent encore trois kilomètres jusqu'aux vestiges de la mine.

— Le corps est là-dedans, dit Robby, en indiquant un bungalow à peu près intact.

Bien que les vitres et la porte manquent, le reste de la structure paraissait encore stable.

— Dans le coin. Nous avons pensé que c'était un tas de vieux vêtements, au début.

Il posa une main sur la bouche. Shane lui tapota l'épaule.

— Restez ici, je vais aller jeter un coup d'œil.

Il approcha du bungalow, se forçant à mettre l'émotion de côté. Rien n'avait l'air dérangé. Aucune tache sur la dalle de pierre qui servait de seuil. Des feuilles mortes et un nid de rongeur jonchaient le sol de la pièce. Il détacha une torche de sa ceinture et en dirigea le faisceau vers le fond.

La femme était couchée sur le flanc, le visage caché par ses cheveux roux, un bras étendu devant elle. En s'approchant, il vit le sang à l'arrière de son crâne. Il écarta doucement les cheveux.

Talia Larrivee le fixait, ses jolis traits désormais raidis par la mort.

Shane quitta le bungalow et trouva Robby dans l'ombre d'un bouquet de trembles. Il avait repris un peu de couleur.

— Vous l'avez vue ? demanda-t-il.

Shane acquiesça.

— Vous l'avez reconnue ? s'enquit-t-il.

— Peut-être, dit Robby au bout d'un instant. Mais je ne l'ai regardée que quelques secondes. C'était un tel choc.

— Je ne vous demande pas une identification formelle, précisa Shane. Mais vous pensez l'avoir déjà vue ?

Robby hocha la tête.

— Je crois que c'est l'une des femmes dont je vous ai parlé. Qui était avec Allen. Pas la blonde dont vous m'avez montré la photo, mais l'autre.

Shane s'en doutait, mais Robby venait de le confirmer.

— Nous aurons besoin de votre déposition, à vous et votre femme, dit-il. Et je veux que vous restiez ici avec moi, jusqu'à ce que les collègues arrivent. Ensuite, je demanderai à quelqu'un de vous raccompagner.

— Bien, monsieur. Puis-je vous demander… Comment est-elle morte ? Je veux dire, que faisait-elle ici toute seule ?

— Je ne pense pas qu'elle était seule quand elle est morte.

— Vous pensez qu'on l'a tuée ?

Robby avait écarquillé les yeux.

— Je ne peux pas le dire officiellement.

Il n'aurait rien dû dire du tout, mais c'était trop tard.

— J'ai vu le sang, dit Robby. J'ai pensé qu'elle était tombée et que sa tête avait heurté quelque chose.

— Je ne crois pas.

Non qu'il ait vu beaucoup de blessures par balle, mais il était presque sûr que c'était ce qui était arrivé à Talia.

— On laissera les spécialistes de scène de crime le déterminer. Je vous demande de ne parler de ça à personne, en dehors de votre femme. Et la même chose vaut pour elle.

— Nous ne dirons rien, promit Robby. Mais vous pensez

que nous devrions nous inquiéter ? Nous nous sommes toujours sentis en sécurité, ici. Un truc comme ça… Ça secoue.

— Je ne pense pas que vous ayez quoi que ce soit à craindre, répondit Shane. Mais c'est toujours une bonne idée de rester prudents. Et si vous voyez quelque chose de suspect, appelez-nous.

— Bien sûr.

Robby se retourna pour considérer le chemin serpentant en direction des hauteurs.

— Quelqu'un devrait le dire à M. Kramer.

— Vous le connaissez ? demanda Shane.

— Pas vraiment, avoua-t-il avec une grimace. Il n'est pas très sociable. Mais c'est notre voisin.

Il lâcha un éclat de rire rauque.

— Becca lui apporte des légumes. Je pense que nous l'avons convaincu que nous ne sommes pas intéressés par son or.

— Je vais y passer et en parler avec lui, dit Shane. Tant qu'on ne l'aura pas écarté, il sera sur la liste des suspects.

Kramer avait admis avoir tiré sur le groupe dont faisait partie Talia. Et si une balle l'avait frappée et qu'il avait ensuite dissimulé son crime en déplaçant le corps ?

Il secoua la tête. Il s'emportait, il oubliait sa formation. Il fallait d'abord rassembler les indices. Les étudier et développer une théorie à partir de là. Aborder autrement l'affaire, c'était appeler les ennuis.

Lauren courut à la rencontre de la voiture et freina net en voyant que Shane n'était pas au volant. Robby émergea du côté passager, et l'homme qui conduisait se pencha par la vitre ouverte.

— Vous êtes mademoiselle Baker ? Le shérif adjoint

Ellis m'a demandé de vous raccompagner à votre voiture. Il va devoir rester un moment sur la scène de crime.

— Que s'est-il passé ? s'enquit-elle en regardant alternativement Robby et le policier. Qui est la femme qu'on a trouvée ?

— Je ne sais pas, madame, dit le policier. Je suis un adjoint de réserve, on m'appelle pour transporter des gens en cas de besoin.

Lauren était rongée par l'angoisse. Elle ne pouvait pas supporter le suspens une minute de plus. Elle se tourna vers Robby.

— Dites-moi, je vous en prie, supplia-t-elle. Cette femme a-t-elle les cheveux blonds ?

Robby jeta un coup d'œil au policier et secoua la tête.

— Elle n'était pas blonde, affirma-t-il. Pas du tout. Mais j'ai promis à Shane que je ne dirai rien.

Le soulagement fit vaciller Lauren. La morte n'était pas Courtney. Elle pourrait le confirmer auprès de Shane plus tard, mais c'était suffisant pour le moment.

— On devrait y aller, dit le policier.

Lauren acquiesça.

— Ça ira pour vous deux ? demanda-t-elle à Becca et Robby.

— Ça va mieux maintenant que Robby est là, assura Becca avec un sourire forcé. Et nous avons suffisamment de travail pour nous occuper.

— Merci d'avoir patienté avec moi.

Elle monta en voiture et, après un demi-tour, le policier accéléra sur le chemin, soulevant un nuage de poussière.

— C'est le premier crime grave depuis que j'ai été engagé, dit-il. La plupart du temps, j'arrête des voitures pour excès de vitesse ou je règle la circulation aux enterrements, ce genre de choses. Avant que le shérif adjoint me demande de vous transporter, j'ai posé des barrières sur la scène de crime.

— Que pensez-vous qu'il soit arrivé à cette femme ? l'interrogea Lauren.

L'officier fit la moue.

— Je ne crois pas que je sois censé en parler.

— Je poserai la question à Shane plus tard, dit-elle. Je suis sûre qu'il me le dira.

— Eh bien, si vous êtes son amie, je suppose que ce n'est pas grave si je vous le dis.

Il lui jeta un coup d'œil, les yeux brillants d'excitation.

— J'ai entendu des adjoints dire qu'elle a reçu une balle dans la tête.

Lauren frémit.

— Est-ce qu'ils ont une idée de qui a fait ça ?

— Pas que je sache, mais on le découvrira, j'en suis sûr. Je veux dire, si c'est une habitante du coin, quelqu'un la reconnaîtra. On saura qui sont ses amis et sa famille. Et ses ennemis.

Il la regarda à nouveau.

— Des inconnus tuent parfois, mais la plupart du temps, c'est quelqu'un que la victime connaissait.

Il s'éclaircit la gorge.

— Du moins, c'est ce qu'on nous apprend à l'académie de police.

La morte n'était pas Courtney, se rappela Lauren. Trey ou Tom ne l'avaient pas tuée. Mais il lui sembla soudain plus urgent que jamais de la retrouver. C'était une frayeur qu'elle avait du mal à repousser.

Le policier la déposa près de sa voiture et repartit aussitôt. Quant à elle, elle retourna chez elle et se laissa tomber sur le sofa. Les événements de la journée l'avaient épuisée, physiquement et émotionnellement.

Elle fit pourtant un bond lorsqu'un bourdonnement annonça un texto sur son téléphone. Elle le prit en hâte dans sa poche, s'attendant à un message de Shane. Mais le choc fut encore pire quand elle vit qu'il s'agissait d'un texto de Courtney.

Arrête de me suivre et rentre à Denver. Je vais bien et je fais ce que Michael aurait voulu. Ash t'envoie des baisers. Court.

Elle lut le message trois fois et se mit à trembler. Elle pressa une touche pour composer le numéro et attendit, l'appareil collé à l'oreille, tandis que la ligne sonnait une fois, deux fois… cinq fois. Puis le silence. Pas même un message indiquant que la boîte vocale était pleine. Elle écrivit :

Courtney, appelle-moi s'il te plaît.

Mais il n'y eut aucune réponse.

Elle fit les cent pas dans le salon, agrippant le téléphone, le suppliant de sonner. Finalement, incapable de supporter l'attente plus longtemps, elle envoya un texto à Shane.

J'ai eu des nouvelles de Courtney. Je suis très inquiète. Elle dit qu'elle va bien, mais RIEN n'est normal dans son texto.

Shane se tenait près de Travis, regardant deux assistants faire entrer le corps de Talia dans l'ambulance.

— Il faut que j'annonce la nouvelle à Evan avant que la rumeur se répande, dit Travis.

— Vous voulez que je vienne avec vous ? demanda Shane.

Annoncer à un parent le meurtre de son enfant était une des pires tâches de la police.

— Non, je veux que tu ailles de nouveau interroger Kramer, notamment sur sa rencontre avec Talia et les autres. Ensuite, retourne au commissariat et essaye d'en apprendre davantage sur lui. Et continue de chercher Tom, Allerton et Courtney. Envoie leurs photos et leurs descriptions aux médias et aux autres agences de police, et réinterroge tous ceux à qui ils ont parlé la semaine dernière. Publie aussi une description des véhicules qu'ils ont pu conduire.

— Tu penses que l'un d'eux l'a tuée ? demanda Shane.

— Je ne fais aucune hypothèse à ce stade, mais s'ils ne sont pas responsables, je veux savoir pourquoi elle n'était pas avec eux quand elle a été tuée. Ils pourraient savoir quelque chose qui nous mènera au tueur.

Shane contempla les ruines de la mine.

— Pourquoi la laisser ici ? C'est hors de vue, mais proche du sentier de randonnée. Ces vieilles ruines ont beaucoup de visiteurs en été et à l'automne.

— Peut-être parce que le meurtrier voulait qu'on la trouve, mais pas tout de suite, dit Travis. Ou parce qu'elle a été tuée à proximité et qu'il était pressé de se débarrasser du corps.

— Vous ne pensez pas qu'elle a été tuée ici ?

Travis soutint son regard.

— Et toi ?

Shane secoua la tête.

— Non. Il n'y a pas assez de sang, et le corps n'a pas l'air de s'être effondré. Il est trop… arrangé.

Travis hocha la tête.

— C'est ce que je pense aussi. Si on peut trouver où elle a été tuée, ça nous aidera à trouver le meurtrier.

— Je pense toujours à la photo qu'on a trouvée dans sa chambre, avoua Shane. Elle était soigneusement cachée. Talia voulait la garder, mais pas qu'on la découvre accidentellement. Pourquoi ?

— Peut-être qu'elle connaissait la femme de la photo, proposa Travis.

— Ou peut-être qu'elle connaissait celui qui a ligoté la femme et pris la photo, avança Shane. Peut-être qu'elle est tombée sur la photo et l'a gardée.

— Continue, dit Travis. Pourquoi l'aurait-elle gardée ?

— Pour faire du chantage ? suggéra Shane. Pour l'utiliser contre celui qui la menaçait ?

Le shérif fronça les sourcils.

— Peut-être.

— Peut-être que son père sait quelque chose qu'il ne nous dit pas, reprit Shane. Talia avait-elle eu des ennuis avant ça ? Pas ici, mais ailleurs ? Quand elle était encore mineure ?

— Quelque chose qui l'aurait mise en contact avec le genre de gens qui pourraient prendre une photo comme ça ?

— Le genre d'hommes qui pourraient la tuer si elle menaçait de dire ce qu'elle savait.

Travis tira ses clés de sa poche.

— Je vais voir ce qu'en dit Larrivee. Dans l'intervalle, va voir Kramer et démarre l'enquête.

Martin Kramer ne sortit pas quand la voiture de patrouille s'arrêta devant sa cabane. Shane attendit un moment avant de descendre, mais tout était tranquille et silencieux. Il sortit prudemment de la voiture, conscient que si Kramer avait tué Talia, il n'hésiterait pas à tirer sur un policier.

— Monsieur Kramer ! cria-t-il. Je dois encore vous parler.

Pas de réponse. Shane approcha de la cabane de biais, une main sur son arme. Il frappa à la porte et appela à nouveau. Silence. Il essaya la poignée de la porte, qui ne bougea pas. Puis il avisa le cadenas qui fermait la porte.

Il inspecta les alentours, cherchant des traces de sang ou de lutte. Il passa quelque temps derrière la maison, mais ne vit rien de suspect, pas même une branche cassée ou un caillou déplacé. Il retournait à la voiture quand il remarqua un sentier battu. Il le suivit et, au bout de plusieurs centaines de mètres, aperçut la bouche obscure d'un tunnel. Alors qu'il approchait, Kramer en émergea, des seaux de cailloux à la main. Le vieil homme le fusilla du regard.

— Qu'est-ce que vous faites ici ?

— J'ai quelques questions supplémentaires sur les quatre personnes sur lesquelles vous avez tiré, annonça-il.

Kramer posa les seaux et s'épousseta les mains.

— Je ne leur ai pas tiré dessus. J'ai tiré en l'air. Je voulais leur faire peur pour qu'ils me laissent tranquille.

— Vous êtes sûr que vous n'en avez pas touché une ? questionna Shane. Une balle a peut-être ricoché ?

— Si j'avais voulu les toucher, je l'aurais fait ! Mais je ne l'ai pas fait.

— Nous avons trouvé le cadavre d'une femme dans les ruines de la mine Sandorf, dit Shane. Elle a été abattue d'une balle dans la tête.

Kramer eut un mouvement de recul comme si on l'avait giflé.

— Quelle femme ? Comment savez-vous que c'est une de celles à qui j'ai parlé ?

— Vous avez dit que l'une des femmes que vous avez vues était rousse ?

— Oui, et alors ?

— C'était la rousse.

— Eh bien, elle se portait comme un charme la dernière fois que je l'ai vue.

Il reprit ses seaux et contourna Shane. Celui-ci le suivit en direction de la cabane.

— Que s'est-il passé exactement quand vous avez tiré ? demanda-t-il.

— Le grand type m'a injurié et est monté en voiture, et les autres aussi. Il a démarré en trombe et je n'ai plus jamais entendu parler d'eux.

— Vous avez dit que s'ils revenaient, ils le regretteraient. Que vouliez-vous dire ?

Kramer posa à nouveau les seaux et fit face à Shane.

— Disons que s'ils essayaient d'entrer dans la mine, ils se retrouveraient avec une tonne de rochers sur la tête.

— Vous avez piégé la mine ?

— Personne ne pourrait prouver que ce n'était pas un accident.

— Que faisiez-vous avant de devenir mineur, monsieur Kramer ? questionna Shane.

— C'est pas vos oignons.

— Je pourrai sans doute le découvrir, alors pourquoi ne pas me le dire ?

— J'étais ingénieur des mines. Peu importe pour qui.

— Et vous avez décidé d'un coup de vous installer à votre compte ?

— Certains n'aiment pas travailler pour d'autres.

Il reprit les seaux.

— J'ai du boulot et je suis fatigué de parler.

Shane le laissa partir. Il n'avait noté aucun signe de violence aux alentours, et le choc de Kramer, lorsqu'il lui avait annoncé la mort de Talia, semblait authentique – bien qu'il puisse être bon acteur. Mais Shane n'avait aucune raison d'accuser le vieil homme. Mieux valait rassembler des indices et voir où ils menaient.

Il était à mi-chemin de la ville quand son téléphone indiqua l'arrivée d'un texto. Il avait été hors réseau dans la montagne. Il pressa une touche pour que le texto lui soit lu. Une voix mécanique indiqua que le message venait de Lauren.

« J'ai eu des nouvelles de Courtney. Je suis très inquiète. Elle dit qu'elle va bien, mais RIEN n'est normal dans son texto. »

Les sourcils froncés, Shane songea à l'appeler pour lui demander ce qu'il se passait, mais décida d'attendre d'être au commissariat. Il aurait un meilleur réseau et pourrait enregistrer la conversation en tant qu'indice dans ce qui s'avérait désormais une affaire grave.

Lauren n'attendit pas que Shane la rappelle et se rendit en voiture au commissariat. Lorsqu'il franchit la porte, elle se leva, tandis qu'Adelaide annonçait :

— Mlle Baker voudrait te parler, si tu es disponible.

— J'ai eu ton message, dit Shane en touchant l'épaule de Lauren. Allons par là, nous pourrons parler.

Ils se réfugièrent dans une petite pièce grise qui devait servir de salle d'interrogatoire. La confidentialité était plus importante que le décor, de toute façon. Lauren prit place sur une des chaises, essayant d'ignorer la caméra et le microphone suspendus au-dessus de sa tête.

— Je reviens tout de suite, lui assura Shane.

Il fut de retour une minute plus tard avec deux bouteilles d'eau et en posa une devant elle. Puis il se laissa tomber sur l'autre chaise.

— Comment vas-tu ? demanda-t-il.

Je suis à ramasser à la petite cuillère. Mais l'avouer aurait été s'effondrer pour de bon.

— Je suis chamboulée, avoua-t-elle, mais je dois rester forte, pour Courtney et Ashlyn.

— Le corps que nous avons trouvé n'est pas celui de Courtney, annonça-t-il. Je suis désolé, j'aurais dû te le dire plus tôt.

Elle hocha la tête.

— Robby Olsen m'a dit que la femme n'était pas blonde. Il n'a rien voulu dire d'autre, mais il m'a dit au moins ça. Mais je me demandais : est-ce Talia Larrivee ?

La rigidité de la mâchoire de Shane lui donna la réponse.

— Tu n'as pas besoin de me le révéler si tu ne peux pas, reprit-elle. Je suppose que c'était bien elle. Et le policier qui m'a raccompagnée à ma voiture m'a assuré que c'était un meurtre. Ça veut dire que Tom ou Trey l'ont peut-être tuée. Nous savons qu'elle était avec eux.

— Nous ne savons pas grand-chose à ce stade, corrigea-t-il. Nous ne pouvons pas sauter aux conclusions.

Lui ne le pouvait pas, mais elle si. Mais elle n'était pas venue parler de ça. Elle prit son téléphone, afficha le message de Courtney et le lui passa.

— Voilà le texto que j'ai reçu de Courtney tout à l'heure.

Shane le lut, puis posa le téléphone sur la table entre eux.

— Elle dit qu'elle va bien. Tu ne la crois pas ?

— Quelqu'un veut me faire croire qu'elle va bien. Mais ce n'est pas Courtney qui a écrit ce message. Ou si c'est elle, quelqu'un l'y a obligée, et elle m'a fait savoir qu'elle mentait de la seule manière dont elle disposait.

— Qu'est-ce qui te fait penser à ça ? demanda-t-il les sourcils froncés.

— Personne n'a jamais appelé Mike « Michael ». Pas même Courtney. Parce que son prénom n'est pas Michael, mais Machiel. C'est un prénom hollandais, celui de mon grand-père maternel.

Elle posa l'index sur le téléphone.

— Elle ne se réfère jamais non plus à Ashlyn comme Ash. Elle déteste ça. Elle se met en colère lorsque quelqu'un le fait. Elle déteste aussi qu'on l'appelle Court. Elle n'aurait jamais signé ainsi, à moins de vouloir me faire passer un message.

— Tu penses qu'elle s'est servie des mauvais prénoms pour te faire savoir que quelque chose ne va pas ?

— Oui.

Elle se rassit, soulagée qu'il ait compris.

— Je suis vraiment inquiète. Elle ne me dit pas de la laisser tranquille, elle m'indique qu'elle a besoin d'aide.

— Tu as essayé de lui envoyer un texto ou de l'appeler ?

— Bien sûr. Et elle n'a pas répondu. Elle a peut-être peur, si Trey la surveille. Ou bien il lui a pris le téléphone après qu'elle a envoyé ce texto.

Elle se pencha vers lui.

— Tu ne vois pas que ça prouve ce que je disais depuis le début ? Courtney et Ashlyn ont vraiment des ennuis.

— Nous allons garder ça en tête, dit-il.

C'était tout ? Elle s'était attendue à une autre réponse.

— Que vas-tu faire ? demanda-t-elle néanmoins.

— Nous allons continuer à chercher Courtney, Allerton et Tom.

Il n'avait pas mentionné Talia. Une confirmation supplémentaire que le cadavre était le sien.

— Tu ne peux pas remonter la trace du texto ? Localiser le téléphone de Courtney et, espérons-le, Courtney elle-même ?

Il poussa l'appareil dans sa direction.

— Il est possible qu'avec beaucoup de temps, d'efforts et d'argent on puisse déterminer le lieu approximatif de l'antenne qui a transmis le signal. Mais comme tout, c'est compliqué dans les montagnes, où les antennes sont éloignées les unes des autres. Et je suis presque sûr que les techniciens auront besoin d'envoyer un message au téléphone. Si elle l'a éteint, ou si elle est dans une zone non couverte, ils n'auront pas les informations nécessaires.

— Alors qu'est-ce que tu vas faire ? s'enquit-elle.

— Nous allons distribuer les photos et les descriptions d'Allerton, de Tom et de Courtney aux agences de police et aux médias. Nous demanderons à tous ceux qui ont des informations sur eux de nous contacter. Nous allons réinterroger tous ceux qui ont eu des contacts avec eux et nous allons mettre toutes nos ressources en œuvre pour les retrouver.

— Parce que tu penses que l'un d'eux a tué Talia ?

— L'un d'eux sait sans doute quelque chose qui nous aidera à trouver le meurtrier.

Elle lui prit le bras, et il croisa son regard.

— Si Trey ou Tom a tué Talia, alors Courtney est en

danger, dit-elle. Et n'essaye même pas de me dire que Courtney pourrait être impliquée dans le meurtre.

— Elle est peut-être en danger, renchérit-il. Nous allons faire tout ce que nous pouvons pour la retrouver.

— Que puis-je faire ?

— Fais-nous savoir si elle te recontacte. Appelle ses amis et dis-leur de nous contacter s'ils ont des nouvelles d'elle.

Il la regarda droit dans les yeux.

— Je sais que c'est difficile de ne pas penser au pire dans des situations comme celle-ci, mais nous avons toutes les raisons de croire que Courtney et Ashlyn sont toujours en vie. Essaye de te concentrer là-dessus. Et sache que je ferai tout ce qui est en mon pouvoir pour les retrouver.

Elle le relâcha et s'assit, épuisée.

— J'essayerai.

Il pensait tout ce qu'il avait dit, et pourtant ce n'était pas assez. Mais c'était le mieux qu'elle pouvait espérer.

14

Travis convoqua tous ceux qui étaient en charge du meurtre de Talia à 8 heures le matin suivant.

— Je vais commencer par le rapport du légiste, dit-il quand tout le monde fut rassemblé autour de la longue table. Talia Larrivee est morte d'un coup de feu dans la tête. La balle était encore logée dans son crâne.

Il éleva un sachet à indices contenant un morceau de métal tordu.

— Calibre .22.5.

Travis posa le sachet.

— Le Dr Collins estime qu'elle était morte depuis dix à quatorze heures quand on l'a découverte et qu'elle est probablement restée dans ce bungalow quatre à six heures. La rigidité s'était déjà installée lorsque le corps a été déplacé. Avant cela, elle était allongée sur le dos.

— Donc soit elle a été laissée là où elle est tombée, soit déplacée tout de suite et amenée dans les ruines de la mine après, suggéra Shane.

Travis acquiesça et consulta à nouveau sa tablette.

— Outre la blessure par balle, le rapport dit qu'il y a plusieurs blessures mineures, dont des hématomes sur le côté de la figure, des coupures et des écorchures sur les mains et les genoux.

— Est-ce que ça pourrait être arrivé au moment où elle a

reçu la balle ? demanda Wes Landry, une nouvelle recrue du commissariat. Elle courait peut-être quand elle est tombée ?

— Peut-être, dit Travis. Butch a pu recueillir du gravier sur ses paumes. Il a l'air assez typique de la région, mais je vais l'envoyer à analyser.

Il leva un autre sachet à indices.

— On dirait qu'elle essayait de fuir son meurtrier quand il l'a abattue, remarqua Dwight.

— C'est cohérent avec les indices, déclara Travis.

— Une chance d'identifier l'homme avec qui on l'a vue en ville ? demanda Gage. Ce Tom ?

— Pas encore, répondit Travis. Adelaide a une réunion vidéo avec un dessinateur de police cet après-midi, pour essayer d'en faire le portrait, étant donné qu'elle lui a parlé à l'entraînement. Mais ce serait utile d'avoir une photo.

— Tammy Patterson était là-bas, dit Jamie. Elle avait son appareil-photo, et je crois qu'elle a pris quelques clichés pour le journal. Peut-être que l'un d'eux montre Tom.

— Shane, tu iras la voir quand on aura fini, ordonna Travis.

— Oui, monsieur.

— Voici autre chose qui peut nous aider, ou pas, dit Travis en tapotant l'écran de sa tablette. Nous avons une identité probable pour la photo de la femme ligotée. Samantha Morrison, vingt-deux ans, disparue il y a deux ans à Colorado Springs. Son corps a été découvert dans les montagnes au nord-ouest de la ville, il y a huit mois. Le commissariat d'El Paso et le FBI du Colorado n'ont aucune piste dans cette affaire. Ils vont creuser un peu et me recontacter, mais il n'y a rien dans leurs dossiers qui montre un lien avec Allerton, Courtney Baker ou quiconque prénommé Tom. La seule similitude est que ses restes ont été trouvés près d'une vieille mine.

— Ça pourrait être le même tueur, dit Gage.

— Ou une coïncidence, répondit Travis. Le Colorado est

plein de vieilles mines, et ce sont des endroits très pratiques. Mais nous continuerons de chercher d'autres liens. Et d'autres gens aussi. Evan offre une récompense de 100 000 dollars pour toute information pouvant mener à l'appréhension du meurtrier de sa fille.

Quelqu'un laissa échapper un long sifflement.

— Ça va faire sortir pas mal de toqués du bois, commenta Dwight.

— Mais ça peut aussi rapporter de vrais indices, répliqua Travis. Adelaide est en train d'organiser le planning des bénévoles qui répondront au numéro que Larrivee a réservé. Il faudra trier, mais il est possible que ça nous mène à quelque chose.

Le reste de la réunion consista en présentation des indices trouvés sur le site de la mine – presque rien –, et en mises à jour sur un cambriolage, une enquête pour fraude et les festivités du 4 juillet.

— J'en ai parlé à Evan, dit Travis. Il est d'accord pour que le match ait lieu, étant donné que l'argent collecté va aux ligues mineures. L'organisation compte sur cet argent chaque année.

— Et si nous nous retirons, les pompiers ne finiront pas d'en parler, dit Gage. Mais il faudrait peut-être écourter la période d'entraînement.

— Ça ne peut pas faire de mal, dit Dwight. Pas avec Shane sur la plaque. Tout le monde sait que les lanceurs font le match.

Si quelqu'un avait vu Shane tressaillir, il n'en fit pas la remarque. Dès que la réunion prit fin, il prit la direction du journal.

Tammy Patterson leva les yeux en voyant approcher Shane.

— Hé, salut ! s'exclama-t-elle tout sourire.

Énergique, dotée d'une crinière de boucles brunes et

de grands yeux noisette, Tammy était une familière du commissariat.

— J'ai des super photos de toi en train de lancer, l'autre soir. Tu veux les voir ?

— J'aimerais voir des photos, dit-il. Mais pas de moi.

— Ah ?

Elle indiqua la chaise à côté de son bureau.

— Assieds-toi et explique-moi ça.

— Je cherche des photos de l'homme qui était avec Talia Larrivee.

Le sourire de Tammy s'évanouit.

— C'est tellement horrible ce qui lui est arrivé. M. Larrivee est venu ce matin de bonne heure déposer l'avis de décès et prendre une pleine page de publicité. Il offre une récompense pour toute information qui pourrait mener à la capture du meurtrier.

— Tu as parlé à Talia à l'entraînement ? demanda Shane.

Tammy secoua la tête tout en tapant sur son clavier.

— Je la connaissais, mais nous ne fréquentions pas les mêmes cercles. Mais j'ai vu le type avec qui elle était.

— Qu'est-ce que tu en as pensé ?

Elle fit la grimace.

— Qu'il était trop vieux et trop laid pour elle. Mais elle avait un faible pour les voyous. Je pense qu'elle le faisait pour contrarier son père. Tu imagines ? Aucun père n'a envie que sa fille fréquente un ex-taulard, mais en plus les Larrivee sont riches.

— Talia sortait avec d'anciens taulards ? Qui ?

— Oh ! elle n'est pas restée longtemps avec lui. Je suis tombée sur eux une fois au parc, l'été dernier, et elle me l'a présenté en soulignant bien qu'il venait de sortir de prison. Comme si ça devait m'impressionner…

— Tu te souviens de son nom ?

— Non. C'est important ?

Elle écarquilla les yeux.

— Oh ! waouh ! Tu penses que son ex a pu revenir l'assassiner ?

— Ce serait utile d'avoir son nom pour que je puisse vérifier.

— Honnêtement, je ne m'en souviens pas, mais peut-être qu'une des amies de Talia se le rappellera. Elle en a quelques-unes de qui elle paraît très proche.

— Je leur demanderai. Merci. Et cette photo ?

— Bien sûr. Voilà le fichier de tous les clichés que j'ai pris ce soir-là. Voyons ce qu'il y a.

Elle commença à faire défiler les photos. Elle s'arrêta sur une de Shane au milieu de son élan.

— Tu as toujours la pêche, dit-elle. Tu veux que je te l'imprime ?

— Non, merci.

Il étudia l'image d'un œil critique. Il avait pris quelques kilos depuis sa retraite. Son coup de pied n'allait plus si haut, et il avait moins de puissance. La plupart des gens ne détectaient pas ces défauts, mais ils étaient évidents pour lui.

Tammy fit défiler d'autres photos, puis s'arrêta sur une image de Talia et d'un homme plus âgé, au teint olivâtre et à l'épaisse chevelure noire. Mal rasé, Tom avait les sourcils froncés sous un front bas.

— Pas très amical, n'est-ce pas ? dit Tammy.

Shane étudia les gens qui les entouraient. Tous des habitants – aucun d'eux n'aurait pu être Allerton ou Courtney.

— Tu peux rogner la photo et l'imprimer pour qu'on ne voie que lui ? demanda-t-il.

— Bien sûr.

Elle fit comme il avait demandé.

— Tu veux combien de copies ?

— Tu peux envoyer le fichier électronique au commissariat ?

Il écrivit l'adresse mail au dos d'une de ses cartes de visite et la lui passa.

— Aucun problème.

Elle tapa l'adresse et pressa « Envoyer », puis se tourna vers lui.

— Tu penses que c'est le type qui a tué Talia ?

— Il faut qu'on lui parle, répondit-il.

— Eh bien, j'espère que la photo sera utile.

Elle prit un calepin et un stylo près de l'ordinateur.

— Que peux-tu me dire de l'affaire jusqu'ici ? J'ai la déclaration que nous a envoyée le shérif, mais elle est plutôt succincte.

— C'est parce que nous n'avons pas encore de détails.

— Allez, Shane, donne-moi un coup de main ! C'est une grosse histoire, et tout ce que j'ai, c'est que le corps de Talia a été découvert hier dans les ruines de la mine Sandford par des randonneurs. M. Larrivee m'a dit qu'elle avait reçu une balle dans la tête. Et je sais que la police recherche trois personnes avec qui Talia était peut-être.

Elle prit une feuille de papier dans une corbeille au coin de son bureau.

— Courtney Baker, Trey Allerton et un certain Tom.

Elle désigna l'écran de l'ordinateur d'un mouvement de tête.

— Je suppose que c'est ce Tom.

— Oui. Mais c'est tout ce que je peux te dire, Tammy.

Il se leva.

— Qui sont les randonneurs ?

— Je suis certain qu'ils n'ont pas envie de parler de cette expérience.

— Et Courtney Baker ? Est-elle apparentée à Lauren Baker ? Je vous ai beaucoup vus ensemble ces derniers temps.

Il soupira.

— Courtney était marié au défunt frère de Lauren. Et c'est tout ce que tu auras.

Il tourna les talons.

— Je vais appeler Lauren et lui demander une interview, dit Tammy.

— Fais donc ça.

Lauren apprécierait peut-être cette opportunité de parler de Courtney. Il ne l'avait pas beaucoup aidée jusque-là. Il savait qu'elle était frustrée de son manque de progrès. Peut-être croyait-elle même qu'il s'en fichait. Mais en tant que policier, il ne pouvait laisser l'émotion interférer avec son travail. Sa formation avait gravé en lui l'importance de suivre la procédure.

Il adressa un texto à Lauren, l'informant d'un prochain appel de Tammy, puis retourna au bureau, où il trouva le shérif en train d'étudier la photo de Tom.

— Je vais l'envoyer aux agences de police et au FBI, dit Travis. Avec un peu de chance, quelqu'un le reconnaîtra.

— Et ça arrive souvent cette chance ? questionna Shane.

— Pas assez souvent, dit Travis en secouant la tête.

Lauren était un peu nerveuse à l'idée de parler à une journaliste, mais Tammy Patterson la mit rapidement à l'aise. Elles avaient convenu de se retrouver chez Lauren, et Tammy arriva avec deux grands cafés glacés et un sachet de biscuits.

— Ce n'est pas un pot-de-vin, dit-elle en lui tendant l'un des cafés. Je n'ai pas eu le temps de prendre un petit déjeuner, alors nous pouvons partager.

Elles s'assirent sur le sofa, et Lauren montra à Tammy la photo de Courtney et Ashlyn.

— Votre nièce est adorable, commenta Tammy. Et Courtney est une femme superbe. Les gens doivent se souvenir d'elle s'ils l'ont rencontrée.

— Quelques personnes l'ont vue avec Allerton, et une fois avec Allerton, Talia et un homme prénommé Tom.

— Shane m'a parlé de Tom. Il est passé ce matin au journal pour prendre une photo de Talia et Tom à l'entraînement. C'est là que j'ai fait le lien entre Courtney et vous.

— J'aurais bien aimé y être aussi, dit Lauren.

— Alors parlez-moi de votre belle-sœur. Comment est-elle ?

Durant la demi-heure suivante, Tammy écouta et prit des notes, tandis que Lauren parlait de la douceur de Courtney, de son amour pour son défunt mari et sa fille, de sa propre conviction qu'elle était manipulée par Allerton.

— Je comprends que Courtney ait envie de retrouver quelqu'un à aimer. C'est ce que je lui souhaite. Ce serait génial pour elle de ne plus être seule et pour Ashlyn d'avoir un papa. Mais Trey Allerton ne l'aime pas. Il ne fait que l'utiliser pour son argent.

— Et Tom ? questionna Tammy. Quel rôle joue-t-il là-dedans ?

— Je l'ignore. Mais tous ceux qui l'ont vu disent qu'il a l'air brutal. Samuel Russell pense que c'est un ancien taulard. J'imagine qu'il sait reconnaître les tatouages faits en prison. Et maintenant, Talia a été assassinée.

Elle frissonna.

— Je suis vraiment inquiète pour Courtney. Elle est du genre à ne voir que le bien chez tout le monde.

— Et Shane ? demanda Tammy.

La question la surprit.

— Que voulez-vous dire ?

— Qu'est-ce qu'il pense de ce qui est arrivé à Courtney ?

— Il n'en sait rien. Ou s'il sait, il ne me le dit pas.

— Je vous ai beaucoup vus ensemble en ville.

— Il m'aide à retracer les déplacements de Courtney.

— Je vais souvent au commissariat et je n'ai rien vu là-dessus dans les enquêtes en cours, remarqua Tammy.

— Ce n'est pas une enquête officielle, avoua Lauren. Mais maintenant qu'on a fait le lien entre Allerton, elle et Talia, tout le monde prend beaucoup plus au sérieux sa disparition.

— Donc Shane vous aide officieusement ?

— Oui.

— C'est un type bien, dit Tammy. Et un très beau gars. Et il s'implique dans ses fonctions de shérif adjoint. Ce n'est pas la carrière que j'aurais imaginée pour un ancien de ligue majeure, mais cela semble lui convenir.

— Je ne me suis jamais intéressée au base-ball, dit Lauren.

— Peut-être que ça lui plaît, justement.

Tammy croqua dans un biscuit, l'air pensive.

— Peut-être que Shane est attiré par vous parce que vous l'acceptez tel qu'il est, pas tel qu'il était.

— Je ne pense pas qu'il soit attiré par moi !

Mais tout en protestant, elle se sentit rougir et se souvint de leur baiser.

Tammy se mit à rire.

— Oh si, il en pince pour vous. J'ai vu la manière dont il vous regarde !

Le cœur de Lauren se mit à battre plus vite.

— Comment me regarde-t-il ?

— Je ne suis pas spécialiste, mais il a exactement l'air d'un homme amoureux.

Le mardi soir, l'entraînement était censé rester discret. Les joueurs s'étaient mis d'accord pour ne pas inviter les amis et la famille, et en faire quelque chose de bref et de professionnel. Aussi Shane fut-il surpris de voir Lauren sur la ligne de touche, bavardant avec Adelaide.

— Bonjour, la salua-t-il en attendant que le match démarre. Je pensais que tu n'aimais pas le base-ball.

— Adelaide m'a dit qu'il fallait que je sois là, répondit Lauren.

— Ça n'avait pas de sens de rester dans son appartement à se ronger les sangs, dit Adelaide.

Elle secoua la tête, faisant cliqueter ses boucles d'oreilles.

— Je suis allée la chercher et je me suis dit que tu pourrais la raccompagner.

Un jour, il devrait prendre Adelaide à part et lui dire qu'il n'avait pas besoin de son aide. Il se demanda ce que pensait Lauren d'une entremise aussi flagrante, mais un rapide coup d'œil lui révéla qu'elle avait l'air joyeuse. Intéressant.

— Shane, on a besoin de toi sur la plaque.

Gage avait accepté de servir de coach et il organisait l'équipe. Shane se dirigea vers l'emplacement du lanceur.

Gage en sortit une minute plus tard.

— Kerry Swearingham, le lanceur des pompiers, aime lancer des balles hautes et rapides pour dégager les adversaires. Alors fais-nous la même chose pour le moment.

Shane acquiesça et frotta la balle. Il pouvait lancer des balles rapides toute la nuit. Certains de ses collègues auraient peut-être la bonne fortune d'en frapper une, mais le jour du match, il enverrait aux pompiers une succession de balles coupées. Ils supplieraient que le match se termine.

— Allez, Shane ! se plaignit Dwight. On est censés s'exercer. Donne-nous quelque chose à frapper.

— Vous pouvez frapper celles-là, dit Shane. Je ne les lance même pas fort.

C'était vrai, il ne mettait pas beaucoup de force dans ses lancers. Ses coéquipiers d'autrefois se seraient moqués de lui s'il leur avait lancé des balles aussi lentes.

Dwight finit par rater trois lancers d'affilée, puis ce fut au tour de Nate Hall.

Shane jeta un coup d'œil de biais et vit Lauren en grande conversation avec un homme en uniforme. C'était l'adjoint Anderson. N'était-il pas de service, ce soir ?

— Tu joues ou tu restes les bras ballants ? cria Gage.

Shane se força à reporter son attention sur le match. Il banda ses muscles et expédia la balle en plein milieu du terrain.

Lauren se mit à rire, et il la vit se pencher vers Anderson, qui souriait largement. Que trouvaient-ils donc de si drôle, ces deux-là ?

Crac !

La batte de Nat entra en contact avec la balle de Shane, l'envoyant tournoyer vers la plaque.

— Shane ! hurla quelqu'un.

Il commença à se retourner, mais fut renversé par l'impact sur le côté de son casque. Il tomba, essaya de se relever puis fut englouti par l'obscurité.

15

Lauren ne se souvint pas d'avoir crié. Elle ne se souvint pas non plus d'avoir couru, bien qu'on lui dise qu'elle avait fait les deux. Elle ne fut consciente de rien avant d'être agenouillée près de Shane, les deux mains sur sa poitrine, fixant son visage tout pâle.

— La balle l'a heurté à la tempe.

Gage se tenait au-dessus d'eux.

— Il est tombé d'un coup.

— Enlevez-lui son casque.

Le shérif s'accroupit à côté d'eux et tendit la main. Lauren l'arrêta.

— Attendez, dit-elle. Il pourrait être blessé au cou ou à la colonne vertébrale. Ne touchez pas sa tête avant qu'on en soit sûrs.

Travis la fixa.

— Je suis infirmière, dit-elle. Je sais de quoi je parle.

Le shérif acquiesça.

— Que quelqu'un appelle le 911, cria-t-il.

Shane gémit, et Lauren se pencha sur lui. Son cœur battait fort sous la paume de sa main, et il respirait, bien qu'un peu laborieusement.

— Shane, c'est Lauren, dit-elle. Tu as été heurté par une balle.

— Il s'est mis sur la trajectoire de mon *home run* !

Le batteur, une adjointe à côté de lui, posa les yeux sur Lauren.

— Il va s'en sortir ?

— Je vais bien.

Shane tenta de s'asseoir, alors même que Lauren le repoussait en arrière.

— Ne bouge pas, ordonna-t-elle. L'ambulance est en route.

Du moins espérait-elle que c'était le cas.

— Pourquoi aurais-je besoin d'une ambulance quand je t'ai toi ? dit Shane.

Mais il se rallongea et ferma les yeux. Il était très pâle, et sa peau était humide.

Un éventail des pires scénarios, de la fracture du crâne à l'hémorragie interne, défilait dans l'esprit de Lauren. Il avait raison – ils n'avaient pas besoin d'attendre l'ambulance puisqu'elle était capable de faire un diagnostic.

— Quelqu'un a-t-il une lampe de poche à me prêter ? demanda-t-elle.

— Vous pouvez prendre la mienne.

Chuck Anderson la détacha de son ceinturon et la lui tendit. Il était avec elle, quand Shane avait été blessé, et lui racontait une histoire drôle.

— Ouvre les yeux, Shane, dit Lauren.

Il s'exécuta, et elle projeta le faisceau sur ses yeux, dont les pupilles se contractèrent normalement.

— Comment te sens-tu ?

— J'ai mal à la tête et l'impression d'avoir une enclume sur les reins.

— Tu as déjà été heurté par un coup en flèche quand tu jouais en professionnel ? demanda Gage.

— Quelquefois au bras et à la poitrine. Jamais à la tête. Mais je l'ai vu arriver à d'autres joueurs. Je peux m'asseoir, maintenant ? Je vais bien.

— Doucement, dit Lauren en lui prenant la main.

Il s'assit et porta une main à sa tête en cillant.

— Ça m'a vraiment sonné.

Il retira son casque et tâta sa tempe.

— Je parie que je vais avoir un sacré bleu, demain.

Une sirène d'ambulance se rapprochait peu à peu.

— Vous n'aviez pas besoin d'appeler une ambulance, grogna Shane.

— Il vaut mieux s'assurer que tu n'as pas une commotion, dit Travis.

— Je portais mon casque. Je vais bien.

— Laisse-les t'examiner, juste pour être sûr, dit Lauren.

Il croisa son regard et hocha la tête – ce qui le fit tressaillir.

— Dégagez !

Une jeune secouriste fendit la foule assemblée autour de la plaque, suivie d'un homme plus âgé. Elle s'immobilisa devant Shane.

— Qui vous a frappé ? demanda-t-elle.

— C'est lui qui ne s'est pas écarté, protesta le batteur.

— Il faut que vous le remettiez sur pied pour le match de dimanche, cria quelqu'un à l'arrière de la foule.

Lauren se leva et tendit la main à la secouriste.

— Je m'appelle Lauren Baker. Je suis infirmière. J'ai fait un examen préliminaire, et ses constantes sont bonnes. Ses pupilles sont normales, et il n'y a pas de signe de fracture ou d'hémorragie interne.

— Merrily Rayford, dit la secouriste en lui serrant la main. Et voici Emmett Baxter, dit-elle en indiquant son coéquipier.

Se mettant à genoux dans la terre, elle se mit en devoir d'examiner Shane.

— Voyons voir…

Quinze minutes plus tard, Merrily se rassit sur ses talons et commença à remballer son matériel.

— L'examen est correct, mais il faut que vous passiez

une radio du crâne pour écarter toute éventualité de fracture ou d'hémorragie. On peut vous transporter ou vous pouvez demander à quelqu'un de vous emmener à l'hôpital.

— Je l'emmène, dit Lauren.

— Je vais avec Lauren, dit simultanément Shane.

— Les autres, reculez, ordonna Gage. On va travailler sur le jeu au champ.

Les grognements s'atténuèrent graduellement tandis que les joueurs prenaient position autour du terrain. Travis resta en arrière.

— Tu as besoin d'autre chose ? demanda-t-il lorsque Shane fut debout, aux côtés de Lauren.

— Ça va, répondit celui-ci. Lauren s'occupera de moi.

Ces mots, ainsi que la confiance qu'ils impliquaient, lui firent chaud au cœur. Travis faisait mine de tourner les talons, quand elle sortit de son brouillard sentimental pour dire :

— Il y a une chose, shérif.

Travis se retourna, attendant. Lauren rougit.

— Vous pourriez nous raccompagner chez moi ? Ma voiture est là-bas.

Shane se mit à rire, et même le shérif eut l'air d'avoir envie de sourire.

— Allons-y, dit-il. Je vous emmène.

Shane détestait les hôpitaux, les examens et la paperasse. Mais il fit contre mauvaise fortune bon cœur, car il en avait l'habitude. Même une blessure légère devait être examinée. Au cours de sa carrière, on avait radiographié à peu près toutes les parties de son corps.

— On dirait bien que votre casque vous a sauvé, déclara l'urgentiste deux heures après l'arrivée de Shane et Lauren à l'hôpital de Junction.

Lauren était avec lui dans la petite salle d'examen, perchée sur une chaise pliante, étudiant les radios du crâne de Shane sur un écran mobile.

— Vous aurez sans doute un hématome et des maux de tête. Si ça se prolonge, consultez votre généraliste.

Le médecin des urgences se tourna vers Lauren.

— Vous savez quoi surveiller, mais je ne prévois pas de problèmes.

— Je garderai l'œil sur lui, dit-elle d'un ton de propriétaire qui ne déplut pas à Shane.

— Tu es fatigué ? lui demanda-t-elle quand ils furent dans la voiture, en route vers Eagle Mountain.

— Je suis affamé.

Il n'avait pas mangé avant l'entraînement, n'aimant pas jouer l'estomac plein.

— Qu'est-ce que tu veux manger ?

— Un cheeseburger. Je sais où.

Il la dirigea vers un établissement au bord de la rivière, qui faisait à la fois boutique d'appâts, épicerie et grill. Ils mangèrent des cheeseburgers et des frites sur des bancs placés sous les peupliers, baignés par les derniers rayons du soleil.

— Je ne peux pas croire que j'ai lancé trois ans à des adversaires et que ce soit un collègue qui ait fini par m'avoir.

— Comment va ta tête ?

— J'ai la migraine, mais je ne veux pas en parler.

— D'accord. De quoi veux-tu parler ?

— Que penserais-tu de venir chez moi et d'y passer la nuit ?

Elle cilla.

— Bien sûr. C'est une bonne idée d'avoir quelqu'un pour veiller sur toi.

— Je ne parlais pas de jouer les infirmières.

Il soutint son regard, ne voulant pas laisser de place à une fausse interprétation.

— Je veux savoir si tu veux passer la nuit avec moi. Dans mon lit. Pas pour dormir.

La vague de rougeur qui envahit ses joues était mémorable, tel l'épanouissement d'une rose.

— Oh…

C'était un soupir émouvant. Cela ne lui fit pas l'effet d'un refus. Il lui prit la main.

— Nous tournons autour du pot depuis que nous nous sommes embrassés, dit-il. Alors j'ai pensé qu'il valait mieux le dire.

— Je ne sais pas quoi en penser, dit-elle.

Il lui caressa le dos de la main du pouce.

— Ne pense pas. Dis-moi ce que tu ressens.

— D'accord.

Elle se leva, posa les mains sur la table devant elle et se pencha pour l'embrasser. Quand ses lèvres touchèrent les siennes, il tendit les bras, et elle l'embrassa avec une intensité qui l'étourdit. Lorsqu'elle interrompit le baiser, elle souriait.

— Oui, assura-t-elle. Oui, je veux venir avec toi. Et passer la nuit avec toi. Pas pour dormir.

Ils retournèrent chez Shane, et une fois à l'intérieur, il la prit dans ses bras et l'embrassa avec une ardeur qui la fit vibrer d'attente et de désir.

— Dis-moi si je vais trop vite, dit-il.

Elle s'appuya contre lui pour qu'il l'embrasse encore, et ils commencèrent à explorer mutuellement leurs corps. Puis ce fut au tour de leurs vêtements, qui tombèrent un à un sur le chemin de la chambre.

Lauren eut un bref aperçu de bois exotique et de surfaces confortables avant qu'ils tombent sur le lit. Elle lui entoura la tête de ses mains et sentit la bosse sur sa tempe. Pour la première fois, elle se rappela tout ce qui avait mené à ce moment.

— Comment va ta tête ? demanda-t-elle.

— Ma tête va bien, je me sens très bien.

Il se mit à embrasser ses seins au-dessus du soutien-gorge.

— Et toi, comment te sens-tu ?

— Hm-mm.

Ce fut tout ce qu'elle réussit à émettre tandis qu'il lui enlevait son soutien-gorge et prenait ses seins tour à tour dans ses mains. La pression et la chaleur de ce contact exacerbèrent ses sensations.

Ils s'aidèrent mutuellement à se débarrasser du reste de leurs vêtements et se glissèrent sous les couvertures. Allongés sur le flanc, face à face, ils se contemplèrent tout en se caressant au hasard.

— Tu es si belle, murmura-t-il en laissant traîner une main sur la courbe de sa hanche.

— Et toi tu es magnifique.

Elle n'avait jamais été avec un homme aussi parfait du point de vue physique, avec cette musculature et ce corps tonique d'athlète.

— J'imagine qu'il fallait que tu sois en forme pour jouer au base-ball, dit-elle.

— C'est très utile aussi dans mon job actuel.

Il embrassa son épaule, puis passa une main sur son ventre et, plus bas, entre ses jambes. Elle gémit de plaisir quand ses doigts suivirent doucement les plis de son intimité et commencèrent à la caresser.

— Tu aimes ça ? murmura-t-il.

— Tu ne l'entends donc pas ?

Elle lui mordilla le lobe de l'oreille.

Il rit, un grondement grave qui résonna en elle. Elle lui caressa le ventre, prenant son temps pour redessiner ses abdominaux, et fit une pause avant d'effleurer son érection, ravie du soupir bas qu'il laissa échapper.

— J'espère que tu as un préservatif.

Elle s'imaginait qu'il était responsable, mais elle s'était déjà trompée avec certains hommes.

— Oui, attends.

Il roula sur lui-même et ouvrit le tiroir de la table de chevet. Elle ferma les yeux, l'écoutant déchirer l'emballage, inspirant l'odeur propre des draps en coton, de son excitation masculine et d'un vestige de son après-rasage. *Je veux me rappeler ce moment*, pensa-t-elle, *avant que tout change.* Elle espérait que les changements à venir seraient bons – elle n'allait pas laisser les inquiétudes à propos du futur gâcher cet instant. Elle avait fait trop souvent cela dans sa vie. Le présent suffisait, et elle allait en profiter.

Shane se rallongea et lui tendit les bras. Elle alla à sa rencontre avec confiance et fut ravie quand il la fit asseoir sur lui.

— J'aime te voir au-dessus de moi, lui dit-il. Et j'aime pouvoir faire ça.

Il prit ses seins dans ses mains et en caressa les bouts, envoyant des vagues de sensation en elle, qui culminèrent dans une tension presque insupportable. Elle voulait être encore plus près de lui.

Il avait déjà mis le préservatif, et elle glissa sur lui, savourant la sensation d'être remplie par lui mais ayant en même temps envie de bouger. Il agrippa ses hanches pour la guider, et ils trouvèrent rapidement le rythme adéquat. Elle ferma les yeux, arqua le dos et laissa les sensations l'envahir, son membre à l'intérieur d'elle, ses mains sur ses hanches, ses mains à elle sur sa poitrine et ses épaules, son goût à lui quand elle se pencha pour l'embrasser, la manière dont ses muscles se contractaient à chaque coup de reins, le désir fou qui la poussait à bouger encore plus vite, à sombrer plus profond et à vouloir davantage.

La force de son orgasme la fit frémir tout entière, et elle planta les doigts dans ses épaules, se tenant immobile pendant que le plaisir la traversait. Il attendit avec elle, puis se remit à bouger sous elle, poussé par son propre désir. Elle ouvrit les yeux et le vit qui la regardait d'un air d'émerveillement. Ils bougèrent à nouveau ensemble, et elle le sentit venir, dans un moment d'accomplissement et de puissance qui ne manquait jamais de l'émerveiller elle aussi.

Finalement, elle glissa de côté et s'allongea, la tête sur son épaule, le bras de Shane autour d'elle dans un geste à la fois tendre et protecteur.

— Tu es bien silencieuse, dit-il au bout d'un instant. Ça va ?

— Ça va bien.

Elle changea de position pour pouvoir l'embrasser sur la joue.

— Je suis heureuse. Je ne l'étais plus depuis très longtemps. Depuis la mort de Mike, je pense. Merci pour ça.

— Tout le plaisir était pour moi.

Il resserra le bras autour d'elle.

— Au grill, je m'attendais à ce que tu me rabroues pour ne pas t'avoir écoutée quand tu disais que tu ne voulais pas de relation.

— Pourquoi ne m'as-tu pas écoutée ?

— Parce que je pensais qu'une part de toi pensait différemment. Et je voulais vraiment être avec toi. Je devais prendre le risque.

— Je suis heureuse que tu l'aies fait.

— Qu'est-ce qui t'a fait changer d'avis ?

— Peut-être qu'après tant de mauvaises choses j'en voulais une bonne.

Elle leva la main et effleura son visage.

— Ou peut-être que te voir heurté par une balle m'a fait reconsidérer mes priorités. Ou peut-être que c'était de voir comment tu me regardes.

— Comment est-ce que je te regarde ?

— Comme quelqu'un à qui je peux faire confiance, dit-elle.

Allait-il trouver qu'elle était sentimentale ? Ou se vexer qu'elle n'en dise pas plus long ? Elle avait envie de dire « Comme quelqu'un que je pourrais aimer », mais elle n'était pas encore prête. Elle avait utilisé ces mots avec trop de légèreté par le passé, et ils étaient revenus la blesser.

Il sourit, et la chaleur de ce sourire se répandit en elle. Elle se rallongea, ne voulant pas qu'il voie ses larmes.

— Je suis heureux que tu me fasses confiance, dit-il. Je ferai de mon mieux pour ne jamais te décevoir.

Jamais était un mot très long, mais cela lui plut qu'il pense cela. Un jour peut-être pourrait-elle elle aussi faire ce grand saut.

Le téléphone sortit Shane d'un sommeil profond. À côté de lui, Lauren remua.

— Quelle heure est-il ? demanda-t-elle.

Il leva la tête pour jeter un coup d'œil au réveil.

— Sept heures et demie.

Le téléphone continuait de sonner, et il lui fallut s'y reprendre à deux fois pour le trouver dans la poche de son pantalon. Le numéro du shérif lui fit l'effet d'un seau d'eau glacée. Bien réveillé maintenant, il s'assit au bord du lit.

— Allô ?

— On a une identité pour la photo de Tom, dit Travis.

Comme d'habitude, il allait droit au cœur du sujet.

— Son nom est Tom Chico, et il a fait des séjours en prison ces vingt dernières années aussi bien pour cambriolage à main armée que pour viol.

— On sait comment il s'est associé avec Allerton ? demanda Shane.

— Non, mais il vivait à Woodland Park quand Samantha Morrison a disparu.

— Ce n'est pas loin de Colorado Springs.

— En effet, approuva Travis. Je vais envoyer ces informations à la police de là-bas et voir ce qu'ils ont. Tu viens ce matin ?

— Oui, monsieur.

— La tête va mieux, alors ?

— Je vais bien.

Il avait encore une faible migraine, mais rien qu'une bonne tasse de café et quelques aspirines ne puissent guérir.

— À tout à l'heure, dit Travis, et il raccrocha.

Shane se retourna et découvrit Lauren également assise, drap remonté sur la poitrine, l'observant.

— Tu as déjà entendu Courtney mentionner un Tom Chico ?

— Non. Est-ce le Tom qui était avec Talia ?

— Nous le pensons. Et Russell avait raison, c'est un ancien taulard.

Il repoussa les couvertures.

— Il faut que j'aille au bureau.

Il fit mine de se lever, puis se tourna vers elle.

— J'aimerais rester au lit avec toi, mais c'est important.

— Bien sûr, dit-elle. Vas-y. J'ai ma voiture, je pourrai rentrer sans problème.

Se penchant en avant, il l'embrassa.

— Je t'appellerai plus tard.

— Tiens-moi au courant de ce que tu découvres. Je déteste penser qu'un homme avec un casier judiciaire se trouve avec Courtney et Ashlyn.

Ce n'était pas l'au revoir romantique qu'il avait espéré. Mais Lauren n'était pas avec lui parce qu'il était romantique. Elle avait dit qu'elle lui faisait confiance. Et il devait s'efforcer d'être à la hauteur de cette confiance.

16

Lauren ignorait ce que Martin pourrait lui dire qu'il n'avait déjà dit à Shane, mais elle espérait qu'en le rencontrant seul à seule, sans arme et sans policier autour, il lui ferait assez confiance pour lui donner les détails qu'il n'avait pas voulu lui révéler. Si ces détails existaient. Mais elle devait à Courtney de continuer ses recherches. Shane et ses collègues la cherchaient aussi, mais seulement dans la mesure où elle était liée au meurtre de Talia. Ils se concentraient sur Tom Chico, et s'il n'était plus avec Trey et Courtney, ils pourraient décider que chercher cette dernière n'était plus d'actualité. Aussi, après le départ de Shane, prit-elle la direction de la mine de la Pleine Lune.

Elle fit d'abord halte à la caravane. Elle se gara devant et l'étudia plusieurs minutes. L'endroit avait l'air encore plus délabré que lors de ses précédentes visites, avec ses fenêtres vides et ses marches en bois effondrées. Une bouffée de vent faisait tournoyer un diable de poussière sur l'herbe sèche.

Au bout d'un moment, elle descendit de voiture et monta les marches, mais la porte était verrouillée. Elle mit les mains en visière pour essayer de voir à l'intérieur, mais la petite vitre de la porte était si sale qu'elle ne voyait rien. Aucun mouvement, cependant.

Remontant en voiture, elle reprit le chemin et dépassa la yourte des Olsen. Becca Olsen, qui travaillait dans le jardin, se redressa pour la regarder passer, sans indiquer d'une manière ou d'une autre qu'elle l'avait reconnue.

Le tournant pour la mine était plus loin que Lauren ne s'en souvenait, mais peut-être était-ce dû à l'état du chemin, qui la forçait à slalomer entre les nids-de-poule et les rochers. Lorsqu'elle atteignit enfin le sentier menant à la cabane de Kramer, avec ses panneaux « Entrée Interdite ! », son cœur battait fort dans sa poitrine, et elle faillit faire demi-tour.

Mais non. Elle était arrivée jusque-là, autant parler au vieil homme. Elle s'arrêta devant la cabane et attendit. Le silence l'enveloppait, rompu uniquement par les cliquetis du moteur qui refroidissait. Rien ne bougeait, et pourtant elle avait le sentiment de n'être pas seule.

— Qu'est-ce que vous voulez ? !

La question la fit crier de frayeur. Venu de nulle part, Kramer se tenait près de la voiture, la carabine entre les bras. Elle baissa la vitre conducteur.

— Vous m'avez fait peur, dit-elle avec un regard noir.

Il s'esclaffa.

— J'en connais un rayon quand il s'agit de se faufiler par-derrière. J'ai appris ça au Vietnam.

Il reprit son sérieux.

— Vous êtes la femme flic qui était ici l'autre jour avec l'adjoint, pas vrai ?

— Je ne suis pas policière, dit-elle. Juste une femme qui s'inquiète d'une amie. Je peux sortir pour qu'on parle ?

— Ne faites pas de geste brusque et gardez les mains là où je peux les voir.

Elle fit ce qu'il demandait, laissant les clés sur le contact.

— Je ne suis pas armée, insista-t-elle. Je veux seulement savoir si vous avez vu de nouveau ma belle-sœur, Courtney. C'est la jolie blonde avec la petite fille.

— Y a tellement de gens qui traînent par ici que je me souviens pas de tous. J'ai dû reconduire une bande ce matin tôt. Jusqu'ici j'ai tiré en l'air, mais un homme a le droit de défendre sa propriété.

— Qui étaient ces gens ? questionna-t-elle.

— J'ai pas pris la peine de me renseigner. Je leur ai juste dit de filer.

— C'étaient des hommes ou des femmes ? Jeunes ou vieux ? Combien étaient-ils ?

— Vous êtes sûre que vous êtes pas flic ? Vous posez autant de questions qu'eux.

— Y avait-il une femme blonde parmi eux ? demanda-t-elle, au désespoir d'obtenir une information quelconque.

— Je les ai pas bien regardés. Peut-être que oui, peut-être que non.

Ne le savait-il pas ou se montrait-il juste récalcitrant ? Elle ouvrait la bouche quand un coup de feu la fit sursauter. Elle tourna un peu sur elle-même, mais Kramer l'attrapa par le bras et la projeta à terre.

— Sous la voiture ! ordonna-t-il. Tout de suite !

Un autre coup de feu résonna, et elle comprit qu'on leur tirait dessus. Elle se faufila à quatre pattes sous la voiture et s'allongea. Kramer s'accroupit à côté d'elle et visa par-dessus le capot. La déflagration de sa carabine résonna dans ses oreilles, suivie d'un bruit métallique. Avec une horreur croissante, elle comprit qu'une balle avait touché sa voiture.

— Pourquoi on nous tire dessus ? hurla-t-elle par-dessus le fracas de la carabine.

Pour toute réponse, Kramer éructa un flot de grossièretés, puis bondit sur ses pieds et courut en direction des coups de feu. Elle crut entendre encore la carabine et des coups de feu en réponse. Et si Kramer était touché ? Ou même tué ? Le tireur s'en prendrait alors à elle. Pourrait-elle monter en voiture et partir avant qu'il l'atteigne ? Elle songea à faire une tentative, mais la peur la paralysait.

Tandis qu'elle se débattait avec ces pensées, le silence se

rétablit. Plus de coups de feu, de cris ou de bruit de course. Après ce qui lui parut un long moment, Kramer revint. Elle n'entendit pas ses pas mais vit ses bottes. Il se pencha pour la regarder.

— Vous pouvez sortir, maintenant, dit-il. Je pense que je leur ai fait peur.

Elle sortit en rampant de dessous de la voiture et se leva, époussetant ses vêtements.

— Qui était-ce ? Et pourquoi nous tiraient-ils dessus ?

— Je ne sais pas. Je vous l'ai dit, il y a des gens qui viennent ici à toute heure du jour et de la nuit.

— Vous l'avez signalé à la police ?

Il ricana.

— Et qu'est-ce qu'ils y feraient ? De toute façon, il y a des voitures de police qui n'arrêtent pas de monter et descendre depuis qu'on a trouvé le cadavre de la femme. Ça n'a pas empêché cette bande de me harceler.

— Mais pourquoi ces gens tireraient-ils sur vous ?

— Ils essayent de me voler ma concession. Mais je ne les laisserai pas faire. Je suis plus dur que j'en ai l'air.

— Depuis combien de temps cela dure-t-il ? demanda-t-elle.

— Depuis que vous êtes venus. Ils ont un fameux culot, je vous le dis.

— Vous pensez que les gens qui vous en veulent sont ceux qui vous ont rendu visite le jour où vous avez vu Courtney et la femme qui a été tuée ?

— Je vous l'ai déjà dit, je ne les ai pas bien regardés. Ça peut être les mêmes ou pas. J'ai l'impression qu'ils sont plus nombreux. Mais peut-être qu'ils ont embauché.

Il recula d'un pas.

— Vous feriez mieux d'y aller. J'ai du travail.

— Vous avez toujours la carte que vous a donnée le shérif adjoint ? demanda-t-elle.

— Je l'ai peut-être quelque part.

— Si vous voyez la femme blonde, Courtney, ou sa petite fille, appelez-le. C'est vraiment important.

Il secoua la tête.

— Je peux pas faire ça.

— Pourquoi ?

— Parce que j'ai pas de téléphone. Allez-y, maintenant. J'ai perdu assez de temps à bavasser.

La carabine au creux de son bras, il la regarda faire demi-tour et reprendre le chemin en sens inverse.

Lauren passa le trajet à se rejouer les événements de la matinée. Les coups de feu soudains, la riposte – puis le silence. C'était irréel, mais toute cette épreuve, depuis que Courtney avait quitté Denver, avait quelque chose d'irréel.

Anne-Marie Winstead avait ignoré les appels de Shane toute la semaine et refusé d'ouvrir lorsqu'il était passé chez elle. Il se gara finalement à une rue de la maison en acier et en verre qu'elle habitait et attendit de la voir franchir la porte. C'était une grande femme, avec une masse d'épais cheveux bruns et une silhouette mince et anguleuse.

— Mademoiselle Winstead Jones, je dois vous parler, dit-il en l'interceptant alors qu'elle se dirigeait vers un coupé Mercedes vert foncé garé dans son allée.

Elle tourna la tête pour le fixer, puis pressa le pas.

— Je ne peux pas vous parler maintenant, dit-elle. J'ai un rendez-vous.

Il se planta devant elle.

— Vous pouvez répondre à quelques questions maintenant, ou je vous emmène au commissariat pour vous interroger.

— Vous ne pouvez pas faire ça, dit-elle. Je n'ai rien fait de mal.

— J'enquête sur le meurtre d'une femme – de votre

amie. Et j'ai besoin de votre aide. Si vous ne me la donnez pas de votre plein gré, je peux vous y obliger.

Elle agita ses clés, faisant miroiter un grand A en argent dans le soleil.

— D'accord, dit-elle après un long moment.

Elle revint sur ses pas.

— Vous feriez mieux d'entrer.

L'intérieur de la maison s'accordait à l'extérieur : des canapés en cuir blanc, des tapis en fourrure blanche, des tables et des chaises en chrome, et partout les montagnes à travers les grandes baies vitrées. La première pensée de Shane fut que c'était comme de vivre dans un paysage enneigé. En hiver, ce devait être glacial.

Anne-Marie se laissa tomber sur un des sofas et agita la main en direction d'un fauteuil.

— Asseyez-vous. Que voulez-vous savoir ?

Elle ouvrit le tiroir de la petite table devant elle, prit une cigarette et l'alluma avec un briquet en cristal.

— Pourquoi m'évitiez-vous ? demanda-t-il.

— Pourquoi êtes-vous surpris que je n'aie pas envie de parler de la mort de ma meilleure amie ?

Elle posa un bras en travers de son ventre et prit une longue bouffée de sa cigarette.

— Quand avez-vous vu Talia pour la dernière fois ?

— Nous avons déjeuné ensemble jeudi dernier. Nous allions déjeuner et faire des courses ensemble tous les jeudis.

Elle cilla rapidement, les yeux brillants de larmes. Talia était morte dimanche.

— Vous lui avez parlé, après cela ?

— Je lui ai envoyé un texto, mais elle n'a pas répondu.

Elle tira encore sur sa cigarette, le visage obscurci par la fumée.

— Quand lui avez-vous envoyé ce texto ?

Elle posa la cigarette sur le bord d'un cendrier en cristal

sur la petite table et sortit un téléphone dans une coque blanc nacré. Elle tapota l'écran d'un ongle verni de blanc et le fit défiler.

— Je lui ai envoyé un texto vendredi après-midi, vendredi soir, samedi soir et dimanche après-midi.

— Faites-moi voir.

Il tendit la main, et elle lui passa le téléphone.

Les messages commençaient assez simplement :

Piscine cet aprèm ? Je préparerai des margaritas.

Une demi-heure plus tard :

Allez, viens, l'eau est géniale !

Vingt minutes après :

Qu'est-ce qui se passe, meuf ? Pourquoi tu ne réponds pas ?

Le reste des messages, envoyés les jours suivants, étaient de plus en plus agités, des supplications finissant par une grossière épithète.

— Vous avez aussi essayé de l'appeler ? demanda Shane en lui rendant l'appareil.

— Oui, mais je tombais sur sa messagerie. Au début j'ai laissé des messages, mais elle les a ignorés.

— Que croyez-vous qu'il se soit passé ?

Elle haussa les épaules et reprit sa cigarette.

— Je me suis dit qu'elle était avec son nouveau copain. Il m'a frappée comme étant de ce genre-là, vous voyez ?

— Qui était-ce ? questionna Shane. Et de quel genre parlez-vous ?

— Le genre autoritaire. Qui veut toute l'attention pour lui. Elle m'avait déjà laissé tomber plusieurs fois, en me disant que Tom n'aimerait pas ça.

Elle écrasa sa cigarette dans un cendrier en cristal.

— Je ne sais pas qui il était, vraiment. Je ne l'ai rencontré qu'une fois, et il ne m'a pas fait forte impression.

— Tom qui ?

— Je n'ai jamais entendu son nom de famille. Talia voyait beaucoup d'hommes. Je n'ai jamais pris la peine de les connaître tous. Et je ne voulais pas connaître celui-là.

— Parlez-moi de lui, demanda Shane.

— Il était presque aussi vieux que son père, et c'était un vrai dur.

— Que voulez-vous dire par « un vrai dur » ?

— C'est juste que…

Elle fixa le plafond, cherchant ses mots. Puis elle croisa le regard de Shane.

— Vous voyez ces jeunes hommes qui ont une attitude suffisante, qui roulent des mécaniques ? Ce ne sont pas de vrais durs, ils font seulement semblant. En général, c'est parce qu'ils manquent de confiance en eux, ce n'est pas difficile à voir. Mais chez Tom, ce n'était pas une attitude. Tout chez lui était fruste : ses vilains tatouages, ses vêtements minables…

Elle frémit.

— Il avait l'air dangereux. Il me faisait peur, vraiment.

Elle repoussa une bouche sur son front.

— Je pense qu'il faisait peur à Talia aussi, mais elle aimait ça.

— Elle aimait les hommes qui l'effrayaient ?

— Oui. Un peu.

— Elle était sortie avec des hommes comme Tom auparavant ?

— Pas exactement comme lui. Mais elle a eu un petit ami, un jour, dont elle m'a dit qu'il aimait l'étrangler quand ils faisaient l'amour. Ça m'a fait flipper. Je lui ai dit qu'elle devait se débarrasser tout de suite de lui, mais elle s'est contentée de rire. Elle a dit qu'elle savait ce qu'elle faisait.

Et je suppose que c'était le cas parce que, quelques semaines plus tard, il a disparu, et elle s'est mise à sortir avec un varappeur qui voulait faire du saut en parachute avec elle.

— Savez-vous où se trouve l'homme qui aimait l'étrangler maintenant ?

— Aucune idée.

Elle se rembrunit.

— J'attendais qu'elle se débarrasse de Tom tôt ou tard, mais elle n'avait pas l'air de se désintéresser de lui.

— A-t-elle parlé de quelque chose de dangereux que Tom aurait fait ?

— Rien de particulier.

Elle détourna les yeux.

— Mais ?

Il y avait quelque chose, il en était sûr.

— Je lui ai demandé une fois ce qu'elle lui trouvait. C'était une de ces fois où elle m'a laissé tomber. Elle m'a dit qu'elle le trouvait excitant et qu'être avec lui lui donnait la sensation d'être vivante. Je lui ai dit qu'il m'effrayait, et elle m'a répondu que je n'avais pas besoin de m'inquiéter pour elle, parce qu'elle avait une assurance s'il dépassait les bornes.

— Que voulait-elle dire par une « assurance » ?

Anne-Marie secoua la tête.

— Elle ne me l'a pas dit, mais j'ai compris qu'elle pensait savoir quelque chose à utiliser contre lui. D'après d'autres choses qu'elle m'a dites. Je lui ai dit que c'était la pire des manières de gérer une relation, mais elle m'a répondu que c'était la seule manière qu'elle connaissait.

Elle posa les yeux sur le tiroir contenant la boîte à cigarettes, comme si elle envisageait d'en prendre une autre.

— Dites-moi si vous avez déjà vu ça.

Shane prit une copie de la photographie que Travis et

lui avaient trouvée dans la chambre de Talia. Anne-Marie la prit et l'étudia.

— Ce n'est pas Talia, dit-elle.

Elle la lui rendit.

— Je ne sais pas qui c'est. Qu'est-ce que ça a à voir avec Talia ?

— On l'a trouvée dans sa chambre après sa disparition. C'est la photo d'une femme qui a disparu il y a deux ans à Colorado Springs.

— Pourquoi Talia avait-elle quelque chose comme ça ?

— Je ne sais pas. J'espérais que vous le sauriez.

Elle réfléchit, le front plissé.

— Vous pensez qu'elle a récupéré la photo auprès de Tom ? Que c'était son assurance ?

Elle s'entoura le corps de ses bras.

— Vous pensez que c'est pour ça qu'il l'a tuée ?

— Nous ne savons pas qui l'a tuée, dit Shane.

— À la minute où j'ai appris qu'on l'avait trouvée morte, j'ai compris que c'était lui, déclara-t-elle. Si vous l'aviez rencontré, vous le sauriez aussi.

Ses yeux s'emplirent à nouveau de larmes et, cette fois, elles débordèrent et glissèrent sur ses joues.

— Pauvre Talia. Elle était si futée pour certaines choses et si idiote avec les hommes. Elle pensait que le danger était excitant, bien que je lui aie dit que ça ne l'était pas.

Lauren se demandait encore si elle devait parler de sa visite à Kramer à Shane quand il vint la voir, tard dans la soirée. Lorsqu'elle ouvrit la porte, il fronçait les sourcils.

— Qu'est-il arrivé à ta voiture ? questionna-t-il immédiatement. On dirait qu'elle a reçu des balles.

— Ce sont des dégâts superficiels. Je la ferai réparer à Denver.

Elle se dirigea vers le salon, le laissant refermer la porte.

— Qui t'a tiré dessus ? Où étais-tu ? Pourquoi ne m'as-tu pas appelé pour me le dire ?

Autant pour garder le secret.

— Je suis allée parler à Martin Kramer, dit-elle. Ce matin. Et je ne sais pas qui c'est. Nous étions devant sa cabane, en train de parler, et quelqu'un a commencé à tirer sur nous.

— Est-ce que ça va ?

Elle supposa que la question était de pure forme, étant donné qu'il voyait qu'elle allait bien.

— Nous n'avons pas été blessés ni l'un ni l'autre, dit-elle. Il m'a poussée sous la voiture et a commencé à tirer en direction des coups de feu. J'imagine qu'il a effrayé le tireur.

— Est-ce qu'il avait une idée de qui c'était ?

— Il a dit que c'était des voleurs. Tu sais qu'il est convaincu qu'on essaye de lui voler sa mine d'or. Il n'a peut-être pas tout à fait tort. Il dit que des gens le harcèlent depuis que nous sommes allés le voir. Au début, je pensais qu'il délirait, mais je n'ai pas imaginé ces coups de feu.

— Tu n'aurais pas dû aller là-haut toute seule, dit Shane, comme elle l'avait prévu. Tu ne sais rien de Kramer. Il aurait pu te tirer dessus.

— Mais il ne l'a pas fait. En fait, il s'est préoccupé de ma sécurité.

Ses genoux écorchés le prouvaient.

— Si tu veux en savoir plus, il faudra que tu lui parles. Voilà, tu sais ce que j'ai fait aujourd'hui. Et toi ?

— J'ai finalement pu m'entretenir avec Anne-Marie Winstead Jones.

— Qui ?

— La meilleure amie de Talia. Elle n'aimait pas Tom et elle pense qu'il l'a probablement tué. Elle dit que Talia aimait les hommes dangereux.

— Et Tom Chico est dangereux. Tu penses qu'il l'a tuée ?

— Je pense que pour l'instant, c'est notre principal suspect. Ça ne veut pas dire que nous n'allons pas prendre en considération tous ceux qui ont été en contact avec elle, mais il existe une bonne chance que ce soit lui qu'elle ait vu en dernier. Et il semble avoir disparu.

— J'ai demandé à Kramer si selon lui c'étaient Trey, Courtney et Tom qui l'avaient harcelé ces derniers temps. Il a dit qu'il ne savait pas. Mais peut-être que ce sont eux. Peut-être qu'il a raison et qu'ils veulent sa mine d'or. Nous savons qu'ils ont essayé d'obtenir de l'argent par d'autres moyens.

— Il faut que je retourne voir Kramer, dit-il. Et Sam Russell, ainsi que les Olsen.

— Je n'imaginais pas combien de fois il faut parler aux gens dans une enquête, encore et encore…

— Quand j'ai commencé, le shérif m'a dit qu'il pensait que je serais doué, parce que les gens m'aiment bien et que c'est facile de me parler. Moi, je pensais qu'il m'avait engagé parce que j'avais une bonne forme physique et que j'avais eu de bonnes notes à l'académie. Il m'a dit que c'était important, mais que tous les commissariats ont besoin de quelqu'un qui se débrouille bien avec les gens difficiles.

— Et tu le fais ? demanda-t-elle. Tu te débrouilles bien avec les gens difficiles ?

— Plutôt bien.

Il lui adressa un sourire.

— Le charme est mon arme secrète.

Elle se glissa dans ses bras.

— Alors je suppose que je suis une victime de plus.

— Jamais une victime.

Il l'embrassa et posa la main sur sa hanche.

— Tu ne m'avais pas dit que tu passerais ce soir, dit-elle.

— Parce que j'avais envie de te voir. Pour faire ça.

Il l'embrassa encore.

— C'est gentil, dit-elle. Mais je me sens coupable de ne pas en faire plus pour retrouver Courtney ou localiser le meurtrier de Talia.

— J'avais un professeur à l'université qui disait qu'après l'étude il faut faire une pause avec de l'exercice. Pendant que ton corps bouge, ton esprit trie ce que tu viens d'apprendre, en sorte que tu comprends les problèmes restants. Ça a à voir avec le flux d'oxygène dans le cerveau, l'activité du subconscient et d'autres trucs que j'ai oubliés.

— Quel genre d'activités ?

— Quand j'étais à l'université, je jouais au base-ball et je courais.

— C'est ce que tu veux faire maintenant ? demanda-t-elle en lui mordillant le cou.

— Non, je pensais à un autre genre d'activités physiques.

Elle lâcha un petit cri quand il l'enleva dans ses bras pour l'emporter dans la chambre. Elle songea à lui dire de la reposer mais seulement brièvement. Elle aimait la sensation de ses bras musclés autour d'elle. Il n'était pas physiquement dangereux, comme les hommes avec qui Talia aimait sortir. Mais il y avait beaucoup à dire en faveur d'un peu de risque émotionnel dans une relation, qui remettait en cause le *statu quo* et ouvrait la porte à d'autres choses.

Comme de se lier à un homme pour qui elle craquait. Un homme dont elle ne savait pas comment elle pourrait le quitter.

17

À Eagle Mountain, le 4 juillet était fait à parts égales de spectacle et de nostalgie, et même une enquête pour meurtre ne pouvait arrêter cela. La troupe de scouts avait décoré la rue principale de drapeaux, et une parade composée de l'orchestre du lycée et d'une dizaine d'enfants à vélo partit de la mairie pour remonter jusqu'au parc. Shane et quelques adjoints patrouillaient au milieu de la foule, surveillant les éventuels trouble-fête, mais il était bien trop tôt pour cela.

Après la parade, les attractions ouvrirent. Le Rotary Club mit en vente des pièces de viande au barbecue, et le personnel du musée d'histoire distribua de la limonade. La journée se termina par un bal et un feu d'artifice. Les festivités se poursuivirent le dimanche, avec une course de cinq mille mètres, un service religieux dans le parc et un autre barbecue. L'après-midi, Shane et ses collègues se rassemblèrent sur le terrain de base-ball pour le match, dont Adelaide s'était fait un plaisir de dire à tout le monde qu'il « avait fait plus d'argent cette année que jamais auparavant ».

Shane s'était dit que c'était un match strictement amateur et qu'il se fichait du résultat. Mais quand il fut sur la plaque en tenue, agrippant la balle et plantant le bout de sa chaussure à crampons sur le caoutchouc, il comprit que cela comptait beaucoup. Aux yeux des spectateurs, il était encore un joueur de base-ball professionnel, et ils attendaient une performance correspondante de sa part.

Il élimina les trois premiers batteurs, et à la fin du tour de batte, Gage Walker frappa un double du lanceur des pompiers. Travis suivit avec un simple massif, permettant à Gage de marquer, avant que Nate Hall élimine avec un *strike out* et que Wes Landry frappe une chandelle. Un autre *strike out* signa la retraite, mais l'équipe du shérif menait un à zéro.

Shane élimina les deux batteurs suivants, puis le troisième profita d'une balle rapide et l'envoya par-dessus la clôture. Match nul.

— Il a eu de la chance, dit Gage quand ils retournèrent au banc et se préparèrent à leur tour de batte. Ça n'arrivera plus.

— Non, ça n'arrivera plus, répondit Shane.

Il le prenait avec légèreté, essayant de ne pas trop frimer, mais il en avait assez. Ces gens voulaient un spectacle digne d'une ligue majeure, il allait leur en donner un.

Après une série de simples et de *strike out* des joueurs du commissariat, ce fut au tour de Shane de batter. Il n'avait jamais été un frappeur – ce n'était pas pour ça qu'on l'avait recruté, et tout le monde le savait. Il fit un *strike out* aussi. Puis il fut de retour sur la plaque, la foule lançant de joyeux vivats. Il regarda les gradins et repéra quelques personnes portant des répliques de son maillot.

À cet instant, il vit Lauren, assise près d'Adelaide, un large sourire aux lèvres, et il se sentit grandir d'un mètre. Elle ne se souciait pas de savoir s'il allait perdre ou non, mais soudain, il ne voulait rien d'autre que gagner – pour elle.

Les pompiers n'étaient pas des joueurs professionnels, mais ils n'étaient pas non plus des chiffes molles. Shane fit un but sur balle, puis le suivant eut un simple faible. Et cela continua. Quand le septième – et dernier – tour s'annonça, quelqu'un avait trouvé un morceau de craie et tracé une ligne de K en travers du tableau d'affichage, un K pour chaque balle éliminatoire lancée par Shane.

Le score était de trois contre un quand Shane prit place. Personne n'avait parlé de quelqu'un d'autre pour lancer. Une telle décision aurait été accueillie avec dérision par la foule, parmi laquelle certains se mirent à scander son nom quand il sortit du banc des joueurs.

— Shane ! Shane ! Shane ! Shane !

Il sentit une douleur dans son bras quand il lança pour la première fois. Pas une vraie douleur, juste une sensibilité qui lui rappelait qu'il avait beaucoup lancé ce jour-là, et que cela faisait longtemps qu'il n'avait pas fait autant travailler ses muscles. Mais il avait lancé la plus grande partie de sa carrière avec cette sensation et il savait la gérer.

Le premier batteur frappa deux fausses balles avant de finalement l'éliminer. Il marcha jusqu'au suivant, qui était petit et trapu, et occupait la plaque au point de la rétrécir. Le suivant fit un *strike out*, et le quatrième batteur frappa un simple.

Shane frappa le cinquième batteur. Il ne l'avait pas visé, mais il avait perdu le contrôle de la balle, et celle-ci frappa l'homme à l'épaule. Un grognement monta de la foule. Les buts étaient maintenant remplis.

— Allez, Shane ! hurla quelqu'un depuis le banc des joueurs.

Gage, se dit-il. *Allez Shane*, songea-t-il, et il frotta la balle. Il tira sa casquette plus bas et se pencha vers la plaque, attendant un signe de l'attrapeur. Non que Dwight donne le signal. Ils avaient décidé dès le début que Shane lancerait chaque fois qu'il le sentirait. Quelle que soit l'issue du jeu, elle reposerait uniquement sur lui.

Il se ramassa sur lui-même et lança. Il tressaillit en entendant la balle entrer en contact avec la batte et se figea sur la plaque, craignant de se retourner pour voir où elle avait atterri. Dans les ligues majeures, une balle de *home run* faisait un bruit caractéristique, un craquement semblable à la foudre. Les battes en métal dont ils se servaient pour ce match avaient un son différent, plus fort et plus massif, mais indéchiffrable.

Un vivat monta de la foule, et Shane se força à se retourner. Nat se tenait près de la clôture extérieure, tenant la balle d'un air triomphant. Puis quelques membres de l'équipe se ruèrent sur lui, tandis que d'autres se rassemblaient autour de Shane.

Ce n'était pas un retrait sur prises dont il aurait écrit le script, mais une chandelle était de toute façon un retrait. L'équipe du shérif avait gagné le match, un trophée kitsch et le droit de se vanter jusqu'à l'année prochaine.

Il chercha Lauren des yeux dans les gradins, mais le siège près d'Adelaide était vacant. Avait-elle quitté les gradins pour le rencontrer au banc des joueurs ?

Il se fraya un chemin dans la foule jusqu'au bord du terrain. Adelaide se pencha par-dessus la clôture et éleva la voix pour se faire entendre :

— Super jeu ! cria-t-elle.

— Merci ! Où est Lauren ?

Adelaide haussa les épaules et secoua la tête.

Il s'ordonna de ne pas s'inquiéter ; elle était sans doute allée aux toilettes ou avait dû prendre un appel. Il se concentra sur les félicitations de ceux qui l'entouraient, puis accepta de poser pour une photo d'équipe avec le trophée.

Trente minutes passèrent avant qu'il atteigne le parking, mais toujours aucune trace de Lauren. De tous ceux à qui il parla, personne ne l'avait vue. La peur lui serrait le cœur, l'empêchant de bien respirer. Il lui envoya un texto et fixa l'écran, lui ordonnant de répondre. Rien

Elle avait disparu. Il fallait la retrouver.

Lorsque le septième tour de batte s'acheva, Lauren alla aux toilettes. Elle se joignit à la queue des femmes, dont quelques-unes avaient des enfants en remorque, et émit des remarques en l'air sur le match. Elle n'avait jamais suivi un match et s'était attendue à s'ennuyer. Mais elle s'était surprise à s'enthousiasmer. Regarder Shane était excitant, mais en écoutant le flot de commentaires d'Adelaide, elle s'était trouvée absorbée par la stratégie et le spectacle. Il se passait beaucoup plus de choses qu'elle ne l'avait imaginé.

Elle émergea des toilettes et survola distraitement le parc du regard. Des enfants jouaient sur le terrain de jeu, s'agrippant au mur d'escalade et chevauchant les balançoires. Puis un éclair de cheveux blonds fit battre son cœur. Une petite fille en robe rose se retourna pour en appeler une autre. Lauren resta bouche bée.

— Ashlyn !

En esprit, elle avait hurlé le prénom, mais ce n'était qu'un murmure. Elle survola le groupe d'adultes autour du terrain. Une femme blonde était à moitié cachée par un lampadaire. Était-ce Courtney, avec ces énormes lunettes de soleil ?

Lauren se mit à courir, contournant les couples et les familles. Peu lui importait qu'on la regarde. Elle atteignit le terrain de jeu hors d'haleine et dut s'arrêter un instant pour se plier en deux. Elle ne voyait plus la petite fille. Ni la femme dont elle était sûre maintenant que c'était Courtney.

Elle parcourut tout le terrain sans les retrouver.

— Est-ce que ça va ? demanda une femme, une jeune mère avec un bébé dans un porte-bébé.

— Auriez-vous vu une petite fille avec une robe rose et de longs cheveux blonds ? demanda Lauren. Elle était juste là.

— Non, je ne l'ai pas vue.

La femme posa une main protectrice sur le dos du bébé.

— C'est votre petite fille ?

— Non, ma nièce. Sa mère est avec elle, mais je n'arrive pas à les retrouver.

La femme se détendit un peu.

— Il y a beaucoup de gens, aujourd'hui. Elles sont peut-être allées aux toilettes ?

Il y avait d'autres toilettes près du terrain de jeu. Lauren y pénétra et dépassa la queue de femmes et d'enfants.

— Je cherche juste quelqu'un, dit-elle en guise d'excuse.

Elle se planta devant les cabines et observa les pieds de celles qui s'y trouvaient.

— Courtney, tu es là ? appela-t-elle. Ashlyn, c'est tante Lauren.

Personne ne répondit. Lauren ressortit et attendit quelques minutes, examinant ceux qui sortaient des toilettes, mais Courtney et Ashlyn n'étaient pas là.

Peut-être étaient-elles sur le parking ? Craignant de les avoir manquées, elle courut vers la surface asphaltée. Tous les emplacements étaient occupés, mais elle ne vit pas de femme ou de petite fille blonde.

Elle retourna au terrain de jeu, se disant qu'elle ne les avait peut-être pas repérées. Une dizaine d'enfants s'ébattaient parmi les jeux, mais pas d'Ashlyn. Ni de Courtney.

Elle ne savait plus depuis combien de temps elle cherchait quand Shane la trouva. Il était encore en tenue, l'inquiétude creusant les rides autour de ses yeux dorés.

— Lauren, qu'est-ce qu'il se passe ? Je t'ai cherchée partout !

Elle fut remplie de soulagement en le voyant.

— J'ai vu Ashlyn, dit-elle. Elle jouait ici même.

Elle désigna l'aire de jeux.

— Et Courtney aussi, je crois. Mais le temps que j'arrive, elles étaient parties. Je les ai cherchées.

Il posa une main sur son épaule.

— Tu as essayé de l'appeler ? De lui dire que tu étais là ?

Pourquoi n'y avait-elle pas pensé ? Elle prit son téléphone et envoya un texto.

Je suis au terrain de jeu. Laisse-moi dire bonjour à Ashlyn, s'il te plaît.

Elle attendit, mais il n'y eut pas de réponse.

— Donne-lui une minute, dit Shane.

Elle le regarda au fond des yeux, craignant d'y lire le doute.

— Tu me crois, n'est-ce pas ? demanda-t-elle. Tu crois que je les ai vues ?

— Oui.

À cet instant, elle l'aima plus que jamais. Combien de gens auraient essayé de la persuader qu'elle avait seulement confondu sa belle-sœur et sa nièce avec d'autres personnes ? Même si Shane le pensait, il ne le disait pas, et cela comptait beaucoup.

— Il fait chaud ici, dit-il. Allons nous asseoir à l'ombre.

Il la conduisit vers une rangée de bancs.

— Super match, Shane, dit quelqu'un sur leur passage.

— Le match !

Lauren força son regard à se détacher du terrain de jeu pour le poser sur lui.

— Je suis désolée d'être partie avant le dernier lancer. Comment ça s'est passé ?

Il sourit d'un air malicieux.

— Nous avons gagné.

— C'était enthousiasmant, dit-elle. Je n'avais jamais assisté à un match entier, avant ça. Enfin, un match presque entier. Ça m'a plu de te voir lancer.

— C'était plus dur que je n'avais pensé, d'être à nouveau sur le terrain.

Il se frotta le bras.

— Tu as mal ?

— Juste un peu.

Il se mit à rire.

— J'ai perdu la forme.

Bien sûr. Il était l'une des personnes les plus musclées qu'elle connaisse. Elle vérifia à nouveau son téléphone.

— Je ne pense pas que Courtney va me répondre, dit-elle. Elle m'évite, quelle qu'en soit la raison.

— Je suis désolé.

Il lui posa une main dans le dos.

— Je sais combien tu aimerais les voir, ta nièce et elle.

Elle hocha la tête et fouilla des yeux la foule.

— Je ne pense pas qu'elles vont revenir. Mieux vaut y aller.

— On peut rester aussi longtemps que tu veux.

Shane avait probablement envie de prendre une douche et de dîner. Son propre estomac grondait, mais elle ne croyait pas être capable de manger.

— Allons-y.

Elle se leva. Elle était venue à Eagle Mountain, pensant que Courtney et Ashlyn étaient les personnes les plus importantes dans sa vie. Ce n'était peut-être plus aussi vrai.

Le lundi matin, les festivités de la veille furent vite oubliées quand le shérif et les adjoints se réunirent pour discuter de l'enquête. Dwight avait retrouvé dans un camping la trace d'un homme qui aurait pu être Tom Chico, mais il était parti une semaine avant qu'on trouve le corps de Talia.

Shane avait soumis un rapport écrit sur son interview avec Anne-Marie Winstead Jones, et le shérif le lui fit résumer pour le groupe.

— Elle a dit que Talia lui avait parlé d'une assurance à utiliser contre Tom s'il dépassait les bornes. Anne-Marie l'a interprété comme quelque chose avec lequel Talia voulait le faire chanter, dit-il.

— Comme la photo de Samantha Morrison, précisa Travis.

— Selon Anne-Marie, c'est l'unique raison pour laquelle Talia avait cette photo, ajouta Shane.

— La police de Colorado Springs ne m'a pas encore répondu sur un lien éventuel entre Morrison et Chico, déclara Travis. Je vais voir si je peux en apprendre davantage en les appelant aujourd'hui.

— J'ai rendu visite aux hôtels, motels et locations saisonnières dans un rayon d'un kilomètre autour d'Eagle Mountain, annonça Jamie, et personne n'a loué à quelqu'un qui corresponde aux descriptions de Tom, Talia, Courtney et Ashlyn ou Trey Allerton. J'aurais pensé que quelqu'un se souviendrait au moins de Courtney et Ashlyn, mais jusqu'ici, rien.

— Lauren pense avoir vu Courtney et Ashlyn au terrain de jeu, hier, intervint Shane.

Il s'était demandé s'il devait mentionner cela. Bien qu'il soit certain que Lauren avait vu des personnes qui ressemblaient à sa belle-sœur et sa nièce, on ne pouvait être sûr de leurs identités.

— Elles sont parties avant qu'elle ait pu leur parler.

— Et Allerton et Chico ? demanda Gage.

— Elle ne les a pas vus. Et elle n'a fait qu'entrapercevoir la femme et la petite fille, mais elle dit que c'étaient elles.

Travis pointa un doigt dans sa direction.

— Rappelle à Lauren qu'elle doit venir faire une déposition sur ce qu'il s'est passé à la mine de la Pleine Lune, dit-il. Je suis passé chez Kramer pour lui parler. Son pick-up était là, mais je n'ai pas pu le trouver.

— Oui, monsieur, dit Shane.

Il avait rapporté le récit de Lauren quant aux coups de feu, et le shérif leur avait ordonné, à Lauren et à lui, de rester à l'écart de la mine. Il lui avait demandé à la place de chercher des crimes similaires dans les régions où Chico avait vécu. Il y avait beaucoup d'affaires à examiner, mais rien de concluant.

Un coup à la porte fit le silence dans la pièce.

— Entrez, cria Travis.

Adelaide passa la tête dans l'ouverture de la porte.

— Il y a quelqu'un qui veut vous voir, shérif, dit-elle.

Adelaide laissait rarement les gens voir Travis sans rendez-vous. Si elle interrompait la réunion, ce devait être important.

— Qui est-ce ? demanda Travis.

— Son nom est Trey Allerton. Il a entendu dire que vous le cherchiez.

18

Trey Allerton pénétra dans la salle d'interrogatoire d'un pas victorieux. Grand, large d'épaules, avec un visage un peu juvénile, il serra les mains de Travis et Shane, puis se laissa tomber sur la chaise des visiteurs, parfaitement à l'aise.

— Je m'excuse de ne pas être venu plus tôt, dit-il. Je viens d'apprendre que vous vouliez me parler.

— Merci d'être venu nous voir, dit Travis. J'ai demandé au shérif adjoint Ellis d'assister à cet interrogatoire, que je vais enregistrer.

Allerton fit un signe de tête à Shane.

— J'ignore en quoi je peux vous aider, mais j'essayerai.

Travis prit place sur une chaise face à Allerton, tandis que Shane s'appuyait au mur. Il avait ainsi une bonne vue du visage d'Allerton et était entre lui et la porte.

— Quand avez-vous vu Talia Larrivee pour la dernière fois ? demanda Travis.

Allerton fronça les sourcils.

— Eh bien, laissez-moi réfléchir. Ça fait un bon bout de temps.

Travis ne dit rien, attendant.

— Je ne pense pas pouvoir vous donner une date précise. Peut-être une semaine ou dix jours ? Tom l'a amenée un jour voir le terrain que nous avons loué. C'est la véritable raison de ma présence dans ce comté, vous savez. Je vais monter un camp pour les jeunes défavorisés là-bas. Leur faire faire des activités d'extérieur, vous voyez, randonner, camper, faire du cheval, leur donner d'autres perspectives.

— Quelle est votre relation avec Tom Chico ?

Le froncement de sourcils s'accentua, et Allerton secoua la tête.

— Oh ! Tom est un sacré numéro. Il devait être mon associé à ce projet, mais il y a un peu plus d'une semaine, nous nous sommes querellés. J'ai compris que nous ne pourrions jamais travailler ensemble, et nous nous sommes séparés. À l'amiable, je le précise, même si j'étais désolé d'avoir perdu autant de temps avec lui.

— Pourquoi ne pouviez-vous pas travailler avec lui ?

— Tom est un électron libre, déclara Allerton. Il a mauvais caractère. Et il est impatient. J'ai essayé de lui expliquer qu'un projet comme celui-là demande du temps et de l'argent. Il voulait tout entamer tout de suite, la construction, les installations, mais nous avions besoin d'un financement. D'un gros financement. J'y travaillais, mais ce n'était pas assez rapide pour Tom.

— Comment vous êtes-vous rencontrés ?

Allerton se frotta la mâchoire.

— Laissez-moi voir…

Il s'éclaircit.

— Je me souviens, c'est Courtney qui nous a présentés l'un à l'autre.

— Courtney Baker ? questionna Shane.

Allerton se tourna vers lui.

— C'est ça. Une femme délicieuse. Je pense que Tom fréquentait son église. Elle m'a dit qu'il cherchait du travail, et je savais que j'aurais besoin d'aide pour le ranch. Quand il m'a dit qu'il voulait investir ses économies, je me suis dit : « Pourquoi pas ? »

Il fit la grimace.

— Mais ce n'était pas la meilleure décision, je crois.

— Saviez-vous que Tom Chico avait fait de la prison ? interrogea Travis.

Allerton acquiesça.

— Je l'ai découvert plus tard, mais comme le dit Courtney, tout le monde mérite une deuxième chance.

— Quand avez-vous vu Tom Chico pour la dernière fois ?

— Laissez-moi réfléchir.

Il s'adossa à son siège et posa une cheville sur un genou.

— Vous devez comprendre que j'ai été tellement occupé que j'ai du mal à fixer les dates.

Il pencha la tête et étudia le plafond.

— Je dirais que c'était il y a dix jours. Je ne peux pas être plus précis. Mais Talia était avec lui. Elle était toujours là, ces derniers temps.

Il rit doucement.

— On peut dire ce qu'on veut à propos de Tom, je ne l'aurais jamais pris pour un homme à femmes, mais Talia était folle de lui. Bien sûr, c'est une très belle femme. Riche, aussi. Je ne sais pas comment il a fait.

— Quelle était leur relation ?

— Je n'ai jamais posé la question, mais je suis presque sûr qu'ils étaient amants.

— Diriez-vous qu'ils s'entendaient bien ?

— Bien sûr. Non que je les aie beaucoup vus ensemble, mais elle semblait sincèrement attachée à lui, et Tom l'aimait aussi, j'en suis sûr. Je veux dire, elle est jeune, riche, belle et elle semblait l'adorer. Que demander de plus ?

— Où étiez-vous quand vous avez vu Tom Chico et Talia Larrivee ensemble pour la dernière fois ? questionna Travis.

— Au ranch. À la caravane. C'était un dépotoir quand nous l'avons vue la première fois, mais nous l'avons un peu rafistolée, et elle fera l'affaire jusqu'à ce que nous ayons les moyens de bâtir autre chose.

— Nous, c'est-à-dire ?

— Courtney et moi. C'est mon autre associée, celle que j'ai l'intention de garder. Son défunt mari était mon meilleur ami. Nous nous sommes beaucoup rapprochés à l'armée et nous parlions souvent d'ouvrir un ranch pour la jeunesse dans le Colorado. Mais Mike a été tué et, après mon retour, j'ai rendu visite à Courtney pour lui présenter mes condoléances. Elle et moi avons tout de suite accroché, vous voyez ? Quand je lui ai parlé de notre rêve, elle a été enthousiasmée. Mais Mike était mort depuis deux ans, et je pense qu'elle se sentait vraiment seule. Moi aussi j'étais seul. Pour dire la vérité, j'étais déjà à moitié amoureux d'elle avant même de la rencontrer. Mike parlait tout le temps d'elle, et j'avais l'impression de la connaître.

— Où se trouve Mme Baker, maintenant ? demanda Shane.

— Elle est au ranch. Elle essaye de rester discrète pour éviter son irritante belle-sœur.

Shane se raidit.

— Qu'a fait sa belle-sœur pour être irritante ?

— Oh ! ne vous méprenez pas.

Il se redressa, posant les deux pieds à plat sur le sol.

— C'est génial que Lauren soit si loyale, mais Courtney est une femme adulte. Elle peut veiller sur elle-même et prendre ses propres décisions. Au lieu de cela, Lauren pense qu'elle doit diriger sa vie. Personne n'a envie de vivre ainsi.

— Et la fille de Mme Baker, Ashlyn ?

— Vous avez fait vos devoirs, remarqua Allerton. Ashlyn va très bien. Elle est avec sa mère.

— Revenons à Tom Chico, dit Travis.

Allerton fit face au shérif.

— Je ne sais pas ce que je peux vous dire d'autre. Nous nous sommes mis d'accord pour nous séparer, et Talia et lui sont partis. Je n'ai eu aucune nouvelle de lui depuis.

— Savez-vous où ils sont allés ?

— Non.

Travis tapota la surface de la table avec son stylo.

— Où logeait Chico ?

— Je n'en sais rien non plus.

Allerton se pencha en avant et posa les coudes sur la table.

— Écoutez, nous étions associés, mais pas vraiment amis. Mon but était principalement de monter ce ranch et de le gérer.

— De quelle somme Chico a contribué au ranch ? interrogea Travis.

Allerton s'adossa à sa chaise.

— C'était un point de désaccord entre nous. Il avait promis de mettre 20 000 dollars, mais je n'ai jamais vu la couleur de cet argent. Il n'a jamais admis avoir menti là-dessus, mais je pense que c'est ce qui s'est passé. Il avait promis d'apporter la somme et il est brusquement apparu avec Talia à son bras. Je pense qu'il croyait pouvoir la charmer en sorte qu'elle lui donne l'argent. Et à la manière dont elle le regardait, il aurait très bien pu le faire.

Il sourit largement. C'était sans doute destiné à le faire paraître juvénile et charmant.

— Pourquoi toutes ces questions sur Tom et Talia ? demanda-t-il. A-t-il fait quelque chose de mal ?

— Le corps de Mlle Larrivee a été découvert il y a quelques jours dans un coin éloigné du comté, dit Travis. M. Chico est peut-être l'une des dernières personnes à l'avoir vue vivante.

Le charme d'Allerton le déserta, le laissant bouche bée.

— Elle est morte ?

— Mlle Larrivee a été assassinée, dit Travis. Savez-vous quelque chose là-dessus ?

Allerton leva les deux mains.

— Je ne sais rien du tout, je vous le jure. Je vous jure que si c'était le cas, je vous le dirais.

Il secoua la tête comme pour éclaircir ses pensées.

— Vous pensez que Tom l'a tuée ?

Travis ne répondit pas.

— Bien sûr que c'est ce que vous pensez, reprit Allerton. C'est pourquoi vous m'avez demandé comment ils s'entendaient et si je savais que Tom a fait de la prison.

— Vous voulez modifier vos précédentes déclarations ? questionna Travis.

— Non. Je vous ai dit la vérité : Tom et Talia semblaient s'entendre à merveille.

Il se tassa sur sa chaise.

— Mais si vous me demandez si je pense que Tom pourrait tuer quelqu'un… Peut-être. Je veux dire qu'il a un casier judiciaire et un très mauvais caractère. S'ils se sont disputés, peut-être l'a-t-il poussée et, en tombant, elle se serait cogné la tête ?

Il regarda le shérif comme pour qu'il confirme.

— Mlle Larrivee a été tuée par balle, dit Travis. Chico possédait-il une arme ?

Allerton hésita.

— Monsieur Allerton, Tom Chico possédait-il une arme ? répéta Travis.

— Je n'aurai pas d'ennuis, si ? Je veux dire, les anciens taulards ne sont pas censés avoir des armes à feu, n'est-ce pas ? Et Tom en avait bien une. Je le savais, mais je n'ai rien dit, parce que… eh bien, parce que je préférais ne pas me disputer avec un homme qui a mauvais caractère et est armé.

— Quel genre d'arme ? demanda Travis.

— Je ne sais pas, répondit Allerton.

— Combien de temps avez-vous été dans l'armée, monsieur Allerton ?

— Quatre ans. Et je saisis votre raisonnement. Je devrais être familier des armes, mais je n'ai jamais vu celle-là hors de son étui et j'ai fait en sorte de ne jamais la regarder de près. Je ne voulais pas savoir, vous comprenez ?

— Y a-t-il autre chose que vous pouvez nous dire à propos de Tom Chico ?

— Non. En dehors du fait que je suis désolé de l'avoir rencontré.

— Nous aurons besoin de vos coordonnées, au cas où nous aurions d'autres questions, dit Travis.

— Bien sûr, bien sûr.

Il ânonna un numéro de téléphone.

— C'est mon portable. Il y a beaucoup de zones non-couvertes par ici, mais si je ne réponds pas, laissez-moi un message, je vous rappellerai, je vous le promets.

— L'adjoint Ellis va vous raccompagner, conclut Travis.

Allerton ne dit rien tandis que Shane et lui parcouraient le couloir en direction de la sortie. Shane songea que l'homme à côté de lui, visiblement ébranlé, était très différent du Trey qu'ils avaient vu au début.

Travis sortait de la salle d'interrogatoire lorsque Shane revint.

— Allons dans mon bureau, dit le shérif.

Il le suivit dans une petite pièce contenant un bureau, une étagère et deux chaises pour les visiteurs. Le bureau était rangé, avec seulement un ordinateur portable et une petite pile de dossiers, ainsi qu'une photo de l'épouse de Travis, Lacy, sur fond de montagnes.

— Tes impressions ? interrogea Travis en s'asseyant.

— Il semblait sincèrement ébranlé par la mort de Talia, dit Shane. Peut-être même effrayé.

— Effrayé de ce que nous pourrions découvrir ?

— Ou effrayé par Tom. Il s'est peut-être dit qu'il avait eu de la chance de se séparer de lui.

— Ou bien il ment à propos de tout.

— Ça se pourrait, reconnut Shane.

— Qu'est-ce que tu penses de cette histoire selon laquelle Courtney évite Lauren ?

— Peut-être est-ce vrai. Lauren dit qu'elle n'essaye pas de contrôler la vie de Courtney, et je ne les ai jamais vues ensemble pour pouvoir juger de leur relation. Mais elles étaient très proches. C'est Lauren qui faisait sa déclaration d'impôts, et elle considère que Courtney est naïve et qu'elle a été protégée toute sa vie.

— En effet, elle est naïve si elle a recommandé Tom Chico comme partenaire d'affaires, commenta Travis.

— C'est la partie de son histoire qui ne me paraît pas véridique, dit Shane. Je pense qu'il nous a dit ça parce qu'il ne veut pas que nous connaissions les véritables circonstances de sa rencontre avec Chico.

— Allerton n'a pas de casier judiciaire, dit Travis, ni comme Allerton, ni comme Allen. Mais ça peut juste vouloir dire qu'il ne s'est jamais fait arrêter. Quand j'aurai la police de Colorado Springs, je leur poserai la question. Il y a vécu un moment. Peut-être que Chico et lui se sont rencontrés là-bas.

— Tu penses que Courtney et sa fille sont en sécurité avec lui ? demanda Shane.

— Nous n'avons aucune preuve qu'elles ne le sont pas, mais ça ne ferait pas de mal de nous en assurer. Pourquoi ne passes-tu pas à la caravane pour en parler avec elle ?

— C'est ce que je vais faire.

Il pourrait peut-être rassurer Lauren et soulager un peu son inquiétude.

En milieu de matinée, Lauren se débrouilla pour visiter les boutiques les plus proches du commissariat, espérant tomber sur Shane. Elle aurait pu appeler et lui demander ce que le shérif pensait du fait qu'elle ait aperçu Courtney et Ashlyn, mais c'était toujours plus facile en face à face.

Elle faillit ne rien dire lorsque Shane déboucha sur le trottoir. Mais il se retourna et l'aperçut. Son sourire la réchauffa tout entière. Quelques longues enjambées le portèrent près d'elle.

— Quelle agréable surprise, dit-il, que fais-tu ici ?

— J'espérais te voir, répondit-elle. Rester à la maison sans savoir ce qu'il se passe me rend folle.

— Nous avons eu de nouveaux développements, dit-il.

— Tu peux m'en parler ?

— Marche avec moi, je vais te le dire.

Ils s'éloignèrent sur le trottoir, la rareté des passants faisant qu'ils pouvaient marcher côte à côte. Shane accorda son pas au sien.

— Allerton est passé au commissariat ce matin, dit-il. Il a entendu dire que nous le recherchions.

Lauren retint son souffle.

— Courtney était avec lui ?

— Non. Mais il nous a assuré qu'elle et Ashlyn allaient bien.

Elle pinça les lèvres pour s'empêcher de dire qu'elle n'en croyait rien. Mais Shane le savait déjà.

— Qu'avait-il d'autre à dire ? questionna-t-elle.

— Il a été très coopératif et a répondu à toutes nos questions.

— Il peut être charmant. Qu'avait-il à dire sur Talia ?

— Il a dit que Tom l'a emmenée voir le ranch et qu'elle était très éprise de lui. C'est cohérent avec ce que nous a dit sa meilleure amie de leur relation.

— Trey sait-il où se trouve Tom maintenant ?

— Il dit que Tom et lui se sont séparés il y a une dizaine de jours.

— Hum, pourquoi ça ?

— À cause du mauvais caractère de Tom, selon lui, mais je soupçonne que le fait qu'il n'ait pas versé sa part de l'argent a dû compter pour beaucoup dans la dispute.

— Je t'ai dit que Trey était plus intéressé par l'argent que par toute autre chose. C'est pour ça qu'il s'en est pris à Courtney.

— Il a dit que c'est Courtney qui lui a présenté Tom. Je suis content de t'avoir rencontrée parce que je voulais te poser la question.

Elle fit halte et le regarda.

— Tu plaisantes ! Comment Courtney pourrait-elle connaître un ancien taulard comme Chico ?

— Allerton a dit que Tom fréquentait la même église qu'elle et qu'elle essayait de l'aider. Est-ce quelque chose qu'elle aurait pu faire ?

— Oui et non. Je veux dire que Courtney a effectivement bon cœur et qu'elle essaye d'aider les gens. Mais elle ferait plutôt des choses comme garder un enfant quand sa mère a un entretien d'embauche ou se porter bénévole dans une banque alimentaire. Elle ne prend pas d'anciens taulards sous son aile. Et j'affirme qu'elle ne m'a jamais parlé de quelque chose comme ça.

— Elle ne te l'a peut-être pas dit parce qu'elle savait que tu désapprouverais.

Peut-être. Il semblait que Courtney lui avait caché beaucoup de choses, comme l'étendue de ses sentiments pour Trey Allerton.

— Je me fiche de Tom Chico, dit-elle. Trey a-t-il dit où étaient Courtney et Ashlyn ?

— Il a dit qu'elles l'attendaient au ranch. Apparemment, il a réparé la caravane pour qu'ils puissent y vivre.

Ils se remirent à marcher.

— J'ai vu la caravane mercredi, dit-elle. Je m'y suis

arrêtée en allant voir Kramer. Cet endroit n'est pas en état de servir de logement. Et c'était désert.

Elle s'attendait à moitié à ce qu'il s'agace ou qu'il la sermonne pour être retournée au ranch après qu'on avait braqué une arme sur elle, mais il ne dit rien.

— J'y vais cet après-midi vérifier son histoire, dit-il. J'espère pouvoir parler à Courtney.

Elle lui prit le bras.

— Laisse-moi venir avec toi. Je t'en prie. Si Courtney et Ashlyn sont là, je dois les voir.

Il hésita.

— Qu'est-ce qu'il y a ? demanda-t-elle en le regardant.

— Allerton a dit que Courtney ne veut pas te voir. Qu'elle veut t'éviter.

Elle lâcha son bras.

— C'est un mensonge.

— Tu disais qu'elle est partie avant que tu puisses lui parler hier.

— Elle n'a aucune raison de m'éviter.

— Elle sait que tu n'approuves pas sa relation avec Allerton. Pour certains, ce serait assez.

Elle secoua la tête. Comment pouvait-elle convaincre Shane que Courtney n'était pas comme ça ? Toutes deux ne s'étaient jamais disputées au sujet d'Allerton, et si Lauren avait tenté de formuler ses inquiétudes, elle avait toujours reconnu que c'était à Courtney de décider.

— Je veux seulement m'assurer qu'elle est heureuse et en sécurité, dit-elle. Emmène-moi avec toi. Si Courtney est là, tu verras par toi-même que nous avons toujours de bonnes relations.

— J'y vais pour interroger un témoin potentiel dans une affaire de meurtre, répondit-il. Je ne peux pas t'emmener.

— Parfait. J'irai moi-même, alors.

Elle prit ses clés dans son sac.

— Tout de suite.

Il lui prit la main.

— Non.

Les larmes lui montèrent aux yeux.

— S'il te plaît. Je n'interférerai pas dans ton travail. Mais c'est la seule raison pour laquelle je suis venue à Eagle Mountain.

Il lui pressa la main.

— D'accord. Mais tu resteras dans la voiture tant que je ne serai pas sûr que tout va bien.

— Naturellement.

Ils parlèrent peu sur le trajet, mais ce n'était pas un silence inconfortable. Le bourdonnement bas de la radio fournissait un arrière-plan à leurs rares échanges sur le paysage et le match de la veille, des sujets anodins qui les soulageaient temporairement du stress de cette expédition.

Shane ralentit en approchant du ranch Russell.

— Je vais m'arrêter une minute et demander à M. Russell s'il a entendu ou vu quelque chose.

Samuel Russell se tenait devant la maison, regardant un jeune homme tailler les branches d'un peuplier d'Amérique. Il se dirigea vers eux quand Shane arrêta la voiture.

— Bonjour, shérif adjoint.

Se penchant pour regarder à travers la vitre que Shane avait baissée, il salua Lauren.

— Madame. Que puis-je faire pour vous ?

— Je voulais savoir si vous aviez entendu parler de ce qui se passe sur le terrain que vous avez loué, dit Shane.

— Mon contremaître m'a dit qu'ils ont fait quelques travaux, répondit Russell. Ils l'ont engagé pour des petits boulots, mais je n'en sais pas beaucoup plus. Ils ne m'ont pas dérangé, et j'essaye de m'occuper de mes affaires.

— Avez-vous parlé à l'un d'entre eux récemment ? questionna Shane.

— Non.

Les rides du vieil homme se creusèrent un peu.

— Ils ne sont pas impliqués dans le meurtre de cette fille, n'est-ce pas ?

— Nous n'en savons rien, répondit Shane. Nous aimerions parler à Tom Chico, le plus vieux, à ce sujet. Si vous le voyez, appelez-nous, d'accord ? N'essayez pas de lui parler vous-même.

Russell acquiesça.

— C'est ce que je ferai. Je n'ai jamais aimé l'allure de ce type. J'aurais dû écouter mon instinct, je pense.

La porte de la maison s'ouvrit, et une jeune femme avec une longue tresse noire sortit sur le porche.

— Papa ? appela-t-elle. Tout va bien ?

— Ma fille, Willow.

Russell se redressa.

— Tout va bien, dit-il à voix haute.

Puis, baissant la voix, il ajouta à l'intention de Shane :

— Ne lui dites rien de tout ceci. Elle m'embête sans arrêt parce que je vis tout seul, même si je ne suis pas vraiment seul avec les employés.

La femme les observait depuis le porche, mais ne fit pas mine de les rejoindre.

— Je vous laisse, dit Shane. Nous allons au terrain. Si vous voyez Chico, tenez-nous au courant.

— Je n'y manquerai pas. Faites attention à vous.

— C'est un homme si gentil, dit Lauren quand ils reprirent la route. J'espère que Trey et Tom le laisseront tranquille.

— J'ai le sentiment qu'il sait comment se protéger, dit Shane. La plupart des ranchers le savent.

La zone autour de la caravane avait l'air aussi déserte que d'habitude. Shane s'arrêta dans l'allée, puis fit demi-tour en sorte d'orienter leur véhicule vers la sortie. Il laissa le moteur en marche, et tous deux contemplèrent le vieux mobile home.

— C'était comme ça la semaine dernière, quand tu es venue ? demanda Shane.

— Oui. Et la fois d'avant aussi. Bien que la dernière fois, la porte fût fermée à clé.

Il lui lança un regard signifiant son incrédulité à l'idée qu'elle ait tenté d'entrer, mais ne dit rien. Finalement, il coupa le moteur mais laissa la clé sur le contact.

— Je vais aller frapper.

Elle le regarda approcher de la caravane. Il était grand, sportif, décontracté. Il défit le rabat de son holster et gravit les marches avant de frapper fort à la porte.

Lauren était certaine que la caravane était vide, mais la porte s'entrouvrit au bout de quelques secondes. Courtney apparut dans l'entrebâillement, aussi belle que toujours. Le soulagement qui envahit Lauren la poussa à descendre de voiture avant même de réfléchir. Shane se retourna et lui dit quelque chose, mais elle était trop concentrée sur Courtney pour saisir ce qu'il disait.

— Dieu merci, tu vas bien, dit-elle.

— Bonjour Lauren, répondit Courtney.

Elle ne souriait pas, mais ne semblait pas fâchée non plus. Courtney fit un pas en arrière et tint la porte ouverte.

— L'adjoint Ellis me disait qu'il voulait m'interroger. Vous feriez mieux d'entrer.

19

Shane aurait pu réprimander Lauren, mais il décida d'économiser son souffle. Une fois dans la caravane, les deux femmes s'embrassèrent. L'affection entre elles lui parut sincère. Depuis la porte, il voyait bien le visage de Courtney et il aurait dit que son expression reflétait le soulagement.

Elles se séparèrent finalement, bien que Lauren garde la main de Courtney dans la sienne. À cet instant, une petite fille, pieds nus et portant une robe rose, de longues boucles blondes encadrant son visage de chérubin, entra en courant dans la pièce et se jeta sur Lauren, qui la souleva en l'air en riant.

— Ashlyn, comme tu as grandi !

Elle serra l'enfant contre elle, puis regarda Courtney.

— J'ai entendu dire qu'elle était malade, je me suis inquiétée.

Courtney parut surprise.

— Comment l'as-tu appris ?

— Peu importe. Elle va bien, maintenant, n'est-ce pas ?

— Bien sûr. Ce n'était qu'une petite gastro. Elle adore vivre ici, dans la nature.

Elle caressa les boucles de sa fille.

— Ma petite sauvage…

Lauren hissa Ashlyn sur une hanche et regarda autour d'elle.

— Depuis combien de temps vivez-vous ici ?

— Quelques nuits, seulement, répondit Courtney. C'est temporaire, jusqu'à ce que nous puissions construire une maison. Entrez et asseyez-vous.

Les deux femmes et l'enfant s'assirent sur un sofa à carreaux usé, tandis que Shane prenait l'unique siège restant dans la pièce, une chaise pliante en métal.

— Où étais-tu avant d'emménager ici ? demanda Lauren. Pourquoi n'as-tu pas répondu à mes appels et mes textos ?

— Nous avons beaucoup bougé, répondit Courtney. Je voulais te répondre, mais nous étions tellement occupés.

Elle haussa les épaules.

— Le moment n'était jamais le bon.

Elle se tourna vers Shane.

— Que vouliez-vous me demander, monsieur Ellis ?

Lauren eut l'air blessée. Shane se força à détourner son attention d'elle. Il avait une tâche à mener à bien.

— Trey Allerton est passé au commissariat ce matin pour répondre à quelques questions.

— Oui, il m'a dit qu'il allait vous voir, répondit Courtney.

Lauren contemplait la pièce. *Quelqu'un avait nettoyé depuis la dernière fois*, songea Shane.

— Où est Trey, maintenant ? questionna Lauren.

— Il avait des courses à faire, répondit Courtney. Je ne l'attends pas tout de suite.

— J'aimerais vous poser quelques questions alors. Le commissariat enquête sur le meurtre de Talia Larrivee, et vous êtes l'une des dernières personnes à l'avoir vue vivante.

— Ashlyn, ma chérie, tu dois aller jouer dans ta chambre maintenant, dit Courtney.

— Mais je veux rester avec tante Lauren !

— Je vais venir avec toi, dit Lauren.

Elle se leva.

— Je veux voir ta chambre.

Shane lui adressa un regard reconnaissant, puis se tourna vers Courtney.

C'était une femme menue, avec des traits délicats, un teint de porcelaine et des yeux bleu très clair.

— Lauren s'est beaucoup inquiétée pour vous, dit-il quand Lauren et Ashlyn eurent quitté la pièce.

— Je sais.

Courtney ramena une longue mèche de cheveux blonds derrière son oreille.

— C'est son métier d'infirmière. Elle a l'impression qu'elle doit veiller sur tout le monde. Mais Ashlyn et moi allons très bien, je vous assure.

— Vous ne semblez pas choquée d'apprendre que Talia est morte.

— Le meurtre est une chose horrible, dit-elle. Terrifiante. Mais nous avons appris la nouvelle il y a quelques jours.

— Comment l'avez-vous apprise ?

— Trey a apporté un journal qui en parlait.

Allerton avait donc feint la surprise au commissariat.

— Talia était-elle à l'aise avec Tom ? Avait-elle peur de lui ?

— Je ne pense pas qu'elle avait peur de quoi que ce soit.

Elle secoua la tête.

— Je ne l'aimais pas vraiment. C'est horrible à dire de quelqu'un qui est mort, n'est-ce pas ? Mais c'est la vérité. Je la trouvais vulgaire. Elle était toujours en train d'embrasser Tom et de se coller à lui et, au moins une fois, je suis sûre qu'ils avaient bu. Ce n'est pas le genre de comportement que je souhaite qu'Ashlyn voie. Je l'ai dit à Trey, et il m'a promis de leur en parler.

Des rires s'élevèrent à l'autre bout du couloir. Courtney regarda dans cette direction et sourit.

— Lauren manquait beaucoup à Ashlyn, dit-elle. Merci de l'avoir amenée avec vous.

— Trey Allerton nous a dit que vous évitez Lauren, que vous lui en voulez d'interférer dans votre vie.

Une lueur dc panique vacilla dans ses yeux bleus.

— C'est Trey qui lui en veut de cela. Moi je sais que Lauren s'inquiète seulement de mon bien-être.

— Vous semblez pourtant l'éviter. Elle vous a vue au terrain de jeu hier, et vous êtes partie avant qu'elle puisse vous parler. Et si vous aviez vraiment voulu répondre à ses appels et ses textos, vous auriez trouvé le temps de le faire.

Courtney frotta les paumes de ses mains sur ses cuisses.

— Parfois il est plus facile de rester à l'écart que d'affronter le conflit. Je n'en suis pas fière, mais c'est vrai.

— Le conflit avec Lauren ?

— Et avec Trey. Il préférerait que je ne la voie pas.

— Essaye-t-il de vous empêcher de voir votre famille et vos amis ? questionna Shane.

— Bien sûr que non, répondit-elle. Il dit seulement, et je suis d'accord avec lui, que tant que nous essayons de faire sortir ce projet de terre, nous ne devons pas céder aux distractions. Et je sais que Lauren est déçue par mes décisions. Alors je suppose que je suis lâche et que j'essaye d'éviter la confrontation, à la fois avec elle et avec Trey.

Elle haussa les épaules.

— Ce n'est pas une situation idéale, mais Ashlyn et moi allons très bien, je vous le promets. Quand le ranch ouvrira, cela en aura valu la peine.

— Où logiez-vous entre le moment où vous avez quitté le Ranch Inn et celui où vous avez emménagé ici ?

Elle avait donné une réponse vague à Lauren, mais il n'allait pas la laisser s'en sortir comme ça.

— Nous avons séjourné dans un bungalow près de Telluride pendant une semaine, puis dans plusieurs motels à Rico et à Dolores.

Elle regarda autour d'elle.

— Je sais que cela a l'air d'une dégringolade par rapport à là où nous vivions, mais les choses matérielles n'ont pas d'importance pour moi. Ce qui compte, c'est faire de ce ranch et de l'aide à ces enfants une réalité.

— Parlez-moi du ranch, demanda Shane.

Il avait entendu les versions de Lauren et d'Allerton, mais il était curieux de connaître la vision de Courtney.

— C'est une idée que Trey et mon défunt mari, Mike, ont eue en Afghanistan, dit-elle. Y penser, c'était une manière pour eux de se distraire de ce qu'ils vivaient là-bas. Ce sera un refuge où les petits citadins et les enfants qui ont souffert de traumatisme pourront venir se détendre et passer du temps dans la nature. Nous aurons des chevaux et un étang où pêcher, des sentiers de randonnée et des activités comme l'archerie et l'escalade. Nous aurons aussi des thérapeutes formés qui pourront aider les enfants. Ce sera vraiment magnifique.

Son expression était devenue rêveuse à mesure qu'elle parlait, comme si elle ne voyait plus la caravane minable, mais le camp à venir.

— Il faut beaucoup d'argent pour bâtir quelque chose comme ça, remarqua Shane.

Elle haussa les épaules.

— J'ai beaucoup d'argent. Ou plutôt Mike en avait. Je veux l'utiliser pour créer quelque chose dont il aurait été fier.

— Je crois avoir compris que cet argent est dans un fonds fiduciaire, reprit Shane.

Elle soupira.

— Oui. Cela rend les choses difficiles. Mais Trey fait tout son possible pour trouver les fonds dont nous avons besoin.

— Que fait-il pour obtenir cet argent ?

— Il faudra lui poser la question. Je ne me mêle pas de cet aspect des choses.

— Vous avez envoyé un texto à Lauren qui l'a bouleversée,

dit Shane. Elle m'a dit que c'était un appel au secours, parce que vous vous référiez à votre mari comme Michael et à vous-même comme Court, des prénoms que vous n'utilisez normalement pas.

Elle se rembrunit.

— Je n'aurais jamais dû envoyer ce message. J'étais contrariée ce jour-là.

— À propos de quoi ?

Elle posa les mains sur ses genoux.

— Tom était là, et Trey et lui se disputaient. J'avais peur. Puis il est parti, et les choses se sont améliorées.

— Quand Tom est-il parti ?

Elle fit la moue.

— Il y a une semaine ? Un peu plus ? Trey et lui ont eu une grosse dispute à propos de l'argent. Tom était censé contribuer au projet et il ne l'a pas fait.

— Talia était-elle avec Tom, ce jour-là ?

— Oui. Elle était toujours avec Tom la dernière semaine qu'il a passée ici.

Shane prit une carte dans sa poche et la lui tendit.

— Si vous avez besoin de quoi que ce soit, appelez-moi.

Elle lut la carte, puis la glissa dans sa poche.

— C'est très gentil à vous, mais je suis sûre que ce ne sera pas nécessaire.

Elle lui adressa un regard direct.

— Lauren pense que je suis fragile et naïve, mais ça, c'était la femme que Mike a épousée. Je suis seule depuis un moment maintenant, quand Mike était en Afghanistan et depuis sa mort. J'ai beaucoup mûri. Je crois toujours au meilleur chez les gens, mais ce n'est pas la même chose que d'ignorer qu'ils peuvent mal se comporter.

Elle se leva.

— Je suis sûre que vous avez du travail, alors allons chercher Lauren.

Lauren et Ashlyn étaient assises sur le sol de la petite pièce à gauche, une collection de poupées entre elles. Lauren faisait des nattes à une poupée aux cheveux roses, tandis qu'Ashlyn peignait la crinière violette d'une autre.

— Il est l'heure que tante Lauren s'en aille, dit Courtney. Dis-lui au revoir.

— Mais je veux pas qu'elle s'en aille ! s'écria Ashlyn.

Lauren regarda Shane puis Courtney et se leva.

— Je reviendrai bientôt jouer avec toi, dit-elle. Si ta maman est d'accord.

— Bien sûr, répondit Courtney. On pourra même venir te voir.

— Je l'espère.

Lauren posa les mains sur les épaules de Courtney.

— Ça se passe vraiment bien ici, pour toi, toute seule ?

Courtney hocha la tête.

— Je vais bien. J'étais bouleversée quand Tom était là. J'ai dit à M. Ellis que c'est pour ça que j'ai envoyé ce message bizarre. Mais tout va bien maintenant. Je sais que Trey n'est pas l'homme que tu préfères, mais lui et moi faisons de gros efforts pour faire du ranch une réalité.

Elle sourit, une expression qui illumina son visage.

— Je n'ai pas été aussi enthousiaste depuis longtemps. Mike en aurait été fier. On va donner son nom au centre, je te l'avais dit ?

Lauren secoua la tête. Contrairement à sa belle-sœur, elle avait l'air atterrée. Elle déglutit avec effort et esquissa un sourire mécanique.

— Appelle-moi si tu as besoin de quelque chose, dit-elle. Et restons en contact.

— Je le ferai. C'est difficile parce que le réseau est très mauvais par ici. Mais je ferai de mon mieux.

Elle tapota l'épaule de Lauren.

— Et ne t'inquiète pas. Tout va bien.

Lauren resta silencieuse tandis qu'ils retournaient à la voiture. Arrivé à la route, Shane tourna à droite.

— Je voudrais revoir la scène de crimc, expliqua-t-il. Ça ne t'ennuie pas d'attendre dans la voiture ?

Elle acquiesça. Il chercha quelque chose à dire pour la réconforter.

— Courtney a l'air d'aller bien. Elle semble savoir ce qu'elle fait.

— Ça m'inquiète toujours de les savoir seules avec cet homme. Et que Trey lui ait fait croire que ce ranch était l'idée de Mike, ça me rend folle.

Elle inspira fortement et se redressa.

— Mais c'est une adulte. Elle a le droit de prendre ses propres décisions. Et je suppose que je me sens mieux, sachant que Tom n'est plus dans les parages. Au moins, Trey a pris la bonne décision en se débarrassant de lui.

— Ils semblent très sérieux au sujet du ranch.

— Courtney est sérieuse. Je me méfie toujours de Trey, mais je suppose qu'il faudra attendre de voir.

Il avait envie de lui demander si elle allait retourner à Denver, maintenant qu'elle avait parlé à Courtney et vu par elle-même qu'Ashlyn et elle allaient bien. Il serra le volant entre ses doigts. Il n'était pas prêt à entendre sa réponse. Bien sûr, les gens avaient des histoires d'amour à distance, et Denver n'était qu'à six heures de voiture, mais ce ne serait pas la même chose que de l'avoir toujours à ses côtés et de passer toutes les nuits avec elle comme ils en avaient pris l'habitude.

Du ruban jaune palpitait dans l'air, marquant le chemin du bungalow en ruine où l'on avait trouvé le corps de Talia. Shane gara la voiture à l'ombre d'un pin noueux, baissa les vitres et coupa le moteur.

— Ça va me prendre un moment de monter là-haut et d'en redescendre.

— Tout ira bien. Quand on ne sait pas ce qu'il s'est passé ici, c'est vraiment paisible.

Elle le regarda.

— Tu cherches quelque chose de particulier ?

Il secoua la tête.

— Je veux juste revoir la scène et réfléchir à la manière dont ça s'est passé. Me rafraîchir la mémoire.

Cela ne les aiderait sans doute pas à trouver Chico, mais il se disait que cela renforcerait sa détermination à résoudre le crime. Le drame qui se jouait entre Allerton, Courtney et Lauren n'avait rien à voir. Il devait penser à Talia et à Tom, qui avait de plus en plus l'air d'un assassin.

Lorsque Shane eut disparu, Lauren contempla le paysage silencieux et tenta de laisser la paix de l'endroit l'envahir. Elle avait vu Courtney et Ashlyn. Toutes deux étaient en sécurité et apparemment heureuses de la vie qu'elles menaient. Elle avait fait ce qu'elle était venue faire à Eagle Mountain et elle aurait dû être satisfaite.

Mais elle avait le sentiment d'une perte. C'était bon de voir Courtney non plus écrasée par le chagrin, mais remplie de force. Mais il y avait une nouvelle distance entre elles. Courtney avait une vie différente désormais, et elles ne seraient plus jamais liées comme elles l'avaient été. Lauren devrait apprendre à l'accepter, mais pour l'instant, elle s'autorisait à céder au chagrin.

— J'ai fait ce que j'ai pu, Mike, murmura-t-elle. Je l'ai cherchée aussi longtemps qu'il le fallait, mais je crois qu'elle est prête à tourner la page.

Elle aussi allait devoir tourner la page.

Il faisait chaud dans la voiture, même à l'ombre. Elle ouvrit la portière et laissa la brise la rafraîchir, puis se leva et s'étira. Elle avait passé deux semaines à Eagle Mountain et ne s'était jamais aventurée aussi loin dans les montagnes. Elle demanderait à Shane de l'emmener faire une randonnée.

Quelque chose bougea derrière elle, et elle se retourna, s'attendant à voir Shane. Mais c'était un homme plus âgé qui se tenait près de la voiture. Avec des cheveux plus sombres, un teint olivâtre, des bras couverts de tatouages et une cicatrice en travers de la joue droite.

Tom Chico.

Elle fit un pas en arrière.

— Que voulez-vous ? demanda-t-elle.

Son regard glissa sur elle, sur la voiture, puis revint se poser sur elle. Avant qu'elle puisse réagir, il s'avança et la saisit par le bras.

— Pour l'instant, c'est vous que je veux.

Une heure après avoir quitté Lauren, Shane acheva son inspection et reprit le chemin à vive allure. Il était presque arrivé quand il s'immobilisa, frappé par le silence environnant. La portière passagère de la voiture était ouverte, et le véhicule semblait vide.

— Lauren ! cria-t-il.

Pas de réponse. Il se mit alors à courir.

— Lauren ! cria-t-il à nouveau, en regardant autour de lui.

Le cœur battant, il survola le chemin des yeux dans les deux sens. S'était-elle glissée dans les fourrés pour se soulager ? Avait-elle décidé de repartir voir Courtney ?

Il secoua la tête. La caravane était à plusieurs kilomètres. Et si Lauren était allée se soulager, elle ne se serait pas éloignée au point de ne plus pouvoir l'entendre.

Réfléchis ! s'ordonna-t-il. *Raisonne comme un flic.*

Il étudia la zone autour de la voiture, mais le gravier rouge ne montrait pas de traces de pas ni de signes de lutte. La surface était trop dure pour qu'il y ait des empreintes de pneus. Finalement, il renonça. Cet examen ne le menait nulle part. Il tenta d'allumer la radio mais n'obtint que de la friture. Il allait devoir redescendre pour capter le réseau et appeler à l'aide.

Il conduisit aussi vite qu'il l'osa sur la route cahoteuse, soulevant du gravier derrière lui. Il tourna pour entrer sur le terrain de la mine de la Pleine Lune. Martin Kramer tamisait un tas de cailloux près de sa cabane. Il leva les yeux quand la voiture de Shane s'arrêta bruyamment à côté de lui.

— Je cherche Lauren Baker, la femme qui vous a rendu visite l'autre jour, dit précipitamment Shane.

— Pas vue, répondit Kramer.

— Vous avez vu quelqu'un aujourd'hui ? N'importe qui ?

— Non. Pour une fois, c'était tranquille.

— Si vous voyez Lauren, allez chez les voisins et appelez le 911, dit Shane.

Il repartit sans attendre et descendit à la caravane. Courtney en sortit.

— Lauren a disparu, lui dit-il. Je l'ai laissée dans la voiture pendant que j'inspectais la mine Sanford, et quand je suis revenu, elle avait disparu. Vous l'avez vue ?

— Non.

Courtney secoua la tête, le visage pâle.

— Je ne comprends pas. Vous pensez qu'elle s'est éloignée ?

— Vous croyez qu'elle ferait ça ?

— Non.

— J'ai peur qu'on l'ait enlevée.

Il retourna à sa voiture.

— Si vous la voyez, appelez-moi.

Il n'y avait personne à la yourte des Olsen. Shane cria le nom de Lauren et chercha quelque chose indiquant qu'elle serait venue là, mais il n'y avait rien.

Finalement, il alla au ranch Russell. Lorsque Willow ouvrit la porte, Shane demanda :

— Vous avez une ligne fixe ? Je peux m'en servir ?

— Bien sûr.

Elle ouvrit plus grand la porte pour le laisser entrer.

— Qu'est-ce qu'il se passe ? demanda Russell quand Shane entra dans le salon.

Il était assis dans un fauteuil, un petit fox-terrier sur les genoux. Sans répondre, Shane composa le numéro personnel du shérif. Lorsque Travis décrocha, Shane se força à parler.

— Lauren a disparu, dit-il. Nous étions sur la scène de crime. Je l'ai laissée seule quelques instants, et quand je suis revenu, elle n'était plus là.

Il l'avait quittée, et elle avait disparu. Il priait pour que cela ne le hante pas jusqu'à la fin de ses jours.

Tom sentait la sueur et le feu de bois. Le bandana qu'il avait enfoncé dans la bouche de Lauren avait un goût de terre. Elle préférait ne pas y penser de peur de vomir. Il l'entraînait à toute vitesse, les doigts plantés dans son bras. Elle était persuadée qu'il voulait lui faire du mal. Était-ce ce que Talia avait éprouvé avant qu'il l'abatte ?

Elle repoussa aussi cette pensée. Il ne fallait pas qu'elle cède à la terreur. Elle devait prêter attention à son environnement, pour comprendre où il l'emmenait. Mais rien dans ce paysage ne lui semblait familier. Ils traversaient des bois de conifères, marchant sur des roches rouges ou grises, apercevant de temps en temps le ciel bleu et des vallées vertes. Ils grimpèrent pendant quelque temps, respirant fort à cette altitude, et traversèrent une petite rivière que les minéraux teintaient d'orange. Ils ne suivaient pas un chemin discernable, mais Tom semblait savoir où il allait. Chaque fois qu'elle le pouvait, elle se frottait contre les arbres ou traînait les pieds, espérant laisser des traces que d'autres pourraient suivre.

Sans qu'elle sache exactement au bout de combien de temps, il finit par s'arrêter. Il la poussa devant lui dans d'épais taillis. Elle tenta de se protéger le visage avec ses mains, mais des épines agrippèrent ses vêtements et lui transpercèrent la peau.

Puis elle déboucha dans une petite clairière, avec un foyer entouré de pierres au centre et une tente en nylon vert érigée d'un côté. Tom lui retira le bandana de la bouche.

— Criez autant que vous voulez, maintenant, dit-il. Personne ne vous entendra.

— Que me voulez-vous ? demanda-t-elle, effrayée à l'avance par sa réponse.

— J'ai besoin de vous pour me débarrasser des flics.

Il s'assit sur le sol devant la tente et lui fit signe de faire de même.

— Vous feriez bien de vous détendre, dit-il. Ça va leur prendre un moment de nous retrouver.

Elle contempla les fourrés autour d'eux. Pourrait-elle s'y jeter et refaire le trajet inverse en courant ?

— Si vous essayez de courir, je vous tire dessus, dit-il.

Et il ouvrit sa veste pour lui montrer le pistolet qu'il portait à la ceinture.

— Mieux vaut attendre.

— Attendre quoi ?

Elle s'assit aussi loin que possible de lui, le dos appuyé contre un tronc d'arbre.

— Ce flic avec qui vous étiez et ses copains vont finir par nous retrouver. Alors on passera un marché.

Elle voulait qu'il continue à parler. Tant qu'il parlait, il ne lui faisait pas de mal.

20

Shane se rappela que même s'il avait envie de foncer droit devant lui, s'agiter sans savoir quelle direction prendre pouvait détruire des indices et même mettre la vie de Lauren en danger. Il se força donc à attendre les trois quarts d'heure interminables qu'il fallut à Travis et à Gage pour arriver.

Il leur répéta alors ce qu'il s'était passé : il était allé étudier la scène de crime, n'avait pas trouvé de nouvel indice et était revenu à la voiture où il avait laissé Lauren.

— La portière passagère était ouverte, et elle avait disparu. Elle n'a pas répondu à mes appels.

Le shérif ne demanda pas pourquoi il avait emmené une civile pour interroger un témoin.

— Faisons venir un chien pisteur, dit-il. Gage, vois si Lorna Munroe de Search et Rescue est disponible. Si on peut avoir une idée de la direction dans laquelle Lauren est partie, on pourra mieux cibler les recherches.

D'autres adjoints arrivèrent, et ils passèrent l'heure suivante à ratisser les abords du parking. Ils trouvèrent une bouteille d'eau vide, un lacet de chaussure, un emballage de bonbon et un morceau de mètre mesureur. Rien qui soit lié à Lauren, mais tout fut dûment catalogué. Gage revint pour dire que Lorna Munroe et sa chienne, Daisy, étaient en chemin.

— Que penses-tu qu'il se soit passé ? demanda Gage, bien que Shane ne sût pas à qui il s'adressait.

— Les enlèvements aléatoires se produisent, répondit Travis. Mais étant donné l'isolement du lieu, cela semble peu probable.

— Qui aurait pu traîner autour de la scène de crime ?

— Le meurtrier.

Shane n'avait pas eu l'intention de prononcer le mot à voix haute, mais personne ne réagit ou n'essaya de nier cette possibilité.

— Tom Chico doit savoir qu'on le recherche, poursuivit-il. C'est notre suspect numéro un dans le meurtre de Talia. Il a peut-être aussi assassiné Samantha Morrison.

Il grinça des dents, incapable d'aller plus loin. Si un homme comme lui détenait Lauren… Travis lui posa une main sur l'épaule.

— Tu veux retourner en ville ?

— Non !

Il ne voulait pas partir tant qu'on n'aurait pas retrouvé Lauren.

— Alors gravis cette pente avec Dwight et vois si tu peux distinguer quelque chose d'en haut.

Il désignait un point en hauteur, à un demi-kilomètre de là.

C'était une tâche ardue, quelque chose qui tiendrait occupé son corps, sinon son esprit. Reconnaissant, il partit avec Dwight à l'assaut du pic, où ils eurent un aperçu du paysage et comprirent à quel point il serait difficile d'apercevoir quoi que ce soit dans les forêts touffues et les bosquets éparpillés.

Quand ils revinrent une heure plus tard, d'autres voitures s'étaient rassemblées sur le parking.

— Quand Lorna et sa chienne reviendront de leur reconnaissance, on entamera les recherches, déclara Travis. Elle devrait pouvoir nous donner une idée de la direction à suivre. Par groupes de quatre, tout le monde armé et sur le qui-vive. Pas de civils cette fois, car nous ne savons pas ce que nous allons trouver. Shane, tu viens avec moi, Dwight et Jamie. Gage, reste ici pour coordonner la situation.

Ils se retournèrent en entendant quelqu'un approcher. Un grand chien marron, avec de longues pattes et des oreilles pendantes, surgit des bois et trotta vers eux. Une petite femme d'âge moyen avec des cheveux blonds coupés court émergea à sa suite, suivie de l'adjoint Wes Landry.

— Il y a une bonne piste par là, dit-elle, indiquant le nord-est. Daisy n'a aucun mal à la suivre. Elle est si nette que je lui ai fait faire demi-tour pour aller vous chercher. Je ne voulais pas tomber toute seule sur des problèmes.

— Vous êtes d'accord pour nous conduire, Lorna ? demanda Travis. Nous ne savons pas ce que nous allons trouver. Je vous demanderai de rester en arrière s'il y a des signes de violences, mais je ne peux pas vous garantir que vous ne serez pas impliquée si ça tourne mal.

— Je suis formée à ce genre de choses, dit-elle.

Elle regarda par-dessus son épaule, dans la direction dont elle venait.

— C'est une bonne piste. Je pense qu'on peut la trouver.

Ils se mirent en route, Lorna et sa chienne en tête avec le shérif, et Shane fermant la marche. Ils se déplaçaient rapidement, car la chienne courait devant eux, s'arrêtant de temps en temps pour les attendre.

— Vous savez si elle suit une personne ou deux ? demanda Dwight.

— Impossible à dire, répondit Lorna. On lui a dit de pister Lauren, alors elle suit l'odeur du sac à main et de la bouteille d'eau que lui a montrés Travis. Mais s'il y a quelqu'un avec elle, elle pourrait suivre aussi son odeur, surtout si elle est plus forte.

— Mais vous êtes sûre qu'elle suit toujours l'odeur de Lauren ? demanda Travis.

— C'est une pisteuse expérimentée, dit Lorna. Elle peut perdre une odeur trop faible, mais je ne l'ai jamais vue suivre une fausse piste.

— Hé, j'ai quelque chose, cria Jamie.

Ils se tournèrent tous vers elle, et elle désigna un buisson en bordure du chemin.

— Il y a un fil bleu ici.

Shane s'approcha et fixa le fil accroché à une brindille.

— Lauren porte un T-shirt de cette couleur, dit-il.

— Marquez-le, ordonna Travis. En cas de besoin, on pourra revenir plus tard.

Ils continuèrent de suivre la chienne, qui marchait fièrement en avant. Jamie ralentit pour se rapprocher de Shane.

— Le shérif doit s'attendre à des problèmes s'il nous a tous emmenés, dit-elle.

— Je pensais la même chose, répondit Shane.

— Si on a bien enlevé Lauren, c'est sans doute un homme seul. On aura l'avantage du nombre.

Au bout d'une heure de marche environ, Daisy s'arrêta et s'assit.

— Qu'est-ce qu'elle fait ? questionna Dwight.

— Elle est allée aussi loin qu'elle pouvait, dit Lorna.

Elle prit une récompense dans une poche à sa ceinture et la donna à la chienne. Travis contempla les épais fourrés.

— Vous voulez dire qu'elle a perdu la piste ?

— Elle ne l'a pas perdue, dit Lorna. Elle ne peut pas aller plus loin.

Elle désigna la végétation devant eux.

— Elle ne peut pas passer à travers ces buissons d'églantine.

— Je pense que quelqu'un a dû les traverser, remarqua Jamie en indiquant une branche cassée. Et il n'y a pas très longtemps.

À cet instant, un hurlement de femme s'éleva, long, aigu et terrifiant.

Un instant, Lauren était assise sur le sol, essayant de ne pas penser au caillou qui lui rentrait dans les fesses et se demandant comment Tom prendrait le fait qu'elle se lève et fasse quelques pas, le suivant. Il l'avait saisie par le bras, l'avait brutalement relevée et lui pressait un couteau sur la gorge.

— Hurlez ! lui ordonna-t-il.

Abasourdie, elle n'obéit pas immédiatement. Il enfonça la pointe du couteau dans sa chair et, surprise, elle poussa un glapissement.

— Il va falloir faire mieux que ça.

Il pressa plus fort la lame. Une sensation de brûlure, puis un filet humide le long de son cou. Elle hurla de toutes ses forces, jusqu'à en avoir mal à la gorge. Il y eut une commotion de l'autre côté des fourrés, puis Shane, suivi du shérif et de deux autres policiers, pénétrèrent dans la clairière.

Le couteau la mordit à nouveau, et le bras de Tom se resserra autour d'elle, au point de l'empêcher de respirer.

— N'approchez pas, dit-il. Sinon, je vous jure que je l'égorge.

À travers un voile de larmes, Lauren contempla Shane. Elle n'avait jamais vu un homme aussi en colère.

— Lâchez-la, Tom, dit le shérif. On va parler.

— C'est moi qui parle, répliqua Tom.

— J'écoute.

— Mettez-vous par là, que je puisse vous voir.

Tom agita son arme. Lauren l'observait du coin de l'œil. Ses genoux tremblaient, et elle avait du mal à respirer.

Il faut que tu sois forte, songea-t-elle. *Si tu as une chance de t'échapper, tu ne peux pas la gâcher.*

Les adjoints firent ce qu'il demandait, se rangeant en ligne de chaque côté du shérif.

— Jetez vos armes. Là, près du feu, dit Tom en faisant un geste avec le pistolet.

Lentement, avec des mouvements lents, les policiers

tirèrent leur arme de leur étui et la firent glisser vers le foyer. Lauren essayait de ne pas regarder Shane, mais son regard ne cessait de revenir à lui. À chaque fois, ses yeux étaient fixés sur elle. Ce regard constant la réconfortait, même si elle craignait que cela ne le rende plus vulnérable. Et si Tom se mettait en tête de lui faire du mal, et que Shane ne voyait pas la menace parce qu'il se concentrait sur elle ?

— Je vais vous dire ce que je veux, et ensuite vous allez me le chercher, dit Tom. Elle…

Il secoua Lauren.

— … restera ici jusqu'à ce que j'aie ce que je veux. *Tout* ce que je veux.

Travis resta silencieux, les mâchoires serrées mais le visage impassible.

— Je veux un hélicoptère et 20 000 dollars en billets non marqués dans un sac à dos. L'hélico m'emmènera à Ciudad Juarez.

— C'est tout ? demanda Travis après un long moment de silence.

— Je peux vous la faire plus compliquée, riposta Tom.

— Avez-vous tué Talia Larrivee ? lança Travis.

— Je ne réponds à aucune question.

Tom resserra sa prise sur Lauren.

— Allez-y maintenant. Vous avez du boulot.

— Libérez-la, dit Shane en avançant d'un pas. Je prendrai sa place.

— Le lanceur vedette, ricana Tom. Qu'est-ce que je ferais de toi ?

Il secoua la tête.

— Casse-toi.

Voyant qu'ils ne bougeaient pas, il leva son pistolet et le braqua non sur Lauren mais sur Shane, qui faisait une cible facile. Lauren sentit sa vision se brouiller. Poussant un hurlement, elle se plia en deux. Le coup partit, et la détonation résonna tout autour d'eux. D'autres coups de feu s'élevèrent, et dans le chaos, quelqu'un lui cria de se baisser.

Elle n'avait pas besoin qu'on le lui rappelle. À plat ventre, elle rampa vers l'orée de la clairière. Puis Shane fut avec elle, son corps recouvrant le sien. Tout se tut autour d'eux.

— Ça va, le rassura-t-elle. Dis-moi que toi aussi, je t'en prie.

— Je vais bien.

Il la serra fort contre son gilet pare-balles. Elle le dévisagea, examinant son visage pour s'assurer qu'il disait vrai.

— Il te visait directement, dit-elle.

— Et tu as dévié son arme en te baissant. Ça a été suffisant pour que je me jette à terre.

Par-dessus son épaule, elle regarda Tom Chico allongé sur le sol, une mare de sang autour de lui.

— Il est mort ?

— Je crois, oui.

Il lui releva le menton et fronça les sourcils.

— Tu saignes là où il t'a entaillée.

Elle toucha son cou et sentit une substance poisseuse.

— Ce n'est pas très profond, assura-t-elle. Je vais m'en sortir.

Même s'il se passerait un bout de temps avant qu'elle puisse fermer les yeux sans éprouver la terreur du couteau. Shane l'aida à se relever et ne la lâcha pas tandis qu'ils rejoignaient le shérif qui, debout, inspectait le camp.

— Nous savons qu'il a campé dans une autre partie du comté pendant un moment, dit-il. Il a dû s'installer ici après.

— Il m'a dit qu'il avait cassé le carter de sa voiture en heurtant un rocher et qu'il l'avait jetée par-dessus la falaise, dit Lauren. Et qu'ensuite, il a marché jusqu'ici. Il a parlé de rester là jusqu'à ce qu'il puisse chasser Kramer de sa concession, mais ensuite il m'a vue et a élaboré un autre plan.

Des voix s'élevèrent derrière eux, et les broussailles

s'ouvrirent, laissant apparaître Gage et le reste des forces de police, ainsi qu'une femme menue avec un chien.

— J'ai couru tout le long du chemin jusqu'au parking, dit Lorna à Travis. Jamais couru aussi vite de ma vie.

Le shérif posa un bras sur ses épaules et la serra contre lui.

— Vous méritez une médaille, Lorna. Merci pour tout.

— Est-ce que tout le monde va bien ?

Lorna contempla la clairière. Puis son regard se posa sur Chico, et son visage devint tout pâle.

— Retournez au parking avec Shane et Lauren, dit Travis en la faisant pivoter. Je vais m'occuper de tout ça.

Personne ne dit rien jusqu'à ce qu'ils y soient. Lorna avait repris ses couleurs et leur assura qu'elle pouvait rentrer chez elle en voiture. Elle chargea le chien dans son SUV et démarra.

— Je devrais t'emmener à l'hôpital, dit Shane.

Lauren se pencha et examina son cou dans le rétroviseur de la voiture de patrouille.

— Je n'en ai pas besoin, dit-elle. Je désinfecterai et panserai ça chez moi.

— J'imagine que oui.

Il avait encore l'air hébété, aussi l'entoura-t-elle de ses bras pour le serrer contre elle.

— Tous les quatre, vous m'avez sauvé la vie. Mais je savais que tu viendrais à mon secours. Je suis tellement heureuse que tu n'aies pas été blessé.

— Je ne me suis jamais senti aussi mal que quand j'ai dû rester là à le voir te menacer, dit-il. Enragé, impuissant et…

— Chut.

Elle pressa le bout de ses doigts sur les lèvres de Shane.

— Tout va bien. C'est fini maintenant.

— Ce n'est pas fini.

Il recula juste assez pour pouvoir la regarder dans les yeux.

— J'aurais fait n'importe quoi pour te sauver. C'est te dire combien tu comptes pour moi. Je t'aime, Lauren.

Quelque chose gonfla dans sa poitrine, de si grand qu'elle pouvait à peine le contenir.

— Je t'aime aussi, dit-elle.

— Tu vas retourner à Denver ? questionna-t-il. Je sais que tu y as ton travail, ta maison et ta vie, alors je comprendrais que tu le fasses, à condition que je puisse venir avec toi.

— Je pense que ma vie est ici, maintenant, dit-elle. Tu vis ici, et Courtney et Ashlyn aussi. Elles sont toute la famille qui me reste, alors je veux rester près d'elles, au cas où elles auraient besoin de moi.

— Et ton travail ?

— La clinique m'a offert un poste, tu te souviens ? Et Eagle Mountain me plaît de plus en plus. Je pense que je vais aimer vivre ici.

— Assez pour m'épouser ?

Il leva une main.

— Je ne veux pas te presser, mais quand tu seras prête, j'aimerais vraiment que nous soyons mari et femme.

Ce n'était pas une grande déclaration romantique ou poétique, mais la sincérité de sa demande, la considération qu'il avait pour ses sentiments firent fondre son cœur.

— Oui, je t'épouserai, dit-elle, et elle l'embrassa avec toute la passion de l'instant.

Elle avait commis des erreurs en s'emballant trop vite. Mais cette fois, elle avait bien choisi. En regardant dans les yeux de Shane, au camp de Tom Chico, elle avait su qu'il était fait pour elle. Et qu'elle était faite pour lui.

JENNIFER MOREY

La proie du mensonge

Traduction française de
BLANCHE VERNEY

BLACK ROSE

HARLEQUIN

Titre original :
JUSTICE HUNTER

Ce roman a déjà été publié en 2016.

1

La tête baissée pour se protéger de la bise mordante et glacée du Wyoming, Lucas Curran se demanda pour la centième fois pourquoi diable Kadin Tandy avait choisi ce genre d'endroit pour y installer sa très réputée agence de détectives privés. Tout comme la ville du Montana dont il venait lui-même, Rock Springs était une paisible bourgade de l'Ouest, bien loin de la jungle urbaine, et il ne s'y commettait guère de crimes. Or, les crimes étaient la raison d'être de Dark Alley Investigations.

La neige qui tombait sans relâche paraissait être la seule animation de la rue principale. Il s'arrêta devant une façade aussi pimpante que ses voisines, en remarquant toutefois que la devanture avait été rénovée avec des vitres à l'épreuve des balles.

L'excitation qu'il ressentait toujours au départ d'une enquête le gagna, bien que l'enquête, cette fois, ne soit pas comme les autres. Son but était de démasquer le meurtrier de sa sœur, et il ne connaîtrait le repos que lorsqu'il l'aurait mis sous les verrous. Cette agence de détectives aux faux airs de librairie ou de salon de thé allait être son moyen d'y parvenir. Elle avait pour spécialité la réouverture de dossiers que la police avait déclarés clos, quitte à employer pour leur résolution des méthodes qui n'étaient pas toujours très orthodoxes, ce qui faisait parfaitement son affaire.

Il entra et referma vite la porte, laissant derrière lui les tourbillons de neige. Le décor de l'agence était accueillant, avec de nombreuses touches féminines — des tableaux colorés aux murs, des livres sur des étagères, et même un arbre de Noël scintillant de boules et de guirlandes devant la vitrine.

— Puis-je vous aider ? lui demanda aimablement la jolie jeune femme installée derrière le comptoir de réception.

Difficile de se figurer que l'on se trouvait ici dans l'une des agences d'enquêtes privées les plus réputées du pays, et dont la devise était : Nous reprenons les choses là où la police les a laissées.

Il s'avança, ses chaussures tactiques faisant grincer les lattes du vieux plancher de sapin bien ciré.

— J'ai un rendez-vous…

— Monsieur Lucas Curran ?

Un sourire professionnel, sans doute, mais une affabilité non feinte. Il en fallait, assurément, pour recevoir chaque jour des personnes effondrées à la suite de la mort violente d'un proche, ou encore terrorisées par des menaces.

— Venez, Lucas ! lui lança Kadin depuis une pièce dont la porte était ouverte.

La réceptionniste le fit entrer chez le directeur de Dark Alley Investigations, et referma la porte.

— Bienvenue à bord, lui dit Kadin qui s'était levé pour lui serrer la main. Et content de vous revoir, asseyez-vous.

— Merci, très heureux d'être des vôtres…

Lucas s'installa dans un fauteuil de cuir noir, devant le bureau.

Après avoir repris sa place, Kadin lui tendit l'un des deux dossiers qu'il avait devant lui.

— Vous trouverez là une copie de votre contrat. Le résumé des principales clauses se trouve en première page, lui dit-il.

— Je l'ai lu en intégralité.

Kadin leva les yeux vers lui.

— J'engage des enquêteurs expérimentés, expliqua-t-il, et je sais que vous en êtes un. Je ne prétends pas vous apprendre à mener une investigation, mais je veux que vous sachiez que chacun est libre de sa méthode, ici, mais garant du résultat et responsable en cas d'échec… C'est une chose qu'il est difficile de préciser noir sur blanc dans un contrat, mais c'est la règle…

Lucas acquiesça. Ça ne le dérangeait pas, et il s'y attendait d'ailleurs plus ou moins.

— Trois autres règles découlent de celle-ci, continua Kadin toujours sans le quitter des yeux. Si vous ne les respectez pas, je me réserve non seulement le droit de rompre notre contrat, mais aussi celui de vous lancer les fédéraux aux fesses…

— Règle numéro un, l'interrompit Lucas, parlant à sa place, toujours trouver des preuves qui puissent être utilisées devant un tribunal…

— … règle numéro deux, reprit Kadin, pas d'usage d'une arme en dehors de la légitime défense.

— Et la règle numéro trois ?

— C'est la victime qui compte, avant toute autre considération.

Lucas comprenait parfaitement le sous-entendu. Lorsqu'on venait solliciter l'aide de Dark Alley, la victime était généralement morte depuis longtemps, mais s'il s'agissait de protéger des innocents, d'éventuels témoins par exemple, les deux principes précédents pouvaient être transgressés. Ce qui ne devait, malgré tout, pas arriver bien souvent.

— Est-ce que l'une des trois vous pose problème ? demanda Kadin.

— Non.

— Pas même la deuxième ?

Lucas n'ignorait pas ce que le détective privé avait en tête : il redoutait que sa nouvelle recrue ne se serve de son statut de membre de l'agence pour exercer une forme ou une autre de vengeance. Bien sûr, quand il aurait mis la main dessus, abattre le meurtrier de Luella serait bien tentant. Mais l'idée de le voir croupir en prison ne l'était pas moins, au fond. En voyant son interlocuteur l'observer longuement, il songea qu'il ne l'avait peut-être pas totalement convaincu de sa bonne foi. Cependant, Kadin n'épilogua pas.

— Bon, lui dit-il. Parlons un peu de l'affaire de votre sœur.

Quatre années s'étaient écoulées depuis le meurtre. La police n'avait rien trouvé de probant, ni témoins ni indices. Une innocente était morte et un assassin courait toujours.

— Donc, continua Kadin en ouvrant le dossier qui était resté devant lui, la dernière personne à l'avoir vue en vie est son mari, Jared Palmer. Il me paraît être un suspect tout désigné…

Sous l'effet de la colère que la seule mention de ce nom faisait monter en lui, Lucas crispa les doigts sur les accoudoirs de son fauteuil.

— Elle sortait sans lui, ce soir-là, expliqua-t-il. Elle avait sa soirée mensuelle au Country Club. Jared dit qu'elle est rentrée vers 22 heures et qu'elle est allée se coucher directement…

Kadin se cala contre le dossier de son fauteuil en se frottant le menton.

— Et il a juré n'avoir rien vu ni entendu tout le reste de la nuit.

— C'est ça…

Cela mettait toujours Lucas en rage. Il était convaincu que Jared mentait, même si sa version, au fil des interrogatoires, n'avait jamais varié d'un pouce, ce qui faisait de lui soit un excellent menteur, soit un innocent.

— … Et puis, il y a cette Rachel Delany…

Lucas n'avait fait cette découverte que très récemment. La police l'ignorait, mais Jared avait appelé cette femme au téléphone et leur conversation indiquait qu'ils s'étaient connus avant le meurtre de Luella. Intimement connus.

— Elle a un curriculum vitæ intéressant, reprit Kadin.

Lucas acquiesça.

— C'est le moins que l'on puisse dire. Elle a très peu d'amis et ne semble pas arriver à garder un emploi bien longtemps…

Il désigna d'un mouvement du menton une photo que Kadin venait de tirer du dossier.

— Elle est très belle, comme vous pouvez le voir.

Le patron de Dark Alley leva les sourcils.

— En effet, convint-il, mais rien n'empêche une belle femme d'être une meurtrière… Comment se sont-ils rencontrés ?

Rien dans le dossier ne l'indiquait, et Lucas trouvait que le profil de cette femme ne collait pas exactement avec celui de son beau-frère. Il tourna la photo vers lui pour mieux la voir. La brillante chevelure châtain clair de Rachel était retenue par un petit chignon strict. Ses yeux noisette pailletés d'or, discrètement soulignés au crayon sous de longs cils, lui donnaient un air mystérieux et presque dangereux. On sentait que celle qui figurait sur ce cliché avait traversé nombre d'épreuves et ne s'en était pas tirée sans quelques cicatrices.

— Je n'en sais rien. Jared n'était pas son premier amant, indiqua-t-il, mais c'était la première fois qu'elle sortait avec un homme marié. Elle a eu quelques aventures, avant. Avec des types plutôt à leur aise, en général. Aucune de ses relations n'a duré bien longtemps…

— Pas très stable…, commenta Kadin. Ils ont dû s'en apercevoir et filer à temps…

Lucas fit une moue dubitative.

— Ça ne fait pas forcément d'elle une coupable non plus. Une complice, peut-être…

Kadin se pencha en avant.

— Bien. Dites-moi quel est votre plan…

— Désolé, m'sieurs-dames. J'ai appelé le dépôt et un autre bus va venir vous prendre, annonça le chauffeur. On est en panne…

Rachel Delany grimaça, consternée. Il fallait que ce foutu bus rende l'âme juste aujourd'hui, comme un fait exprès !

Elle venait juste de finir son dernier partiel à la fac et avait exactement trente minutes, pas une de plus, pour se rendre à son travail. Et elle venait déjà d'en perdre cinq… Avec un soupir, elle saisit son sac à dos et s'avança dans la travée centrale. Le chauffeur, un Noir d'une cinquantaine d'années, la regarda s'approcher dans son rétroviseur.

— Le prochain sera là dans quelques minutes, Rachel, lui dit-il d'un air désolé.

— Pas le temps d'attendre, Larry, répondit-elle. Tant pis, je vais finir à pied.

— Il y a bien trois kilomètres, jusqu'à ton arrêt. Ta patronne peut bien patienter un peu, non ?

Rachel fit une petite moue qui indiquait qu'elle en doutait et sourit :

— Un peu de neige ne peut pas me faire mal.

Le chauffeur souleva ses sourcils broussailleux, sourit à son tour, et laissa tomber :

— C'est quoi le diplôme que tu prépares, déjà, ma belle ? skieuse de randonnée ? Bon, ne parle pas aux messieurs que tu ne connais pas, sur la route, d'accord ?

Rachel rit franchement et agita gaiement la main en descendant du bus, puis elle leva la tête pour offrir ses joues roses à la caresse des flocons. La perspective de marcher dans le froid et la neige ne l'effrayait pas plus que cela. Bozeman, Montana, n'était pas précisément l'endroit où il fallait vivre si l'on redoutait l'hiver... Heureusement, elle ne craignait pas plus la neige que les petits ou même les grands tracas de la vie.

Elle regarda sa montre et commença à courir. Sa patronne l'avait plus d'une fois mise en garde contre les retards. Rachel aurait aimé l'envoyer sur les roses, mais elle avait besoin de ce travail, au moins jusqu'à ce qu'elle ait obtenu son diplôme. Ensuite, elle pourrait toujours trouver un employeur qui serait moins intéressé par ses horaires que par la qualité du travail qu'elle pourrait fournir. Finalement, elle s'aperçut que courir ne servirait pas à grand-chose et se contenta de marcher d'un bon pas. En tournant en toute hâte dans la rue à l'angle de laquelle se trouvait le magasin, elle percuta un passant et s'excusa, avant de pousser la porte de la boutique. Sa patronne se tenait derrière son comptoir, seule, son visage chafouin exprimant toute sa réprobation. Elle jeta un regard appuyé à la pendule pendue au-dessus de sa tête.

— 14 h 30, dit-elle sèchement. Plus de trente minutes de retard... Je pense que c'est un peu long, même sur votre étrange échelle de valeurs !

— J'avais un partiel et mon bus est tombé en panne, expliqua un peu piteusement Rachel, tout en sachant pertinemment que l'irascible commerçante n'avait pas la moindre indulgence pour ce genre d'excuses.

Sa patronne soupira et fit le tour du comptoir.

— Rachel, reprit-elle, je me suis montrée suffisamment patiente avec vous...

— C'était mon dernier partiel, je n'en ai plus jusqu'en janvier...

— Vous vous trouverez sûrement d'autres bonnes raisons

d'être en retard, d'ici là. J'ai besoin d'une employée sérieuse. Vous, vous êtes beaucoup plus souvent en retard qu'à l'heure.

— Je suis obligée d'utiliser les transports en commun et je dépends de leurs horaires, protesta Rachel. Ils ne sont pas toujours compatibles avec les miens… Je vous l'avais dit quand vous avez fixé mon emploi du temps.

Elle commençait à pressentir qu'il était inutile de se chercher des excuses ou de se défendre.

— Je suis désolée, Rachel, mais je ne peux pas tout organiser en fonction de vous.

— Mais c'est la première fois que j'ai un retard de plus de cinq minutes !

La commerçante la toisa d'un air méprisant, détaillant la tenue qu'elle portait comme si celle-ci était indécente.

— Un retard est un retard, laissa-t-elle tomber.

Rachel se laissa envahir par une frustration trop longtemps contenue et eut soudain une révélation.

— Vous ne m'aimez pas, n'est-ce pas ? dit-elle. Vous n'avez jamais pu me supporter…

— Que je vous aime ou non n'a rien à voir avec la raison pour laquelle je vous renvoie !

— Vous cherchiez par tous les moyens une raison de me mettre à la porte. Une ou deux minutes, ce n'est pas un retard. Vous me reprochez même la façon dont je m'adresse aux clients !

La commerçante se redressa d'un air outragé.

— Flirter avec la clientèle n'est pas professionnel !

— Je n'ai jamais fait une chose pareille. Vous inventez !

— Je vous ai fait une faveur en vous engageant. Ce n'est pas ma faute si vous m'avez déçue !

Elle alla prendre une enveloppe derrière le comptoir.

— Tenez, voici votre dernière paye. Vous ne travaillez plus ici, dorénavant.

Rachel prit l'enveloppe. Le dernier chèque. Plus un seul

après celui-ci. Il lui fallut un grand effort de volonté pour ne pas exploser. Lentement, elle leva les yeux.

— Merci, dit-elle sourdement. Cela vaut sans doute mieux pour vous comme pour moi.

La commerçante parut un instant désarçonnée, comme si elle s'était attendue à une autre réaction. Aurait-elle aimé la voir se décomposer devant elle ?

— Je ne devrais pas avoir grand mal à trouver mieux, laissa tomber Rachel avant de tourner les talons et de se diriger vers la sortie.

— Si vous voulez me faire un procès, je vous annonce que j'ai pris note de tout ! lui lança son ex-patronne.

Rachel ne se donna pas la peine de répondre. En sortant, elle aperçut un homme en complet élégant devant la vitrine. Il ne lui prêta pas la moindre attention lorsqu'elle passa près de lui.

Elle jeta un coup d'œil à son téléphone. Toujours aucun SMS de son petit ami… Elle avait essayé de l'appeler plusieurs fois dans la matinée, mais n'avait eu que sa messagerie. Cela aurait pourtant été bien de parler à quelqu'un dans un moment pareil… Une femme bien habillée venait de s'arrêter devant une bijouterie, non loin d'elle. Avait-elle un mari qui s'occupait d'elle, ou se débrouillait-elle seule pour vivre ? Rachel remarqua le gros solitaire à son doigt. Un mari, décidément. Et riche. Il la gâtait sans doute et peut-être même la rendait-il heureuse.

Pourquoi la vie était-elle donc si facile pour certains et si rude pour d'autres ? Rachel n'avait jamais rien obtenu sans avoir à se battre, bec et ongles. Ses difficultés lui avaient valu pas mal d'embêtements au moment de son adolescence mais, Dieu merci, cela n'avait pas eu de conséquences irrémédiables. Et maintenant qu'elle ne désirait rien d'autre qu'une vie honnête et responsable, elle rencontrait des obstacles à chaque pas. La déveine semblait ne jamais devoir la lâcher.

Avec les désespérantes perspectives qui étaient les siennes, elle n'avait pas particulièrement envie de rentrer chez elle pour s'y retrouver seule. Elle ajusta les bretelles de son sac à dos avant de traverser la rue et vit l'homme au complet veston qui venait dans sa direction. Allait-il la suivre ? Lui était-il envoyé par celui avec qui elle avait eu cette histoire désastreuse et qui tentait, à présent, de renouer avec elle ? Son coup de fil l'avait inquiétée, et elle avait refusé catégoriquement son invitation à dîner. Cela allait-il lui valoir de nouveaux ennuis ?

Un bar qu'elle connaissait bien, Chez O'Shuck, se trouvait à quelques pâtés de maisons. Elle en prit la direction, après avoir jeté un coup d'œil par-dessus son épaule. L'homme au complet veston la suivait, il n'y avait aucun doute. Elle pouvait déjà voir l'enseigne au trèfle à quatre feuilles de l'établissement, qui se voulait un pub irlandais. Au moment où elle en atteignait la porte, elle regarda de nouveau en arrière. L'homme venait droit vers elle.

Elle entra dans le bar avec un soupir de soulagement. Que ferait-elle, si les menaces se précisaient ? Venaient-elles de Jared ou d'un autre ? Elle était certaine de n'avoir jamais vu l'homme qui la suivait. En s'efforçant au calme, elle s'avança vers le comptoir. Le pub était toujours plein de gens qui vivaient ou travaillaient dans le quartier et venaient là pour boire une bonne bière irlandaise ou un irish-coffee. Elle y venait elle-même souvent, car ce n'était qu'à quelques minutes de son appartement et parce qu'il y régnait une atmosphère bien plus joyeuse que chez elle, ce qui n'était pas difficile…

Elle s'assit sur un tabouret de bar, posa son téléphone sur le bois ciré du comptoir et attendit que Hans, le barman, vienne s'occuper d'elle. Lançant un coup d'œil derrière elle, elle ne vit pas l'homme au complet veston.

— Salut, Rachel, lui dit Hans, ses yeux bleus de Viking s'illuminant d'un sourire. Un soda, comme d'habitude ?

— Non, un milk-shake spécial. *Vanilla Latte*.

— Tout de suite. Tu fêtes quelque chose ?

— Je me suis fait virer de mon boulot.

— Oh ! C'est dur… La vieille peau de vache avait une bonne raison pour ça ?

— Mon bus est tombé en panne et j'ai eu une demi-heure de retard.

Le bruit de la porte qui s'ouvrait la fit se retourner. L'homme au complet veston était en train d'entrer et l'observait. Il était grand et bien bâti, avec un beau visage aux traits réguliers. Ce n'était en tout cas pas Jared Palmer…

— Je suis vraiment désolé pour toi, Rachel, dit Hans en posant le milk-shake devant elle. Tu ne mérites vraiment pas ça.

L'inconnu s'approchait…

— Hans, fit-elle, cet homme m'a suivie depuis la boutique.

— Tu es sûre ?

— Tout à fait.

— Monsieur, lança le barman alors que l'inconnu venait de s'installer à côté d'elle, la demoiselle dit que vous la suivez. Est-ce qu'il va falloir que j'appelle la police ?

— Vous êtes très observatrice, remarqua l'homme en se tournant vers elle avec un sourire.

Rachel s'attendait à peu près à tout sauf à ce genre de phrase. Étrangement, elle ne percevait rien en lui qui soit vraiment menaçant.

À cet instant, son mobile émit un peu signal sonore indiquant qu'elle venait de recevoir un SMS. Elle baissa les yeux sur l'écran et vit que c'était enfin une réponse de son petit ami.

> Désolé, pas facile à dire. J'ai rencontré quelqu'un. C'était quand même très bien, avec toi. Bonne chance.

Il lui fallut lire le message deux fois pour bien en comprendre le sens. *C'était quand même très bien* ? *Bonne chance* ?

Elle regarda sans le voir l'inconnu mettre la main à sa poche comme s'il y cherchait quelque chose, tandis que les six derniers mois de sa vie défilaient dans sa tête. Comment avait-elle pu passer autant de temps avec un type aussi creux et sans intérêt ?

— Je crois que ceci est à vous…

Tirée de ses pensées, elle baissa les yeux sur l'objet qu'il lui tendait. C'était son portefeuille. Il le posa sur le comptoir.

— Mais comment…

— Je prendrai la même chose, dit l'homme en s'adressant à Hans. Et les deux consommations sont pour moi.

— Comment l'avez-vous eu ?

— Il est tombé de votre sac au moment où vous êtes entrée dans ce magasin, tout à l'heure. J'ai voulu vous appeler, mais j'ai entendu sans le vouloir ce que vous disait votre patronne et j'ai pensé que ce n'était peut-être pas le meilleur moment… Mon nom est Luke Bradbury.

Ignorant la main qu'il lui tendait, elle le regarda droit dans les yeux, des yeux d'un surprenant bleu-gris tout à fait assortis à son sourire charmeur. Maintenant qu'elle n'avait plus peur de lui, elle pouvait apprécier son apparence à sa juste valeur. Il était vraiment beau, et son costume élégant dénotait une certaine aisance matérielle. Tout pour retenir l'attention. Seulement voilà, ce n'était guère le moment : son ami venait de la quitter de la façon la plus désinvolte qui soit. Lui aussi était beau et à son aise, comme souvent les hommes qui l'attiraient. Sans doute représentaient-ils pour elle la stabilité, quelque chose qui lui manquait et qu'elle désirait de tout son cœur. Peut-être allait-elle devoir réviser ses critères de sélection…

— Vous auriez pu me le rendre à la sortie du magasin. Pourquoi m'avoir suivie jusqu'ici ? lui demanda-t-elle avec un reste de méfiance.

Il eut à nouveau ce regard si charmant.

— Vous aviez l'air… très en colère et abattue par ce qui venait de vous arriver. Je ne voulais pas être importun…

— Importun ? Vous aviez mon portefeuille !

Elle le prit et le mit dans son sac, en prenant bien soin, cette fois, d'en refermer la fermeture Éclair.

— Eh oui…

Il la regarda d'un air appréciateur et sans équivoque.

— C'était une bonne occasion de faire votre connaissance…

C'était donc ça ? Elle resta un instant médusée, partagée entre la tentation de le trouver charmant et une méfiance instinctive.

— Je suis désolée, mais je ne suis pas intéressée.

— Peut-être pourrions-nous tout de même nous revoir ?

— Je ne pense pas, non. À bientôt, Hans !

Elle regretta aussitôt ses derniers mots. En disant cela, elle avait indiqué à ce Luke Bradbury qu'elle venait souvent ici, connaissait le barman, et y avait ses habitudes. Il le comprit d'ailleurs parfaitement. Se levant à son tour de son tabouret, il lui lança :

— On pourra se retrouver ici, alors…

Obligée de lever les yeux vers les siens, décidément d'une beauté troublante, elle répondit :

— Est-ce que je vais vraiment devoir éviter mon bar favori ?

— Pourquoi le devriez-vous ? lui demanda-t-il avec un sourire ravageur.

— C'est vous, que j'éviterai.

Pas du tout désarçonné, il se mit à rire.

— Dînez avec moi un soir, alors, dans un endroit agréable et tranquille…

— Je vous ai dit que je n'étais pas intéressée.

— Je vous ai rendu votre portefeuille. Vous me devez bien ça ! J'aurais aussi bien pu le garder, après tout…

— Vous l'auriez fait ?

— Non.

Elle tourna les talons et se dirigea vers la porte en lui lançant un « au revoir » définitif par-dessus son épaule.

Il ne paraissait plus aussi sûr de lui, à présent. En sortant dans la rue, elle ne put s'empêcher de sourire. Luke Bradbury ne devait pas être habitué à entendre une femme lui dire non. Son insistance la flattait, mais sa méfiance instinctive avait eu le dernier mot.

Elle regarda de l'autre côté de la rue et aperçut, dans une voiture garée le long du trottoir, un homme qui semblait l'observer à travers le rideau des flocons de neige. Un autre admirateur ?

Elle pressa le pas jusqu'à son immeuble.

2

Plus théâtral que réellement indigné, le beau-père de Lucas frappa du plat de la main son bureau directorial.

— Voilà que tu veux me faire mentir, à présent ?

Joseph Tieber dirigeait la société de transport aérien la plus active de Bozeman et de cette partie du Montana. Après avoir volé durant plus de trente ans, il ne s'installait plus très souvent aux commandes mais employait d'autres pilotes, aussi bien d'avions que d'hélicoptères, ainsi que du personnel à terre. Il avait fait de sa passion pour l'aviation un moteur de réussite personnelle.

Lucas et sa sœur Luella étaient encore petits lorsque leur père avait trouvé la mort, et leur mère avait épousé Joseph à peine un an plus tard. La transition n'avait pas été simple, mais grandir avec Joseph avait toujours représenté une aventure.

— Je te le demande… C'est pour Luella, dit doucement Lucas.

C'était l'argument qui emportait tout. Joseph baissa la tête et poussa un long soupir.

— Quel genre de travail veux-tu que je lui offre ?

— Elle prendra ce qui se présentera, elle en a besoin. Moi, je dois gagner sa confiance, et c'est le meilleur moyen pour ça.

Il s'avançait peut-être un peu en affirmant qu'elle accepterait facilement… Il se souvenait encore de la façon dont elle avait repoussé ses quelques avances, pourtant assez peu pressantes. Cela avait été sans équivoque.

— Ce que je voudrais, expliqua-t-il, c'est l'amener à parler…

— Et si elle fait le lien entre Luella et moi ?

— Je ne vois pas comment ce serait possible. Nous n'avons jamais porté ton nom, Luella et moi ; nous nous appelons Curran, pas Tieber. Et je ne pense pas que Rachel Delany ait jamais eu connaissance du nom de jeune fille de ma sœur. Pour elle, c'était Luella Palmer. Même en imaginant qu'elle le veuille, il lui faudrait du temps pour y parvenir et, d'ici là, j'aurai obtenu ce que je veux d'elle.

Joseph Tieber réfléchit un instant, puis céda.

— Bon… Je vais mettre mon assistante dans le secret et la muter à un autre poste dans la société. Mais c'est bien pour Luella, que je le fais ! Et, entre nous, je n'approuve pas franchement tes méthodes.

— Merci, papa, dit simplement Lucas en se levant de son fauteuil.

Joseph Tieber en fit autant.

— Avant que tu partes, lui dit-il, je voudrais te parler de cette agence de détectives que tu viens d'intégrer. Je ne comprends pas ce qu'un ancien policier comme toi fait dans un machin pareil !

— C'est bien simple : je ne peux pas enquêter tout seul dans mon coin. J'ai besoin de certaines facilités et de certains équipements spéciaux. Dark Alley a tout ce dont je peux rêver, et davantage encore. Kadin m'a aidé à me bâtir une nouvelle identité. J'ai un faux permis de conduire et tout le reste…

— Ta mère et moi, nous sommes ravis que tu reviennes à Bozeman, mais nous avons l'impression que tu ferais mieux de faire confiance à la police.

— Je te rappelle qu'ils ont clôturé le dossier.

— Ce n'est certainement que provisoire ; ils le rouvriront s'ils ont de nouveaux éléments. Tu devrais t'occuper un peu de ta vie personnelle. Quand vas-tu te ranger et fonder une famille ? Ta mère aimerait bien avoir des petits-enfants. Est-ce que tu vas lui refuser ce bonheur ?

Lucas le savait, la disparition de sa sœur avait accru cette angoisse-là, qui venait s'ajouter à la douleur du deuil. À l'annonce de la mort de Luella, sa mère s'était effondrée. Plus rien ne serait jamais comme avant. Bien que ce soit nettement moins perceptible, son beau-père aussi avait perdu la plus grande partie de sa joie de vivre et de son entrain. Il n'était plus le même homme, depuis.

Tout cela ne faisait qu'inciter encore davantage Lucas à passer à l'action. Plus vite il résoudrait le mystère de la mort de sa sœur, plus tôt chacun pourrait reprendre le cours de sa vie.

— Je fais tout ça pour nous trois, papa, dit-il doucement. Et je donnerai des petits-enfants à maman, qu'elle ne s'inquiète pas.

Mais pas tout de suite. Son premier mariage s'étant terminé par un désastre, il n'était pas tellement pressé de recommencer…

Quelques jours plus tard, à bord de son SUV, Lucas stationnait en face de chez Rachel. Il avait placé dans le portefeuille de la jeune femme un émetteur miniature, pas plus grand qu'une petite clé USB, équipé d'une batterie à grande capacité malgré sa taille minuscule et d'une portée d'une quinzaine de mètres. Il l'avait inséré dans une poche, derrière sa carte de crédit. Pour l'instant, elle ne l'avait pas repéré et il avait pu l'écouter travailler sur son ordinateur, sans doute à la recherche d'un nouvel emploi, et se déplacer jusqu'à l'épicerie la plus proche.

Son attention fut attirée par une BMW qui venait de s'engager dans la rue, et il se redressa sur son siège. C'était la voiture de Jared Palmer. Celui-ci se gara le long du trottoir puis descendit de son véhicule et se dirigea vers l'entrée de l'immeuble.

Jared tourna la tête en tous sens pour voir si on l'observait, mais le SUV avait des vitres teintées qui empêchaient de voir à l'intérieur. Son regard passa dessus sans s'y arrêter. Il poussa la porte de l'immeuble et, quelques instants plus tard, Lucas entendit Rachel le faire entrer dans son appartement.

— Je croyais qu'on avait décidé de ne plus se revoir, dit-elle.

— Ça fait longtemps que Luella est morte, répondit Jared. Moi, je n'ai rien oublié…

Elle passa dans une autre pièce, la salle de bains ou la cuisine, car elle ouvrit un robinet. En constatant qu'il pouvait les suivre dans tous leurs déplacements, Lucas songea que ce ne devait pas être bien grand, chez elle. Il se demanda si elle avait toujours des sentiments pour son ex-amant.

— Je t'aime, reprit Jared, qui avait dû la rejoindre.

Après tout ce temps ? Lucas était dubitatif. Pourquoi n'avait-il pas essayé de la revoir plus tôt, dans ce cas ? Rachel ferma le robinet sans répondre. Et elle, l'aimait-elle toujours ? Peut-être ne s'intéressait-elle qu'à son argent…

— Je me suis excusé pour t'avoir caché que j'étais marié…

— Peut-être, mais ça ne change rien au fait que tu m'as menti !

Ainsi, c'était le mensonge de Jared au sujet de sa situation maritale, qui avait poussé Rachel à rompre ? Mais cela n'avait peut-être rien changé à ses sentiments… Lucas, lui, en tout cas, n'avait pas pensé à cela.

— Le temps a passé, insista Jared. On peut être ensemble à nouveau, à présent…

Rachel ne répondit pas.

— Je peux rendre ta vie bien plus facile, Rachel, j'en ai les moyens.

Lucas entendit un bruit métallique. La jeune femme avait dû laisser tomber un ustensile quelconque.

— Je me fiche de ton argent !

Était-ce bien la vérité ? Jared devait en douter, lui aussi, car il eut un petit rire.

— Bien sûr !

— Ça a été important, c'est vrai, mais ça ne m'a apporté que du malheur. Ce n'est plus ce que je recherche en priorité chez un homme.

Lucas allait de surprise en surprise. Était-elle sincère ?

— Personne n'est au courant de ce qui s'est passé entre nous, reprit Jared. On pourrait faire comme si on venait juste de se rencontrer.

— Je veux que tu arrêtes de m'appeler et de venir ici. Tu n'as pas l'air de bien comprendre ce que cela m'a fait de découvrir que tu étais marié ! Tu m'as profondément blessée. Et maintenant, tu devrais t'en aller… et ne plus revenir.

— On pourrait partir ensemble, fit encore Jared. Penses-y. Je t'appellerai dans quelques jours.

— Non ! Je t'ai dit non !

Jared poussa un soupir lourd de frustration.

— Réfléchis… Souviens-toi comme c'était bien, toi et moi…

Avant la trahison…

— Va-t'en… S'il te plaît, va-t'en !

Il y eut une longue pause, puis Lucas entendit des pas. Jared obéissait ; il quittait la place. La porte se referma et Rachel poussa à son tour un long soupir. Il y eut un choc sourd, comme si elle s'était laissée aller, la tête contre le bois du battant. Que ressentait-elle exactement pour Jared ? Lucas avait l'impression qu'elle avait surtout peur de lui.

Son ordinateur portable sous le bras, et un soda light à la main, Rachel s'assit à une table chez O'Shuck, se connecta à la wifi de l'établissement, et se mit à surfer sur des sites d'offres d'emploi. Cela faisait une semaine qu'elle cherchait du travail, et elle n'avait encore rien trouvé. Il fallait faire vite si elle ne voulait pas être obligée de puiser dans ses maigres réserves.

— Je peux ?

Surprise, elle leva les yeux et vit Luke qui montrait la chaise face à la sienne. Avant qu'elle ait pu répondre, il posa son blouson de cuir sur le dossier.

— Je croyais pourtant avoir été claire…

Elle aurait certes dû s'y attendre, mais cette nouvelle apparition l'inquiétait. Est-ce que cet homme était en cheville avec Jared ?

— Tout à fait, mais je crois que je vous intrigue un peu quand même.

Ce n'était pas faux, d'une certaine manière. Mais pas de façon très rassurante…

Malgré son angoisse bien réelle, elle se sentait attirée par cet inconnu et se le reprochait déjà. Ce Luke Bradbury, comme il disait s'appeler, allait-il utiliser cela à son avantage ?

Il ne portait pas de complet veston, cette fois, mais un jean et une sobre chemise de flanelle noire.

— On s'habille, ce soir ? lui demanda-t-elle d'un ton ironique.

Il baissa les yeux sur sa tenue, sur son torse très impressionnant sous la chemise cintrée.

— Je ne travaille pas, aujourd'hui, expliqua-t-il.

— Ah ! Parce que vous travaillez ?

Il sourit.

— Cela vous étonne ?

— Je m'étais bien dit, l'autre jour, que vous portiez un costume pour une occasion, mais je ne pensais pas que c'était pour le travail.

— Pourquoi donc ?

Elle but une gorgée de son soda.

— Je ne sais pas. Ça ne me paraît pas coller avec vous…

Il l'observa un long moment, puis sourit.

— D'accord, vous m'avez eu. En fait, je vous avais déjà remarquée, bien avant de trouver votre portefeuille… J'avais mis un complet pour vous faire bonne impression. Et puis, vous avez perdu ce fameux portefeuille, et j'ai pensé que c'était une occasion en or de faire votre connaissance.

— Donc, vous m'espionniez ?

— Mais non ! Je vous avais vue dans votre magasin, en passant sur le boulevard… Et comme ensuite je n'arrêtais pas de repenser à vous, je suis revenu…

— Vous êtes souvent à l'affût des femmes, comme ça ?

Il eut un rire bref.

— Pas du tout. Je vous ai vue en passant, c'est tout. Je ne cherchais rien de particulier.

Elle le regarda attentivement, sans cacher qu'elle n'était pas tout à fait dupe de son histoire. Peut-être était-il sincère, mais elle doutait un peu de ses véritables intentions. De plus, il paraissait un peu trop sûr de lui. Est-ce qu'une femme lui avait déjà dit non, avant elle ?

Il n'avait pas de veine ; elle avait déjà eu trop de déboires avec les hommes pour laisser sa chance à l'un d'entre eux avant longtemps.

— Je vous l'ai dit, je ne suis pas int…

— Je voudrais vous proposer un emploi.

Un emploi ?

— Comment ? fit-elle, stupéfaite.

— J'ai un ami qui dirige une société de transport aérien. Son assistante le quitte et il a besoin d'une remplaçante.

Elle scruta son visage pour essayer de déceler une trace de mensonge, mais n'en trouva pas. Il paraissait vraiment vouloir l'aider.

— J'ai entendu votre patronne vous mettre à la porte, expliqua-t-il. J'avais déjà envie de vous connaître, mais ce n'était visiblement pas le moment de vous aborder. Alors je vous ai suivie jusqu'ici, et voilà…

Tout cela paraissait logique et vraisemblable. Pourtant, elle gardait l'impression persistante qu'il ne lui disait pas toute la vérité.

— Vous ne faites pas tout cela seulement pour m'aider, n'est-ce pas ?

Il sourit largement.

— Non, bien sûr ! J'essaie surtout de vous convaincre d'accepter de dîner avec moi.

En lui proposant un emploi chez un ami… Ce n'était assurément pas une façon banale de flirter avec une femme ! Elle regarda une nouvelle fois le torse musculeux, le visage ouvert aux traits réguliers, les épais cheveux blonds… Elle aurait dû lui dire non tout de suite, mais elle pensa au passage imminent de son diplôme, à son rêve tout près de se réaliser. Après tout, si elle acceptait ce travail, elle n'était pas obligée de sortir avec ce Luke pour le remercier, ni de faire quoi que ce soit dont elle n'avait pas envie…

— Comment savez-vous que votre ami serait prêt à m'engager ?

— Parce que je lui en ai déjà parlé. Vous avez les compétences nécessaires, je suppose ?

— Oui. J'ai déjà fait ce genre de travail.

Elle ne précisa ni où ni avec qui.

— Alors, c'est une affaire qui marche. Vous n'avez plus qu'à l'appeler de ma part.

Il lui tendit une carte de visite. Après une petite hésitation, elle la prit et jeta un coup d'œil au nom qui y figurait : Joseph Tieber, président-directeur général de Tieber Air Transport.

Plus troublée qu'elle n'aurait voulu l'admettre, elle regarda à nouveau ce parfait étranger qui lui lançait une bouée de sauvetage pour la seule raison qu'elle lui plaisait. De nombreux signaux d'alarme s'allumaient dans son esprit, mais s'il comptait la menacer ou lui faire du mal, commencerait-il par lui offrir un travail ?

— Pourquoi faites-vous ça ? lui demanda-t-elle finalement.

Il sourit à nouveau avec, cette fois, un peu de fatuité, pensa-t-elle.

— Parce que c'est en mon pouvoir. Je vous l'ai dit, c'est très égoïste, je voudrais vous inviter à dîner avec moi.

Rachel posa la carte de visite sur la table, mais garda la main dessus. Elle avait désespérément besoin d'un job ; sans un revenu minimal, tous ses projets s'écrouleraient. Elle se mit à tapoter nerveusement la carte. Luke posa sa main sur la sienne, comme s'il voulait l'apaiser.

— Pensez-y…

C'était la deuxième fois en peu de temps qu'un homme lui demandait de réfléchir. Elle regarda les longs doigts qui ne portaient aucune alliance, le bras solide et musclé, les yeux si vifs, et une soudaine chaleur l'envahit. Il se leva de sa chaise.

— Attendez, lui dit-elle.

Elle n'aurait su dire ce qui lui passait par la tête. Étrangement, elle avait envie de le connaître mieux. Quelle était sa vie, et pourquoi l'avait-il remarquée, elle ?

— Prenez donc un verre avec moi, lui proposa-t-elle en lui montrant la chaise qu'il venait d'abandonner.

Il la regarda, l'air surpris comme s'il n'osait trop y croire. Elle lui sourit.

— Je prends toujours un soda, quand je viens ici, expliqua-t-elle. Le milk-shake de l'autre jour, c'était exceptionnel.

— La même chose, s'il vous plaît, lança Luke à Hans, le barman. Pas forcément sans sucre… Bien, que voulez-vous savoir ? demanda-t-il en s'asseyant et sans la quitter des yeux.

Elle lui rendit son irrésistible sourire.

— J'aimerais en apprendre un peu plus long sur l'homme qui me décroche un job, soi-disant parce qu'il me trouve sexy.

— Soi-disant ?

— Tant que je n'en suis pas sûre…

Il hésita, comme s'il répugnait à s'expliquer, sans doute déçu qu'elle ne paraisse pas davantage s'intéresser à lui d'un autre point de vue.

— J'ai acheté récemment une propriété à quelques kilomètres de la ville…

Voilà qui était du concret et du personnel, enfin.

— Un ranch ?

— Oui, mais pas une vraie exploitation. Seulement pour mon plaisir personnel.

Lui aussi avait de l'argent. Et beaucoup, apparemment. Mais elle avait dépassé le stade de la fascination pour les hommes riches. Elle attendait autre chose, à présent… Quand elle aurait son diplôme, elle se trouverait un bon travail et pourrait souffler un peu.

— Je suis le fils d'un homme qui s'est fait tout seul, acheva-t-il.

Rachel se sentit vaguement déçue. Les hommes riches l'avaient toujours intriguée. Leur ambition, leur façon de vivre, leur intelligence… Elle-même avait eu un mauvais départ dans la vie, mais elle progressait. Elle voulait une vie meilleure, c'était dans ce but qu'elle s'était inscrite à la fac.

— Vous avez fait des études ? demanda-t-elle tout à trac.

— Une licence. Ensuite, je suis entré dans la marine, pour suivre l'entraînement des Navy SEALs.

Elle le regarda avec un peu de surprise mais, tout compte fait, c'était assez logique. Il était grand, musclé en finesse, pas bodybuildé. Il paraissait énergique et décidé. Oui, il devait être doué pour ce genre de choses.

Il regardait fixement le verre que l'on venait de lui apporter.

— Vous êtes un SEAL ?

— Non. J'ai quitté le stage avant d'être breveté.

De toute évidence, il lui coûtait d'en parler. Elle hésita à l'interroger plus avant. Au fond, elle n'en avait pas vraiment envie. Elle appréciait les hommes qui rencontraient le succès dans ce qu'ils entreprenaient. Toutefois, il semblait qu'il y avait autre chose que du simple découragement, dans la façon dont il en parlait. Elle pressentait que s'il avait interrompu son stage, c'était pour une raison grave et pas de gaieté de cœur.

— Pourquoi n'êtes-vous pas allé jusqu'au bout ? ne put-elle s'empêcher de lui demander.

Il se tourna vers elle, lentement, comme s'il faisait un effort pour contrôler ses émotions.

— Ce n'était pas mon intention…

Rachel ne le pressa pas davantage. Il avait voulu intégrer le corps très convoité des Navy SEALs et, pour une raison ou une autre, n'y était pas parvenu.

Elle le regarda à nouveau attentivement. Le corps d'athlète, les traits énergiques, les SEALs… tout cela ne collait pas tout à fait avec l'image du fils de famille gâté par l'existence.

— Et vous ? dit-il en reprenant son air charmeur. Tout ce que je sais de vous, c'est que vous êtes belle…

Rachel ne put s'empêcher de sourire. Quelle femme n'était pas sensible aux compliments ?

— Je passe mon diplôme en mai prochain. Un mastère en économie.

Il siffla doucement.

— Depuis quand vous le préparez ?

Elle soupira.

— Depuis des siècles, je crois bien. Je suis les cours quand je le peux…

Quand elle pouvait payer les frais d'inscription, surtout.

Il la regarda d'un air changé, comme si son opinion sur elle évoluait.

— Quoi ? fit-elle. Vous n'avez jamais rencontré une étudiante-pauvre-mais-méritante ?

Il sourit.

— Vous faites des études depuis si longtemps que ça ?

— J'ai trente et un ans. Je n'ai commencé la fac qu'après…

Elle s'interrompit, comme si elle en avait déjà trop dit.

— Après ? l'encouragea-t-il.

— C'est tout ce que vous avez besoin de savoir…

— Pour le moment, répliqua-t-il avec un sourire mystérieux.

Détendu mais attentif, il paraissait ne s'intéresser qu'à elle, à sa vie, à ses études…

… à son corps, très probablement.

Il n'insista pas et se leva.

— Il faut que j'y aille, lui dit-il. Moi, j'ai trente-sept ans. Appelez Joseph Tieber de ma part. Il vous trouvera un job. Et un bon.

Un bon job ? Cela existait donc ?

— À très bientôt, Rachel.

Là-dessus, il quitta le pub sans se retourner.

Rachel reprit la carte et résista à l'impulsion d'appeler tout de suite.

Le destin était une drôle de chose…

3

Son avenir devait prendre le pas sur ses inquiétudes, décida finalement Rachel durant la nuit. Il lui fallait un travail. Son propriétaire était encore passé la veille au soir, pour lui réclamer le montant du loyer. Dans la matinée, elle appela donc Joseph Tieber qui lui donna rendez-vous à 14 heures à son bureau.

À l'heure dite, en chemisier blanc et en pantalon gris très strict, elle était sagement assise dans le salon de réception de la Tieber Air Transport. Une femme franchit peu après la double porte en verre, et s'avança d'un pas assuré dans un tailleur noir très élégant. Elle toisa Rachel comme si celle-ci était sa rivale dans une quelconque compétition.

— Rachel Delany ?

— Oui…

Rachel s'efforça de sourire et tendit sa main à serrer. L'impressionnante apparition baissa les yeux sur cette main tendue avec un air d'infini mépris et ne s'en saisit pas.

— J'ai dit quelque chose qu'il ne fallait pas ? demanda ingénument Rachel.

L'autre ne répondit rien. Peut-être n'avait-elle pas entendu ?

— Vous avez sans doute un nom, je suppose ? reprit Rachel d'un air suave.

— Marcy Sanders, s'entendit-elle répliquer d'un ton glacial et sans même se voir accorder un regard.

La réfrigérante personne lui ouvrit grand la porte d'un bureau et s'effaça toujours sans un mot pour la laisser passer.

— Merci infiniment, lui dit Rachel.

Marcy referma sèchement la porte.

Un homme aux cheveux gris et à la silhouette élancée, assis derrière un large bureau, se leva et lui tendit la main.

— Bonjour, Rachel. Entrez donc.

Rachel lui serra la main avec chaleur.

— Je ne vous remercierai jamais assez pour ceci, lui dit-elle.

— Je vous en prie, répondit Joseph Tieber. Mon… Luke m'a tout raconté. Je serai très heureux de vous aider, si je le puis.

— Vous le pouvez tout à fait. C'est mon propriétaire qui va être soulagé !

Il sourit et lui indiqua un fauteuil.

— Est-ce que… je prendrai la place de quelqu'un ? demanda Rachel

— Oh ! Ne vous inquiétez pas pour Marcy. Quand je lui dirai de quelle manière je vais compenser sa mutation, elle sera ravie.

— Donc, c'est bien ça, je lui prends son job. Monsieur Tieber, je ne crois pas que je peux…

Il leva la main pour l'arrêter.

— D'abord, appelez-moi Joseph, on n'est pas très cérémonieux, ici. Secundo, vous ne prenez le job de personne. Marcy souhaite ce transfert. Elle travaillera désormais au service juridique.

— Le sait-elle ?

— Elle désire être mutée. Je ne lui en ai pas encore dit plus car j'attendais des précisions, mais je sais qu'elle sera satisfaite, n'en doutez pas…

— Dans ce cas, je suis très excitée à l'idée d'entrer dans votre équipe !

— Quand j'aurai annoncé la bonne nouvelle à Marcy, elle vous fera faire le tour de la maison et vous expliquera tout ce que vous devez savoir. Bienvenue chez Tieber Air Transport !

Rachel eut un sourire radieux.

— Comment avez-vous fait la connaissance de Luke ? lui demanda-t-il.

Embarrassée, Rachel se sentit rougir.

— Il… il a retrouvé mon portefeuille, que j'avais perdu…

— C'est ce qu'il m'a dit. Et qu'on vous avait mise à la porte, ce même jour, ainsi que cette ridicule histoire de bus. Si cela vous arrive un jour, ici, appelez-moi simplement pour me prévenir, et cela n'ira pas plus loin…

— Bien sûr, monsieur ! Merci.

Il était vraiment charmant et semblait tenir à la mettre à l'aise. Il appuya sur le bouton de l'Interphone.

— Marcy, vous voulez venir nous rejoindre, s'il vous plaît ?

Pensant que l'entretien était terminé, Rachel se leva.

— Non, non, restez, je vous en prie.

L'air toujours aussi renfrogné, Marcy les rejoignit.

— Oui, monsieur Tieber ?

— Je viens de parler à M. Jordan. Son assistante le laisse en plan. Vous la remplacerez dès demain matin…

Marcy en resta bouche bée de surprise et ses yeux se mirent à briller d'un éclat joyeux.

— C'est vrai ? demanda-t-elle.

— Bien sûr que c'est vrai. Alors j'attends de vous que vous soyez un peu plus aimable avec Rachel, ici présente. J'ai besoin que vous lui indiquiez ce qu'elle aura à faire ici.

— J'en serai ravie…

Instantanément métamorphosée, elle dédia un large sourire à Rachel.

— Si vous voulez me suivre, on va commencer…

L'assistante de Joseph Tieber l'emmena jusqu'au bureau qui allait être le sien et tira une chaise pour elle.

— Vous vous êtes vraiment fait renvoyer à cause d'une panne de bus ? lui demanda-t-elle en s'asseyant à son tour.

Devant la surprise de Rachel, elle ajouta :

— Excusez-moi, j'ai entendu ce que vous disiez à Joseph.

— C'est toujours comme ça…

— Vous êtes toujours aussi malchanceuse ?

Marcy eut un petit rire.

— Pas à ce point-là, tout de même ?

— Oh si ! Ça a commencé lorsque j'avais treize ans.

— Vos parents ont gardé un mauvais souvenir de votre adolescence, c'est ça ?

— Ils sont morts. Mais je n'étais pas un cadeau, certainement…

Il y avait de l'émotion dans sa voix, et un regret à peine dissimulé.

Après avoir attendu quelques jours, le temps de laisser Rachel s'acclimater à son nouveau travail, Lucas se montra au siège de la société. Elle n'était pas dans son bureau quand il entra dans celui de Joseph.

— Ah ! te voilà tout de même !

Lucas referma la porte et alla s'asseoir en face de son beau-père.

— Quand as-tu prévu de dire la vérité à Rachel ? reprit celui-ci sans s'embarrasser de préambules.

— Quand je serai certain qu'elle n'a rien à voir avec le meurtre de Luella.

— Je ne la vois pas en complice d'un assassin. Marcy m'a beaucoup parlé d'elle. Elles ont pas mal sympathisé, toutes les deux, en quelques jours. Tu savais que ses parents sont morts quand elle avait treize ans ? Qu'elle s'est enfuie de chez deux familles d'accueil et qu'elle a été arrêtée pour vol à l'étalage ?

La suspecte idéale…

— Et tu voudrais que je lui dise qui je suis ?

— Elle a volé pour manger. Elle avait perdu ses parents, et était seule au monde. C'est une chic fille, Lucas.

En tout cas, il ne lui avait pas fallu longtemps pour faire la conquête de Joseph. Lucas n'en revenait pas.

— Elle a rattrapé le temps perdu dans ses études, a passé son bac à vingt ans et, maintenant, elle prépare une maîtrise d'économie, poursuivit Joseph. Elle en a bavé, on dirait… c'est pourquoi tu devrais la mettre au courant avant qu'il ne soit trop tard. Et, pour commencer, tu n'aurais pas dû lui mentir.

— Il y a bien une chose dont je voudrais lui parler, et c'est de ses relations avec Jared.

— Eh bien, dépêche-toi de le faire. Je n'aime pas trop être complice de tous ces mensonges…

Très bien. Lucas allait passer à la vitesse supérieure ; celle de la séduction. Avec Rachel, cela ne serait certainement pas trop désagréable…

Rachel leva les yeux, surprise de voir Luke Bradbury sortir du bureau de Joseph. Comme elle n'était pas là lors de son arrivée, il avait dû entrer sans se faire annoncer. Mais cela n'avait rien de surprenant, puisque les deux hommes étaient amis.

— Bonjour, Rachel, lui dit-il avec un sourire ravageur avant d'enchaîner : Voulez-vous dîner avec moi, ce soir, là, maintenant ?

La tentation d'accepter était grande, mais quelque chose qu'elle sentait en lui sans bien l'analyser la retint.

— Je dois réviser mes cours.

— Je vous ai laissée tranquille quelques jours. Maintenant, il est temps de me remercier pour vous avoir trouvé ce job, répliqua-t-il sans se démonter.

— Merci de m'avoir trouvé ce job !

— Ce n'est pas une réponse, ça !

Joseph passa la tête par l'entrebâillement de la porte.

— Vous pouvez y aller, mon petit, lança-t-il. Il ne mord pas, vous savez…

— Très bien. D'accord, allons dîner, dit-elle en soupirant.

— Je vous fais appeler une voiture, ajouta Joseph.

Elle n'eut pas le temps de s'interroger sur la façon dont les choses s'enchaînaient que, déjà, Luke lui tendait la main pour l'aider à se lever. Elle ne la prit pas.

Lorsqu'ils arrivèrent dans le hall, elle vit qu'une limousine les attendait devant la porte. Cela sentait un peu le coup monté…

— Qu'est-ce que vous avez manigancé dans mon dos, tous les deux ? demanda-t-elle.

Le chauffeur leur ouvrit la portière et ils s'installèrent sur la confortable banquette.

— Rien, fit Luke. On a parlé de vous.

— De moi ?

— Oui. Joseph m'a dit, pour vos parents… Je suis désolé. Ça a dû être très dur.

Rachel n'avait jamais su et ne savait toujours pas que répondre à cela. Elle ne s'était jamais habituée à leur perte, à la façon si brutale dont ils étaient sortis de sa vie. Elle s'était toujours sentie différente des autres ; personne ne comprenait vraiment ce qui lui était arrivé. Au lycée, tous avaient un père et une mère pour s'occuper d'eux. Pas elle.

Il n'y avait pas même un frère ou une sœur pour partager sa peine.

— N'importe qui aurait été déboussolé à votre place, reprit doucement Luke. Vous n'avez pas à regretter ce que vous avez fait.

Elle garda le silence un long moment puis murmura :

— Je n'aurais peut-être pas dû me confier autant à Marcy…

— Vous avez lutté pour survivre, c'est tout. Et vous avez évité la prison, tout de même…

C'était exact. Mais il s'en était fallu de peu !

— Quand les choses ont-elles changé, pour vous ?

Cette question lui parut un peu indiscrète. Décidément, Joseph et lui devaient avoir eu toute une conversation à son sujet. Elle avait à peu près raconté toute sa vie à Marcy, sauf son histoire avec Jared. Elle y répondit malgré tout :

— Après ma troisième arrestation, le juge pour enfants m'a avertie que la prochaine fois ce serait la prison. Il a su me parler. Il m'a demandé de réfléchir à ce que mes parents penseraient de moi s'ils pouvaient me voir. Alors, j'ai eu honte de la petite délinquante que j'étais en train de devenir. Je n'aurais pas voulu qu'ils aient honte de moi, eux aussi. Mais il m'a quand même fallu encore quelques années pour savoir vraiment ce que je voulais faire de ma vie. Je me suis mise à travailler et à prendre des cours du soir pour pouvoir passer mon bac et avoir un petit appartement.

— Et tout ça parce qu'un juge avait su vous parler ?

— Pas seulement. Le fait de trouver un travail dans une compagnie d'assurances m'a redonné confiance en moi. Ce n'est pas si facile, vous savez, pour quelqu'un qui a eu un casier judiciaire avant ses vingt ans…

— Quelle compagnie d'assurances ?

La limousine se gara devant un restaurant.

— On dirait que nous sommes arrivés, dit Rachel.

Avant que le chauffeur n'ait eu le temps de le faire, elle ouvrit la portière.

Un bref instant, elle croisa le regard de Luke et crut y voir comme un soupçon. À moins que ce ne soit un peu de déception ?

Pendant le trajet de retour, Lucas respecta le silence de Rachel. Elle avait évité ses questions tout au long du dîner, en changeant fréquemment de sujet ou en le questionnant à son tour, toujours avec courtoisie et distance. Conscient qu'elle devait bien se rendre compte qu'il essayait d'en savoir plus sur elle et, peut-être, qu'il la soupçonnait de quelque chose, il avait fini par ne plus insister. Pour tout dire, il n'était toujours pas convaincu de son honnêteté. De plus, ses yeux aux reflets dorés, son regard si profond et si direct le troublaient bien plus qu'il ne l'aurait voulu.

L'arrêt de la limousine devant l'immeuble de Rachel le rappela opportunément à ses devoirs de gentleman.

— Je vous raccompagne jusqu'à votre porte, annonça-t-il.

— C'est inutile. Merci pour le dîner.

Une nouvelle fois, elle ouvrit la portière avant que le chauffeur n'ait pu intervenir et descendit de voiture. Lucas lui emboîta immédiatement le pas.

— Je vous assure, lui dit-elle, il n'y a rien à craindre…

Ignorant ses protestations, il ouvrit la porte d'entrée et s'effaça pour la laisser passer.

Pas d'Interphone ni de concierge…

Elle se dirigea vers l'ascenseur, pressa le bouton d'appel et se retourna.

— Vous pouvez partir, maintenant.

Il n'en avait pas la moindre intention ; elle n'en avait pas assez dit.

— N'importe qui peut entrer dans l'immeuble, répondit-il. Il n'y a pas d'Interphone.

— On n'est pas à Manhattan !

La porte de l'ascenseur s'ouvrit. Rachel entra dans la cabine et il la suivit.

Elle s'avança jusqu'au fond puis se retourna et lui fit face, les bras croisés. Lucas songea qu'il n'allait pas être facile de gagner sa confiance et de l'amener à parler.

De l'amener à se détendre un peu non plus...

Même habillée très sagement comme elle l'était, avec une jupe grise qui descendait aux genoux et un chemisier boutonné jusqu'au cou, elle était terriblement sexy. Ses longs cheveux châtains cascadaient sur son épaule, et même bien stricts et « professionnels », ses vêtements ne dissimulaient pas la plénitude de ses formes. Aucune tenue n'y serait parvenue, d'ailleurs, à part peut-être un grand sac.

Il constata qu'elle était parfaitement consciente de son regard appréciateur et que, malgré elle, elle y réagissait. Il y avait entre eux une attraction mutuelle tout à fait perceptible, qui faisait vibrer l'atmosphère de cette banale cabine d'ascenseur.

La porte s'ouvrit à nouveau. Il s'écarta pour lui céder le passage, et elle le remercia d'un sourire. Il continua à la détailler tandis qu'elle s'engageait dans le couloir, et elle n'en était pas moins consciente que précédemment. Arrivée à sa porte, elle se retourna.

— Voilà, dit-elle, je suis chez moi. Saine et sauve.

Il fit un pas vers elle pour tester sa réaction. Le regard de Rachel était curieux et rieur, comme si elle attendait quelque chose. Lucas n'avait cependant jamais été du genre à brusquer les choses ; il attendait toujours le bon moment.

Elle posa la main sur son torse et, l'espace d'un instant, il crut qu'elle le repoussait.

— Vous êtes toujours aussi direct, avec les femmes ? demanda-t-elle.

— Si direct que ça ? répliqua-t-il doucement.

Lentement, sans la quitter des yeux, il se pencha. Elle avait à présent les deux mains sur son torse, mais elle ne le repoussait pas vraiment. Sans plus perdre de temps, il couvrit ses lèvres des siennes. Les yeux dorés cillèrent. Il se contenta d'abord d'effleurer sa bouche, avant que sa langue demande le passage. Rachel le laissa faire et il l'embrassa, en y mettant toute son expérience. Elle répondit à son baiser d'une langue douce et agile, et il perdit tout contrôle sur lui-même. Cette bouche accueillante ainsi que ces seins pressés contre son torse lui faisaient perdre tout son sang-froid.

Une bonne minute plus tard, ils s'arrêtèrent, à bout de souffle, leurs fronts l'un contre l'autre.

Le sang pulsait dans le sexe de Lucas, le rendant dur comme la pierre.

— Laisse-moi entrer, murmura-t-il, en lui déposant de petits baisers dans le cou.

— Mais je te connais à peine…

— On peut parler, d'abord, proposa-t-il avant de revenir à sa bouche.

Elle recula un peu et se mit à rire, un rire de gorge profond et très excitant. Puis elle se tourna dans ses bras et déverrouilla la porte, le laissant la suivre. Ces quelques secondes de répit permirent à Lucas de recouvrer un peu son calme. En regardant Rachel, il vit qu'elle aussi semblait récupérer un peu de sa réserve de tout à l'heure.

— Tu veux du café ?

— Je veux bien, merci !

Il l'accompagna dans la cuisine. L'appartement était à peine plus grand qu'une chambre d'hôtel, avec un canapé-lit dans un coin, pour ne pas prendre trop de place. Elle se mit à préparer du café.

— Tu ne m'as pas dit pourquoi tu as quitté les SEALs avant la fin du stage de formation, lui dit-elle.

Il se demanda un instant s'il allait le lui dire. Bien sûr, elle ne pouvait pas imaginer tout ce que cette question provoquait en lui. Peut-être aurait-il dû, comme elle l'avait fait au restaurant, changer de conversation. Il s'exécuta néanmoins, toujours dans l'espoir de gagner sa confiance. Maîtrisant tant bien que mal son ancienne colère, il dit d'un ton aussi neutre que possible :

— Je mc suis marié.

— Et ta femme ne te soutenait pas dans ton projet ?

— Elle m'a annoncé qu'elle était enceinte. Je ne voulais pas abandonner mon entraînement et les SEALs, mais je ne me voyais pas non plus partir en mission à l'autre bout du monde à tout bout de champ alors que j'aurais un enfant... J'avais l'intention de rester dans les SEALs pendant quelques années et de fonder une famille seulement ensuite. J'ai pensé que nous n'avions pas pris assez de précautions, elle et moi, et que nous étions tous deux fautifs...

Il aurait bien aimé pouvoir en rester là. La cafetière commença à gargouiller et l'arôme du café envahit la pièce. Rachel prit deux tasses sur l'égouttoir et les remplit.

— Qu'est-il arrivé ? lui demanda-t-elle pour l'encourager à continuer.

L'amertume le submergeait toujours, quand il y repensait. Est-ce que lui raconter tout cela lui permettrait au moins de gagner sa confiance ?

Il pensa alors soudain au visage de sa sœur, à ses fous rires, aux bons moments passés ensemble lorsqu'ils étaient enfants. Luella toujours si spontanée, si insouciante, toujours prête à s'amuser.

Ils avaient grandi très proches l'un de l'autre, et Lucas avait souvent l'impression que sa jeunesse était morte avec elle.

Oui, pour parvenir à ses fins, il fallait certainement qu'il dise à Rachel ce qui s'était passé.

— Après notre mariage, commença-t-il, elle m'a avoué qu'elle n'était pas enceinte. Elle a bien essayé de me faire croire qu'elle avait eu une fausse couche, mais quand j'ai voulu voir des échographies, des ordonnances de médecins, enfin quelque chose de tangible, elle n'a pas pu me montrer quoi que ce soit. Nous nous sommes âprement disputés, et elle a fini par me dire que se prétendre enceinte était la seule façon qu'elle avait trouvée de se faire épouser.

Rachel en resta bouche bée.

— J'ai obtenu le divorce, mais je n'ai pas pu pour autant retourner dans les SEALs.

Rachel secoua la tête.

— Comment peut-on mentir à un homme pour une chose aussi grave ?

— Elle a fait tout ce qu'elle a pu pour éviter de divorcer…

— Moi, j'aurais peut-être pu pardonner, à la rigueur, mais je n'aurais plus été capable d'avoir confiance en une personne qui m'aurait fait une chose pareille, ni même de l'aimer. Si quelqu'un peut mentir à ce point, jusqu'où sera-t-il prêt à aller la prochaine fois qu'il voudra obtenir quelque chose ?

Rachel pensait manifestement à Jared en disant cela, songea Lucas. Comme elle, il avait appris, de la façon la plus brutale qui soit, que l'on pouvait vous débiter des mensonges très convaincants et vous induire délibérément en erreur. Vous tromper sans le moindre égard… Sa petite amie lui avait annoncé en pleurant qu'elle était enceinte, qu'elle ne l'avait pas prévu, et qu'elle se reprochait de ne pas avoir pris ses précautions. Tout cela était tellement illogique ! Elle avait à toute force voulu épouser un candidat au prestigieux corps des SEALs… Sa décision de quitter l'entraînement, quand elle lui avait annoncé qu'elle attendait un enfant, l'avait surprise et attristée. Sans doute était-ce parce qu'elle espérait profiter de ses missions à l'étranger pour s'amuser un peu de son côté…

— Cela te mine toujours, n'est-ce pas ? demanda Rachel.

Il regardait fixement sa tasse de café.

— J'ai certainement fait une lourde erreur en demandant à quitter les SEALs. J'ai bien essayé de revenir en arrière, mais c'était trop tard ; ils ne l'entendaient pas de cette oreille.

— Tu penses que tu aurais dû l'épouser, mais ne pas les quitter, c'est ça ?

— Sans doute. Jc savais déjà qu'elle m'avait menti, de toute façon.

— Tu as placé la paternité au-dessus de tes espoirs de carrière, il n'y a rien de honteux à cela. C'est même tout à ton honneur. C'est elle qui t'a menti, toi, tu n'as rien fait de mal.

— Si on veut. Reste que j'ai refusé de terminer l'entraînement. C'est une forme de déshonneur.

— Des choses pires peuvent arriver, dans l'existence…

— À part mourir, je ne vois pas vraiment quoi…

Rachel but une petite gorgée de son café.

— Eh bien, tu n'es pas mort, et tu ne peux pas changer le passé. L'amertume ne sert strictement à rien.

— Tu ne regrettes jamais d'avoir été une délinquante juvénile ?

Les mains autour de sa tasse, elle le regarda sans ciller.

— Si, bien sûr. J'aimerais changer le passé, mais je sais que ce n'est pas possible.

— Et tu n'en es pas amère ?

— Je ne crois pas, non. J'en ai longtemps voulu à la terre entière parce que j'avais perdu mes parents. Finalement, j'ai réalisé que la même chose était arrivée à bien d'autres, et que l'on n'y pouvait rien.

Ils se regardèrent, longtemps. Lucas ne savait plus trop que penser de Rachel. Il ne s'était pas attendu à la trouver aussi posée, raisonnable et si équilibrée. Quelqu'un de bien… Peut-être que son beau-père avait raison, après tout, et qu'elle méritait qu'il lui dise la vérité.

De son côté, Rachel pouvait constater à quel point il souffrait encore en lui racontant la façon dont son mariage s'était terminé. Il y avait fort à parier qu'il serait bien incapable, après cela, de proférer lui-même un tel mensonge. À elle aussi, un homme avait menti. Elle savait ce que cela voulait dire.

Ils étaient debout dans sa minuscule cuisine. Elle s'approcha, lui caressa doucement le visage, puis pressa son corps contre le sien.

— Rachel…

Par quoi commencer ?

— Chuuuut…

Elle posa son index sur les lèvres de Luke, puis sa main glissa vers sa nuque et elle se haussa sur la pointe des pieds pour l'embrasser.

— Il y a quelque chose…

… *Que je dois te dire* resta dans sa gorge tandis qu'elle lui offrait sa bouche.

Il l'attira plus près, la passion flambant en lui. Encore un peu et il allait tout lui avouer. Il plongea ses doigts dans sa chevelure, elle se serra davantage contre lui. Leur baiser le mettait en feu, attisait son désir. Il la voulait nue, tout de suite.

— C'est fou…, murmura-t-elle contre sa bouche.

Fou, oui. Elle ne savait pas à quel point.

— Pourquoi est-ce que tu me fais cet effet-là ? reprit-elle, presque dans un gémissement.

Elle aussi plongea ses doigts dans les épais cheveux

blonds, pressant sa bouche contre la sienne, pour un autre baiser explosif.

— J'ai envie de toi, dit-elle dans un souffle, au bout d'un moment. Je n'avais jamais ressenti une chose pareille…

Et elle recula, en posant les mains sur son torse, comme si cesser de le toucher était la chose la plus difficile au monde.

— Mais pourquoi… et pourquoi toi ?

Il aurait pu lui dire exactement la même chose. Pourquoi elle ?

4

Rachel ne pouvait s'empêcher de penser à Luke, encore et encore. Il l'avait pressée de questions durant tout le dîner, la veille, et l'avait mise très mal à l'aise. Qui était-il vraiment ? Quelle que soit la réponse à cette question, l'attirance qu'ils ressentaient l'un pour l'autre était aussi incroyable qu'inexplicable. Sa journée de travail était terminée et, après une petite pause en salle de détente, elle regagnait son bureau pour récupérer ses affaires quand elle entendit, par une porte entrouverte, un petit rire qui ressemblait à celui de Marcy. Elle s'approcha, dans l'intention de souhaiter une bonne soirée à sa nouvelle amie, mais ce qu'elle entendit la fit s'immobiliser.

— Oui, je sais, elle ne se doute de rien. Et elle croit que nous sommes tous ses amis.

— Que va faire Joseph quand elle découvrira la vérité ? demanda une autre voix.

Une femme.

Parlaient-elles d'elle ? Il semblait bien que c'était le cas. Rachel sentit son sang se glacer et se mit à trembler d'appréhension.

— Il engagera quelqu'un d'autre, je suppose. Moi, je ne retournerai pas travailler avec lui. Il sait que je voulais ce poste au service juridique.

C'était bien ça…

Le sentiment d'avoir été trahie la frappa de plein fouet.

— Pourquoi Lucas lui a-t-il menti ? voulut savoir l'amie de Marcy. Pourquoi ne pas lui avoir dit la vérité ?

Rachel aurait aimé le savoir, elle aussi. *Lucas* ? Il avait donné une fausse identité ?

— Son ex-femme l'a appelé, tu savais ça ? reprit Marcy.

— Non. Tu crois qu'ils vont se remettre ensemble ?

— Elle ne dirait pas non, je crois. On peut la comprendre, il est vraiment craquant !

— Et riche...

Elles éclatèrent de rire.

— J'ai un peu pitié de Rachel, reprit l'amie de Marcy.

— Elle va finir par découvrir la vérité, c'est inévitable.

— Est-ce que Joseph t'a dit pour quelle raison Lucas et lui ont monté toute cette histoire ? Pourquoi ils ont voulu l'engager ?

— Non, mais j'ai entendu dire que Lucas venait d'intégrer la fameuse Dark Alley Investigations. Tu sais ce que c'est ?

— Non...

— Une des meilleures agences de détectives privés. Ils sont spécialisés dans la réouverture d'affaires classées. Les gens viennent les voir quand l'un des leurs a disparu, ou a été tué, et que le meurtre n'a pas été élucidé par la police.

— Ah bon ? Ça le rend encore plus sexy, je trouve... Peut-être qu'on devrait prévenir Rachel... Tu as vu comment il la regardait, hier ? C'était chaud !

— Ah oui ?

— Plutôt ! Je ne suis pas sûre qu'il s'en aperçoit lui-même...

La sonnerie d'un téléphone portable retentit.

— C'est mon nouveau patron qui m'appelle, dit Marcy. Il vaut mieux que j'y aille...

Elle s'arrêta net en découvrant Rachel dans le couloir. Celle-ci ne lui adressa pas un regard et alla tout droit au bureau de Joseph. Il était en réunion, mais elle s'en moquait bien. Elle ouvrit la porte sans frapper et si brusquement que le battant alla claquer contre le mur. Joseph était assis à sa place, quatre dc ses collaborateurs auprès de lui. Il leva les yeux vers elle et comprit instantanément ce qui venait de se passer.

— Pourquoi Lucas m'a-t-il menti ? demanda-t-elle d'une voix blanche.

En fait, elle s'en doutait. Cela devait être en rapport avec son ancien job dans les assurances. Et avec Jared…

— Rachel…

Joseph se leva et vint vers elle, sous les regards très intéressés de ses quatre collaborateurs.

— Je… je ne voulais pas, mon petit, je le lui ai dit…

— Pourquoi ? répéta-t-elle.

Elle était à deux doigts de fondre en larmes et ne le voulait à aucun prix.

— Lucas aurait dû vous le dire. J'étais d'avis qu'il ne fallait pas vous mentir…

Rachel tourna les talons et se dirigea vers son bureau. Celui de Marcy, plutôt, sauf que celle-ci n'en voulait plus. Il était plus que temps de mettre fin à cette farce.

— Il voulait vous faire parler… de Jared…

Rachel prit son sac à main et se hâta vers la sortie. Joseph la suivit.

— Laissez-moi vous expliquer, plaida-t-il. Lucas vous exposera ses raisons, lui aussi.

Elle traversa le hall, Joseph juste derrière elle. Tous ceux qui étaient là interrompirent ce qu'ils faisaient pour les regarder avec curiosité. Joseph la prit par le bras pour l'arrêter. Elle se laissa faire, sans le regarder. Il lui avait toujours paru si bon pour elle, si paternel…

— Je lui ai dit que vous étiez quelqu'un de bien, dit-il. Ah ! je savais que tout cela finirait mal ! Je regrette d'y avoir participé… Je vous présente mes plus sincères excuses.

Soyez sûre que j'ai le plus grand respect pour vous, et que je déplore sincèrement ce qui est arrivé. Je vous prie de me pardonner.

— J'étais tellement contente de tout ça, murmura-t-elle, à nouveau au bord des larmes. D'avoir ce travail…

— Il est toujours à vous, si vous le souhaitez.

Il lâcha son bras.

— Prenez tout le temps que vous voudrez pour y réfléchir…

Ses regrets paraissaient tout à fait sincères, et elle avait envie de le croire.

— Malheureusement, j'ai bien peur qu'il soit trop tard, lâcha-t-elle en essuyant une larme qui lui avait échappé.

Elle sortit du bâtiment, courut presque jusqu'à l'arrêt du bus et monta dans le premier qui s'arrêta. Elle ne voyait plus qu'à travers un brouillard de pleurs. Est-ce que tout ce que Luke… enfin… Lucas, lui avait dit n'était que mensonges ? Une chose était sûre, en tout cas : s'il avait rejoint cette agence de détectives privés, ce ne pouvait être que pour une seule raison : rouvrir le dossier du meurtre Luella Palmer. Qu'était celle-ci, pour lui ? Une amie ? La fille de Joseph ? Elle prit son smartphone, qui n'était pas un modèle dernier cri, et se mit à chercher sur Internet tout ce qui pouvait concerner Joseph Tieber et Luella Palmer. Elle trouva vite la réponse à la question qu'elle se posait. Luella était bien la fille de Joseph, et elle était la sœur de Lucas. Lucas Curran, soit dit en passant, et non Bradbury.

Non sans amertume, elle songea qu'ils avaient fait l'amour et qu'elle ignorait qui il était vraiment…

Joseph était-il son beau-père ? Ils ne portaient pas le même nom de famille. Et Luella s'appelait-elle Tieber ou Curran, avant d'épouser Jared ?

Elle se méprisait pour avoir laissé éclater sa colère et son chagrin dans le bureau de Joseph. L'humiliation qu'elle en ressentait lui faisait redouter de devoir retourner à Tieber

Air Transport, et plus encore de revoir Lucas. Ne voulant pas non plus rentrer chez elle avec tout ce tumulte dans ses pensées, elle laissa passer son arrêt et resta dans le bus.

Une heure plus tard, elle prenait le chemin du domicile de Joseph. Il lui fallait des informations, savoir la vérité et, à tout prendre, elle préférait affronter son ex-patron plutôt que Lucas. Il devait être rentré, à présent…

Elle arriva enfin dans la rue très résidentielle où il habitait, avec ses grandes maisons séparées les unes des autres par de vastes terrains, se présenta à son adresse — qu'elle connaissait pour l'avoir lue sur des documents officiels —, et sonna à la porte.

Une dame vint lui ouvrir, blonde, encore très belle et très soignée de sa personne. Elle parut surprise de sa visite. On entendait une vague rumeur dans la maison, peut-être le son d'un poste de télévision. L'entrée fit à Rachel l'effet d'une nef de cathédrale. Jamais encore elle n'en avait vu d'aussi grande dans une maison particulière.

— Oui ?

— Est-ce que M. Joseph Tieber est là, s'il vous plaît ?

— Il n'est pas encore rentré. Qui le demande ?

La dame la dévisageait comme si elle essayait de se rappeler si elle l'avait déjà vue quelque part.

— Je travaille pour votre mari, madame. Enfin… plutôt, je travaillais pour lui.

— Mais c'est à quel sujet ?

— Je…

Embarrassée, Rachel se mordit la lèvre. Elle voulait seulement parler à Joseph et n'avait pas envie de s'en expliquer.

— Attendez une minute…, reprit la dame. C'est vous… C'est vous qui avez eu une liaison avec le mari de notre fille ?

Rachel baissa la tête.

— Je suis désolée, dit-elle en soupirant. Je crois que ma démarche n'était pas… une bonne idée. Je m'en vais.

— Attendez une minute…, répéta la dame en posant la main sur son bras.

Surprise, Rachel la regarda dans les yeux. Ils étaient bleu-gris, comme ceux de Lucas. Elle n'y vit aucune dureté, mais plutôt de la douceur et de la compréhension.

— Vous avez découvert la vérité, alors ?

— Vraiment, je crois qu'il vaut mieux que je m'en aille, fit Rachel.

— Joseph disait que vous la découvririez tôt ou tard. Venez, entrez…

La dame l'emmena jusqu'à un spacieux salon qui impressionna aussi beaucoup Rachel.

— Asseyez-vous et discutons. C'est bien ce qu'auraient dû faire mon mari et mon fils, avec vous, depuis le début…

Rachel s'assit sur le bord d'un canapé à la taille spectaculaire. Elle se sentait émue et pleine de gratitude envers cette femme qui aurait pu la chasser et qui, au lieu de cela, lui ouvrait sa porte. Depuis sa malheureuse liaison avec Jared et la perte de son premier « vrai » travail, beaucoup de ses amis lui avaient fermé les leurs, et elle n'avait aucune famille, à part quelques cousins éloignés, dans tous les sens du terme.

— Je suis Gloria Tieber. Comment avez-vous appris la vérité ?

Un peu prise de court, Rachel ne put que répondre :

— J'ai entendu Marcy en parler à une de ses amies.

— Peu importe ce qu'elle dit. Cette femme est dévorée par la jalousie. Joseph voulait la transférer à un autre poste, de toute manière. Il n'aime pas beaucoup les hypocrites, il préfère les gens francs, comme vous… Vous savez, ce n'est pas son genre de mentir. Il l'a fait pour Lucas. Ils ont toujours été très proches, tous les deux.

— Votre mari… n'est pas son vrai père, je crois ? avança Rachel.

Elle l'avait déduit, mais elle en voulait la confirmation.

— Non, mais il l'a élevé, ainsi que ma fille, d'ailleurs. Mon premier mari est mort quand Lucas avait quatre ans et que Luella était un bébé…

Rachel hocha la tête. Perdre un mari, puis une fille… cette femme n'avait pas été autant gâtée par la vie qu'elle le paraissait.

— Cela a dû être terrible, murmura-t-elle.

Gloria eut un sourire un peu triste.

— Joseph m'a beaucoup aidée. C'est un homme merveilleux. Il a élevé les enfants sans vouloir les adopter officiellement, par respect pour leur père.

Il paraissait bien être capable, en effet, de ce genre de dévouement désintéressé. Lucas aussi, songea Rachel avant de repousser au plus vite cette pensée inopportune.

— Pourquoi m'a-t-il menti ? demanda-t-elle. Est-ce qu'il croit que j'ai quelque chose à voir avec le meurtre de votre fille ?

— Je crois surtout qu'il envisage toutes les possibilités, répondit Gloria.

— Je ne la connaissais pas. Je n'ai entendu parler d'elle qu'au moment de son assassinat, dit Rachel qui éprouvait le besoin de se justifier.

— Je sais, Joseph me l'a dit.

Un matin comme les autres, Rachel s'était réveillée et s'était préparée à partir au travail. Comme toujours, elle avait bu une tasse de café en regardant vaguement le journal télévisé. Un reportage sur un crime avait attiré son attention, et elle avait instantanément reconnu la maison de Jared. Il l'y avait emmenée quelques fois, pas très souvent, et peut-être dans le but qu'elle ne soupçonne pas qu'il était marié. Il devait attendre pour cela les moments où Luella s'absentait pour plusieurs jours.

C'est ainsi qu'elle avait découvert que Jared lui mentait. Ce n'était pas possible ! Il n'avait pas pu faire ça…

La caméra le montrait ensuite tandis qu'on l'emmenait au poste de police pour l'interroger. Le mari était toujours le premier suspect, mais quel mobile aurait-il bien pu avoir ?

— Après cela, il a essayé de m'appeler, reprit-elle à l'intention de Gloria. Mais je n'ai plus jamais voulu lui parler, ni même entendre ses explications. Il m'avait menti en me cachant qu'il était marié ; je n'avais pas besoin d'en savoir plus.

— Pourquoi n'êtes-vous pas allée voir la police ?

Était-ce cela que Lucas lui reprochait ?

— Je ne voulais plus entendre parler de lui, et je n'avais rien à voir avec le meurtre de sa femme. J'ignorais son existence, et je n'étais pas avec Jared, cette nuit-là. Qu'aurais-je pu leur dire ? Je suppose qu'il pourrait être l'assassin et avoir menti à la police…

Une part d'elle-même le souhaitait presque et aurait été heureuse de le voir croupir en prison.

Gloria croisa ses belles jambes et dit simplement :

— Lucas est convaincu que Jared a tué Luella.

— Pourquoi ? A-t-il découvert quelque chose ? Et s'il en est tellement convaincu, pourquoi s'intéresser à moi ?

— À cause de votre liaison, bien sûr, et parce que vous n'êtes pas allée voir la police.

Cette fois, Rachel garda le silence. Sans doute valait-il mieux ne pas trop en dire.

— Et je ne pense pas qu'il vous traque, vous savez. Il a besoin de trouver des informations, c'est tout.

Rachel commençait à n'être plus tout à fait sûre d'apprécier cette femme. Elle vous accueillait très cordialement, mais allez savoir ce qui se cachait derrière son amabilité…

— Je vais devoir y aller…

Alors qu'elle se levait, elle vit Lucas sur le seuil du

salon et en resta interdite une seconde. Avait-il entendu sa conversation avec Gloria ?

— Bonsoir, Rachel.

La façon dont il avait prononcé son prénom lui mit les nerfs à vif. Elle se repassa en vitesse tout ce qu'elle venait de dire. Rien de bien terrible, après tout…

Gloria se leva à son tour et, souriante, alla embrasser son fils.

— Je me demande bien ce qui t'amène ici, lui dit-elle.

Au ton de sa voix, on devinait qu'elle le savait parfaitement. Lucas rendit ses baisers à sa mère, sans quitter Rachel des yeux.

Pourquoi la regardait-il ainsi ? Ce qu'ils avaient vécu ensemble l'autre nuit était bien oublié, sans doute…

Elle se dirigea vers la porte, mais Lucas lui barra le passage.

— Tu n'iras nulle part, murmura-t-il.

Elle recula, hors de sa portée. Comment comptait-il l'empêcher de s'en aller ? La nuit dernière, la passion l'avait aveuglée. Elle y voyait plus clair, à présent. Jamais elle n'aurait dû baisser sa garde… Elle aurait dû se méfier, suivre son instinct.

— Tu viens de dire à ma mère que tu n'avais pas parlé à Jared.

— C'est la vérité. Pas après que j'ai découvert qu'il était marié…

— Tu lui as bel et bien parlé, pourtant. Il a essayé de te reprendre.

— Comment le sais-tu ? répliqua-t-elle. Tu m'espionnes ?

Non seulement il lui avait menti, mais en plus il la surveillait, Dieu seul savait depuis quand. Il était au courant de son histoire avec Jared et, après ce qui s'était passé entre eux la nuit dernière, il allait peut-être reprendre la vie commune avec son ex-femme ! Toute l'humiliation qu'elle avait déjà subie refit surface. Elle refusait d'être une nouvelle fois la victime d'un homme. Elle le bouscula pour sortir, mais il la retint par le bras.

— Qu'est-ce que tu nous caches, Rachel ? demanda-t-il d'un ton dur.

— Laisse-moi passer !

Elle regrettait à présent de s'être aventurée seule chez les Tieber.

— Parle-moi de ton job dans cette compagnie d'assurances. C'était celle de Jared, n'est-ce pas ?

D'un mouvement sec, elle se libéra et s'enfuit hors de la maison.

Lucas la suivit dans la rue.

— Si tu sais quelque chose, c'est ton devoir de me le dire, lui lança-t-il.

Elle l'ignora et pressa le pas.

— Rachel !

— Laisse-moi tranquille ! Je souhaite que tu trouves l'assassin de ta sœur, mais je ne sais rien qui puisse t'y aider.

Elle se retourna vers lui, l'index pointé.

— Et si j'avais su quelque chose, figure-toi que je serais allée le dire à la police !

— Le plus petit détail, le plus insignifiant, peut faire rebondir une enquête dans une tout autre direction.

« Le plus petit détail… »

Lui parler de la seule et unique fois où elle avait vu sa sœur ne pourrait pas lui être d'une grande utilité et cela constituait à peine un détail, comme ce qui s'était ensuivi. Mais oserait-elle le lui révéler ?

Elle se remit en marche sans répondre. Il eut un soupir résigné.

— Où vas-tu ? lui demanda-t-il finalement.

— Prendre mon bus.

— Attends, je te ramène…

Il semblait ne plus vouloir insister, mais elle n'était pas

dupe : il allait probablement la questionner avec insistance. Jusqu'où irait-il pour la faire parler ? Allait-il lui mentir encore ?

— Non merci, tu m'as déjà fait le coup hier soir.

— Ça n'a rien à voir avec hier soir !

— Ce qui est arrivé hier soir est le produit de ton mensonge ! rétorqua-t-elle.

— Je dois trouver qui est l'assassin de ma sœur et tu n'es pas précisément bavarde…

— Ce n'est pas moi qui l'ai tuée !

— Sais-tu qui l'a fait ?

Rachel songea à l'homme sans visage qui l'avait suivie jusque chez elle et qui lui faisait si peur.

— Non. Je l'ignore.

Elle arriva à l'arrêt du bus et constata avec dépit qu'aucun ne passerait avant vingt bonnes minutes.

— Allons, laisse-moi te ramener, insista Lucas.

Elle le regarda, certaine qu'il ne la croyait toujours pas et ne lui faisait aucune confiance.

— Tu m'as menti, répliqua-t-elle. Et tout ce qui t'intéresse, c'est ce que je pourrais savoir. Seulement je ne sais rien. Rien du tout !

Il parut s'adoucir.

— Il fait nuit et il fait froid, lui dit-il. Allez, viens…

— Je ne peux pas t'aider. Alors pourquoi perds-tu ton temps avec une fille comme moi ?

— Je ne perds pas mon temps, et je suis désolé de t'avoir menti. Mais tu peux comprendre à quel point cette affaire est importante pour moi. Allez, viens…

Il lui tendit la main, mais elle n'était toujours pas prête à rendre les armes.

— Et ton ex-femme ? Elle serait d'accord pour que tu me ramènes chez moi ?

Il la dévisagea, un peu interloqué, et mit une seconde ou deux à comprendre où elle voulait en venir.

— Ça m'est égal, qu'elle soit d'accord ou pas.

Jared aurait pu lui dire à peu près la même chose. Tous les menteurs se ressemblent…

Elle détourna le regard.

— Pourquoi ? Tu crois que je voudrais la reprendre, après ce qu'elle m'a fait ? Je ne suis pas Jared, et ça ne me plaît pas que tu nous confondes !

Il lui prit la main et la força à le regarder.

— Je vois bien que tu n'accordes pas ta confiance facilement, surtout quand on t'a menti, mais je t'assure que tu ne cours aucun risque en me laissant te ramener chez toi.

Il lâcha sa main.

— Où est ta voiture ? demanda-t-elle avec répugnance.

C'était le froid, et non ses belles paroles, qui l'avait fait changer d'avis.

Pas question de faire confiance à un manipulateur…

5

Lucas coupa le contact après s'être garé devant l'immeuble de Rachel.

— Pas la peine que tu montes, cette fois, lui dit-elle plutôt sèchement en ouvrant sa portière.

— Rachel…

Il devait toutefois admettre qu'elle avait raison ; se retrouver seul avec elle dans son petit appartement présentait des risques pour eux deux.

— Ne rends pas mon père responsable de ce que je t'ai fait. Tu devrais garder le job… C'est un homme bon, et tu as besoin du salaire.

Elle se tourna vers lui.

— Pas comme toi ?

— Je n'ai pas besoin du salaire ?

— Non. Tu n'es pas « bon », toi, n'est-ce pas ?

Il sourit.

— Je suis peut-être un peu plus brut de décoffrage que lui…

Elle le regarda une seconde en silence et reprit :

— Et l'entraînement pour devenir un SEAL, c'était du boniment aussi ?

— Non, ça, c'est vrai.

Il aurait donné n'importe quoi pour en devenir un, et elle était le genre de femme qui l'aurait certainement soutenu.

Il se demanda pourquoi cette idée venait de lui traverser la tête…

— Et ton ranch ? reprit-elle.

— Vrai aussi. Il existe.

— C'est ton papa qui te l'a offert ?

— Il m'a servi de garant à la banque, mais j'avais de l'argent de côté. On n'est pas trop mal payé, dans les groupes d'intervention… Une fois qu'ils t'ont recruté, les SWAT cherchent à te garder un peu.

— Tu as été SWAT, aussi ?

— Oui, dans la police de Los Angeles, avant d'entrer chez Dark Alley.

Rachel parut intéressée, peut-être admirative. Elle n'avait toujours pas quitté la voiture. Il y avait peut-être de l'espoir, après tout.

— Et ton ex-femme ? demanda-t-elle.

— Pas question que je renoue avec elle. Et ce n'est pas non plus un mensonge.

Le fait de s'être sentie trahie l'avait poussée à dresser autour d'elle un véritable rempart. Au fond, il la comprenait. Elle devait être en train de peser soigneusement tous ses discours pour savoir si elle pouvait les croire ou non.

— Dark Alley… Une agence d'élite, à ce qu'il paraît. La crème…

Il ne put s'empêcher de sourire.

— « Elite » n'est pas un mot que j'aime employer à propos de tout et de n'importe quoi. Disons…

Il chercha le mot quelques instants.

— Disons qu'elle offre des facilités.

Les yeux d'or se tournèrent vers lui de nouveau, avec curiosité. Il faillit s'y perdre et oublier jusqu'au fil de leur conversation.

— « Des facilités » ?

— Avec eux, j'ai les mains beaucoup plus libres que lorsque j'étais dans la police de Los Angeles.

— Tu veux dire qu'ils regardent ailleurs si tu fais quelque chose d'illégal, pourvu que cela serve les investigations ?

— Quelque chose comme ça. Je suis une sorte de mercenaire, là-dedans. Un mercenaire avec un cœur et des principes, toutefois.

Cette fois, elle descendit de voiture puis se pencha vers lui et dit tranquillement :

— Tu mens !

Puis elle se dirigea vers la porte de son immeuble. Lucas la regarda s'éloigner avec une sorte d'admiration. La lumière d'un réverbère nimbait sa silhouette et ses cheveux. Puis, tout à coup, plus rien. Elle était entrée.

Avant de revenir sur terre, il s'accorda quelques secondes de rêverie. Depuis la dernière fois qu'il s'était intéressé à une femme pour des raisons autres que professionnelles, il n'avait plus ressenti ce petit pincement au ventre… Cela s'était passé peu de temps après son divorce, avec une de ses collègues de la police de Los Angeles, et ne s'était pas très bien terminé. Il n'était pas prêt à s'engager de nouveau.

À vrai dire, il ne savait plus exactement à quoi il était prêt. Il s'était préparé successivement à devenir un bon SEAL, puis un bon enquêteur, puis un bon policier d'intervention. Il fallait croire qu'il avait quelque chose à se prouver à lui-même…

Quant à ses relations avec les femmes… Allait-il passer le reste de sa vie dans la peau d'un célibataire ? En réalité, cette question ne le tourmentait guère. Mais ce pincement, tout de même… Certaines femmes pouvaient faire prendre à votre vie un tournant tout à fait inattendu, il en savait quelque chose. Il en était là de ses pensées quand il remarqua soudain une ombre en train de grimper à l'échelle d'incendie qui flanquait la façade de l'immeuble de Rachel. L'homme allait atteindre le quatrième étage.

Sans hésiter, Lucas descendit sans bruit de sa voiture après avoir pris dans sa boîte à gants son pistolet qu'il glissa dans sa ceinture. À son tour, il se hissa souplement sur l'échelle, en prenant bien soin de rester dans l'ombre.

L'homme s'activait visiblement sur le loquet d'une fenêtre. Était-ce l'une de celles de Rachel ? Elle devait se préparer à se coucher et ne se doutait certainement de rien.

Lucas monta rapidement, tandis que l'homme s'introduisait dans l'appartement, sans refermer derrière lui. Croyait-il qu'elle était absente et venait-il pour un cambriolage, ou avait-il l'intention de l'agresser ?

Enjambant à son tour l'appui de fenêtre, Lucas passa dans le petit living-room de Rachel plongé dans l'obscurité.

Il pouvait entendre couler la douche et voir l'homme, qui lui tournait le dos, se diriger vers la salle de bains dont la porte était entrouverte. Il mesurait environ un mètre quatre-vingts, avait des cheveux sombres et des vêtements noirs. À un moment, il tourna un peu la tête comme pour écouter, et Lucas aperçut son profil. Il ne se souvenait pas de l'avoir déjà rencontré. L'intrus prit soudain conscience de sa présence et se rua sur lui. Lucas n'eut aucun mal à parer ses premiers coups et à lui en porter deux à la tête. Comprenant qu'il avait affaire à un adversaire entraîné, l'homme plongea au sol et roula sur lui-même avant de se relever. Lucas le frappa du pied en plein dans la poitrine, l'envoyant heurter le mur opposé à la fenêtre. Il parvint néanmoins à se rétablir et à bondir vers la porte avant que Lucas ait pu l'intercepter. Rachel parut alors sur le seuil de la salle de bains, drapée dans une serviette, et l'intrus profita de cet instant de confusion pour se précipiter sur le palier puis dans l'escalier.

— Reste ici ! cria Lucas à Rachel en se lançant à sa poursuite.

Mais l'inconnu était rapide. Arrivé au rez-de-chaussée, il bouscula au passage un vieil homme qui rentrait et, Lucas à ses trousses, s'engagea dans la rue, renversant des poubelles qui roulèrent sur le trottoir dans un véritable tintamarre. Lucas parvint à l'extrémité du pâté de maisons à temps pour le voir s'engouffrer dans un parking presque vide à cette heure-ci, et où un automobiliste était en train de garer sa Sedan flambant neuve. L'homme ouvrit la portière du conducteur en voltige, l'arracha à son volant, prit sa place et démarra en trombe quasiment dans le même mouvement. Hébété, assis par terre sur le ciment, le malheureux propriétaire regarda sa voiture sortir du parking tandis que Lucas, qui avait saisi son arme, tirait dans ses pneus. Il dut en toucher un à l'arrière, car la Sedan se mit à zigzaguer, mais sans s'arrêter pour autant.

— Elle… elle a des *run-flats*, bégaya le malheureux automobiliste. Il peut encore rouler plusieurs kilomètres avec, même s'ils sont crevés.

Lucas remit son pistolet dans sa ceinture.

— Allez porter plainte pour vol, lança-t-il à l'homme en s'éloignant.

— P… pourquoi vous le poursuivez ? Vous êtes de la police ?

Lucas ne prit pas le temps de répondre et retourna en courant vers l'appartement de Rachel. Avant toute chose, il devait la mettre en lieu sûr. Il verrait à faire une déposition demain matin.

Rachel avait enfilé un jean et une chemise de flanelle à manches longues. Il pouvait voir qu'elle n'avait pas pris le temps de mettre un soutien-gorge…

— Prépare quelques affaires, lui dit-il, la gorge un peu serrée de la trouver si séduisante.

— Pourquoi ?
— Je t'emmène chez moi.
— Dans ton ranch ?
— Non. J'ai une maison en ville.
Elle alla dans la cuisine et ouvrit le réfrigérateur.
— Ce n'est pas nécessaire.
Lucas la suivit, s'arrêtant sur le seuil du minuscule espace dans lequel elle préparait ses repas.
— Bien sûr que si, insista-t-il.
— J'aurais pu me débarrasser de cet homme toute seule.
Son excès de confiance en elle l'attendrissait presque.
— Avec une serviette drapée autour de toi ? demanda-t-il, amusé.
— Je m'en serais débarrassée !
Elle referma le réfrigérateur et décapsula une bouteille d'eau minérale.
Il fixa le sillon entre ses seins, que laissait voir l'échancrure du chemisier.
— Ça ne lui aurait peut-être pas déplu, remarqua-t-il, pince-sans-rire.
— Je sais me battre.
Elle lui tendit la bouteille.
— Tu en veux ?
Retournant dans la pièce principale, Lucas ouvrit une armoire, à la recherche d'un sac ou d'une valise quelconque.
— Mais qu'est-ce que tu fais ? demanda Rachel.
Il regarda sous le lit et y trouva un sac de voyage, qu'il ouvrit et où il commença à fourrer quelques vêtements pris sur les étagères.
— Hé ! Arrête ! s'exclama-t-elle en lui saisissant le bras.
Sans se démonter, il rangea le pantalon qu'il tenait dans le sac.
— Je t'emmène, dit-il très calmement. Même si je dois pour cela te ficeler et te jeter sur mon épaule.

— Pourquoi veux-tu à toute force me protéger, puisque tu me prends pour une meurtrière ? demanda-t-elle en lâchant son bras.

— Je ne pense pas que tu aies tué quiconque, mais je me demande si tu n'as pas connaissance de quelque chose d'important que tu ne veux pas me dire. C'est pourquoi je m'intéresse beaucoup à toi.

Et il appuya ses dires d'un long regard appréciateur, qui semblait plutôt indiquer un intérêt d'une tout autre nature...

Elle soutint son inspection en silence, les bras croisés.

— Allez, lui dit-il doucement, finis ton sac. Je vais oublier des choses, si c'est moi qui le fais.

Pendant quelques instants, Rachel ne bougea pas. Puis elle regarda autour d'elle. C'était vraiment petit, ici. Trop petit. Abandonner cet endroit ne serait pas un grand sacrifice. Et puis, qu'avait-elle le plus à redouter ? Lucas, ou ces menaces diffuses qu'elle sentait autour d'elle ?

Mais Lucas savait maintenant qu'elle lui cachait bel et bien quelque chose.

— J'assurerai ta protection..., insista-t-il.

Elle leva lentement les yeux vers lui. Elle n'avait nulle part où aller. Bien sûr, elle pouvait rester là, au risque de recevoir d'autres visites du genre de celle de ce soir. Cependant, il lui fallait un travail pour payer son loyer, et elle ne savait pas encore si elle retournerait chez Tieber Air Transport.

— ... et je ne te traiterai pas comme une suspecte, c'est promis.

Pas avant d'avoir une preuve contre elle, ou d'avoir découvert ce qu'elle dissimulait.

Elle continua à réfléchir quelques secondes, puis poussa un soupir résigné.

— Bon, d'accord. Mais seulement jusqu'à ce que j'aie trouvé un nouveau travail.

— Ou que tu te décides à garder celui que tu as, dit-il en souriant, pas le moins du monde impressionné par le regard noir qu'elle lui lança.

Comparée à son appartement, la maison de ville que possédait Lucas donnait l'impression d'être un palais. Il gara sa voiture dans un garage à trois places, où se trouvait déjà une limousine aux vitres fumées. Rachel le suivit dans les pièces d'habitation. Une bonne odeur de fleurs fraîches régnait dans la lingerie, qu'ils traversèrent pour passer dans le vestibule, où un large escalier donnait accès à l'étage. Au rez-de-chaussée, Lucas lui montra un vaste salon, un bureau bibliothèque, une cuisine et la salle à manger attenante. Plus encore que l'aspect cossu de cette belle demeure, c'étaient les touches personnelles dans sa décoration qui plaisaient à Rachel. Il y avait des photos de famille sur les meubles et les étagères dont certaines, anciennes, devaient être des portraits du père biologique de Lucas. Sur l'une d'elles, il portait un uniforme de la police.

— Qu'est-il arrivé à ton père ? s'enquit-elle.

— Il est mort en service commandé, répondit-il très simplement.

Elle perçut toutefois encore la trace du deuil dans sa voix.

— Un jour, il a reçu un appel au secours dans sa voiture de patrouille. Il s'est rendu à l'adresse indiquée et a été abattu sur le pas de la porte par le petit ami de la femme qui l'avait appelé à l'aide. Elle était morte, il venait de l'assassiner… L'homme a réussi à prendre la fuite, mais il a été tué quelques jours plus tard, en voulant résister aux policiers qui venaient l'arrêter.

— C'est terrible !

— Je n'étais qu'un gamin et ma sœur, un bébé…

— Ta pauvre mère…

Pour avoir perdu ses parents à un âge très tendre, Rachel ne savait que trop ce que ce genre de perte représentait.

— Oui, mais heureusement, elle a rencontré Joseph. Il lui a redonné le goût de vivre, et à nous aussi. Je le considère comme mon père.

Il y avait un beau modèle réduit de voilier sur une console, et elle voyait bien que les tableaux aux murs n'étaient pas des reproductions.

— De qui sont-ils ? fit-elle.

— Un de mes informateurs qui était artiste peintre. Je lui ai acheté quelques toiles… il était accro à la drogue, et j'essayais de l'aider.

— Qu'est-il devenu ?

— Overdose… Viens, je vais te montrer ta chambre.

À l'étage, il la fit entrer dans l'une des chambres d'amis, et ouvrit une armoire. Il y avait des vêtements à l'intérieur. Des vêtements de femme. Surprise, Rachel demanda :

— C'était à ton ex ?

— Non. Une femme qui avait été victime d'un viol tenait une boutique de fringues de deuxième main. J'ai enquêté sur son affaire, à Los Angeles, et on est restés copains, ensuite. Comme ses affaires ne marchaient pas trop bien, je lui ai acheté tout ça pour l'aider.

Décidément, il était très secourable. Rachel commençait à le voir sous un jour un peu différent et se sentait presque tentée d'oublier qu'il lui avait menti.

— S'il y a quelque chose qui te va, ajouta-t-il, tu peux le mettre et le garder.

— Merci !

Le lendemain matin, vêtue d'un jean en velours et d'un joli pull écru qu'elle avait trouvés dans l'armoire, Rachel attendait avec Lucas l'inspecteur avec qui il avait pris rendez-vous pour faire sa déposition sur les événements survenus dans la nuit.

Le poste de police bourdonnait d'activité, et Rachel observait avec curiosité une jeune femme qu'elle n'aurait jamais identifiée comme une prostituée, si elle n'avait pas entendu les faits retenus contre elle. Elle n'arborait pas une tenue vulgaire ou outrageusement sexy. Sa robe noire plutôt stricte lui allait à ravir, et les quelques beaux bijoux qu'elle portait semblaient tout à fait authentiques. Le grand type en costume cravate qui l'accompagnait, un tatouage visible sur le dos de la main, était peut-être son souteneur… Rachel les examinait tous les deux avec un intérêt passionné. Les êtres humains, dans leur ensemble et leur diversité, la fascinaient toujours ; aussi bien ceux que la vie favorisait que ceux, bien plus nombreux, qu'elle brisait.

Elle se pencha vers Lucas.

— Je me demande ce qu'elle peut bien penser, chuchota-t-elle. Est-ce qu'elle a une famille ? Est-ce qu'elle aimerait changer de vie ? Faire un métier normal ?

Elle aurait voulu que chacun, dans la vie, puisse trouver sa voie. Or, ce n'était pas le cas et elle le savait. Seuls les plus forts survivaient. Et les plus riches qui, eux, ne se souciaient pas toujours des autres, de les aider à garder la tête hors de l'eau. Elle, elle se jurait bien de venir en aide à son prochain lorsqu'elle en aurait les moyens.

— Monsieur Curran ? appela un policier en civil en passant la tête à la porte de l'un des bureaux. Vous voulez venir ?

Rachel n'était pas encore habituée au véritable nom de Lucas. C'était toujours un pénible rappel du fait qu'il lui avait menti…

Elle se leva avec lui et ils entrèrent dans le bureau en

serrant la main du policier, un homme de petite taille qui commençait à perdre ses cheveux. Il se présenta.

— Inspecteur Bob Newman.

Il se tourna vers Lucas.

— Comme vous aviez dit au téléphone que vous étiez de l'agence Dark Alley, je leur ai passé un coup de fil et votre patron m'a rappelé pour me parler de vous. Si on m'avait dit que le célèbre Kadin Tandy me téléphonerait en personne…

Il les invita à s'asseoir.

— Qui ne connaît pas Dark Alley Investigations à Bozeman ? Mais aussi ailleurs, continua-t-il. L'agence qui résout les affaires qui ont été classées… Il y a pas mal de collègues qui vous en veulent, mais moi, j'estime que les leçons sont bonnes à prendre, d'où qu'elles viennent.

Lucas ne répondant rien, Newman enchaîna :

— Il m'a dit que vous étiez vous-même un enquêteur très expérimenté…

— C'est-à-dire que j'ai travaillé à la Criminelle, à Los Angeles, avant d'entrer au SWAT, dit sobrement Lucas.

— Vous deviez être un as, c'est sûr ! s'exclama chaleureusement l'inspecteur. Kadin Tandy n'engagerait pas n'importe qui !

— Euh…

Lucas toussa.

— Au sujet de cette voiture, sur laquelle j'ai dû ouvrir le feu…

— Ah oui, la Lexus volée…

Newman ouvrit un dossier devant lui.

— Nous l'avons retrouvée abandonnée, à la sortie de la ville.

Il montra un plan et Rachel se pencha pour regarder. Elle visualisa vite l'emplacement. Il y avait, non loin de là, un bar plutôt mal famé et relativement isolé, donc doublement dangereux.

— Et les empreintes ont parlé, ajouta Newman en poussant vers eux une photo couleur tirée d'une imprimante.

Rachel reconnut sans peine l'homme qui s'était introduit chez elle.

— Est-ce que vous l'aviez déjà vu auparavant ? lui demanda le policier.

— Non, répondit-elle sans hésitation.

Lucas ne fit aucune remarque, mais elle eut le sentiment qu'il ne la croyait pas.

Il ne lui faisait aucune confiance, puisqu'il savait bien qu'elle lui dissimulait quelque chose qu'elle ne voulait pas divulguer.

Quand ils sortirent du poste de police, Lucas prit la direction du bar près duquel la voiture avait été retrouvée. Rachel aurait été surprise de l'apprendre, mais il croyait tout à fait qu'elle n'avait jamais vu son agresseur. Il n'avait aucune raison d'en douter.

Cependant, elle avait bel et bien d'autres secrets…

Il était maintenant près de midi, et il y avait déjà pas mal de voitures sur l'aire gravillonnée qui servait de parking à l'établissement. La Lexus avait été abandonnée au bord de la route, à environ cinq cents mètres de là. Peut-être que le voleur était allé boire un verre… À l'entrée du minable débit de boissons, une odeur de bière bon marché et d'huile de friture les prit à la gorge. Suivi de Rachel, Lucas se fraya un chemin jusqu'au comptoir où s'agglutinaient des consommateurs à la mine patibulaire. Il montra au barman la photo dont Bob Newman lui avait donné une photocopie, mais l'homme secoua la tête. Il fit alors circuler sans succès le portrait à la ronde, jusqu'à ce qu'un buveur, après avoir jeté un coup d'œil au cliché, dise :

— Vous cherchez Marcus Henderson ?

Lucas pointa la photo du doigt.
— C'est son nom, vous êtes sûr ?
— Je veux ! Ce salopard m'a emprunté un tas de fric et me l'a jamais rendu !
— Vous savez où on peut le trouver ?
Lucas remit la photo dans la poche de son blouson.
— Qu'est-ce qu'il a encore fait ?
— Effraction, violation de domicile et vol de voiture.
— Vous êtes flic ?
L'homme le détailla de la tête aux pieds.
— Vous n'en avez pas l'air...
— Je suis un « privé ».
Le buveur se mit alors à examiner Rachel, avec plus d'attention encore et un plaisir visible.
— C'est mon assistante, lança Lucas. On peut le trouver où, votre Henderson ?
— Vous allez l'obliger à me rembourser ?
— Il vaudrait mieux passer par les voies légales, pour ça. Mais on peut toujours le lui rappeler...
Lucas mit les mains sur ses hanches, de façon que son pistolet soit bien visible dans son holster. L'homme hocha la tête et sourit pour montrer qu'il avait bien saisi le message.
— Il y a autre chose que vous voulez savoir sur lui ? demanda-t-il.
— Tout ce que vous savez. Où il travaille, s'il a de la famille, des amis. Les endroits qu'il fréquente...
— Il travaille pas, il deale, c'est tout. Enfin, il paraît aussi qu'il fait les sales boulots de ses fournisseurs. Comme forcer à payer les gens qui leur doivent du pognon. Plutôt marrant, pas vrai ?
— Et qui sont-ils, ses fournisseurs ?
— Ça, personne le sait et c'est pas lui qui va le dire... Il est malhonnête, mais il est pas fou.

— Et vous ? fit Rachel tout à trac. Vous dealez de la drogue, aussi ?

Lucas la regarda, vaguement désapprobateur. C'était une question bien naïve, à laquelle aucun truand ne répondrait honnêtement.

— Ah non, m'dame ! Moi, je vends des voitures chez le concessionnaire Ford, en ville. Je veux pas d'histoires…

— Il a d'autres amis ? reprit Lucas. De la famille ?

— Des frères et sœurs qui vivent dans l'Est, je crois. Il a coupé les ponts avec eux. S'il a des amis, je les connais pas.

Lucas comprit, par la force de l'expérience, que l'homme n'en savait pas davantage et qu'ils n'en tireraient rien de plus. Impossible de savoir à ce stade si Henderson avait agi sur commande ou pour son propre compte.

— Merci, dit-il à son informateur. Vous nous avez été très utile.

— De rien. Dites bien à cette ordure qu'il faut qu'il me rembourse.

— On fera ça…

Un peu plus tard, Rachel et Lucas se garèrent devant une assez jolie maison de banlieue, à une vingtaine de minutes du centre de Bozeman.

Une BMW était visible dans le garage ouvert ; il devait donc y avoir quelqu'un. Lucas sonna à la porte. Comme personne ne répondait, il observa un moment les alentours, puis tira de sa poche un petit outil métallique avec lequel il se mit en devoir de crocheter la serrure. Cela dura de longues secondes pendant lesquelles Rachel lança des regards nerveux autour d'elle. Pas un passant ni une voiture. Le quartier paraissait désert, à cette heure de la journée, mais quelqu'un pouvait toujours les observer de derrière une fenêtre et appeler la police. Ils ne le sauraient qu'au moment où ils entendraient les sirènes… Enfin, il y eut un léger déclic, et la porte s'ouvrit.

Lucas dégaina son arme et entra. Rachel le suivit et tendit le cou pour voir par-dessus ses larges épaules. En découvrant le désordre qui régnait dans la maison, elle écarquilla les yeux. Lucas la regarda et elle comprit sans qu'il ait besoin de parler.

— Hors de question que je reste dehors ! chuchota-t-elle.

Il esquissa une grimace de contrariété, mais n'insista pas. Un lampadaire et des chaises étaient renversés sur le tapis. Il y avait un pack de bière entamé sur la table basse, et des bouteilles vides un peu partout sur le sol, ainsi que les coussins du canapé. La pièce paraissait avoir été fouillée sans ménagement. À moins que l'on ne s'y soit battu…

Ils s'avancèrent, Rachel prenant bien soin de rester à l'abri derrière son compagnon. Comme ils s'approchaient de la cuisine elle vit, par la porte entrebâillée, les pieds d'un homme étendu sur le carrelage.

— Qu'est-ce que c'est ? demanda-t-elle.

Elle avait vu des scènes de violence, par le passé. Des maisons cambriolées, des bagarres entre gangs rivaux, mais encore jamais de meurtre.

Est-ce que c'était Henderson ? Et est-ce qu'il était mort ? C'est alors que son regard se posa sur la mare de sang dans laquelle baignait le corps.

— Ne touche à rien, surtout ! ordonna Lucas.

Scène de crime…

Horrifiée, elle pressa ses mains sur sa bouche pour ne pas crier. Elle n'avait encore jamais vu le cadavre d'un homme assassiné. Celui qui s'était introduit chez elle avait été tué.

Mais pourquoi ?

6

— Tu es bien sûre que tu ne le connaissais pas ? lui demanda encore Lucas.

— Mais oui, j'en suis sûre ! s'exclama-t-elle en essayant de chasser de son esprit l'image du cadavre.

Elle remarqua tout à coup que Lucas ne prenait pas la direction de sa maison.

— Où allons-nous ?

— Voir Jared.

Une sonnette d'alarme retentit dans sa tête. Voir Jared ? Pourquoi faire ?

Sentant son pouls s'accélérer brutalement, elle prit une profonde inspiration.

— Tu n'as pas l'air d'y tenir, remarqua-t-il, impavide.

— Non, pas de problème, répliqua-t-elle crânement. Allons-y…

Puis elle garda le silence, jusqu'à ce qu'ils s'arrêtent devant un immeuble qu'elle connaissait bien — celui où elle avait été si heureuse, dans son travail. Là où elle avait cru que le rêve pourrait devenir réalité.

De toute évidence conscient de son trouble, Lucas n'avait pas cherché à relancer la conversation.

Il comprenait manifestement que la perspective d'être confrontée à son ancien amant lui déplaisait, mais il aurait sans doute bien aimé savoir pour quelles raisons exactes et jusqu'à quel point.

Ils entrèrent dans l'immeuble et Lucas demanda à la réceptionniste de prévenir Jared de leur présence. Rachel ne doutait pas que, quelles que puissent être ses occupations du moment, il allait se précipiter vers eux. Très stressée, elle exhala un bref soupir. Comme elle l'avait prévu, ils n'eurent pas à attendre longtemps. Jared arriva peu après, la cravate en bataille.

— Rachel ! s'exclama-t-il, puis son regard se posa sur Lucas et il lui tendit la main sans trop d'enthousiasme : Lucas… Cela fait longtemps…

— Jared…

Le ton de Lucas surprit Rachel. Son expression ne trahissait aucune animosité, mais la façon dont il avait prononcé le prénom de son beau-frère ne laissait aucun doute sur le peu d'estime qu'il lui portait.

Jared la regarda, comme s'il espérait deviner la raison de leur visite. Elle ne fit aucun effort pour le mettre sur la voie. C'était sa faute à lui, si elle se trouvait dans cette situation et si tout était allé de mal en pis depuis qu'elle avait découvert qu'il lui mentait. Elle avait été tellement stupide de lui accorder sa confiance !

— Si nous allions dans mon bureau ? proposa-t-il avec raideur. Nous serions mieux…

Elle lui emboîta le pas la première et, à sa grande surprise, sentit la main de Lucas au creux de ses reins. Avait-il fait ce geste machinalement ? Quoi qu'il en soit, ce simple contact lui procura un assez délicieux frisson.

Dans le bureau de Jared elle préféra rester debout, les bras croisés, à distance de l'occupant des lieux. Lucas se campa à côté d'elle, mais retira sa main. Elle en ressentit un pincement de déception qu'elle refoula. Il était préférable qu'elle se prépare à affronter la conversation à venir.

— Que puis-je faire pour vous ? demanda Jared en s'asseyant dans son fauteuil.

— C'est bon, fit plutôt sèchement Lucas. Nous ne sommes pas tes clients !

Non seulement Jared ne lui répondit pas, mais il ne daigna pas même le regarder. Il se tourna vers elle.

— Comment se fait-il que tu le connaisses ? lança-t-il.

— À ton avis ? répliqua-t-elle du tac au tac.

L'expression de Jared se durcit et il eut un mouvement de menton vers Lucas.

— Depuis le début, il est persuadé que j'ai tué sa sœur…

— Et tu l'as fait ? demanda-t-elle.

— Tu sais bien que non !

— Et comment le sait-elle ? intervint Lucas, pressant son beau-frère de fournir enfin une réponse.

Du regard, Rachel envoya un avertissement silencieux à Jared. Il valait mieux pour lui qu'il ne la mêle pas à tout cela, sinon…

Elle avait décroisé les bras et crispé les mains sur le dossier du fauteuil derrière lequel elle se tenait.

— Je vous repose la question, reprit Jared, la mine sombre. Vous n'êtes pas venus ici sans raison. Alors qu'est-ce que vous voulez ?

— Quelqu'un s'est introduit dans mon appartement, dit Rachel.

Elle n'ajouta évidemment pas que cela s'était produit juste après qu'il était venu la voir. Jared la dévisagea, l'air sincèrement surpris.

— Un cambrioleur ?

Elle était bien bonne ! Rachel faillit éclater d'un rire sans joie.

— Non, Jared, non… Il n'y a rien de valeur chez moi, et tu le sais très bien.

— Il faut croire que celui qui a fait ça devait se sentir

menacé par elle, ajouta Lucas en se rapprochant d'elle presque à la toucher.

Rachel se sentait de plus en plus nerveuse. Pourquoi se comportait-il ainsi ? Elle le vit regarder Jared, comme pour s'assurer qu'il comprenait bien ce que cela voulait dire. Dans quel but ? Pourquoi tenait-il à faire savoir à son beau-frère qu'il y avait quelque chose entre eux ?

— Tu es revenu voir Rachel, reprit Lucas d'un ton accusateur. Pourquoi ?

Le visage de Jared se ferma.

— Mes relations avec Rachel ne te regardent pas.

— Tu devrais plutôt dire « ma relation avec Rachel ». Tu as trompé ma sœur, et pas qu'une fois…

— C'est vrai, j'ai connu beaucoup de femmes, et je ne vois pas en quoi ça te dérange. Tu as toi-même toujours eu ta petite cour aussi…

— Luella était ma sœur. Tu crois que ça me plaisait de la voir avec toi ?

— Elle m'aimait et je l'aimais.

— Jusqu'à ce que tu rencontres Rachel ?

Lucas lança à celle-ci un bref regard, comme pour lui faire comprendre qu'il ne voulait pas lui faire offense. Elle soupira. Elle avait bel et bien eu une liaison avec le mari de sa sœur, même si elle ignorait alors qu'il était marié. Son code moral très strict sur cette question l'aurait empêchée d'en arriver là, si elle l'avait su.

— Ça a commencé à se gâter entre Luella et moi à peu près un an avant que je rencontre Rachel, précisa Jared. Nous avions décidé de divorcer. Ta sœur te l'aurait dit, si vous aviez été si proches que tu le prétends.

Lucas fit un pas en avant, menaçant. Rachel posa doucement la main sur son bras pour le calmer. Comprenant sa prière muette, il n'alla pas plus loin.

Ce bref échange n'échappa pas non plus à Jared qui demanda sèchement :

— Depuis combien de temps le connais-tu, Rachel ?

Elle préféra ne pas répondre et ce fut Lucas qui, avec un sourire suave, renseigna son beau-frère.

— Nous venons tout juste de nous rencontrer…

— Bon, fit Jared en se levant à moitié. Si c'est tout ce que vous avez à me demander…

— Quand as-tu vu ma sœur en vie pour la dernière fois ? lui lança Lucas de l'air le plus impérieux que Rachel lui ait jamais vu.

Jared finit lentement de se lever.

— J'ai répondu à cette question des dizaines de fois, déjà. La dernière fois que je l'ai vue, je partais au travail. Quand je suis rentré, ce soir-là, j'ai trouvé mon dîner dans le réfrigérateur. C'était son soir de sortie avec ses amies. Moi, je suis allé me coucher à 21 h 30.

— Et tu ne l'as pas entendue rentrer ?

— Non.

Le trousseau de clés de Luella avait été retrouvé dans son sac ; sa voiture était au garage, et la porte ne montrait aucun signe d'effraction. Il n'y avait pas de sang, rien. Rachel l'avait lu dans les journaux.

— Tu as dit à la police qu'elle était venue se coucher…

— C'est vrai !

Jared lança à Rachel un bref regard, comme pour quémander son appui.

— … et tu as même précisé à quelle heure : 22 h 20.

— Je dormais, quand elle est rentrée.

Rachel les écoutait, fascinée. Lucas était visiblement habile à mener un interrogatoire, et sa seule présence physique en imposait à celui qu'il mettait sur le gril.

— Comment as-tu pu l'entendre, alors ? Et comment sais-tu à quelle heure c'était ?

— Écoute, je ne mens pas. J'ai estimé l'heure de son retour. Je l'ai bien entendue rentrer et venir se coucher, mais je me suis rendormi tout de suite. Je suppose qu'elle s'est relevée au milieu de la nuit…

Rachel trouvait décidément difficile à croire que Jared ne s'était pas de nouveau réveillé et n'avait pas remarqué que sa femme n'était plus là. Et si Luella n'était pas rentrée du tout ? Si quelque chose s'était passé avant 22 h 20 ?

— Tu es sûr que tu ne sais pas pourquoi on s'est introduit chez moi ? demanda-t-elle à Jared aussi doucement qu'elle le put.

Elle n'avait plus aucune confiance en lui. Un homme qui mentait à sa femme comme à sa maîtresse ne méritait que du mépris et elle le tenait, elle aussi, pour le principal suspect du meurtre de Luella.

Il accusa le coup.

— Pourquoi crois-tu que j'ai quelque chose à voir avec ça ?

Rachel préféra ne pas répondre. Elle surprit un bref regard de Lucas dans sa direction. Il semblait déçu qu'elle s'en abstienne.

— Puisqu'on parle de relations, de quelle nature sont les vôtres ? demanda agressivement Jared, repassant à l'attaque.

Rachel rougit et lança à son tour un regard vers Lucas. L'attraction mutuelle, animale, qu'il y avait entre eux devait être perceptible. Jared pointa sur son beau-frère un index accusateur.

— Tu lui passais la main dans le dos, quand vous êtes entrés, et je vois bien la façon dont tu la regardes.

— Jared…, commença Rachel.

— Qu'est-ce que tu fais avec lui ?

Lucas contre-attaqua immédiatement.

— Est-ce que tu as tué ma sœur parce qu'elle gênait ton histoire avec Rachel ?

L'intéressée en resta un instant bouche bée.

— Mais…

— Non. Je n'aurais eu besoin de tuer personne pour avoir Rachel, du moins…

Il lui lança un regard mauvais.

— … du moins jusqu'à ce qu'elle découvre que j'étais marié. Mais à ce moment-là, Luella était déjà morte.

— Jared, je…

— Pourquoi tu t'es mise avec ce type ? la coupa-t-il.

— Je ne suis pas avec lui !

Elle se tourna vers Lucas.

— Ma relation avec Jared n'a aucun rapport avec le meurtre.

— Ça, ça reste encore à prouver, répliqua-t-il froidement.

Surprise, Rachel se figea quelques secondes puis se dirigea vers la porte.

— Restez en dehors de ma vie. Tous les deux ! leur lança-t-elle par-dessus son épaule.

— Rachel…, fit Lucas, plus conciliant.

Jared ricana.

— Si tu voulais la mettre de ton côté, c'est plutôt raté, dit-il à son beau-frère. Tu ne la connais pas encore très bien, on dirait…

Non, personne ne la connaissait — personne, depuis la mort de sa mère. Elle se précipita vers l'ascenseur. Les portes automatiques se refermèrent devant Lucas qui l'avait suivie, juste au moment où il allait la rejoindre dans la cabine.

En regardant défiler les numéros d'étage, Rachel songea avec tristesse qu'elle aurait bien aimé ne pas être obligée de fuir, chaque fois que quelque chose ou quelqu'un la mettait sur la sellette. Durant son adolescence, c'était le juge pour enfants puis, une fois adulte, tout ce qui l'empêchait de mener une vie normale. C'était comme si elle devait éternellement retomber dans la même spirale infernale.

Avoir rencontré un homme comme Lucas n'allait pas

forcément arranger les choses. Il y aurait toujours entre eux le meurtre de sa sœur, la relation qu'elle avait eue avec Jared et, par-dessus tout, le fait qu'il se méfiait d'elle. Au fond, c'était lui qu'elle fuyait. La façon dont il la voyait et l'impossibilité pour elle d'y changer quelque chose. Elle devait à tout prix reprendre le cours normal de sa vie, passer ses derniers examens, et travailler dur pour bâtir son avenir. Toute seule. Elle devait démontrer au monde entier et se prouver à elle-même qu'elle était digne de confiance. Rester avec Lucas ne pouvait que la tirer à nouveau vers le bas, vers son passé. Cela, elle ne pouvait pas se le permettre.

— Qu'est-ce qu'il y a exactement entre vous ?

Devant les portes closes de l'ascenseur, Lucas soupira et se tourna vers son beau-frère.

— J'allais justement te poser la même question.

— Ça ne va probablement pas te plaire, mais je suis amoureux de Rachel.

— Tu es amoureux de toutes les femmes avec qui tu as trompé ma sœur, lui répliqua-t-il. J'étais au courant de tes frasques avant même que tu l'épouses, mais je ne lui ai rien dit, parce que j'espérais que tu te rangerais, une fois marié.

Et il le regrettait de tout son cœur. S'il avait parlé, peut-être Luella aurait-elle quitté Jared et serait-elle encore en vie.

— C'est parce que je ne l'ai pas fait que tu as commencé à me détester autant ? lui lança son beau-frère à voix haute et d'un ton provocant.

Deux femmes qui sortaient d'une salle de réunion les regardèrent avec surprise. Lucas répondit en baissant la voix.

— Non. Je me suis aperçu que tu n'étais qu'un rat peu de temps après t'avoir présenté à Luella.

Jared venait alors de s'associer avec Eldon Sordi, un homme d'affaires qui menait grand train. Sordi en était à sa quatrième épouse et jouait des fortunes au poker. C'était aussi un toxicomane, ce que Jared s'était bien gardé de lui dire, mais Lucas l'avait découvert tout seul.

Il en avait averti Luella et en avait parlé à Jared. Celui-ci avait reconnu que son associé était cocaïnomane, tout en jurant que lui-même ne touchait pas à cela. Or, un soir, Luella lui avait téléphoné en larmes. Jared était rentré ivre, avec des traces de poudre blanche sur le nez. Lucas lui avait alors conseillé de divorcer, mais elle lui avait répondu qu'elle aimait son mari.

À cette époque, il vivait à Los Angeles. Il avait pris le premier avion et eu une explication orageuse avec Jared. C'était ainsi que cela avait commencé.

La cerise sur le gâteau avait été la série de photos qu'un détective privé, engagé par l'épouse d'Eldon Sordi, avait prises des deux associés sur le yacht d'Eldon, en compagnie de deux jeunes et jolies femmes. Mme Sordi en avait immédiatement expédié des copies à Luella, qui avait à nouveau appelé son frère, en larmes.

Elle avait été assassinée six mois plus tard… L'ascenseur qui était remonté s'ouvrit, et un groupe en sortit, les contraignant à faire momentanément silence.

— Toi et tes fichus principes ! lança Jared lorsqu'ils furent seuls à nouveau. Ce doit être parce que ton père est mort en service, que tu as trouvé ta vocation : devenir flic, pour le remplacer.

— Et ta vocation à toi, c'est l'infidélité et l'amour de l'argent ?

— J'ai toujours aimé ça, c'est vrai. Le reste… c'est arrivé, c'est tout.

— Ce n'était pas ta faute, c'est ça ? C'est toujours ce que disent les gens dans ton genre… C'est plus facile de se laisser flotter dans le courant que de faire attention à ceux qui vous entourent !

— C'est bien ce que je disais, tu es trop rigide, Lucas. Tu devrais te laisser aller, de temps en temps. Te laisser vivre…

Eldon Sordi, son associé, arriva dans le couloir et se dirigea vers eux d'un pas vif.

— Je te cherchais ! dit-il à Jared après un bref regard dénué d'intérêt en direction de Lucas. La réunion commence dans un quart d'heure à peine, il faut que je te parle avant.

— J'allais y aller, justement…

Jared désigna Lucas.

— Tu te souviens de Lucas Curran ?

— Le frère de ta femme ? Bien sûr…

Eldon lui tendit une main molle que Lucas serra brièvement.

— La prochaine fois que tu veux me voir, lui dit Jared, appelle-moi avant. On pourra se rencontrer dans un endroit plus tranquille.

Sur ces mots, il emboîta le pas à son associé qui s'éloignait déjà.

Mais Lucas le rappela.

— Juste un mot, Jared. Sache que je serais devenu flic, que mon père soit mort ou non. J'ai ça dans le sang. Et je suis bon à ça. Très bon…

Jared, qui s'était retourné, se raidit. Le message était clair : Si tu as tué Luella, je finirai par te coincer.

Il se remit en marche et alla rejoindre son associé dans son bureau tandis que Lucas se retournait vers l'ascenseur qui arrivait. Les portes s'ouvrirent et il allait entrer dans la cabine quand il s'arrêta net.

Marcy en sortait.

— Oh ! Bonjour, monsieur Curran.

— Bonjour, Marcy, mais qu'est-ce que vous faites là ?

— Je connais quelqu'un dans cette société, répondit-elle avec un sourire vaguement complice.

Cela parut assez étonnant à Lucas. Comment l'avait-elle

rencontré, ce « quelqu'un » ? Pour autant qu'il sache, Joseph ne faisait pas d'affaires avec Eldon et Jared.

— Pendant que je vous tiens, reprit Marcy, je voudrais m'excuser pour ce que j'ai pu dire et ce que votre amie a surpris. Je n'avais pas l'intention… enfin…

Rien n'indiquait qu'elle était particulièrement gênée de le trouver ici, mais lui continuait de trouver cela plutôt étrange.

— C'est sans importance, marmonna-t-il.

Marcy se rapprocha de lui et posa la main sur son bras.

— Cela en a pour moi, je vous assure. Peut-être que si elle avait ignoré votre plan plus longtemps, elle aurait laissé échapper quelque chose d'important pour l'enquête. Votre papa m'a dit qu'elle savait sans doute quelque chose sur le meurtre de votre sœur.

Décidément, ce cher papa parlait trop…

— Si je peux faire quelque chose, surtout dites-le-moi !

Lucas songea que la seule chose qu'elle pouvait faire pour lui serait précisément de cesser de fourrer son nez dans ses affaires.

Elle retira sa main et ajouta avec coquetterie :

— J'étais vraiment heureuse quand j'ai su que vous reveniez à Bozeman…

Ce n'était pas la première fois qu'elle essayait de flirter avec lui. Elle avait un peu la réputation de se jeter à la tête de tous les célibataires présentables passant à sa portée. Rien à voir avec Rachel, toutefois, qui était sortie avec des hommes riches parce qu'elle aspirait à une vie meilleure, alors que Marcy le faisait par pure cupidité. Rachel recherchait l'amour, Marcy, l'argent.

Rachel recherchait l'amour ?

Cela paraissait évident, et devait dater au moins de la mort de ses parents. Il s'étonna de l'envie qu'il ressentait soudain de la défendre. Marcy, au contraire, la chargeait presque, prête à voir en elle une complice du meurtre de

Luella, voire davantage… Pour quelle raison agissait-elle ainsi ? Avait-elle des vues sur Jared, ou alors sur lui ?

Il prit rapidement congé d'elle et s'engouffra dans l'ascenseur. La façon dont Marcy l'avait abordé ne lui paraissait décidément pas très naturelle. Et pourquoi le meurtre de Luella semblait-il l'intéresser autant ?

Il décida d'attendre discrètement qu'elle ressorte, pour voir à quoi et avec qui elle passait son temps libre. Posté dans sa voiture, il surveilla les abords du bureau de Jared. Il n'eut pas à patienter très longtemps. Il vit bientôt celui-ci sortir de l'immeuble en compagnie de Marcy et s'engouffrer dans une Sedan noire. Lucas démarra et les suivit jusqu'au centre-ville.

Pourquoi donc Jared avait-il écourté une réunion qui paraissait si importante ? Marcy et lui, bras dessus, bras dessous, se rendirent dans un bar cossu qui annonçait sa « Happy Hour » sur une ardoise fixée à la porte. Il était un peu plus de 15 heures ; ils n'étaient pas en retard.

Lucas décida de rendre une visite discrète à l'appartement de Marcy pour y installer un de ses petits systèmes d'écoute miniaturisés, après quoi il irait tenter d'arranger les choses avec Rachel.

Pour la première fois depuis longtemps, il était peut-être sur une « vraie » piste…

7

Le téléphone de Rachel se mit à sonner alors qu'elle sortait d'un long bain. Il était plus de 17 heures, et Lucas ne s'était toujours pas montré. Elle était rentrée chez elle, dans son petit appartement, pour mettre un peu de champ entre eux. Elle en avait besoin, ne serait-ce que pour une seule nuit, et espérait qu'il la laisserait tranquille. Son téléphone ne sonnant pas souvent, elle se demanda si c'était lui qui appelait. Une serviette drapée autour d'elle et une autre sur la tête, elle prit le petit appareil sur le comptoir de la kitchenette et regarda l'écran. Voyant qu'il s'agissait d'un appel masqué, elle fut tentée de ne pas répondre, puis se reprocha ce qu'elle considérait comme de la couardise.

— Oui, allô !

Elle entendit le son étouffé d'une télévision et celui d'une respiration tranquille. Tout de suite, elle fut sur ses gardes.

— Allô ?

— Nous avions un accord, tous les deux, tu te souviens ?

La voix basse et posée, menaçante par son calme même, la ramenait plusieurs années en arrière. Cette voix n'avait cessé de la hanter…

— Qui êtes-vous ? Pourquoi m'appelez-vous ?

— Tu le sais très bien, Rachel.

La voix lui parvenait un peu étouffée ; l'homme avait

probablement mis quelque chose entre sa bouche et le combiné pour la déformer, mais elle n'en était pas moins glaçante.

— Je crois que je ne t'ai pas tuée plus tôt parce que je te trouvais très attirante. Mais les choses ont changé, à présent. Tu es avec Lucas Curran…

Comment le savait-il ? Est-ce qu'elle était surveillée, espionnée à son insu ? Instinctivement, elle eut un regard de bête traquée en direction de la fenêtre.

— Au début, j'ai cru que c'était encore un de ces fils à papa avec lesquels tu as toujours aimé traîner… et puis j'ai découvert que c'était un privé et qu'il travaillait pour la Dark Alley Investigations. Du sérieux, dis-moi… le frère de Luella n'est pas n'importe qui…

Rachel refréna son envie de le supplier de la laisser tranquille.

— Je crois que j'aurais dû m'occuper de ton cas il y a quatre ans…, reprit-il.

— Je n'ai rien dit. À personne.

Elle détestait la façon dont sa voix tremblait. Quelques instants plus tôt, elle s'accusait de lâcheté. Voilà ce que cet inconnu faisait d'elle : une couarde. Le vieux cauchemar, celui qui avait commencé par la mort de ses parents et sa première comparution devant le juge pour enfants, continuait…

— Si… si vous n'arrêtez pas de m'appeler, je… je vais aller à la police, bégaya-t-elle, le cœur battant.

— Tss, tss, fit la voix moqueuse. Ce n'est pas ce que j'espérais entendre, Rachel. Il se sert de toi, ce Lucas Curran, tu sais… J'ai lu un article sur lui, c'était au temps où il était dans la police de Los Angeles… Une fois, il a sauvé un petit garçon que son beau-père avait enlevé. Une autre fois, il a empêché un viol alors qu'il n'était même pas en service. Cet homme-là ne s'arrête jamais…

— Alors, je n'aurai même pas besoin d'aller voir la police, répliqua-t-elle, sentant son courage revenir peu à peu.

Elle y avait pensé à plusieurs reprises depuis qu'elle avait découvert la véritable identité de Lucas. Il résoudrait l'énigme du meurtre de sa sœur et la sauverait, elle, au passage. Force resterait à la loi.

— Non. Le mieux que tu as à faire, c'est rester à l'écart de lui…

Et si elle ne le voulait pas, et Lucas non plus ? S'il était sa seule planche de salut ?

— … sinon, reprit la voix, je te tuerai.

— Mais je vous dis que je ne sais rien !

C'était la vérité. Elle n'était en possession d'aucun élément qui aurait pu impliquer qui que ce soit dans le meurtre de Luella.

— Vous perdez votre temps avec moi. Si j'avais su quelque chose, pourquoi je ne serais pas allée le dire à la police ?

— Tu en sais suffisamment, ma douce Rachel…

Bien sûr, il devait sentir qu'elle avait peur. Peut-être savait-il aussi que depuis ses problèmes, à l'adolescence, elle redoutait toujours d'être confrontée aux policiers, accusée de quelque chose qu'elle n'avait pas fait… Cet homme, qu'elle ne connaissait pas, l'en avait déjà menacée par le passé.

« Ne dis rien, ma douce Rachel, sinon c'est peut-être bien toi qui pourrais te retrouver sur le banc des accusés… »

Il faisait alors naturellement allusion à sa liaison avec Jared. On pouvait très bien la soupçonner d'avoir voulu supprimer une rivale, et tant pis si, en fait, c'était elle qui l'avait quitté et ne voulait plus jamais le revoir…

— Qui êtes-vous ? insista-t-elle.

— C'est mon dernier avertissement. Eloigne-toi de Lucas Curran. Redeviens la gentille Rachel que tu étais avant de le connaître.

« La gentille Rachel… »

Il raccrocha et elle reposa le téléphone d'une main tremblante. Jamais elle n'aurait dû laisser cet homme jouer à ce point avec sa peur, comme il l'avait déjà fait quatre ans plus tôt. Elle aurait dû aller à la police, elle le savait bien. Et depuis longtemps…

Comme la première fois, elle était persuadée d'avoir eu affaire soit à l'assassin de Luella, soit au commanditaire du meurtre. Elle avait essayé de le savoir, ce qui lui avait valu de nouvelles menaces. Alors elle était rentrée dans sa coquille, et l'inconnu avait cessé de la terroriser. Il fallait faire quelque chose, mais quoi ? Le temps avait passé… Si elle remuait tout cela maintenant, elle ne pouvait qu'attirer les soupçons sur elle.

Elle ne savait plus ce qu'elle devait redouter le plus : sa propre lâcheté ou la perspective d'être accusée du meurtre de Luella.

Elle entendit une clé tourner dans la serrure et eut l'impression que son cœur cessait de battre. Elle trouva néanmoins la force de se retourner et vit Lucas entrer et refermer la porte.

— Que… comment as-tu fait pour ouvrir ? balbutia-t-elle.

Il montra la clé qu'il venait d'utiliser.

— J'ai fait copier la tienne.

— Oh ! Espèce de…

Elle se précipita sur lui pour essayer de la lui prendre, mais il leva simplement le bras pour la mettre hors de sa portée. Elle laissa échapper un soupir de frustration.

— Est-ce que tu connaissais Marcy, avant de commencer à travailler pour mon beau-père ? lui demanda-t-il tout à trac.

— Non. Pourquoi ?

— Je suis tombé sur elle par hasard chez HealthFirst. Elle m'a dit être venue voir quelqu'un, et je l'ai vue repartir avec Jared.

Rachel n'en était pas autrement étonnée.

— Ça lui ressemble assez, dit-elle. Et puis Jared était le mari de ta sœur… Il a très bien pu faire la connaissance de Marcy chez Tieber Air Transport.

Elle le regarda.

— Tu me crois, maintenant, quand je te dis que je ne veux plus rien avoir à faire avec lui ?

Il ne répondit pas, se contentant de la regarder pensivement, et se demandant certainement, une fois de plus, s'il pouvait lui faire confiance.

— Bon, dit-il finalement en soupirant. Je crois qu'on peut faire une trêve, ça nous fera du bien à tous les deux…

Une trêve ?

— Et tu vois ça comment ? demanda-t-elle.

— C'était quand la dernière fois que tu es allée dans un musée d'histoire naturelle ?

— Mon Dieu ! Il y a des années… avec mes parents, Pourquoi ?

Non qu'elle n'aimât pas cela, mais les occasions lui avaient manqué, et l'argent, bien souvent… Mais elle aurait aimé y aller, oui, et y emmener ses enfants, même, un jour.

— Nous irons demain nous laver un peu la tête de tout ça…

C'était une offre plutôt étonnante, et elle s'interrogea sur les motifs qu'il pouvait avoir d'agir ainsi. Beau, plein de charme et de virilité, il avait déjà tout ce qu'il fallait pour lui ravir son cœur. Quand avait-elle commencé à penser avoir une famille, un jour ? En aurait-elle jamais, tout simplement, la possibilité ? Une fois son diplôme passé, elle allait devoir travailler dur pour se faire une situation. Cela prendrait du temps, et son horloge biologique devrait attendre. Qu'est-ce qui était le plus important, dans la vie ? La carrière ou la famille ? Et ne pourrait-elle pas avoir les deux ? Sa mère, elle, ne travaillait pas. Elle avait passé beaucoup de temps avec elle, durant son enfance. C'était entre autres pour cela que la perdre s'était révélé aussi dévastateur…

En fin de matinée, le lendemain, Rachel et Lucas commencèrent la visite du musée d'histoire naturelle de Bozeman par les salles dédiées aux dinosaures. Rachel essayait de repérer son harceleur parmi tous les inconnus qui croisaient leur chemin, sans succès. Mais elle n'était pas détective, après tout. Peu à peu, elle finit par se détendre et put apprécier les collections. Des squelettes parfois entièrement reconstitués dormaient de leur dernier sommeil dans les vitrines ou sur des piédestaux. Rachel s'arrêta devant plusieurs de ces ensembles d'ossements qui s'étaient trouvés pris dans la boue des marais, dans laquelle ils s'étaient fossilisés au long des millénaires.

— Parfois, je me sens aussi prisonnière et aussi enfouie qu'eux, dit-elle en soupirant.

— Est-ce que nous ne nous sentons pas tous comme ça ? lui répondit Lucas en souriant un peu.

Elle le regarda, détaillant son large torse, sa blondeur, son beau visage…

— Je n'aurais jamais cru qu'un homme comme toi puisse se sentir prisonnier de quelque chose.

— C'est quoi, « un homme comme moi » ? demanda-t-il en souriant plus largement.

— Un SEAL, un inspecteur, un homme des SWAT, un détective privé… Un type comme toi ne se laisse pas enfermer dans la boue et encore moins fossiliser… il ferait éclater la pierre, plutôt…

Il regarda la vitrine en silence, un long moment. Rachel n'osa pas le déranger dans ses pensées.

— J'ai pourtant bel et bien été pris dans une gangue, dit-il enfin lentement. Celle du mensonge, d'un mariage raté… Et je suis toujours prisonnier d'une autre, une sorte de labyrinthe : le meurtre de ma sœur.

Rachel était surprise de l'entendre parler ainsi.

— Mais tu as quitté ta femme…

Et maintenant, elle revenait à la charge pour le reconquérir. Allait-il se laisser faire ?

— Et en ce qui concerne le meurtre de ta sœur, tu veux dire que tu te sens prisonnier d'une enquête qui n'a pas été résolue, c'est ça ?

— Non, je la résoudrai. Mais je ne peux pas me pardonner d'avoir laissé mourir Luella…

Elle le regarda sans comprendre. Il s'éloigna et elle le rejoignit, l'air interrogateur.

— C'est moi qui les ai présentés, expliqua-t-il. Nous étions ensemble à la fac, lui et moi.

— Qu'est-il arrivé ?

— Ce que tu sais… Il m'a montré quel genre d'homme il était. J'aurais dû le deviner plus tôt…

Ils quittèrent les salles dédiées aux dinosaures et Lucas lui ouvrit la porte qui menait à une vaste cour intérieure. Au fond se trouvait une vieille cabane de pionniers, au milieu de la végétation couverte de neige.

— L'été, tout est fleuri, c'est très spectaculaire, dit-il en la guidant le long de l'allée qui y menait.

Mais on était en hiver, et le sol était gelé. Elle faillit glisser et Lucas lui offrit son bras. Instantanément, elle se sentit rassérénée.

— En quoi était-ce ta faute ? demanda-t-elle. Elle avait choisi de l'épouser.

— Si j'avais su l'en dissuader, elle serait peut-être toujours vivante…

Toutes celles et tous ceux qui avaient perdu un être cher passaient par ces phases d'interrogation et de culpabilité, mais lui poussait les choses un peu trop loin.

— Tu penses toujours qu'il l'a tuée ?

— Tu peux me dire quelque chose qui pourrait me faire changer d'avis ?

Rachel lâcha son bras pour passer le seuil de la cabane. Essayait-il encore de la faire parler ?

— Je croyais qu'on faisait une trêve avec tout ça, dit-elle en soupirant.

Il poussa la porte pour elle.

— C'est ce que nous faisons.

Elle entra et eut tout de suite l'impression d'être projetée dans un lointain passé. Des employés du musée, en costumes d'époque, cuisinaient sur un poêle à bois, filaient de la laine et tissaient un tapis. Un peu plus loin, en ressortant de la cabane, ils virent d'autres figurants faire fonctionner une vieille forge et ferrer un cheval. Rachel sentait bien que Lucas scrutait ses réactions, bien plus qu'il n'observait ces scènes d'autrefois, et faillit lui en faire la remarque. Elle aurait voulu pouvoir lui ouvrir librement son cœur, mais comment réagirait-il ?

Violemment, sans doute. Il serait furieux qu'elle ait gardé pour elle certaines informations, aussi insignifiantes soient-elles. Qu'elle les lui ait cachées à lui, mais aussi à la justice…

Lorsqu'ils quittèrent le musée et prirent la direction du parking, elle sentit la main de Lucas se poser au creux de ses reins. Il s'était montré très attentif toute la journée. Par calcul, peut-être.

— On va dîner ? proposa-t-il.

— D'accord.

Encore une fois, elle regarda autour d'elle, mais personne ne semblait l'épier. Elle suivit Lucas, qui lui ouvrit la portière de son SUV.

— Tout va bien ? demanda-t-il.

Elle hocha la tête puis feignit la nonchalance pendant qu'il s'installait au volant.

— Pourquoi regardes-tu tout le temps autour de toi, comme ça ? reprit-il en démarrant.

— Moi ?

Il eut une moue ironique, qui voulait clairement signifier : « Tu sais très bien que tu le fais. »

— Notre rencontre avec Jared m'a effrayée, répondit-elle.

Ce n'était pas l'entière vérité, mais ce n'était pas non plus un mensonge.

— Pourquoi ça ?

Elle chercha ses mots avec circonspection.

— Il dit qu'il veut me revoir. Qu'il m'aime toujours.

Elle coula un regard de côté vers lui.

— Tu l'as entendu.

— Et ça te fait peur ?

— Il prétend m'aimer et il sort avec Marcy… Ça n'a rien à voir avec l'amour, c'est une histoire de pouvoir.

— Tu connais Jared, il n'aime que ça, le pouvoir. Ce n'est pas nouveau.

Le pouvoir sur sa femme, sur sa maîtresse, sur ses affaires. Se prouver à lui-même qu'il était le patron, l'Homme, avec une majuscule.

— C'est vrai…

Comment avait-elle pu se laisser manœuvrer aussi facilement ? Il faut croire qu'il était facile de mystifier les gens, surtout en leur cachant quelque chose.

Lucas arrêta sa voiture devant une vieille maison de style cottage, oubliée par le temps, et dont l'enseigne proclamait qu'il s'agissait bien d'un restaurant. De grands sapins entouraient et dissimulaient son parking aux passants. Ils sortirent du SUV et Rachel remonta la fermeture Éclair de son blouson pour se protéger de l'air froid de la nuit qui tombait.

Derrière eux, une voiture s'engagea sur le parking. En l'entendant, Lucas passa son bras autour de la taille de Rachel et l'attira contre lui.

La voiture accéléra. Rachel ne se rendit vraiment compte qu'elle fonçait droit sur eux que lorsque Lucas la poussa de côté, tout en dégainant son arme.

Il fit feu et le conducteur vira brusquement avant de décrire une boucle pour revenir vers eux.

Rachel courut vers le côté du parking, avec l'intention de se mettre à l'abri derrière un tas de neige accumulé lors d'un récent déneigement. La voiture fonça droit sur elle, et Lucas tira de nouveau.

Tout en hurlant de peur, elle entreprit d'escalader le monticule glacé. Jetant un coup d'œil derrière elle, elle vit la voiture déraper et zigzaguer, puis l'aile côté passager vint s'encastrer dans le tas de neige qui s'effrita. Elle glissa de son très précaire perchoir en hurlant de plus belle et tomba devant le pare-chocs du véhicule. Sans doute à cause des tirs de Lucas, le chauffeur ne tenta pas de profiter de la situation. Il passa la marche arrière pour filer dans un rugissement de moteur, ses pneus projetant de la neige glacée au visage de Rachel, qui dut se protéger de ses bras.

— Rachel !

Lucas courut vers elle, en s'assurant du regard que le véhicule avait bien quitté les lieux.

— Ça va… je… je crois que je n'ai rien, dit-elle d'une voix tremblante en essayant de vérifier si elle n'avait effectivement rien de cassé.

Elle avait peine à le croire…

On avait essayé de la tuer. Était-ce l'homme qui la harcelait au téléphone ? Cette fois, il avait manqué son coup. Mais la prochaine fois…

Lucas mit ses mains sur les joues de Rachel et lui fit doucement lever la tête, la forçant à le regarder dans les yeux.

— Je t'en prie, l'implora-t-il. Dis-moi la vérité ! Dis-moi ce qui se passe vraiment.

Le souffle coupé, Rachel le regardait intensément. Elle pouvait voir son inquiétude et sa colère à l'idée qu'elle ne lui faisait toujours pas confiance.

Soudain, il se pencha et prit brusquement sa bouche, pour un baiser au goût de désespoir. Rachel en fut saisie, transportée immédiatement. Incapable de résister, elle le laissa l'entraîner dans un abîme de passion brûlante qui n'avait ni début ni fin.

Il s'interrompit et posa sur son visage une série de petits baisers fiévreux.

— Il a failli te tuer, murmura-t-il.

Puis il reprit sa bouche avant de soupirer :

— J'ai bien cru qu'il allait y arriver…

— Lucas…

Et un baiser à en mourir, encore, auquel elle répondit avec la même ferveur.

À nouveau il s'interrompit et elle plongea dans le bleu-gris de ses yeux.

— Dis-moi tout, souffla-t-il.

En entendant cette prière éperdue, Rachel faillit capituler, mais elle se reprit. Elle ne se sentait tout simplement pas capable de lui accorder toute sa confiance. Où était son ex-femme ? Qu'éprouvait-il réellement pour elle, à ce jour ? Bien sûr, elle lui avait menti. Mais s'il l'aimait toujours, il pardonnerait. D'autant qu'elle avait très bien pu lui mentir par amour pour lui, pour le garder, l'avoir pour elle seule…

— Je ne peux pas, dit-elle dans un souffle.

— Mais pourquoi ?

La passion, en lui, commençait à faire place à la colère.

— Parce que j'ai peur.

Ça, au moins, c'était la vérité.

— Je te protégerai.

Elle posa sa tête sur l'épaule de Lucas.

— Tu ne peux pas…

Il la força à le regarder dans les yeux.

— Pourquoi dis-tu ça ?

— Parce que j'aurais l'air d'être coupable, alors que je ne le suis pas.

— Ça n'a pas de sens ! Je sais bien que tu n'as pas tué ma sœur. Je t'en prie, dis-moi ce que tu sais.

Les larmes brûlaient les yeux de Rachel. La tentation de se confier à lui était grande, mais elle avait passé tant d'années à se méfier de tout et de tous qu'elle n'y parvenait pas.

— Si je pouvais t'aider à trouver l'assassin, je le ferais. Mais rien de ce que je pourrais te dire ne te serait utile, Lucas, je te supplie de me croire sur ce point.

— Alors, tu n'as rien à craindre. De ma part, en tout cas. Je peux t'aider. Aie confiance en moi !

Malgré tous ses efforts, elle ne put retenir un sanglot.

— Mais je le voudrais, dit-elle. Oh ! je le voudrais tant !

— Alors, fais-le ! Dis-moi ce que tu sais ! Peu importe si c'est peu de chose ou si c'est un détail. Cela a peut-être plus d'importance que tu ne le crois…

Elle n'avait pas tué Luella, et ne doutait pas de la capacité de Lucas à retrouver celui qui l'avait fait.

Elle soupira.

— J'ai peur, répéta-t-elle.

— Je suis là.

Elle ferma les yeux quelques instants. Lorsqu'elle les rouvrit, sa décision était prise.

— Je l'ai vue, dans le bureau de Jared. Il était tard.

— Luella ?

— Oui. La veille de sa mort.

— Qu'est-ce que tu faisais là ? Tu travaillais ?

Elle hésita un peu.

— J'étais venue voir Jared. Il était tard, plus de 22 heures. J'allais partir… Nous venions de… Nous étions dans la salle de conférences, il… il avait ce fantasme…

— D'accord, j'ai compris. Qu'est-ce que Luella faisait là ?

— Je ne sais pas. Je le lui ai demandé, justement, et elle m'a dit qu'elle s'était trompée de bureau. Et je n'ai su à qui j'avais eu affaire ce soir-là que le surlendemain, quand j'ai vu sa photo à la télévision. C'est là que j'ai appris qu'elle était l'épouse de Jared et qu'il était soupçonné de l'avoir tuée. Je suppose qu'elle était venue voir ce qu'il faisait si tard au travail, mais je ne crois pas qu'elle ait compris que j'étais avec lui.

— Elle cherchait peut-être autre chose, dit Lucas.

Elle n'avait jamais pensé à cela. Pour elle, Luella Palmer devait soupçonner les infidélités de son mari et vouloir le prendre en flagrant délit. Jamais elle n'avait imaginé que sa présence au bureau à cette heure tardive pouvait avoir eu d'autres motifs.

En fait, elle avait surtout pensé à elle-même, à l'horreur qu'elle avait ressentie en découvrant que Jared lui avait menti, qu'il était marié et, ensuite, à sa terreur à l'idée que c'était cette même nuit que Luella avait été assassinée.

— Qu'est-ce que cela pouvait bien être ? demanda-t-elle, interloquée.

— Ce qui l'a tuée, je pense, répondit sombrement Lucas.

Comme elle frissonnait, il passa le bras autour de sa taille et l'attira contre lui.

— À part Luella, quelqu'un d'autre savait-il que tu te trouvais là ? reprit-il.

Elle secoua la tête.

— Et Jared ? Qu'a-t-il fait ?

— Il a reçu un coup de fil et m'a dit qu'il avait encore du travail. Je l'ai laissé dans la salle de conférences.

— Un coup de fil ? Qui l'appelait ?

— Une relation professionnelle, apparemment.

— À cette heure-là ?

— Je n'en sais rien, en fait. Tu crois que ça pourrait être important ?

— C'est possible…

Il prit sa main.

— Si nous prenions quelque chose à emporter et que nous allions chez moi, plutôt ?

Elle ne trouva rien à y redire. Après ce qui venait de se

passer, dîner dans un endroit public avait perdu beaucoup de son attrait.

— L'homme qui essaie de te faire peur n'est pas Jared, reprit Lucas.

— Oui, je sais.

— Ce qui ne veut pas dire pour autant que ce n'est pas lui qui le paie…

Rachel en convint encore tandis qu'ils retournaient vers le SUV. Il lui ouvrit la portière et, quand elle fut installée sur le confortable siège de cuir, il se pencha vers elle.

— Depuis combien de temps on essaie de te faire peur ?

Elle le dévisagea, éberluée.

— Allons, Rachel ! Tu te conduis toujours comme si on te surveillait. Tu jettes des regards autour de toi, tu te retournes… Il y a longtemps, n'est-ce pas ?

Elle le regarda droit dans les yeux. Oui, elle avait peur, et depuis longtemps. Mais jamais elle n'avait eu aussi peur qu'aujourd'hui. L'homme qui la menaçait était là, quelque part, aux aguets. Il avait tenté de la tuer. Lucas parviendrait-il à la protéger, comme il semblait en être si sûr ?

Il alla s'asseoir au volant, comme s'il n'avait pas vraiment besoin de réponse, mit le contact mais ne démarra pas tout de suite.

— Il y a quelque chose qui ne colle pas vraiment, dans tout ça, dit-il pensivement.

— Quoi donc ?

— Pourquoi Jared prétend-il t'aimer toujours, s'il veut ta mort ?

— Peut-être ne la veut-il pas vraiment…

Elle était soulagée que la curiosité de Lucas n'aille pas plus loin. Si elle lui en révélait davantage, elle mettait sa propre vie en danger. Car, alors, il pourrait bien découvrir quelque chose qui les emmènerait très loin.

Beaucoup *trop* loin…

8

Lucas avait eu beaucoup de mal à convaincre Rachel de le laisser la déposer chez Tieber Air Transport. Il voulait la savoir en sécurité pendant qu'il irait explorer une certaine piste dont il ne lui avait pas encore parlé.

— Pourquoi justement à la Tieber ? demanda-t-elle avec beaucoup de réticence.

— Parce que tu y seras en sécurité.

Elle évita de le regarder.

— C'est ce que tu dis…

— Et d'ailleurs, tu ferais bien de conserver ton job.

— Justement, ce n'était pas le mien.

Ils en avaient déjà parlé, le matin même.

— Mais bien sûr que si ! Tu ne vas pas recommencer ! Joseph t'attend ; il insiste pour te parler.

Il arrêta la voiture devant l'immeuble de Tieber Air Transport et se tourna vers elle.

— Je repasse te prendre dans deux heures.

— Où vas-tu ?

— Ça, je ne peux pas te le dire.

— Et pourquoi tu ne peux pas ?

Elle lui lança un regard noir, qu'il ressentit assez douloureusement. Ce n'était pas qu'un agacement passager, cela voulait dire qu'elle se méfiait toujours de lui.

De toute évidence, elle était en train de penser que lui non plus n'avait aucune confiance en elle…

Sans même attendre de réponse, elle descendit de la voiture et claqua violemment la portière. Il la regarda se diriger vers l'entrée du bâtiment, ses hanches se balançant joliment au rythme de sa démarche. Quand elle fut entrée, le vigile de service à la porte lui fit le signe de connivence dont ils étaient convenus. Il garderait un œil sur elle.

Nan McNally habitait à quelque distance de la ville, dans une ferme proche de celle où avaient vécu les parents de Rachel. Lucas avait pu apprendre qu'elle avait été l'une des amies d'enfance de Rachel, la plus proche, semblait-il, et la seule avec qui elle ait gardé des liens après la disparition des Delany. Les enfants sont souvent sans pitié, et le fait d'être devenue orpheline avait fait de Rachel une solitaire.

Une clochette tinta lorsqu'il poussa la porte du petit salon de coiffure que possédait Nan. Kadin lui avait communiqué quelques indications sommaires ; le salon ouvrait cinq jours par semaine, à 9 heures. Nan paraissait être la seule à y officier, même s'il y avait trois autres fauteuils devant le grand miroir mural. La décoration, à base de noir et d'or, était soignée ; des enceintes dissimulées dans les cloisons diffusaient de la musique douce.

Lucas attendit patiemment que Nan en ait terminé avec une petite dame toute pomponnée avant de s'avancer vers la coiffeuse dont les boucles d'oreilles étaient assorties au vert et noir de sa jupe.

— Si vous voulez vous installer au shampooing, monsieur, lui dit-elle, j'arrive tout de suite…

C'était une femme assez grande, élancée, avec des mèches blondes qui lui tombaient sur les épaules et un maquillage assez soutenu.

— Merci, mais ce n'est pas pour une coupe de cheveux que je suis venu.

— Pour quoi, alors ? Vous n'avez pas vu la pancarte sur la porte ? « Pas de démarcheurs ni de représentants ».

— Je suis venu parler avec vous de Rachel Delany.

— Oh…

Elle lui sourit poliment, mais son sourire ne paraissait pas des plus sincères.

— Désolée. Je croyais que vous vouliez me vendre quelque chose… Vous savez, dans une petite ville comme celle-ci, les gens s'imaginent toujours que si vous tenez un commerce, vous êtes forcément riche et que vous pouvez distribuer de l'argent à tout le monde. Monsieur… ?

Elle lui tendit la main.

— Curran, Lucas Curran. Je suis le frère de Luella Palmer.

Le sourire un peu forcé de Nan disparut immédiatement.

— Ah, fit-elle. Vous avez découvert que Rachel avait eu une liaison avec son mari et vous voulez me faire dire quelque chose qui puisse être retenu contre elle, c'est ça ?

Lucas secoua la tête.

— Non, pas du tout. Je suis venu vous voir pour essayer de comprendre pourquoi elle a tenté de cacher sa relation avec lui.

Nan le regarda d'un œil nouveau.

— Quand l'avez-vous vue pour la dernière fois ? reprit-il.

— Il y a quatre ans, à peu près. Elle a eu de sales moments, mais elle n'a jamais perdu courage. Elle croit toujours qu'elle finira par retrouver la vie qu'elle a connue avant la mort de ses parents. Comment l'avez-vous su ?

La liaison de Rachel et Jared était restée secrète, jusqu'à ce que Joseph ait vent de certaines rumeurs. Lucas comprenait à présent que c'était probablement Marcy qui avait fait parler Jared.

— Le bruit en est venu jusqu'à moi, répondit-il, évasif. Pourquoi avoir passé tout ce temps sans vous revoir ?

— Probablement pour la même raison qui fait qu'elle a gardé sa liaison secrète… Elle n'avait plus de famille, mais commençait à se faire quelques amis et à bien réussir dans son travail. Jared Palmer a ruiné tout cela. Elle s'est sentie humiliée par ses mensonges et a eu peur qu'il soit l'assassin de votre sœur.

— Qu'est-ce qui le lui faisait croire ?

— Elle ne me l'a pas dit, et ne me le dira pas. J'ai essayé de l'appeler pour en parler avec elle, mais Rachel ne sait pas se confier. Elle est comme ça depuis la mort de ses parents, elle croit qu'elle ne peut se reposer sur personne. Ça m'a souvent mise en colère. Nous nous connaissons pratiquement depuis que nous sommes nées, elle et moi. Pourquoi ne peut-elle pas me faire confiance ?

Nan resta un long moment silencieuse, perdue dans ses pensées et visiblement malheureuse d'avoir perdu une aussi grande amie.

— Comment a-t-elle appris que Jared était marié ? demanda Lucas pour rompre le silence.

— Par les nouvelles, quand le meurtre de Luella a été connu.

Nan soupira.

— Ça commence à dater, tout ça…

En effet, et, depuis tout ce temps, l'assassin de sa sœur courait toujours…

— Était-ce la nuit même du meurtre ?

Nan le regarda d'un air soupçonneux.

— Je croyais que vous ne cherchiez pas à la mêler à ça !

— J'essaie seulement de relier les choses, répondit-il en souriant aimablement.

Visiblement, Nan cherchait toujours à protéger son ancienne amie. Mieux valait ne pas la brusquer.

— Pourquoi ne pas laisser enquêter la police ? répliqua-t-elle.

— Je suis moi-même un ancien policier, et je trouve que

la police n'a pas beaucoup avancé sur cette affaire. J'essaie de l'aider.

Sur ce point, il disait vrai. Nan parut y réfléchir un moment. Elle lui faisait l'effet d'une bonne personne, honnête et attachée à la défense de Rachel. C'était à mettre à l'actif de celle-ci, mais il essayait de rester impartial, malgré tout. Il ne pouvait pas encore exclure tout à fait que Rachel ait pu être mêlée au meurtre, d'une façon ou d'une autre, et, si tel était le cas, il ne pouvait se permettre la moindre complaisance.

— Rachel était chez elle, le soir du meurtre, dit finalement Nan. Je l'ai eue au téléphone vers 20 heures. Elle m'a dit qu'elle allait prendre un bain et se coucher tôt.

Cela ne prouvait strictement rien. Luella avait été assassinée entre 23 heures et minuit. Rachel aurait eu tout le temps de se rendre en voiture chez Jared. Peut-être même avaient-ils opéré ensemble…

— Est-ce qu'elle vous a dit quelque chose à propos de Luella ?

— Seulement qu'elle était mariée à Jared et qu'elle avait été tuée. Cela a été un grand choc, pour Rachel.

— Rien d'autre ?

Nan réfléchit de nouveau quelques secondes.

— Si… Elle m'a parlé d'une femme qui était venue voir Jared et était repartie en larmes. Rachel disait qu'elle l'avait entendue l'accuser de fraude…

Un long frisson glacé parcourut le dos de Lucas. Rachel n'avait fait aucune allusion à cela. Il se souvenait en revanche très bien de ses mots : « Je ne sais rien qui puisse t'aider. Si j'avais su quelque chose, figure-toi que je serais allée le dire à la police ! »

N'était-ce pas là « quelque chose » ? Elle avait entendu une femme accuser Jared de fraude. Fraude aux assurances, très vraisemblablement…

— Je crois que Rachel soupçonnait Jared de quelque chose de malhonnête, ajouta Nan.

— Quel genre, elle vous l'a dit ?

— Non. Je pense qu'elle ne le savait pas. Elle n'avait entendu qu'une bribe de conversation. Cela ne voulait peut-être rien dire.

Ou alors cela expliquait tout, au contraire…

— Quand cela s'est-il passé ?

— Peu après le meurtre de votre sœur. Elle était retournée chercher ses affaires au bureau. La même semaine, en fait…

Nan le regarda d'un œil méfiant.

— Je ne devrais pas vous raconter tout ça, au fond. Rachel ne vous en a rien dit ?

— Non.

L'attitude de Nan changea instantanément. Il dut faire un effort pour garder son calme ; la rudoyer ne servirait à rien. Une cliente entra dans le salon. Nan la salua, la pria de s'asseoir en lui disant qu'elle n'en avait que pour un instant, puis saisit un balai.

— Vous devriez aller lui demander tout ça directement, dit-elle à l'intention de Lucas. Parce que j'ai l'impression que vous essayez de me faire dire des choses que je pourrais regretter…

C'était bien le cas, en effet.

— Le meurtre de ma sœur est toujours impuni, expliqua-t-il. Vous pourriez mettre en lumière quelque chose qui n'est pas apparu auparavant.

— J'ai une cliente, répondit la coiffeuse, en continuant de balayer. Vous devriez nous laisser, maintenant.

— Comment Rachel a-t-elle pris les mensonges de Jared ?

— Qu'est-ce que vous croyez ? Elle en a été terriblement blessée, bien sûr ! Avant ça, pour elle, c'était une sorte de prince charmant à l'armure étincelante. Elle disait même que leur relation était trop belle pour être vraie… Elle ne croyait pas si bien dire !

Lucas avait lui aussi fait l'amère expérience du mensonge. Il continua :

— Est-ce que Rachel s'est isolée de ses amis parce qu'elle était impliquée dans les malversations de Jared ?

Nan s'arrêta un instant de balayer.

— Seigneur ! Non ! Elle ne ferait rien d'illégal. Après ce qu'elle a traversé dans son adolescence, elle s'est bien juré de ne plus jamais sortir du droit chemin ! Elle craint la justice et ne veut plus avoir affaire à elle.

— Que voulez-vous dire ?

— Eh bien, vous le lui demanderez…

Elle rangea le balai et se tourna vers sa cliente.

— Voilà. On va passer au shampooing, madame Preston.

Puis elle s'adressa à Lucas :

— Venez…

Il la suivit jusqu'aux bacs et la regarda préparer sa cliente, qui l'observait avec curiosité.

— Comme d'habitude, madame Preston ? demanda Nan.

La dame acquiesça et Lucas reprit :

— Rachel avait peur de Jared ?

— Il faut comprendre à quel point il est important pour elle de remonter la pente. Elle est très honteuse de ce qu'elle a dû faire pendant ses années d'adolescence. Cela la rend hypersensible à tout ce qui peut toucher de près ou de loin à la loi.

Les innocents n'avaient pas ce genre d'inquiétude, en général. La cliente, sous le jet d'eau, écoutait de toutes ses oreilles.

— Pourquoi cela ? insista Lucas. Si elle n'a rien fait de mal, elle n'a rien à craindre !

— Elle a peur de Jared, oui. Il lui a dissimulé sa vraie nature, et elle se sent menacée par lui.

Cela changeait bien des choses. Si Rachel avait une raison

légitime de se sentir menacée, il devait absolument découvrir ce qu'elle lui cachait.

— Que croit-elle qu'il pourrait faire contre elle ?

Tout en continuant de shampouiner sa cliente, Nan leva les yeux vers lui.

— La faire passer pour coupable d'une fraude…

Lucas la remercia et quitta le salon. Durant tout le trajet jusqu'à Tieber Air Transport, il oscilla entre la colère et le soupçon grandissant que Rachel redoutait autre chose que la seule sanction de la loi. Cela n'avait pas de sens ; elle ne dissimulerait pas à la police des informations concernant un meurtre par seul réflexe de peur égoïste.

À moins qu'il ne se soit complètement trompé sur son compte, depuis le début.

Rachel, qui se sentait très mal, s'agita sur son siège. Comme elle avait refusé de s'asseoir à son ancien bureau, Joseph l'avait installée dans la salle de conférences. Il était à côté et elle, elle restait là, à ne rien faire. N'eût été la crainte permanente de celui qui semblait toujours la guetter dans l'ombre, elle aurait volontiers quitté les lieux.

Quoi qu'il en soit, elle ne pouvait tout de même pas rester là indéfiniment, comme un mannequin de cire.

« Ne va nulle part avant mon retour… »

Elle avait l'impression insupportable d'être retombée sous la coupe des juges pour enfants et des familles d'accueil. Tous étaient de braves gens qui ne voulaient que son bien, certes, mais ils avaient fait peser sur son adolescence une charge tellement lourde…

Elle était alors bien davantage une victime qu'une coupable et avait à présent le sentiment déprimant qu'elle continuait à en être une. Elle ne voyait pas la moindre porte de sortie, pas le moindre avenir pour elle, qui ne soit sombre et désespérant.

Pourtant, avec Jared, elle avait bien cru entrevoir enfin une lueur d'espoir. Il lui avait donné sa chance, un vrai travail. Pour la première fois depuis la mort de ses parents, elle s'était sentie sur de bons rails, elle avait même cru pouvoir aspirer au bonheur et à l'amour. Finalement, elle avait découvert que tout cela n'était que tromperie et mensonges.

Ce nouveau job, à la Tieber Air Transport, cette famille… Cela paraissait tout de même bien différent. Bien sûr, ce poste lui avait été offert comme une sorte de leurre, mais on pouvait y voir aussi une offre généreuse. Elle se leva et fit quelques pas hors de la salle pour profiter un peu de l'ambiance familière qui régnait dans les locaux de la société : cadres et employés au téléphone ou pianotant sur leur ordinateur, hommes et femmes affairés, des dossiers sous le bras, qui souriaient et lançaient une plaisanterie au passage… Elle aimait ce décor familier de ruche bourdonnante et le sentiment de sécurité qu'il lui procurait.

— Tiens, Rachel !

Elle se retourna et vit Marcy s'approcher d'elle, téléphone à la main et un carnet de notes sous le bras. Dissimulant le peu de plaisir qu'elle avait à la voir, Rachel lui adressa un sourire un peu contraint.

— Bonjour, Marcy.

— Tu reviens travailler ici ?

Peu désireuse de répondre, elle fit diversion.

— Lucas dit qu'il t'a vue chez HealthFirst…

La façade d'amabilité mielleuse de Marcy s'altéra quelque peu.

— Oui, c'est vrai.

— Il a dit aussi qu'il t'avait vue en repartir au bras de Jared.

Après tout, elle n'avait pas grand-chose à perdre, et il était plutôt amusant d'observer la confusion de Marcy, qui semblait avoir tout à coup perdu ses grands airs.

— … Il est toujours la proie de ses vieux démons ? insista-t-elle suavement.

En un instant, Marcy émergea de sa stupeur momentanée et redevint l'arriviste sûre d'elle qu'elle était d'ordinaire.

— Pourquoi ? demanda-t-elle, il t'intéresse toujours ?

— Oh ! Que non !

Rachel n'ajouta pas qu'il aurait fallu pour cela qu'elle soit vraiment très stupide.

Le téléphone de Marcy se mit à sonner et elle regarda l'écran. C'est alors que Joseph sortit de son bureau, des feuillets à la main.

— Ah ! Marcy, vous voilà, dit-il. J'ai besoin que vous me fassiez vingt copies de ceci, et si vous pouviez vous occuper du café et de tout ça… Je reçois un client important, aujourd'hui. L'Alaskan Touring Company, vous vous souvenez ?

Marcy regarda de nouveau son écran, puis Joseph.

— Je suis désolée, lui dit-elle, mais M. Johnson vient justement de m'appeler, et je dois…

Rachel l'interrompit en prenant d'autorité les feuillets des mains de Joseph.

— Je vais m'en occuper, ainsi que de votre client, monsieur Tieber. Ne vous inquiétez pas.

Elle vit le regard satisfait de Joseph avant de s'éloigner.

La réunion avait commencé lorsqu'elle revint avec les photocopies à distribuer ; une présentation passait déjà sur l'écran vidéo.

Le café et les viennoiseries furent apportés quelques instants plus tard. Joseph lui adressa un sourire de remerciement.

Contente, mais pas encore tout à fait décidée à reprendre son poste, elle retourna néanmoins s'installer à son ancien bureau et alluma son ordinateur. Durant une heure, elle consulta des e-mails et y répondit. Absorbée par ce travail, elle ne remarqua pas immédiatement l'arrivée de Lucas. Mais lorsqu'elle leva les yeux, elle comprit instantanément, rien qu'à la dureté de son regard, qu'il venait de parler à quelqu'un qui la touchait de près. C'était davantage une certitude qu'une intuition. Elle se prépara au pire, ce qui était, hélas ! quelque chose qui lui était familier. Et ce serait sans doute particulièrement douloureux, cette fois…

La colère que pouvait éprouver Lucas l'affectait singulièrement. D'une façon plus profonde. Elle se leva.

— Viens, lui dit-il.

Il la prit par le bras, un peu trop fermement, et la ramena dans la salle de conférences qu'elle avait quittée. Il en claqua la porte.

— Une fraude ? lui lança-t-il.

Interdite, elle recula instinctivement et s'appuya au dossier d'une chaise. Quel que soit celui ou celle à qui il venait de parler, il en avait visiblement appris beaucoup.

— Je ne peux rien prouver, balbutia-t-elle.

— Et c'est pour ça que tu n'es pas allée voir la police ?

Il était furieux. Elle soupira, peinée, puis alla à la fenêtre et regarda sans les voir les montagnes que chevauchaient des nuages. L'appréhension la rendait muette, comme lorsqu'on l'avait menacée, si elle révélait quoi que ce soit à quiconque, de s'en prendre à sa vie.

— À qui es-tu allé parler ? demanda-t-elle. À Nan ?

C'était forcément elle. Elle n'avait parlé à personne d'autre de ces soupçons concernant Jared.

— Oui, je suis allé la voir…

Elle pivota pour lui faire face.

— Combien de mes amis vas-tu interroger encore ? Je vais te faire gagner du temps : Nan est la seule personne à qui j'ai parlé de Jared. Comment l'as-tu retrouvée ?

— Par Kadin.

— Ah oui, bien sûr ! La toute-puissante Dark Alley Investigations !

— Comment as-tu pu garder cela pour toi aussi longtemps ?

Rachel se retourna vers la fenêtre, bras croisés, incapable de soutenir le regard de Lucas qui, étrangement, paraissait maintenant plus implorant qu'accusateur.

— Après avoir quitté HealthFirst et emporté mes affaires, commença-t-elle, j'ai voulu y retourner un peu plus tard, et la sécurité ne m'a pas laissée entrer…

Elle n'avait ni l'entregent ni les arguments d'un Lucas Curran…

— Je voulais voir si je pouvais trouver quelque chose qui confirmerait ce que j'avais entendu.

Et cela lui avait valu une agression qui l'avait terrifiée et la hantait toujours.

— Il s'est passé quatre ans, ensuite, Rachel. Quatre ans !

Il s'approcha pour se placer juste derrière elle, frémissant de colère. Elle comprenait parfaitement qu'il soit furieux et s'en voulait de ne pas avoir été plus brave.

— Quatre ans et l'assassin de ma sœur est toujours en liberté, alors que tu aurais pu changer les choses en allant voir la police !

— Je ne voulais pas aller en prison, dit-elle d'une voix tremblante.

— Mais pourquoi y serais-tu allée ?

Comme quatre ans plus tôt, elle devait prendre une décision : risquer sa vie en disant tout, ou garder le silence…

— Pourquoi, Rachel ?

— Tu ne peux pas comprendre !

Faisant soudain volte-face, elle se rua hors de la salle de conférences en attrapant son sac au passage et courut vers l'ascenseur.

Elle appuya frénétiquement sur le bouton d'appel, et les portes métalliques s'ouvrirent enfin. Elles allaient se refermer lorsque la main et le pied de Lucas les retinrent. Il entra à son tour dans la cabine. Elle recula et s'adossa à la cloison d'acier tandis qu'il se campait devant elle.

— Aide-moi à comprendre comment tu as pu laisser courir un assassin pendant tout ce temps.

Non, elle n'avait pas fait cela…

— Je n'en savais pas assez !

C'était ce qu'elle se répétait depuis quatre ans. Trop de chocs s'étaient succédé : le meurtre de Luella Palmer, la découverte qu'elle était la femme de Jared. Tous les mensonges de celui-ci, sa trahison. Elle l'aimait, alors, ou croyait l'aimer… Il y avait eu la désillusion, et puis cette histoire de fraude. Quoi d'étonnant à ce qu'elle ait essayé de se cacher de tout et de tous, de s'enfouir au fond d'un trou ?

— Je n'avais que ma parole, expliqua-t-elle. Cela n'aurait pas suffi. Personne ne m'aurait crue. Je ne suis peut-être pas un grand détective comme toi, mais je sais cela.

— Arrête un peu avec ça ! Tu n'as plus à avoir peur, je suis là !

Elle en eut un instant chaud au cœur, puis se rappela qu'elle ne pouvait malheureusement pas lui faire confiance. Il la blâmait pour avoir dissimulé des informations et n'avait pas forcément tort, il fallait le reconnaître. Et, à présent, il essayait de la manipuler pour les obtenir ; elle pouvait voir étinceler sa colère dans ses yeux.

— Dis-moi tout, la pressa-t-il encore.

Il ne la laisserait pas en repos…

Les portes de l'ascenseur se rouvrirent et elle sortit, Lucas sur ses talons.

Dans la rue, une Sedan noire attendait. Rachel savait que son chauffeur était aux ordres de Lucas. Elle pouvait monter dans sa voiture avec lui ou rester seule et faire face à celui qui la guettait toujours.

Ils venaient juste de sortir de l'immeuble lorsque Lucas se rua soudain sur elle. Elle se retrouva couchée sur le trottoir, tandis que la grande porte en verre de Tieber Air Transport volait en éclats avec fracas. Des détonations retentirent, et le pare-brise de la Sedan explosa, puis la vitre arrière.

Lucas, qui était accroupi entre elle et la voiture, avait son arme à la main. Ouvrant le feu pour couvrir leur mouvement, il la saisit par le bras pour la tirer à l'abri du véhicule. Recroquevillée sur elle-même, Rachel le vit se redresser légèrement. Tout en continuant à faire feu, il ouvrit la portière arrière puis lui attrapa le bras et l'entraîna dans l'habitacle. Elle avait encore un pied à l'extérieur quand la Sedan bondit en avant.

Lucas continua à tirer à travers ce qu'il restait de la vitre arrière pendant qu'ils quittaient rapidement les lieux. Lorsque la fusillade cessa, Rachel vit le chauffeur se redresser sur son siège. Lucas baissa les yeux sur elle. Elle était allongée sur le plancher de la voiture.

— Ça va ? lui demanda-t-il. Rien de cassé ?

Elle s'étonna de le trouver aussi sexy, même dans cette situation.

— Euh… Non, rien…

Il parut soulagé et se déplaça un peu ; il avait un pied entre les jambes de Rachel.

Elle le regarda tirer un mouchoir de sa poche et pousser de côté les éclats de verre pour qu'elle puisse s'asseoir sur la banquette.

— Bon, dit-elle lorsque ce fut fait. C'était très excitant !

Sa pauvre tentative de faire de l'humour tomba à plat car Lucas enchaîna immédiatement :

— Pourquoi est-ce qu'on essaie de te tuer, Rachel ?

— Parce qu'on croit que je sais quelque chose, je suppose. Tout comme toi…

— Tu en sais suffisamment, et tu vas tout me dire, en commençant par le commencement, c'est-à-dire ce fameux soir où tu as eu un rapport avec Jared dans la salle de conférences. N'omets aucun détail, même le plus insignifiant.

Elle lança un regard gêné en direction du chauffeur. Lucas regarda celui-ci dans le rétroviseur.

— Bernie est tout à fait digne de confiance, et ne répétera rien. D'ailleurs il n'écoute pas. N'est-ce pas, Bernie ?

— Oui, monsieur. Je travaille pour votre père depuis vingt ans ; il a toujours été bon pour moi.

— Nous n'avons jamais douté de votre totale loyauté, Bernie.

Sans même en avoir reçu l'ordre, Bernie remonta la vitre de séparation entre eux et lui, et ils ne furent plus distraits que par le vent qui s'engouffrait par les vitres brisées.

— Après la salle de conférences, que s'est-il passé ?

Rachel regarda un instant les immeubles qu'ils longeaient. Elle se sentait particulièrement mal à l'aise au moment de révéler son plus grand secret, mais il n'était plus possible de reculer. Il ne la laisserait pas en repos tant qu'elle n'aurait pas parlé. Et puis… peut-être cela valait-il mieux, tout compte fait. Il était avec elle.

— Je te l'ai dit, j'ai vu Luella dans le bureau de Jared. Je ne la connaissais pas.

— Et ensuite ? Continue.

— J'ai pu me confronter avec lui quelques jours après. Il m'a dit de ne parler de notre liaison à personne. Cela m'a mise très en colère, alors je lui ai dit ce que j'avais entendu à propos d'une fraude. Il a allumé mon ordinateur et m'a montré des dossiers, qu'il y avait forcément placés lui-même. C'était les preuves d'une fraude à l'assurance.

— Il a exercé un chantage sur toi ?

— En me quittant, il m'a dit d'y réfléchir à deux fois avant de me mêler de ce qui ne me regardait pas.

— Que voulait-il dire ?

— Ses affaires, le meurtre de Luella… Pour ses fraudes et ses usages de faux, il disait que j'avais toujours été au courant.

— Et ce n'était pas vrai ?

— Mais non ! Il disait que tout était sur mon ordinateur. Je travaillais pour lui. Je m'occupais de la plupart de ses transactions. Il est possible que j'aie envoyé de sa part, et sans même m'en douter, des documents frauduleux.

— Tu penses que c'est Jared qui a installé ces fichiers sur ton ordinateur ?

— Oui. Mais je ne peux pas le prouver.

— Moi, je le peux sûrement.

— Je ne pense pas que ce soit lui qui nous ait tiré dessus, cependant…

— Même si ce n'est pas lui, il a très bien pu payer quelqu'un pour le faire et pour te menacer, aussi. Mais je peux te protéger, tu n'as pas à avoir peur.

Elle soupira, sans cesser de regarder Lucas. Aussi étrange que cela puisse paraître, il la faisait se sentir en sécurité. Et c'était loin d'être son seul effet sur elle… Fallait-il qu'elle soit stupide !

Lucas soutint son regard et s'y plongea, surpris par l'extraordinaire énergie qui les liait l'un à l'autre.

— Tu aurais dû en parler à quelqu'un…

Il avait l'impression de n'avoir prononcé ces mots que pour s'empêcher de la prendre dans ses bras. Chaque fois, décidément, que les feux de l'amour se mettaient à flamber, la réalité venait jeter de l'eau dessus. Il ne pouvait se permettre la moindre faiblesse de ce genre, surtout en ce moment.

Rachel ferma alors les yeux et se tourna vers la vitre.

— Je n'ai aucune excuse valable à t'offrir, murmura-t-elle.

9

Lucas essayait de ne pas se montrer trop sévère envers Rachel ; elle avait cédé au chantage par peur. Les menaces qu'elle avait reçues étaient sérieuses et, quatre ans plus tard, elles étaient devenues une sinistre réalité : on venait de tirer sur eux. Les choses s'accéléraient, et il était certain d'en être lui-même la raison principale. Le tueur savait qu'il était à ses trousses et qu'il n'abandonnerait pas la traque avant d'avoir découvert qui avait tué sa sœur.

La caméra de sécurité placée à l'angle nord-ouest du bâtiment de la HealthFirst s'encadra exactement dans la lunette de visée de son fusil. Il était assis à l'arrière d'une camionnette banalisée, sans vitres, avec seulement une petite ouverture très discrète pratiquée dans la carrosserie, une simple et quasiment indécelable fenêtre de tir. Rachel se tenait auprès de lui. Depuis sa confession, elle n'avait pratiquement plus ouvert la bouche. Peut-être n'avait-elle plus confiance en lui… De toute façon, après la trahison de Jared, il était douteux qu'elle puisse de nouveau se fier à quiconque. Il appuya sur la détente et l'on n'entendit que le faible bruit du silencieux, comme un bouchon que l'on ôte d'une bouteille. Mais la caméra qu'il venait de mettre en joue serait désormais aveugle et sourde.

Il reposa le fusil, ouvrit la porte arrière, puis descendit de la camionnette et traversa le parking à grandes enjambées, suivi de Rachel, en prenant bien soin de rester uniquement dans l'angle de vision de la caméra qu'il venait de détruire. À l'entrée du bâtiment, il sortit de sa poche un badge d'accès qu'il avait subtilisé lors de sa dernière visite.

— Où as-tu eu ça ? lui demanda Rachel.

— Les gens ne sont pas sérieux, répondit-il. Ils les laissent traîner partout.

La porte s'ouvrit et Rachel entra la première. Il était presque 22 heures, seules les veilleuses étaient allumées dans le hall désert. Ils évitèrent l'ascenseur, qui aurait pu attirer l'attention d'un éventuel vigile, et montèrent silencieusement jusqu'à l'étage directorial. Plusieurs lumières éclairaient encore les locaux vides, mais le bureau de Jared était plongé dans l'obscurité. Ils s'immobilisèrent en entendant du bruit en provenance du bureau d'Eldon Sordi. Tandis qu'un agent d'entretien en sortait, poussant devant lui son chariot, Rachel tira Lucas par la manche et l'entraîna dans la pièce la plus proche. L'homme éteignit la lumière et referma la porte, puis s'éloigna dans le couloir.

Lucas regarda le visage de Rachel, à peine discernable dans la pénombre. Ce n'était pas le moment idéal pour penser à l'embrasser…

Le petit tintement de l'ascenseur leur indiqua que l'agent d'entretien quittait l'étage. Lucas prit la main de Rachel et se dirigea vers le bureau de Jared. Il sortit un outil de sa poche et, en quelques secondes, crocheta la serrure.

— Tu es drôlement efficace, avec ce truc-là, murmura Rachel.

— Je perdais souvent mes clés, quand j'étais étudiant, dit-il avec un petit sourire. Il a bien fallu que je m'entraîne…

Il referma la porte du bureau et, pour plus de sécurité, baissa le store de la vitre qui donnait sur l'aire de réception.

— Tu es entré dans la marine pour devenir une sorte de James Bond ?

— Non. Parce que j'aimais les explosions quand j'étais gamin.

Il s'assit au bureau et alluma l'ordinateur.

— Le goût des enquêtes policières est venu après… Mais les explosifs, c'était vraiment bien !

Il lui sourit et Rachel lui rendit son sourire.

— Tu vas rester chez Dark Alley, quand tu auras découvert qui a tué ta sœur ?

Elle parlait comme si elle était certaine qu'il allait y parvenir, et cela le toucha.

— Je n'y ai pas encore réfléchi, avoua-t-il. Je prendrai peut-être un peu de repos, pour essayer de penser à ce que je veux faire du reste de ma vie.

— Tu ne veux plus être policier ?

— Ce que je voulais vraiment, c'était devenir un SEAL. Le reste…

— Tu ne peux pas blâmer ta femme pour ça le reste de ta vie. Vous avez tous deux pris une décision. Et c'est toi qui as pris celle de quitter le stage.

— C'est vrai. Cependant, si elle m'avait dit la vérité, les choses auraient été différentes. Mais elle voulait que je l'épouse, et elle m'a menti pour ça.

— Est-ce que ça t'a rendu…

Elle chercha un instant le mot.

— … sceptique, envers les femmes en général ?

Il sortit une clé USB de sa poche.

— Sceptique ? Disons plutôt sage.

— Méfiant ?

— Prudent.

— D'accord, prudent. Mais tu sais, je pense, que toutes les femmes ne sont pas des menteuses.

Il connecta sa clé USB et commença sa recherche des fameux dossiers de Jared. L'idée que Rachel puisse faire des comparaisons entre elle et son ex-femme le mettait mal à l'aise. Elle était plus intègre, plus authentique… mais elle aussi avait menti ou, plus exactement, dissimulé la vérité. Quant à lui, il lui avait menti également, ce qui ne lui donnait guère le droit de s'ériger en juge.

Pendant qu'il s'activait sur l'ordinateur, Rachel feuilletait des classeurs de courrier papier et de notes diverses. Il la vit s'immobiliser tout à coup.

— Qu'y a-t-il ?

— Ce nom… Je l'ai déjà vu quelque part.

Il se pencha vers elle pour voir. Juste un feuillet, une note manuscrite avec le nom d'Angie Johnson, une heure et une date. Ceux d'un rendez-vous, très certainement.

— Qui est-ce ? demanda-t-il.

— Je ne sais pas du tout. Je me souviens seulement de l'avoir lu. Certainement sur des documents que Jared m'aura demandé de lui envoyer…

Lucas chercha dans la messagerie s'il y avait une adresse e-mail à ce nom, mais elle ne contenait aucun courrier vieux de plus de trois mois. Il venait de faire une copie des messages envoyés, lorsqu'une lumière s'alluma à l'étage.

Il récupéra sa clé USB et éteignit l'ordinateur.

Rachel remit silencieusement le classeur en place. Lucas lui prit la main et la fit s'accroupir contre le mur, sous la vitre donnant sur l'aire de réception. À travers deux lames du store, il vit un vigile s'approcher.

Jetant un coup d'œil autour de lui, Lucas aperçut, au-dessus d'une plinthe, un petit voyant rouge. Un détecteur de mouvements, certainement. Il n'y avait plus qu'à essayer de se cacher, mais le bureau de Jared n'offrait guère de possibilités. Pas question, bien sûr, de se dégager en faisant le coup de feu. Pas contre un vigile innocent.

L'homme arriva à la porte et essaya de jeter un coup d'œil à l'intérieur. Comme Lucas avait baissé le store, il ne put rien voir. Il prit alors son trousseau de clés pour ouvrir et découvrit que la porte n'était pas verrouillée. Immédiatement en alerte, il se saisit de son émetteur-récepteur en même temps que de son pistolet.

— Code 22 dans le bureau 1, annonça-t-il dans l'appareil, d'une voix étouffée, mais clairement audible dans le silence du bâtiment.

Cela devait signaler une intrusion. Tout alla ensuite très vite. Le vigile poussa la porte, vit Lucas accroupi juste à côté de lui et braqua son arme dans sa direction. Mais, dans une détente fantastique, l'ancien aspirant SEAL immobilisa son bras, le força à lâcher son arme puis, par une impressionnante prise de combat rapproché, le fit basculer par-dessus son épaule et l'envoya voler au-dessus du bureau.

Rachel le précéda dans le couloir, mais la petite sonnette de l'ascenseur les stoppa. Lucas reprit sa main et l'entraîna vers la cage d'escalier. Ils l'atteignaient tout juste lorsque les portes de l'ascenseur s'ouvrirent.

— Ils sont là ! cria l'un des hommes qui en sortaient.

Lucas poussa Rachel vers la volée de marches. Derrière eux, les vigiles accouraient en leur ordonnant de s'arrêter. À l'étage en dessous, ils se ruèrent dans le couloir, puis dans un *open space* de bureaux. Un employé attardé, tout seul sous sa lampe de travail, se leva, un peu hébété, à leur passage. Ils traversèrent cette grande salle au pas de course, en espérant déboucher sur une autre cage d'escalier. Ce fut le cas.

Mais en atteignant le hall d'entrée, ils tombèrent sur un véritable cordon de vigiles déployés, qui leur faisaient face l'arme à la main.

— Là, je crois qu'il vaut mieux se rendre, chuchota Lucas à l'intention de Rachel.

— Q… quoi ? Mais…

— Ne t'inquiète pas. Je sais gérer ce genre de situation.

— Mais nous nous sommes introduits en fraude dans un lieu privé ! Nous allons être arrêtés…

— Il n'y aura pas de suites, j'en fais mon affaire. Viens.

Il reprit sa main. Elle résista.

— Lucas, je ne peux pas ! J'ai un casier !

Elle était si visiblement apeurée qu'il eut un instant d'hésitation. Il comprenait à quel point son passé pesait sur elle, conditionnant sa vie, son avenir, mais il n'y avait rien d'autre à faire.

— Fais-moi confiance, lui murmura-t-il.

Les vigiles s'approchaient, les encerclaient…

— Ne bougez plus ! Les mains en l'air !

Lucas leva lentement les mains.

Après un petit temps, Rachel fit de même.

Rachel ne comprenait pas pourquoi Lucas s'était rendu aussi vite et aussi docilement. Elle l'avait suivi dans les locaux de Jared de son plein gré, et ne pouvait le lui reprocher. Mais, à présent, elle avait l'impression de revivre un vieux cauchemar. Les menottes, la lecture de ses droits constitutionnels par un policier. Puis le fourgon, et maintenant l'attente dans un bureau sans fenêtres.

Finalement, un policier en civil entra, un dossier à la main.

— Mademoiselle Delany ? Je suis l'inspecteur Suarez et je vais vous poser quelques questions sur les faits qui se sont déroulés ce soir.

S'il croyait qu'elle allait parler, il perdait son temps.

Il ouvrit le dossier. Il y a là-dedans tout un passé ou, plus précisément, tout un passif…

L'inspecteur feuilleta ostensiblement les pages.

— Apparemment, vous ne vous êtes pas réellement assagie.

Furieuse, Rachel tapa du plat de la main sur le bureau.

— Je le suis parfaitement, au contraire, et je n'ai été arrêtée que deux fois. Et c'était durant mon adolescence !

— Et vous venez de l'être à nouveau, à l'âge adulte. Si

nous en parlions ? Pour commencer, que faisiez-vous dans le bâtiment de la HealthFirst ?

— Je n'ai pas à répondre à ce genre de questions sans la présence d'un avocat.

— Tout pourrait être éclairci en quelques minutes, si vous vouliez coopérer.

Il montra à nouveau le dossier.

— Vous avez déjà accepté, dans le passé. Pourquoi ne pas continuer ?

— Je ne peux pas vous dire ce que je faisais dans ce bâtiment.

— Et pourquoi cela ?

— Parce que si je le fais, je serai tuée.

Après tout, quelqu'un avait bel et bien essayé. Bien sûr, elle pouvait dire à cet inspecteur tout ce qu'elle savait sur Jared, mais l'effraction resterait caractérisée, comme disaient les policiers, et tout ce qu'elle révélerait risquait aussi d'être retenu contre elle.

— Qui voudrait vous tuer ?

— Je ne vous dirai rien d'autre sans la présence d'un avocat, même si vous m'interrogez toute la journée.

Avec un soupir, l'inspecteur se cala contre le dossier de sa chaise.

— Très bien, fit-il. Nous allons en appeler un, mais je vous assure qu'il serait beaucoup plus simple de me raconter sans faire d'histoires ce qui s'est passé…

— Plus simple pour qui ?

Ils furent interrompus par des coups frappés à la porte. Un autre policier en civil, vêtu d'un strict costume cravate, entra dans la pièce.

— On la laisse partir, annonça-t-il d'un air blasé.

— Quoi ?

L'inspecteur Suarez n'en croyait visiblement pas ses oreilles.

— On a reçu un coup de fil du grand chef, expliqua l'autre policier. Elle est libre.

— Le grand chef ? Williams ? Mais en quoi cette histoire le concerne ?

À la fois abasourdi et incrédule, et doutant visiblement qu'elle puisse avoir d'aussi puissantes relations, il dévisagea Rachel.

— Tu la laisses partir, Suarez, et c'est tout, reprit l'autre policier sèchement. Arrête de me poser des questions dont je n'ai pas les réponses. Ton chef et le mien, le patron de la police de Bozeman, a appelé et a dit de la laisser partir. Alors tu fais comme il a dit.

Sur ces mots, il quitta le bureau et l'inspecteur Suarez continua de la fixer durant de longues secondes.

— Lequel de vos amis, à votre avis, demanda-t-il, a pu prendre son téléphone et obtenir votre libération, alors que vous avez été prise en flagrant délit ?

— Aucun !

Il continua à l'observer encore un instant, puis se leva.

— Eh bien, vous avez entendu. Vous êtes libre.

Rachel se leva et alla vers la porte dans une sorte de brouillard. En arrivant dans le hall d'entrée, elle vit Lucas qui l'attendait, l'air aussi frais et reposé que s'il sortait de sa douche.

Devant le poste de police stationnait l'une des Sedan de Tieber Air Transport, noire avec des vitres teintées.

Elle n'appréciait décidément pas la nonchalance que Lucas affectait.

— Comment tu as réussi ça ? demanda-t-elle, les sourcils froncés.

— Kadin a appelé le chef de la police et lui a expliqué ce que nous faisions là-bas. Le chef a alors téléphoné à Jared et à Sordi. Il leur a demandé s'ils voulaient porter plainte, et ils ont dit non.

— Et c'est tout ?

Elle s'arrêta près de la voiture. Lucas avait déjà la main sur la poignée de la portière.

— Il a peut-être aussi proposé de nous fournir un mandat officiel, pour terminer le travail, répondit-il en souriant de sa fine plaisanterie.

— Tu n'aurais pas dû appeler ton patron à l'aide, lui dit-elle. Je croyais que tu étais le roi des détectives !

Elle n'avait pu s'empêcher de lui lancer ce petit sarcasme parce qu'elle lui en voulait. Dans le bureau de ce policier, elle s'était sentie aussi menacée, aussi désespérément sans défense qu'à la mort de ses parents. Et coupable… Elle avait failli aller en prison et c'était Lucas qui l'avait mise dans cette situation. Même un diplôme universitaire ne contrebalançait pas un casier judiciaire.

— Je te remercie pour la haute opinion que tu sembles avoir de moi, mais je n'allais certainement pas tirer sur des innocents pour nous sortir de là. Ces vigiles nous prenaient pour des criminels, ils n'ont fait que leur travail. Et moi, je savais que je pouvais appeler Kadin.

— Sinon, tu aurais pu affronter seul tous ces vigiles ?

— Probablement, oui. J'aurais pu nous tirer de là, mais peut-être au prix de plusieurs vies.

Rachel devait bien convenir qu'il avait eu raison, étant donné les circonstances.

— Tu aurais pu me dire que ton patron allait intervenir auprès de la police. Cela m'aurait évité pas mal d'angoisse, lui reprocha-t-elle quand même.

— Et quand est-ce que je te l'aurais dit ? Au moment où on levait les bras en l'air ?

Il passa doucement sa main libre sur la joue de Rachel, en une caresse douce et tendre. Elle leva les yeux vers les siens.

— Je t'avais dit que tu pouvais me faire confiance, murmura-t-il.

Il lui ouvrit la portière et elle s'installa dans la voiture. Puis il en fit le tour pour prendre place à côté d'elle.

— Est-ce qu'ils t'ont pris la clé USB ? lui demanda-t-elle quand il fut assis.

— Pas de danger. Je l'ai toujours.

Elle en fut soulagée. Elle avait mis beaucoup d'énergie dans cette opération nocturne qui lui avait valu beaucoup de stress, mais au moins y avait-il un résultat.

Le chauffeur les ramena chez Lucas, et ils s'installèrent dans le bureau de celui-ci pour examiner les dossiers récupérés.

La plupart concernaient l'activité commerciale de Jared et ne contenaient à première vue rien d'illégal. Il y avait aussi des choses plus personnelles ; des e-mails à des femmes, des photos, dont quelques-unes représentant Jared à une fête quelconque, deux filles pendues à son bras.

— Je n'arrive pas à croire que j'ai pu m'intéresser à lui, marmonna Rachel en soupirant.

— C'est que tu ne le connaissais pas sous son vrai jour…

Elle songea à la façon dont Jared l'avait bernée. Il s'était présenté comme un célibataire travailleur et couronné par le succès, mais sensible et charitable. Il disait qu'il aimerait fonder une famille, mais n'en avait pas eu vraiment l'occasion jusque-là. Entre eux, cela avait commencé de la façon la plus banale qui soit, par des dîners, des sorties… Un vrai rêve, que la réalité n'avait pas tardé à faire voler en éclats.

— Après la mort de ta sœur, j'ai voulu retourner discrètement à la HealthFirst, commença-t-elle avec un peu d'hésitation.

Lucas comprit instantanément que cette fois ça y était : elle allait lui dire toute la vérité. Il cessa de regarder l'écran d'ordinateur pour lui accorder toute son attention.

— … J'ai fait comme toi, j'ai volé un badge d'accès. Je

suis montée dans mon bureau et n'ai rien pu faire parce que le code utilisateur de mon ordinateur avait déjà été changé. Alors je suis passée dans le bureau de Jared pour voir le sien, mais j'ai été dérangée. Un visiteur est arrivé et a demandé à le voir. Je lui ai dit que Jared était en réunion et il a répondu qu'il allait attendre. Il a bien fallu que je parte sans avoir pu faire ce que j'avais prévu…

Elle soupira.

— Quelque temps après, Jared est venu me voir. Il m'a demandé si j'étais venue à son bureau. J'ai nié, bien sûr… Un an a passé et j'ai commencé à me dire que je pouvais peut-être prendre le risque d'aller voir la police. En me rendant au poste, j'ai remarqué qu'une voiture me suivait ostensiblement. J'ai eu peur et je suis rentrée chez moi. Quelques jours plus tard, il y avait un paquet devant ma porte. Il contenait mon pauvre chat, raide mort…

Elle chercha le regard de Lucas.

— Après cela, je n'ai plus cessé de regarder par-dessus mon épaule, à tout moment. J'aurais bien voulu aller voir la police, mais que m'arriverait-il si je le faisais ? Et si elle ne trouvait aucune preuve contre Jared ? Pire, si ce n'était pas lui qui avait tué Luella, et s'il n'était pas non plus celui qui me menaçait ?

— Tu n'as plus rien à craindre, lui dit doucement Lucas. Je suis là, maintenant.

Elle essaya de déchiffrer son regard bleu-gris. Oui, c'était vrai, il serait là pour elle, au moins le temps que durerait son enquête. Mais ensuite ?

— Je voulais que tu saches ce que j'ai essayé de faire, ajouta-t-elle. J'ai fait de mon mieux, Lucas.

— Je te crois.

— C'est vrai ?

— Bien sûr ! Tu étais effrayée, je peux le comprendre.

Mais je veux que tu cesses d'avoir peur, Rachel. Tu n'as pas à te couper de tous et à craindre la loi. Tu es innocente.

Elle avait toutefois l'impression que des mots restaient en suspens.

« … jusqu'à ce que tu me prouves le contraire. »

— Est-ce que tu veux continuer à négliger tes amis ?

— Mais non !

Pourquoi lui demandait-il cela ?

— Tu n'as pas vu Nan depuis bien longtemps…

Elle détourna le regard. D'accord, elle avait eu tort ; elle se le reprochait déjà suffisamment.

— Tu n'as pas besoin de ne plus être pauvre pour être respectable. Tes amis s'en fichent. Nan aimerait bien avoir de tes nouvelles, mais toi tu te caches.

— J'étais occupée…

Il y avait une grande différence entre se battre pour son avenir et se cacher peureusement pour ne pas avoir à affronter la vie.

— À passer un diplôme qui, crois-tu, t'apportera enfin la respectabilité dont tu rêves.

— Mais oui. Qu'y a-t-il de mal à ça ?

— Rien, si ça ne t'empêche pas de vivre, exactement comme tu t'en sens empêchée depuis quatre ans.

C'était vrai, et le fait que ce soit justement Lucas qui s'en soit aperçu la déconcertait. Était-il sincère ?

— Je t'ai dit tout ce que je savais, fit-elle d'un ton las.

Il n'avait pas tort. Elle s'était sentie tellement bafouée et humiliée par Jared qu'elle avait eu envie de se cacher dans un trou. D'une certaine manière, elle l'avait fait…

— Moi, reprit-elle, je crois que le respect des autres se gagne.

— Parfois, oui.

— Est-ce que j'ai gagné le tien ?

Comme elle s'y attendait, il détourna les yeux.

Non, elle n'avait sans doute pas gagné son respect. Leurs parcours de vie avaient été bien différents. Il avait eu le privilège de grandir dans l'amour et le confort. Malgré la perte douloureuse de son père, il avait tout de même eu des parents qui l'aimaient et l'avaient aidé à devenir un homme fort et intègre.

Finalement, il la regarda de nouveau.

— Ce que je peux dire, c'est que tu as beaucoup souffert par la faute de Jared et que le poids de la culpabilité pèse toujours sur tes épaules.

— Est-ce que ce n'est pas humain ?

— Certains parviennent très bien à rejeter ce qui peut plomber leur existence. Ce n'est pas ton cas.

— Lucas…

— Je voulais… Je voulais te blâmer, te condamner, mais je ne le peux pas. Plus maintenant.

Disait-il la vérité ? Elle aurait tant voulu ressembler à toutes ces femmes pleines de confiance en elles, protégées et souriant à la vie ! Hélas ! elle n'avait jamais eu cette chance. Lucas, avec son regard si perçant, plein de force masculine et d'intégrité, avait su voir cela en elle.

C'est à cet instant précis qu'elle sut qu'il avait définitivement pris son cœur. Il se pencha vers elle, plongeant ses yeux dans les siens. Jamais elle n'avait connu d'homme plus attirant et mystérieux. Des mystères que l'on devait probablement mettre beaucoup de temps à explorer… Ils avaient néanmoins des choses en commun : ce besoin d'avoir confiance, qui paradoxalement les empêchait d'accorder rapidement la leur ; les deuils qui avaient marqué leur vie…

Il caressa lentement sa joue, faisant naître en elle de délicieux frissons, puis il posa tout doucement ses lèvres sur les siennes. Après tout ce qu'elle venait de traverser, elle eut l'impression que c'était comme une nouvelle naissance, ou l'arrivée du printemps après un hiver froid et maussade.

Il l'attira contre lui et elle se pendit à son cou. Le bras de son fauteuil lui entrait dans les côtes, mais elle n'en avait cure. Leurs baisers se firent plus brûlants…

Lucas se leva et la souleva dans ses bras sans le moindre effort. Du pied, il poussa le fauteuil hors de leur chemin. Elle noua les bras autour du cou de son amant et il l'emmena dans le couloir, sans cesser de l'embrasser.

Arrivé dans le salon, il s'arrêta et la laissa glisser vers le sol, le long de son corps dur. Elle pouvait retirer immédiatement ses vêtements et s'offrir, ne plus penser à rien et se laisser envahir par la passion, mais il lui prit le visage entre ses mains et la fit le regarder droit dans les yeux.

— J'ai besoin de ton aide, Rachel.

L'atmosphère n'était soudain plus aussi brûlante qu'un instant auparavant.

— Mais il faut me faire confiance. D'accord ?

Encore excitée mais furieuse, Rachel le repoussa avec un soupir rageur en lui frappant la poitrine des deux mains.

— Oh ! s'exclama-t-elle. Comment peux-tu…

Et elle le frappa encore, de ses poings cette fois. Il les emprisonna dans ses mains.

— Mais qu'est-ce qui te prend ? lui demanda-t-il, abasourdi.

— Tu l'as fait exprès, hein ?

— Quoi ?

— De m'embrasser ! « J'ai besoin de ton aide, Rachel, fais-moi confiance… »

— Je ne t'ai pas du tout embrassée pour ça, mais j'ai vraiment besoin que tu me fasses confiance !

Décidée à quitter les lieux sur-le-champ, elle tourna vivement les talons. Après tout, elle s'était débrouillée toute seule durant quatre ans avec un tueur à ses trousses, elle pouvait bien continuer… Mais il y avait en plus maintenant cette fichue attirance et ce corps viril qui la mettait en transe.

Comme si les hommes beaux et riches ne lui avaient pas déjà causé suffisamment d'ennuis !

Lucas la rattrapa à la porte, lui prit la main et la força à s'arrêter.

— Reste, lui dit-il doucement.

Elle se tourna vers lui.

— Pour quoi faire ?

— Je ne trichais pas. Je n'ai même pas fait exprès de t'embrasser. C'est arrivé comme ça…

C'était peut-être encore une meilleure raison de le planter là.

Il ne lâcha pas sa main.

— Allons, viens, reprit-il. Il faut qu'on trouve pourquoi Angie Johnson a contacté Jared.

Elle voulait le savoir, elle aussi, c'est vrai…

— Ensuite, il faudra lui parler. Elle sait peut-être quelque chose d'important que, comme toi, elle redoute de révéler.

Elle pointa un doigt rageur dans sa direction.

— Arrête ça ! lui intima-t-elle. Arrête ça tout de suite !

— Je ne manipule personne, se défendit-il. J'essaie de mener une enquête.

Rachel lui retira sa main, réfléchit une seconde et soupira :

— Bon, d'accord. Mais c'est bien parce que je veux savoir, autant que toi.

Ils retournèrent dans le bureau et, cette fois, c'est elle qui s'installa au clavier, Lucas se tenant derrière son fauteuil, plus dérangeant que jamais à force de la troubler sexuellement. Elle lut les deux initiales en même temps que lui. AJ.

— C'est celui-ci. Ouvre-le !

Ils parcoururent le dossier.

— Jared a fait débouter sa plainte, murmura Rachel, interloquée.

Angie avait subi une délicate opération chirurgicale que son assurance spécifique aurait normalement dû couvrir, mais HealthFirst niait lui en avoir établi une.

— C'était une fausse police d'assurance, dit Lucas.

— Pourquoi Jared l'a-t-il établie lui-même et avec sa signature ?

— Parce qu'impliquer quelqu'un d'autre aurait présenté trop de risques, j'imagine…

— Il m'a bien impliquée, moi !

— Indirectement, puisque tu n'avais aucune idée du contenu illégal des courriers qu'il te faisait envoyer.

Persuadée qu'elle était sur le chemin d'une nouvelle vie, elle avait fait tout ce que Jared lui demandait, sans savoir dans quel pétrin elle se fourrait.

— Regarde un peu ça.

Elle se concentra à nouveau sur l'écran. Le document que Lucas venait d'ouvrir était une sorte de fiche de renseignements.

— Mais… c'est de moi qu'il s'agit ! s'exclama-t-elle, tombant des nues.

Il n'y avait que quelques indications, mais tout était exact, et il y avait une dernière ligne particulièrement intéressante.

Rachel Delany : délinquante juvénile.

Elle recula vivement, comme frappée en plein visage par cette nouvelle preuve de la duplicité de Jared. Elle avait décidément été bien naïve et trop confiante.

Il s'était servi de son passé contre elle. Il était temps de contre-attaquer.

— Et maintenant ? demanda-t-elle.

Lucas revint vers l'écran.

— Maintenant, on essaie de trouver Angie Johnson.

Il lança une recherche sur Internet.

Trouver son adresse ne leur aurait servi à rien car, tout de suite, ils tombèrent sur un article relatant la mort d'Angie. Son meurtre, en fait.

L'assassin courait toujours.

10

Lucas s'éveilla aux premiers rayons du soleil et eut l'impression de les voir à travers un épais rideau de cheveux châtains. Clignant les yeux, il s'aperçut qu'il ne se trompait pas. Rachel était à demi étendue sur lui, sa cuisse contre la sienne, son bras en travers de sa poitrine, et sa main juste sous le col déboutonné de sa chemise, à même sa peau. Tard dans la nuit, ils avaient enfin atterri sur le canapé où ils avaient continué à parler de Jared et du meurtre d'Angie. C'était ainsi que le sommeil les avait surpris.

— Rachel ?

Il la secoua légèrement. S'ils restaient ainsi, Lucas savait que son corps n'allait pas tarder à réagir, sans se soucier des messages négatifs que son cerveau pourrait lui envoyer.

Elle s'étira, en remuant sensuellement les hanches.

Il sentit son sexe durcir, et secoua à nouveau légèrement l'épaule de Rachel. Elle releva la tête et ouvrit un œil embrumé de sommeil.

— Oh…

Découvrant dans quelle position elle était, elle voulut se redresser. Pour se lever, elle devait enjamber Lucas et c'est ce qu'elle commença à faire, passant une jambe par-dessus lui. Elle se retrouva alors le bassin plaqué contre le sien et sentit son érection. Elle s'immobilisa, le regard déjà chaviré de désir. Malgré lui, il avança les mains vers ses seins. Tout en se frottant sur son sexe dressé, elle l'aida à la débarrasser de son chemisier.

Il le lui arracha avec tant de fièvre que des boutons sautèrent et roulèrent sur le plancher. Son soutien-gorge suivit bientôt le même chemin, et il eut les seins nus de Rachel dans ses mains.

Le souffle court, elle glissa les siennes sous sa chemise et se pencha pour l'embrasser. Il la fit rouler sous lui en prenant passionnément sa bouche, tandis qu'elle lui dégrafait son pantalon.

Le silence de Rachel avait peut-être permis à un assassin de rester en liberté. Il pouvait la comprendre, mais il n'en était pas moins vrai que le meurtre de sa sœur restait impuni. Cette pensée commença à refroidir ses ardeurs, mais ce n'en était pas la seule raison. Étrangement, l'incroyable violence même de son désir et les sentiments qu'il commençait à éprouver pour elle y prenaient part aussi. Il n'était pas prêt pour une relation sérieuse.

En premier lieu, c'était le meurtre de sa sœur qui comptait. Puis la confiance. Rachel en était-elle vraiment digne ou lui cachait-elle encore quelque chose ?

La tentation était grande de laisser libre cours à leur passion mutuelle… Il s'écarta néanmoins d'elle et se leva après un dernier regard sur les beaux seins exposés, les longues jambes…

— Il faut y aller, lui dit-il. Je t'attendrai dans la voiture, devant la maison.

Puis, il se rendit dans sa chambre pour prendre une douche. Sans un mot, Rachel se dirigea vers la sienne.

Il dut ouvrir le robinet d'eau froide à fond pour que s'apaise la fièvre qui le dévorait.

Le frère d'Angie était instituteur dans une école maternelle, à environ cinquante kilomètres de Bozeman. Rachel et

Lucas s'arrêtèrent sur le seuil de la classe, où une vingtaine d'enfants faisaient des collages de sable coloré sur du papier. Clinton Johnson était accroupi à côté de l'un de ses élèves et l'aidait. Il se leva pour les accueillir.

— Bonjour ! Vous désirez me parler ?

Son regard perplexe indiquait qu'il ne se souvenait pas de les avoir vus dans les réunions de parents d'élèves.

— Je suis Lucas Curran et voici Rachel Delany. Vous êtes bien le frère d'Angie Johnson ?

Le sourire accueillant de l'instituteur disparut aussitôt.

— Vous êtes de la police ? Est-ce qu'il y a du nouveau dans cette affaire ? Le shérif ne m'a rien dit…

— Je suis enquêteur privé, répondit Lucas. Ma sœur a été assassinée à peu près à la même époque que la vôtre.

— Nous pensons qu'il y a peut-être un lien entre les deux affaires, expliqua Rachel. Angie avait souscrit une assurance auprès de la HealthFirst et avait rencontré son directeur, Jared Palmer, peu avant d'être tuée, n'est-ce pas ?

— Oui. Le shérif Bailey a interrogé Palmer. Angie a dû être opérée, et l'assurance ne couvrait pas les frais qui étaient importants. Comme Jared Palmer ne répondait ni à ses coups de fil ni à ses courriers, Angie l'a harcelé jusqu'à ce qu'il accepte de la recevoir. Il a nié catégoriquement lui avoir vendu une police d'assurance. Elle était sur le point de prendre un avocat, mais elle n'avait aucune preuve, parce que la HealthFirst ne lui avait même pas envoyé son contrat. Tout s'était passé par téléphone.

— Quand a-t-elle payé ?

— Palmer lui a donné un rendez-vous, lui a offert un café et des gâteaux, et a pris son argent. Il lui a dit qu'il lui enverrait le contrat par la poste. Mais les documents ne sont jamais arrivés, et le shérif n'a eu aucune preuve matérielle de l'escroquerie… J'avais dit à Angie que personne ne payait une police d'assurance en liquide, que c'était plus que louche, mais quand il était question d'argent, ma pauvre sœur était une véritable enfant.

— Donc, la police ne pense pas que Jared Palmer a pu l'avoir tuée.

— Oh ! que si ! Le chargé d'enquête en était tout à fait convaincu, au contraire. Malheureusement, il n'a jamais pu le prouver. Le procureur ne l'a pas suivi.

Lucas ne put s'empêcher de lancer un regard à Rachel qui en saisit parfaitement le sens. C'était une accusation muette. Jared avait pu s'en tirer parce qu'elle avait dissimulé des informations capitales. Et c'était pour cette même raison qu'il ne lui avait pas fait l'amour, ce matin. La flambée de passion était loin…

— Qui est la dernière personne à avoir vu votre sœur en vie ?

L'instituteur se frotta la nuque.

— Notre mère. Et c'est en train de la tuer. Elles ont déjeuné toutes les deux dans un restaurant, ce jour-là, puis elles se sont séparées. On a retrouvé le corps d'Angie peu de temps après.

— Est-ce que le shérif a interrogé beaucoup de monde, dans cette affaire ? demanda Lucas.

— Oui. Palmer, son associé, ses employés, et aussi des gens du groupement d'assureurs dont la HealthFirst fait partie. Apparemment, personne ne savait rien.

Un petit garçon à peine âgé de cinq ans vint tirer l'instituteur par la jambe de son pantalon.

— J'ai renversé ma peinture, m'sieur…

— Oui, une seconde, Kevin, lui dit-il avant de s'adresser de nouveau à Lucas : Vous allez faire arrêter Palmer ?

— Oui.

La façon très affirmative dont il avait répondu n'échappa pas à Rachel.

— J'ai encore une dernière question.

— Je vous en prie. Si je peux vous aider…

— Votre shérif est-il entré en contact avec la police de Bozeman ?

— Ça, je ne saurais vous le dire. Je ne crois pas…

Le shérif Bailey retira ses pieds de son bureau et posa son journal lorsqu'ils entrèrent. Lucas lui exposa brièvement les raisons de leur visite.

— Luella Palmer ? répéta le policier. Ça ne me dit rien.

Ce manque de curiosité ne présageait rien de bon quant à ses qualités d'enquêteur. Le monde ne s'arrêtait pas aux limites de sa circonscription…

— Elle était l'épouse de Jared Palmer, insista Lucas. Elle a été assassinée ; on en a beaucoup parlé.

— Ah oui, pardonnez-moi, dit le shérif en soupirant. Cela fait longtemps, et ma pauvre tête n'est plus ce qu'elle était depuis que je suis veuf. C'est tout récent. Cancer…

— Je suis désolé…

— Et vous pensez que son meurtre a quelque chose à voir avec celui d'Angie Johnson ?

Rachel ne s'était pas assise avec eux. Elle regardait les titres des livres de droit rangés dans une bibliothèque.

— Oui, répondit Lucas. Luella avait peut-être découvert quelque chose en rapport avec cette affaire.

Le shérif se leva pour aller ouvrir un classeur métallique. Du coin de l'œil, Lucas voyait Rachel feuilleter les revues posées sur une table basse, devant un vieux canapé sur lequel elle avait fini par s'asseoir. Cherchait-elle quelque chose de précis ?

Le shérif alla s'asseoir à côté d'elle et ouvrit la chemise cartonnée qu'il avait tirée de son classeur. Lucas les rejoignit. Il prit la photo que le policier lui tendait. C'était un cliché du corps d'Angie, tel qu'on l'avait retrouvé. Elle avait reçu une balle dans la tête et on avait dissimulé le cadavre sous des branchages, mais le vent les avait dispersés. Cela rappelait étrangement le meurtre de Luella : un lieu retiré, une atteinte à la tête et puis les branches…

— Pas d'arme du crime, pas d'ADN, ajouta sobrement le shérif Bailey.

— Tout comme pour Luella.

Rachel regarda Lucas. Sa voix trahissait ce que les mots ne disaient pas.

Le policier lui tendit quelques feuillets.

— La déposition de Jared Palmer.

— Il avait un bon alibi, apparemment…

Jared avait affirmé ne pas avoir quitté son bureau avant une heure très tardive, ce jour-là. Un vigile de la société l'avait confirmé, ainsi que l'examen du disque dur de son ordinateur.

— On peut toujours acheter un témoignage et trafiquer une machine, fit remarquer Rachel.

— Avez-vous contacté la police de Bozeman ? demanda encore Lucas.

— Je dois avouer que non. Après la vérification de l'alibi de Palmer, je n'en ai pas vu la nécessité. Apparemment, je ne suis lourdement trompé… Y a-t-il quelque chose que je puisse faire pour vous aider ?

Lucas lui rendit les feuillets.

— Vérifier si personne d'autre n'a vu Angie le jour de sa mort ou entendu parler de cette histoire d'assurance et donc, peut-être, rouvrir le dossier. Pour ce qui est de Palmer, je m'en charge.

Lucas lui tendit sa carte.

— Appelez-moi si vous trouvez quelque chose. De jour comme de nuit.

Le shérif Bailey acquiesça.

Un peu plus tard, à Bozeman, Lucas et Rachel étaient assis en face d'Eldon Sordi, dans son bureau de la HealthFirst. Il n'avait pas refusé de les recevoir.

— Vous avez un certain culot pour vous montrer ici après ce que vous avez tenté de faire, leur dit-il calmement avant de se tourner vers Rachel : Mais je suis content de vous revoir, mademoiselle Delany. Cela me donne l'occasion de vous dire que je n'étais pas au courant de votre relation avec Jared, et que j'ai toujours pensé que vous étiez un excellent élément…

Il l'ignorait ? Bien qu'elle ait un peu de mal à le croire, elle n'en montra rien. L'homme portait beau, avec ses cheveux gris argent et son costume bien coupé, mais elle savait que c'était un coureur de jupons au moins aussi enragé que Jared.

— Merci, monsieur Sordi, répondit-elle poliment avec un petit regard en direction de Lucas.

— C'est pourquoi j'ai été plutôt déçu de vous voir associée à M. Curran ici présent, dans l'effraction de nos locaux…, continua le play-boy assureur d'un air compassé.

— Vous n'en avez aucune preuve, fit remarquer Lucas, impassible.

— Parce que la caméra de surveillance ne vous a pas enregistrés ? Évidemment, on l'avait détruite en tirant dessus. Vous ne savez pas qui, je suppose, comme vous ignorez comment on a pu dérober un badge d'accès appartenant à un membre de notre personnel ?

Lucas resta de marbre ; aucun muscle de son visage ne frémit.

— … C'est bien ce que je pensais, reprit Eldon Sordi.

Il s'adressa de nouveau à Rachel.

— Lors de votre entretien d'embauche, vous m'aviez dit vouloir tourner le dos à votre passé et vous tenir désormais éloignée des tribunaux et des postes de police.

— Je n'ai pas changé d'avis.

— Je ne suis pas sûr que participer à une effraction soit dans la droite ligne de ce que vous affirmez.

Il jeta un regard à Lucas :

— Vous devez avoir des amis qui ont le bras long. Je ne pense pas que ce soit le cas de Rachel…

Lucas ne releva pas l'insulte délibérée envers Rachel, mais celle-ci se sentit profondément blessée. Bien sûr, elle n'était qu'un « excellent élément » ; elle n'appartenait pas au cercle des gens qui ont de puissantes relations…

Sordi se leva.

— Et vous étiez venus chercher quoi, dans le bureau de mon associé ?

— Parlons plutôt de ce que nous y avons découvert, répondit toujours très tranquillement Lucas. Une femme à qui il a procuré une police d'assurance a été assassinée peu de temps après ma sœur…

Eldon Sordi fit le tour de son bureau et vint se camper devant lui.

— Qui ça ?

— Elle s'appelait Angie Johnson, dit Lucas. Elle a envoyé une lettre à Jared en l'accusant de lui avoir vendu une fausse police d'assurance, et elle l'a rencontré très peu de temps avant sa mort.

Rachel pouvait voir qu'il ne perdait absolument pas son calme. Il avait l'assurance qu'il fallait pour ce genre de confrontation.

— Et où est-elle, cette lettre ? fit Sordi d'un ton ironique.

— On peut supposer que la police l'a trouvée lorsqu'elle a perquisitionné ici.

Les sourcils froncés, l'associé de Jared réfléchit un petit moment.

— Ah oui, je me souviens, maintenant, dit-il finalement. Une lettre diffamatoire à laquelle il n'a même pas répondu.

La police n'a pas retenu ces accusations, alors je ne vois pas où est le problème.

— Étant donné qu'elle a été assassinée peu après, ses accusations étaient peut-être fondées, intervint Rachel.

— Jared ne se lancerait pas dans des histoires de fausses polices d'assurance, ça n'a aucun sens ! Et puis la police l'a innocenté il y a des années de cela…

— Elle ne l'a pas innocenté. Elle n'a pas trouvé de preuve contre lui, ce n'est pas la même chose, fit remarquer Lucas.

— Est-ce qu'il vous a parlé de cette histoire avec Angie Johnson ? lui demanda Rachel.

— Il m'a dit que cette femme le harcelait.

— Et ça ne vous a pas surpris ?

Cette fois, c'était Lucas, qui avait parlé.

— Bien sûr que si, et j'en ai discuté avec Jared. Il m'a certifié que nous n'avions aucun contrat en cours avec cette femme. Écoutez, depuis que nous travaillons ensemble, il ne m'a jamais déçu. Pas une fois. Vous imaginez un instant qu'il prendrait le risque de perdre tout ceci — il montra les luxueux locaux autour de lui — pour de sordides magouilles ? Et qu'il ait pu tuer cette femme, et son épouse par-dessus le marché ? Allons… De plus, je vérifie tous les comptes de cette maison. Si de l'argent douteux y entrait ou en sortait, je le saurais !

— Il semble que ce bon Jared soit au mieux avec Marcy Sanders, reprit Lucas. Vous le saviez, ça aussi ?

— Jared ?

Eldon Sordi paraissait réellement surpris.

— Oui. Je les ai vus sortir d'ici.

— Mais comment ça, « au mieux » ?

— Très, très proche, si vous voyez ce que je veux dire.

L'assureur paru un instant déstabilisé. Il se troubla visiblement, fronça les sourcils, puis se reprit.

— Oui… Vous savez, Jared est comme ça, il aime les femmes.

Il se tourna vers Rachel.

— Excusez-moi, mademoiselle…

Se partageaient-ils les faveurs de Marcy ? Ils étaient si semblables sur beaucoup de points que la chose n'aurait pas été impossible.

— Pas besoin de vous excuser, lui dit Rachel. Je suis bien heureuse d'avoir découvert ses mensonges à temps.

— Auriez-vous quelque chose d'autre à nous apprendre ? demanda Lucas.

— Non. Et si je savais quoi que ce soit, j'irais plutôt le dire à la police.

Lucas eut un sourire ironique et lui tendit néanmoins sa carte.

— Vous pouvez toujours m'appeler quand vous voulez, dit-il nonchalamment.

Ils prirent congé. En précédant Lucas vers la porte, Rachel se demanda si Eldon Sordi était sincère ou s'il protégeait son associé. Dans un cas comme dans l'autre, c'était de la fidélité, de la confiance… Elle aussi elle aurait bien aimé que quelqu'un ait foi en elle et la protège…

Elle sentit la main de Lucas au creux de ses reins.

— Je suis là, lui dit-il tout bas comme s'il avait lu dans ses pensées.

Bien sûr, il était là. Pour le temps que durerait son enquête, du moins. Elle aurait voulu tellement plus !

— Rachel ?

Tirée de ses pensées, elle tressaillit. Jared était dans le bureau de la secrétaire d'Eldon, les bras croisés.

— Qu'est-ce que vous faites là, tous les deux ? gronda-t-il en s'approchant, sous l'œil prodigieusement intéressé de l'employée. C'est Eldon qui a demandé à vous voir ?

— Non, répondit-elle. C'est nous qui sommes venus lui parler.

Surpris de sa réponse franche et directe, Jared eut une sorte de sursaut.

— Viens, Rachel, dit Lucas en lui passant le bras autour de la taille.

Mais elle se dégagea.

— Une seconde, s'il te plaît, lui dit-elle, la main sur son torse.

Elle était curieuse de voir comment Jared allait réagir, s'il allait oser reprendre ses menaces, maintenant que Lucas veillait sur elle. Elle pouvait voir que le geste de celui-ci ne lui avait pas échappé.

— Qu'est-ce que vous êtes venus faire ici ? reprit-il un ton plus bas.

— Nous sommes venus lui poser quelques questions à ton sujet, répliqua Rachel.

Jared lança un regard menaçant à Lucas puis revint à elle.

— Pourquoi avez-vous fracturé mon bureau ? Que cherchez-vous ?

— Angie Johnson, dit simplement Rachel.

— Elle n'a pas payé son contrat d'assurance, répondit-il sans ciller.

— À ce qu'il paraît…, fit Lucas, tellement impavide que son calme même était une accusation.

— C'est pour ça que vous êtes venus ? Vous perdez votre temps. Imagine ma surprise quand j'ai appris qu'on vous avait trouvés fouinant ici après les heures de bureau, lui et toi, continua-t-il en s'adressant à Rachel. Qu'est-ce que vous pouviez bien avoir dans la tête ?

Bien consciente qu'elle parlait peut-être à l'assassin de deux personnes, elle hésita.

— Qu'est-ce que vous cherchiez ? insista Jared.

— Est-ce que tu as tué Angie Johnson ? lança finalement Rachel.

Jared hocha plusieurs fois la tête d'un air entendu, comme pour dire : « Voilà, j'en étais sûr… »

— Inutile de chercher bien loin qui t'a mis ce genre d'idées dans le crâne ! Qu'est-ce que tu fais avec lui ?

Il avait eu un mouvement de menton dédaigneux en direction de Lucas.

— Il recherche l'assassin de sa sœur et il assure ma protection, répliqua Rachel d'un ton net. On a encore essayé de me tuer, ou de m'intimider, peut-être.

Elle observait attentivement le visage de Jared, pour essayer d'y déceler de la culpabilité, mais elle n'y lisait rien d'autre que de la jalousie, ce qu'elle trouvait plutôt étrange de la part d'un homme comme lui.

— Pourquoi est-ce que tu t'intéresses tant au meurtre de sa sœur ?

— Comme si tu ne le savais pas !

Il haussa les sourcils.

— Qu'est-ce que je suis supposé savoir ?

— Viens, allons-nous-en, dit Lucas en prenant la main de Rachel.

Il cherchait de toute évidence à montrer à son beau-frère qu'ils avaient couché ensemble et qu'elle était sa propriété. Cela commençait à agacer passablement Rachel, mais son énervement même se mêlait d'un trouble plaisir. Jared, lui, avait du mal à contenir sa fureur.

— Rachel, lui demanda-t-il, as-tu repensé à ce dont nous avons parlé ?

Ses protestations d'amour ? Il ne manquait pas de toupet, pour remettre cela sur le tapis !

— C'est tout réfléchi. Tu n'es pas le genre d'homme à te ranger, Jared.

— Je le pourrais, avec toi.

Et il espérait qu'elle allait le croire ?

— Je n'ai rien à ajouter. Je n'envisage pas le moindre avenir avec un homme de ta sorte.

Jared blêmit et regarda Lucas. Rachel ne put s'empêcher d'en faire autant. Son expression était absolument impénétrable. Il soutenait simplement le regard de Jared, sans émotion apparente, mais visiblement prêt à la protéger de toute réaction un peu trop vive de son ancien amant. Puis il se rapprocha encore d'elle et remit sa main au creux de ses reins, toujours sans quitter Jared des yeux. Manifestement, il cherchait à le pousser à bout.

Jared ne céda pas. Au lieu de cela, il tendit la main pour chercher celle de Rachel. Elle la retira avec dégoût. Décidément, elle n'aimait pas cet homme. Ne l'avait peut-être même jamais aimé…

— Je m'en veux de ne pas t'avoir dit que j'étais marié, dit-il, pressant. C'était une lourde erreur. Rachel, tu es différente des autres. Si j'étais marié avec toi, je n'aurais besoin de personne. Tu me compléterais…

— Je crois qu'il est vraiment temps de nous en aller, intervint Lucas, toujours calmement.

Mais Rachel n'en avait pas fini avec Jared. Pas encore.

— Jamais plus je ne pourrai te faire confiance, jamais ! lui assena-t-elle avec mépris.

— Rachel…

— Est-ce que tu as payé quelqu'un pour me suivre et me menacer ?

— Mais non ! Bien sûr que non !

Cela paraissait presque sincère. Elle se pencha un peu en avant, approchant son visage de celui de son ex-amant.

— J'ai été influençable et vulnérable, dans le passé, mais c'est fini, maintenant. Et c'est à mon tour de t'avertir. Laisse-moi tranquille, une bonne fois pour toutes. Définitivement.

Elle se redressa et se tourna vers Lucas, son compagnon, son beau partenaire et protecteur.

— Maintenant, nous pouvons nous en aller, lui dit-elle fièrement.

Les belles lèvres de Lucas esquissèrent un sourire. Il lui tendit son bras, elle glissa le sien dessous, et ils se dirigèrent vers l'ascenseur.

— Rachel !

Elle ne se retourna même pas.

Lucas pressa le bouton d'appel. Elle n'avait rien à craindre, auprès d'un homme comme lui. Mais serait-il toujours là pour la protéger ? Elle savait bien qu'elle n'avait pas la force physique de s'opposer à un homme prêt à tout et même à lui envoyer un tueur, ou plusieurs.

Avec Lucas, elle se sentait invincible.

Et elle aimait beaucoup cela. Vraiment beaucoup…

11

Lorsqu'ils arrivèrent en vue de la maison de Lucas, Rachel reconnut tout de suite la vieille jeep Wrangler garée le long du trottoir.

— Tu as dit à Nan où je me trouvais ?

— Tu lui manques beaucoup, dit Lucas. Et tu n'aurais pas dû la chasser de ta vie comme ça.

À son volant, Nan leur fit de grands signes de la main quand ils entrèrent dans le garage. Rachel descendit de voiture et attendit son amie. Nan la rejoignit immédiatement, en passant sous le volet métallique relevé, et se précipita dans ses bras.

— Oh ! Rachel ! s'exclama-t-elle. Quand ton copain est venu me poser toutes ces questions, je me suis demandé si j'avais vraiment été une bonne amie pour toi. Il fallait que je vienne…

— Mais oui, tu l'as été, assura Rachel en reculant un peu pour mieux la voir, mais en laissant ses mains sur les épaules de Nan.

— Non, dit celle-ci en secouant vigoureusement la tête, ce qui eut pour effet de faire tintinnabuler ses boucles d'oreilles en argent. J'aurais dû comprendre ce qui arrivait.

Rachel n'était pas sûre de bien saisir à quoi son amie faisait allusion. Nan tira la fermeture Éclair de son manteau. En dessous, elle portait un pull au col en V de couleur turquoise sur une jupe noire, et de hautes bottes. Elle avait toujours pris très au sérieux les tendances de la mode, au contraire de Rachel pour qui cela n'avait jamais été le principal souci.

— Entrons, leur dit Lucas en montrant la porte qui faisait communiquer le garage et la maison.

Les deux femmes le suivirent.

— Après la mort de tes parents, les miens ne m'ont pas permis de rester en contact, mais alors, c'est toi qui es revenue me trouver, dit Nan.

— Bien sûr ! répondit Rachel. Tu étais ma meilleure amie, et tu l'es toujours.

Lucas les débarrassa toutes deux de leurs manteaux, mais avec des gestes plus intimes et plus tendres envers Rachel.

— Ensuite, tu m'as écartée de ta vie, reprit Nan en posant sa main sur l'épaule de son amie. Mais maintenant, je sais pourquoi. Tu n'avais pas seulement peur, n'est-ce pas ?

— Non, c'est vrai. Je voulais te protéger.

Lucas passa dans la cuisine pour leur préparer des boissons et Nan se pencha vers Rachel, changeant instantanément de ton.

— Dis donc, il est plutôt joli garçon, ton détective… Tu es avec lui depuis longtemps ?

— Je ne suis pas… vraiment avec lui, répondit prudemment Rachel.

— Oh ! À d'autres, ma petite ! Et il en pince pour toi, ça se voit. Quand je lui ai dit que tu avais peur, il est instantanément devenu protecteur à ton égard. Je ne sais pas s'il s'en rend compte lui-même… Moi, je n'y ai vraiment réfléchi qu'après notre conversation. Il m'a laissé sa carte…

Rachel sourit. Lucas ne ratait aucune occasion de recueillir des informations.

— Il fait ça avec tout le monde. Et, je te le répète, je ne suis pas vraiment avec lui.

— Très bien, très bien, si tu le dis… De toute façon, ce n'est pas pour ça que je suis venue. Je me demande pourquoi je ne l'ai pas fait plus tôt, d'ailleurs… Bon, tu as eu peur, mais tu n'étais pas seule. Tu n'étais pas obligée de te couper du monde, et de moi, pour commencer !

— Mais Jared aurait pu t'utiliser contre moi.

Lucas avait déposé deux thés glacés devant elles, puis s'était retiré dans la cuisine pour les laisser seules. Il pouvait toutefois toujours les entendre, et Rachel se rendit compte, un peu surprise, que cela ne la dérangeait pas.

— Je n'ai pas peur de Jared, répliqua Nan.

— Il a pourtant essayé de me tuer !

— Ah bon ?

Nan regarda dans la direction de la cuisine d'un air accusateur, comme si elle reprochait à Lucas de ne pas le lui avoir dit.

— Pas il y a quatre ans, mais maintenant, depuis que Lucas est à Bozeman. Il a envoyé un tueur après moi…

— Oh ! Je comprends que tu aies toutes les raisons d'avoir peur, tu sais, mais tu n'es plus une adolescente, Rachel. Tu n'as plus à fuir ceux qui t'aiment. Il faut te débarrasser de ton passé…

Elle lui posa doucement la main sur l'épaule.

— Je me fais beaucoup de soucis pour toi.

— Je vais bien, ne t'en fais pas.

— Quand tu m'as laissée tomber, j'en ai beaucoup souffert, reprit Nan. Je croyais que tu me blâmais, que tu m'en voulais personnellement parce que les services de Protection de l'Enfance t'avaient emmenée.

— Mais pas du tout !

C'était à son tour de tomber des nues. En ce temps-là, Nan n'était qu'une adolescente, tout comme elle. Qu'aurait-elle bien pu faire ?

— J'aurais dû demander à mes parents de te prendre avec nous, acheva Nan, comme si elle avait deviné sa pensée.

— Et tu crois qu'ils l'auraient fait ?

Le père et la mère de Nan formaient un couple plutôt…

houleux. Ils avaient des difficultés financières et se disputaient très souvent. Ils auraient eu bien du mal à prendre en charge une ado traumatisée comme elle l'était alors.

Les deux amies se regardèrent en silence un moment, puis éclatèrent de rire.

— Jamais ! fit Nan entre deux joyeux hoquets.

Elle rit encore un instant, puis se calma.

— Non… Ils auraient probablement refusé, mais moi, j'aurais bien aimé être là pour toi.

— Tu étais là, dit doucement Rachel. Chaque fois que je pensais à toi, je me sentais mieux. Je t'imaginais en train de peigner et de coiffer tes poupées, et ça allait…

Emue, Nan était sur le point de passer du rire aux larmes. Elle lui demanda encore :

— Tu me promets que tu ne t'isoleras plus jamais de ceux qui t'aiment ?

Rachel hésita à répondre. Avoir perdu tout sentiment de sécurité à un âge aussi tendre l'avait amenée à s'endurcir, et elle n'était pas sûre de pouvoir abandonner toutes les défenses qu'elle s'était construites. Mais peut-être Lucas pourrait-il l'aider dans cette voie. Peut-être…

— Il y a des choses dans la vie qui valent la peine qu'on prenne des risques, Rachel, insista Nan. Et rien n'est vraiment facile.

Nan les quitta tard, ce soir-là, après avoir donné à Rachel beaucoup à réfléchir. Elles avaient parlé entre elles durant tout le dîner. Lucas les avait écoutées, en silence la plupart du temps. Nan avait bien ri, en entendant Rachel lui raconter ses déboires au travail et tous les petits boulots dont elle avait été virée.

— Tu vaux bien mieux que ça, lui avait-elle dit, redevenant

sérieuse. Continue à croire en toi. Tu y as cru suffisamment pour reprendre des études. Ta vie commence maintenant…

Après son départ, Lucas avait laissé à regret Rachel rejoindre la chambre d'amis, avec sur les lèvres ce sourire rêveur et apaisé qui lui allait si bien, avec cette force nouvelle qu'il sentait en elle.

Allongé sur son lit dans sa grande chambre, il fixait le plafond, incapable de cesser de penser à elle. Au moins une heure s'écoula avant qu'il puisse fermer les yeux, et il eut l'impression de n'avoir dormi qu'un instant quand il fut éveillé en sursaut par un bruit de verre brisé.

Il se leva d'un bond et enfila vivement son pantalon. Puis, prenant son arme au passage, il se rua sur le palier. Penché sur la balustrade, il vit tout de suite la fumée et les flammes qui montaient à l'assaut des murs et des rideaux. Quelqu'un avait lancé une bombe incendiaire par la fenêtre.

— Oh ! Mon Dieu !

Rachel apparut à côté de lui. Vêtue d'un jean et d'un chemisier bleu et blanc à moitié boutonné, elle regardait avec horreur les flammes dévorer le salon.

— Sortons d'ici en vitesse ! dit Lucas.

Lui prenant la main, il l'attira vers l'escalier et s'aperçut alors que les flammes léchaient déjà les marches inférieures. Il était impossible de descendre.

— Viens !

Il l'entraîna dans la chambre d'amis. C'était haut, mais il y avait de grands arbres devant la maison, le long desquels ils pourraient se laisser glisser pour atteindre le sol.

Tandis que le feu rugissait de plus en plus fort au rez-de-chaussée, il ouvrit rapidement la fenêtre et sortit. Puis il tendit la main à Rachel pour l'aider à sortir à son tour. Quand elle l'eut rejoint sur le toit, ils longèrent précautionneusement la gouttière jusqu'aux arbres. C'est alors qu'une balle siffla aux oreilles de Lucas et alla fracasser une tuile. Il regarda dans la rue et vit une voiture dont le conducteur le visait par la vitre de sa portière. Il fit feu à son tour, en riposte. L'homme tira encore à plusieurs reprises, avant de se reculer dans l'habitacle, hors de vue. Rachel chancela tout à coup et Lucas vit avec horreur une tache de sang s'agrandir sur son chemisier.

— Rachel !

Avant qu'il ait pu la retenir, elle s'effondra et glissa le long du toit vers la gouttière. Il se jeta à plat ventre sur les tuiles pour la rattraper, mais c'était trop tard. Horrifié, il la vit basculer dans le vide, traverser un arbuste taillé et rouler sur le gazon. Les balles s'étaient remises à siffler autour de lui et les tuiles devenaient chaudes, signe que le feu avait atteint l'étage.

Lucas ne perdit pas une seconde. S'accrochant de sa main libre à la gouttière, il se laissa tomber au sol, roula comme lors d'une réception en parachute, et se releva en faisant feu sur leur agresseur, tout en se plaçant entre Rachel et lui.

Le tueur démarra en trombe et Lucas continua à tirer dans sa direction, vidant son chargeur, jusqu'à ce que la voiture ait disparu au bout de la rue. Puis il retourna en courant vers Rachel. Son chemisier était trempé de sang, à présent. Elle en avait perdu beaucoup.

— Lucas…, murmura-t-elle faiblement.

Il la souleva dans ses bras et l'emporta plus loin, à l'écart de la maison en flammes. Des voisins commençaient à accourir.

— Je viens d'appeler les secours ! lui cria une dame qui brandissait un téléphone.

En effet, on entendait des sirènes.

Il déposa doucement son précieux fardeau sur la pelouse, le plus loin possible de l'incendie, et pressa sa main sur la blessure pour stopper l'hémorragie. Le regard de Rachel devenait vague ; elle allait perdre connaissance.

— Reste avec moi ! la supplia-t-il.

Elle murmura son prénom, puis ferma les yeux. Une terrible angoisse s'empara de Lucas.

Non, pas ça ! Non !

Les sirènes hurlaient de plus en plus fort, pompiers en tête. Du coin de l'œil, Lucas vit qu'une voiture de police et une ambulance les suivaient.

Tout en gardant la main sur la blessure de Rachel, il chercha son pouls. Dieu merci, il battait toujours. La femme qui avait donné l'alerte vint s'agenouiller auprès d'eux.

— Elle vit encore ? demanda-t-elle.

Déjà, les ambulanciers se précipitaient vers eux, tandis que les pompiers déroulaient les lances à incendie.

— Qu'est-il arrivé ? demanda l'un des ambulanciers à Lucas.

— Blessure par balle.

Il recula pour les laisser travailler. Sa voisine, qu'il rencontrait pour la première fois, lui tendit un post-it.

— Le numéro d'immatriculation de la voiture, dit-elle.

Surpris et reconnaissant, il prit le morceau de papier.

— Merci beaucoup ! Avez-vous pu voir le visage du conducteur ?

— Malheureusement non. Je ne dormais pas et j'étais dans ma cuisine. Quand j'ai vu les lueurs du feu, je suis allée à la fenêtre et j'ai remarqué cette voiture stationnée, avec quelqu'un à l'intérieur, qui regardait la maison brûler. J'ai trouvé ça bizarre. Alors j'ai noté le numéro de la plaque, avant d'appeler les secours.

— Il nous a tiré dessus. Vous avez eu un excellent réflexe, qui pourrait bien conduire à son arrestation.

Voyant que l'on embarquait Rachel dans l'ambulance, il abrégea :

— Merci encore, vraiment !

— De rien. J'espère qu'elle s'en tirera !

Lucas l'espérait vivement lui aussi, et bien au-delà de

ce qu'il aurait cru. Rachel était devenue incroyablement importante pour lui, bien plus qu'un simple témoin, même clé, dans l'enquête sur le meurtre de sa sœur.

Assis sur une inconfortable chaise en acier, Lucas se tenait au chevet de Rachel, inconsciente. Des tubes la reliaient à toutes sortes de moniteurs, et un bandage lui entourait la poitrine. Le chirurgien lui avait dit que la balle n'avait manqué le cœur que de quelques centimètres, et qu'elle serait certainement morte si elle n'était pas arrivée au bloc opératoire à temps. Lucas imaginait, avec une terreur rétrospective, ce qu'il aurait ressenti alors. Une nouvelle perte. Un nouveau deuil dont il aurait été inconsolable. Peu importaient finalement ses doutes ; il tenait à elle. Pourquoi ne pas l'admettre ? Tout en elle le touchait, sa sensibilité et sa force morale. Bien sûr, elle avait dissimulé des informations importantes, mais pouvait-il vraiment le lui reprocher ? Elle vivait sous la menace depuis des années et, en l'espace de quelques jours, venait d'échapper à deux tentatives d'assassinat.

Il se retourna tout à coup vers la porte, certain que quelqu'un venait d'y passer la tête, mais il n'y avait personne. Qui avait pu jeter un coup d'œil et s'éloigner aussi vite ? Il se leva et alla regarder dans le couloir. Un homme en complet veston s'éloignait rapidement. C'était Jared.

Lucas courut derrière lui. En l'entendant, son ex-beau-frère se retourna pour lui faire face.

— Tu espérais pouvoir finir le travail ? lui demanda Lucas avec une ironie rageuse.

— J'ai appris ce qui était arrivé en écoutant la radio, répliqua Jared.

— Déçu qu'elle ne soit pas morte ?

Jared le dévisagea pendant quelques instants, puis poussa un lourd soupir.

— Je sais que tu ne me croiras pas, mais je n'ai rien à voir avec ça.

Puis il ajouta, avec un regard de défi :

— Si elle était restée avec moi, ça ne serait jamais arrivé.

Furieux, Lucas le saisit par les revers de son veston et le plaqua brutalement au mur.

— Si tu t'approches d'elle encore une fois, je te tue. C'est compris ?

Impressionné, les yeux écarquillés, Jared leva les mains.

— Holà ! Ho ! fit-il, nerveux. Je ne suis pas venu lui faire du mal, mais voir comment elle allait et lui dire que je ne suis absolument pour rien dans tout ça... Je ne veux pas tuer Rachel ! Je veux l'épouser.

Lucas eut un rire bref et sans joie.

— Toi ? Mais quelle femme voudrait de toi comme mari ? Pourquoi donc ma sœur t'a-t-elle épousé ? Comment est-ce qu'une femme comme Rachel pourrait vouloir t'épouser ?

Il repoussa une dernière fois Jared contre le mur, puis le lâcha avec un air de profond dégoût.

— Écoute, lui dit son ex-beau-frère d'un air contrit. Je ne suis peut-être pas le prince charmant, mais Rachel m'a fait prendre conscience de mes erreurs, et en particulier du fait que papillonner d'une femme à l'autre ne remplissait pas vraiment la vie d'un homme. J'ai eu des torts envers elle. J'aurais dû me montrer plus honnête.

— Pourquoi tu ne l'as pas fait quand il en était temps ?

Jared soupira de nouveau.

— Mon association avec Eldon m'avait changé. Il avait tellement de charisme, menait une vie si excitante... Il avait tout ce dont je rêvais.

— Les femmes ?

— Entre autres. De l'argent, aussi. Cela va avec... Mais je n'aurais pas dû l'imiter sur ce point, et c'est ce que je veux dire à Rachel. Quand j'ai su qu'on lui avait tiré dessus, qu'elle pourrait bien mourir, j'ai soudain compris toutes mes erreurs envers elle.

— Qu'est-ce que tu espères donc ?

— Regagner son cœur. Je veux l'épouser. Je quitterai HealthFirst, nous commencerons une nouvelle vie.

Jusqu'à ce qu'une nouvelle jolie fille passe par là ?

Lucas réprima la flambée de jalousie qui montait en lui. Il n'avait aucune raison d'être jaloux. Jamais Rachel ne retournerait avec cet homme-là.

— Et tu peux me dire comment tu vas faire, en étant en prison ? demanda-t-il avec un sourire ironique.

Une lueur de colère passa dans les yeux de Jared.

— Je lui en parlerai dès qu'elle se réveillera.

— Pas si je peux te faire arrêter avant.

Jared le dévisagea, les yeux étrécis.

— Toi aussi, tu l'aimes, lança-t-il, accusateur. Mais une femme comme Rachel, ça ne se capture pas au lasso, cow-boy ! Comment tu la garderas ? Toi, il n'y a que jouer au gendarme et aux voleurs, qui te plaît dans la vie… Elle a besoin d'autre chose, de luxe…

Lucas ne lui répondit que par un sourire méprisant.

— Et tu veux l'épouser, toi aussi ? reprit Jared, tout à trac.

Décontenancé, Lucas ne sut que dire. Le mariage ? Ce n'était pas quelque chose à laquelle il avait pensé. Il n'y était pas prêt.

Ce fut au tour de Jared d'arborer un sourire méprisant.

— Bonne chance, Lucas, lança-t-il avant de tourner les talons.

Lucas ne le retint pas. Y avait-il du vrai dans la surprenante conversion dont Jared se vantait ? Quoi qu'il en soit, cela ne changeait rien à ce qu'il avait fait. Regretter ses erreurs passées ne ferait que lui rendre la prison plus difficile à supporter…

12

Rachel revint lentement à la conscience en entendant la voix d'une femme qui parlait tout bas avec Lucas. Celui-ci lui répondait avec un agacement manifeste.

— Tu n'aurais pas dû venir ici, lui disait-il.

Encore engourdie et désorientée, elle lutta pour recouvrer ses esprits. Où était-elle ? Pourquoi tout son côté gauche, son flanc, sa poitrine, lui faisaient-ils aussi mal ? Elle tourna légèrement la tête et vit la chambre d'hôpital, la perfusion dans son bras, et tout lui revint d'un coup. L'incendie. Les coups de feu. La chute du toit…

La clé USB ! Ils n'avaient pas encore vérifié tous les fichiers de Jared et pas eu le temps de la prendre avant de fuir. Elle était tombée de là-haut, Lucas l'avait emportée dans ses bras, et c'était la dernière chose dont elle se souvenait.

— J'ai entendu ce qui s'était passé. Je ne pouvais pas rester tranquillement chez moi, indifférente, expliquait la femme. Et si c'était toi qui avais été blessé ? C'est à cause du meurtre de ta sœur ?

— C'est Rachel qui a été blessée.

Rachel se garda de bouger mais, entre ses paupières à demi fermées, elle vit que la femme lui lançait un regard rapide. Elle était blonde, avec des yeux bleus, très belle… Elle avança sa main pour une caresse furtive sur le bras de Lucas, mais il se déroba.

— Tu as de la chance de ne pas avoir été touché, lui dit-elle.

— Pourquoi es-tu venue ?

Son ton était clairement celui d'une rebuffade, et la visiteuse le prit comme tel. Visiblement déçue, elle murmura :

— J'essaie de te parler depuis des semaines et toi, tu m'évites.

— J'ai entendu tout ce que tu avais à me dire avant de te quitter, Tory.

Ainsi, elle était en présence de Tory Curran, l'ex-épouse de Lucas… Jamais elle n'aurait imaginé qu'elle pouvait être aussi belle. On aurait dit un top model, ou une vedette de cinéma. Rachel était bien persuadée qu'elle n'avait rien de comparable à cela.

— J'ai changé, Lucas, plaida Tory. Je ne te cache pas que je voudrais avoir une seconde chance avec toi, même si je n'ai pas vraiment d'espoir. Mais je veux d'abord m'excuser et te demander pardon. Je sais combien c'était important pour toi de fonder une famille. J'ai été stupide et cruelle de te mentir.

— Ce qui est fait est fait.

Les yeux toujours fermés, mais les oreilles grandes ouvertes, Rachel écoutait. Elle savait désormais entendre la douleur de Lucas derrière ses réponses laconiques. Ce qui la stupéfiait surtout, c'était d'apprendre, de la bouche de son ex-femme, à quel point « il était important pour lui de fonder une famille ». Elle commençait à comprendre que, pour cela, il aurait — il *avait* — tout sacrifié : son rêve de devenir un SEAL, et puis son métier de policier. Tout.

C'était pour Rachel plus qu'une surprise : un véritable choc.

— Toi et moi, c'était bien, reprit Tory, et j'ai tout gâché. J'avais aussi peur de te perdre… je t'ai menti pour te garder.

— Tu devrais t'en aller, maintenant. Tout ça c'est du passé, et je ne vois pas l'intérêt d'y revenir.

— Tu m'as aimée ?

— S'il te plaît, Tory, va-t'en. Pour moi, il n'y a que Rachel qui compte, désormais.

En entendant cela, Rachel eut l'impression que son cœur bondissait de joie dans sa poitrine.

— Moi, je sais que tu m'as aimée. Je le sais !

Rachel éprouva presque de la pitié pour elle. Son désespoir faisait peine à entendre. Ses sentiments paraissaient plus sincères que ceux que prétendait avoir encore Jared. Elle chassa cependant cette pensée qui, par certains côtés, était plutôt dérangeante.

— Rachel !

Lucas s'était aperçu qu'elle avait ouvert les yeux. Il vint poser une main sur la sienne et, de l'autre, lui caressa doucement la joue.

— Comment te sens-tu ? lui demanda-t-il.

Tory la regardait aussi, avec une sorte d'envie. Il n'y avait plus d'espoir, dans ses beaux yeux.

— Ça va, fit Rachel d'une voix faible.

— Mais non, ça ne va pas, dit Lucas en souriant. Tu dois avoir très mal…

Il leva la main vers la sonnette d'appel de l'infirmière. Tory s'approcha du lit, comme pour mieux voir celle qui lui ravissait ses derniers espoirs.

— Est-ce que tu as mal ? insista Lucas.

Rachel leva les yeux vers les siens, y lut la tendre inquiétude qui l'habitait, et se sentit soudain mieux.

— Depuis combien de temps êtes-vous ensemble, tous les deux ? demanda tristement Tory.

— Nous ne le sommes pas, répondit Rachel, qui était malgré tout bien fatiguée. Je l'aide dans l'enquête sur le meurtre de sa sœur.

— Ce n'est pas vous qui avez eu une liaison avec le mari de Luella ?

— Tory, je te demande, aussi aimablement que possible, de bien vouloir t'en aller, la coupa Lucas.

Son ton était sans équivoque. La prochaine fois, il ne le lui demanderait plus aussi aimablement.

— Bien sûr… Ce n'est pas vraiment le moment…

Elle tourna les talons mais, avant de sortir, elle crut bon de dire à Rachel :

— Je suis son ex-femme, vous savez.

— Tory… Oui, je sais.

Tory lança à Lucas un regard qui trahissait ses pensées : Rachel devait vraiment compter beaucoup dans sa vie, pour qu'il ait pu lui confier cela. Elle se reprit et ajouta :

— Je suis seulement venue m'excuser. J'espère que tu pourras me pardonner un jour, et ne plus être en colère contre moi.

Puis elle se tourna vers Rachel.

— Je vous souhaite à tous les deux… tout ce qu'il y a de mieux.

— Je te remercie, Tory, dit Lucas. Faire cette démarche n'a pas dû être facile ; je t'en suis reconnaissant…

Rachel entendit parfaitement le « mais… » qu'il ne prononça pas. Nul doute que Tory l'entendit elle aussi.

Sur le seuil, elle se retourna, murmura un : « Au revoir, Lucas » qui sonnait comme un adieu, puis s'en alla.

À peine avait-elle refermé la porte qu'une infirmière entra. Elle vérifia rapidement les moniteurs, ajouta quelque chose dans la perfusion de Rachel, puis échangea quelques mots avec Lucas.

Dès qu'elle fut partie, il reporta toute son attention sur Rachel.

— Alors, comment te sens-tu ?

— Fatiguée et… oui, c'est vrai, j'ai mal.

Au moindre mouvement, elle avait l'impression qu'on lui donnait un coup de poignard dans la poitrine.

— Repose-toi. Je suis heureux de te voir réveillée. Les trois heures que tu as passées au bloc opératoire ont été les plus longues de ma vie.

— Oh ! Il en faut plus que ça pour m'abattre ! dit-elle bravement, s'essayant à l'humour.

Mais Lucas ne souriait pas. Il avait été très sérieusement inquiet pour elle.

— Attention ! plaisanta-t-elle, tout attendrie malgré sa douleur et son état d'épuisement. Je vais finir par croire que tu tiens à moi.

— Je tiens à toi.

Oui, sans doute, à sa manière. Comme à une bonne auxiliaire qu'elle était pour lui. Mais son cœur lui était verrouillé, elle le savait.

— Tu l'as aimée, alors ? ne put-elle s'empêcher de demander.

Sans cette blessure dans sa vie, qui semblait ineffaçable, pourrait-il lui accorder sa confiance ?

— Je l'ai cru, en tout cas.

— Et elle t'a brisé le cœur.

— Elle m'a volé mon avenir.

— Un avenir que tu prévoyais de passer auprès d'elle…

Il se redressa et lâcha sa main. Elle eut l'impression d'un grand froid, tout à coup.

— Tu devrais te reposer, à présent, dit-il.

— Tu veux toujours avoir une famille ?

— Le médicament qu'on vient de te donner est un anti-douleur… Tu vas dormir. Le chirurgien dit que tu pourras sortir dans quelques jours.

— C'est trop triste…, fit Rachel dans un murmure. Elle a pris tout ton amour et toutes les chances que tu puisses revivre un jour…

Et, sur ces mots, elle sombra dans un profond sommeil.

Bien qu'elle ait incliné son siège pour se reposer un peu durant le voyage à travers la montagne, au nord-ouest de Bozeman, Rachel était fatiguée et sa blessure lui faisait très mal, surtout depuis que Lucas avait quitté la route goudronnée pour s'engager sur une simple piste en terre. Il s'arrêta peu après pour ouvrir un portail métallique qu'il referma après leur passage. Tandis qu'ils traversaient un bosquet de grands sapins dont les branches ployaient sous une épaisse couche de neige, elle songea que dans cet isolement elle serait en sécurité. Celui qui la menaçait ne pourrait même plus la harceler au téléphone, son mobile ayant disparu dans l'incendie.

Posé au sommet d'une colline, dans un paysage d'une beauté à couper le souffle, le ranch apparut enfin à sa vue. C'était un magnifique bâtiment ancien, construit en gros rondins de bois, avec des fenêtres sur pignon. Une maison en pleine nature, brute et authentique comme son propriétaire.

Lucas s'arrêta devant, coupa le contact et descendit du SUV pour ouvrir la portière de Rachel qui remarqua que l'aire de stationnement avait été soigneusement déneigée. Quelqu'un entretenait manifestement les lieux en son absence.

Lorsqu'il la souleva dans ses bras, elle ne put s'empêcher de grimacer de douleur. Il s'excusa, et la cala contre lui en faisant de son mieux pour ne pas lui faire davantage de mal.

Une femme sortit alors de la maison et vint à leur rencontre.

— La chambre du bas est prête, monsieur Curran, lui annonça-t-elle.

— Merci, Beverly.

— Et il y aura un bon bouillon bien chaud au dîner.

— Parfait !

— Je peux manger quelque chose de plus consistant, protesta Rachel dans les bras de Lucas. Je ne suis pas malade, vous savez !

Pour tout dire, elle avait faim. La nourriture de l'hôpital

était plutôt insipide, et elle avait été trop excitée à l'idée de ce voyage avec lui pour pouvoir avaler quoi que ce soit.

La femme qui les avait accueillis eut un rire joyeux.

— Il y aura aussi des steaks au fromage et une bonne salade, ne vous inquiétez pas ! Je suis bien contente de vous voir ici, poursuivit-elle en souriant à Lucas.

Puis elle ajouta pour Rachel :

— J'ai travaillé avec son père durant des années, avant de prendre ma retraite par ici, avec mon mari. Nous habitons à quelques kilomètres du ranch…

— Et moi, je suis bien content que vous soyez là pour nous accueillir, répondit Lucas avec un sourire chaleureux.

Rachel songea avec nostalgie à toute cette ambiance familiale que Joseph Tieber avait su recréer autour de Luella, de Lucas et de leur mère. Elle qui avait perdu ses parents tellement tôt se demandait à quoi pouvait ressembler le bonheur qu'ils avaient connu, à être ainsi choyés et protégés. Elle aurait tellement aimé connaître cela, elle aussi…

— Je vous laisse vous installer. Appelez-moi si vous avez besoin de quelque chose.

L'entrée s'ouvrait sur un vaste séjour aux énormes poutres apparentes, avec une immense cheminée faite de grosses pierres, et des meubles rustiques anciens, de toute beauté. Sur les larges rondins vernis était fixé un grand écran plat de téléviseur, d'une ligne si élégante et si sobre qu'il ne déparait aucunement l'ensemble. On devinait la cuisine au fond, et un comptoir de bois séparait la pièce de réception de l'espace repas, où se trouvait une table de belles proportions pouvant aisément accueillir une douzaine de convives.

Tandis qu'elle traversait cette belle pièce dans les bras de Lucas, Rachel découvrit qu'une grande baie vitrée panoramique offrait une vue extraordinaire sur la montagne environnante et qu'il y avait aussi, attenant, un plus petit et intime salon bibliothèque.

Du grand luxe, mais témoignant davantage d'un réel art de vivre que d'une quelconque ostentation.

— Il y a deux grandes chambres à ce niveau, avec chacune sa salle de bains, et quatre autres à l'étage, lui expliqua Lucas en poussant du pied une porte entrouverte.

Rachel trouva encore assez d'énergie pour lui sourire. Se sentait-il nerveux, maintenant qu'il l'avait amenée ici ? Elle-même était un peu intimidée à l'idée de passer autant de temps seule avec lui. La dénommée Beverly ne devait pas rester au ranch vingt-quatre heures sur vingt-quatre et sept jours sur sept…

— J'ai pris la liberté de faire garnir ta penderie, dit-il en la déposant sur un grand lit.

Ses vêtements avaient brûlé dans l'incendie, et elle n'en avait pas beaucoup d'autres dans son petit appartement. Elle ferma les yeux pendant qu'il l'installait, avec des gestes pleins de délicatesse, sur les oreillers.

Elle le regarda aller ouvrir la penderie et en revenir avec une chemise de nuit qu'il lui tendit.

— Tu te sentiras mieux avec ça.

Sans doute, mais comment allait-elle faire pour l'enfiler ? Le moindre mouvement lui était une souffrance.

— Je vais demander à Beverly de t'aider.

— Non, laisse… Pose-la là, je devrais y arriver.

Le geste qu'elle fit dans l'intention de retirer son blouson lui tira un cri de souffrance. Lucas vint à son secours.

— Je ne regarde pas, dit-il en souriant.

Elle portait dessous un polo à manches longues qu'il lui fit précautionneusement passer par-dessus la tête. Comme elle n'avait pas de soutien-gorge, elle sentit l'air frais caresser les pointes de ses seins.

Lucas avait dit qu'il ne regarderait pas, mais il ne put s'en empêcher. Quelques très troublantes secondes s'écoulèrent avant qu'il l'aide à enfiler la chemise de nuit. Puis il lui enleva ses bottes, et entreprit de lui ôter le pantalon de jogging qu'elle portait. Elle souleva un peu son bassin pour l'aider et l'entendit qui se mettait à respirer plus fort. Une fois le pantalon retiré, il resta un instant à regarder sa peau crémeuse avant de lui effleurer doucement la jambe. Fermant les yeux, elle imagina cette main glissant doucement sur elle ; elle n'aurait rien fait pour l'en empêcher. Le désir évident qu'il éprouvait pour elle était le meilleur des antidouleur.

Durant les trois premiers jours après leur arrivée au ranch, Rachel passa beaucoup de temps à somnoler dans sa chambre. Lucas en profita pour éplucher des dossiers, lire et regarder la télévision. Il fit aussi de fréquentes sorties autour de sa propriété, particulièrement attentif à tout véhicule suspect qui s'attarderait dans les environs. Mais il ne remarqua aucune trace, ce qui le conforta dans l'idée qu'ils étaient en sécurité au ranch.

De gros nuages annonciateurs de tempête roulaient sur la montagne depuis la veille, et il avait demandé à la gouvernante de ne plus venir chaque jour préparer leurs repas. Mieux valait qu'elle reste chez elle, sans quoi elle risquait tôt ou tard de se trouver bloquée dans le blizzard. Jusque-là, elle avait aidé Rachel à sa toilette. À présent qu'ils étaient seuls, au grand soulagement de Lucas, elle avait refusé son concours un peu plus tôt, au moment de prendre sa douche, et lui avait seulement demandé de lui préparer des serviettes et une chemise de nuit propre. Il n'avait pas vraiment insisté ; il avait pu remarquer comme le tissu arachnéen du léger vêtement de nuit devenait transparent à la lumière…

Incapable de dormir, il quitta sa chambre, qui se trouvait juste en face de celle de Rachel, et passa dans le petit salon bibliothèque pour regarder la télévision. Il alluma du feu dans la cheminée, en regrettant que celle qui occupait toutes ses pensées ne soit pas auprès de lui pour profiter de la belle flambée. Un film qu'il suivait d'un œil vague avait commencé depuis quelques minutes quand il vit entrer Rachel.

— Qu'est-ce que tu fais debout ? lui demanda-t-il en se levant pour la soutenir.

Au-dehors, il neigeait sans discontinuer depuis le début de la soirée.

— Je me sens bien mieux, dit-elle.

Son regard s'attardant un instant sur ses seins qui se devinaient sous la fine chemise de nuit, il la fit asseoir sur le canapé et veilla à ce qu'elle soit confortablement installée. Elle le remercia avec un beau sourire.

— Tu as faim ? reprit-il. L'heure du dîner est un peu passée, mais tu dormais…

— Pas vraiment. Un peu de thé, peut-être.

— Tout de suite !

Soulagé de cette diversion qui mettait un peu de distance entre eux, il se hâta d'aller à la cuisine et mit de l'eau à bouillir. Il revint un peu plus tard avec une tasse de thé qu'il déposa devant elle, sur la table basse. Elle leva les yeux vers lui. Devant ces prunelles d'or brun qu'il aimait tant voir ainsi, encadrées par ses cheveux châtains emmêlés, si brillants, qui lui tombaient sur les épaules, Lucas se demanda s'il avait vraiment renoncé à l'amour, comme elle l'en avait accusé à l'hôpital. C'était curieux… Il n'avait jamais pensé à lui-même de cette façon. Pas depuis que sa sœur avait été assassinée, en tout cas.

— Tu as eu des nouvelles de ton ex, depuis l'hôpital ? lui demanda-t-elle tout à coup.

— Non.

Pourquoi donc s'en inquiétait-elle ?

— Tu devrais lui pardonner.

Lucas s'assit sans répondre et étendit ses jambes devant

lui. Rachel but une gorgée de thé et son doux regard revint se poser sur lui.

— Tu ne le peux vraiment pas ?

— Si tu regardais le film, plutôt…

— Si tu ne le fais pas, je crois que tu ne seras jamais heureux.

Lucas prit la télécommande et monta légèrement le son, mais Rachel semblait décidée à appuyer là où cela faisait mal.

— Je ne savais pas que tu voulais à toute force fonder une famille, lui dit-elle doucement.

— Rachel…

Il montra l'écran.

— Non, sérieux… Tu étais vraiment prêt à sacrifier ta carrière pour cela ?

— Oui.

— Tu y serais prêt, encore ?

C'était une question bien audacieuse, de la part d'une femme qui s'était éloignée de tous ses amis.

— Et toi ? lança-t-il. Tu serais prête à cesser de fuir ton passé ?

Elle laissa sa tête aller en arrière, contre le dossier du canapé, et regarda les poutres du plafond.

— J'ai eu le temps d'y penser beaucoup, ces derniers jours, en tout cas, répondit-elle avant de tourner les yeux vers le feu. Je crois que je vais donner une fête, quand tout ça sera terminé. Une grande soirée, pour tous ceux que j'ai laissés en plan après la mort de mes parents.

Elle sourit.

— … Avec de la musique, de la danse… Mon père et ma mère en donnaient de merveilleuses, lorsque j'étais petite…

— Que faisait-il, ton père ?

— Il tenait un garage. J'avais toujours l'impression que c'était l'antre d'un magicien et que ce magicien, c'était lui.

— Et ta maman ?

— Elle restait à la maison pour s'occuper de nous, mais elle était très active. Elle m'emmenait toujours partout, visiter des tas d'endroits intéressants.

— Je suis sûr que tu lui ressembles… Tu n'as plus qu'à la préparer, cette soirée.

Elle le regarda et lui sourit à nouveau, mais il eut l'impression que la joie qu'elle avait éprouvée à caresser ce projet se dissipait aussi vite qu'elle était venue. Il en soupçonnait un peu les raisons… Qu'avait-elle entendu exactement de sa conversation avec Tory ? Les circonstances faisaient qu'ils se trouvaient ensemble pour le moment, mais ensuite, quand l'assassin de Luella serait enfin sous les verrous ?

Rachel retournerait à son petit studio, à ses études, et lui… À quoi retournerait-il, lui, au fait ? Il avait quitté la police pour rejoindre une célèbre agence d'enquêteurs privés, mais ce n'était pas tant pour y faire une nouvelle carrière que pour rechercher la façon la plus efficace de faire rouvrir l'enquête. Ce qu'elle venait de lui dire à propos de son désir de fonder une famille avait remué quelque chose de très profond en lui. Lorsque Tory lui avait annoncé, naguère, qu'elle était enceinte, il s'était immédiatement senti à sa place dans son rôle de père. Il était prêt à vouer sa vie entière à sa femme et à son enfant ; même son grand projet d'intégrer les SEALs était passé au second plan. C'est pourquoi, lorsqu'il avait découvert le mensonge de son épouse il avait eu l'impression que sa vie entière s'écroulait. Puis, sa désillusion était passée au second plan, chassée par le meurtre de sa sœur et l'obsession qu'il avait de confondre son assassin. Il ne pouvait pas oublier que Rachel avait joué un rôle dans toute cette histoire. À son corps défendant, sans doute, et il voulait le croire, mais pouvait-il en être sûr à cent pour cent ?

De l'eau vive coulait en chantant d'une fontaine, au milieu de centaines de fleurs dont les parfums délicats et subtils excitaient tous ses sens. Il l'avait déposée sur une couche de verdure, à l'ombre de grands arbres. Torse nu, tout bronzé, il était une sorte de demi-dieu. Ses yeux bleu-gris la dévoraient tout entière. Elle était nue, et il laissait ses mains courir sur son corps. C'était doux et chaud. Mais il y avait quelque chose... Un avertissement... « On » la prévenait qu'elle commettait une lourde erreur, que, si elle continuait, elle en paierait le prix, et très cher... Mais il la tenait par le seul pouvoir de ses yeux et de ses mains. Elle se sentait liée à lui, incapable de lui échapper...

Rachel s'éveilla à demi en se sentant soulevée sans effort. Lucas l'emportait dans ses bras pour la ramener dans sa chambre. Il la déposa délicatement sur le lit et elle le retint par le col de sa chemise, au moment où il allait se redresser. Les mains sur le matelas, il se pencha vers elle et couvrit sa bouche de la sienne. Ce seul contact suffit à provoquer en elle une flambée de passion qui la réveilla tout à fait, une poussée de désir irrépressible, impossible à nier. Puis, il se souleva un peu et elle pensa à ce formidable besoin de fonder une famille qu'il avait eu en lui. Du bout des doigts, elle effleura la joue de Lucas en rêvant qu'elle aurait pu être cette femme pour laquelle il avait été prêt à tout sacrifier. Mais elle, elle se jurait bien que jamais elle ne lui aurait menti...

Il l'embrassa alors, doucement, profondément, sans la quitter des yeux, comme s'il voulait lire dans ses pensées. Avec délicatesse, il posa sa main sur son sein, du côté qui n'avait pas été blessé. Elle songea, amusée, qu'elle était en plein dans le rêve qu'elle venait de faire. Il l'embrassait, la caressait, en prenant bien soin de ne pas même effleurer sa blessure. Puis il souleva sa chemise de nuit, toujours en faisant très attention à ne pas lui faire le moindre mal. Il ôta ensuite le T-shirt qui moulait son torse musclé, et baisa sa bouche, ses seins l'un après l'autre, avec un mélange bouleversant de passion et d'infinie tendresse.

Très vite, il retira son jean ainsi que son caleçon, et elle put admirer son sexe dressé.

Une délicieuse fièvre monta en elle tandis qu'il se positionnait entre ses jambes. D'abord, appuyé sur ses mains, il frotta son bassin contre le sien, puis il la pénétra. Elle se sentit transportée dans un autre monde, fait d'incandescence et de joie. Emportée par des vagues de plaisir, elle gémit tandis qu'il allait et venait lentement, prenant tout son temps avec une merveilleuse douceur. Arquée sous lui, elle ne percevait plus la douleur de sa blessure, mais seulement l'exquise sensation qu'il lui procurait. Il semblait faire reculer les limites de la jouissance, qu'ils atteignirent ensemble. Ce n'est qu'alors, quand tout fut terminé, qu'elle sentit sa poitrine meurtrie protester contre ce surcroît d'activité inattendu.

Lucas s'étendit auprès d'elle, tirant les couvertures pour qu'elle n'ait pas froid.

— Ça va ? lui demanda-t-il très doucement.

— Oui, répondit-elle bravement.

Elle ne put cependant s'empêcher de grimacer. La douleur se rappelait avec force à son bon souvenir. Le reste de la nuit risquait bien d'être difficile. Lucas se leva, magnifique dans sa nudité, et passa dans la salle de bains. Il en revint avec ses médicaments contre la douleur et un verre d'eau. S'asseyant sur le bord du lit, il lui donna les comprimés, puis le verre, sans cesser de la regarder, attentif à sa moindre réaction.

— On aurait peut-être dû attendre un peu, dit-il, l'air de s'excuser.

— Je suis heureuse qu'on ne l'ait pas fait…

Bien sûr, à présent, elle avait bien besoin de repos, mais s'ils avaient attendu, qui pouvait dire que ce serait arrivé, qu'ils auraient refait l'amour comme ce premier soir, chez elle ?

Non, ils n'auraient peut-être pas dû… Elle retourna cette pensée dans sa tête.

Dehors, les flocons tourbillonnaient sans relâche. Rachel ne voulait pas penser aux conséquences, mais seulement à la magie du moment qu'ils venaient de vivre.

La sonnerie étouffée de son téléphone portable réveilla Lucas. Il comprit alors que l'appareil était resté dans la poche de son jean, quelque part sur le sol, et qu'il était au lit avec Rachel. À la troisième sonnerie, il la vit se retourner sur l'oreiller et ouvrir ses beaux yeux. Il s'empressa alors de se pencher pour attraper l'appareil. Le portant à son oreille, il marmonna :

— Allô !

— Désolé, je vous réveille, et pardon de ne pas vous avoir rappelé plus tôt… C'est le shérif Bailey.

Quand Rachel était à l'hôpital, Lucas avait transmis à l'officier de police, à toutes fins utiles, le numéro de la plaque minéralogique de l'homme qui avait tiré sur eux et probablement aussi incendié sa maison.

— La plaque mène tout droit à Jared Palmer.

Lucas s'en doutait. Mais pourquoi le shérif avait-il attendu pour l'en informer ?

— Depuis que je le sais, reprit le policier, j'ai passé l'essentiel de mon temps à essayer de le localiser.

— Il s'est enfui ?

— Son associé m'a dit que la dernière fois qu'il l'avait vu, c'était au moment de quitter le travail, le soir de l'incendie. Un voisin l'a vu ressortir de chez lui à 19 heures, ce même soir. J'ai vérifié ses appels. Il en a reçu un d'un mobile équipé d'une carte prépayée, achetée sous une fausse identité, et payée en liquide. On a tout de même pu remonter jusqu'au centre commercial où a été faite la transaction. Un de mes adjoints est en train de travailler dessus. La police de Bozeman a lancé un avis de recherche. On est en relation avec eux, et on partage les infos…

— Vous avez vu Marcy Sanders ?

— Elle non plus, pas moyen de la localiser pour l'instant. Mais elle a été vue dans un restaurant en compagnie de Palmer à 19 h 30, et sa colocataire dit qu'elle n'est pas rentrée depuis.

À côté de Lucas, Rachel quitta le lit toute nue pour se rendre à la salle de bains.

Tout cela s'était déroulé avant la visite de Jared à l'hôpital… Où avait-il pu passer, depuis ? Et Marcy ? Eldon Sordi était-il impliqué, lui aussi ? Quel genre de relation triangulaire avaient-ils, tous les trois ? Jared avait paru sincèrement navré de la blessure de Rachel, il ne paraissait pas avoir voulu lui faire du mal. Et Marcy, dans tout cela ? Qu'aurait-elle à gagner dans les petites affaires frauduleuses de Jared ? Et à l'aider à s'enfuir ?

13

Après une semaine de repos, Rachel commença la rééducation des muscles de son épaule et de son bras. Elle venait de terminer ses exercices, qui augmentaient progressivement en durée comme en intensité, et se concluaient par un bain chaud. Ses cheveux retenus par une pince, elle enfila sa chemise de nuit.

N'étant pas décidée à aller déjà se coucher, elle se rendit à la cuisine avec l'intention de se faire du thé.

Comme elle n'avait allumé que le spot placé au-dessus de l'évier, elle ne vit pas Lucas se lever silencieusement de la massive table de ferme, sur laquelle il avait ouvert son ordinateur portable. Il vint se placer juste derrière elle.

Depuis la nuit qu'ils avaient passée ensemble, il n'avait plus essayé de lui faire l'amour mais, à présent, elle pouvait sentir ses mains sur elle, sa joue contre la sienne.

— Je peux te voir toute nue sous ta chemise de nuit, lui murmura-t-il à l'oreille.

Vraiment ? Rachel baissa les yeux sur le fin vêtement. Elle ne voyait rien, mais sans doute le tissu devenait-il transparent sous certains éclairages…

Lorsqu'il lui déposa un baiser dans le cou, elle se retourna et passa son bras valide autour du sien. Ils s'embrassèrent, les belles et fortes mains brunes s'aventurant partout sur la chemise de nuit. La passion flamba à nouveau entre eux, chacun demandant davantage et chacun répondant, baiser pour baiser, fièvre pour fièvre.

— Tu me ferais presque croire que certaines choses sont possibles, murmura Rachel.

Immédiatement, elle regretta ses paroles et sut qu'elle en avait trop dit. Lucas se redressa, s'écartant d'elle dans le même mouvement. Et ce qu'elle put lire sur son visage la glaça.

Ces « choses », pour elle, c'était l'amour, une famille… Tout ce qu'elle se souvenait d'avoir connu avec ses parents, tout ce qui lui avait été enlevé bien trop tôt.

— Peut-être devrions-nous… calmer un peu le jeu, laissa-t-il tomber.

— Oui, peut-être…

Elle était folle d'avoir espéré !

Il fallut encore trois semaines à Rachel pour récupérer et ne plus souffrir… sauf de la tension qui résultait de devoir vivre tous les jours avec Lucas, et du fait que ses règles étaient en retard. Le traumatisme de sa blessure pouvait en être la cause, mais il pouvait y avoir aussi, bien sûr, une autre raison.

Bien qu'attendre un enfant eût été pour elle source de bonheur et d'émerveillement, cela n'aurait pu plus mal tomber…

Depuis « l'incident » dans la cuisine, ils avaient gardé leurs distances et vivaient ensemble comme des sortes de colocataires, à ceci près qu'il y avait des effleurements et de lourds regards. Parfois, Rachel était à deux doigts de se jeter sur lui, pour revivre leur nuit magique, mais le souvenir de la déception qui avait suivi la retenait. Les conversations qu'ils avaient tournaient généralement autour de Jared et de Luella, à moins qu'ils ne se mettent à bavarder gaiement de choses sans importance. On avait complètement perdu la trace de Jared et Marcy, aussi n'avaient-ils pas grand-chose à échanger sur l'enquête.

L'art qu'avait Lucas de la tenir à distance désespérait Rachel, mais elle essayait de se persuader que c'était mieux ainsi.

De l'une des fenêtres du salon, elle regardait le mari de Beverly dégager le chemin d'accès au volant d'une déneigeuse. Lucas commençait à avoir beaucoup de mal à supporter leur isolement. Ils avaient subi trois tempêtes de neige successives, et les congères atteignaient une hauteur record. N'eussent été ces mauvaises conditions météorologiques, ils auraient pu rentrer à Bozeman depuis au moins une semaine, mais Lucas ne badinait pas avec la sécurité de Rachel. Elle aurait bien aimé qu'il montre le même intérêt pour certains de ses besoins — ses désirs sexuels, par exemple. S'il n'avait tenu qu'à elle, ils auraient fait l'amour tous les jours, toutes les nuits, tout le temps…

Souvent, elle se prenait à rêver qu'elle vivait pour toujours auprès de lui, qu'ils fondaient une famille, et ces rêveries s'étaient intensifiées depuis qu'elle avait du retard dans ses règles. Elle pensait aussi très souvent au temps où elle n'était encore qu'une enfant, avant de perdre ses parents. Cependant, étrangement, il n'y avait plus en elle ni amertume ni ressentiment. Seuls les bons souvenirs lui revenaient, désormais.

— Tu es sûre que tu es assez bien pour faire le voyage ?

Tirée de ses pensées, Rachel se détourna de la fenêtre pour regarder Lucas. Il devait bien le savoir…

— Bien sûr !

— Tu devrais peut-être rester ici.

Elle chercha à lire sur son visage pourquoi il voulait la laisser en arrière. Pour sa sécurité, ou pour une autre raison ? Le désir de s'éloigner d'elle, par exemple…

— Pourquoi donc ?

— Parce que tu y es plus en sécurité.

— Peut-être bien que c'est toi qui te sentirais plus en sécurité si je restais ici et si tu t'éloignais. Il te serait plus facile de nier ce qui est arrivé entre nous !

— Et qu'est-il arrivé entre nous ?

Il était insupportable de l'entendre dire cela. Comme s'il l'ignorait ! Il n'était peut-être pas tombé follement amoureux d'elle, mais il y avait bel et bien un lien entre eux. Il ne s'en était donc pas rendu compte ?

— Rien, apparemment, dit-elle en soupirant.

Comme il ne répliquait pas, elle murmura :

— Ce n'est décidément pas le moment d'annoncer que je crois bien être enceinte.

Lucas, qui allait quitter la pièce, s'arrêta net.

— Que dis-tu ?

— Rien, rien…

Il la regarda encore un instant, mais comme elle gardait le silence, il s'éloigna. Elle se retourna vers la fenêtre. La déneigeuse regagnait son hangar où elle attendrait la prochaine tempête.

Dans la pièce voisine, le téléphone de Lucas se mit à sonner et il prit aussitôt la communication. Elle n'entendait pas distinctement ses paroles, mais les accents graves de sa voix étaient pour elle comme une caresse. Elle en ferma les yeux de plaisir. Mais, très vite, un bruit de pas résonna sur le plancher de sapin. Il revenait dans le salon.

— On a retrouvé le corps de Jared, annonça-t-il gravement.

Elle eut un sursaut de surprise. Jared était mort ?

— Sa voiture est tombée dans un ravin, dans un endroit très reculé au nord de Big Sky. Avec ce froid, son corps s'est très bien conservé. Il a été étranglé.

— Dans sa voiture ?

— Non. Il a probablement été tué ailleurs et placé à son volant ensuite.

Il avait donc fallu que l'assassin conduise le véhicule au

bord du ravin, puis qu'il installe le cadavre sur le siège du conducteur.

— Et Marcy ?

— Toujours portée disparue.

Était-ce elle qui avait amené la voiture au bord du vide ?

— Je me suis fait indiquer la localisation. Si on part maintenant, on peut y être à temps.

À temps pour quoi ? Avant que les enquêteurs aient retrouvé des indices ?

Elle ne posa pas de questions, et le suivit.

Lucas laissa Rachel dans le SUV bien chauffé, tandis qu'il descendait le raidillon difficile par où la voiture de Jared avait basculé au fond du ravin. L'épave était profondément enfoncée dans la neige et bien cachée par les buissons et les branches des grands sapins, au bord d'un torrent partiellement gelé que l'on pouvait entendre chanter entre les rochers. On était en fin d'après-midi, et l'air glacial mais revigorant du Montana lui emplissait les poumons.

Plusieurs techniciens en investigation criminelle étaient à l'œuvre sur la scène de crime, passant le site au peigne fin et examinant chaque centimètre carré de l'habitacle. Le corps de Jared reposait, retenu par l'airbag qui s'était déclenché. Son corps montrait toutefois des traces de chocs, reçus sans nul doute lors de la descente vers le fond du ravin. La ceinture de sécurité n'était pas attachée. Côté passager, la vitre était baissée. Son assassin l'avait-il menacé d'une arme, par cette portière ? Était-ce Marcy ? Elle fumait, elle pouvait bien avoir baissé la vitre pour évacuer la fumée.

— Par ici ! cria un technicien.

Dans la neige profonde, Lucas se fraya un chemin vers un amas de branchages. Deux enquêteurs dégageaient une mallette avec soin, tandis qu'une femme prenait des photos.

Dûment ganté de latex, l'un des deux techniciens ouvrit la mallette, avec des gestes précis d'horloger. À l'intérieur, divers papiers et chemises cartonnées surmontés d'une carte dessinée à la main.

Lucas observa attentivement les environs, mais il ne trouva aucun signe indiquant que la mallette ait pu être projetée hors de la voiture. Si tel avait été le cas, elle aurait dû dégringoler plus bas et, depuis le temps que l'épave était là, être profondément enfouie sous la neige.

Quelqu'un, plus que probablement, l'avait déposée là pour qu'on la retrouve, et ce récemment.

— Je voudrais voir cette carte, dit-il à la technicienne.

Celle-ci lui tendit une paire de gants de latex. Il les enfila et déplia le papier. C'était le plan d'un lieu qu'il reconnut immédiatement : un chalet dont Luella avait fait l'acquisition, peu de temps avant d'épouser Jared. Une petite maison isolée au fond des bois, tout ce qu'elle aimait.

Une croix marquait un emplacement derrière le chalet, dans la forêt.

Il rendit la carte et demanda qu'on lui fournisse une copie du rapport d'enquête, quand il serait disponible.

Après avoir repris la route en sens inverse, ils arrivèrent au chalet de Luella.

Rachel n'était pas tellement surprise de ce goût commun du frère et de la sœur pour les solitudes pleines de beauté du Montana. Ils avaient tous deux le sens de l'authentique, de la nature. Cela faisait peut-être partie des bons principes que Joseph leur avait inculqués. Sans hésitation, Lucas la guida vers l'arrière du chalet. Il n'avait pas encore de copie de la carte, mais n'en avait en fait nul besoin ; il connaissait les lieux.

Pour sa part, Rachel leur trouvait quelque chose d'étrangement familier.

Lucas s'arrêta net et Rachel, distraite, buta contre lui. Elle leva les yeux. Quelque chose pendait à une branche d'arbre et se balançait doucement dans le vent. Quelque chose de banal, mais complètement incongru à cet endroit. C'était une taie d'oreiller, qui lui appartenait à elle, Rachel. Une enveloppe de coton, bourrée de quelque chose, et que de dégoûtantes taches de sang maculaient.

Lucas la reconnut lui aussi ; il l'avait vue sur le lit de Rachel. Même si elle était sale et tachée de sang, la broderie mauve qui l'ornait était parfaitement reconnaissable.

Il lança à sa compagne un regard surpris. Pas réellement accusateur, mais une interrogation qui faisait mal.

Il ne croyait tout de même pas…

Rachel leva le bras pour attraper la taie d'oreiller. Celle-ci avait été solidement fixée à l'arbre par une cordelette passée dans une déchirure du tissu. Tous ses efforts ne servirent qu'à faire ployer la branche, jusqu'à ce que l'étoffe cède et laisse échapper son contenu qui se répandit au sol. Des vêtements…

— Ce sont ceux de Luella, dit Lucas sans faire un geste.

Rachel ne répondit pas qu'elle le savait. Cela aurait pu la désigner comme coupable. Elle lâcha seulement :

— Quelqu'un a mis tout ça dans ma taie d'oreiller.

Elle se tourna vers Lucas et vit son trouble. Trouver les vêtements de sa sœur dans une taie d'oreiller lui appartenant avait sur lui l'effet escompté par le tueur.

— On essaie de me faire accuser, ajouta-t-elle.

Si Jared vivait encore, elle aurait immédiatement fait porter ses soupçons sur lui. Or, Jared était mort…

Lucas ne répondit rien. Il prit son téléphone et appela d'abord la police locale, puis le shérif Bailey, à qui il exposa brièvement la situation. Il ne lui cacha pas que la taie d'oreiller appartenait à Rachel qui se sentit trahie. Ainsi, il la désignait lui aussi comme coupable ? Elle eut l'impression que son cœur se brisait.

Allait-il tranquillement laisser les policiers l'arrêter pour un crime qu'elle n'avait pas commis ? Se ranger à leur côté ? Elle ne pouvait pas le croire, mais cela en avait tout l'air. Peut-être pensait-il que lui faire peur l'amènerait à avouer ? Il n'était plus question qu'elle se laisse manipuler ou intimider par qui que ce soit. Cet homme avait besoin d'un choc salutaire, d'une vraie gifle, et elle allait s'y employer.

Elle le laissa terminer son coup de fil puis lança :

— Je suis enceinte.

Il se figea et la regarda, tétanisé.

Elle le laissa digérer la nouvelle, avant d'ajouter :

— Je n'en suis pas absolument certaine, mais tous les signes sont là.

Il s'assombrit.

— Et tu me dis ça comme ça ?

— Pas vraiment, non.

— Bien sûr que si ! Tu sais que je suis vulnérable, et tu en profites.

— Non, c'est faux.

Elle croisa les bras. Il n'avait aucune preuve contre elle, seulement cette taie d'oreiller qui avait pu très facilement lui être dérobée dans son minable petit studio, dont il était si facile de forcer la porte et les fenêtres.

— Je n'ai tué personne, et je n'ai rien à voir avec ce truc-là, dit-elle en montrant le bout de tissu maculé de sang. C'est un peu trop facile de me soupçonner, tout ça parce que tu n'as pas confiance en moi.

Il cilla.

— Je te ferai remarquer que tu n'as pas vraiment été honnête avec moi, depuis le début, répliqua-t-il. Il y a peut-être d'autres choses que tu me caches encore…

Il poussa un soupir et acheva :

— J'espérais que toi, au moins, tu serais différente…

Différente de qui ? De sa menteuse d'ex-femme ?

— Je suis bel et bien différente, mais tu es trop borné pour t'en rendre compte. La vérité, c'est que tu as peur. Tu as eu peur de ce que cela signifiait, faire l'amour avec moi. Et maintenant, tu es plus terrifié encore !

— Je n'ai peur de rien du tout, rétorqua-t-il en tournant les talons pour repasser devant le chalet.

Elle le suivit.

— Ah oui ? Alors, ça change quoi que je sois enceinte ?

Pour tout dire, elle n'avait pas vraiment envie de continuer dans cette voie agressive. Si Lucas croyait réellement qu'elle avait quelque chose à voir avec le meurtre de sa sœur, elle ne pouvait guère espérer le faire changer d'avis. Il fallait qu'il se détrompe tout seul. Mais, si elle était bel et bien enceinte, qu'allait-il faire ? N'allait-il donc pas se conduire comme le héros qu'elle savait qu'il était ?

14

Deux jours plus tard, longtemps après que Lucas était parti se coucher, Rachel ne parvenait toujours pas à trouver le sommeil. Elle se leva sans faire de bruit et alla s'habiller dans la salle de bains de la suite à deux chambres qu'il avait louée pour eux. Elle ne décolérait pas, à cause de son attitude. Le fait d'avoir eu une mauvaise expérience avec une femme ne lui donnait pas le droit de la traiter comme il le faisait, et elle avait finalement décidé de suivre son intuition. Lucas ne l'y encourageait-il pas lui-même, par tout son comportement et même ses paroles ? C'était peut-être une folie de reprendre sa route toute seule, mais elle ne pouvait pas non plus rester avec lui. Après tout, elle était capable de se débrouiller et de se défendre seule. Jared mort, elle n'avait plus rien ni personne à craindre.

La porte de la chambre de Lucas était close. Il l'avait soigneusement refermée la veille, pour mieux lui battre froid et s'isoler d'elle. Eh bien, il allait être servi…

Elle sortit, prit l'ascenseur, et quitta l'hôtel au milieu de la nuit.

Un taxi la ramena à son appartement.

— Attendez-moi, dit-elle au chauffeur. Je ne serai pas longue.

Après avoir scruté la rue déserte, elle entra dans le bâtiment, très calme à cette heure tardive. La machinerie de l'ascenseur lui parut faire un vacarme épouvantable. Sur son palier, elle examina attentivement le couloir et les dégagements. De l'étage supérieur lui parvenait la vague rumeur d'un poste de télévision. Ses clés à la main, elle se dirigea vers sa porte, plongée dans la pénombre, déverrouilla doucement, et ouvrit avec précaution. Elle se pétrifia à la vue du désordre ; le studio avait été fouillé, et tout était sens dessus dessous. Il lui fallut quelques instants pour se reprendre. Son appartement avait sans doute été visité des semaines plus tôt, au moment où elle avait été blessée. Elle entra et referma silencieusement la porte. Enjambant les vêtements répandus sur le sol, elle alla vers l'armoire, dont les portes béaient. Ses visiteurs avaient ouvert deux de ses boîtes à chaussures, mais apparemment pas la troisième, où se trouvait ce qu'elle cherchait ; sa main se referma sur la crosse d'un pistolet automatique. Sur une étagère, sous des chemisiers, elle prit les deux chargeurs supplémentaires et les fourra dans son sac, ainsi qu'une lampe de poche. Après avoir glissé le pistolet sous sa ceinture, elle ressortit.

Dans l'entrée, un ivrogne lui lança une proposition salace qu'elle fit mine de ne pas entendre. Elle se hâta vers son taxi qui l'attendait et donna au chauffeur l'adresse de Jared.

Dix minutes plus tard, la voiture s'arrêtait devant la grande maison, entourée de la bande jaune délimitant les scènes de crime.

— Vous êtes sûre que c'est là ? lui demanda le chauffeur, surpris.

Elle acquiesça en cherchant de l'argent dans la poche de son jean. Lucas lui en avait donné un peu lorsqu'ils avaient quitté son ranch, au cas où ils viendraient à être séparés.

— Inutile de m'attendre, cette fois, dit-elle en tendant à l'homme le prix de la course, augmenté d'un confortable pourboire.

En descendant du taxi, elle examina attentivement les

alentours. Aucune lumière ne brillait dans les maisons voisines, dont tous les occupants devaient dormir. Comme tout semblait parfaitement calme, elle se dirigea vers la maison.

Elle ne l'avait dit à personne, mais elle en avait conservé une clé, celle de la porte du garage qui se trouvait à l'arrière de la grande bâtisse.

Elle se sentait en faute, et pas seulement parce qu'elle entrait frauduleusement dans cette maison où elle n'aurait jamais dû mettre les pieds. La dernière fois qu'elle était venue ici, elle croyait encore que Jared y vivait seul. Tout aurait été différent, et elle ne serait certainement pas dans cette situation si elle avait su, quand elle l'avait rencontré, qu'il était marié.

Passant dans son bureau, qu'il appelait sa « tanière », elle s'approcha de la bibliothèque et plus précisément de l'étagère sur laquelle ne se trouvaient que six photos, alors que toutes les autres n'étaient couvertes que de livres. Pourquoi cela ? Elle l'ignorait.

Elle les examina l'une après l'autre à la lueur de sa lampe de poche. Toutes montraient le couple Palmer, en différentes occasions. Rachel estimait qu'elles devaient avoir été prises environ deux ou trois ans avant sa propre rencontre avec Jared.

Un détail attira son attention. Eldon Sordi figurait lui aussi sur les six clichés et, chaque fois, Luella le regardait. De côté sur l'une, par-dessus son épaule sur une autre, à travers une pièce ou alors directement, bien en face, alors qu'Eldon était au bras d'une brune spectaculaire et que Jared paraissait rire et plaisanter avec lui, sans remarquer le regard brûlant de sa femme sur son associé. Sur la plupart des photos, Eldon souriait à Luella, comme s'ils partageaient un secret particulièrement intime.

La police n'avait apparemment pas prêté grande attention à ces photos : de simples clichés de famille. Et pourtant…

Si Luella avait découvert les pratiques frauduleuses de

Jared, se pouvait-il qu'elle en ait parlé à Eldon Sordi ? Les deux hommes étaient-ils complices ? Et qu'y avait-il exactement entre la belle Luella et lui ?

Rachel prit les six photos encadrées et les disposa sur le sol en arc de cercle, de façon que quiconque entrerait dans la pièce ne puisse manquer de les remarquer. Puis, après un rapide tour de la maison qui ne lui fournit aucun indice supplémentaire, elle quitta les lieux sans se faire davantage repérer que lors de son arrivée.

Rachel retourna à pied au centre-ville et s'arrêta dans un centre commercial ouvert non-stop pour y acheter un petit magnétophone. Elle erra ensuite un peu dans la galerie marchande pour tuer le temps avant de prendre la direction de l'immeuble de la HealthFirst.

Attablée près de la vitrine d'un café voisin d'où elle pouvait voir l'entrée du bâtiment, elle attendit l'heure d'ouverture des bureaux avec l'espoir d'intercepter Eldon Sordi dès qu'il apparaîtrait. Les employés commencèrent bientôt à arriver, mais Sordi ne se montra pas.

À 10 heures du matin, elle comprit qu'il ne viendrait pas et décida d'aller le demander à la réception.

— Il est en congé, aujourd'hui, lui répondit la réceptionniste.

Il s'absentait alors que son associé avait été retrouvé mort ? C'était pour le moins curieux.

— Où est-il allé ? demanda Rachel.

La réceptionniste eut un sourire amusé.

— Ça, il ne me l'a pas dit.

— Puis-je parler à son assistante ?

— Bien sûr !

La réceptionniste pianota un numéro sur son téléphone et dit :

— Rachel Delany voudrait vous voir…

Elle écouta un instant puis raccrocha le combiné.

— Elle descend tout de suite.

— Merci !

Rachel s'éloigna du comptoir et fit quelques pas en direction d'un mur d'écrans qui diffusaient en boucle des publicités pour des contrats d'assurance, chacun correspondant à une certaine fourchette de revenus — argent, or, diamant, ou bien encore saphir et rubis, saphir étant étudié pour les catégories les plus modestes. Elle se souvenait d'en avoir envoyé, de la part de Jared, le détail à plusieurs clients potentiels. C'était sans aucun doute ce type de contrats qu'il transformait en propositions frauduleuses.

— Bonjour, Rachel. C'est gentil de revenir nous voir. Je peux faire quelque chose pour toi ?

C'était l'assistante d'Eldon Sordi, qui s'approchait.

— Bonjour, Nancy. Tu sais où est M. Sordi ? Je voudrais lui parler de Jared.

Le sourire de Nancy s'effaça instantanément.

— Il a été effondré quand il a appris… tout le monde est sous le choc. Tu… tu le voyais toujours ?

Rachel ne s'offusqua pas de la question.

— Non, pas du tout. Mais il faut vraiment que je parle de lui avec M. Sordi.

— Il est à sa maison du lac…

L'assistante lui expliqua comment s'y rendre, et Rachel nota ses indications sur un bout de papier.

— Il reste en rapport avec moi pour le travail, ajouta Nancy. Tu sais comment sont les chefs d'entreprise, ils n'ont pas vraiment de vie privée, ils n'arrêtent jamais.

Sauf ceux qui ont des zones d'ombre, comme Jared, pensa Rachel. Mais, heureusement, tous ne lui ressemblaient pas.

— De quoi veux-tu lui parler ?

— C'est personnel.

En fait, elle aurait voulu pouvoir se glisser dans le bureau d'Eldon Sordi pour fouiller dans son ordinateur, mais c'était plutôt du ressort de Lucas.

— Si Lucas Curran me cherche, dis-lui d'aller faire un tour chez Jared…

Il saurait quoi faire, alors.

En quittant l'immeuble de la HealthFirst, elle se dirigea vers l'arrêt de bus voisin. Quelques instants plus tard, elle s'aperçut que quelqu'un la suivait. Jetant un coup d'œil par-dessus son épaule, elle vit une grande blonde élancée, lunettes de soleil sur le front et sac à main bariolé à l'épaule. Elle n'avait pas l'air particulièrement menaçant. À l'arrêt, la blonde attendit à côté d'elle d'un air nonchalant puis, quand le bus arriva, elle s'assit sur le siège à côté du sien.

— Vous êtes bien Rachel Delany ?

— Oui, dit Rachel, surprise. Qui êtes-vous ?

— Vous avez travaillé pour Jared Palmer, il y a quelques années ?

— Vous voulez bien me dire qui vous êtes ?

— Oh ! Pardon ! Chloe Chesterfield.

La blonde lui tendit la main.

Rachel la lui serra en se demandant pourquoi la jeune femme lançait tout à coup tant de regards inquiets autour d'elle.

— Vous travaillez avec ce détective, n'est-ce pas ? Celui de la fameuse agence…

— Eh bien, je ne travaille pas exactement avec lui. Il recherche l'assassin de sa sœur…

— Et maintenant, Palmer est mort, ce qui veut dire que ce n'était probablement pas lui… J'ai appris qu'il a été tué…

Chloe lança un nouveau regard autour d'elle, puis se pencha vers Rachel.

— J'avais trop peur pour en parler, mais je crois qu'il le faut…

Elle baissa la voix.

— Ma mère a pris un contrat d'assurance à Palmer.

— Un « Saphir » ?

— Oui. Elle devait passer un check-up médical de routine, et l'hôpital lui a annoncé qu'elle devait régler 80 %... Oui, vous avez bien entendu, 80 % ! Sa police d'assurance ne mentionnait pas le pourcentage de frais remboursés, et Palmer lui avait annoncé qu'elle était couverte à 80 %, justement. Mais quand elle l'a rappelé, il s'est dédit ; son assurance ne couvrait plus que 20 %. Ce n'était pas ce qu'il avait promis...

Chloe Chesterfield mit brièvement sa main sur le bras de Rachel.

— Je suis mariée, ajouta-t-elle, mon nom est différent de celui de ma mère. J'ai appelé Palmer à mon tour et je lui ai dit que je cherchais une assurance bon marché. Il m'a vendu la même police qu'à elle. Mais moi, j'ai enregistré toute notre conversation...

Elle fit une pause dans son récit et Rachel comprit qu'elle attendait des félicitations.

— Bravo, lui dit-elle, vous avez été très courageuse !

Visiblement fière d'elle-même, Chloe se rengorgea.

— J'ai rappelé Jared Palmer, ensuite, et je lui ai dit que s'il ne remboursait pas ma mère immédiatement, je donnerais l'enregistrement à la police.

Une nouvelle fois, elle jeta un coup d'œil inquiet par-dessus son épaule. Rachel ne put s'empêcher de faire de même.

— Eh bien, figurez-vous, reprit Chloe, que quelqu'un s'est introduit par effraction chez moi le soir même. J'avais mis l'enregistrement dans notre coffre-fort, mais ce n'était pas du très haut de gamme. Il a été forcé et on a dérobé la carte-son. Et ce n'est pas tout ! L'homme qui s'était introduit chez moi m'a attaquée et frappée. Il m'a dit que si je ne laissais pas Jared Palmer tranquille, je serais tuée...

Ce n'était pas très différent de ce qui était arrivé à Rachel qui demanda :

— Alors, vous avez eu peur d'aller voir la police ?

Chloe acquiesça.

— Les menaces ne se sont pas arrêtées là. En rentrant de l'hôpital j'ai trouvé mon pauvre chat raide mort sur mon paillasson. Puis il y a eu des coups de fil en pleine nuit. Et un soir que je revenais de dîner chez des amis, le même homme m'attendait devant ma porte. Cette fois, il ne m'a pas frappée, mais il m'a avertie qu'il me surveillait, que Jared Palmer l'employait pour s'occuper des gens comme moi. Il semblait prendre pas mal de plaisir à me menacer, et je me doutais qu'il en aurait autant à me torturer ou à me tuer…

Rachel le croyait sans peine. Elle remarqua cependant :

— Mais maintenant, Jared Palmer est mort.

— Oui. Et vous, vous avez ce détective avec vous…

Chloe regarda une nouvelle fois autour d'elle, puis plongea la main dans son sac.

— J'ai conservé une copie de la police d'assurance de ma mère. Et, récemment, j'ai fait en sorte de me lier d'amitié avec l'assistante d'Eldon Sordi. C'est elle qui m'a appelée tout à l'heure pour me dire que vous veniez d'essayer de le voir.

Elle lui tendit une clé USB.

— J'ai trop peur pour aller jusqu'au bout. Mais vous pouvez donner ceci à votre ami détective…

— Qu'est-ce que c'est ?

— La copie de tous les fichiers de l'ordinateur de Jared Palmer.

Stupéfaite de la chance qui s'offrait à elle d'obtenir enfin des preuves, Rachel ne se fit pas prier pour prendre l'objet. Mais, malheureusement, cela ne suffirait peut-être pas pour faire inculper Eldon Sordi, probablement l'instigateur de toute l'affaire, des menaces et aussi des crimes.

— L'assistante de Sordi n'a jamais beaucoup aimé Jared, fit-elle remarquer.

— Vous croyez qu'elle a pu avoir une histoire avec lui ? demanda Chloe.

Rachel fit une moue signifiant qu'elle n'en savait rien. Le bus arrivait à son arrêt.

— C'est là que je descends.

— Je vais rester dans le bus jusqu'à ce qu'il retourne en ville, dit Chloe, c'est une ligne en boucle…

— Merci de tout cœur, lui dit Rachel. Vous avez été d'une aide précieuse.

— Ne me remerciez pas, répondit Chloe en se levant pour la laisser descendre. J'ai besoin de retrouver ma vie d'avant, de ne plus avoir constamment peur, de cesser de regarder partout si on ne me suit pas… J'attends cela comme une véritable délivrance.

Rachel ne le comprenait que trop bien.

— Oui, moi aussi !

C'était de cela qu'il s'agissait : retrouver le cours de sa vie. Elle dit au revoir à Chloe Chesterfield et descendit du bus. Une marche de huit bons kilomètres l'attendait, maintenant. La pensée l'effleura qu'il aurait sans doute mieux valu que Lucas l'accompagne, mais elle se dit qu'après tout, s'il n'était jamais entré dans sa vie, il aurait bien fallu qu'elle se débrouille seule. Elle devait effacer définitivement Jared Palmer et Eldon Sordi du livre de sa vie. Ce n'était pas la première fois qu'elle affrontait des voyous ; elle avait eu, toute jeune, l'expérience de la rue. Elle savait se battre et utiliser une arme. Ce qu'il lui fallait, c'étaient des aveux, une bonne fois pour toutes. Ensuite, elle irait tout droit à la police.

Elle marchait depuis peut-être un quart d'heure lorsqu'elle entendit une voiture ralentir derrière elle. Son cœur se mit à battre plus vite ; elle n'avait pas pensé au risque d'être interceptée en chemin. Son intention était de surprendre Eldon Sordi dans sa maison isolée, et de le forcer à parler. Elle regarda derrière elle et vit une BMW blanche conduite par une femme. En reconnaissant Marcy, elle sentit un frisson glacé la parcourir. La petite route de montagne était déserte. Que faisait-elle ici, et comment l'avait-elle trouvée ?

Marcy s'arrêta à sa hauteur et baissa la vitre côté passager.

— Bonjour, Rachel.

— Marcy ? Tout le monde te cherche partout ! Où étais-tu passée ?

Marcy fit une grimace qui pouvait à la rigueur passer pour un signe de repentir.

— Je sais, dit-elle. J'étais avec Eldon, alors tu comprends, je préférais être discrète… ces choses-là n'ont pas vraiment besoin de publicité. Je vais le rejoindre à son chalet… Tu veux que je te dépose quelque part ?

Redouter les indiscrétions ne parut pas une excuse bien probante à Rachel. Les petites histoires de Marcy n'avaient rien de vraiment secret et, d'ordinaire, elle s'en cachait à peine.

Rachel jeta un coup d'œil sur la route, où le bus avait disparu depuis longtemps. Elle aurait dû se douter que Marcy était la maîtresse d'Eldon ! Ils étaient probablement impliqués tous les deux dans toute cette histoire. Marcy avait été vue pour la dernière fois avec Jared, puis portée disparue. Et maintenant, elle était en route pour le chalet d'Eldon Sordi…

Il avait paru déboussolé d'apprendre qu'elle avait une liaison avec Jared, mais peut-être jouait-il la comédie. Peut-être Marcy et lui étaient-ils complices depuis longtemps, peut-être Eldon avait-il eu une liaison avec Luella. Peut-être… peut-être…

Mais pourquoi Marcy et lui auraient-ils voulu tuer Jared ?

Parce qu'il ne voulait plus participer à leurs trafics, bien sûr ! Eldon Sordi ne pouvait laisser passer ça, Jared en savait bien trop… Et Marcy était leur complice. Elle aimait l'argent et les hommes qui avaient du pouvoir…

— Alors, tu viens ?

Rachel se tourna vers la BMW. Que ferait Marcy si elle déclinait son invitation à monter dans la voiture ? La laisserait-elle retourner en ville ? Mais alors, elle perdrait toute chance de se libérer des menaces qui pesaient sur elle…

— C'est bien lui que tu vas voir, non ? Eldon ? insista Marcy. Il n'y a pas tant de raisons que cela de te retrouver sur cette route…

— En effet, fit Rachel avec un entrain forcé.

Elle ouvrit la portière mais, tout en montant à bord, tira son pistolet de son sac à main.

— Très bien. Emmène-moi voir Eldon.

— Mais qu'est-ce qui te prend ? s'exclama Marcy, effarée, en voyant l'arme.

— Ne te fatigue pas, Marcy. J'ai bien compris que tu es sa complice.

Le véritable visage de Marcy apparut alors, rusé et dépourvu de la moindre trace de culpabilité.

— Tu commets une lourde erreur, dit-elle.

— Démarre !

Marcy obtempéra avec un petit rire ironique.

— Pourquoi tu as fait ça ? reprit Rachel.

— Fait quoi ?

— Eldon t'a fait du charme ? Il t'a dit qu'il avait besoin de ton aide ?

Probablement les choses s'étaient-elles passées ainsi. Il l'avait utilisée, c'était certain, et personne jusque-là n'avait soupçonné Eldon Sordi. Elle, la première, s'était focalisée sur Jared. Marcy avait été la dernière personne à voir celui-ci en vie ; elle avait probablement participé à son assassinat…

— Il se sert de toi ! lui assena-t-elle.

Marcy eut une moue de mépris.

— Tu ne sais rien de moi et tu ne sais rien non plus de ma relation avec Eldon, répliqua-t-elle sèchement.

— Est-ce que tu l'as aidé à tuer Luella ?

— Il n'a pas eu besoin de moi pour ça, et j'étais heureuse de ne plus avoir cette femme sur mon chemin. C'est depuis lors que nous sommes ensemble, Eldon et moi.

— Entre toutes ses autres femmes ?

Le canon du pistolet reposant sur son avant-bras, Rachel affectait une assurance qu'elle était loin d'éprouver.

— Et alors ? fit Marcy. Moi aussi, je vois d'autres hommes, la belle affaire ! Nous ne sommes pas monogames, lui et moi.

— Si ça vous chante…

— Il me donne tout ce que je veux.

— Il va surtout te donner l'occasion de passer du temps en prison.

— Pourquoi donc ? Je n'ai rien fait.

— On t'a vue avec Jared, peu avant qu'il ait été tué. La police ne manquera pas de trouver étrange que tu sois en vie alors qu'il est mort. Il ne t'est pas venu à l'idée que c'est peut-être précisément ce que cherche Eldon ? Lui n'était pas dans les parages, quand Jared a disparu… Tandis que toi, oui.

Le regard que Marcy lui lança était cette fois beaucoup plus affolé que provocant.

— C'est Eldon qui t'a convaincue de ne pas réapparaître en ville, n'est-ce pas ? ajouta Rachel pour faire bon poids.

Nouveau regard, plus sombre encore.

— Eldon est un malin, il a pensé à tout. Mais maintenant que Lucas le talonne de près, il s'inquiète. Si j'étais toi, je ferais faire demi-tour à cette voiture et j'irais dire tout ce que je sais à la police.

Marcy eut un rire cynique.

— Les choses ne sont pas tout à fait aussi simples, dit-elle.

— Ah non ?

— Non.

Tandis que la BMW s'engageait sur une route gravillonnée et étroite, Rachel sentit son cœur se mettre à battre à tout rompre. Elle s'efforça de se reprendre. Il ne fallait pas céder à l'angoisse, mais rester calme, et réfléchir posément.

— Tu ne t'en tireras pas comme ça, lui dit Marcy. Qu'est-ce que tu crois ?

— En attendant, gare-toi et sors de la voiture, répliqua Rachel comme elles arrivaient devant un spacieux chalet en rondins. Lentement…

Marcy obtempéra sous la menace de l'arme de Rachel qui, dès qu'elle fut sortie à son tour, lui tordit le bras derrière le dos et lui braqua le canon du pistolet sur la tempe.

— Avance et va ouvrir la porte, reprit-elle en la poussant vers les marches du porche.

Marcy s'exécuta. Rachel s'attendait à trouver Eldon Sordi à l'intérieur, mais il n'y avait nulle trace de lui. Tout était silencieux et tranquille. Bien trop tranquille… Une seule lampe éclairait le vaste salon, la grande cheminée en pierre, et les poutres massives au plafond.

— Décroche le téléphone, ordonna Rachel en poussant Marcy vers la table où était posé l'appareil, et appelle Police Secours.

Marcy porta le combiné à son oreille, puis l'en écarta.

— Il est coupé.

Rachel lui prit l'appareil et essaya à son tour, sans cesser de tenir Marcy en joue. Il n'y avait pas de tonalité. Il semblait qu'Eldon les ait vues arriver et ait pris ses précautions. Mais où était-il ?

Au moment précis où elle allait tourner la tête, elle sentit le froid contact de l'acier d'un canon de revolver sur sa tempe.

— Salut, Rachel !

Lucas s'était précipité à la HealthFirst, tant pour parler à Eldon Sordi que parce qu'il supposait que c'était là que Rachel s'était rendue après avoir quitté l'hôtel au beau milieu de la nuit.

L'assistante de Sordi lui avait appris que Rachel avait demandé à voir Eldon et que, celui-ci étant absent, elle lui avait donné l'adresse de son chalet. Elle lui avait aussi délivré le message de Rachel : « Si Lucas Curran me cherche, dis-lui d'aller faire un tour chez Jared… » N'ayant pas de voiture, elle avait donc certainement pris le bus, et il n'était pas difficile de deviner où elle était allée ensuite.

Bon sang ! Pourquoi avait-il fallu qu'elle y aille toute seule ? Heureusement, la maison de Jared et le chalet de Sordi se trouvaient du même côté de la ville !

Il n'eut qu'un saut à faire chez Jared pour trouver ce qu'elle y avait laissé à son intention, et il comprit tout de suite. Luella, Eldon…

Eldon Sordi !

Pour la dixième fois peut-être, Lucas saisit son téléphone, puis le reposa sur le siège passager. Rachel avait laissé à l'hôtel celui qu'il lui avait donné. Si elle se trouvait en difficulté, il ne lui était pas possible d'appeler à l'aide. En fait, il n'y avait à peu près rien qu'elle pourrait faire, dans ces montagnes. Avec une inquiétude grandissante, il accéléra, aiguillonné par l'urgence de la retrouver. Il devait avant tout rester calme et réfléchir en bon enquêteur qu'il était. L'une des pièces du puzzle lui posait problème : Marcy.

Le soleil brillait dans un ciel parfaitement bleu, mais l'air n'en était pas moins glacé. Lucas remarqua une vieille Volkswagen arrêtée au bord de la route déserte et, à l'intérieur, une jeune femme engoncée dans une épaisse parka, avec un bonnet et des gants. Elle paraissait en panne, le chauffage de sa voiture apparemment hors d'usage lui aussi. Malgré l'urgence, Lucas se rangea derrière elle. Il ne pouvait pas la laisser seule ici. La conductrice le regarda s'approcher avec une évidente méfiance.

— Je n'ai plus d'essence, dit-elle en entrouvrant sa vitre.

Lucas s'approcha et vit un bébé à l'arrière de la voiture. Il pensa à Rachel. Était-elle vraiment enceinte ? Il l'imagina dans la même situation que cette femme et, immédiatement, se sentit coupable. Il avait très mal réagi à l'annonce de sa grossesse ; il aurait dû la croire sur parole.

— Il y a une station-service un peu plus loin, sur la route. Je vais vous y déposer…

Toujours méfiante, la femme le dévisagea, puis elle se tourna vers son bébé.

Lucas sortit son permis de conduire et une carte de visite professionnelle. Il les lui montra pour qu'elle voie bien que le nom était le même sur les deux documents.

— Je suis enquêteur privé, et j'ai été policier.

La jeune femme lui sourit.

— Merci, dit-elle. On n'est jamais trop prudent, de nos jours.

Il remarqua qu'elle ne portait pas d'alliance. Ce devait être une mère célibataire. Elle ne paraissait pas très fortunée ; le père du petit ne devait pas l'aider beaucoup…

Il la laissa prendre l'enfant et rassembler quelques affaires, puis la conduisit à la station-service, qui n'était distante que de quelques kilomètres. Durant tout le trajet, il ne cessa de penser à Rachel.

En arrivant, sa passagère descendit de voiture et ouvrit la portière arrière pour reprendre son bébé. Lucas se sentit profondément ému. Il n'allait pas laisser cette femme comme cela, sans l'aider davantage…

— Juste une minute, fit-il.

Surprise, elle interrompit son geste et l'interrogea du regard.

— Je n'ai pas pu m'empêcher de remarquer l'état de votre voiture, reprit-il.

— Qu'est-ce qu'elle a, ma voiture ? demanda-t-elle en fronçant les sourcils.

Il sourit.

— Rien… si du moins vous comptez retourner vivre en Floride.

Il avait lu sa provenance sur sa plaque d'immatriculation.

Il fit le tour de son SUV. Au fond de son sac de couchage, rangé dans le coffre, il gardait une grosse liasse de billets, une somme importante, destinée à l'aider dans son enquête. En toute discrétion, il avait l'habitude de faire des dons à diverses associations caritatives. Cette fois, l'occasion lui était donnée de faire le bien en direct… Il préleva dans la liasse une somme suffisante pour faire l'acquisition d'un bon véhicule d'occasion et refit le tour du véhicule, puis tendit l'argent à la jeune femme.

— Pour vous acheter une voiture où vous aurez chaud, lui dit-il. Et qui vous ramènera à la maison sans encombre, vous et le bébé…

Stupéfaite, elle prit les billets avec des gestes d'automate.

Lucas regarda l'enfant qui, se dit-il, devait être une petite fille. Elle s'étira et ouvrit sur lui de grands yeux bleus, en babillant. Il se sentit remué par une vague d'affection. Le bébé se mit à gazouiller de plus belle, et lui dédia un beau sourire édenté en agitant ses petites mains.

— Quel âge a-t-elle ? demanda-t-il.

Toujours sous l'effet de la surprise, mais avec un sourire illuminé d'amour maternel, elle répondit :

— Dix mois.

Les pensées de Lucas retournèrent vers Rachel. Elle aussi allait avoir un bébé… Il ferait bien de se remettre en route au plus vite, s'il y avait à les sauver d'un danger.

— Je ne sais pas comment vous remercier, monsieur Curran.

Il sourit.

— Votre bébé vient de le faire !

C'était comme si le sourire de la petite et son gazouillis le ramenaient à la vie, le tirant du long sommeil dans lequel il était plongé depuis que Tory lui avait révélé son mensonge.

La jeune femme sourit de nouveau.

— C'est vrai, dit-elle, ils ont une façon bien à eux de faire ça. C'est une pure merveille…

Elle regarda Lucas droit dans les yeux, un long moment, puis lui dit :

— Je vous souhaite d'avoir une vie remplie de joie…

Sur ce, elle se dirigea vers le petit bâtiment de la station-service.

Comme Lucas la regardait s'éloigner, son téléphone se mit à sonner. Il se rapprocha de la portière du SUV et pressa le bouton du kit mains libres.

— Curran…

— Lucas Curran, fit une voix d'homme. De la fameuse agence Dark Alley Investigations…

— Qui est à l'appareil ?

La voix lui semblait familière.

— On ne devrait jamais laisser seuls ceux que l'on veut protéger, quand on traque un criminel.

— Sordi !

— Il y a ici quelqu'un qui veut vous parler.

On ne percevait aucune hésitation dans la voix. Sordi se moquait apparemment d'avoir été reconnu. Peut-être même le souhaitait-il.

Lucas se sentit glacé. Les tueurs de sang-froid agissaient ainsi. Ils avaient un temps d'avance sur les enquêteurs, les défiaient, jouaient avec eux. Mais ils commettaient souvent aussi la même erreur : ils sous-estimaient la ténacité et l'intelligence de l'adversaire, ainsi que le pouvoir de la loi.

Une voix féminine, haletante, se fit entendre.

— Je suis désolée, Lucas…

L'estomac de Lucas se noua.

Rachel…

— Tout va bien pour moi, ne t'inquiète pas. Je peux m'…

Le téléphone venait de lui être arraché.

— Il faut qu'on se voie, reprit Sordi. Et vite.

Lucas garda le silence une seconde. Rachel avait été capturée par l'assassin de Luella. Sordi avait bien mené son jeu !

— Je présume que vous savez où me trouver, à l'heure qu'il est ? reprit placidement le tueur.

— Oui. Je suis en route.

Cette fois, Lucas sentit chez son interlocuteur comme une hésitation. Peut-être Sordi ne s'attendait-il pas à ce qu'il soit aussi près. À ce que cela aille aussi vite…

Voulant profiter de ce moment de flottement, il enchaîna rapidement, d'un ton pressant :

— Il n'est pas trop tard pour nous entendre. Rendez-vous, et je m'arrangerai pour que la sentence ne soit pas trop sévère.

Eldon rit, mais d'un rire nerveux, un peu forcé.

— Si vous voulez revoir votre amie, répliqua-t-il, faites en sorte d'être là dans une heure.

— Je peux être chez vous dans dix minutes.

— Non. J'ai dit une heure. Pas avant.

— Eldon ? dit Lucas avant que l'autre ne raccroche.

— Oui, cher Lucas ? répondit le tueur, sarcastique.

— Faites bien attention ! Vous n'êtes pas aussi malin que vous le croyez…

Il fallait à tout prix déstabiliser Eldon Sordi, lui faire perdre un peu de son assurance et profiter de son trouble.

Les choses ne se présentaient pas au mieux. Le tueur

avait une heure devant lui, bien plus qu'il n'en fallait pour faire beaucoup de mal à Rachel. Ou pour la tuer…

Lucas n'allait pas lui laisser tout ce temps.

Il monta en voiture et démarra aussitôt. Toutes sortes d'images de Rachel, entrecoupées de celles du bébé qu'il venait de rencontrer, se bousculaient dans sa tête, tant était grande sa crainte de ne jamais revoir Rachel en vie.

S'y mêlait la peur. L'horrible, la sordide peur…

15

— Tu aurais dû rester bien tranquille…

Marcy déposa une assiette et un verre d'eau sur le lit où Rachel était assise.

Sordi avait transformé une des chambres de son chalet en cellule. La fenêtre avait été obturée par des planches clouées, et le verrou de la porte était à l'extérieur. À part les deux lits jumeaux, il n'y avait aucun meuble.

Afin de la dissuader de s'enfuir dans la neige, Sordi lui avait fait retirer ses chaussures. Il lui avait toutefois laissé ses chaussettes, ainsi, assez étrangement, que son sac à main, qu'il n'avait même pas fouillé, puisqu'il lui avait pris son pistolet. Rachel l'avait simplement déposé sous le lit, avant de faire le tour de la pièce à la recherche de quelque chose susceptible de lui servir d'arme. La barre de la penderie était le seul choix possible ; elle ne paraissait pas très bien fixée à la cloison. Dès qu'elle se serait débarrassée de Marcy, elle se mettrait au travail pour tenter de la desceller.

— Tu as l'air d'en savoir long sur ce qu'Eldon a fait, dit-elle à sa geôlière après un vague regard à la platée de viande-purée qui venait de lui être servie.

— On s'aime, répliqua Marcy. Une fois débarrassés de toi et de ton chéri détective, on pourra mener la grande vie.

Elle souriait, apparemment sûre d'elle, et pourtant quelque

chose dans sa voix sonnait faux. Ce n'était pas exactement le ton d'une femme amoureuse.

— Et tu crois vraiment que ça va être aussi simple que ça ? Que la justice va vous laisser tranquilles, une fois que vous nous aurez supprimés, Lucas et moi ?

Pas question de toucher à cette nourriture. À aucun prix.

Mais Marcy restait dans son monde d'illusions, avec une naïveté que les jurés d'une cour d'assises ne risqueraient cependant pas de confondre avec de l'innocence…

— Eldon dit que les flics ne nous auront jamais, dit-elle avec fierté et confiance.

— Lucas vous coincera, rétorqua Rachel.

La certitude qu'elle exprimait résonnait profondément en elle. Il était son héros, et le père de son enfant.

Elle sentait qu'il pouvait être utile d'entamer l'absurde confiance de Marcy.

— Il est tout seul, fit remarquer celle-ci.

— Mais il est dangereux, répliqua Rachel du tac au tac. Il a suivi l'entraînement des Navy SEALs, a été enquêteur à la Criminelle, à Los Angeles. Et il est détective à Dark Alley Investigations. Adoubé par Kadin Tandy en personne…

Les bras croisés, Marcy la regardait avec l'air de se demander quelle serait la meilleure punition à lui infliger. Des pas rapides résonnèrent soudain dans le couloir, ruinant les espoirs de Rachel de pouvoir s'évader immédiatement.

Sordi entra.

— Va attendre notre prochaine visite, ordonna-t-il à sa complice.

Puis, peut-être pour atténuer la sécheresse de cet ordre, il lui prit le menton et l'embrassa sur la bouche.

Marcy se rengorgea de cette marque d'attention et s'éclipsa.

Il se tourna alors vers sa prisonnière, le visage soudain menaçant, et lui prit aussi le menton, comme il l'avait fait avec Marcy. Rachel essaya tant bien que mal de dissimuler sa répulsion.

— Je me suis toujours demandé ce que tu pouvais bien trouver à Jared, lui dit-il avec une ironie glaçante. Ce n'était qu'un suiveur. Il me suffisait de lui suggérer quelque chose pour qu'il le fasse, tellement il voulait désespérément me ressembler. Avoir du succès, être riche... Il était si facile à manipuler !

En l'entendant, Rachel se souvint des menaces qu'elle avait reçues par téléphone. C'était bien lui qui appelait. Il étouffait un peu sa voix pour qu'elle ne le reconnaisse pas, et il la menaçait, quitte à payer ensuite des voyous pour faire le reste du travail et ne pas avoir à se salir les mains.

— Vous l'avez manipulé ?

— Disons plutôt que je l'ai incité à faire ce que je voulais...

— Vous l'avez incité à commettre des escroqueries à votre place ? insista Rachel. De sorte qu'on ne trouve aucune preuve contre vous ?

Pour toute réponse, il se contenta d'un sourire qui se voulait énigmatique.

— Et avec Marcy ? C'est la même chose ?

Elle avait une bonne raison de l'interroger ainsi. Dès qu'on l'avait laissée seule dans la chambre-prison, elle avait ouvert son sac et discrètement déclenché son magnétophone.

Il poussa un grognement.

— Ton petit copain et toi, vous m'avez révélé quelque chose de plutôt désagréable... Que Marcy avait eu une histoire avec Jared. Il s'était bien gardé de me le dire. Jusqu'à ce que je l'apprenne, il n'était pas nécessaire qu'il meure...

— Vous espérez faire accuser Marcy de son assassinat, c'est ça ?

— Je fais plus que l'espérer.

— Et quand vous vous serez débarrassé de Lucas et de moi, vous ferez quoi ?

Il haussa les épaules d'un air philosophe.

— Je retournerai à mes petites affaires...

Et Marcy irait en prison à sa place.

— Bon, fit-il. Assez discuté, je n'ai pas beaucoup de temps. Déshabille-toi !

Rachel recula. Pas question de faire ça ! Elle jeta un coup d'œil sur la barre de la penderie et décida de jouer le tout pour le tout. Elle se rua sur Sordi et le repoussa vigoureusement contre le mur, puis courut vers la penderie pour tenter d'arracher la barre. Malheureusement, celle-ci ne céda que d'un seul côté. Elle se cramponna à la barre lorsque Sordi la saisit par les épaules, mais dut lâcher prise quand il la tira violemment en arrière. Au moment où il la poussait sur le lit, elle entendit la barre tomber sur le parquet.

— Oh oui ! Défends-toi, ma belle, lui dit-il. J'adore ça ! Ça fait un moment que j'en rêve...

La tenant par les poignets, il se coucha sur elle et lui embrassa la joue. Cette simple caresse terrifia Rachel, qui se débattit pour se libérer. Il lui prit le menton et essaya de couvrir sa bouche de la sienne mais, ce faisant, il dut lâcher l'un de ses poignets. Elle le frappa au visage et chercha à lui enfoncer ses doigts dans les yeux. Il la gifla à toute volée et, saisissant son chemisier, le déchira jusqu'à la ceinture. Elle le frappa de nouveau au visage de son poing.

Il la gifla encore de toutes ses forces et, comme il avait commencé à lui défaire sa ceinture, Rachel sentit son jean lui glisser sur les cuisses. Elle s'efforça fébrilement de le remonter, tant pour rester vêtue que pour qu'il ne puisse pas s'emparer de la clé USB qu'elle avait dans la poche.

Lui tordant douloureusement les bras au-dessus de la tête, il lui emprisonna les poignets d'une seule main et se servit de l'autre pour lui baisser davantage son jean. Elle put se libérer suffisamment pour lui arracher une bonne poignée de cheveux, et il dut renoncer momentanément à l'idée de la déshabiller pour se défendre de ses mains virevoltantes. Il finit par lui envoyer son poing en plein visage, la faisant retomber sur le matelas. Il en profita pour lui retirer son jean. Dans un sursaut désespéré, elle l'envoya voler contre le mur, sauta du lit, et courut ramasser la barre de la penderie. La tenant comme une massue, elle l'abattit de toutes ses forces sur la tête de Sordi qui revenait à la charge. Il s'effondra sur le parquet et ne bougea plus.

Elle ne perdit pas une seconde. Passant à la hâte la bandoulière de son sac sur son épaule, elle se rua hors de la chambre. Dans le couloir, elle entra presque en collision avec Marcy qui brandissait une arme. Sans hésiter, elle lui saisit le poignet, lui tordit le bras et la plaqua contre le mur. Marcy n'était pas bien forte ; elle lâcha tout de suite le pistolet, qui tomba au sol, hors de sa portée. Elle essaya bien de frapper Rachel, mais celle-ci n'eut aucun mal à parer le coup plutôt faible et imprécis, et à la repousser dans la direction opposée à celle de l'arme. Alors qu'elle se penchait pour la ramasser, elle constata avec effroi que, dans la chambre, Sordi commençait à reprendre connaissance. Marcy esquissa un mouvement, mais Rachel braqua tout de suite le pistolet sur elle.

— Hors de mon chemin ! l'avertit-elle.

Marcy recula lentement jusqu'à la salle de bains. Rachel courut alors vers le bout du couloir, vers la cuisine et le salon. Elle chercha ses chaussures, ou n'importe lesquelles, mais Eldon avait dû les cacher. Elle renonça et se mit en quête de clés de voiture.

— Tu ne pourras aller nulle part !

Elle se retourna, l'arme prête. Sordi venait sur elle en vacillant et en se tenant la tête, mais pistolet au poing, lui aussi. Elle recula vers la porte.

Dans l'œil furieux d'Eldon Sordi, elle pouvait clairement voir qu'il l'avait sous-estimée et le regrettait. Oh oui, il l'avait sous-estimée ! Elle avait vécu dans la rue et rencontré des personnages peu recommandables. Beaucoup de gens ne soupçonnaient pas toute la force et la volonté qu'elle recelait en elle. Personne ne se mettrait en travers de son chemin. Elle se ferait tuer, plutôt.

Elle fit feu, en visant la main de Sordi, puis elle déverrouilla la porte d'entrée et se rua au-dehors, sans se préoccuper de la morsure froide de la neige sur ses pieds. Elle trouverait bien le moyen de les réchauffer…

En courant vers les bois, elle s'enfonça dans un épais fourré. Les branches l'égratignaient bien un peu mais, au moins, elle y était à l'abri de la neige.

Elle s'accroupit et, par une trouée dans les branches, observa le chalet. Sordi, qui venait d'apparaître à la porte, regarda en tous sens pour la chercher, puis vint droit dans sa direction, comme s'il l'avait vue. Mais elle savait que ce n'était pas possible. Pas dans la nuit qui était tombée depuis qu'elle avait été enfermée dans cette chambre.

En baissant les yeux sur ses pieds glacés, elle dut combattre la terreur qui l'envahissait. Ils allaient geler et elle serait alors sans défense. Sordi la trouverait et, après avoir pris son plaisir, il la tuerait. Cela ne faisait aucun doute.

Oh ! Lucas… Où es-tu ?

Des nuages avaient obscurci le ciel, masquant la lune, et Lucas marchait entre les arbres, environné par les ombres. Il avait appelé le shérif Bailey, lequel s'était chargé d'amener le ban et l'arrière-ban à la rescousse. Comme Lucas s'approchait enfin de la lisière des bois, il vit les lumières, notamment les feux allumés de la voiture de Marcy. Pas trace de Rachel. Où était-elle donc ?

La porte d'entrée était entrouverte. Il dégaina son arme et se faufila à l'intérieur. Pas un bruit…

Se plaquant au mur de rondins, il écouta attentivement.

Quelqu'un bougeait, se déplaçait derrière une cloison. Il y avait quelqu'un, là, à l'affût.

Il poussa une porte et braqua son arme.

Marcy retint un cri de terreur et regarda fixement le canon du pistolet. Sans cesser de la tenir en respect, Lucas passa dans la cuisine, derrière elle.

— Où est Sordi ? demanda-t-il.

Elle se borna à le toiser d'un air de défi sans répondre, mais leva toutefois les mains en signe de reddition.

Lucas n'avait jamais eu beaucoup de considération pour elle, et ce qu'il pouvait voir à présent confirmait son impression première. Certaine que Sordi gagnerait la partie, elle refusait de révéler où il se trouvait. Cette attitude lui vaudrait d'être en fâcheuse posture lorsque viendrait l'heure de passer devant un tribunal.

Il jeta un regard autour de lui, et ce qu'il vit ne lui plut pas beaucoup. De la corde, de la bande adhésive forte, un jerrycan d'essence… et aussi une ligne de poudre blanche sur le plateau de verre d'une table basse. La cuisine avait tout d'une porcherie et sentait le renfermé. Après s'être enfuie avec Jared, Marcy avait dû vivre quelque temps ici.

Il s'approcha d'elle pour la fouiller et elle lui lança un petit sourire engageant pendant la palpation. Il soutint tranquillement son regard ; il n'avait d'autre but que retrouver Rachel.

— Votre père parle tout le temps de vous, dit-elle. Le policier, le héros…

Elle n'avait pas d'arme. Il attendit qu'elle ait fini de parler.

— Il vous met tellement sur un piédestal, continua-t-elle, que j'ai fini par rêver un peu de vous. Une fois, il a dit que vous viendriez à Noël, et je me suis dit que ça me donnerait l'occasion de vous rencontrer. Je me suis débrouillée pour travailler le 24 décembre, mais vous ne vous êtes pas montré au bureau. Votre père a dit que vous ne veniez que pour une brève visite…

Elle fit glisser ses doigts sur les revers de la veste de Lucas, son regard suivant ses gestes.

— Votre père ne parlait que de ça… Comme il aurait voulu que vous restiez plus longtemps, mais comme il comprenait votre dévotion à votre métier…

Lucas n'avait pas de temps à perdre à écouter ces sornettes. La prenant sèchement par le bras, il l'emmena dans le couloir. S'il avait été là, Sordi se serait déjà montré. Alors où était-il, et ou était Rachel ?

— Bien, bien, bien…

Il jeta un coup d'œil dans la salle de bains.

— Bon, dites-moi où est Sordi…

— Il en vaut deux comme vous. Rien ne lui fait peur.

Lucas poussa une porte entrouverte, celle d'une chambre à la fenêtre obturée par des planches. Sur le sol, il vit le jean de Rachel. Sans trop de douceur, il expédia Marcy à travers la pièce, et elle tomba assise sur l'un des lits jumeaux.

— Où est Rachel ? gronda-t-il en la menaçant de son pistolet.

Appuyée au matelas sur un coude, elle lui répondit par un sourire sensuel. Il n'en avait que faire. Tout ce manège destiné à le séduire était parfaitement répugnant.

L'angoisse le rongeait. Il ramassa le jean de Rachel, espérant vaguement découvrir, dans une poche peut-être, un indice indiquant l'endroit où elle pourrait se trouver. Soudain, il sentit quelque chose sous ses doigts et le sortit. C'était une clé USB. Il regarda Marcy.

— C'est quoi, ce truc ? demanda-t-elle d'un air revêche.

Probablement quelque chose qui aurait valu à Rachel de se faire tuer si Sordi avait su qu'elle l'avait en sa possession. Il fourra la clé dans sa propre poche.

— Vous ne vous en tirerez pas vivant, dit Marcy, d'un ton inquiet qui contrastait quelque peu avec ses paroles.

Sans doute commençait-elle à se dire que sa position de

complice d'un criminel risquait de lui valoir de gros ennuis… Lucas la saisit vivement par le bras et la ramena dans le salon. À l'aide de la bande adhésive qu'il y avait trouvée, il la ficela soigneusement dans un fauteuil.

— Eldon ne renonce jamais, lui dit-elle, retrouvant un peu de sa morgue.

— Il vaudrait pourtant mieux pour lui…

Comme il arrivait au bout de la bande adhésive, il vit quelque chose de familier sur le comptoir très encombré de la cuisine : les chaussures de tennis de Rachel. Eldon les lui avait certainement fait retirer pour une bonne raison. Il se tourna à nouveau vers Marcy.

— Où l'a-t-il emmenée ?

Marcy comprit que l'heure n'était plus aux minauderies. Elle redevint méprisante et haineuse.

— Il est plus malin que vous le serez jamais !

Lucas commençait à perdre patience.

— Sa chance est en train de tourner, répliqua-t-il froidement.

— Ce n'est pas une question de chance, et vous allez payer pour ça, vous et votre petite copine !

Lucas ne perdit pas une seconde de plus en discussions stériles. Il sortit du chalet, alluma sa torche et examina les traces dans la neige. Elles lui confirmèrent que Rachel n'avait pas de chaussures. Vite… il fallait faire vite.

Tremblant de peur et de froid, Rachel entendit Sordi approcher, bien avant de discerner sa silhouette dans l'obscurité. Le froid mordait cruellement ses pieds, que ses chaussettes trempées ne protégeaient plus. La végétation lui avait procuré un abri précaire mais, à présent, elle n'avait plus le choix ; elle devait fuir avant qu'il ne la trouve. Peut-être que si elle arrivait jusqu'à la route… À moins qu'elle ne prenne la voiture de Marcy… En décrivant un grand arc de cercle dans la forêt, elle pouvait peut-être revenir en arrière et y parvenir.

Retourner aux abords du chalet était dangereux, mais elle n'avait pas vraiment le choix, sinon le froid allait la tuer.

Elle se mit à courir sous la neige à travers les arbres, ses pieds meurtris par les branches mortes et les cailloux. Un morceau de bois plus gros que les autres craqua bruyamment, et elle se retourna, aux aguets.

Sordi l'avait certainement entendu et, de toute façon, elle laissait forcément des traces au sol. Elle se remit à courir en s'efforçant de ne poser ses pieds que sur les endroits épargnés par la neige ou couverts d'aiguilles de pins. Elle les sentait avec terreur s'engourdir de plus en plus et, soudain, elle tressaillit ; elle venait de se couper sur une pierre plus tranchante que les autres. En se mordant la lèvre pour ne pas crier, elle reprit sa course et s'arrêta un peu plus loin, contre le tronc d'un grand sapin. Une tache rouge s'élargissait déjà sur sa chaussette. À présent, elle ne sentait plus ses pieds et n'était pas bien sûre de pouvoir courir encore. Apercevant Sordi qui progressait dans sa direction, penché sur ses traces, elle brandit son pistolet, attendit qu'il s'approche encore un peu puis fit feu.

Aussitôt, il plongea derrière un tronc d'arbre abattu.

Rachel appuya son dos contre le sapin et ferma les yeux une seconde, tentant de rassembler ses forces et d'oublier ses pieds. Il fallait qu'elle rejoigne une voiture, qu'elle se mette au chaud. Elle se remit à courir, en tirant plusieurs coups de pistolet pour tenir Sordi en respect. Maintenant, elle n'avait plus à se soucier des traces qu'elle pouvait laisser dans la neige. Peut-être que le froid arrêterait le saignement de ses pieds… De toute façon, ils étaient devenus insensibles.

En voulant enjamber un tronc, elle trébucha et tomba face contre terre. Le souffle coupé, elle ne put se redresser tout de suite. Comme Sordi approchait, elle roula sur elle-même et fit feu dans sa direction. Il se jeta au sol. Lorsqu'elle voulut tirer encore, elle faillit crier d'horreur en découvrant que son chargeur était vide. Elle rampa dans la neige, tandis que Sordi se redressait, un mauvais sourire aux lèvres.

— Je te tiens, à présent !

Alors qu'elle essayait frénétiquement de se remettre sur ses pieds, Eldon la saisit par les jambes et, tendant la main, lui arracha brutalement son arme, la faisant hurler de douleur.

Au même instant, une haute silhouette apparut. D'un mouvement sec, l'homme abattit violemment la crosse de son pistolet sur la tête de Sordi.

Lucas !

Rachel se redressa à demi, tandis qu'Eldon Sordi s'effondrait à genoux. Lucas aurait pu le tuer, mais il le voulait vivant. Elle imaginait sans peine qu'il tenait à ce qu'il paie longtemps pour le meurtre de sa sœur. Rachel le vit s'avancer, prêt à anticiper le moindre mouvement du criminel. D'un coup de pied, il fit voler l'arme de Sordi au loin dans la neige, puis il lui assena un formidable coup de poing qui l'étendit pour le compte.

Il n'était pas homme à laisser quiconque le vaincre. Rien ne l'empêcherait de venger sa sœur. Et de la sauver, elle…

Il s'approcha d'elle et s'accroupit.

— Tu es blessée ? lui demanda-t-il doucement.

Tout en parlant, il avait baissé les yeux vers sa chaussette ensanglantée ; elle n'eut pas besoin de répondre.

Il retira sa parka et lui en enveloppa les pieds. L'épais vêtement avait la chaleur de son corps, et Rachel sentit celle-ci se diffuser à travers sa peau glacée.

Puis il la souleva dans ses bras et il emporta, à travers les arbres, vers le chalet.

— Tu as vu les photos ? lui demanda-t-elle.

— Oui.

Elle sourit.

— Je savais que tu les trouverais. Et Marcy ?

— Elle est probablement entre les mains de la police, à l'heure qu'il est.

— Tu es sûr que Sordi ne va pas s'échapper ?

— Certain.

Il savait où frapper et avec quelle force, pour obtenir tel ou tel résultat. On le lui avait appris.

Dans la clairière où se trouvait le chalet, il y avait plusieurs voitures de police, banalisées ou non, ainsi qu'une ambulance dont l'éclat de la rampe lumineuse balayait la nuit. Le shérif Bailey vint à leur rencontre. Plusieurs autres policiers avaient, eux aussi, remarqué leur présence.

— Sordi est dans les bois, lui dit Lucas.

Il lui expliqua comment le trouver et, Rachel toujours dans ses bras, accrochée à son cou, plongea la main dans sa poche. Il en sortit une clé USB qu'il lui tendit.

— Elle était dans ton jean…

Elle la prit et la remit au shérif Bailey.

— Cela vous donnera toutes les preuves nécessaires contre Sordi et Jared, expliqua-t-elle.

— Beau travail ! fit le shérif en prenant le petit objet.

— Je n'ai rien fait que vouloir retrouver le cours normal de ma vie, répondit Rachel, assez fièrement toutefois.

Puis elle regarda Lucas, et celui-ci se sentit de plus en plus amoureux d'elle. Elle était forte et brave. Et belle !

Un policier reçut un appel d'un de ses collègues partis dans les bois et, après avoir échangé quelques mots avec lui, annonça :

— Ils l'ont !

Eldon Sordi n'échapperait pas plus longtemps à la justice. Il allait enfin payer pour ses crimes. Lucas sentit une vague de sérénité l'envahir.

— On n'y serait jamais arrivés sans vous, reprit le shérif Bailey. La police de Bozeman peut toujours arrêter des criminels, mais elle n'est pas préparée à déjouer les plans des individus de ce calibre-là !

— Je suis content de m'être fait un ami, dit Lucas en souriant.

Le shérif sourit à son tour parce qu'il comprenait ce qu'il voulait dire : qu'un jour, peut-être, ils travailleraient ensemble.

Après lui avoir dit au revoir, Lucas porta Rachel jusqu'à l'ambulance. Par-dessus son épaule, elle vit Marcy que l'on emmenait, menottes aux poignets. Celle-ci leur lança un regard chargé de haine.

Rachel sourit et posa la tête sur l'épaule de Lucas. Il était un véritable héros. Son héros.

— Lucas ?

— Oui ?

Ils venaient de monter dans l'ambulance. Il la déposa sur le brancard.

— Maintenant que c'est fini, je prendrais bien des vacances…

Il sourit.

— Dès que possible, je te ramène à mon ranch et on en parle.

— C'est toutes les vacances dont j'ai besoin.

Elle se sentait légère et comme absente.

— Reste éveillée, lui dit-il. Tu es en hypothermie.

Puis il s'écarta pour laisser travailler les infirmiers, en lui disant qu'il la reverrait à l'hôpital.

Il n'était pas parti que déjà il lui manquait. Tout à coup, elle se souvint de l'état dans lequel elle avait laissé les choses, entre eux. Il l'avait retrouvée et l'avait sauvée, mais obtiendrait-elle autre chose de lui ?

16

Quelques journalistes, postés devant l'entrée des urgences, attendaient l'arrivée de l'ambulance. Lucas l'avait suivie à bord de son SUV.

Ne perdant pas une seconde, il monta avant les brancardiers dans le véhicule de secours et souleva à nouveau Rachel dans ses bras pour la porter à l'intérieur de l'hôpital. Elle le regardait avec amour et gratitude. Il n'était pas obligé de faire cela, mais peut-être était-ce son instinct de guerrier qui dictait sa conduite, ce même instinct qui lui avait ordonné non seulement de traquer Eldon sans pitié, mais aussi de la sauver.

Il l'emporta aux urgences et la déposa sur un lit disponible. Son pied blessé, qui saignait à présent à travers un bandage, nécessitait des soins rapides.

Un cameraman filmait et une journaliste, une blonde osseuse, leur demanda :

— Est-il vrai que vous avez arrêté seuls l'assassin de Luella Palmer ?

Lucas ne répondit pas.

— Est-ce bien Eldon Sordi qui a tué Jared Palmer ? Et celui-ci a-t-il bien été accusé de se livrer à des escroqueries à l'assurance ? Est-ce qu'il est coupable, à votre avis ?

Lucas ne répondit à aucune question. Il resta auprès de Rachel, tandis que la police refoulait l'équipe de télévision.

— On n'est pas à Los Angeles, ici ! grogna l'un des policiers.

Le lendemain, Rachel fut autorisée à quitter l'hôpital. Elle se laissa tranquillement pousser par une infirmière dans un fauteuil roulant jusqu'à la sortie, puis Lucas lui tendit la main et l'infirmière, une paire de béquilles. Rachel les prit et refusa d'un geste l'aide de Lucas. Elle montrait l'énergie d'une femme qui venait de prendre une décision. Lucas fut étonné et se sentit rejeté.

La Sedan de son père les attendait pour les conduire au ranch. Pour des vacances ? Oui, sans doute, il partirait volontiers en vacances avec Rachel. Cependant, incapable de fixer ses idées, il n'avait pas vraiment réfléchi plus avant. Les médecins avaient-ils pratiqué un test de grossesse ? Il ne savait trop comment se conduire par rapport à cela. Pourtant, il était conscient qu'il allait devoir y faire face…

Les avant-bras fermement posés sur ses béquilles, elle le regarda droit dans les yeux. Cette femme, on le sentait bien, savait prendre ses propres décisions et, si l'on n'avait pas les mêmes vues qu'elle, elle faisait son chemin toute seule.

— Je rentre chez moi, dit-elle nettement.

Elle voulait dire, dans son petit appartement.

— Je peux te…

— Non, le coupa-t-elle.

— Tu me laisseras peut-être t'aider à payer ton loyer, au moins ?

Elle secoua la tête.

— Non. Je trouverai un travail.

Il n'avait aucune raison d'en douter. Elle passerait ses examens, trouverait un bon job… tout irait bien pour elle. L'expérience qu'elle venait de vivre la rendrait plus forte encore qu'elle ne l'était déjà…

— Le chauffeur va te ramener, dit doucement Lucas.

Il montra les béquilles.

— Dans le bus, tu aurais quelques problèmes, avec ça…

Elle acquiesça et esquissa un sourire.

— C'est vrai, admit-elle. Je pourrais me débrouiller, mais ça sera beaucoup plus facile en voiture. Je te remercie.

Il la regarda intensément. Tout en lui lui criait de ne pas la laisser partir, chaque fibre de son être, mais son cerveau ne suivait pas. Il fallait d'abord qu'il sache comment il allait devoir se conduire. Malgré tout, quand elle tourna les talons pour se diriger vers la voiture, il l'arrêta.

— Je voudrais te dire… Je suis désolé de t'avoir mal jugée, lors de notre première rencontre.

— Tu m'avais mal jugée avant même notre rencontre…

— C'est vrai, et j'en suis désolé. Je n'ai jamais rencontré de femme plus forte que toi. Ni de plus honnête.

Rachel baissa brièvement les yeux.

— Moi aussi, j'aurais pu me conduire autrement, dans certaines circonstances, murmura-t-elle. Mais je suis bien contente que ce soit terminé.

Quelles circonstances ? Et était-ce parce que bientôt elle ne le verrait plus, qu'elle était contente ? Il n'osa pas le lui demander.

— Au revoir, Lucas…

Après un dernier de ses si tendres et si jolis sourires, elle se dirigea vers la Sedan, dans laquelle le chauffeur l'aida à monter.

Une semaine s'écoula pendant laquelle Lucas ne cessa de penser à Rachel. Cet après-midi-là, il était dans le bureau de son père, regardant par la fenêtre.

Il avait passé tout son temps chez ses parents, à parler avec eux et à couvrir sa mère d'attentions, ce qui la mettait aux anges. Il avait plaisir à le faire, sauf lorsqu'elle lui montrait une photo qu'un reporter avait prise, où on le voyait porter Rachel dans ses bras, la lumière rouge de l'ambulance au-dessus de leur tête. Au-delà de l'atmosphère romantique qui se dégageait de ce cliché, la façon dont ils se regardaient, chacun perdu au fond des yeux de l'autre, lui serrait le cœur.

Apparemment, cette photo et l'histoire qui l'accompagnait avaient eu les honneurs de la presse nationale. Une nouvelle affaire criminelle, finalement et heureusement résolue par un agent de la Dark Alley Investigations…

— Lucas ?

Surpris, il se retourna et découvrit Tory sur le seuil du bureau.

— Avant que tu me dises de m'en aller, je te demande de m'écouter, d'accord ? J'ai demandé la permission à ton père.

Elle entra et referma la porte derrière elle.

Joseph l'avait aidée à lui tendre un piège en se servant de son bureau ? Une petite conversation avec lui devenait nécessaire…

Tory s'approcha, mais à une distance respectueuse, avec plus de réserve qu'il ne lui en connaissait.

— J'ai vu cette photo de Rachel et toi…

Il soupira. Il y avait peu de choses qui le mettaient vraiment mal à l'aise, mais ce cliché était certainement du nombre.

— Je me suis demandé si je devais venir te parler, mais lorsque j'ai compris que Rachel et toi, vous n'étiez pas ensemble, j'ai compris qu'il le fallait.

Lucas fronça les sourcils. Que voulait-elle dire avec cette histoire de « pas ensemble » ? Allait-elle lui proposer de revenir vivre avec elle ? Non, vraisemblablement pas. Rien dans son attitude ne l'indiquait.

— Tu n'es plus obligée de te sentir coupable de ce qui s'est passé autrefois, lui dit-il.

— Je sais. Ce n'est pas cela…

Et elle lui sourit, sincèrement, sans amertume ni moquerie.

— Il ne s'agit pas de moi, mais de toi. Tu fais fausse route.

Bien que d'une certaine façon il le prenait pour une critique à son endroit, il voyait par ailleurs très bien ce qu'elle voulait dire. Il n'était plus temps de s'interroger sur ce qu'elle lui avait fait, mais plutôt sur le tort qu'il se faisait à lui-même.

— Lucas, tu es un homme merveilleux. Je l'ai su dès que je t'ai rencontré. Mais j'ai mûri, depuis. Et tout ce que je veux, aujourd'hui, c'est ton pardon. Et aussi être sûre que ce qui s'est passé autrefois entre toi et moi ne t'empêche pas d'être heureux avec Rachel.

— Qu'est-ce que ça peut bien te faire que je sois avec elle ou pas ?

— J'ai vu cette photo, comme à peu près tout le monde dans le pays. Il est clair que tu es amoureux d'elle, et elle de toi. Si vous n'êtes pas encore ensemble, vous devriez l'être…

Tory s'approcha et lui posa la main sur le bras.

— Cette fois, c'est la bonne, lui dit-elle. Ça ne l'était pas pour toi et moi… Ne passe pas à côté du bonheur à cause de quelque chose de stupide que je t'ai fait il y a longtemps.

C'était formulé avec si peu de précautions oratoires que Lucas n'aurait su dire ce qui prédominait en lui : la joie et l'excitation à l'idée d'aller bientôt retrouver Rachel pour de bon, ou alors le soulagement de pouvoir enfin pardonner à Tory.

Mais peut-être au fond lui avait-il pardonné depuis déjà longtemps et peut-être était-ce à lui-même qu'il devait maintenant accorder son pardon.

— Pendant des années, je t'ai reproché de m'avoir empêché d'entrer dans les SEALs…

— Tu avais le droit d'en être furieux. Si j'avais le pouvoir de revenir en arrière, je…

Il la coupa.

— Non. C'est moi, en fait, qui avais pris la décision.

Je désirais une famille, bien plus que devenir un SEAL. C'est pourquoi j'ai été tellement furieux quand j'ai su que tu n'étais pas enceinte…

Et Rachel ? L'était-elle vraiment ? Il ne le lui avait pas demandé et, par fierté sans doute, elle n'avait pas cherché à lui en apporter la preuve. Il la respectait infiniment pour cela.

Et si elle était réellement enceinte de lui ? Il aurait enfin une famille, à fonder avec elle.

Il se sentit déborder d'un enthousiasme que tout de suite, instinctivement, il voulut brider, avant de comprendre que c'était inutile et ne lui apporterait rien. Il se pencha et embrassa son ex-femme sur la joue.

Elle eut un rire léger.

— Est-ce que cela veut dire que je suis pardonnée ? demanda-t-elle.

— Tu l'es depuis longtemps, en fait, je crois. Tu as raison, c'est à moi-même que je dois pardonner, à présent.

— Tu vas avoir la femme dont tu rêvais. J'en suis sincèrement heureuse pour toi.

— Et toi ? fit-il, un peu embarrassé.

— Ne t'inquiète pas. J'ai rendez-vous ce soir avec quelqu'un de très bien. Et maintenant, je peux y aller le cœur en paix. Va, Lucas, va vite la chercher…

Alors qu'il sortait en hâte du bureau, il faillit renverser son père.

— Oui, fils, lui dit celui-ci en lui cédant le passage. Va chercher Rachel.

Ah ! Parce qu'il écoutait aux portes, aussi !

— Et ramène-la à la maison, à ta mère et à moi !

17

Rachel rentrait chez elle, après son troisième entretien d'embauche de la semaine. Elle avait entamé aussi son dernier semestre à l'université et dépensé le peu d'argent qu'il lui restait à acheter des livres. Elle se jeta sur son lit et regarda le plafond. Dans ce petit studio, plus rien ne lui paraissait comme avant. Elle ne reconnaissait plus cet endroit. Qu'avait-il donc de si différent, tout à coup ? C'était toujours un taudis minuscule, mais ce n'était plus son repaire. Qu'est-ce qui pouvait bien lui manquer autant ?

Lucas, bien sûr… Elle se sentait tellement seule, sans lui ! Cela n'avait pas de sens. Jamais elle n'avait souffert de la solitude, auparavant. Alors pourquoi maintenant ?

On sonna à sa porte et elle se leva, désespérée à l'idée que c'était sans doute son propriétaire qui venait lui réclamer le montant du loyer — qu'elle n'avait pas.

Elle alla ouvrir en se demandant quels arguments elle pourrait employer pour le faire patienter une fois de plus, et fut soulagée de se trouver face à un livreur.

— Oui ?

— Un paquet pour vous…

Qui pouvait lui avoir envoyé quelque chose ? Lucas lui avait fait parvenir les vêtements qu'il avait achetés pour elle, mais cela avait été son seul contact avec lui. Nan, peut-être ?

Elle remercia le livreur et se dirigea vers sa minuscule

cuisine. À l'aide d'un couteau, elle coupa la bande adhésive qui le scellait et ouvrit le paquet. Sous du papier à bulles, elle trouva…

Un téléphone portable. Comme elle le regardait sans comprendre, un SMS apparut sur l'écran.

Bonjour, Rachel.

L'expéditeur était identifié : Lucas Curran.

Plus émue et intriguée qu'elle ne l'aurait voulu, elle pianota :

Qu'est-ce que tu veux ?

Je passe te prendre dans une heure. Pour dîner. Mets une robe.

Presque malgré elle, elle sourit largement.

À quoi tu joues ?

Je t'expliquerai tout pendant le dîner. Dans une heure. Je t'attendrai devant chez toi.

Elle trouva son contact et essaya de l'appeler directement, mais il ne répondit pas.

Elle reposa le téléphone et regarda autour d'elle.

J'y vais, Je n'y vais pas, J'y vais, Je n'y vais pas…

J'y vais !

Elle fonça vers son armoire et y fourragea jusqu'à ce qu'elle trouve une robe bleu nuit pas trop courte et raisonnablement habillée, un peu fendue aussi, ce qui lui avait fait se demander si Lucas n'avait pas une idée derrière la tête en la lui faisant parvenir…

Dix minutes après l'heure convenue, elle sortit de son immeuble, en se sentant un peu dans la peau d'une nouvelle Cendrillon.

Lucas descendit de l'arrière d'une longue limousine qui

ne passait pas inaperçue dans le quartier. Il y avait déjà un petit attroupement sur le trottoir.

Mais tout cela s'évanouit pour Rachel quand elle vit le regard appréciateur dont Lucas l'enveloppait.

Elle avait sa vieille veste sur le bras, pour que ce vieux machin ne ruine pas l'effet de la robe. De toute façon, elle n'avait pas vraiment froid…

Lucas se pencha dans l'habitacle et en sortit un épais manteau de fourrure, qu'il vint déposer délicatement sur ses épaules. Tandis qu'elle glissait ses bras dans les manches, il lui murmura à l'oreille :

— Aucun animal n'a été tué pour le faire.

Elle lui sourit et vit ses yeux bleu-gris pétiller de plaisir et de désir en réponse.

Lorsqu'elle fut assise à côté de lui à l'arrière de la limousine, elle demanda :

— Si tu m'expliquais, maintenant, Lucas ?

— Tory est passée me voir, hier soir…

Son ex-femme ? Est-ce que c'était supposé lui faire plaisir ?

— Elle m'a fait comprendre que je devais laisser derrière moi certaines choses du passé.

Ça, elle aurait pu le lui dire elle aussi. Ne l'avait-elle pas fait, d'ailleurs ?

— Et elle m'a demandé sincèrement pardon. Alors, j'ai compris que ce n'était pas à elle que je devais pardonner, mais bien plutôt à moi.

— Tous mes compliments !

Elle n'était pas encore satisfaite.

— Elle m'a fait comprendre aussi qu'avoir une famille était plus important pour moi que n'importe quoi d'autre…

— C'est mieux, dit-elle avec un petit sourire presque encourageant.

Lucas sourit à son tour et, passant son bras derrière le siège de Rachel, se rapprocha d'elle.

— Tory a peut-être déclenché quelque chose, continua-t-il. Mais c'est toi qui m'as fait changer, et personne d'autre. Je veux passer le reste de ma vie à te rendre heureuse. À élever nos enfants et à leur apprendre les vraies valeurs… Tout cela, je sais que j'aurais pu te le dire avant, et ce n'est pas le fait que tu sois enceinte qui m'y pousse. Peu importe que tu le sois ou non, en fait, parce que nous aurons des enfants. Maintenant ou plus tard.

— Eh bien, répondit-elle malicieusement, il se trouve que cela va être maintenant…

Lucas eut un sourire triomphant et adorable. Il se pencha pour l'embrasser et c'était exactement ce qu'elle voulait. Elle lui rendit son baiser avec passion.

— Oublions le dîner et passons la nuit et toute la journée de demain à faire l'amour, lui murmura-t-il à l'oreille.

— Pas question ! Je ne me suis pas habillée comme ça pour que tu m'enlèves tout, tout de suite !

— Tu pourras t'habiller demain soir. Je t'emmènerai dîner quelque part. Ce soir, faisons-nous plutôt livrer quelque chose…

Mais elle secoua la tête, toujours malicieuse.

— Non, monsieur. On va dîner ce soir et, après, tu pourras me faire l'amour tant que tu le voudras. Et demain aussi. Demain soir, on pourra se faire livrer quelque chose et manger au lit…

— Si c'est ce que veut Madame…

— Je te veux, toi !

— Bien !

Il l'embrassa à nouveau.

— Alors, c'est à mon tour de te dire ce que je veux…

— Ah ?

— D'abord, tu vas passer tes derniers examens.

— Ça, c'est facile à accorder. C'était même prévu.

Il déposa de petits baisers sur ses joues.

— … Ensuite, je vais t'acheter un local commercial ou une boutique, pour que tu puisses monter l'affaire que tu veux.

— Et toi, dans tout ça ? Tu auras quoi en échange ?

— Moi, je t'aurai, toi.

Elle le regarda droit dans les yeux, pour qu'il soit bien sûr que ce qu'elle allait dire était la pure vérité.

— Alors, je n'aurai pas assez de toute ma vie pour te rendre heureux !

— Tu n'auras pas à faire beaucoup d'efforts pour cela. Reste avec moi, et je serai l'homme le plus heureux du monde.

— Et moi, la femme la plus heureuse du monde, aussi.

Ils s'embrassèrent pour sceller cette promesse.

Retrouvez prochainement,
dans votre collection

BLACK ROSE

Troublants faux-semblants, de Maggie Wells - N°717

DÉFENSEURS DE LA JUSTICE – 2/3

Un parc animalier dédié aux reptiles, des adolescentes qui disparaissent dans les parages... Pour Lori Cabrera, adjointe du shérif du comté de Masters, les activités du propriétaire de cet étrange zoo sont suspectes. Quant à son avocat, Simon Wingate, elle s'interroge à son sujet : comment ce séduisant et brillant juriste, installé récemment dans la région, a-t-il pu accepter de se lier à un client aussi peu fréquentable ?

Un refuge dans la montagne, de Nicole Helm

Muette de stupeur, Sabrina écoute les reproches injustifiés que lui assène Connor, le secouriste aux allures d'ours mal léché avec qui elle a tenté d'arrêter un criminel. Certes, l'homme leur a échappé, mais le moment est mal choisi pour une dispute. D'autant que le fuyard a disparu dans la montagne et qu'une terrible tempête s'annonce à l'horizon...

Le secret d'Alyssa, de Barb Han - N°718

Abasourdi, Blake fixe Alyssa, son ex-femme, qui vient de frapper à sa porte. Troublé par son état de confusion, stupéfait de la découvrir enceinte, il la fait entrer et écoute son récit. Un récit entrecoupé de pleurs dans lequel elle lui révèle qu'elle vient d'échapper à des criminels, qu'elle a totalement perdu la mémoire et qu'elle a trouvé refuge chez lui car, selon elle, c'est là qu'elle habite...

Un étranger à sa porte, de Julie Miller

« Allez-vous-en », murmure Ava d'une voix angoissée. Puis elle jette un coup d'œil à l'extérieur et constate que ses craintes étaient fondées : l'inconnu qui vient de lui demander refuge s'est évanoui. Tremblante, elle l'observe et remarque qu'il est beau, très beau... et qu'il est blessé. Consternée, elle se rend alors à l'évidence, elle va devoir appeler les secours et sortir de la retraite solitaire où elle avait enfin trouvé la paix...

Retrouvez prochainement,
dans votre collection

BLACK ROSE

Le miroir de la peur, de Marie Ferrarella - N°719

La gorge nouée, Sam examine le corps de la femme qui vient d'être assassinée. *Sa future femme.* Certes, il ne l'aimait pas et c'est par devoir qu'il s'apprêtait à l'épouser, mais de là à souhaiter sa mort... Et brusquement Zoe, la sœur de la victime, lui montre une marque sur le front de cette dernière. Une signature semblable à celle d'un tueur d'une autre époque : le père de Sam, en prison depuis des années...

Une fillette à protéger, de Julie Anne Lindsey

Allison et Bonnie Hill... Derek répète pour lui-même les noms des deux personnes qu'il va devoir protéger. Allison, la jeune maman, si jolie, si touchante, et qui vient bien malgré elle d'être témoin d'un meurtre. Et Bonnie, son adorable fillette, qu'elle élève seule et qui, depuis quelques heures, est devenue, elle aussi, la cible d'une bande de dangereux criminels...

La colline des secrets, de B.J. Daniels - N°720

Alors que McCall vient d'être nommée adjointe du shérif de Whitehorse, la dépouille de son père est retrouvée dans les collines. Une découverte qui la pousse à reprendre l'enquête. Mais, bientôt, elle est victime d'une série d'agressions. Ne sachant plus vers qui se tourner, elle reçoit une aide inattendue : celle de Luke Crawford, son amour de jeunesse, de retour après dix ans d'absence...

Les faux fiancés, de Debra Webb et Regan Black

Pour réhabiliter la mémoire de son père, injustement accusé de trahison, Frankie se lance dans une enquête risquée. Une quête de la vérité qui la mène bientôt à Chicago. Là, une de ses amies lui présente un enquêteur, Aidan Abbot, et lui conseille, pour endormir la méfiance de ceux qu'elle soupçonne, de le présenter comme son fiancé...

Retrouvez prochainement,
dans votre collection

BLACK ROSE

Pour la vie d'un enfant, d'Angi Morgan - N°721

Jane a bien du mal à retenir ses larmes. Ainsi, Steve Woods, avec qui elle a rompu quatre ans plus tôt, a été chargé de l'affaire à laquelle elle est mêlée. Elle lui révèle alors comment, pour la contraindre à kidnapper un petit garçon, héritier d'une riche famille, une bande de criminels a pris en otage Rory, son propre fils, ce petit garçon qui, bien qu'il l'ignore, est le fils de Steve...

La mémoire révélée, de Rita Herron

Une à une, les révélations s'abattent sur Rose. D'abord elle se rend compte avec horreur que son fiancé a été payé pour la tuer, puis elle apprend qu'elle a été adoptée lorsqu'elle était enfant et que ses vrais parents ont été assassinés... Protégée par Maddox McCullen, le séduisant shérif de la ville, elle fouille son passé malgré le danger...

VOTRE COLLECTION PRÉFÉRÉE DIRECTEMENT CHEZ VOUS

Vous souhaitez découvrir nos collections ? Une fois votre colis de bienvenue reçu si vous souhaitez continuer à recevoir nos livres, cela se fera automatiquement. Vous n'avez aucune obligation d'achat et cette offre est sans engagement de durée

Dans votre 1er colis, 2 livres au prix d'un + 1 cadeau

☛ COCHEZ la collection choisie et renvoyez cette page au
Service Lectrices Harlequin – CS 20008 – 59718 Lille Cedex 9 – France

Collections	Prix 1er colis	Réf.	Prix abonnement (frais de port compr
❑ **AZUR**	4,75€	AZ1406	6 livres par mois 31,49€
❑ **BLANCHE**	7,30€	BL1603	3 livres par mois 24,85€
❑ **HISTORIQUES**	7,30€	LH1202	2 livres par mois 17,49€
❑ **PASSIONS**	7,80€	PS0903	3 livres par mois 26,49€
❑ **BLACK ROSE**	7,90€	BR0013	3 livres par mois 26,79€
❑ **HARMONY***	5,99€	HA0513	3 livres par mois 20,76€
❑ **NORA ROBERTS***	8,90€	NR2403	3 livres tous les 2 mois, prix variable
❑ **SAGAS***	7,99€	SG2303	3 livres tous les 2 mois 29,46€
❑ **VICTORIA**	7,80€	VI2115	5 livres tous les 2 mois 42,09€
❑ **GENTLEMEN***	7,50€	GT2022	2 livres tous les 2 mois 17,95€
❑ **HORS-SÉRIE***	7,70€	HS2812	2 livres tous les 2 mois 18,45€

*livres réédités / **entre 28,79€ et 31,39€ suivant le prix des livres

F22PDFM

N° d'abonnée Harlequin (si vous en avez un) ⎿⏌⎿⎿⎿⎿⎿⎿⎿⏌

Mme ❐ Mlle ❐ Nom : ____________

Prénom : ____________ Adresse : ____________

____

Code Postal : ⎿⎿⎿⎿⎿⏌ Ville : ____________

Pays : ____________ Tél. : ⎿⎿⏌⎿⎿⏌⎿⎿⏌⎿⎿⏌⎿⎿⏌

E-mail : ____________

Date de naissance : ____________

Date limite : 31 décembre 2022. Vous recevrez votre colis environ 20 jours après réception de ce bon. Offre soumise à acceptation et réservée aux personnes majeures, résidant en France métropolitaine, dans la limite des stocks disponibles. Prix susceptibles de modification en cours d'année. Vous pouvez demander à accéder à vos données personnelles, à les rectifier ou à les effacer. Il vous suffit de nous écrire en nous indiquant vos nom, prénom et adresse à : Service Lectrices Harlequin CS 20008 59718 LILLE Cedex 9. Service Lectrices disponible du lundi au vendredi de 9h à 17h : 01 45 82 47 47.